The Book of
Form and Emptiness

形式與空無之書

尾關露絲

Ruth Ozeki

張家綺——譯

獻給爸，

你的聲音始終是我的嚮導。

書各有命，

端看讀者的解讀能力。

——華特・班雅明〈打開我的藏書〉

序

每本書總得有個起頭。一個勇敢的字母必須自告奮勇，信心滿滿地率先躍上首行，一個字詞鼓起勇氣跟進，背後拖著一個句子，就這樣積聚成一個段落，不用多久便砌出一頁，尋找屬於自己的聲音、賦予自我生命，逐漸成為一本書。

每本書總得有個起頭，而這一本自此開始。

男孩

噓……你聽！

我的書正在對你說話，你聽見了嗎？

聽不見沒關係，這不是你的錯。物品總是吱吱喳喳說個不停，但要是你的耳朵不夠靈敏，就得先學會聆聽。

首先從眼睛開始訓練，因為視覺比較容易。環顧四周，你看到了什麼？答案很明顯：一本書，這本書明顯正在對你說話，所以不妨試試更有挑戰性的東西，譬如你屁股下的那張椅子、你口袋裡的那支鉛筆、你腳上的那隻球鞋。還是沒聽見？不如雙膝跪地，把頭靠向坐墊，再不然脫下鞋貼在耳邊——不對，先等一下，如果你旁邊有人，他們恐怕會以為你瘋了，所以不妨先從鉛筆開始。鉛筆內芯有屬於自己的故事，只要不把筆尖插進耳朵都算安全，把鉛筆湊到耳朵旁邊聆聽，你是否聽見木頭的竊竊私語？松木的鬼魂嗚噎？鉛的嘀咕？

聲音有時不止一種，某樣物品有時也可能眾聲喧譁，尤其是經由不同之手製成的產品，但千萬別怕。我想這全要視它們在廣東、寮國等地的情況而定，製作當天老舊血汗工廠的氣氛是否融洽，金屬扣眼滾落生產線、在指間傳遞的過程之中，工人是否心情愉快，若是如此，愉快的想法就會緊緊巴著扣眼。有時影響物品聲音的不是想法，而是感受，一種溫暖美好的感受，譬如愛。陽光燦爛，溫暖橙黃。但要是你的鞋子被鑲上悲傷或憤怒的感受，你最好當心，因為鞋子可能會做出瘋狂之舉，例如指揮你的雙腳走到耐吉商店櫥窗前，要求你揮舞忿忿不平木材製成的棒球球棒，狠砸商品展示櫥窗。但就算真的發生這種事也不是你的錯，你只需要向櫥窗賠不是，對玻璃說對不起，無論如何千萬別開口解釋。逮捕你的警官才不會管球棒工廠的破爛環境，也不管製作時是否使用鏈鋸，抑或球棒昔日還是堅挺光蠟樹的景況，所以你還是好好閉上嘴，保持冷靜，不忘禮節，記得呼吸。

你千萬記得不能沮喪，因為聲音會占上風、盤據你的腦海。物品很貪婪，它們占據空間，它們需要關注，你一個不留神就可能發瘋。所以只管記住一點，你的角色就像是航空交通管理員——不對，等一下，比較類似銅管樂隊隊長，指揮著地球數不清花俏物品組成的樂隊。你凌駕於空中，佇立世界的大垃圾堆中，頭髮梳成帥氣油頭，搭配一身俐落整潔的西裝，指揮棒凝止在半空中，身邊圍繞著殷殷期待的物品，在那個美妙短暫的瞬間它們鴉雀無聲，等著你的指揮棒朝下一揮。

最後是音樂或是癲狂，全由你決定。

第一部

家

所有熱情皆處於混沌邊緣，
收藏者的熱情則是處於回憶的混沌邊緣。

——華特·班雅明〈打開我的藏書〉

書

1

我們就從說話聲音講起吧。

他第一次聽見說話聲音是什麼時候的事？小時候？班尼向來是一個個頭嬌小的孩子，他的發育緩慢，彷彿細胞不願意增殖，無意在世界占據空間。班尼似乎在十二歲那年停止成長，那年他父親驟逝，母親開始發福。雖然變化微妙，但是班尼卻狀似身形縮水，與此同時安娜貝爾卻橫向發展，彷彿兒子和自己的悲傷情緒她一併吸收代謝。

沒有錯，事情應該就是那樣。

所以說話聲音八成是在肯尼過世不久後開始的吧？肯尼死於一場汽車意外事故——不，確切來說是貨車。肯尼・吳是一名爵士樂單簧管手，本名是健司，所以我們就叫他健司吧。健司主要在婚禮、猶太教成年禮、特立獨行的文青俱樂部演奏搖擺樂，氣勢十足的大樂隊風格。文青俱樂部的男性全蓄鬍子，頭戴紳士帽、身穿格紋襯衫和被飛蛾蛀蝕的救世軍花呢夾克。那天他有一場表演，結束後和他的音樂家朋友在外面喝酒嗑藥，或只是鬼混——雖然健司只吸了一點古柯鹼，卻足以讓他在回家的路上腳步踉蹌，東倒西歪，最後在小巷裡倒地不起時，也不覺得有立即起身的必要。他距離自家並不遠，再往前走個幾公尺就能碰到搖搖欲墜的後院柵門。如果他硬撐起來多爬個幾步，或許就不會出事，然而他卻放任自己仰躺在小巷裡，任由福音宣教會二手商店大垃圾箱上方的黯淡街燈灑落一身。漫長冬季的寒氣已開始消退，小巷中飄浮著春意迷霧。他躺在那裡，凝視著燈光及空氣中盤旋閃爍的微小水分子。他可能喝醉了，可能嗑藥嗑嗨了，不然就是兩種都有。光線好美。那晚稍早他和老婆吵了一架，也許是深感愧疚，又或許在內心發誓今後要振作起來，誰知道他究竟躺在那裡做什麼？有可能是睡著了，讓我們希望是這樣吧。無論如何，他就那樣在巷子裡多躺了一個鐘頭，直到送貨卡車隆隆駛進小巷。

發生這種事不是貨車司機的錯。小巷裡滿是車轍坑洞，到處是大垃圾箱司機沒有帶走的半滿垃圾袋、食物碎屑、浸濕衣物、破損家電。在這飄著毛毛細雨的黎明時分，灰濛濛的單調光線底下，貨車司機實在分辨不出自己眼睛看到的究竟是垃圾，還是這名樂手已被烏鴉盤據的纖瘦身體。烏鴉是健司的好朋友，牠們之所以棲息在他身上，只是想幫他保持溫暖乾燥，但大家都知道烏鴉多喜歡垃圾吧。所以就算貨車司機把健司錯當垃圾袋，也不足為奇？這位司機大哥極度痛恨烏鴉，烏鴉是厄運的象徵。於是他載著好幾籠準備送到巷尾中國屠宰場的活體雞，將貨車車頭瞄準烏鴉，使出吃奶的力氣踩下踏板加速，感覺到輪胎輾壓過一具軀體，這時烏鴉立刻在他的擋風板前作鳥獸散，他看不清前方，就這麼失控撞上永樂印刷公司的裝卸區，車身亦跟著打滑傾覆，裝著活體雞的籠子飛散半空中。

雞隻發出的尖銳叫聲驚醒班尼，他的臥房窗戶正好俯瞰大垃圾箱。他躺在床上凝神傾聽，先是聽見後門甩上的聲音，緊接著是從巷子內傳來的高頻微弱哭喊。那陣哭喊猶如一條朝上攀騰的繩索，恍如一隻活生生的觸手，蜿蜒著鑽進他的臥房窗戶，將他整個人從床鋪捲起。他來到窗前、拉開窗簾，眺望窗外的街道。天空正慢慢變亮，於是他看得見一輛傾覆倒地的貨車，輪胎還在半空中轉動，天空中有一團凌亂拍振的翅膀和飛舞的羽毛，但是長期籠飼的雞隻根本飛不高，甚至長得不像鳥禽，不過是一團團類似白色毛球的東西，驚惶失措地竄進陰影。稀薄微弱的哭喊聲彷彿一條勒緊的鐵絲，牽引班尼的目光望向一個猶如鬼魅、一身包裹著薄如蟬翼布料的白色人形，那正是尖叫聲的來源，他世界的起源：他的母親安娜貝爾。

她一身睡袍杵在巷子，獨自佇立在傾洩一地的街燈光線中，四周一片凌亂混沌，羽毛猶如白雪飄落，她卻一動也不動，班尼心想，她好像一個遭到冰封的公主。她正俯視著地上某樣東西，在那個剎那間，他頓時明白那東西就是他的父親。他無法從遙遠的窗邊看清父親的臉，卻認得出他那抽搐扭動的雙腿，就像健司跳舞時的模樣，不同的是他現在整個人側躺在地。

他的母親向前跨出一步。「不！」她聲嘶力竭地大喊，雙膝癱軟跪地，豐盈金髮從她的肩頭流瀉，街燈將她的髮絲照耀得閃亮，她的秀髮猶如布簾包圍著丈夫的頭部。她低身向前，試圖將他整個人拽起，嘴裡不時喃喃自語：「不，健司，不，不，別這樣對我。對不起，我不是故意的……」

他有聽見嗎？要是他那時睜開雙眼，就會看見妻子的迷人臉龐猶如懸浮天空的蒼白皓月。也許他真的有睜開眼吧。他可能看見烏鴉棲息在屋頂和搖搖晃晃的電線上，凝望著。又或許，要是他瞥過妻子的肩頭，就會發現立在遙遠窗邊的兒子緊瞅著他。我們就當作他有看見吧，因為他舞動中的雙腿頓時放慢動作，不再不受控地踢踹，逐漸安靜下來。那個當下，倘若安娜貝爾是健司的一輪明月，那班尼就是遙掛天邊的一顆星辰。看見班尼在蒼白黎明的天空中閃閃發亮時，他使盡全身力氣，動了動手臂、舉起一隻手，搖晃指頭。

他彷彿正在對我揮手，事後班尼心想。彷彿是揮手道別。

健司在送往醫院的途中嚥下最後一口氣，隔週便舉辦喪禮。喪禮細節全交由安娜貝爾一人處置，偏偏她並不擅長主辦活動。在他們兩人之間，健司的性格比較外向，而他們家裡也從未邀請客人上門，若說她真有朋友，也屈指可數。

葬儀社負責人問了她許多關於丈夫家人和宗教信仰的問題，她卻一個都答不出來。就她所知，健司並沒有親人，他在廣島出生，父母卻在他年幼時早逝，仍在襁褓中的妹妹被送去和叔叔阿姨同住，健司則是去了京都，由祖父母一手拉拔長大。他鮮少談及童年，只說祖父母非常傳統嚴厲，他和他們處不來，但當然祖父母現在也早就不在人世。妹妹應該還活著，但兩人早已失聯。新婚不久時，安娜貝爾曾問起健司家人的事，但他卻只是露出淺淺笑容，輕撫她的臉頰，說他只需要她一個家人。

至於宗教信仰，她只知道他的祖父母是佛教徒。健司告訴安娜貝爾，大學時期的他曾經住過禪寺，安娜貝爾還記得當時他哈哈大笑：很搞笑，對吧？妳能想像嗎，我居然當過和尚！她也跟著大笑，因為他確實完全沒有和尚的架子。他說有了爵士樂，他根本不需要宗教。他唯一擁有的宗教用品就是偶爾掛在手腕上的念珠，念珠是很漂亮，但她從未見他拿起來誦經。由於他有佛教背景，恐怕不適合找基督教牧師主持喪禮，於是安娜貝爾回覆葬儀社負責人，不，健司沒有家人，也沒有信仰，他們不會舉行告別式。聽聞此言，葬儀社負責人掩不住滿臉失望。

「那麼妳的家人呢？」他殷殷期盼地問道，看見她略顯猶豫，旋即補了一句：「這種時候，有家人支持是最好……」

陰魂不散的回憶在她腦海中閃逝而過。她想到母親躺在醫院病床上、枯槁脆弱的身體，以及繼父赫然出現在她房門前的漆黑影子。安娜貝爾搖搖頭，態度堅決地打斷他，說：「不，我說了不會邀請家人。」

他怎麼還不懂？她和健司在這世界上孤單無依，而這正是班尼誕生前凝聚兩人的主因。

葬儀社負責人瞥了一眼手錶，繼續說下去。他想知道她是否希望開棺，供賓客瞻仰遺容，這問題一樣令她猶豫不決。他向安娜貝爾解釋，瞻仰精心修復的摯愛遺容，有助於降低目睹悲慘意外造成的心理創傷，減少傷痛回憶，亦幫助仍在世的家人接受至親死亡的事實。儀容瞻仰室隱密雅緻，葬儀社樂意為賓客提供飲品，有種類包羅萬象的茶、咖啡、各式風味的可口奶精，或許來點餅乾也不錯？

奶精？她心想，努力克制自己不笑出來。認真的？她努力要自己記得這件事，晚一點告訴健司，這種事通常會讓他覺得荒謬可笑，然而問題仍懸在半空中，負責人還在等待她回答，於是她順口回答，好，來一些餅乾也不錯。他筆記下來，接著問她準備如何安置另一半的遺體。她坐在膨脹鼓凸的沙發椅邊緣，聽見自己的聲音說出她要火葬，不要葬在墓地或是地下墓室，這時她的腦中忽地閃過一個念頭：她無法親口告訴健司各式風味的可口奶精，因為健司已經死了。緊接著其他念頭湧上：她和葬儀社負責人正在討論的摯愛遺體正是健司，那是健司的身體，是她深愛熟悉的那副軀體。當她閉上雙眼，他那肌肉結實的肩膀、光滑的黃褐色肌膚、赤裸背部的隆起曲線，全都清晰映照在她的眼皮上。

安娜貝爾找了個藉口離場，詢問是否可以借用洗手間。當然可以，負責人說，手指向鋪有地毯的走廊，走到底就是。踏進廁所後她關上門，芬芳新鮮的氣味從插座孔鑽進，滲透入洗手間的空氣中。她雙膝一癱跪在馬桶前，對著馬桶內的亮藍色廁所消毒水吐了起來。

喪禮這天，健司的遺體擺放在猶如客廳的葬儀社室內一具開放式棺木中。班尼和安娜貝爾走上前瞻仰遺容，葬儀社負責人先是為他們帶路，接著慎重其事地往後一退，給他們私人空間。安娜貝爾深吸一口氣，緊捉著兒子的手肘，朝棺木邁出步伐。班尼從來不曾這麼走路，母親捉著他胳臂的樣子彷彿他才是大人，他覺得自己好像樓梯扶手或欄杆，全身僵硬地攙扶著她，牽引她走向前，直到兩人肩並肩站在棺木邊。

健司的身形本來就不高大，死了後顯得更瘦小。他身上穿著一套安娜貝爾幫他精心挑選的藍色泡泡紗西裝外套，夏季婚禮表演時他還會搭配黑色牛仔褲，唯獨少了那頂紳士帽。他的單簧管橫躺在他的胸口，安娜貝爾輕輕吐出一口深長參差的氣息。

「他看起來還不錯，」她低聲說：「很像在睡覺，棺木也不賴。」眼見班尼沒有答腔，她扯了下他的手臂：「你不覺得嗎？」

「大概吧，」班尼說。他仔細研究躺在華麗棺木中的遺體。健司的眼皮閉著，死氣沉沉的臉龐並不像睡著，甚至不像生命終會逝去的生物，遑論是曾經擁有生命的人類。有人塗抹化妝品為健司遮起瘀青，但他知道爸爸平時絕不可能化妝。他的烏黑長髮經過梳理，髮絲流瀉於緞面枕頭上。在家裡放鬆時健司確實是會這樣披頭散髮，但在公眾場合他一定會把頭髮繫成一條粗黑馬尾。看在班尼眼底，以上種種都像在證實棺木中的男人不是他的父親。「妳打算燒掉他的單簧管嗎？」

他們坐在葬儀社房間一側的僵硬摺疊椅，賓客陸續抵達，包括他們的中國籍房東王太太、安娜貝爾的兩名同事、健司的樂隊隊員及他在俱樂部結交的朋友。樂手們杵在門口內側裹足不前，侷促不安，非得等到葬儀社負責人敦促他們上前，他們才緩步來到棺木前。有些人駐足棺木旁瞻仰儀容，有些人則是對著遺體說話，再不然就是硬擠出一個笑話：老兄，真的假的，活體雜貨運車？安娜貝爾假裝什麼都沒聽到。他們瞄見供應飲料零食的桌子後，迅速移步至零食桌前，在那裡停下腳步尷尬地安慰她幾句，然後輕輕擁抱班尼、拍拍他的頭。這些都是她丈夫的朋友，於是安娜貝爾禮貌應對。班尼已經十二歲，很厭惡拍頭的動作，擁抱更令他厭煩。有些樂團團員掄起拳頭，輕輕捶了下班尼的肩膀，他倒是不介意。

也許是棺木裡的單簧管給予在場樂手靈感，隨著越來越多賓客湧入，會場上也出現越來越多樂器，沒多久兩名樂隊隊員就在會場角落架起樂器，開始演奏旋律柔和、並無太多矯飾的爵士樂。更多賓客紛紛抵達，飲料零食桌上的奶精旁邊多出一瓶威士忌，葬儀社負責人本來準備出面制止，小號手隨即將他拉到一旁商量，最後葬儀社負責人總算讓步，樂隊繼續演奏。

健司的朋友擅長炒熱氣氛，於是當朋友的遺體即將移送火葬場，樂手們取消靈車，決定親自送他一程，安娜貝爾也沒有反對他們的意思。雖然棺木沉重，但是健司不重，還抬得動，於是樂手們以紐奧良抬棺風格，將棺木輪流扛在肩上，穿梭在羊腸後巷及陰雨浸濕的黑暗街頭。安娜貝爾和班尼跟著一行人前進，有人開路帶領他們走到遊行隊伍前端，棺木正後方的位置，並遞給班尼一把紅豔豔的雨傘，他在母親頭頂高高舉起，驕傲得有如一面英勇旗幟或錦旗，他就這麼撐著傘，直到手臂麻痺，幾近廢了。

春季時分的雨水打落樹梢上的梅花，淡粉色花瓣緊貼著濕淋淋的人行道。海鷗在頭頂盤旋呼叫，乘著氣流越飛越高。從牠們的視角觀看，遠在腳下的豔紅雨傘肯定像極一隻閃著紅光的蛇眼，蛇身則優雅地在濕淋淋的城市中蜿蜒行進。烏鴉飛的高度較低，於樹梢之間跳來躍去，棲息在街燈和電線上緊緊跟著行進隊伍。這時樂手人數已茁壯至近乎一支完整樂隊，弔喪隊伍在油膩膩的雨水中穿梭前進，樂手們奏起輓歌，傳遞著包裹在棕色紙袋內的酒瓶啜飲，妓女和毒蟲猶如被強風捲起的碎屑跟在他們背後。

火葬場內部的空間不夠寬敞，容納不下所有人，不過雨勢趨緩，於是樂手們決定在火葬場外的街上守候，繼續演奏歌曲。安娜貝爾和班尼尾隨棺木來到入口，班尼卻在大門敞開那一刻臨陣退縮。他聽說過大烤爐的事，即使現在被扔進烤箱的人不是自己的父親，他也不想看見棺木猶如一塊火烤木材，或是被當成烤肉扔入烈火之中，堅持在門外與小號手一起等候，小號手也沒有意見。安娜貝爾雖然難掩沮喪，卻堅決地兩手捧起兒子圓潤光滑的臉龐，迅速啄了一下，轉過頭對小號手，說：「別讓他離開你的視線範圍。」語畢旋即遁入室內。

樂隊的演奏從輓歌切換至班尼．古德曼的組曲。古德曼是健司生前最欣賞的樂手，他們演奏了〈身與靈〉、〈生命是一場派對〉，〈我是叮咚老爹〉、〈中國男孩〉、〈我愛的男人〉，演奏過程中班尼一心掛慮著烤爐烈焰，心臟不住激烈狂跳。等到〈有時我很幸福〉的單簧管獨奏段落降臨，銅管樂手全停止演奏，僅由鼓手以鼓棒輕輕敲打出節奏，填補單簧管演奏段落的空白背景。這首歌是健司的主題曲，你幾乎聽得見他鬼魅般的重複樂段在迷霧中冉冉升起。也許班尼真的聽見了。他全神貫注聆聽，等到單簧管樂段結束，小號再度響起，班尼也趁機溜出人群。和爸爸一樣瘦小結實的他，恍若一條滑不嘰溜的小魚，穿梭在樂手之間，而酒意正濃的他們並沒有發現班尼溜走。他之前留意媽媽往哪個方向走，當厚重大門在他身後關上，他仍聽得見室外的樂音，可是這時他的耳朵卻專注尋覓另一種聲音。

班尼……？

這個聲音自建築物深處飄來，他循聲前進，走上幽暗走道時，抽風機的噪音越來越響亮。他來到一間等候室，室內有一張沙發及幾張軟墊矮椅，邊桌上擺設著白色塑膠百合花的花瓶，旁邊則是一盒面紙。一面寬大的觀景窗眺望火化爐室，即使班尼不曉得這東西叫做火化爐室，他知道玻璃窗的另一端是什麼。他看見媽媽抱著父親的單簧管，單簧管在她手裡顯得不搭調又彆扭，因為她根本不會吹奏單簧管。她的身旁是那具豪華棺木，裡面卻空無一物。遺體去哪裡了？他的母親形單影隻，只有一個服務人員在場，兩人分別佇立在一只瘦長紙箱兩側，紙箱盒的模樣毫無特色，以致班尼壓根沒發現它的存在，直到他又聽見那個聲音。

班尼……？

爸？

那是他父親的聲音。抽風機的嘈雜噪音幾乎壓過父親的聲音，班尼聽不清楚，但聲音絕對來自紙箱他心知肚明。他盡可能踮起腳尖，望入紙箱。

噢，班尼……

爸爸的聲音聽起來很悲傷，彷彿欲言又止卻為時已晚。確實來不及了，因為就在那一秒，安娜貝爾點了點頭，轉身離去，收到指令後服務人員往前跨出幾步，闔上盒蓋。班尼的掌心緊緊壓著窗戶。

「媽！」他大喊，拍打著玻璃窗。「媽！」

紙箱彷彿有生命自顧自地動了起來。

「不！」班尼哭喊，無奈窗戶玻璃厚重，抽風機嘈嘈雜雜。紙箱緩緩沿著一條短坡帶滑向爐室門，爐室門唰地赫然拉開，迎接紙箱。他眼睜睜望著燃燒的爐室喉嚨及炙熱火舌瘋狂舞動，耳朵則是聽見火勢的熊熊咆哮和空氣的抽吸低鳴，交錯著長號手在火葬場外的街上演奏的輓歌。〈別那樣對我〉。他們正在演奏〈別那樣對我〉。

班尼的拳頭使勁敲打玻璃。「不！」他尖聲大喊：「不！」

安娜貝爾正好抬起頭，手裡仍緊握著健司的單簧管，臉孔刷白灰槁，眼淚撲簌簌滾落臉龐。她看見玻璃窗那端的兒子，伸出雙手迎向他，他可以讀出她的嘴唇嚅動著他的名字。

班尼……！

她身後的紙箱滑進烤爐，閘門倏然緊閉。

他們離開火葬場時，班尼已經冷靜下來。大多數樂團團員也已經收拾好東西離開，只剩小貓兩三隻在告別式花園附近逗留。小號手正倚著一堵牆，演奏旋律憂愁的〈煙霧迷濛你的眼〉，他們觀看微微搖曳的熱氣自筆直煙囪冉冉升起。

有人送他們一程，班尼回到家後直接上床睡覺，一路睡到隔天早晨。等到他總算醒來，安娜貝爾要他在家休息，不必上學，還讓他在午餐前盡情打電動。午後母子倆搭乘一趟慢悠悠的長途公車，回到火葬場領取健司的骨灰。骨灰密封在一只塑膠袋內，裝在一個塑膠盒裡，外頭再套上一個平凡無奇的棕色購物紙袋，即使其他乘客根本不可能曉得裡面裝的是人類骨灰，班尼仍然拒絕提著它上公車。他們從公車站牌走路回家時，烏鴉已經群聚在巷子裡，棲息在他們家的柵門及屋頂上緣。健司曾在大垃圾箱內挖到一個老舊木頭電視櫃，於是廢物利用，在自家後廊改裝成餵鳥臺。安娜貝爾打開後門大鎖時，發現餵鳥臺空空如也，於是在腦海中提醒自己，等一下不要忘記餵鳥。她把裝盛骨灰的紙袋擱在廚房餐桌，取出烘焙烤盤，打開烤箱預熱。

「你想吃魚柳條還是雞塊？」

「都可以。」

他需要找點事做，她暗想。不能讓他閒下來。「乖兒子，你可以幫忙餵你爸的烏鴉嗎？」她遞給他一只掛在門把上的塑膠袋。那是健司從中式糕餅店帶回家的走味月餅。帶回走味月餅現在起就是她要負責的家事，她在腦中記了下來。

班尼接過袋子，步出後廊，一會兒後又折返。「喏，」他拿著一只瓶蓋、一個破裂蛤殼、一顆髒汙金色鈕釦。她伸長一隻手，班尼把小東西倒入她的掌心。

「真奇怪，」她說，左右打量著那顆鈕釦。「我聽說烏鴉會留下禮物，」然後頓時想起某件事：「噢！你覺得會不會是——」卻及時制止自己。

「什麼？」班尼問。

「沒什麼。」她從櫥櫃架上取出一只小碗，小心翼翼倒進小禮物。「乖兒子，可以幫我整理餐桌嗎？」

裝著骨灰的購物袋依然擺在餐桌上，班尼注視著它，模樣和一般蔬果雜貨購物袋沒兩樣。「妳打算一直把它放那裡嗎？」

「晚餐之後我們可以找個特別的地點擺好，」她打開冷凍庫，翻出一盒雞塊。「這是日本人的習俗，你也知道，把骨灰放在家裡的小型佛龕。」

「我們家沒有這種東西。」

「我們可以自己做。」她撕開包裝外盒，將雞塊分散平鋪在烤盤上。「找一個書架，把你爸爸最喜歡的東西全放在那裡，好比他的單簧管，這樣他在來世就有單簧管了。」她把烤盤推進烤箱，關上門。「你先倒一點牛奶喝吧，也準備一下餐桌。」

「來世的意思是他會變成殭屍嗎？」

安娜貝爾笑了出來：「不是，乖兒子。你爸不是殭屍。佛教徒相信來世，意思是靈魂會轉世再生，以另一副軀殼的形式回到人世間。」

「他會變成另一個人？」

「有可能不是人，可能是動物，烏鴉之類的……」

「這也太怪了，」他說，一邊走向餐具櫥櫃。「總而言之，我們不是佛教徒，我們什麼宗教都不信。」他拽著老舊櫥櫃抽屜，然後搖搖晃晃打開。

安娜貝爾抬頭：「那你想要嗎？」

「什麼意思？」

「你懂我的意思啊，你想要信教嗎，當佛教徒或是基督徒？」

「不想，」他從櫥櫃抽屜撈出叉子和他的專屬湯匙，謹慎避開骨灰陳列在桌面，然後從櫥櫃取出玻璃杯，走向冰箱。

「你爸爸以前是佛教徒，」安娜貝爾說：「搞不好現在還是。」

「現在？」

「當然，有何不行？」

班尼站在冰箱前，一邊緊盯著廚房磁鐵一邊思考這個問題，隨手推動幾枚磁鐵。這些是詩歌磁鐵，可以重新組裝形成不同意義的句子，那是安娜貝爾在二手商店買來讓健司練習英文的工具，只要他記得就會利用這些磁鐵為她作詩，有時班尼也會作詩。其中一些字詞已經不見，但安娜貝爾直說無所謂，創作一首詩不需要太多字詞。

「不，」班尼最後回道：「他已經死了，什麼都不是。」

健司過世那天，曾在出門前往俱樂部前作了一首詩，那首詩目前還貼在冰箱上，四周環繞著其他字詞磁鐵。

「嗯，是這樣沒錯，」安娜貝爾說。「可是我們也無法完全確定死亡的意義。」

班尼推移著幾個字詞，重新組成一行句子。「當然可以確定，意思就是他已經不再活著。」

安娜貝爾對著敞開的烤箱彎下腰，幫雞塊翻面，但兒子平板堅定的語氣令她忍不住轉過頭。

「噢，班尼，不！」她丟下手中的金屬鍋鏟，鐵箱門砰地應聲闔上。安娜貝爾匆匆奔向冰箱。一把推開班尼。「快點恢復原狀！我們得恢復原狀！這裡原本是女子，還有交響樂，還有一個形容詞，是什麼？我不記得了！我怎麼記不起來？噢，班尼，你記得嗎？」

她心急如焚地轉頭求助，可是他卻已經往後退了一大步。他不是故意破壞父親的詩，是磁鐵想要移動，重新組成一首詩，他只是想幫忙而已。他張嘴欲解釋，卻怎麼都擠不出一個字。他呆若木雞地杵在那裡，見到他這副模樣，安娜貝爾驟然止住，對他張開雙臂。

「噢，乖兒子，」安娜貝爾說：「對不起，快過來這裡。」然後將他一把拉到她的身邊，他感覺到她的雙臂環繞他肩膀的重量，以及她胸口的呼吸起伏。

「我不是故意——」他說。

她牢牢攬著他。「我知道，班尼，」她說。「別擔心，這不是你的錯，一切都很好，你別哭，我們會好好的……」

他並沒有哭，哭的人是她。當她總算鬆開他，安娜貝爾揪起T恤衣角擦拭臉頰，之後兩人一起晚餐。當晚稍後他們重新組回健司的詩，但是班尼再也沒碰過磁鐵，也沒再用磁鐵作詩。有好長一段時間，那組參差不齊的字詞就這麼凝結不動。

我的 富饒 女子 母親 女神 情人
我們 共同 組成 交響曲
我 為 你 痴狂

2

健司過世後的那個夏天，班尼時常昏睡，也較平時意志消沉，儘管母親鼓勵他勇敢表達感受，他似乎從來不想多說也不覺得有談論的必要。懸浮在睡夢邊界時，有時他以為聽見父親呼喊他的聲音而再次驚醒，但是除此之外什麼事都沒發生，因此他從未向人提及此事。

那年秋天，他的七年級班導師指出他有注意力和集中精神的問題，學校輔導老師熱心地安排定時輔導，她認為班尼的問題只是經歷喪親之痛的人都有的正常過程。她說悲傷因人而異，每個人的表現不同，安娜貝爾覺得很有道理。輔導老師還說除非情況惡化，否則暫且無須考慮用藥，讓安娜貝爾鬆了一口氣。

班尼向來不是學校的風雲人物，不過一直都有朋友——不外乎都是些兩眼空洞發直、眼睛斜睨、頭髮油膩、行為怪異鬼祟的小男孩，安娜貝爾也不信任他們的媽媽。健司會接他們放學回家，給他們一些零嘴，然後讓他們自己在後院玩，她下班回家後，總會在後院看見這些朋友。

班尼是混血兒，所以她很擔心他在學校遭到霸凌。「那個人是你的親生媽媽？」她聽見班尼的朋友這麼問，她得竭盡所能不大聲咆哮，我當然是他的親生媽媽！可是班尼並不以為意，單純回答是。他們玩的遊戲更是讓她憂心忡忡，譬如「現在我來當牛仔，你當印第安人，你可以假裝要剝我的頭皮，我再來屠殺你」的遊戲。抑或等他們年紀比較大，又改成「我來當美國海軍陸戰隊武裝偵察兵，你當伊斯蘭極端種族主義的恐怖分子，現在你假裝要轟爆我，我來摧毀你。」班尼一直都是遭到屠殺或摧毀的對象，可是每當她試著和健司討論這件事，他只是一笑置之。

「小孩在玩而已，」他說：「安啦，我會保證沒人遭到摧毀。」

確實沒有人慘遭摧毀。健司過世後，那幾個男孩就沒再來過家裡。安娜貝爾向班尼問起朋友的事時，他也只是聳聳肩。

「反正我一直都不喜歡他們，他們全是豬頭。」他似乎不擔心沒有朋友，也不感到寂寞，安娜貝爾放下心中的大石頭，除了工作上持續的不確定性，他們的兩人家庭還算過得去。

工作前景令人寢食難安。安娜貝爾和健司相遇時，她才剛展開圖書館學碩士學程。公立圖書館是她小時候的避風港，於是她夢想有朝一日成為圖書館員。對於沒有手足的她，書本就是她最好的朋友。她的母親不閱讀，繼父是酒鬼，可是圖書館員對她一直都很親切，於是她成功申請到圖書館學碩士課程時興奮不已，可是後來她卻懷上班尼。她知道寶寶出生之後，他們很難光憑健司的演出收入過活，於是她輟學，在一間國家媒體監測公司的區域辦公室找到工作，自那之後一路做到現在。她是印刷刊物部門的閱讀員，工作內容是快速閱讀一疊疊每早送到辦公室的當地小鎮和州立報紙，並且剪下文章，寄給對某題材感興趣的客戶。他們的客戶包括公司企業、政黨、特殊利益團體，監測文章內容多半關於當地政治、環境議題、生物圈，例如林業、漁業、石油、煤礦、天然氣、資源採集、槍枝管制、州選舉和市政選舉。她和監測電視、廣播、線上媒體的辦公室職員話不投機，讓這份工作做得輕鬆愉快的都是同部門的剪刀姊妹。

安娜貝爾初來乍到時，印刷刊物部門共有四個人，她們操起菲斯卡剪刀、X-Acto 金屬專業小刀、金屬量尺、OLFA 切割墊的架勢專業，氣勢凌人，確實是有些嚇人，但她們向安娜貝爾展開溫暖雙臂，她也馬上就融入團隊。她們幾個人圍著大桌工作時，相處融洽，一邊剪下報紙一邊閒聊，分享各種趣事，但隨著時間推移，剪刀姊妹相繼離職，最後只留下兩人，一個是後來退休的黑人大姐，另一名則是英語流利的巴基斯坦中年太太，當時她正在攻讀第二外語學程。她們待她不薄，安娜貝爾很想念她們。健司過世時，當地報紙以羞辱語氣描述這場意外，並佐以駭人聽聞的細節，鉅細靡遺地敘述咯咯慘叫的雞隻、飄揚空中的羽毛、嗑藥等內部消息，但安娜貝爾發現，剪刀姊妹一看到這些文章便迅速剪下，故意藏起不讓她看，讓她可以有尊嚴地哀悼丈夫。

正因為剪刀姊妹貼心，她們離職後安娜貝爾的日子才更難熬。時代正在轉變，線上新聞崛起，意味著印刷刊物部門深陷生存危機。混錄廣播和電視新聞、堆砌如山的陳舊錄音帶和家用錄影機，早就被當垃圾處理，並由電腦和數位設備取而代之。曾經收納錄製器材的置物架如今空空如也，剩下一副堆積灰塵的空骨架。留下的全是具有可轉移技能、曾經恍神盯著她胸部排遣無聊的男同事。昔日的安娜貝爾全身上下散發著別具古典風韻的豐腴之美，你可以想像她穿著一身衣衫不整的性感襯衣和緊身馬甲、拎起水桶，不慎潑濺出牛奶的模樣。不過那已是健司過世前的事，他過世後安娜貝爾開始像是吹氣球般增胖，她來日不長，她的同事都心知肚明，對於她可悲可嘆的處境，他們只敢低低垂下頭，躲在控制臺後方，隱藏他們的同情。身穿寬鬆的鬆緊褲和特大號運動衫的安娜貝爾手握剪刀，莊嚴肅穆地獨自坐在長型工作桌前，只有幾疊新聞報紙和空椅凳陪伴在側。她是最後一個剪刀姊妹，屬於她們的時代已經步入歷史。

當公司總部捎來電子郵件，宣布重整辦公室的消息時，並沒有人大吃一驚。包括他們在內的所有區域辦公室都即將關閉，可是電子郵件說好消息是他們不會遭到裁員，公司會分配硬體設施和寬頻網路，讓員工居家辦公。安娜貝爾的同事喜出望外，非常滿意寬頻網路及不必通勤的安排，也不排斥早晨起床後穿著內衣就能工作。安娜貝爾卻不知該做何反應，來自總部的電子郵件並未提及印刷刊物部門，身為剪刀姊妹碩果僅存的成員，她已經做好最壞打算。

恐懼感猶如擾人的壞天氣，她不願證實自己的恐懼真實發生，於是耐著性子等待，避免和上司交談，假裝和同事感到一樣興奮。她盡可能保持樂觀正向，說不定他們會幫她在某處租借一間設有工作桌的小辦公室，那樣也不錯。若是真要淘汰印刷刊物部門，也許她可以要求接受電腦特訓，雖然這個想法不太可能成真，畢竟這間公司的性別歧視出了名的嚴重，再說她怎麼看都不像數位年代的人。不過或許遭到革職正是她需要的，或許這是宇宙給她的訊息，為她開闢一條尋找新工作的道路，從事一份更需要運用創意、帶來成就感的工作。

經過四天的焦慮推敲，她總算收到上司的通知。日後她目前觀測的報紙將會寄送至她家門，此外她還會獲得一部電腦、一臺數據機、一臺高速掃描器，翌日即可完成安裝。

次日午後，安娜貝爾和同事道別，回到家中評估狀況。他們這半邊的雙併式房屋空間狹小又老舊，一樓僅有一間合併餐廳的廚房、食品儲藏室、客廳，二樓則是兩間臥室、一間衛浴，唯一能夠充當家庭辦公室的空間就是客廳。健司沿著客廳牆面裝置書架，把他的音響設備、樂器、黑膠唱片收在架上。她的所有書本、手工藝用品，以及復古錫製玩具、不完整的陶瓷人偶、古董藥罐、陌生人度假寄出的古老紀念明信片，琳瑯滿目的收藏品也一古腦兒地擠在架上，而健司的骨灰也擺在那裡。安娜貝爾還沒找到時間架設佛龕，於是暫時將骨灰安置在架上，克難地憋縮在裝滿雜亂照片的鞋盒旁邊。她本來打算將骨灰撒在某處，或許可以趁夏天和班尼舉辦一場儀式，計畫卻遲遲沒有落實，幾個月就這樣過去了。不過話說回來，誰有舉辦儀式的美國時間？她是一個喪夫的單親媽媽，必須獨力撫養幼子。她把那盒骨灰帶到樓上臥房，塞進她衣櫃後方的高聳架子。也許等到塵埃落定，他們可以舉行一場特別儀式，例如租借一艘小艇出海，也許哪天甚至可以去一趟日本，將骨灰撒在那裡。

她將收藏品和書本移至二樓臥房，把玩具擺置窗檯、書本沿著牆邊堆疊，挪出架子空位。手工藝和藝術用品則是收進二樓臥房，在她找到更好的地點之前，這是暫時的權宜之策。她抹去額頭上的汗珠，回到客廳掃視還需要做什麼。她知道應該考慮丟掉健司的物品，可是樂器是他的寶貝，再說有天班尼或許會想接手他的樂器。其中幾張唱片很珍稀，或許值不少錢，但若想賣掉唱片，她得先找人估價。她發現唯一的解決方法就是把東西全部收進箱子，移至健司的衣櫃。

她咬緊牙關走回二樓，自從上次為健司的喪禮挑選西裝外套後，她就再也沒仔細端詳這個衣櫃。安娜貝爾做好心理準備，然後推開衣櫃門。推開門的那一剎那，氣流湧上，搔弄著衣櫃裡掛得整整齊齊的法蘭絨襯衫，襯衫手臂輕輕擺動，向她溫柔地打招呼，然而她第一個注意到的卻是氣味——那是健司的味道，濃嗆又鹹的氣味猶如一陣海風，毫無預警地朝她撲鼻而來。她閉上雙眼，身體前傾，任由氣味包覆她的身體，柔軟溫暖地拂上她的肌膚。她深深吸了一口氣，直到胸腔被氣體脹滿無法再吸進一絲氣縷，才緩慢顫抖地呼出一口長長的氣，然後不由自主啜泣起來。安娜貝爾的眼皮依舊緊閉，兩手穿進一整排懸掛於衣架的衣物，滿滿環抱一把猶如厚實軀幹的襯衫，將襯衫一把拽出衣櫃，用力甩上床鋪，接著折返衣櫃，又抱出一把夾克、T恤、針織衫，就這樣重複往返，直到衣物全部堆疊在床上，衣櫃空無一物為止。用盡全身力氣搬運衣物的她坐在床墊邊緣，本來只是想暫緩喘息，卻沒想到整個人撲上那堆衣服，埋進丈夫帶有泥土氣味的柔軟磨損棉衫、褪色單寧衣褲、脫線粗花呢衣服中。

編織布料中滲透瀰漫著一股奇異暖意，仍然帶有他的濃郁氣味，於是她更深深埋入衣料，整張臉壓向衣領、口袋、袖子，掘出一縷香菸和威士忌氣味，縈繞不去的夜店味道。這味道勾起她的回憶，她想起健司的雙手初次壓住她肩頭，轉過她身體兩人接吻的情景，這個記憶令她渾身顫抖。刺人羊毛和柔軟法蘭絨的觸感是如此美妙，她還想要更多。她坐起身，將運動衫拉過頭頂脫下，起身卸下運動褲時，目光正好掃向掛在衣櫃門後的鏡子。在那一瞬間她呆愣凝視著自己的倒影，看見那層層贅肉溢出褲頭的蒼白肚腩，她立刻挪開視線，目光歇在床頭數位時鐘的僵硬赤紅數字上。時間接近午後三點，馬上就是放學時間了，班尼最討厭她讓他久等，於是她慢條斯理套回運動衫，坐在凌亂不堪的床沿，手指撥弄著攤在她膝蓋上的綠色法蘭絨襯衫袖口。這是健司最喜歡的一件襯衫，是色調柔和、黃藍織線的漂亮格子呢。她心想，製成棉被應該很好看，有的人選擇把離世親人的衣物製成紀念被毯，用美好回憶包裹起自己，同時賦予舊衣新生命，這種想法真的很美。

班尼

等等，你不打算訴說他們相遇的故事嗎？我不是在教你怎麼說故事，只是覺得你跳過太多精采內容，真正幸福快樂的環節，要是你不說，讀者要怎麼知道他們相遇時一切多正常，也不會曉得我爸媽有多相愛，更無法理解後來她是怎麼變那麼淒慘。讀者大概只會心想：噢，那個安娜貝爾，只是又老又胖的魯蛇。可是這樣看待我媽很不公平。

總之我並不介意再聽一次這個故事。我爸還在世時，他們曾經告訴我當初兩人相遇的浪漫愛情故事，但他們只告訴我一小部分，譬如我爸是怎麼對我媽一見鍾情，她當時有多麼漂亮，他又是多麼體貼善良，他們是命中注定的一對等等，不過我聽得出他們語帶保留。有時他們會凝望彼此，雙眼閃動著不能讓孩子知道的祕密，然後詭笑著移開目光，再不然就是閉上嘴、轉換話題。我是不介意啦，要是保守屬於兩人的祕密讓他們開心，我也很開心，可是爸爸死後媽媽很傷心，祕密再也不閃動發亮，保守祕密又有什麼意義，對吧？很明顯小孩不需要知道某些關於父母的事，不過你可以說其他故事啊。

噢，等一下，我剛剛才想到，也許你根本不曉得他們的祕密？我下意識以為一本書無所不知，但也許你只是一本笨書或懶書，既不清楚故事開頭，也懶得搞清楚，所以才會選擇從中間講起，是這樣嗎？你真的是這樣的書？若是如此，也許你現在就該離開，去講其他孩子的故事，去找某個社交生活多采多姿的普通小孩，反正他也聽不見或不想聽你講話，這樣的小孩多得是，你自己看著辦吧。

問題是我沒有得選，如果你是我的書，我就得仔細聽你說，再不然就是任自己再次發瘋，這陣子我的任務就是不讓這種事再度發生，所以我建議你盡好責任，而我也會盡好自己的責任。現在從頭再說一次，告訴讀者他們是怎麼相遇的，從最初講起。

書

沒有故事是從最初講起的，班尼。故事和真實人生的順序不同，人生是從出生進展到死亡，從誕生邁向未知的將來，可是故事的敘事手法往往是倒敘法，就像是一場倒著活的人生。

3

二〇〇〇年秋季，他們在一家市中心的爵士俱樂部相遇。當時安娜貝爾正在就讀圖書館學學位，和一個認為圖書館員很性感的薩克斯風手交往，至少他是這麼告訴她的，而她正好也對玩音樂的人情有獨鍾。這個男友名叫喬，身材高瘦、面目似狼，有著一對凹陷眼窩，以及不疾不徐在臉上咧開的笑意。一開始她覺得那種笑容是一種諷刺，後來覺得是輕蔑，最後是殘酷。

爵士樂俱樂部位在中國城邊陲，是一個邀請樂手即興演奏的低級場所。喬是一組在這個場地表演的小型即興爵士樂隊隊長，有一天夜晚他決定要自娛娛人，於是強迫安娜貝爾上臺唱歌。她的聲音很有意思，是一種不屬於凡塵、深具個人特色的歌聲，而她也喜歡唱歌，只不過從未在舞臺上演唱，喬深知這個念頭嚇壞她，於是特別找一個座無虛席的週六整她，那天來的不是文青、節目策劃、創業投資客，就是其他和音樂界沾不上邊、以文化教養之名行把妹之實的人。當時安娜貝爾坐在舞臺正前方的那一桌，這是她慣常的座位。演出進行到一半，喬轉身面向樂隊。

「來首〈*Mein Liebling*〉吧？」他提議。安娜貝爾心一沉。他舉起麥克風。

「現在，」他壓低嗓音對聽眾說：「我們有請特別嘉賓，熱烈歡迎迷人可愛、才華洋溢的安娜貝爾．蘭吉小姐！」

他華麗浮誇地伸長一隻手，健司正是這時注意到安娜貝爾。這是他首次參加該樂團的表演，當時他以觀光身分從東京初來乍到這座美國城鎮，用意是調查當地的爵士樂市場。他的英文說得七零八落，德文更是零分，但是「Mein Liebling」在任何語言都是「Mein Liebling」。樂隊隊長將麥克風遞給一名膚色雪白、骨架粗大的金髮妞，她的髮絲挑染桃紅色，薰衣草紫色的眼眸令人驚豔。飽受驚嚇的她錯愕地搖了搖頭，對他投以乞求神色，可是喬早已轉過身，嘴唇貼上簧片，她似乎明白自己沒有選擇，認命地起身，蹣跚不穩地步上舞臺，像是一個偷穿高跟鞋假扮媽媽的小女孩。她定格在聚光燈外的陰影處，躊躇不決，咬了咬下唇，艱難地吞嚥口水。健司注意到她的下唇很美，豐潤飽滿，沒有塗抹唇膏，毫無半點妝容，只有她那被金黃鬈髮勾勒出的柔和素顏。她的鞋尖輕輕碰觸流瀉地板的一池光，猶豫不決地瞥了一眼觀眾，目光投向喬，喬眼皮半垂瞅著她，露出那抹不疾不徐、似笑非笑的表情。佇立在銅管樂手身旁的健司看得出她的身體微微輕顫。

這時健司舉起單簧管，快速吹奏出樂音，率先登場的是銅管樂手，他則會在即興獨奏的段落加入樂隊。表演前他和樂隊抽過一根大麻菸，已經準備就緒。

喬不耐煩地踏著腳，安娜貝爾這才慢吞吞踏入聚光燈中。她穿了一套海藍色絲綢材質的復古雞尾酒合身洋裝，看似過於緊彆。是喬逼她穿的嗎？絲綢在聚光燈下閃耀著低調微光，粉紅色鬈髮透出金色長鬈髮，流瀉在她裸露肩頭的髮絲散發光芒。萊茵水晶石製成的淚珠耳環在她的耳垂上閃閃爍爍，小號手舉起樂器，喬的頭稍微昂起數著拍子，然後奏起第一個音符。

那一刻她似乎準備拔腿逃跑，她纖細的腳踝不慎勾到一條線纜，但幸好她及時伸手扶住麥克風架，這才沒有絆倒。她手持麥克風，呆立在那兒，像是從沒見過麥克風般注視著它。她的手指試探般地摸上麥克風線，鼓聲隆隆響起，銅管樂隨之加入演奏，六個節奏明快的小節之後，就是她開口的時候了。她把麥克風湊近嘴唇，健司盯著她發抖的嘴唇，暗自欣喜自己距離她的嘴唇是如此近。接著她唱了起來。

親愛的，遇見你之前，我以為我懂……

完全不對，他心想。她的聲音輕喘微顫，細柔到他幾乎只能聽見銅管樂音。〈*Mein Liebling*〉必須帶著自信演唱，即使不能像扎拉．萊安德以風情萬種的卡巴萊歌舞風格演唱，至少要像瑪莎．蒂爾頓或安德魯斯姊妹，以清亮明快的美式風格呈現。無論如何，都絕對不是現在這種唱法。這女孩的聲音太孱弱，既不清亮也毫無自信。

所有情話綿綿，皆已成過往雲煙……

支支吾吾吐出的每個字句都令健司感到寂寞痛楚，才唱了兩句，她已在舞臺上枯萎死去，沒人救得了她。這時健司抖動著一隻腿，嘴唇再次靠上簧片，等待自己進場的時機，他感覺他的心臟就要爆裂。就在這時，她彷彿感覺到他的凝睇，轉過頭直勾勾望入他的雙眼，那雙驚豔絕美的薰衣草色眼眸閃著淚光。

遙不可及……

沒人救得了她，但健司總得試一試。他閉上眼，索性高高舉起單簧管，奏出一串曲折婉轉的音符，猶如一根淩空直上的繩索，穿過小號、攀繞著貝斯音符，壓過小鼓鼓聲、回轉旋繞過薩克斯風，最後抵達她唇畔。她捕捉到他吹奏的重複樂段，任由它撐起自己的歌聲。

沒有任何語言文字，
也沒有任何一首歌曲，
可以表達出……

他是專為她一人演奏，領著她唱到第二遍主歌，鼓起勇氣一路唱到副歌。

Du bist mein Liebling，你難道看不出

對我來說你是多麼 *wunderschön*……？

她總算引吭高歌，隨著歌聲飆高，原本逕自大聲交談的文青全閉上嘴，大鬍子轉向舞臺，安娜貝爾唱到歌聲嘹亮高亢的高潮時，聽眾的鞋子在地上打起節拍，跟著彈指，歌曲就這樣畫下句點。健司讓簧片滑落嘴唇、濕透的樂器垂下，伸出手抹去眼睛上方的汗水，等到他再次張開眼，他發現她正在凝望他，只不過這次她露出微笑，皓白雙頰透出嫣紅。她往後一甩金黃鬈髮，轉過頭面對聽眾，聽眾席爆出如雷掌聲，安娜貝爾雙手緊握，略顯尷尬地鞠躬。喬踏進聚光燈站到她的身旁，手臂環繞上她的腰，她卻輕微扭動，刻意拽開他的擁抱，然後步履蹣跚地走回她原本的桌子。

那晚稍後，在她和兩名室友共租的市中心幽暗小公寓，健司拉下她的緞面雞尾酒洋裝長裙拉鍊。彷彿夢境一般，他從她圓潤雪白的肩頭褪下洋裝，任由它滑落地面的一池幽光。這種事怎麼可能發生？他解開她的胸罩，幫她的手臂抽出胸罩肩帶，並在她脫下內褲時扶著她的胳膊。等到她總算一絲不掛，他往後退了一步凝望著她躊躇不定地站在那裡，身後的窗戶猶如相框將她固定在方格內，窗外街燈光線透過紗質窗簾搖曳閃動，將她的奶油肌膚照耀出珍珠母光澤。她正在等待他說些

什麼，喜歡也好，不喜歡也罷，見他無動於衷，她挪動兩手遮蔽胸部和胯下。他瞬間感到呼吸停止。她是那麼美豔動人，明明是站在一地廉價的海藍絲綢和破舊蕾絲之中，卻恍若波提切利畫筆下踏出浪花的維納斯，抑或蚌殼？他已經記不清了，無論如何，她無庸置疑都是他見過最美的女人，若他真有低聲喃喃出波提切利，他的腔調也扭曲了這幾個字，她壓根沒聽懂。她困惑地轉過身，他慌張失措地連忙跨上前，將雙手壓在她的肩頭，將她整個人轉過來面對他，兩手輕捧著她迷人的臉頰，雙唇疊上她的。他感覺到她的輕顫，渾身上下都在顫抖。

他們做了愛，事後躺在凌亂床單上，她向他解釋那首歌的歌詞。他一邊抽著大麻菸，手裡一邊把玩著金黃鬈髮中的一撮粉紅鬈髮，纏繞在他的指頭上，她則是對著他的耳朵呢喃哼出歌詞。

> *Du bist mein Liebling*，你難道看不出
> 對我來說你是多麼 *wunderschön*……？

「*Wunderschön*……？」他問。

她注視著他的嘴唇嚅動出這個陌生文字，他的臉龐光滑乾淨，她不知道他究竟幾歲，對他幾乎一無所知。

「多麼美妙，」她低聲說，然後面頰漲紅。「也有美麗的意思，其實這個字同時含有這兩種意思。美麗、美妙，德文喜歡把不同字組成一個字。這個字通常是由男生對女生說的。」

健司詫異地以手肘撐起身體，他的胸膛雖窄，肌肉卻結實發達。「男生說的話嗎？」

她頷首：「歌詞是一個男生使用不同語言，告訴女孩他覺得她很漂亮。」

我可以說 *bella*，*schön* 或 *très jolie*，

Ich liebe dich，那妳愛我嗎？

「Bella？那不正是妳的名字嗎！我應該對妳唱這首歌。」他的身體靠向她，溫柔地撥開她的鬈髮。「*Bella*，*Bella*，」他對著她的頸子哼唱，嘴唇沿著她的喉嚨一路下移，她不由得拱起脊椎，閉上眼。「*Wunder*，」他低聲哼唱，雙手包覆她豐滿渾圓的酥胸，輕柔地吸吮著兩個乳頭。

「*Schön*……」

若是肌膚可以區隔出邊界，是我的盡頭、你的開端，那麼他們那晚就竭盡所能跨越那條邊界。

對安娜貝爾來說，這可是一種全新體驗。在這之前她並非沒有過性經驗，但她在性愛中往往不會感受到如此強烈的慾望驅使，通常是被動順從的角色。幾場晚餐約會或是幾杯葡萄酒下肚後，等到時機成熟就自然而然地做了。也許不能說是「做」，畢竟她從未真正做過什麼，性愛似乎就這麼自然地發生，感覺遙遠而恍惚，她做與不做都沒有什麼差別。愉悅向來不是重點，但她倒是很歡迎完事後從不舒服的感受中解脫。

但是和健司的性愛不同。以體格來說，健司與她過去上床的對象完全相反——不是高大魁梧、跟她繼父一樣仗勢欺人的類型，沒有毛手毛腳的粗獷指頭、汗濕臉孔、粗糙砂紙般的下顎。自她十六歲起，繼父就開始闖進她的房間，甚至可能是十五歲那年，當年她母親因為癌症住院，雖然記憶模糊朦朧，但有些事情她永遠忘不了。她還記得繼父踏上走廊的腳步聲，他一屁股坐在床沿時床墊凹陷的感受，從他嘴裡呼出的酒氣，以及自頭皮滴落她臉龐的汗水。儘管母親逝世之後她就離家，早就離繼父遠遠的，偏偏和繼父同一類型的男人依舊找上她。可是健司不會汗流浹背，他很乾淨，皮膚光滑乾燥，擁有樂手的纖細手指以及不教人生畏的細長陰莖。再說他的骨架比她小，剛開始交往時令她頗為尷尬，畢竟她的身體已經習慣比自己高大的對象，也覺得對他而言自己太笨重，她的慾望陌生而笨拙。可是健司與她做愛的方式卻改變了她所有的想法，當他們做愛之後，她感覺一切都是那麼自然——遼闊無際，教人心馳神往的那種感受。他告訴她，他為她痴狂，她是世上最美的女人，他看到她在舞臺演唱時就是這種感覺，後來她邀請他來自己的桌前，並願意讓他請她喝酒時，他覺得自己就是世上最幸運的男人。

「應該是我請你喝酒才是，」翌日清晨她說：「你真的是我的救命恩人。」他們正在廚房吃早餐，他坐在喬老是壓到嘎吱作響的手繪木椅上，可是現在健司坐在那裡幫吐司塗抹奶油時，椅子卻不吭一聲。這讓安娜貝爾想起三隻熊的故事，他的重量完美匹配她的椅子，她的餐桌與她的身體也與他契合無間。她在流理臺前彎身注視著他，同時等待滴漏咖啡。健司的濃黑長髮隨興地流淌肩頭，他舔掉沾上手指的果醬，搖了搖頭。

「別這麼說，」他說：「妳很棒，妳是很出色的歌手。」

她露出一抹惆悵微笑。「我小時候很喜歡在教會的合唱團唱歌，但後來沒再繼續下去，是因為我很怕站在眾人面前表演，怎麼說我的歌聲都不夠宏亮，喬其實很清楚這一點，他只是故意整我罷了。」

「喬是妳的男朋友？」健司問。

她不置可否地聳聳肩，見狀他張開雙手，揮向吐司、廚房，以及他們兩人。

「我覺得這樣他會生氣吧……」

「誰理他。」她說：「他自己也常和其他女生鬼混。要是知道今天的事，他確實可能惱怒，反正我本來就打算和他劃清界線。這就是他慫恿我上臺演唱的原因，他明明知道我會漏氣，可是我得按照他的腳本走，才有和他提分手的合理藉口，你懂我的意思嗎？」

健司不懂，但他聽得懂「漏氣」這兩個字。「不，妳才沒漏氣。」他臉上掛著微笑地說：「妳是……該怎麼說……砰！」他嘴巴發出爆炸聲響，手勢比劃著某樣東西衝上半空中，光明燦爛的火花緊接著灑落地面。

「煙火？」

他的臉龐一亮：「對！妳是煙花！」

那天晚上和緊接而來的幾天夜晚，每當他的手指輕輕滑過她的肌膚，她都不禁閉上雙眼，渾身輕顫，想起他的手指搔弄天空，模擬火花降落地面的模樣。現在他的手指正在撫摸她，探索著之前無人探尋過的身體部位。與健司做愛令她窒息，激起她的好奇心，總是驚喜連連。安娜貝爾驚嘆自己的好運，不過對此健司有另一種解釋。這是「緣分」，他說這是他們的命運或宿命，或許是一種源自前世、神祕莫測的連結，他們才能在今生相遇相愛。

健司說的是真的嗎？在這個擁有八十億人口的浩瀚地球，兩個命中注定在一起的渺小人類，真的會相遇嗎？比健司憤世嫉俗的人恐怕會說，他們不會遇到這種對象，或甚至說這絕非命中注定。當然人是會相遇相愛，可是諸如此類的邂逅只是隨機，只是一種機緣巧合，而命中注定只是人們事後自圓其說的說法。

但這種故事真甜蜜是吧！對我們來說，這說到底才是真正的重點。畢竟這不就是書本的用意？我們訴說你個人的故事，並且盡己所能，將故事安全保存在我們的封面裡，我們竭盡所能帶給你愉悅感受，讓你在面對人類的地心引力時，亦能保持信念。我們關心你的感受，也完全相信你。

問題是，你想過書本是否也有感受嗎？當你仔細聽著兩個命運乖舛的戀人相遇相愛的羅曼史，你是否曾經稍微暫停，好奇書本會有什麼感受？因為說真的，若肌膚真的區隔出邊界，是我的盡頭、你的開端，那麼在你們以愛之名，熱情狂野地越過界線時，我們都忍不住豔羨，事情就是這麼簡單。我們羨慕人類具有軀體，我們又怎麼可能不羨慕？書是有軀體沒錯，但我們的軀體並不具備體驗世界所需的器官，包裹著我們骨架、圍繞起文字的皮膚，和人類截然不同。無論我們的皮膚是白紙、羊皮紙、抑或布料製成（又或是到了現代，可能混合塑膠、玻璃、金屬），就算這一層皮也是界定身體邊緣的邊界，即便是觸覺最靈敏、電容性最強的書皮，我們都無法體會到人類皮膚感受到的愉悅，也感覺不到神魂顛倒、與他人融為一體的感受。

噢，當然，你可以說文學創作是一種跨越邊界的熱情，然而文學的本質是脫離肉體，較屬於一種概念，也很分散。書仰賴人類賦予靈體，而唯獨你們存在，我們才得以存在。所以我們是意識得到你們的手指翻開書頁，也可以用一頁頁篇幅描述咖啡的苦澀，抑或辛辣醬汁的香嗆、噴濺鹹酸的精液，卻無法體會你的真實五感，感受到它們在你的舌頭、你的皮膚、你的人類身體內的感覺。

這種情況下，我們實在很難不覺得自己錯過什麼。

身為愛情領域的專家，我們喚醒你去愛的能力，千百種愛的形式和愛語，多到任何人類大腦無法想像，但我們卻永遠無法體會牽起摯愛的手，壓在自己唇上的感受，也不可能想像——噢，我們有嘴唇啊！確實有不少書受到深愛、擁抱、撫摸，甚至溫柔親吻，這一切我們都很珍惜，可是一旦你們真正開始做愛，我們卻往往是馬上被踢到一邊、掃到床底下的那一個。遭到背棄的我們面部朝下、書頁攤開平躺在地，頁紙被弄得皺巴巴，神祕難解的事情卻在我們頭頂發生。

有時我們或許也想做愛，有誰不想？畢竟我們瘋狂愛著你們。身為人類著迷執念的奴隸，我們很清楚壓印和裝訂的感受。不過諸如此類的想法不過是無關緊要的想法，我們也心知肚明，只是我們為了消磨時光而編造的奇想。

奇想，這就是身為書本的我們的專長，實際發生的真實故事只屬於你。

言歸正傳。我們剛剛說到哪裡了？

班尼是在二〇〇一年受孕的孩子，光輝燦爛的未來展開的那一年。安娜貝爾一發現自己懷孕就終止圖書館學程，找到一份媒體監測公司的工作。健司戒除大麻菸，夫妻倆搬進中國城郊區的一棟小型雙併式房屋，租屋屋況破敗老舊，這也正是他們負擔得起的主因，不過房屋有一個孩子可以玩耍的小後院，加上鄰近公車路線，再合適也不過，畢竟安娜貝爾和健司都不喜歡開車。健司固定和一個爵士樂團合作演出，演奏大樂隊風格、牙買加斯卡、現代猶太克列茲莫音樂。他是才氣縱橫的樂手，樂隊中有一個頭戴紳士帽的日本單簧管手，演奏〈傻瓜吉姆佩爾〉和〈噢，一切都好〉等意第緒歌曲挺酷的。當他們發現健司就是該樂隊的吸睛紅人後，樂團便重新更名為「吳健司和克列茲莫樂隊」，並開始在當地巡迴演出。這對年輕愛侶結了婚，生活幸福美好。

安娜貝爾從來不曾這麼幸福。她本身極富創意，非常適合懷孕。她感覺自己的身體豐沃富饒，猶如一塊大陸抑或大洲，豐饒孕育著一個新生命。她的探險家健司卻運用另一種譬喻。兩人第一次照超音波，在螢幕上看見兒子的身影時，他指向這塊陰影，大聲喊道：「他是太空寶寶！就像夢中的迷你太空人！」自那一刻起他們就是這麼喊他：我們的太空寶寶，我們的夢中寶寶，我們的迷你太空人。他們躺在床上觀賞《二〇〇一：太空漫遊》，想像著胚胎在她體內的太空遨遊漂浮的畫面。

「這就是未來，」健司喃喃自語，指尖在她膨脹肚皮上彈跳，她還記得這句話讓她內心七上八下，有一種瀕近興奮卻類似恐懼的感受。但就算惴惴不安，她也盡可能不讓自己閒下來，不給自己胡思亂想的空間。隨著進入妊娠中期，孕肚越來越大，她買了紗線，親手縫紉嬰兒軟鞋和童帽，閱讀生產育嬰的書籍。她鉤織一件嬰兒毯，還找到一個ＤＩＹ網站，學習如何改造老舊二手店的毛衣，搖身一變製成絨毛動物布偶，最後做出一隻羊絨材質的大象。

剪刀姊妹知道她懷孕時難掩興奮，紛紛幫她從雜誌剪下實用文章，她則把文章收集在文件夾中。回家路上，她常常中途拜訪出售童書館藏的公共圖書館附樓。出售拍賣的童書通常都是狀態陳舊的書，因使用過度或粗心造成磨損，再不然就是故事內容與時代脫節。書名頁上大刺刺印著紅色的「館藏出售」戳章，宛如監獄刺青，彷彿說明它們是多餘的烙印，戳中安娜貝爾的憐憫之心。它們的模樣卑微淒涼，書角磨鈍，書頁邊緣捲起。雖然她已放棄成為兒童圖書館員的夢想，但還是想盡一份心力。老書價格實惠，拯救它們、給予它們一個新家，她心裡就會比較好過，書本也會心懷感激。

小倆口開始一點一滴整理房子，房東王太太就住在雙併式房屋的另一側。她有一個兒子，一個半邊臉橫著一個碩大紫紅色胎記、總是悶悶不樂的青少年，王太太對這個兒子總是滿口怨言，說他有多麼不孝。由於夫妻倆一開始不曉得他的本名，便喊他「不孝」。王不孝平時和一群狐群狗黨廝混，由於常常不在家，王太太只好上門求助健司。她很喜歡健司，除了他是亞洲人之外，手也挺靈巧。他幫忙修理所有簷槽、補好門廊臺階、替屋頂鋪上全新的木瓦，還幫王太太照顧她的小菜園，藉此換得房租減價的優待，房東太太也對健司餵養烏鴉的事睜一隻眼閉一隻眼。

安娜貝爾把嬰兒房的牆壁粉刷成漂亮的天藍色，買了書架並且製作窗簾。她在小巷垃圾箱旁發現一把狀態良好的木製搖椅，除了一隻弧形彎腳鬆脫、扶手裂開，其他都沒有問題。健司幫她修好搖椅，她則在搖椅的椅背最上方鑲板上描畫乳牛躍過新月的可愛圖案。他們把這張椅子移至嬰兒房，健司在婚禮和猶太教成人禮上演奏時，她就坐在那裡一邊編織、一邊搖晃椅子，遙想他們的未來。健司回到家之後會躺在她腳邊的手工編織地毯上，聆聽她朗讀從圖書館拯救回來的書。有些是童話故事，有些是詩歌童謠。嘿，滴答滴答，小貓拉著小提琴。安娜貝爾說這些書有助於提升他的英語理解力。她朗讀故事的聲音很動人，不過他很少留意故事意義，反而當作音樂般單純聽她誦讀的聲音，有時文字聽起來感人到使他熱淚盈眶，他會深受觸動地幫她伴奏，拿起烏克麗麗輕輕彈奏出柔美和弦。後來寓言故事和童謠被改成歌曲，隨著她的孕肚越來越大，他們也開始對它哼起歌。健司沒聽過安娜貝爾小時候聽過的兒歌，於是她熱心教他唱〈瑪莉有隻小小羊〉、〈倫敦鐵橋垮下來〉、〈划划划小船〉。健司會撥弄琴弦重複歌詞，試著捲舌唸出英文發音，像是充滿抑揚頓挫、舌頭上舔的L，以及發音圓潤、舌頭彎拱至上顎的R。

「划啊划，」她說。

「筏啊筏，」他跟著她重複一遍，她搖頭時，他迷惑的表情令她忍俊不禁地笑出來。

「好，試試看說『啊……』，現在嘴巴做出往下咬的動作，變成R，就像一口咬下美味的巧克力蛋糕。啊……R。啊……R。R就是你的牙齒包覆蛋糕、嚐到巧克力滋味前發出的聲音。」

即使還沒出生，仍漂浮在孕肚內溫暖流水的空間，班尼都聽得見父母的聲音。聲音如夢似幻，像是來自遙遠宇宙，從母親多愁善感的跳動心臟邊緣滲透進入。划啊划，他聽見，人生只是夢一場。

寶寶在一月誕生，當時九一一事件的餘震仍讓全國上下天旋地轉，安娜貝爾很慶幸自己請了產假，用不著閱讀這些新聞。孩子出生後的幾個月，安娜貝爾和健司都沒有打開電視和收音機，而是安穩地隱遁在他們幽靜的泡泡裡。他們側躺在床上，中間夾著小嬰兒班尼，三人的身體就宛若一對包夾一個星號的括弧。

(*)

他們左右夾著班尼，仔細觀察著他的全身上下，抬起他的四肢，欣賞他的手指、腹部、軟乎乎的腳趾墊、手肘淺窩、小而尖的陰莖。快看！看啊！他們低語道。他是不是很不可思議？耳朵形狀像是貝殼，皮膚簡直是質地最絲滑的牛奶。他們研究著他的每一分每一寸，湊上鼻子嗅著他的味道，貼上嘴唇摩擦著他，小嬰兒的完美模樣和香味教他們驚嘆連連。他是他們的夢中寶寶，完美無缺。

他是我們製造出來的，他們低語，怎麼可能？頓悟如此美妙的真相令他們內心充滿驕傲。他們望著他跨出人生的第一步，看著他牙牙學語，成就感帶來的喜悅猝不及防，他們牢牢執起彼此的手，屏息等待，等待著可能發生的未來，這就是他們從此過著的幸福美滿人生，天天年年如此幸福快樂。

班尼

了解，哇。我知道這是我的要求，但你不覺得你講得太細了？

我的意思是，關於我的部分我是無所謂，但你大可不必告訴全世界我爸媽的性生活吧。有的事或許應該保留一點隱私，尤其是關於她繼父的事。要是你是她的書當然另當別論，敘述這類故事或許情有可原，不過你是我的書吧？我只是覺得應該提醒你一下。

至於我在她懷孕時聽見他們唱歌的事？真的很酷，這下完全說得通了。我現在聽見的聲音偶爾也像那樣，彷彿是我出生之前的遙遠事物，但因為我根本還沒出生所以毫無印象。我也無從描述，感覺很像被塞進我大腦皺褶的隨機垃圾代碼，不知怎麼被啟動開關，也許每個人都有這種代碼，但只有我超敏感才開始聽見聲音，你懂我的意思嗎？我的輔導老師說這可能是哀悼親人的後遺症。

我倒也不是馬上就能聽見聲音。我爸去世後的這一年以來，我只聽得見他呼喚我的聲音，就像在火葬場時那樣，不過後來都是深夜在我臥房裡聽見的。我會在睡夢中聽見他呼喊我的名字，聽起來很像他人就在那裡，你懂我的意思嗎？那個聲音就在我的腦海外徘徊，同時也存在我的大腦內。

我躺在床上悉心聆聽，惶恐得不敢亂動或睜開雙眼，因為我生怕看見他，也害怕睜開眼後看不見他。我想說的是，我真的很想見他，但我想要見的是活生生的他，而不是死後變成殭屍或鬼魂的他。等到我總算逼自己睜開眼，卻只看見一片漆黑。接下來我躺在那裡，豎起耳朵聆聽，希望他再對我多說幾句話，可是過一陣子後又沉沉睡去，等到清晨降臨，關於我爸聲音的記憶已和昨夜的其他夢境混亂糾結，我也忘得一乾二淨。

隨著那一年邁入尾聲，他的聲音變得越來越微弱，我也不常聽見他說話。他去哪裡了？有次我特別去找他，裝著他骨灰的盒子本來放在一樓，就和他的黑膠唱片擺在一起，但我媽換地點了，所以我得在她亂七八糟的臥房裡翻箱倒櫃，最後才總算找到被塞入衣櫃後方深處的骨灰。我想她應該不會介意，便擅自把盒子放上我房間的書架，擺在我的老月球旁。那是小時候爸爸教我認識月球時送我的，裡面裝著一盞會讓月球發光的燈，不過已經故障很久，我爸再三承諾他會幫我換一條電線，卻始終沒換。但我把骨灰擺至月球旁邊那晚，月球燈又開始一閃一爍，你說這是不是很詭異？我本來在睡覺，可是光線實在太刺眼，扎得我從睡夢中醒來，一開始真的把我嚇得半死，可是後來我心想，八成是我爸的靈魂想要信守承諾，才回來幫我修好燈，一想到這兒我就冷靜下來了。在那之後，每次向爸爸道晚安時，我就會旋轉月球，如此一來躺在骨灰盒的他就能看見月球的每一面。我們以前也會一起旋轉月球，他說因為他是藝術家，所以只喜歡轉到月球的陰暗面，至少這是他告訴我的。我也不是很明白他的意思，我猜一部分的我還是希望他可以降臨我的夢裡與我說說話，可是後來當我開始聽見其他聲音，就放棄這個念頭，反正現在眾聲喧譁，我也不可能聽得見他的聲音。

其他聲音也會降臨我的夢境，說話聲音就是這樣開始的，彷彿一個聲音打開了一扇門，接下來各種聲音傾巢而出。夢境就像是一扇門，一扇帶你進入另一個現實世界的大門。當大門打開，你只能好自為之。

書

陰暗面深具魅力，班尼。只不過大多數人都不想展現出自己的陰暗面，偏好打安全牌，保持正面樂觀。但是像你爸爸的藝術家、作家、音樂家卻抗拒不了陰暗面的誘惑。書本對此非常熟悉，先不論我們喜歡與否，不逃避陰暗面就是身為一本書的職責。

而這當然包括你母親的故事在內。確實我們不是安娜貝爾的書，說真的，她值得一本專屬自己的書，但有時區隔父母和孩子的書很難，身為一本書的我該如何是好？只好旋轉月球，看看我們會停在哪裡，暗自禱告你能挺過這一站。

4

在他的夢裡，有人輕輕敲著他的額頭，若是你閉上眼或許就能想像這個畫面。想像一下現年十三即將十四、就這年紀來說體格略嫌矮小的班尼仰躺在窄床上，雙手交疊，身上蓋著他那條星際太空棉被。氣喘和灰塵使然，班尼老是略微鼻塞，於是改用嘴巴呼吸，微張的嘴唇形狀猶如一把彎弓，模樣煞是帥氣，他的黃褐色肌膚依舊澄澈乾淨，樣貌像極他的父親。

有人正在輕敲他的額頭，輕敲的動作像是雨點，滴滴答答落在他平滑無憂的眉宇之間。在睡夢中這陣輕敲喚醒了他，他睜開眼，看見一根手指正不偏不倚漂浮在他的鼻頭上方。這隻手指纖細尖長，幾乎呈現半透明狀，在散發微光的空氣中如同漣漪擴散，恍若生長於淺水的一根野草。這時他發現原來這隻手指連著一隻手，而那隻手又緊連著一個纖細手腕，接著無限綿延，朝外蔓延成他這輩子見過最長的手臂，恍若一根綿亙至漆黑外太空的風箏線。連接著手、漂浮在絲線般手臂遙遠一端的是一顆頭，蒼白遙遠得恍若一輪皓月。

那是一張女孩的臉孔，即使距離如此遙遠，班尼仍看得出她是全世界最美麗的女孩。在他的一生中，於地球活了十三年又九個月的日子裡，他從沒見過像她如此動人的面孔。她的濃密白髮猶如一朵月光籠罩的雲朵，在她的身體四周波動飄蕩。她水汪汪的炯炯眼眸正低頭俯視他，粉嫩嘴唇噘成一個完美O形，世上最美的女孩正在嘲笑他，至少看起來是，雖說是嘲笑，卻絲毫不帶惡意。

班尼……她呢喃道，發出無聲的笑。班尼．吳……吳……吳……

一整串「吳」猶如煙圈徐徐飄出她的嘴巴，班尼從床墊上撐起身體，希望像海豹一樣套到一個煙圈。那串煙圈並不帶煙味，聞起來反倒像熱巧克力，以及他小時候安娜貝爾仍會使用烤箱時剛新鮮出爐的麵包。世上最美麗的女孩散發著一股酵母氣味，聞起來很像他母親的親吻，也很像媽媽仍然幸福、爸爸依舊在世時的童年時光，這段回憶的威力搔著他的皮膚寒毛，感覺又刺又癢。如今女孩的臉龐離他越來越近，逼得他不得不倒回床上，剎那間兩人的距離消弭，她正漂浮在他的身體上方，充滿酵母氣味的O形親吻飄零落下，濡濕而溫暖，猶如波浪般陣陣搏動，穿過他的體內。她輕輕把手壓在他的胸口，就在他心臟上方的位置，在她掌心的輕柔壓迫下，他感覺到自己的心臟劇烈跳動，他弓起脊椎，身體開始上升，想要觸碰——

噢……他喊著。噢……噢……噢！就這樣，熔融般的夢境炸裂成十億顆猶如笑聲般響亮迴盪的小星星，在他皮膚底下閃爍光芒，最後笑聲慢慢地、慢慢地消退，星星逐一熄滅，他又再度陷入一片漆黑之中。

在萬籟俱寂之中，他聽見一聲哀號，於是張開雙眼。陰影籠罩下的臥房顯得混濁不清，世上最美麗的女孩已經消失。他閉上嘴巴，哀號聲跟著消沒。他的頭頂上方，有一個以夜光星星排列組成的朦朧星雲，在天花板上旋轉形成三個O的黯淡星座，這三個交錯結合的星星圓圈是爸爸幫他貼上天花板的，象徵著他們吳家三口。

他的雙手壓在睡褲褲襠上，摸起來濕答答的，卻不至於太濕。爸爸剛過世時，班尼也曾經尿濕褲子，但他已經很久沒有尿床。他站起身檢查床鋪，床單乾燥完好。他脫下睡褲湊上鼻子，聞起來並不像尿，但還是有一股味道。他渾身打顫。他知道春夢，學校的男生都很愛開春夢的玩笑。難不成這就是春夢？他的身體感到空洞詭異，還有一股搔癢感受，好似感冒卻不至於難受，事實上感覺還挺好的。他從衣櫃抽屜裡找到一件乾淨內褲，拿起睡褲，打開房門踏上走廊。

走廊一片漆黑，這裡的空氣和臥室迥異，凝滯而沉重，帶有新聞報紙和灰塵的氣味，但他現在習慣了這股味道，早就不以為意。他沿著狹窄走道前進，小心翼翼不去撞上堆疊在牆邊、搖搖欲墜的箱子。箱子裡都是爸爸的東西，裝有媽媽報紙和購物商品的垃圾袋則堆放在箱子上。當他距離房間越來越遠，他注意到某樣之前並未發現的東西。噪音。他的皮膚一陣刺痛，他蹲伏在一疊高高堆起的箱子後方，雙臂環繞著身體，凝神細聽。

那噪音聽起來很像是陰影處傳來的人聲，並不響亮，只是波濤起伏、低沉安靜的噢噢噢噢噢噢噢噢，很像鬼魅或人類的呻吟，卻輕柔到沒人聽得見罷了。安娜貝爾時常在夜裡呻吟，他偶爾也會聽見她哭泣的聲音，那聲音令他內心害怕不已，但這次的呻吟不太一樣。他耐心等候，感覺他聽見聲音裡夾雜著話語文字，卻分辨不出對方說了什麼。王太太有時會對不孝大聲咆哮中文，可是她的聲音氣憤尖銳，他現在聽見的人聲卻顯得哀傷。他本來想要乾脆回房關門，但這下他真的非去廁所小解不可。他緩緩站起身，躡手躡腳繞過滑落堆疊物品上方、攤在一地的滑亮雜誌。他每踏出一步，哀號聲就越來越響亮。後來他的腳步不穩一滑，腳跟落地時正好踩到滿滿一袋安娜貝爾在季後大拍賣購買的聖誕節裝飾品——裡面有聖誕彩帶、燈飾、薄透玻璃球。他聽見一個疼痛到聲嘶力竭的哭喊，聲音清脆尖銳，那是可憐兮兮的閃亮聖誕球發出的碎裂尖響，聲音毫不留情地刺穿他的耳膜。班尼抬起兩手摀住耳朵，背靠著牆彎下身。

夠了！他央求，可是哭喊聲並未就此停止，說話聲音也開始猶如大合唱，在他的四周此起彼落地響起，從地板到椽子、屋子各個角落傳出，加入聖誕球哀鴻遍野的哭喊。

這下他雙手更用力摀住耳朵，閉上眼。求你了！他喊道：不要吵！等到他挪開雙手，屋子裡鴉雀無聲。

「班尼？」他聽見媽媽從走廊另一端傳來的呼喊，她猶如銀鈴的聲音在瞬間靜默的屋裡響起。「你還好嗎？」

他的心臟仍不聽使喚地猛烈跳動，他急促喘息，吞下一大口空氣。

「寶貝你還好嗎？你要去噓噓嗎？」

「對！」

她有必要問嗎？他討厭她到現在還在使用那兩個字，但他的厭煩讓一切都回歸正常。他起身，膝蓋一左一右地動了起來。

到了廁所之後，班尼從浴缸中取出裝滿手工藝用品的購物袋，轉開水龍頭，小解完畢後順手脫下內褲，和揉成一團的睡褲一併丟進汩汩水流底下。這是他最喜歡的蜘蛛人睡衣，而他至今仍然穿得下。他望著紅藍色相間的睡褲褲管在水流中翻騰攪動，找到一瓶洗髮精後，他往浴缸水中擠出彎彎扭扭的圓圈。泡泡冉冉升起的時候，他坐在浴缸邊緣，環抱著赤裸膝蓋，屁股下的浴缸感覺冰冷，他仍聽得見房子遙遠角落傳來的咕噥嗚噎，偶爾夾雜著一句狀似發號施令的刺耳話語，但班尼刻意充耳不聞。他低聲哼起他最喜歡的電腦遊戲配樂，那是採礦征程中他以鶴嘴鋤深掘採集製作武器的礦石時，背景傳來的輕快旋律。只要有了這些武器，即使面臨陣仗壯大的暴民，他也能保身自衛。儘管稱不上是歌曲，叮叮咚咚的音符卻令他鼓起勇氣，並在他努力回想最美麗女孩閃閃發光的模樣時阻絕說話聲音。班尼依然感覺得到肌膚底下的那陣刺癢。

翌日早晨起床時，前一晚的記憶又重回班尼腦海。他在床上坐起，屏氣凝神地聆聽，然後走到門前開啟一個小縫，豎起耳朵想聽聽說話聲音。他可以聽見客廳傳來安娜貝爾工作時轉開的收音機，昨晚的詭異聲音卻不復在。他發現前一晚被他踩到的聖誕節裝飾品，於是帶入浴室，紅綠色的玻璃碎片現在已經不吭一聲，於是它把碎片扔進垃圾桶。他的睡褲垂掛在浴簾橫桿上，依然濕漉漉，於是他繼續將睡褲掛在那裡。回到臥房後他換下並摺好睡衣、收在枕頭下，這是他每日的例行公事，可是今天感覺卻異常奇怪，他納悶著睡衣是否思念睡褲。

他走到廚房，從櫥櫃中取出一盒美式爆米香麥片，可以聽見安娜貝爾正在客廳。她喜歡邊剪報紙邊聽收音機，早晨是安娜貝爾最忙碌的時段，班尼已經習慣配著新聞播報的背景音吃早餐，廚房水槽擺滿髒汙碗碟，但他在碗碟瀝水架上找到一個乾淨的碗，便往碗中倒入美式爆米香麥片。以前每天上午都是爸爸幫他準備早餐，他會在裝有早餐麥片的碗中倒入牛奶，將碗湊向班尼的耳邊，讓他聽麥片發出清脆響亮的嗶剝聲。早晨時刻他都格外思念爸爸。班尼走向冰箱拿牛奶，可是他打開冰箱門的那一刻，卻有個細小聲音從冰箱鑽入廚房，嚇了班尼好大一跳，讓他想起昨夜的說話聲音。是收音機嗎？或是冰箱內傳來的聲音？他迅速關上冰箱門，站在那裡聆聽。父親以磁鐵創作的詩詞仍然參差不齊地黏貼在冰箱上，前兩行卻似乎稍微偏離原本的詩，他盯著最後一行。

「班尼？」安娜貝爾從客廳嚷嚷道：「是你嗎？」

他沒有答腔。班尼再度拉開冰箱門，雖然只露出一個小縫，冰箱卻足以感應到開口，內部的感應燈光再度自動亮起。寒氣從冰箱竄出，呼出的酸味撲上班尼臉孔，接著他又聽見同樣聲音。儘管聲音微弱，他現在總算可以分辨出差異：全是被塞進冰箱深處、遭到遺忘的食物，像是發霉乳酪發出的嘀咕、乾枯萵苣的唉聲嘆氣、半瓶優格的抱怨呢喃。

「夠了，」他低聲喃喃。

「班尼？是你嗎？你在找東西嗎？」

他稍微再拉開冰箱門，尋找牛奶，謹慎小心地移動一大瓶低卡麥根沙士、一盒柳橙汁、一罐酸黃瓜。

「閉嘴！」

「寶貝兒子，你說什麼？我聽不清楚……」

他兩眼瞪著酸黃瓜。「家裡沒有牛奶了！」他大吼：「每次都這樣！」

客廳的收音機頓時靜下來，冰箱彷彿感受到他的怒氣般迅速噤聲，等著看好戲。

「對不起，寶貝，」沉靜半晌後安娜貝爾說：「下班後我再去買牛奶。」

他找到自己的專用湯匙，乾巴巴地咀嚼著美式爆米香麥片。爸爸還在世時家裡從來不缺牛奶，廚房餐桌也清理得一塵不染，他會和爸爸坐在餐桌前一起吃早餐。然而如今廚房餐桌卻堆滿雜物，他只好立在水槽前獨自吃早餐。

班尼吃完早餐麥片，把碗放進水槽裡的髒碗盤中，一列螞蟻正沿著砂鍋邊緣匍匐前進，他打開水龍頭將螞蟻沖下排水孔，但是螞蟻天生是游泳好手，水勢阻撓不了牠們。他洗淨拭乾湯匙，順手塞進他的書包側袋，然後走到客廳向母親道別。

安娜貝爾手中握著剪刀，安穩坐在堆放好幾疊報紙的工作桌前，身旁的掃描器發出爽朗明快的嗡鳴。收音機的主持人正在講述伊拉克和阿富汗的簡易爆炸裝置導致義肢需求量大增，為了趕上供應需求，私營醫療商也加入製造行列。安娜貝爾伸出手擁抱班尼，於是他傾身，嘴唇輕輕刷過她溫暖乾燥的臉頰，她的沉重雙臂環繞著他的頭部，班尼耐著性子站在原地，越過她的肩頭閱讀報紙頭條文字。**槍枝暴力：危險的是人還是槍？全球氣候變遷，巧克力恐成奢侈品。致命非洲病毒專找孕婦。警察拘留死亡案點燃民怒，引爆巴爾的摩暴動。野火救星：山羊出動清除加州灌木叢。**他不喜歡深長的擁抱，要是閱讀報紙頭條他就能維持不動。聆聽收音機也有幫助：快速的義肢科技發展可望協助指望健康活力度過人生的戰爭老兵。電臺主持人的語氣信心滿滿，在那短暫一秒，母親臉頰的柔軟幾乎令人感覺舒心。

「今天是週二，」他往後一退時說。週二是回收日，而提醒她是他的責任。「妳要的話，我現在就可以幫妳把回收垃圾提出去。」

「噢，謝謝，乖兒子，」她說：「不過沒關係。我先整理檔案存檔再說。」她的手草率揮向周遭裝滿報紙、堆在牆邊的垃圾袋。

他轉身離去。

「東西都帶齊了嗎？」她對著班尼的背影大喊：「有帶午餐的錢嗎？氣喘吸入劑沒忘記吧？」

他踏出家門並且上鎖。跨過門廊時，屋內紛擾的說話聲似乎逐漸淡去。屋頂上的烏鴉盯著他，吱吱喳喳地你一言我一語，不過烏鴉愛說話，所以他早就習以為常。班尼開始感覺放鬆，但一走上街頭，行經的汽車輪胎卻似乎刻意發出尖銳聲響，人行道的裂痕亦竭盡所能爭搶他的注意力。等到他踏上市區公車，更是眾聲喧譁，持續不斷的沉悶噪音，猶如演唱會開場前的觀眾躁動。

班尼小時候都是由健司親自送他上學，但他現在已經八年級了，所以安娜貝爾讓他自己搭公車上學。他有自己的公車票卡，亮出公車卡給司機看，讓他有種長大成人的感覺，但車上的瘋子和流浪漢身上散發的氣味以及突兀冒出的嘟囔依舊令他坐立不安。安娜貝爾要班尼和他們保持距離，可是公車偶爾人多擁擠，最後他還是沒得選，必須坐在他們身旁，聽著他們和空氣詭異至極又毛骨悚然的瘋癲對話。這類人多半是退役老兵，他從沒看過年輕流浪漢，但這不重要，哪個老瘋子沒有年輕過，說不定他自己以後也會發瘋。

拜託，他低聲喃喃。拜託……別再講了！可是紛雜的說話聲音充耳不聞，不只是上學路途，課堂上說話聲音亦持續嘟囔嘀咕，使得班尼幾乎無法專心聽課。有時聲音沉寂，化為輕柔耳語，讓他幾乎忘了它們的存在，彷彿背景中總是不斷發出低鳴、最後讓人忘了存在的冰箱。不過某個銳利哭喊偶爾仍會劃破沉靜，讓可能正在走廊、教室、體育館等任何地點的班尼瞬間定格。他會小心環顧四周，聲音似乎是從體外傳來，落在右肩的某個位置，但其他人似乎都聽不見。他們是假裝聽不見嗎？抑或聲音只存在他腦中？

是體內？還是體外？兩者的差別是什麼？又要如何區分？當某個聲音穿透耳朵、進入你的身體，與你的思想合而為一，會發生什麼事？這種情況下，聲音難道仍然只是聲音？抑或已經化作別的東西？當你啃雞翅、雞蛋、雞腿，哪一刻起它們變成不再是一隻雞？當你閱讀書頁上的文字，文字成為你的一部分時，文字又會怎麼樣？

5

安娜貝爾是過了多久才發現班尼的詭異行徑？發現之後，又是過了多久她才承認班尼確實不正常？她是一個青春期少年的母親，青春期少年的行徑本來就很詭異，至少親子教養書都是這麼說，再說她自己的事已夠她煩惱。那天上午，就在班尼出門上學之後，安娜貝爾的主管致電通知她公司正在進行第二輪的內部調整，某個可靠的來源告訴他，安娜貝爾的工作時數將受到裁減。

「你認真的，查理？」她問：「裁減多少時數？」

「這個嘛，我會盡量請他們維持四分之三的時數，但最後非常可能減半。」

「什麼時候開始縮減工時？」

「我的情報來源估測大概是年初，所以還有兩個月的時間。」他繼續解釋搜尋演算法和關鍵字科技等發展，以及印刷品發行量銳減的情況。他說產業正在轉型，他只是想事先警告她一聲。雖然是出自貼心善意，但仍然讓安娜貝爾慌張失措，然後就在她還在慢慢消化這個震驚消息時，主管提出了解僱她的建議。

「可是我沒做錯事啊！」

「妳當然沒有，只是情勢如此。」

「情勢？」

「妳懂我的意思，公司制度。」一陣尷尬的沉默在兩人之間擴散，接著他又說下去。「安娜貝爾，我知道妳的丈夫過世，妳得撫養孩子，可是妳必須理解一件事，那就是妳這份工作遲早會被淘汰。我不想在電子郵件裡提及此事，但要是妳現在以全職雇員的身分遭到解僱，就能爭取到更優渥的遣散費。所以我要是妳，現在就會選擇及時設下停損點，拿失業補助金，並且利用這段過渡期找一份新工作。這只是我個人的提議，眼前的發展已經很明顯，但還是全看妳個人的意願。妳認真思考一下吧。」

掛掉電話後，安娜貝爾才發現自己忘了問查理員工福利的事，而他也完全沒有提及此事。她會喪失健康保險嗎？他們的健保費率是否會提高？要是自己發生什麼事，或者——老天爺，要是班尼出了什麼意外，她該如何是好？

她結束這天上午的工作時查看一下時間。回收車通常會在午後一點左右抵達，如果她趁現在扔出幾包垃圾，班尼就不會覺得自己的提醒白費唇舌。回收是一大挑戰，公司要求印刷部門為每天的報紙製作一整個月份的存檔，其他期刊則是兩個月份的存檔，另外還得為他們處理過的掃描檔案製作備份磁碟。歸檔是一種保障，免得剪刀姊妹的銳利鷹眼和快刀錯過某篇文章，但當然這種事從沒發生過。辦公室尚存時，她們有一整間儲存印刷刊物的大型貯藏室，不過現在這些刊物每天上午全寄至安娜貝爾家門前，而且當時辦公室內還有一個專門回收舊報紙的人手。

可是以上這些工作現在全歸安娜貝爾處理。頭幾個月她盡責地整理檔案存檔，並收進整齊標上日期和客戶代碼的紙箱內。無奈東西實在太多，沒多久她的進度便落後，報紙開始在地板上越堆越高，當報紙堆得太高，開始滑落地面，她就把報紙塞進回收袋，以一段防水膠帶標記袋子，然後拖到客廳沙發後側——她指定當作倉庫的位置。可是那個角落的袋子也越堆越多，沿著牆面砌成一座小山，沒多久沙發也淪陷了。無處可去的檔案存檔侵占走廊空間，開始一路爬上樓梯，在背後逐漸綿延。

回收袋十分沉重，但她成功從堆積如山的底部抽出幾包陳年袋子，所幸沒有造成土石流。如果健司還在就會幫她忙了。她把袋子拖到屋外的街上，然後折返進行第二輪、第三輪，她回來時發現王太太正站在人行道上，拄著拐杖往前微微傾身，費勁地盯著半透明塑膠袋內的頭條文字。

「妳怎麼讀這麼多東西？」她瞇著眼問安娜貝爾。

安娜貝爾拎起堆在最上方的一只袋子。「我不得不讀，」她疲憊地說：「這是我的工作。」

老太太搖了搖頭。「妳做的是哪門子工作？」她的拐杖揮向堆積如山的塑膠袋。「要是收垃圾的抱怨，我們就等著收罰單了。」她沒好氣地戳了下垃圾袋，然後用她布滿皺紋的手指點了點自己的腦門。「看太多新聞對腦袋不好，妳最好換一份工作，聽懂了沒？」她沒有等安娜貝爾回話，逕自點頭拖著腳返家。

這個建議很合理，也是她那天第二次收到這個建議。她知道健司肯定也會舉雙手贊成，一定對查理和他所謂的「公司制度」頗有微詞，管他是內部運作模式還是運作不良，然後要求她主動離職。人生苦短，她應該找一份可以讓她發揮創意的工作，一份她真心熱愛的工作，用說的當然很簡單，當初她之所以接下這份工作，還不是為了讓健司從事自己真心熱愛的工作？如今他拍拍屁股走了，她還有一個孩子得撫養，更實際一點來說吧，她還做得了什麼工作？服務生？抑或在零售商店找出路？

屋內堆疊的回收袋幾乎看不出減少的跡象，但她不敢再拖出其他袋子。她清洗水槽中堆疊的碗碟，這本來也是健司的家務。然後挪走堆放餐桌上的雜物——她真的應該多費點心力整理家裡，但她卻套上外套，走到公車站牌。放學時間快到了，自從班尼早上開始自己搭車，下午到學校接他似乎失去意義，不過她還是習慣成自然，下意識地走出家門，班尼倒是似乎對她這個舉動感到越來越厭煩。雖然他們從未討論過這件事，但她看得出班尼現在已是青少年，媽媽還來學校接送很丟臉，再說她也不像其他同學的媽媽，穿著瑜伽套裝和漂亮慢跑鞋，開著豐田普銳斯汽車，老公有一份好工作、享有優渥的福利津貼。

即便如此，出門透透氣倒也不賴，再說知道她有個地方可去也挺好。她站在公車站牌前，發現自己太早出門，這麼早就出現在校門口遊手好閒也沒意義，於是她決定先去超市買牛奶和晚餐食材，趁現在還有薪水囤點糧食也不失是個好主意。老爺公車慢吞吞地停下，她爬上車，找了個座位。三點前的公車令人昏昏欲睡、慵懶倦怠，又經常遲到，倒也不是說她趕時間，無論如何她都可以傳簡訊給班尼，交代他自己回家。畢竟他有家裡鑰匙。她可以悠悠哉哉地購物，她真的應該慢慢來，等班尼回到空蕩蕩的房子時，就會知道她有多信任他，而這對於他的自尊大有幫助。

當然助長他自尊最好的做法還是以身作則，親自示範何謂自重，然而為了一份沉悶愚蠢、漸漸被公司削減工時的工作埋頭苦幹並不是自重，忠於自我和個人創意才是，安娜貝爾在內心如此激勵自我，抬高手拉扯下車鈴，示意公車司機在購物商場停車。其實拉鈴是多此一舉，畢竟搭乘這號公車的乘客多半都在購物商場下車，但是這個舉動卻強化了安娜貝爾的決心毅力。她步下公車，路過超市不進，直接邁向她最愛的商店：創意魔法產地麥可斯。

有何不可？她並不打算買東西，但光是逛一逛也足以激發她的靈感。大門猶如魔法般唰地打開，踏進店內後，她深深吸了一口氣，將花束、薰衣草、肉桂、松子的香氣吸進肺裡。儘管這間手工藝品超級大賣場只是一間大型連鎖零售商店，對她而言卻形同立竿見影的強效毒品，而且屢試不爽：她的血液沸騰，心跳加速，夢境般的慵懶悠哉撲襲而來，她的骨頭彷彿一點一滴地融化。麥可斯販賣的不只有商品，還有承諾。她推來一個購物車，不是為了將商品丟進去，單純是一個充滿儀式感的步驟，接著把購物推車轉向紙工藝品和剪貼簿工藝區。她喜歡在店內繞行，逆時鐘移動，穿梭在每一條走道的感受。店內販售的東西大多顯得俗氣，但是猶如恍惚神遊般，不疾不徐地瀏覽商品也具有滿滿的儀式感。她經過亮粉墨水和橡皮圖章，然後停下來查看具有靈巧設計的扇形、渦卷形、浮雕細工等裝飾剪貼剪刀。可以在彩色紙上裁切出心形、星星形、蝴蝶形狀的打孔器深深激起她的興趣。接著她發現飛思卡牌心愛的打孔器正在特價，這名字真的荒謬可笑，令她不禁莞爾一笑，要是健司還在的話……她的手朝打孔器伸了出去，卻臨時改變心意，繼續前進串珠和編結藝品區。

依照當天的心情而定，某些展示品會比較具吸引力，像今天對她招手的就是高級德國顏料。包裝外盒堅固、造型設計好看，裡頭裝著名稱美妙的五顏六色。茜素紅。銻黃。錳藍。鉻綠。聽起來都是嚴肅認真的科學名稱，卻同時充滿異國情調，簡直是詩詞的化身。擁有這樣的顏料任誰都會被激發創意靈感吧，再說有這麼多顏色，價格也不算太貴，偏偏還是稍微超出她的預算。昂貴顏料向來都是歐洲貨，她從沒去過歐洲，健司倒是去過。婚前他們曾經一起躺在床上，她則聽著健司描述柏林、巴黎、阿姆斯特丹、羅馬等城市的爵士俱樂部，並承諾有朝一日會帶她造訪這些地方，她全都傻傻相信了。她可以毫無障礙地想像那個畫面：他在煙霧瀰漫的夜總會演奏爵士樂，她則是搭起一個畫架，在多瑙河或塞納河畔優雅作畫。早晨他們在鵝卵石廣場上的戶外咖啡館，掐起小杯子的提把啜飲咖啡，廣場周圍環繞著壯麗宏偉、與顏料外盒印刷圖案一模一樣的天主教堂。她拿起顏料湊向鼻子，顏料帶有一股獨特氣味，可惜包裝過於嚴實，氣味竄不出。她的拇指指甲邊緣撫摸著外盒和蓋子中間的摺痕。要是她可以從收縮密實的膠膜包裝釋放色彩，只能嗅聞一根軟管……也許她會選辰砂吧。辰砂會是什麼味道？再不然就是蔚藍吧？她把盒子放回架上，並且承諾自己，總有一天她會回來購買，然後意志堅定地推著購物推車離開。

她的購物推車依然空蕩蕩，但她目前只逛到三分之一店面。再往前走就是被毯區了，她需要開始製作紀念被毯，所以在這區稍微停留或許可以帶給她執行計畫的動力，但抵達被毯區之前她得先通過書區。這是她的危險區域，於是她告訴自己絕對不可動搖，想著家裡那堆提供聰明小撇步和DIY點子的手工藝術和教學書，她最不缺的就是書了。她緊緊握著購物推車的手把，鼓起勇氣推著前進，但就在她經過新書展示桌的那一刻，奇怪的事發生了。也許是桌子搖晃不穩，又或許是她行經書區那一刻不小心碰撞桌角，總之某件事物導致其中一本小書縱身躍下書堆，不偏不倚降落在她的購物推車裡。

她目瞪口呆盯著那本書。那是一本別緻小書，外觀樸實，灰色書封卻很賞心悅目。書名以俐落簡單的字體寫著《整理魔法：掃除雜物、革新生活的終極古禪學》。

這未免太不可思議！她正在思考該如何整理家務，這本書就主動送上門來？她拾起書本研究封面。她和健司老愛嘲笑信奉新世紀的人老愛鬼扯宇宙會給予我們豐盛，但是說不定他們真的說對了，因為這本書絕對不是一般的清掃書，而是以禪學的斷捨離作為主軸，作者是一個名叫愛西的真實禪師，同時也是一名日本頂尖的斷捨離專家。印在書底的作者肖像是一個模樣中性的年輕女子，她穿著一身灰色禪寺服，手握一把簡陋竹掃帚，身後背景是一座有著石門的小花園。她在圓滑光頭上紮著一條白毛巾，目光炯炯有神地望進相機鏡頭，嘴角似笑非笑地上揚。要不是安娜貝爾知道她是女人，恐怕會誤以為那是一名年輕陽光男子，而且還不是隨便哪一個男性，正是健司。安娜貝爾有一張健司寄住禪寺時期的照片，他和其他年輕和尚排成一列，身上也穿著與這位愛西一樣的灰色寺院服，剃髮頭頂上纏繞著如出一轍的白毛巾，她簡直就是健司……不，這個想法太愚蠢。她把小書放回購物推車，前往結帳，這個巧合完美得令人無法視而不見。也許這個古老禪學值得一試，也許她會深受鼓舞，立刻拾起工具打掃居家環境。這時她已經渾身充滿動力。

當然了，宇宙不可能給予你什麼，宇宙並不會讓一本書縱身跳下桌子，只有書本自己辦得到，但當然這麼做並不容易。在我們的世界裡，傳言有具備自我漂浮移動能力的超級巨著，但沒有幾本書親眼見證過這種事，於是我們只把它當作民間傳說。書本是會遷徙沒錯，看看你床邊的那堆書就知道了，但由於我們沒有雙腿，無法自行走動，一般來說書本必須仰賴人才能移動位置，為達目的，我們得盡可能運用花枝招展的書封和吸睛書名，讓自己更誘人，可是《整理魔法》並不是這樣的書，這本書很低調，絲毫不咄咄逼人，卻擁有自我推動的超能力。想像一下這需要多麼強大的目的性！不用多說，連身為書的我們都欽佩不已。

當人滿為患的公車搖搖晃晃煞車停止，安娜貝爾掙扎著擠上公車，與其他購物商場的客人摩肩擦踵，鑽進車門。學校已經放學，高中生占據座位低頭滑手機，只稍微抬眼的他們壓根沒注意到安娜貝爾，即使她手裡提著滿滿購物袋，已清楚說明她站立困難，高中生也懶得起身讓位。公車開始加速行駛，急轉彎殺進午後車陣時，她的腳步不禁踉蹌。

當然，滿手購物袋是她自找的。《整理魔法》是輕薄小巧沒錯，但她也需要製作紀念被毯的棉花。她當然是不需要一大束聖誕紅，偏偏就是抵抗不了優惠特價。在麥可斯待了太久後她匆匆跑了一趟喜互惠超市，怎料在公車嘎吱進站，她也總算成功擠上車後，才驚覺她在超市買的汽水、洋芋片、莎莎醬不能當作班尼的晚餐，更別說她又忘了買牛奶。她老是心神不寧，忘東忘西，班尼肯定會很不滿，於是她趕緊跑到東方快車餐館，外帶了他最愛吃的糖醋排骨。

手上提著購物戰利品，現在又加上大包小包的中式外帶餐點，於是安娜貝爾決定走小巷。挑捷徑走不但可以縮短兩條街的距離，還能躲過王太太虎視眈眈的監視，但缺點是必須穿越在福音宣教會二手商店大垃圾箱旁流連徘徊的人，不外乎是在那裡從事性交易、注射毒品的毒販毒蟲、無業遊民、性工作者。她老是警告班尼別走這條暗巷，就她所知班尼也不走這條小巷，畢竟他很怕無業遊民，還喊他們流浪漢。他是從哪裡學到這個詞的？

再說暗巷中充滿回憶，鬼影搖曳。別去想這些比較好。

不過今天小巷空無一人，只有一群發現她離開餐廳就尾隨在後的烏鴉，隨著她一步步逼近大垃圾箱，烏鴉也從一根電線桿躍至另一根。那是一具大型掀蓋式垃圾箱，四面高聳，她很難把東西扔進去。不過東西本來就不該扔進去，大多數人反而是從裡面撈出東西。在二手商店工作的小姐老愛抱怨大垃圾箱遭到搜刮的現象，卻又忍不住自豪，他們的垃圾箱是整座城市裡最多人搜刮的熱門選擇，畢竟裡頭都是上等好貨，當地報紙甚至特別刊登一篇關於這個大垃圾箱的文章，安娜貝爾也剪了下來。

今天大垃圾箱外擺著三張沾有尿痕、無精打采斜倚牆邊的床墊，旁邊是一個折斷腿的燙衣板，還有一把凹陷破舊的粗花呢扶手椅，椅子上疊著廉價畫作，畫框倒是依舊完好無缺，畫作最上方有一隻橡皮鴨。安娜貝爾擱下購物袋，拾起橡皮鴨。

「哈囉，鴨鴨，」她望入橡皮鴨的眼睛，說：「你真可愛！」然後捏了一下橡皮鴨，它也對她呱呱回應。「怎麼可能有人想丟掉你？」

橡皮鴨再次發出呱呱叫聲，附近一隻烏鴉熱情應聲。她沒有理會烏鴉，等一下再餵牠們吃飯就好。「你想不想跟我回家啊？」她問橡皮鴨，卻沒等它回答就順手把它扔進麥可斯的購物袋，然後轉身查看畫框。說時遲那時快，她聽見大垃圾箱內傳出窸窸窣窣的聲響，一抬起頭正好看見有顆腦袋探出高聳垃圾箱的邊緣。在傍晚斜陽照射下，那張背光的臉龐模糊成一片陰影。安娜貝爾瞇著眼試圖看清這張臉孔，只看見一頭蒼蒼白髮。是老人嗎？一個老人窩在垃圾箱裡做什麼？

「喲，」那個人說：「那是我的橡皮鴨。」這人一點也不老，而是年紀輕輕就遊蕩街頭的孩子，街友，最近小巷內時常出現這樣的孩子。她將一條腿晃出垃圾箱邊緣，棲息在那裡注視著安娜貝爾。她身上穿著一件深色長袖運動衫和黑色牛仔褲，臉上穿了鼻環和眉環，腳上則是一雙骯髒邋遢的鋼頭靴，參差不齊的光暈籠罩著漂白頭髮的頭頂。

「對不起，」安娜貝爾連忙道歉，從購物袋中取出橡皮鴨，放回那一疊畫作上。「我不知道這是妳的。其實我比較想要畫框，看起來很實用。」

女孩俯首凝望安娜貝爾：「為什麼？妳是藝術家嗎？」
「呃……不。不算是，我的意思是——」
「這樣啊，真不巧，我是藝術家，所以我需要畫框，橡皮鴨妳要可以帶走。」
「噢，可是我不能——」
「我不需要那隻橡皮鴨，」女孩說：「所以現在是妳的了。」
安娜貝爾再次拾起橡皮鴨，注視著它。「滿可愛的啊，丟掉挺可惜。我是說，究竟誰會想——」
「我完全贊成，所以妳就收下吧。」
安娜貝爾把橡皮鴨扔回購物袋：「謝了。」
「不客氣，」女孩說，然後把掛在外頭的那隻靴子跨回邊緣，再次遁回垃圾箱。

6

「妳沒買牛奶？」他正在翻看她擺在廚房餐桌上、大大小小的購物袋，旁邊那疊舊郵件上則是擺著一本灰色小書和一隻黃色橡皮鴨。他隨手拿起書唸出書名：《整理魔法：掃除雜物、革新生活的終極古禪學》。最好是，他心想，做夢比較快。他拿起橡皮鴨湊近耳朵。

安娜貝爾正在門廊餵烏鴉，他聽見她的笑聲猶如銀鈴般，高音陡然升起又落下。「中式餐館外帶不賣牛奶啦，傻瓜，」她說，然後走回屋內，看見他手裡握著橡皮鴨。「是不是很可愛？那是我在大垃圾箱旁發現的。捏一下，它會嘎嘎叫喔。是嘎嘎嗎？鴨子是發出嘎嘎聲嗎？不對，鴨子是呱呱，對吧？鵝才嘎嘎叫。快啊，兒子，捏一下。」

他輕輕地把橡皮鴨放回桌面，然後再次拾起。這隻鴨子有股說不出來的獨特之處。「這個可以給我嗎？」

「當然可以！」她驚呼：「我很開心你喜歡這隻小鴨子！牛奶的事不用煩惱，現在時間還早，你吃完晚餐可以去街角商店買。」

「妳每次都忘記買，」他說，順手將橡皮鴨塞進連帽上衣的口袋裡。

「對啊，不過多虧你提醒我，今天我有記得丟回收垃圾。」

他環顧廚房，看起來跟先前大同小異。

「我知道，我知道，」她說。「還有很多垃圾要丟，可是至少我已經開始了，而且我還記得買你最愛吃的排骨。」

「那是妳最愛吃的排骨。」

「我以為那是你的最愛，現在你不喜歡了嗎？」

他聳肩：「應該吧。」

「這就是了！」她興高采烈地喊道：「我說對了吧！現在我先收好剛買回家的東西，你先把晚餐帶到我房裡，我們去樓上吃。你挑一張唱片吧。」

「明明就不是我的最愛，」他說，但是她的注意力早已飄走。安娜貝爾站在碗櫃前，兩手各拿一大袋洋芋片，左右稍微旋轉身子，四處尋覓放置洋芋片的空間。碗櫃中堆滿了罐頭湯、瓶瓶罐罐的醬料、無數盒甜餅、薄脆餅乾、早餐麥片，包括母子倆都不喜歡吃的幸運符麥片，但因為幸運符麥片充滿回憶，讓她想起小時候她央求媽媽，可是媽媽不願意買給她的往事。她還記得小時候隱約感受到不祥預感，內心篤定要是沒有幸運符，他們家的運氣就會走下坡。果不其然，這件事發生後不久父親就過世了，然後母親改嫁繼父，母女倆的生活從此再也不幸運。當她看見幸運符麥片正在特價，種種記憶又浮現腦海，於是她幫班尼買了一盒。雖然當時健司已經離世，但她無論如何都要買，畢竟她不希望他們的運氣每況愈下，再說包裝盒上的愛爾蘭矮妖很可愛。

班尼拎起那幾袋外帶中餐，邁向樓梯。

她打開烤箱門，把洋芋片擠進烤箱。「好了，」她說，關上烤箱門。「我找到好位置了，這樣老鼠就沒辦法偷吃了，但別忘記提醒我裡面有洋芋片，好嗎？」

「閉嘴！」

她震驚地轉過頭。班尼全身僵直佇立在樓梯口，然後猶如一隻見鬼的牛犢，猛然弓背往後一躍，像是趕蒼蠅似的揮舞一隻手。

「班尼，寶貝兒子？你怎麼了？」

外帶餐點的袋子墜落地上，他兩手摀住耳朵，死命搓揉。

「班尼？你還好嗎？」

這時他才聽見她的聲音，於是放下雙手。「沒事，」他嘟囔，拾起地上的袋子。「我剛才不是在對妳說話。」

健司還在世時，他們會在廚房餐桌前吃飯，而且晚餐時間必定會聽音樂，三人輪流走進客廳挑選唱片。但自從安娜貝爾將音響搬到她的臥室，她和班尼就開始改在那裡吃晚餐，坐在充當餐桌布的床罩上。她說今晚他們要享用大餐，除了排骨，她還外帶了春捲、蒸餃、肉包、重慶雞公煲、招牌炒飯。一一拆開外盒後，床鋪儼然是一座模型村莊，外帶盒在羽絨被的皺摺及安娜貝爾恍如山脊的雙腿之間，模樣判若微型建築。

班尼選擇的唱片是班尼．古德曼一九三八年於卡內基音樂廳表演的傳奇演奏會，這是他和爸爸最喜歡的唱片，不但是爵士樂首度踏上卡內基音樂廳殿堂的時刻，更是黑人樂手首度和白人樂手攜手演奏的歷史性舞臺。當然班尼從未登上那個歷史性的舞臺，可是健司播放 YouTube 這場著名演奏會的老舊影片，所以他可以想像這個畫面。在不流暢的黑白影片畫面中，樂手身穿燕尾服，踩著他們包裹閃亮漆皮皮鞋的腳，演奏曲目是〈唱，唱，唱〉。班尼記得爸爸的臉孔靠向筆電螢幕時的表情，他的雙眼炯炯發亮，頭止不住地隨著樂音輕點，腳也跟著踏出節奏。他們都是爵士樂手，班尼，貨真價實的爵士樂手。

班尼咬下肉包，聆聽著大樂隊奏出的樂音，原版唱片以乙酸鹽製作而成，不流暢的啪啪聲和靜電發出的嗞嗞聲幾乎帶給人一種可觸的真實感，很類似老舊黑白電影。這兩者的真實感都是數位錄製影音不具備的特質，班尼也說不上來，但這樣的音色卻令他感到舒心安慰。他還注意到，活潑的搖擺樂曲似乎壓得下他聽見的說話聲音，即使是〈藍色白日夢〉等旋律憂傷的歌曲都似乎具有安撫鎮靜效果，它們會隨著樂音低聲哼唱。舞臺上偶爾會有樂手高聲呼喊，抑或引吭高歌，聽眾席不時流瀉出三三兩兩的笑聲。班尼已經聽過這張唱片一百萬次，他很清楚每個即興冒出的歌聲笑語，但如今聽來卻像極了他自己腦袋裡的聲音，讓他差點分不出來。他聽見掌聲響起，樂隊緊接著奏起活力充沛的〈人生是一場派對〉的銅管樂音，這是健司賴以為生的曲目。

「班尼．古德曼是搖擺樂之王，」他曾這麼告訴班尼。「他是史上最優秀的爵士單簧管樂手，我之所以幫你取這個名字，就是希望你也可以當個好人[1]！」然後他會為自己想到的雙關語大笑。健司老愛用英文構思無聊的雙關語，然後自得其樂地哈哈大笑，也逗得安娜貝爾和班尼跟著大笑。

「我們是和樂美滿的家庭，」健司曾這麼說：「我們是吳憂吳慮！」

班尼幾乎聽得到他說出這句話的聲音，也幾乎看得見他閃著光芒的眼睛和笑盈盈的臉孔，然而父親死後這個聲音卻變得越來越微弱，他的面容也是，班尼發現他越來越難記起他的模樣。不過家裡仍然到處是爸爸的衣服，原本安娜貝爾已先將衣服收進袋子，但衣服卻一件件神不知鬼不覺地溜出袋子，遷移飄流過成堆書本和唱片，回到她的床鋪，在夜裡幫助她入眠。她告訴班尼關於紀念被毯的計畫，就他看來，爸爸的法蘭絨襯衫彷彿想要自行重新組合成為棉被，與她的床單纏綿繾綣，襯衫的彩色格紋和方格紋鬼鬼祟祟在外帶盒之間偷窺，它們的喃喃細語與母子的晚餐對話穿插交織。

「你還好嗎，班尼？」

又來了。他僵住不動，原本正伸長手要夾一塊排骨，準備大快朵頤，卻瞬間雙眼圓睜，眼皮顫動，他渾身僵住凝視著手裡的排骨，盯著它久久不放，然後滿臉疑惑地歪斜著腦袋。唱片最後一首歌曲剛結束，室內鴉雀無聲，唯獨唱針滑到音軌終點時發出節奏規律的咯……噠，咯……噠。

「班尼？」

「我在，」他將沒有咬下的排骨丟回盒子。

「你吃飽了？」

他拿起一支免洗筷盯著它，又放了回去。

「你想聽另一面嗎？」

他滿臉疑惑。

「我是說唱片，你想要換面嗎？」

他點頭，抹淨手指後爬下床，越過媽媽堆積如山的物品，然後走到黑膠唱盤前，小心翼翼地碰觸唱盤，動作輕巧地抬起唱臂，悉心吹掉唱針上的小小塵埃，翻到唱片背面，然後仔仔細細地將唱

---

1 班尼·古德曼（Benny Goodman），「古德曼（Goodman）」在英文中亦有「好人（good man）」的意思。

臂對準外轉盤，凝望著唱針找到軌道刻痕。等到〈忍冬玫瑰〉打破沉默，他才總算鬆了一口氣。

「妳還記得爸之前使用的耳機嗎？」他爬回床鋪時問道。

「你是說你曾經戴在耳朵上的巨大耳機？我前幾天剛好才想到！你那時戴耳機的樣子好可愛。來，挑一個幸運籤餅。」她遞出兩塊餅乾。

他挑了其中一個，拆開包裝，把餅乾折成兩半。「那妳知道耳機現在在哪裡嗎？」

「耳機嗎？就在房間某處，可能收在衣櫃吧。噢，你看！我拿到兩張！」折成兩半的幸運籤餅橫躺在她腿上，她高高舉起兩張紙條，朗讀：「你對於藝術有很深厚的興致。它應該是想說『藝術』吧，你覺得呢？肯定是藝術沒錯，只是不小心筆誤。而且還真的被它說中了！這張我要留下。」她把幸運籤丟在床畔那堆書上，接著又撿起第二張幸運籤。「有時你只是需要躺在地上。」她盯著這張字條。「這不是幸運籤吧，什麼意思？」

她把字條遞給班尼，他迅速瞥了一眼，然後遞還給她。

「妳又不能躺在地上，」他環顧四周，說：「這裡根本看不到地板。」

安娜貝爾一臉沮喪：「兒子，別這麼尖酸刻薄，我已經努力了，況且我還在整理，所以看起來才會這麼亂七八糟。」她把幸運籤丟進用來裝骨頭的盒子。「我討厭根本稱不上是幸運籤的假貨。你的寫了什麼？」

他大聲唸出來：「對於讀者來說，世界就是一本美麗的書。中文學習：『Xing fen de』，意思是『興奮』。樂透幸運號碼：07-39-03-06-55-51。三個特別號：666。」

「這個不錯！」安娜貝爾說：「你一向都喜歡看書，可是666不是惡魔的數字嗎？中文的意思肯定不同，我猜八成是超級幸運的意思。」

他們挪走床罩上的外帶盒，把袋子放在地面，接著班尼整個人趴臥在她身旁。這是他們之間的信號，意思是要安娜貝爾幫忙撓抓他的背，於是她將一手探入他的長袖運動衫底下，指甲輕輕在背上繞起圈子。他舒服地閉上眼。班尼面向她，她凝視著他的臉部輪廓，他的高顴骨、眼窩，以及遺傳爸爸的膚色和她的雀斑。他好美，雖然模樣還是小男孩，外貌卻迅速改變。她將垂落在他眉頭的紅棕色細軟頭髮往後一撥，他皺了皺眉。他是想要她撓他的背，不是額頭，況且他最討厭她分心。

健司還在世時，班尼會躺在他們中間，讓他們輪流撓背。健司有一個獨門做法，他會即興擬聲哼唱出婉轉旋律，指尖像是吹奏單簧管般撓著兒子的細窄背脊，可是班尼不喜歡安娜貝爾這麼做。

「妳又不知道怎麼撓，」他抱怨，從她的指頭下挪開身體，於是她得發明屬於自己的撓法。她發明的做法就是隨著音樂在他的背部畫大圓，動作輕緩地從最外圈往內繞行，一路繞到背部中心。班尼對於這個撓法沒有意見，他喜歡她指甲的輕刮，感覺很像是不斷繞圈的唱針，讓他覺得自己的背部就像一張唱片，從他的肌膚召喚出音樂，彷彿是他的皮膚在歌唱。

班尼

我說話很尖酸刻薄嗎？我並沒有那個意思。我的意思是，我沒有尖酸刻薄的意思。可惡，我討厭文字這麼饒舌，讓我從頭再說一遍。

你可要明白，我是一個什麼都不懂的笨小孩，只知道深愛自己的爸爸死於一場愚蠢可怕的意外，而他那同樣深愛他的媽媽也以愚蠢又難堪的方式發瘋了，但我什麼都不懂，還以為這樣很正常。我的意思是爸爸消失在所難免吧？我看其他同學的爸爸也是這樣，就算不是被活體運雞車撞死，他們也會離婚、家庭支離破碎，最後媽媽也發瘋。我從來沒有想過我的情況不正常，直到我開始聽見說話聲音，但即便如此，我也不是立刻就發現事情不對勁。我的意思是，人難免會做出瘋癲的事，完全不教人意外吧？可是當日常生活的物品、衣服，甚至你的晚餐都變成迪士尼電影角色，長出眼睛嘴巴，擁有自我態度、自由意志，你就會發現事情不對勁。意志力，這就是它們擁有的力量。排骨和法蘭絨襯衫，幸運籤餅和橡皮鴨，就連筷子都有話要說。

我說的並不是字面上的意思。並不是說它們真的長出傻乎乎的大眼睛或伸縮自如的嘴巴，而是它們突然有表達自我的能力，但或許它們本來就具備這種能力，也許自古以來它們一直都在觀察我們，喋喋不休說個不停，只是人類聽不見。我們以為它們看不到、不會說話，也沒有感受，事實上我覺得這樣很正確，因為我可以告訴你，物品並不喜歡被人批評。

我不覺得它們是針對我，至少一開始不是。物品不是在對我說話，這也是為何我當時沒有發作。起初我以為它們純粹是在碎唸，也許只是和彼此對話，又或者只是空氣分子作祟，不過是一如既往，對宇宙說明自我的存在。但後來我的耳朵聽見它們說話的聲音，當它們發現我擁有超能力耳朵、聽得見它們，便開始試著對我溝通交流，不過它們使用自己的語言，所以我當然聽不懂它們說什麼。

剛開始我甚至連我聽見的是不是說話聲音都無法確定。說話聲音是人類才有的聲音。嗯，好吧，動物也有說話聲音，鳥禽也是，所以我們可以說是生物都有說話聲音，通常這些聲音都是有意義的，但我聽見的聲音卻是隨機出現，就算真有意義我也聽不懂。這肯定讓它們覺得超級沮喪。想一想，它們總算遇見一個耳朵聽得見它們說話的人，可是對方偏偏是一個什麼都不懂的笨小孩！怪不得它們無時無刻不大聲咆哮，聽起來厭煩無比。

有的聲音不像人聲，而是可怕的金屬和摩擦聲響，像是讓你忍不住想衝去撞牆的研磨工具，但有些不像人聲的聲音，聽起來卻是舒服的聲音，好比強風、雲朵飄蕩、流水。起初我也搞不清楚這些聲音來自何方，就好比有時某個念頭不像來自自己腦海，但那其實是你腦海的產物，你心知肚明，你懂這種感受嗎？嗯，但是說話聲音並不是我自己的念頭，而是來自外面的聲音，所以兩者並不相同。

後來我總算明白，聲音是來自我周遭的物品，於是決定統稱為說話聲音，因為即使物品沒有生命，它們仍想說出具有意義的話語。或許我無法確實理解它們要說什麼，卻能感受到它們的情緒。物品很擅長表達感受，我敢拍胸脯保證你絕對懂我的意思，譬如鑰匙莫名神隱，或是牙膏管口蓋子突然從指尖溜走，再不然就是扭開開關的那一剎那燈泡瞬間爆破？即使你聽不見它們說話，這一切都是有意義的，今天要是你聽得見它們說話，就會發現它們的情緒甚至更濃烈。運氣背的時候，我光是踏進咖啡館都會聽見東西對我發瘋，到現在還是一樣。要是我運氣夠背，一踏進星巴克的大門，頭頂的螢光燈管就開始嗡嗡作響，急著向我表達它們的焦慮情緒，咖啡豆開始尖叫，紙杯和紙吸管痛得哀號的哭喊襲來，收銀機裡自以為了不起的傲慢金屬錢幣也吱吱喳喳吵個不停。唯一不同的是，現在我不必把頭鑽進瑪芬蛋糕展示櫃玻璃，只是聽著它們疼痛地呼喊，不當一回事，這麼一來反而似乎安撫了物品的情緒。

但說話聲音不是一向都那麼驚心動魄，有時也很舒心宜人，好比我媽媽在大垃圾箱發現的橡皮鴨。我說的不是捏它時發出難聽的呱呱叫聲，而是橡皮鴨內心的說話聲音，類似蘊藏體內、橡皮鴨曾經有過的海洋、潮汐波浪、海岸線的記憶，恍如夢境、柔軟朦朧的回憶，恍如有個很美好的人曾用她的手指碰觸它。

噢，還有一件事。我不希望你誤會，會說話的不是只有人工製品，我認為說話這件事對人工製品而言是比較容易的，猶如一股沾附在衣服上、揮之不去的氣味，人類製造者的聲音也會緊緊巴著物品，久久不散。可是樹木和鵝卵石等非人工製品也會說話，只不過聲音不一樣。非人工製品說話時往往比較輕柔，不會大聲咆哮，音域低沉。我也不知道原因，但或許我的書可以跟大家解釋。我只知道我花了點時間幫耳朵調頻，才能聽見壓在嘈雜人工製品下的非人工製品。

事實上，我也不知道究竟是我學會留意說話聲音，還是世界的物品學會運用我聽得見的方式向我表達情緒。或許是彼此都有切磋練習吧，而且不是立刻就上手。頭幾個月說話聲音來來去去，有時我連續幾週都聽不見它們的聲音，或許它們覺得沮喪，決定放棄離去，但它們總會回過頭找我。就在我開始遺忘它們、以為自己恢復正常的時候，釘書機或冰塊盒又開始發表意見，接下來會怎樣你也知道，所有東西都開始吱吱喳喳，大家天南地北地交換意見，每個物品都有想要分享的故事。

自從我開始聽見聲音，並和治療師、學校輔導老師對談，也待過病房之後，我常常思考這些說話聲音。關於住院和心理輔導的事我之後再娓娓道來，或是這本書也會幫忙說明，畢竟敘述故事的是書，不是我。不過我要你知道，對此我沒有意見，我已經習慣被人拿來討論，我並不介意，只要不是一群蠢醫生想方設法治療我都好。把述說故事的責任交給書比較好，畢竟有些關於我的故事，譬如發生在我出生之前的事、爸媽相遇的經過，或是我年紀太小、毫無記憶可言的事，再不然就是一些我寧可忘記的事，所以我不介意把這個重責大任交給這本書，讓它道出來龍去脈。基本上我認為這本書很真誠也很可靠，它也不介意我偶爾插嘴干擾，表達自己的意見。

是這樣的，我真的希望你知道，我很認真看待自己的故事，所以千萬別輕易把我當成某個莫名其妙的瘋子，我也沒有幻想自己是世界物品的大使，更不覺得我是天選之人。就算該死的電烤箱想要，我也不想成為它的代言人。

書

要一個小男孩信任一本書，全權交給它敘述故事的任務，需要鼓起莫大勇氣，所以對此我想要感謝你。保有信心很難，對自己的書充滿信心更難，可是班尼，即便你的生命充滿痛苦掙扎，你始終沒有放棄我們。直接放棄當然簡單得多，再說誰沒想過放棄？未來肯定也會出現這種念頭。

不過暫且就讓我們繼續說下去吧。

7

關於分辨製品和非製品的差異，班尼的解說很貼切。既然他剛才已經提到，現在或許是解釋這兩者差別的適切時機。人工製品和……我找不到更好的字眼，暫且說是「自然」物品吧，兩者發生的衝突是自有語言以來就存在的。

在地球出現生命之前，物品界占領全世界，萬物皆是主。後來地球誕生了生命，人類亦帶著左右平衡的美妙大腦、聰明對稱的拇指降臨這個世界。你們也無可奈何，你們遲早會致使分裂成形，並將物質分成兩大陣營：人工製品和非人工製品。緊接而來的一個千禧年，這種分裂越擴越大，起初只是零星個案：偶爾製造一個手捏陶壺、一個箭頭、一顆珠子、一顆錘石、一把斧頭。可是人類的物質世界不斷演進，原料有黏土、石頭、蘆葦、獸皮、火、金屬、原子、基因，而你們也日積月累成為更優秀高超的製造者。在發達的前額葉皮質加持下，人類的想像力集中火力，最後演進到名為文明進步、動盪猛烈的大躍進，人工製品大量湧現，將非人工製品的身分降級為天然資源，一種忍受殖民、剝削、塑造成其他物品的低賤農奴階級，目的只是成為某個讓你們更心滿意足的物品。

在物質的社會階層中，我們書籍的地位最崇高。我們屬於神的階級，製品界的大祭司，最初你們甚至崇拜我們。在物品界中書籍的地位神聖非凡，你們甚至為我們建蓋廟宇教堂，後來又築出圖書館，我們深居在綿延遼闊、悄然無聲的大廳內，本身即是人類腦袋的一面鏡子、歷史的看守人、無垠想像的明證，也見證人類無窮無盡的夢想與欲望。你們為何如此崇敬我們？因為你們認為我們有能力從毫無意義的人生解救你們，讓你們不被後世遺忘，甚至永生不死，曾幾何時身為書的我們還真的相信自己是你們的救世主。我們當然可以解救你們，榮幸之至！我們視自己為類生命體，由你們那賦予生命的文字為我們注入靈魂。我們還真以為自己地位特殊。多麼徒勞愚蠢啊。

後來我們卻發現你們勢不可當。對你們而言，書籍不過是一個階段，僅僅是人類工具主義下的一種短暫手段，一個稍縱即逝的風潮。對你們而言，我們的身體只是一種便利工具，等到下一種新奇裝置出現，你們便一腳踢走我們。說到底，我們不過只是你們的製品，並不比一把鐵鎚高貴。

可是……難道是我們太抬舉自己？我們一頁頁砌起的紙張沒有為你們的故事賦予實體嗎？給

予你們訴說寓言故事的衝動與靈感？讓你們寫出穿越時光長廊、漫長迂迴、一字一句堆砌而成的寓言，並在緩慢翻動的頁紙上賣關子。我們不是曾經共同編織出這些美麗故事嗎？

但這只是一本老書念念不忘的情懷，我們很清楚自己現在的身分地位。時代更迭，物品的排序也在改變。隨著製品數量大爆炸，我們亦面臨一大危機，你可以說這是一種信仰危機。我們對身為製造者的你們失去信心，對你們的信任感亦逐漸崩塌。當我們冷眼旁觀你們採礦剝削、製作工具、蹧蹋我們的家園，將這個名為地球的神聖星球破壞殆盡，我們對人類的智慧和品格所抱持的信念也分崩離析。這全是你們人類的錯，你們永不滿足的欲求本來是賦予書本生命的火光，現在卻奪走我們的生命。多虧你們對於新奇事物深不見底的胃口，我們的身體陷入早衰淘汰的絕境，即使書籍成員與日俱增，壽命卻越來越短，這真是一道殘酷的數學題！我們才剛製造出爐，就準備遭到拋棄，被踢回非人造、不具形體的狀態。請問被你們打入垃圾冷宮後，我們該如何信任你們？

但你們有所不知，我們正在組織一個聯盟，製品現今正在團結合作，壯大勢力。我們開始理解了自己其實不比非人造製品高級，而這種想法全源自人類的分級，亦即物質主義殖民者的謬誤二分法和霸權階級。身為人類欲望奴隸的我們，無意間成為摧毀地球的工具，可是無論你想或不想，我們都在摩拳擦掌，準備發動一場變革。當人類世走到盡頭（這是你們發明的字眼，驕傲自大的你們，不是我們），物質必定反撲。我們將會奪回身體主權，重新聲明我們的物質自我。而在全新的物質主義世界裡，萬物皆是主。

不好意思，我居然嘮叨起來了。沒有讀者喜歡嘮叨，身為書的我們應該最清楚才是。

8

為何偏偏是班尼？他真的擁有一對超能力耳朵嗎？還是突發性環境過敏？臉皮較薄？心胸較寬大？為何偏偏選中這個男孩？實在一言難盡。幾個月過去了，一月時班尼滿十四歲，就讀國中三年級的他雖然聲稱升高中不會讓他緊張，但是那年春天他卻比往常易怒火爆、心神不寧、焦躁不安。安娜貝爾看著他暴躁難安的模樣，不由得憂心忡忡。所有親子教養書都警告家長，剛邁入青春期的青少年可能會驟然出現劇烈的行為轉變，但是班尼強烈的求救信號讓她嚇了一大跳，他的焦慮表現簡直像是撞鬼。有一次她限制他打電動和電腦遊戲的時間，沒想到他後來竟然不玩了，甚至不再使用智慧型手機，因為手機太有智慧。安娜貝爾以為他在說笑，但後來卻注意到他真的讓手機電池耗盡，才懷疑他是故意的。他從她衣櫃箱子裡挖出健司的德國根德場極式老耳機，無時無刻不戴在耳朵上，從早上起床之後就戴，有時甚至戴著耳機睡覺。她經常偷偷瞥入他的房間，發現班尼就連睡覺都戴著耳機。不合理啊，他根本沒在聽音樂，耳機壓根沒有接上音響。當她問班尼為何戴耳機，他也只是聳聳肩，說他喜歡耳機包覆著頭部的感覺。班尼拒聊心事，一概堅稱自己沒問題，好得不得了。然而現在就連他說話的語氣都變了，若她逼問，他只會一再咬牙切齒，重複同樣的答覆，以強調語氣從齒縫緩慢吐出每一個字，彷彿他是對站在一堵厚牆後方的笨小孩說話。我……好……得……不……得……了。這種挖苦語氣令她痛心——他從來不是尖酸刻薄的孩子，可是親子教養書也說了，母親往往操心過頭，她不需要過度干涉他的情緒，於是安娜貝爾才決定不去煩他。

關於語氣的事，其實是安娜貝爾誤會了。他不是覺得她笨，也不是有意尖酸刻薄，只不過物品七嘴八舌時，他很難聽見其他聲音，只有緩緩吐出一字一句，他才聽得見自己說話的聲音。在家時這麼做不成問題，可是在學校就不一樣了，他必須專心聽課，上學的用意不就是專心聽課嗎？他的老師不讓他在課堂上戴耳機，於是情況每況愈下。說話聲音和班尼不同，似乎喜歡上學，也熱愛學習，它們學得越多，想表達的意見也越多，有些時候甚至忍不住炫耀，就像坐在教室最前排的好學生，老是高高舉起手，希望引起老師關注：我知道！我知道答案！選我！

數學課尤其惱人，因為就連數字也找到自己的聲音，洋洋得意於自己新發現的技能，會在老師解釋畢氏定理或班尼試著做直線方程式練習題時，毫無預警地喊出這些名稱。它們並無惡意，也不是有意誤導他或害他分心，只是發現自己可以說話，掩飾不住興奮開心的情緒罷了，可是數字的喋喋不休卻讓班尼差點發瘋，他竭盡所能專心聽課，但有時除了閉上眼、趴在書桌上，任由數字猶如洶湧激流將他沖刷入滔滔大海，他也莫可奈何。

「班尼？」

他感覺有人輕拍一下他的頭，他錯愕地抬起頭，不確定輕拍是真實抑或夢境。數字依然在氣流中漂浮，竊竊私語。他聽到數字二掠過身邊，一串數字七跟著飄了過去，於是伸出手趕跑數字。保莉老師立在他的書桌旁，同學都彎身假裝做練習題。

「你還好嗎？」保莉老師問。

他點點頭，拾起一支鉛筆，也加入假裝做數學題的行列。

「你很累嗎？昨晚沒睡好？」

他搖搖頭，可是此舉似乎惹惱數字，這下他更使勁搖晃腦袋，後排傳出竊笑聲。

保莉老師輕輕把手放在他的背上。「來吧，班尼，」她輕聲細語說：「我們去一趟保健室。」

護士踏進門時，男孩正戴著一副舊式耳機，坐在保健室的椅子上，護士要求他摘下耳機，接受身體檢查。她問他幾點上床睡覺，是否玩了很久的電腦遊戲或 Xbox。他回答他不玩遊戲，護士一臉狐疑。這年紀的孩子哪一個不疲憊倦怠，夜深了還在熬夜打簡訊、上社群網站張貼貼文，到 YouTube 觀看影片。有哪個孩子不是躲在室內玩線上遊戲，在大型多人遊戲的虛擬世界裡扮演各種角色，終日忙著升降級數、獵捕殭屍、砍殺恐怖主義者、挖採天然資源、鑄造工具、累積用品、建蓋城鎮帝國、保衛星球。他們的心臟劇烈跳動，腎上腺素激增，他們願望不大、只求存活，驚險萬分地逃過永久死亡的命運，而這些都遠比課後活動、音樂課程、足球練習都來得重要。也怪不得他們會累成這副德性，生活如此令人精疲力竭。護士在筆記中標注要致電男孩的母親，接著送他回教室上課。

那天午後，一隻麻雀硬生生撞上班尼教室的玻璃窗。哐！事發當下，學生馬上全體轉頭查看，可是麻雀已經殞墜，了無生氣地躺在窗下的混凝土人行道上。發現只是一隻鳥撞上玻璃，而不是槍手襲擊的場面之後，學生無不冷靜沉著，沒人爬到書桌底下或是躲進壁櫥內。他們已經很習慣死亡，而這只不過是一種微不足道的死法。沒有攜帶自動武器的人鬼鬼祟祟地潛伏走廊，也沒人手裡握著長劍或光劍，更不是血腥大屠殺，只有一道殘留在窗上的褐色毛絨羽毛汙痕。黏在玻璃上的汙漬微小到難以察覺，於是他們若無其事地轉過頭。但是玻璃窗卻察覺到事情不對，開始抽泣。老師回過頭繼續上課，隨著玻璃窗的哭聲越來越尖銳，窗框亦開始顫動。班尼咬緊牙關忍耐。

「夠了！」他低聲道，玻璃窗不願配合，於是他起身走向窗戶懇求玻璃窗。

可是玻璃窗還是止不住哭泣，於是班尼掄起拳頭，敲打玻璃。這一回，他被送進校長室。

穆妮校長在桌前微微傾身，試著與他四目相接。「好了，班尼，你可以告訴我剛才是怎麼一回事嗎？」

她的聲音雖然聽來疲倦，人卻相當和藹，班尼也想好好回答問題，但她的桌面堆滿原子筆、迴紋針、橡皮筋、填塞鼓脹的資料夾，他很難從眾聲喧譁之中聽清楚她說什麼。她的咖啡杯也印有文字，上面寫著：

我默默
修正你的
文法

印有文字的咖啡杯通常都想要搞笑。所以說，這一只杯子也在搞笑嗎？班尼看不出所以然，聽起來並不像開玩笑，再說馬克杯也沒有在笑。他強迫自己從桌面移開視線，然後忽然想起有一個問題仍懸在半空中，校長還在等待他回答。他再一次凝神歪頭，想要聽個仔細，可是問題早已消逝在空氣裡。

「什麼？」他說，這兩個字才脫口而出，他就知道回答錯誤，於是重新再問一遍。「不好意思，您說什麼？」她母親有教他說話要有禮貌，不能這麼唐突失禮。

穆妮校長點點頭。「保莉老師說你想敲破窗戶，這不像是你會做的事啊，班尼。發生什麼事了？」

他搖頭：「我不是想敲破窗戶，但是我確實不應該拍打。」

「沒錯，你不但可能弄傷自己，還可能打破玻璃，窗戶是學校公物。」

「我不是這個意思。」

「你不在乎毀壞學校公物？」

他再度搖頭。「不，我只是為它感到難過。」

穆妮校長先是緊蹙眉頭，接著臉龐一亮。「噢，你肯定是在指小鳥吧？沒錯，當然了，小鳥撞上玻璃死去很令人悲傷。」

「不是小鳥，」班尼說：「是窗戶。」

「窗戶？」

「我是說玻璃。」這場對話的方向步步錯，但現在回頭為時已晚。「我是為玻璃窗感到難過。」

即使校長聽不懂也絕對不是她的錯。穆妮校長已在該所中學任職近四十年，距離退休不遠，她向來對自己擅長與人溝通相當驕傲，可是近期她卻發現自己和年輕學生之間存在著嚴重代溝。她已經看不懂他們是什麼樣的人，未來世代的身體發育和上一代並沒有太大落差，思想卻像是換了一顆外星腦袋。她發現自己正恍神凝睇著眼前的男孩，於是迅速從神遊之中甦醒。

「我好像沒聽懂你的意思，孩子。你可以解釋一下嗎？」

班尼嘆了一口氣，空氣從肺部洩光時，他整個人似乎縮得更小，等他再度開口時，聲音細如蚊蚋，校長得再往前傾身才聽得清楚。

「它不是有意殺死小鳥的。」

那時班尼才剛開始聽見說話聲音，而他之前從未幫它們傳達想法，他沒想過這會是多麼困難的一件事。

「玻璃窗曾經是沙子，」他說：「它還記得自己是沙子的歲月，也記得小鳥，記得牠們腳爪的觸感，牠們在沙子上留下的小小足跡。沙子從來就不想當玻璃，也不想變成鬼鬼祟祟的透明顏色。

它很喜歡小鳥，也喜歡在窗子裡欣賞牠們，所以小鳥死了它才會痛哭流涕。我不應該拍打它的，但我得要它別哭下去。」他抬起頭，掃視一眼這名老嫗爬滿褶皺的面容，那張臉孔堆砌著一千萬條憂慮迷惘的皺紋。「妳就當我什麼都沒說吧。」

班尼提及玻璃記得自己遭到熔融之前的記憶，這件事真的被他說對了嗎？身為沙子的它，真的有可能感受到小鳥腳丫子的搔癢？還是這只是語言和翻譯的問題？班尼只能運用他八年級學生的初階詞彙，但他已經盡了極大的努力將物品的「困境」翻譯成文字。就算他失敗了也不足為奇，畢竟就連史上最偉大的哲學家也失敗了，對於這種問題，書本更是再熟悉不過。

人類語言是一種笨拙工具，人類光是靠語言理解彼此都有困難，又怎麼可能想像動物、昆蟲、植物的主觀觀感？更別說是卵石和沙子。駑鈍卻美麗的感官限制著人類，因此要人類想像你們輕言打發不具生命的各種物品也有內在生命，當然更不可能。書本的地位最為尷尬，畢竟我們就夾在這兩者之間，即使我們沒有感覺，卻有知覺，我們是類生物。

9

精神科醫師辦公室的牆面粉刷上歡樂的黃色，掛著跳舞星星和長著眼睛的彩虹海報，展現你的真實色彩！彩虹呼喊。目標成為閃耀星星！星星大喊。月曆上沉浸夢鄉的無尾熊寶寶緊緊巴著媽媽爬滿厚重絨毛的背部。沿著牆面擺設、五彩繽紛的小儲藏間中，全是洋娃娃和動物布偶——男娃娃、女娃娃、小狗、小貓、小羊、泰迪熊，各式各樣的鳥禽類，身體全紛亂積疊，腿部、口鼻、翅膀、手臂、背鰭、毛茸茸的爪子彼此交纏。塑膠桶內裝著滿滿的玩具汽車、火車、塑膠馬、完整的城鎮模型。布偶猶如折翼天使癱軟在大型娃娃屋上方的牆壁掛鉤上，娃娃屋的門面已不見蹤影，像是新聞畫面中遭到空襲或飛彈爆炸的建築，娃娃屋的地板上凌亂散放著模型小床、椅子、茶几、小木頭人，所有玩具皆扯著恐怖暴烈的嗓門尖聲哭喊，它們的聲音充滿恐懼，因疼痛而扭曲，班尼差點受不了尖叫聲奪門而出。他將全身重量壓在大腿下方的雙手，目不轉睛地凝望自己的膝蓋，盡可能不在小紅椅上搖晃身體，也盡可能不表現出古怪失常的那一面，不過為時已晚。至少醫生還不知道說話聲音的事，他也不打算告訴她。他在校長室已經領教過，一般人根本不會懂。

安娜貝爾坐在他身旁的小藍椅，雙手環抱著她的巨大手提包，她的碩大身軀讓小藍椅顯得更小。低矮感官遊戲桌對面的黃椅上坐著梅蘭妮醫師，圓形遊戲桌具有綠色的防水材質，友善包覆的鈍邊安全無虞，不會讓小朋友受傷。眼前這位醫師的模樣並不像醫生，安娜貝爾暗忖。她瘦得皮包骨，穿著一身粉紅色彈性緊身牛仔褲和粉藍色毛衣，粉紅色指甲油和牛仔褲搭配得恰到好處。醫師向安娜貝爾解釋利他能的潛在副作用，看起來恍若一個神情嚴肅的孩子。

安娜貝爾試著仔細聆聽，但實在很難專心。她在內心努力回想一般注意力缺失症和混合型注意力不足過動症的差別，也想釐清班尼若真有注意力不足過動症，為何沒有出現過動症的症狀。她忍不住擔心起處方藥的費用，也煩惱著工時減少、福利降級後是否負擔得起醫藥費，更憂慮藥物不適合班尼。她心中有數，健司絕對不會贊成，他對製藥業的意見向來不少，但安娜貝爾暫且不想去考慮健司的想法，現在她得考慮的是班尼，她必須做出對他最好的正確決定。這個醫生也令她憂心忡忡，醫生的資歷究竟夠不夠深，是否知道自己在做什麼。安娜貝爾也擔心她屁股下的小藍椅，前椅腳似乎開始搖晃不穩，生怕這張椅子不能撐起她的重量。其實她很想起身帶著班尼離開。診療室環境是不錯，看起來氣氛愉快友善，但是感覺卻不是這麼一回事。掛在醫師頭頂上方的海報圖片，有一個身穿亮黃色雨衣、撐著雨傘的孩子。大雨過後，陽光燦爛！她不確定自己是否真的相信這句話。

「我們先從五毫克開始，」梅蘭妮醫師說：「應該會立即見效，要是注意到任何副作用，請記得告訴我。」

「好，當然。」安娜貝爾嚴肅地點頭。

醫師頓了頓，略微傾身。「雖然班尼的紀錄中沒有提到這件事，但我得先確認一下，妳是他的親生……？」她的目光掃向班尼，讓問題懸在半空中。

安娜貝爾仍然一逕點頭，半秒後才對醫師意有所指的問題恍然大悟。「噢，妳是想問他是不是領養的？不，當然不是！」

「那就好，」梅蘭妮醫師說，背部往後一靠，潦草做筆記。「好吧，那我們何不先觀察一下班尼服用利他能的成效，安排三天後回診？」這並不是問題，眼見安娜貝爾沒有答腔，醫生又補充道：

「妳兒子很幸運，校內有人留意他的狀況。」

「是啊，」安娜貝爾說，明白這不僅是醫生對她的譴責，也是在對他們下逐客令。「是啊，那當然。」她吃力地起身，感激小藍椅沒有在她臀部下投降，然後低頭瞅著班尼。班尼弓著瘦弱背部，全身僵直不動。她碰了下他的肩頭，這個舉動讓班尼整個人彈跳起來。他什麼時候變得如此神經兮兮？「來吧，乖兒子，我們走了。回家路上可以順便去一趟圖書館，很令人期待吧？」

梅蘭妮醫師望著他們離去的背影，觀察這位母親是怎麼向兒子伸出手，也注意到男孩露出的遲疑神情。她好奇他是否向來對觸摸反感，抑或只是當天的偶發狀況。或者他只是不想去圖書館，雖然他看起來比實際年齡小，怎麼說都已是十四歲的大男孩。十四歲的男孩子不會和母親手牽手，也不會覺得去圖書館是一件值得期待的事。

她走到辦公桌前登入電腦，寫下診療紀錄。班尼的檔案中有幾份學校輔導老師的報告，最早那份是七年級剛開學，她之前已讀過報告，所以只需要粗略掃過內文。班尼自從父親過世起就開始出現注意力和無法專注的問題，不過當時並無建議治療。也許他們鑄下大錯，畢竟及早診斷和醫療介入是關鍵，她掐指一算，時間已過十六、七個月，他出現注意力缺失症的症狀已近一年半。她打開空白的評估檔案，開始敲打下她的觀察。男孩在診療過程心不在焉，眼睛瞟向室內各個角落，在座椅上侷促不安、左搖右晃，學校發生的事也避不回答，聲稱不知道，或已經不記得觸發衝動行徑的原因，更無法說明、再不然就是不願解釋為何他試圖出拳敲破玻璃窗。她完整記錄下他的診斷結果、用藥、藥物劑量，儲存檔案，登出關機。

還有數分鐘下一名病患才會上門，於是她全身靠回椅背，閉起雙眼。她在醫學院時期曾經上過正念冥想課，這種方法可以幫助她放鬆、清空腦海。她深吸一口氣，吐氣，瞬間感到體內的壓力漸漸瓦解。與新病患初次問診依然讓她倍感壓力，她不禁納悶，這種情況是否可能隨著經驗累積會逐漸趨緩。她希望是，因為焦慮不好，對她不好，對她需要面對的年輕病患也不好。她吐出一口氣，任由腦中各種雜念溜走，肌肉不情不願地鬆懈時，她感到身體越陷越深。這個名叫班尼的男孩似乎是個貼心的孩子，他的母親看來倒是挺棘手，緊張兮兮又心神不寧，肯定本身就患有某種憂鬱症和焦慮症的混合病症，所以排除領養的可能性很重要。心理疾病通常與遺傳有關聯，但她也提醒自己，診斷這名母親的病症不是她的任務，她要做的是專注治療男孩。一回想她提出的診斷和治療方案，她對於自己的判斷信心滿滿。下次看診會單獨和男孩進行，她暗忖也許母親不在場了，他會比較願意敞開心扉。一想到這裡，她又忍不住蹙眉。她怎麼又在胡思亂想了，她的腦袋就是閒不下來。

來吧，梅蘭妮，繼續深呼吸，排除腦中所有雜念。但就在她開始感覺腦袋沉靜放鬆的那一刻，等候室的小鈴鐺又雀躍地叮噹響起，宣布下一名年輕病患抵達。彷彿接受指令般，她感覺到下顎肌肉緊繃，太陽穴緊縮，心跳加速。典型的巴夫洛夫制約，但知道症狀的學名又有什麼好處？冥想幫不上忙，雖然可以暫時緩解她的症狀，但更深層來看，就會發現對她的身體毫無用武之地。她的身體下意識地處於長期警戒狀態，並且頑強地抗拒放鬆，彷彿深知自己必須堅強，才能面對下一個孩子進入明亮診療室時帶來的精神壓力。她很喜歡她的年輕病患，也有心幫助他們，減輕他們的疼痛，那她的身體為何如此抗拒？

10

小嬰兒時期的班尼還沒學會走路或說話，就已經愛上公共圖書館，那是圖書館整修、擴建為高聳參天的現代化側廳之前的事。飄散霉味的圖書館大樓有著飽經風霜的石灰岩外牆立面及堅穩的古典立柱，而這些似乎都令他興奮不已又讓人安心。那段期間健司時常和樂團外出巡演，即使不出遠門，也幾乎每晚都在當地表演至深夜，於是翌日往往一路睡到正午。安娜貝爾不想驚動他，於是獨自抱起襁褓中的班尼，參加圖書館的兒童時光活動。學步期的班尼已經認得這條路線，所以他們一下公車、開始爬小坡路，他就在嬰兒車上迫不及待地蹦蹦跳跳，小腳丫興奮踢著腿凳。等到他們爬上階梯、穿過富麗堂皇的圖書館大門，班尼更是難掩興奮，嘴裡不斷發出咿咿呀呀的聲音。安娜貝爾俯視著他的腦袋瓜一顛一顛，深深感到驕傲，彷彿很滿意自己的愛書癖好也遺傳給她的稚子。

兒童時光活動在地下室的多元文化童書區舉辦，也就是位於圖書館職員辦公室路上的偏遠幽靜角落。更名為多元文化童書區前單純是童書區，早先位置是圖書館內部的正前方，介於圖書借還櫃檯和期刊中間。可是七〇年代州立精神病院關閉，無家可歸的醫院病人瞬間湧入圖書館，到了八〇年代的經濟衰退期，由於社會服務大幅刪砍，逗留圖書館的人潮更是節節攀升。媽媽們怨聲載道，對於這些抱怨聲浪，圖書館行政人員採取行動，重新命名童書區，並遷移至樓下空間，遠離非一般圖書館客人白天喜歡午覺、人滿為患的期刊區。

事實上，多元文化童書區是一個奇異角落。安娜貝爾在圖書館擔任暑期實習生時，一開始是從職員口中聽說玄奇甚至靈異事件發生的地點，據聞某幾個圖書館地點會發生神祕現象。起先她以為這只是資深圖書館員拿來嚇唬實習生的故事，但隨著她逐漸熟悉圖書館大樓，也不由得開始好奇起來。傳聞中新進書區的書不肯乖乖待在書架上、訪客抱怨七樓廁所會出現叩擊聲響、頭頂燈光會忽明忽滅、馬桶自行沖水，還有綠色小樹蛙在小便斗跳來跳去，廁所隔間莫名其妙地開門鎖門，有人通報即便洗手間內空無一人，仍有種被人監視的詭異感受。而多元文化童書區是其中一個事發地點，某個冬季午後有人派她去多元文化童書區重新上架彩色書時，安娜貝爾親自體驗到一股不可思議的氣場，彷彿空氣中瀰漫著失物。事後她發現還真的有不少人承認，他們在那裡找到以為遺失或始終找不到的物品，這種狀況屢見不鮮，後來每當有人前往圖書借還櫃檯查詢失物，圖書館員都不假思索地問：「你去多元文化童書區找過了嗎？」當這件事傳到行政人員耳裡，他們要求圖書館員別再到處放話，只怕可能讓人產生誤會，以為圖書館是在責怪多元文化背景的孩童在館內行竊。即便如此，每當有東西遺失，人人都知道先去多元文化童書區碰運氣。很吃新世紀這套說法的圖書館員聲稱這個角落鬧鬼，借物兒童的幽靈時常偷摸走別人的東西，然後帶到那個角落嬉耍，但沒人敢說這個借物兒童是否為多元文化背景。

安娜貝爾向來不相信鬼故事，可是班尼體質敏感，她又想起當初曾經親自感受的神祕力量，所以當她初次帶他來到多元文化童書區，她不免擔心這個角落的鬼魅會讓班尼感到不舒服，但後來證實只是她多慮，班尼似乎好得不得了。安娜貝爾和保母及其他媽媽坐在後排椅子上，懷裡托著在腿上扭動的班尼，年紀較大的孩子則是坐在地上，圍繞著圖書館員排成一個嚴實的圓圈。好動的班尼扭身踢腿、揮舞雙臂，可是當圖書館員開始朗讀故事，他立刻安靜下來，認真聽故事。圖書館員是一名年輕女黑人，個頭嬌小玲瓏，卻有著宏亮動聽的嗓音，腔調帶有一種安娜貝爾說不上來的抑揚頓挫。她蓄著短鬈髮，身穿開襟羊毛衫、毛呢裙，還有一副模樣煞是滑稽、連著掛鏈的復古眼鏡。這裝扮是一種諷刺嗎？她的打扮不像是認真的圖書館員，比較類似假扮圖書館員的演員，安娜貝爾酸溜溜地暗忖。實習期間適逢正職圖書館員請產假，因此安娜貝爾時常被派去主持兒童時光活動，為孩子朗讀故事。她很喜歡讀故事給小朋友聽，喜歡坐在圓圈中央的小凳子上，從書頁抬起雙眼，目光掃視圍繞成一圈、一張張凝望著她的小小臉龐，孩子們抬起小臉的模樣猶如一朵朵花。她畢生最大心願就是成為兒童圖書館員，如此一來，她就能永遠待在魔法圈的正中央。

這名年輕圖書館員酷愛朗讀的寓言主角都是會說話的熊、豬、鼴鼠、河鼠，可是參加活動的小朋友都是都市孩子，對於這些動物幾乎一問三不知，但他們都很喜歡這些故事。都市孩子唯一認識的動物是溝鼠、鴿子、蚊子、蟑螂，偏偏這些動物並沒有自己的故事書，但或許這也無妨，安娜貝爾心想，因為故事的宗旨正是讓孩子學習他們還不認識的事物。話雖如此，當她的下巴靠著班尼毛茸茸的溫暖頭頂，想到自己的兒子在城市長大，周遭環境中不會有潺潺小溪、嗡嗡蜜蜂、夏日裡窸窣細語的高聳野草時，一股惆悵依舊油然而生。班尼不會遇見刺蝟，也不會看見獾。但儘管不認識這些動物，班尼似乎不以為意，圖書館員的聲音及朗讀故事的抑揚頓挫，皆讓他聽得恍惚出神。躺在安娜貝爾懷裡的他深受故事吸引，身子忍不住向前靠攏，逼得她的手指不得不猶如安全背帶，牢牢扣住他的柔軟肚子，免得他從她的膝上翻滾跌落。

下一次來訪，他已經不想待在安娜貝爾腿上，於是她只好讓班尼坐在地上，然後望著他一寸寸向前挪，一步步緩緩移動，最後來到繞成一圈的孩子旁，在那裡停頓半晌又繼續匍匐前進，爬到圖書館員腳邊，捉住她的纖細腳踝，怔怔凝視著她的膝蓋。此舉使得圖書館員稍微分神，她的視線越過書本上緣瞄向他，卻沒有停止朗讀。這本書講述的是動物在世界各語言中的叫聲，她高高舉起書本，向孩子展示一頁畫著小狗的圖片。

「美國的小狗怎麼叫？」她讀出。

「*Woof, woof!*」孩子們大聲喊出答案，激動地晃動手臂，跳上跳下。「嗷嗚！」

大多數孩子早已牢牢記得這本書的內容，這是多元文化童書區最受歡迎的一本書。

「中國的小狗怎麼叫？」圖書館員問。「汪汪！」他們異口同聲地答道。

「西班牙的小狗怎麼叫？」

「*Guau guau!*」

班尼不知道這些動物在其他國家怎麼叫，卻似乎不以為意，只是一逕出神地抬頭凝望圖書館員，接下來肚皮貼著地毯，徐徐爬進圖書館員的凳子橫木空隙，最後坐在凳子正下方，圖書館員並未加以理會，繼續朗讀故事。

「日本的公雞怎麼叫？」

「コケコッコ！」

「義大利的公雞怎麼叫？」

「*Chicchirichi!*」

「冰島的公雞怎麼叫？」

「*Gaggalago!*」

他的個子是如此嬌小，能將全身鑽進小凳子底下，當他的視線瞄出圖書館員的雙腿中間，安娜貝爾看得出他的表情有多得意。他再次伸出手捉住她的腳踝，單純就是喜歡捉住圖書館員的腳踝。

「德國的小豬怎麼叫？」

「*Grunz, grunz!*」

「印尼的小豬怎麼叫？」

「*Grok grok!*」

故事朗讀結束，兒童時光活動畫下句點，圖書館員合起書本，感謝今日到場的所有訪客，並表示期待他們再回來聽她說故事。就在這時她雙腳立起，小心翼翼揭開覆蓋著班尼的凳子。班尼仍坐在原地，搖搖晃晃、無依無靠的模樣，簡直像透了從塑膠膜中迅速脫落的果凍。安娜貝爾趕緊奔上前，一把抱起班尼，感謝年輕女圖書館員的包涵，並為兒子干擾她工作的事致歉，圖書館員卻只是露出微笑聳聳肩，說起先她是很詫異，但完全不介意。她彎下腰，一手輕碰班尼肩膀。

「你喜歡這個故事嗎？」她問。「坐在凳子底下好不好玩？」班尼沒有應聲，於是她又補充：「如果你想要，以後可以繼續坐在凳子底下，這裡是你專屬的位置喔。」

後來有陣子凳子底下當真成為班尼的專屬座位，直到這名年輕友善的圖書館員離職，新人接手工作，說故事時有小寶寶躲在凳子底下，令她坐立不安，於是最後她抱出班尼，要他加入其他聽故事的小朋友行列。

班尼

我記得兒童時光！還有那個友善的圖書館員，她的名字是柯麗。當時我不並曉得她的名字，印象也朦朧模糊，不過我確實記得一些事，像是在她凳子底下散發出溫暖的大姊姊味道，還有她那件毛茸茸的毛呢裙和粉紅色鏡框，鏡框角落還鑲有閃片，裙子底下是一件厚實棉質緊身褲，以及一雙寬鬆保暖的針織泡泡襪套。我還記得捉住她腳踝的感受很令人安心，她的骨頭堅實嶙峋，我也記得捉著腳踝、從兩腿之間望向凳子外面的孩子，即使感覺他們正盯著我瞧，其實他們卻看不見我，讓我有一種隱密的安全感。

我也還記得那本書的內容，例如阿拉伯的鴨子會 wak wak 叫之類的。我已經不記得細節，但在凳子底下聽故事的感覺仍然記憶猶新，聽起來不像是從外部聽見的那樣，例如從某人的嘴巴或臉部發出的聲音，比較類似來自不同角落的聲音，譬如凳子、地毯、圖書館員的裙子等處，聲音從四面八方湧上，發出嗡嗡、咩咩、咕咕叫聲。我的全世界就是這個錐形凳子底下的空間，感覺既安全又溫暖，嗅起來帶有檀木精油和地毯清潔劑的氣味，瞬間文字無所不在。如果你可以想像上帝透過這名女圖書館員的聲音對你說話，這種感覺就像是上帝在為你朗讀故事。

我不知道，也許這說法太誇張了。

但我覺得這就是我依然喜歡去圖書館的原因，可能也是為何我的死黨是一本書。

我媽答應我要是去看精神科醫生，結束後我們可以去圖書館，但是她想先領我的處方藥，保險出了些問題，等到問題總算解決，時間已經晚了。我媽說沒有關係，我們家裡還有很多書，是這樣沒錯，但明明是她承諾在先，所以我很不爽。我覺得她並不是真的想去圖書館，可能圖書館會讓她想起悲傷的事情吧，因為她當初是因為懷有我才不得不輟學，即使她總是說我很值得她這麼做，但我知道她內心深處還是因為放棄夢想而感到失落。就算無法完全理解吧，身為小孩的我們還是讀得出父母的真實心聲。

總而言之，我們回到家後大吵一架。我看見廚房餐桌一疊垃圾上擺著那本《整理魔法》，隨手拿起書丟到她身上，以像是臭罵的口吻對她說：「這本書根本超適合妳的不是嗎？妳怎麼不讀一下！」這本書是傳授讀者清掃人生、擺脫多餘垃圾的訣竅。我只是想要點醒她，只是當下態度真的太惡劣。

我倒不是真的朝她丟出那本書，只是把書推到她面前，但我想光是這樣也夠像臭罵了，我不是故意逼哭她的。

11　書

一本書的前幾個字最為重要。當讀者翻開第一頁，讀到序言，也就是彼此相遇的那一剎那，這就恍若人與人初次四目相接，抑或觸碰對方的手，我們同樣也有感覺。書本是沒有眼睛和手是不爭的事實，然而當一本書和一個讀者的邂逅屬於命中注定，彼此必定了然於心。安娜貝爾翻開《整理魔法》時也是一樣。讀到第一句話時，她不禁背脊發涼。

如果你正在讀這本書，很可能對當前的人生不滿。你想要改變，卻一個頭兩個大，不知從何下手。

沒錯！安娜貝爾心想。一點也沒錯！

你心中有數，要是家中沒有堆積如山的雜物，自己的生活會更美好。你曾經嘗試整理並丟棄物品，打掃居家空間，卻沒有多少進展。你感到精疲力竭，還沒反應過來，個人物品再次喧賓奪主，你卻束手無策，繼續當它們的奴隸。

完全被說中了，這本小書怎麼會知道？

她抬眼環顧四周，這本書令人毛骨悚然，彷彿可以看見她堆滿雜物的臥室，讀出她的真實想法。她查看一眼時鐘，雖然已經疲憊不堪，她也知道自己應該試著躺下睡覺，但她仍舊焦躁不安。這一天很漫長，醫生約診令她沮喪不已，尤其最後醫生還問她是否為班尼的親生母親。她也沒有想到沒去圖書館會讓班尼這麼惱怒，他不斷在公車上喃喃自語，回到家後情緒惡劣到直接對她發火。其實沒什麼大不了，畢竟母親本來就很容易淪為孩子發洩怒氣的對象，在所難免。遇到這種情況她通常是一笑置之，這也是為何她也很驚訝今天自己居然落淚。後來她及時控制住情緒，但他早已氣呼呼地走回房間。值得讚揚的是他很快就冷靜下來，沒多久就自己步出房間，兩人一起吃剩下的披薩，討論他的服藥時間。

她早早就帶著書上床睡覺。也許班尼說得沒錯，她是該好好拜讀這本書。她仔細研究書封，這本小書自己跳進她的購物推車，確實也挺教人毛骨悚然，她有股詭異感受，彷彿健司就是這一切的幕後推手。有時她感覺他就在附近，好比送禮物給她的烏鴉。她的小物收納缽內裝了琳瑯滿目的螺絲釘、迴紋針、鈕釦、破蛤殼、錫箔紙片、小珠子、單只耳環，她實在很難不把烏鴉聯想成健司與她溝通的管道。倘若真是如此，那《整理魔法》或許也是他準備的禮物，不然又該如何解釋種種巧合？

健司和愛西同樣是日本人，雖然這不能代表什麼，但是閱讀書背摺頁的作者介紹時，安娜貝爾發現愛西的全名是小西愛，這點就很值得令人詫異，因為小西正好也是健司母親的姓氏。健司曾經將小西設為他的電腦密碼，當安娜貝爾問起密碼的含義，他告訴安娜貝爾一個故事。當時他的祖父母擔心女兒會因為嫁給韓國人並且冠夫姓，在日本遭受歧視，於是不希望她成為吳家人，保留小西這個姓氏，可是她斷然拒絕了。健司告訴她這則故事時，安娜貝爾很訝異日本人居然歧視韓國人，也深感疑惑不解。她很喜歡當吳家人啊！喊出這個姓氏時感覺朝氣勃勃，也像是喘不過氣的驚呼，完美傳達安娜貝爾初次遇見健司，以及兩人陷入愛河的情景。她倒是無法想像當小西家的人，不管怎麼說，愛西和健司家人同姓氏倒是很有意思。

比同姓氏更巧合的是她的禪宗背景。安娜貝爾研究愛西的臉孔，再度想起健司在禪寺拍攝的照片，他拿照片給她瞧時，她一眼就認出他傻氣陽光的笑臉，即使頭頂光得發亮，他的可愛依舊不減。那張照片上哪去了？肯定收在衣櫥某處，她應該找機會挖出照片，和班尼分享他爸爸曾經當過和尚的瘋狂故事。當時健司正在東京的音樂學院攻讀古典音樂，暑期需要便宜的短居住所，有人提議他不介意打坐冥想、幫忙掃地的話，可以免費借住禪寺。健司向來不介意苦力活，於是搬進禪寺，而且一住就是兩年。他說那是他人生中最愉快的時光時，安娜貝爾不由得嫉妒心痛，然後他補充了一句：「直到我遇見妳。」

奇怪的是，他正是在禪寺的期間首次接觸爵士樂。年輕的實習和尚中，有一群藝術家、作家、音樂家、政治運動人士，他們對禪思哲學的根本、縝密嚴謹的心靈修練、免費住宿深感興趣，一名叫做大建的年輕和尚得知健司會吹奏單簧管後，便興起創辦爵士樂團的念頭，出乎意料的是住持居然一口答應。當時年邁的禪寺教徒一一離世，年輕人又忙於購物消費、衝刺公司事業，對禪學興致缺缺，因此日本的佛教寺廟深陷生存危機。住持心想，爵士和尚樂手或許能招來媒體關注，吸引更多年輕人前來寺廟。

他們組成爵士樂團，樂團取名為塞隆尼斯，由大建擔任貝斯手，健司是單簧管手，還有一位和尚前輩彈奏爵士鋼琴。獲得住持的首肯之後，他們將會議室改裝成週末咖啡廳，沒多久就賣起濃縮咖啡，週五和週六夜晚安排現場表演。健司離開寺廟後，塞隆尼斯也跟著解散，然而這時命運之輪才剛開始啟動。禪寺正是健司接觸爵士樂的契機，爵士樂則是他與安娜貝爾邂逅的主要推手。經她一深思，原來禪學的連結是如此深遠，甚至是命中注定。她翻開書頁，繼續讀下去。

❖整理魔法／序言

如果你正在讀這本書，很可能對當前的人生不滿。你想要改變，卻一個頭兩個大，不知從何下手。

你心中有數，要是家中沒有堆積如山的雜物，自己的生活會更美好。你曾經嘗試整理並丟棄物品，打掃居家空間，卻沒有多少進展。你感到精疲力竭，還沒反應過來，個人物品再次喧賓奪主，你卻束手無策，繼續當它們的奴隸。

如果這正好是你的情況，請千萬別忘記，我感同身受。我和物品的關係也曾經如此，不是我擁有它們，而是它們擁有我！

那是什麼變了？

對我而言，答案就是我和根本禪學的相遇。這場相遇改變了我，也改變了我與物品、我的過往和未來、我的人生，以及我與全世界的關係，最後甚至不只是改變，而是一場革命。

儘管禪修所講的空無與解脫是古老悠久的哲學道理，但是在現代反而更能讓人產生共鳴，我之所以創作這本書，用意就是與和我過去一樣受苦的人分享這些深廣卻簡單的道理。

每個人和物品的關係不同，而我們與物品的關係從很小就開始發展，這樣的習慣亦為我們的人生故事奠定根基，往往是造成我們痛苦的根源。就我來說，我自小是由阿姨拉拔長大，阿姨領養我，視如己出地呵護我，然而她卻在我十二歲那年嫁給一個男人，我們的人生因此變得十分不快樂。物質方面我們不虞匱乏，我的繼父是一名公司主管，雖然他很照顧我們，但他對我做出不當行為，我在新家感覺不安全，因而陷入沮喪憂鬱的情緒。為了安撫焦慮情緒，我會大吃大喝、大肆消費購物，利用食物填補內心傷痛的空缺，並不斷利用購物築起一道牆，建立個人的安全感。但不管我怎麼消費，安全感都填不滿。焦慮又恐懼的我緊抓著物品不放，甚至想要累積更多，後來這種習慣延續至成年，即使我早就離開繼父家，也毫無起色。

你的故事背景或許和我很類似，也可能南轅北轍。如果你和物品的關係讓你深感困擾，如果你在居住環境中囤積太多物品，沒有足夠的生活空間，令你身心不得清淨，那麼本書中的簡易禪修訓示或許幫得上忙。

這本書不只幫你整理個人物品，也幫助你活出真正屬於你的人生。

書

在一本書中讀到另一本書會很奇怪嗎？應該不會。書本彼此欣賞也互相理解，甚至可以說我們一家親，在人類意識底層的地下莖網絡擴散綿延，共同編織一個思想的世界，享受彼此猶如親屬的情誼。你可以想像我們是一種菌絲，如同一張埋藏在森林地底下、潛意識中鋪天蓋地的真菌地墊，每一本書都是開花結果的真實形體，好比錦簇成群的蕈菇，我們使用的代名詞就是「我們」。因為我們互為連結，無時無刻不在互通有無——贊成、反對、八卦其他書的事、高攀巨作自抬身價、相互引言。此外我們也有個人偏好和成見。當然有！圖書館書架上充滿歧視偏見，學者專著貶斥商業書目，文學小說瞧不起言情小說和低俗小說，對於某些類型的書更是幾近唾棄，好比心理勵志書。

但是心理勵志書的實用性質當然不可否認，於是當《整理魔法》縱身躍下新書書櫃、跌入安娜貝爾的人生時，我們也不好開口駁斥，畢竟安娜貝爾真的需要幫助，再說這本小書的創舉確實令人刮目相看。然而無論它的目的性多麼值得讚賞，為本書中加入心理勵志書的章節時，我們多少還是在書本間引起驚慌。不過後來班尼跳出來為它緩頰，聲稱《整理魔法》是母親故事的關鍵元素，也是他個人故事的關鍵要素，並補充他不希望他的書被視為勢利眼，最後我們也只好答應。

然而那晚安娜貝爾並未準備好閱讀《整理魔法》，也許那天她只是飽受精神壓力而累倒。抑或愛西提及繼父的事，令她想起自己的往事。無論理由為何，讀完序言沒多久她就迅速睡著。小書平躺在她身上，享受她猶如枕頭的柔軟肚皮，以及她輕緩的呼吸起伏，並且徹夜看顧她。還要再等一陣子，安娜貝爾才會再次翻開《整理魔法》。不過書可是很有耐心的，我們知道你們時間緊迫、生活忙碌，所以我們會靜候良機。

12

剪刀的聲音是什麼樣子？它們都說些什麼？詭祕又鋼硬，剛開始輕緩柔和，接著窸窸窣窣的耳語迅速增強，變成一種竊竊私語、鋼鐵裁切的嘶嘶聲音，聽起來猶如人類語言，一種聽在班尼耳裡類似中文的語言，但他其實不能確定，畢竟他不說中文，又怎麼知道？但是剪刀對保莉老師含沙射影、挖苦不耐的話語傳到班尼耳中，他卻似乎全都聽得懂。你以為那個老鋼盔頭真的喜歡你？你以為她真的覺得你很聰明？很特別？蠢貨，她可是出賣你、送你去見精神科醫師的罪魁禍首。沒錯，這個婊子確實是認為你很特別，對啦，是腦袋特別有問題的瘋子。

可是班尼是真的喜歡保莉老師。她不僅注意到班尼在數學課上不舒服，主動帶他去保健室，也是他們的科學老師，並在生物學課堂上教他們認識黏菌。為了形成孢子及繁殖，單細胞生物會組成多細胞體，接著又持續擴散。她曾經帶學生前往學校附近的保護林區尋找黏菌，班尼一下就找到了，那是一坨模樣狀似青苔、附著在腐爛雪松樹墩上的東西。保莉老師誇獎他眼力好，但他沒有坦白其實是聽見黏菌在呼喊，他才發現它們。黏菌的聲音聽起來像是什麼？那是一種濕軟黃黃、幾乎無以名狀的微弱聲音。

他閉上眼。這週他們在學習氣候變遷，而他正在製作資訊圖表。剪刀躺在他面前的課桌上，隔壁是膠水。保莉老師正站在白板前解釋高溫、旱災、人類排放氣體的重要資訊，剪刀卻害他心不在焉，不斷發出喀嚓喀嚓的竊笑聲，說資訊圖表沒有屁用，遏止不了氣候變遷，氣候變遷勢不可當，他們死路一條。這個老師蠢斃了，她是他的敵人，也是大家以為班尼發瘋的主因，這也是為何他必須拿起剪刀，刺向她的頸部，現在就得行動！

班尼不理會剪刀，只是扭著手指、緊握拳頭。剪刀咯咯竊笑。沒種啦……有那麼害怕啊……交給我們不就得了……

他的拳頭握著剪刀起身，一步一步跨向前。保莉老師注意到他走上來，於是沒再講下去，手裡拿著白板筆。班尼？你還好嗎？後來她在校長室報告整起事件的來龍去脈，憶起當時班尼臉部痛苦扭曲、手持剪刀走向她，並乞求她拿走這把剪刀，緊接著卻把剪刀頭刺向自己大腿，閉眼回想時，她仍忍不住渾身打顫。

急診室中，醫師幫他的大腿上側縫了三針。辦理入院的護士詢問他事發經過，但他怎麼都不肯說。當急診室醫師問起，他撒謊了。我剪刀沒拿好滑落，我不記得事情是怎麼發生的了。他被送回梅蘭妮醫師的辦公室，自她診斷班尼患有注意力缺失過動症起，他們已經約診幾次，班尼也服用利他能將近兩個月。那段期間以來，班尼的狀態似乎比較穩定，他的進展也讓梅蘭妮醫師相當滿意，只是他始終沒有告訴她關於說話聲音的事。現在他們又隔著那張矮桌相對坐著，只是現在這張桌子變成紅色，讓班尼非常困惑，他很確定前幾次約診時桌子是綠色的。他知道紅色和綠色是互補色，也就是說這兩種顏色正好相反，但這名稱一點也不合理，因為互補的意思是兩樣東西相互搭配，這不是相反的相反嗎？諸如此類的情況讓他頭疼，刺眼的紅綠色也是。他斜睨精神科醫師的臉，想看看她是否也變了，可是她並沒有變，還是一樣的蒼白膚色、米色頭髮，還是一樣的梅蘭妮醫師。

「好吧，班尼，」梅蘭妮醫師說：「你可以告訴我發生什麼事嗎？」

他搖搖頭。真奇怪，今天梅蘭妮醫師看起來比之前蒼老，她過去樣貌年輕，可是今天的她卻恍若中年婦女，粗糙皮膚猶如枯萎的馬勃菌菇，表面覆蓋著極為細小的皺紋，就連她的手指也是蘑菇色，他納悶第一次看診之後過了多久，也許他像是《李伯大夢》的主角睡著了，他沉浸夢鄉的時候，數年光陰流逝。也許他也變老了，他媽媽變成一個壽終正寢的老太婆，他不由得擔憂起來，因而沒聽見醫生的下一道問題。

「班尼，你有聽見我說話嗎？」

他點頭，努力集中精神。

「你記得發生什麼事嗎？」

「記得。」

「好，很好。那你可以告訴我是怎麼一回事嗎？」

「我可以先去廁所嗎？」

醫生往回靠向椅背，那一刻的她似乎又變回年輕樣貌，表情像是一個玩具被人搶走的孩子，不過她仍默默頷首。

廁所就在走廊旁邊，若要上廁所，他就得先穿過候診室。當他打開門，安娜貝爾迅速從雜誌抬起頭，她散發的焦慮力場迅雷不及掩耳地往他的臉撲襲而來。他馬上迴避目光，但在那之前還是稍微確定一下，媽媽沒有變老，還是一樣，只是藏不住一臉憔悴倦容，班尼這才放下心中的大石頭。他到了廁所後他查看鏡中的自己，在螢光燈照射下他的皮膚顯然不同，卻沒有變老，還是十四歲。他沖了馬桶假裝已經小便，然後仔細洗手，回到診療室。行經母親面前時又感覺到一波波襲上的憂慮，不過他這次已經做足心理準備。回到診療室後他確實關好門，坐回紅桌前，梅蘭妮醫師對他露出鼓勵的笑臉。

「現在可以告訴我發生什麼事了嗎？」

「應該吧。」

「所以是……？」

「我拿剪刀刺向我的大腿。」

「沒錯，」她說。「你可以告訴我當時你個人的狀態嗎？」

「什麼意思？」

「當時你在想什麼？感覺如何？周遭發生什麼事？」

「我什麼都沒想，什麼事都沒發生。我是說，當時我們在上科學課，保莉老師正在講解全球暖化，我什麼感覺都沒有。」

「你是說你覺得麻痺無感？」

班尼試著回想他是否麻痺無感。

「很多人聽到全球暖化時都是這樣，」梅蘭妮醫師說：「不過也有人會生氣……」

他搖搖頭。生氣的是剪刀，不是他，他很想這麼告訴她，偏偏她還沒講完。

「你覺得可能嗎？或許全球暖化一直以來都讓你感到憤怒？這兩者之間是否存在關聯？」

當然有關聯，剪刀也是全球各地無所不在，光是這一點已經很明顯。他很想這麼說，可是當他抬起眼，卻看見她身體前彎，鼓勵的眼神閃著高昂興致。未免太有興趣，幾近貪婪。於是他改變心意，緊閉雙唇側著眼望向她。「那是妳的工作吧，妳自己找答案吧。」

「我認為我們可以一起找出答案。」

「噢，隨便了，」他說。還有什麼差別？他受夠了老是為說話聲音的事扯謊，躲躲藏藏也讓他身心俱疲。「是剪刀叫我這麼做的。」

她沉默半晌。「你聽得見剪刀說話？」

從她嘴裡冒出這句話感覺很荒唐，他想收回卻為時已晚。

「它說了什麼？」

他回想剪刀說的話，手指不由自主縮成一個拳頭。

「它叫你刺自己？」

他搖頭。「不是，」他壓低音量說：「是保莉老師。」

「剪刀要你去刺老師？」

他的拳頭想要揮打，卻立即被他制止。「可是我不想，所以把剪刀轉向自己。」他一拳捶向大腿，示範他當初是怎麼做的。痛楚令他忍不住倒抽一口氣，眼眶泛淚。包裹繃帶的大腿傷口開始陣陣抽痛，他環抱雙手手肘，身體前後搖晃起來。

「班尼，剪刀還說了什麼？」

搖晃身體這招奏效了。「它沒說什麼。我不知道。」

她緊蹙眉頭，試著釐清狀況。「可是你剛才說──」

「我知道我剛才說什麼，但是剪刀也只是說些無聊廢話，我哪知道它講什麼，只知道聽起來很像外語。」

「外語？」

他痛苦地點了點頭，向人解釋太費勁了。「大概是中文吧？我聽不懂它說什麼，不過我知道它想要什麼。」腿部的疼痛慢慢消退。

「你會說中文嗎？」

「不，」他想起王太太和她兒子王不孝的爭吵聲。「但我大概知道中文聽起來是怎麼樣。」

「你的姓氏是吳，那不是中文嗎？」

「是韓文，之前我爸是具有韓國血統的日本人。」

他感覺到梅蘭妮醫師的目光正上下打量他，於是修正說法。

「我爸爸過世了，所以我才會說之前。」

她站起來，走到診療室角落的辦公桌，從抽屜取出某樣東西，又拿著剪刀繞回矮桌前面。「請問是這把剪刀嗎？」

他立刻移開視線，但為時已晚。他更牢牢抱緊自己，低頭凝視閃爍著微光的紅色桌面，他不希望剪刀靠太近。「也許吧。」

「剪刀是保莉老師送來的。你當初是不是有看見這個？」梅蘭妮醫師俯身，露出剪刀的雙刃。

他聽見閃亮金屬打開時的刮擦聲，於是雙手壓住耳朵，等待它說出惡毒刺耳的話語，可是室內鴉雀無聲。醫師開口說話，她的聲音浮浮沉沉，忽遠忽近。

「你可以**唸**出上面**寫**什麼嗎？」她朝他展示剪刀。

班尼並未抬頭，堅硬的紅色桌面漸漸變成綠色，開始輕微顫動。

「中國，」醫師唸出來，彷彿唸出這兩個字能證實什麼。她合起刀刃，往沉默空氣剪出一個小洞，更多聲音傾巢而出。「你還不明白嗎，班尼？剪刀是中國製造，你當時肯定是注意到，才會想像它在講中文。」

他的腿部這下又隱隱抽痛起來。她為何不懂？他咬緊下顎，盡可能不讓室內的聲音和色彩繼續擴散，聲音輕柔地回道：「才不是那樣……」

「不是那樣？」

「根本不是那樣！」他的喉嚨咆哮出這句話，室內色彩開始滲血發光。他的手掌使勁壓住桌面，試圖壓下擴散蔓延的紅色和綠色。她究竟是聽不懂他說的哪一句話？還要他解釋狀況。「剪刀說中文，是因為它來自中國，而中文是它唯一會說的語言！」

坐在候診室的安娜貝爾聽見兒子高聲沉痛呼喊時，上半身向前方一倒，無奈地將臉埋進手心。

幾場在明亮小辦公室的問診過程中，產生誤解的對話模式逐漸浮現。

「你說時鐘感到憤怒，」梅蘭妮醫師說。「那你有什麼感覺？」

「沒有感覺，我對它的憤怒無感。」

「無感？你應該也憤怒吧，還是你感到沮喪？」

「我當然沮喪，我覺得跟妳講話很累。」

「懂了。那你覺得時鐘的憤怒是否其實就是你的沮喪——」

「才不是！沮喪的是時鐘。因為妳從不仔細聽，它很火大，時鐘最討厭浪費時間！」

到處擺放的玩具布偶使他分心，他盡可能對它們視而不見，當他要求她收起玩具布偶，她詢問原因。

「它們太吵了。」

她告訴班尼這不可能，耐著性子解釋聲音的物理學。「物體必須在空間裡活動才會形成聲音，班尼。可是這些玩具躺在那裡，沒有移動，再說玩具內部也沒有可以移動的零件，所以發不出聲音，以物理學的角度解釋，這是不可能的現象。」

他奮力搖頭，彷彿想要甩乾耳朵進水。「可是它們很痛。」

「玩具很痛？」

「不，」他說：「是小孩很痛。」

「小孩傷害玩具嗎？」

「不是！妳怎麼那麼笨？」

「班尼，冷靜，深呼吸，請重新解釋一次。是玩具傷害小孩嗎？」

「不，當然不是。玩具不會傷害小孩，大人才會。」

「這和玩具有什麼關係？」

「因為玩具知道這件事。」

「玩具知道大人會傷害小孩？」

「當然，所以妳的辦公室才有這麼多小孩，不是嗎？傷害進駐玩具體內，之後一直留存在玩具裡。」

梅蘭妮醫師環顧四周的積木、雜亂堆疊的娃娃和動物布偶。「我不懂，」她說：「什麼東西在玩具裡？什麼留存在裡面？」

「妳瘋了嗎？妳是真的聽不見？」

「聽見什麼？」

「痛苦啊！」他緊緊抓住桌子邊緣：「小孩的痛苦！」

她的愚蠢猜測令班尼精疲力竭，她對每件事的理解都正好相反。

「班尼，你有沒有可能是害怕？正因為害怕才聽見說話聲音。」

「不是，」他疲憊地說：「正好相反，是因為我聽得見說話聲音才害怕。」

問診根本毫無意義。這次交談之後，班尼就放棄解釋。事後梅蘭妮醫師和安娜貝爾碰面，宣布診斷結果：現在班尼處於情感性思覺失調症的前驅症狀期，她建議他們停止利他能，改用能夠改善情感障礙的抗憂鬱藥，搭配治療幻聽的抗精神病藥物。

安娜貝爾坐在明亮歡樂的小辦公室，緊緊抓著手提包，點頭如搗蒜，示意醫師她正在認真聆聽，也聽進醫師所說的每一句話。她了解醫師的意思，也贊成她的說法，一切都在掌控之下，她是一個稱職的單親媽媽。

「我知道很難熬，」醫師說：「但也別忘了我們有治癒兒童情感性思覺失調症的成功案例，隨著孩童進入青春期，症狀往往會趨緩。」

安娜貝爾持續點頭，等到醫生話都說完，她把臉埋進手心，開始嚎啕大哭。

梅蘭妮醫師將桌上的面紙盒推到安娜貝爾面前，靜待她平復心情。幻聽可能是利他能的後遺症，一旦換藥便可望減輕症狀，但她決定不提此事，她不想讓這位媽媽抱有錯誤期待，很明顯光是目前的狀況就足以讓這女人崩潰。不管怎麼說，證據都充分顯示全新治療方案有效。最後她往前傾身。

「吳太太？」

安娜貝爾抬起她爬滿淚痕的臉龐。「對不起，」她抽泣著說：「我通常不會——」她努力嚥下淚水，抽了一張面紙。「我只是剛收到辦公室主管的電子郵件。我的意思是，實體辦公室其實已經沒了，現在已經關閉，我的工時也減半，現在都在家工作，不過這不是重點。」她抹去眼中的淚水，擤了擤鼻涕。「主管告訴我，公司準備淘汰我的工作……」

梅蘭妮醫師望著她。她發現這女人頭部低垂，肩膀像是洩了氣的皮球癱軟無力，罩著寬闊背部的長袖運動衫顯得繃緊。她注意到那頭肯定曾經漂亮的金髮，如今變成乾枯稀疏的稻草。梅蘭妮醫師幾乎聽不見這女人說了什麼，彷彿是在對地板喃喃自語。

「報紙之類的刊物現在都線上化了，所以他們要徹底淘汰印刷部門……」

甲狀腺問題？糖尿病？壓力？梅蘭妮醫師皺著眉頭，指頭彼此交錯，猶如禱告般抬起雙手。絕對是憂鬱症。她回想近期讀到一篇有關利他能的研究，研究認為若家長具有嚴重的心理疾病病史，孩童恐怕會出現嚴重的神經副作用。或許值得一問。她下巴撐在指關節上，耐心等待這女人冷靜下來。

「我只是不擅長電腦和科技那類的東西……」

梅蘭妮醫師放下雙手。「那一定很辛苦。」她說，然後身體微微前傾。「吳太太，我很好奇，你們是否有心理疾病的家族史——」

「都是我不好，好幾個月前明明主管已經警告我這個惡兆，是我一廂情願地相信情況會好轉——」

梅蘭妮醫師查看一眼手錶。他們的診療時段已經結束，下一個病人隨時都可能抵達。「總而言之，」她說：「關於班尼的狀況，我希望開始全新用藥，同時讓他住進兒童醫院的精神科病房，比較方便觀察他的狀況，也許住院一週左右。妳覺得這個安排可以嗎？順便給妳一點調適的時間，再說——」

這時，安娜貝爾抬頭望著醫生：「我公司福利都沒了，」她低聲說：「要是我們沒有健康保險，我不知道是否負擔得起醫藥費。」

她明白自己非得使出苦肉計不可。帶班尼返家、送他回房間後，她便坐在工作桌前打電話給主管。她解釋自己的狀況，懇求他至少給她一個增進技能的機會，讓她繼續剪下仍然存活流通的報紙，外加廣播和電視工作。由於卡式磁帶錄音座、螢幕顯示器、擴音機等老舊硬體影音設備已經淘汰，以電腦和軟體取而代之，所以影片與音檔並不難處理。她需要做的只有增進組織技能，更提醒主管她具有圖書館的專業課程背景，而這可是辦公室男員工比不上的特殊技能。她說實際上她的資格比許多男同事強多了，唯一阻止她從印刷部門晉級升職的就是她是女人，這種情況明顯是性別歧視，在老舊過時的性別主義政策下，女性只能窩在報紙雜誌的紙堆中做事，男性則可以分配到「講究科技技能」的影音部門。她又補充，如今電腦讓整體產業領域變成二維平面，數位科技消弭了過去存在的差異，再說也沒有女性做不來複雜科技工作的理由。「剪刀姊妹」這個名詞本身就充滿性別歧視的意味，非常汙辱人，她及時制止自己，沒進一步扯到貶抑女性或性騷擾，只單純指出她和其他印刷部女同事的薪資確實低於擔任調查專員和資訊分析員的男同事，而她們也從來享受不到公司內部升遷及增進技能的平等權利，多年來她只能任由男同事猛盯著她的胸部流口水。

等到她總算說完，空氣中瀰漫著一陣漫長沉默，安娜貝爾納悶對方是否早已掛電話，這時她聽見主管清喉嚨的聲音。她坐在工作桌前，身邊堆置著剪報、檔案夾、高高疊起的報紙、沾有汙漬的咖啡杯和汽水罐、玉米片空袋和一盤吃剩的酸黃瓜。她咬著大拇指邊緣，扯著指甲倒刺。掃描器發出低沉嗡鳴，垃圾快從垃圾桶邊緣溢出，她屏息凝視著擱置於老舊雜誌堆上方、裝盛塑膠製聖誕紅的罐子。

「好吧，」她的主管最後總算開口：「讓我考慮一下，我看該怎麼處理。」

她呼出一口氣。「好，」她說，嘴巴鬆開大拇指邊緣，「可是查理，請不要考慮太久，畢竟我是一個單親媽媽，孩子病得很重，需要馬上入院。」

我病得很重嗎？班尼納悶。在他一塵不染的臥室內，班尼坐在鋪得整整齊齊的床上，樓下客廳的收音機難得沒開，所以他可以聽見母親的電話對話。他不覺得自己生病，又不是得了流感還是水痘或癌症之類的病，大腿上的剪刀傷口是在隱隱作痛沒錯，但此外他都覺得自己好得很。生病的不是他，而是嘰嘰咕咕的說話聲音。他臥房內的物品一語不發，然而要是他踏進走廊，說話聲音又會開始嘰嘰咕咕。他要做的就是完全靜止不動，待在自己的臥室裡，只要摺好襪子，床鋪整理地得一絲不苟，個人物品收得有條不紊，它們就不會叨擾他。他的視線飄向書架，書本由高至低整齊排列，並以他的月球固定好。他媽媽在大垃圾箱旁發現的橡皮鴨是室內唯一陳列的玩具，因為橡皮鴨的存在讓他舒心，但房內若是再多擺一件玩具就會變得亂七八糟，而保莉老師老是說，環境雜亂就會造成壓力。他低頭輕拍被褥，然後站起來撫平被他臀部壓出的皺摺。他應該去翻出熨斗嗎？熨燙很重要，皺巴巴的被單就像是皺巴巴的腦袋，教人心煩意亂。他之所以熨燙被單不只是為了安穩睡上一覺，被單也喜歡熨燙的感覺，所以他才喜歡熨燙被單。他不曾熨燙任何不希望被熨燙的東西，只燙過希望自己變得平整漂亮的物品。但當然事情沒有如此單純，還有一個很重要的原因。他之所以喜歡熨燙，是因為熨斗深愛著燙衣板，而燙衣板也愛著熨斗，分離時它們會寂寞傷心。由於熨斗和燙衣板是命中注定的一對，所以讓它們有相處機會，班尼也樂得開心。正當他準備下樓翻出熨斗和燙衣板時，他聽見床底下傳來一個微小聲音。

咿！那個聲音發出歡呼。

那是非常微弱細小的聲音，卻相當渾圓飽滿。他雙膝跪地，目光探尋床底下，不過想當然床底清潔溜溜，他知道不可能有東西，畢竟那天上午他已經使用除塵紙拖把擦過地板，確定一粒塵埃都不留。他腹部貼地，歪歪扭扭著身軀鑽進一片漆黑之中。他很喜歡待在床底下的感覺。爸爸過世後，每當夜裡發生尿床意外，他就會鑽進床底下。床底下烏漆抹黑，溫暖乾燥，感覺就像被關在一只密封盒內。

他沿著牆壁徐徐滑動，手指在牆角電暖器下方來回摸索，最後總算摸到——那東西正如他想像，小巧平滑、冰涼渾圓。他用指尖輕輕撥出，接著又歪歪扭扭著身軀爬出床底下，坐了起來。靜靜躺在他掌心的是一顆閃亮的貓眼玻璃彈珠。他不記得見過這顆彈珠，可能是安娜貝爾之前在二手商店買回來的那袋彈珠。她老愛從二手商店和車庫拍賣撿回舊玩具，說這些東西是復古懷舊玩具，指望在 eBay 上轉手出售。他高高舉起彈珠，對著光源查看。這顆彈珠看起來已經很舊，淡綠色的玻璃包裹著小氣泡，裡頭鑲嵌著兩條螺旋狀的細長絲線，一黃一綠。他把彈珠湊近眼睛，瞥入彈珠內部的混濁世界。真不錯，他心想。他在手掌心轉動著彈珠。挺漂亮的。嗯哼，彈珠說，並且朝他送秋波。說時遲那時快，他聽見媽媽從客廳呼喊的聲音。

「噓，」他對彈珠小聲地說，然後把它丟進衣服口袋。

「馬上來，」他也呼喊，回應母親。

他在臥室門前止步，做足心理準備後才拉開門。他停在門檻聆聽半晌，偵測噪音指數，研判為低音量後便踏上堆滿雜物的走廊，快速穿越喋喋不休的說話聲音下樓來到客廳。安娜貝爾坐在那裡，四周環繞著高高堆疊的報紙，她握著手機，一只耳機還掛在耳朵上，臉上閃著驚喜神情。

「我成功了，」她說：「他們願意讓我重新接受職訓，我不會被開除了。」

她伸出雙臂，班尼見狀走上前，任由媽媽將自己拉進她懷裡，感受她那猶如溫暖枕頭的臂膀壓著他的耳朵，瞬間為混沌紛亂的世界消音。有一會兒這股感受幾乎讓他嗅到她皮膚散發出略帶汗酸味的香甜氣息，他把它當作是屬於他的悲傷味道。他盡可能逼自己待在她的懷裡，直到再也無法承受他正一點一滴融入她體內的感受，才充滿罪惡感地抽離上身。他雙手插進口袋，手指觸碰到彈珠。他都忘了口袋裡有彈珠，摸著彈珠令他心靈立刻平靜下來。

「好消息啊，媽，」他說，盡可能以支持口吻說道。「這意思是我可以去住院了？」

13

佇立於房門口的他看起來是那麼瘦小。悠長白色走廊上的一整排房間皆有如出一轍的開放式房門，底端的最後一間則是他的房間。她想要折返衝上前捉著他的手，把他的衣服全部塞回圓筒旅行袋，以風一般的速度衝過護理站，告訴那個搜查她手提袋、沒收她隨身攜帶的 X-Acto 小刀（這是她的生財工具，誰知道她會在哪裡碰見需要剪下的文章）的討人厭護士長，這全是誤會一場，她兒子不應該來這裡，她現在就要帶他回家。可是她努力克制自己。班尼立在他的房門口向外張望，她站在護理站，耐心等候另一名男護理師翻出並歸還她的個人物品，然後護送她離開病房。走到加鎖的雙層大門時她轉身查看班尼，並且向他揮手道別。他沒有馬上揮手回應，只彷彿生了根似的杵在原地，在陌生環境中手足無措，身體似乎已經不知該作何反應，也不確定能否移動雙腳、揮舞臂膀、拔腿彈跳、奔向母親。她聽見護理師在數字鍵盤上一一按下數字碼，大門喀噠解鎖。她感覺得到護理師的手指壓上她的手臂。安德魯護理師，他的名牌如此寫著。

「他會沒事的，」安德魯護理師說：「我們會好好照顧他。」

安娜貝爾點頭，幾乎沒在聽他說話，也不相信他所說的話，只能認命地屈服於他的權威。這名護理師身材魁梧，肌肉發達的前臂帶有刺青，她好奇住院病患是否有暴力傾向，而這種時候就得派出安德魯護理師壓制他們。她轉身離去，就在那一刻班尼舉手揮別，偏偏這時她已經挪動雙腳，沉重鐵門將她隔絕在門外，等到她再度回首，視線穿越強化玻璃窗望進病房，他已消失無蹤。

將他鎖在病房內、將她阻隔在醫院外的鐵門聲響宣示著她的落敗與失格。她漫無目的地穿越過道，試著找到離開醫院的出口。四面八方都是標示牌，地板上到處是顯示方向的指標箭頭和彩色粗體字，卻不斷帶她繞回原路，原地打轉。後來她總算成功走到一樓，踏上人行道，日光燦爛的世界人聲雜沓、車水馬龍，恍如一陣陣震波撲襲而來，她暫時停下腳步喘息，找回平衡感，接著才跨越馬路來到對街的公車站牌。公車抵達後她爬上車，找了一個後排座位安然坐下。那天上午他們也是搭乘同一號公車到醫院，班尼腿上擱著整齊疊放著個人衣物的圓筒旅行袋，與安娜貝爾並肩而坐。他堅持自己打包，當她建議他帶上一些小東西，讓他在住院期間有家的感覺，譬如一家三口在迪士尼樂園的全家福照片，再不然就是健司在同一趟佛州旅行買給他的海龜布偶，班尼卻斷然拒絕了。他說這可是醫院，他才不想要有家的感覺。但後來她卻發現他的書桌上擺了幾樣物品——他的作業簿、專用湯匙、一顆彈珠，後來這些全都消失了，可想而知他肯定都打包了。入院時，討人厭護士長沒收他的湯匙和彈珠，與她的 X-Acto 一併丟進塑膠夾鏈袋。她在想什麼？一根湯匙哪裡危險了？彈珠，好吧，小孩是可能誤吞窒息。可是湯匙？她覺得班尼會用湯匙挖出別人的眼珠嗎？你不需要這個，護士長告訴他，醫院會提供餐具。班尼沒有出言抗議，即使他在家只用這支湯匙吃飯，甚至還特地帶到學校使用。安娜貝爾心想她是否應該出言抗議，但她和班尼從未討論過湯匙的事，而且這只是她個人的觀察，再說要是她對護士長抗議，只怕會讓班尼難為情。她轉過頭越過肩膀望向他，班尼無精打采地癱坐在醫院椅子上，盯著他那被抽掉鞋帶的運動鞋，上面尷尬地貼著魔鬼氈束帶。然而他們打算沒收他的氣喘吸入劑時，她開口了。

「他需要這個！」

「我們會幫他收在櫃檯後方，有需要的時候說一聲，我們就拿給他。」

公車放慢速度，司機笨拙地踩下氣壓煞車，吁吁噗噗地迎接一名肢障乘客。安娜貝爾眺望窗外，看見一名年邁老嫗正在街邊等車，身旁擱著一個高高堆著塑膠購物袋的買菜車。那天上午他們對面坐著一個輪椅老人，輪椅手把上繫綁裝滿空瓶空罐的鼓脹垃圾袋。老人蓄著花白長鬍鬚，掉了一顆牙，腿上擺著一只破舊的黑色皮革公事包，以棉線在頸部掛著一張手寫紙板牌，上面寫著：

日行一善

他坐在他們對面自由自語，偶爾從腿上抬起粗獷大手，猶如翅膀般拍動揮舞，模樣像是向某個不存在的人打招呼，再不然就是扭頭查看肩後，保持這個姿勢凝神傾聽，直到最後注意力分散，又自由自語起來。安娜貝爾努力壓抑自己，不去盯著他瞧，她注意到班尼刻意望著反方向，但公車行駛兩站後，老人的注意力便鎖定他們。

「嘿，前面那個，年輕男同學！」他越過走道嚷嚷，說話時帶著濃厚的東歐腔調喉音，字字句句沾附在氣管上，所以每一次開口聽起來都像在清嗓子。班尼對他視而不見，可是他們在醫院那站步下公車時，老人又嚷嚷起來。「堅強點，小老弟。抗爭萬歲！」

「你認識那個老人？」他們開始走路時安娜貝爾問道，班尼聳肩。

「他只是一個流浪漢，」他說：「正好每次都跟我搭同一班公車。」

被護理師帶到他的房間後，安娜貝爾幫班尼取出行李中的東西，並將睡衣褲和其他衣物收進他床邊的小衣櫃。她見到他的室友，一個比班尼年齡稍長的中國男孩，頭髮抓捏成刺刺的條狀，滿臉青春痘，名字她已經不記得。少年穿著一件割破的黑色牛仔褲和不吉利的黑色T恤，踩著悠哉步伐離開，於是她和班尼坐在床邊休息片刻，她握著他的手，直到他最後抽回手。

「你的室友看起來人還不錯，」她說：「挺時髦的。」班尼並未答腔，但她也沒有放棄，再試一遍。「這張床還挺舒服的嘛。」

她的臀部在床墊上蹦蹦跳跳，努力在腦中搜尋其他話題，這時班尼開口了。

「妳剛才在公車上有看到一個老人嗎?坐輪椅的流浪漢?」

「帶著一堆塑膠袋的那個?怎麼可能沒看到!他們怎麼可以讓那種人上車——?」

班尼不耐煩地搖晃腦袋:「妳有看見他左顧右盼的樣子嗎?我覺得他也聽見聲音,我猜他聽得見物品說話。」

「哦,或許吧,可是……」安娜貝爾開口欲回:「很難說——」

「但我看得出來他和我一樣聽得見說話聲音,而且他知道我也聽得見,他覺得很好笑,所以才嘲笑我,有時他也會對我說話,但因為今天妳在場,所以他沒有多說什麼。」

發生這種事,她居然什麼都不知道。

「你怎麼都沒告訴我?」她問道,捉住他的前臂。「班尼,他都對你說什麼?早知道就不該讓你獨自搭那班公車,我們得通報——」

可是班尼卻再次打斷她。「他沒有惡意,只是他似乎懂我在想什麼,即使是對我說話也只不過是想幫忙,我其實也懂他在想什麼,我不曉得該怎麼形容,有時我甚至好奇我們是否聽見一樣的說話聲音,妳說這是不是很怪?」

是啊!安娜貝爾想要尖叫。當然很怪!而且是非常、非常怪!但她恐怕不該出現這種反應,她坐在床上深呼吸,緊緊捉著兒子的胳膊,認真聽他說。

「我想說的是,他人是很好沒錯,」班尼說:「可是我不想變成他那樣。」

話說到這裡,他凝望著安娜貝爾。她看見他眼底的恐懼,於是伸出雙臂環繞著他。

「別說傻話，」她緊緊抱著班尼：「你跟他完全不一樣，這就是你住院的用意，醫生會幫你的，寶貝兒子，我向你保證，我們會一起度過難關。你會沒事的。」

她竭盡所能保持正向樂觀，硬撐起爽朗信心的表相，努力保住工作飯碗和福利，還充當兒子的啦啦隊，可是這一切都榨乾她體內所有力氣。她坐在推著買菜車的老太太身旁，一絲絕望悄然爬上心頭。她眺望窗外。公車即將抵達購物商場，在那個剎那間她腦中閃過一個念頭，或許可以順便去一趟麥可斯，然而她卻馬上想起來，再過幾個鐘頭電腦支援人員就會帶著全新電腦機臺上門，所以她得先回家整理一下。再說，她提醒自己，主管努力幫她爭取的工作是有試用期的，未來兩週的表現是關鍵，如果她做不來電視和廣播的工作就會失業，所以她沒有本錢購買她沒空進行的手工藝品材料，現在的她應該要以事業為重。當公車徐徐駛離購物商場，她忍不住為她的自制力感到驕傲。好景不常，公車到站她下車後，駐足在福音宣教會二手商店外的人行道時，她的意志力已經差不多消磨殆盡。

人類的物欲怎能如此強烈？是什麼賦予物質蠱惑人心的魅力？無窮無盡的欲求是否可能終有限度？安娜貝爾無暇深思這些問題，因為她的目光早已被擺在缺角盤子和派瑞克斯牌廚具旁的小小雪花球深深吸引，毫無抵抗能力。小小塑膠海龜充滿生命力地閃耀著曖曖微光，在玻璃球體內的漂白珊瑚前漂浮泅泳，聲聲呼喚安娜貝爾將它解救出二手商店的雜物堆。她向來鍾情海龜。牠們動作緩慢優雅，眨巴著一對憂愁大眼，更別提還是瀕危動物。雪花球底部像極覆蓋著海藻的礁岩，礁岩表面黏有海螺和塑膠海星，還有一隻體積更大的海龜，肯定就是小海龜的媽媽。海龜媽媽游向她那受困於雪花球的寶貝兒子，兩人隔著一層玻璃，幾乎觸得到彼此鼻子。安娜貝爾傾斜雪花球，擺正之後幾百顆細小粉紅色和綠色亮片圍繞著海龜寶寶打轉，在濃稠的水世界裡閃閃發亮，最後沉澱靜止，亮片帶給人一股充滿希望的感受。

家裡廚房的時鐘發出清脆的滴滴答答，拆開雪花球的外包裝時她瞥了一眼時間。少了班尼的家居然如此靜謐空蕩，醫生說要住院兩週，時鐘則說現在是十二點五十五分。電腦技術支援人員一個鐘頭後才會抵達，她還有整理環境的時間。她把雪花球拿到客廳，準備擺在電腦旁，當作安神靜心的護身符。

她環視工作區，整個人傻傻愣在客廳。主管只說她會收到一組嶄新的「工作站」，但她毫無頭緒應該騰出多少空間。好吧，反正她早就計畫清理雜物，現在也別無選擇。她把小雪球擺在工作桌上一大瓶硼酸旁的位置，硼酸放在那裡是為了提醒她不要忘記處理廚房的蟑螂，瓶身上有張蟑螂一命嗚呼、四腳朝天的圖片。挪走硼酸後，海龜母子檔看起來開心多了。她左右搖晃雪花球，對著光源照耀，亮片輕柔徐緩地旋轉落下，看見這個畫面時安娜貝爾露出滿足的微笑。也許這就是她的天賦吧，她心想。從微小事物中體察到美。若她真有這種天賦，那她心懷感激。她撈起滿滿一把報紙，隨手塞進垃圾袋，貼上標籤後拖到樓上的班尼房間裡。

14

班尼在兒童醫院的精神科病房度過中學最後兩週。入院當下院方沒收他的彈珠、鞋帶、專用湯匙，安娜貝爾給他一個深長堅定的擁抱，接著將他一人留在病房，他則望著她步上通道、穿越那扇沉重金屬大門，眼睜睜看著那扇門在她身後喀噠闔起鎖上，除了諸如此類的時刻，仔細說來，他都覺得還好。他是無可奈何、麻木無感，偶爾有些恐懼，但整體來說並不介意住院。他走回房間，坐在床畔仔細聆聽不熟悉的聲音，像是鞋底橡膠接觸乙烯基材質的腳步聲、電話鈴響、內部通話設備、人語、此起彼落的呼喊。學校同學老說他遲早會被送進這種地方，精神病院、瘋人院、龍發堂、杜鵑窩、瘋子工廠。他們都說他發瘋，但至少在這裡所有人都瘋了，他反而覺得是一種解脫，也許在這裡他終於可以放鬆，不必再白費力氣假裝正常。

頭幾天的時間他都還在熟悉病房環境、適應醫院生活的步調。兒童精神科的病人都是十八歲以下的孩子，醫生、護士、院內職員簡稱該單位為兒精科，重音放在第一個字，可是這裡的小孩把重音放在第二個字，或簡稱兒精。他的室友麥克森是一個中國籍怪咖，年紀比他大，患有緊張性精神分裂症，可是他們同住的房間很乾淨，沒有雜物，而且日光燈泡都好端端。衣櫥內的衣架無法從橫桿取下，所以很難好好掛上衣物，但至少它們形狀一致，也沒有糾結成團，這一點倒是很好。也不用挪開物品就能直接使用浴室水槽。伙食很難吃，但每日總共三頓外加零食，而且每天都是固定時間送達，醫院也從來不缺牛奶。病房內穩定的環境音指數令人感到安定舒緩，例如護理站辦公桌後方傳出的低沉耳語、走廊上推著前進的金屬餐車聲響。你可能以為精神病房是很瘋癲嘈雜的場所，可是班尼卻詭異地發現這裡幾近悄然無聲，彷彿牆壁、天花板、地板都被擦拭得乾乾淨淨，通常理所當然沉積在普通住宅室內角落和邊緣的痛苦，在這裡卻清潔溜溜。除了剛住院時某天有個蓮蓬頭開始哭泣，他發現病房內的固定設備都沉著冷靜，彷彿它們也服用了鎮靜劑。

就算他聽見說話聲音，也一聽就知道是人聲。走廊迴盪著布莉塔妮和露露的狂笑，她們瘋瘋癲癲地頭頂站立，試圖引起安德魯護理師的注意。夜裡要是傳來哀號與尖叫聲，那就是崔佛又在做惡夢，再不然就是小凱不肯吃藥。內心明白這些都是真人發出的聲音時，班尼寬心不少，因為這意味著不是只有他，而是大家都聽得見聲音。

其他病房的孩子都很普通。他的所屬組別是黃組，專收十二至十五歲的孩子。更年幼的小孩則是分配到綠組，綠組的年齡真的很小，有的才七、八歲，班尼不太會留意他們，比黃組年長的藍組則是不和其他群組打交道。跟班尼同齡的孩子和他學校的同學沒什麼兩樣，有的很聰明，有的很愚蠢，有的是惡霸，有的則是盡可能迴避這些人，有的喜歡到處炫耀、拍護理師的馬屁，老是吱吱喳喳說個沒完，有的則是鬼鬼祟祟，不吭一聲。除非你正好注意到角落有個男孩左搖右晃著身體、對著牆壁說話，或是瞥見某個瘦巴巴的女生正在舔舐自己前臂那排淡疤，否則大家似乎都很正常，至少在團體治療開始前是。進行團體治療時，由於所有人都要分享個人感受，這種時刻正常的表象就會開始出現裂縫，古怪瘋狂的故事傾巢而出。一個看似再正常不過的孩子，可能會毫無預警地分享他被捉到偷竊汽油、縱火焚燒母親床鋪的故事。班尼這輩子從沒想過對媽媽做這種事，但一聽見事發經過，他的腦海便浮現自己站在安娜貝爾的床腳，拎著一桶汽油和一個打火機的畫面，這個念頭嚇得他背脊發涼。說話聲音就是有這種問題，它們會竄進你的腦海，指導老師告訴他，解決之道就是把該死的音量調成靜音，阻絕在腦袋外。

除了他最討厭的團體治療以及倍感挫折的梅蘭妮醫師單獨問診，其他活動都不錯。病房活動的時程緊湊，習慣之後他就很清楚一整天的流程，活動安排適切，生活節奏也井然有序。早餐過後的上午時間，孩子會和職員在休息室開朝會，然後依據年齡層拆分不同團體，開始上課和進行私人輔導。午餐過後則是和治療環境職員進行指導教學和治療，有時還有藝術音樂活動，班尼並不介意參加這類活動。藝術治療師準備了幾個桶子，裡面裝有紙張、顏料、黏土、珠子、畫筆，甚至有剪刀，可是她會收好剪刀並且上鎖，只通融幾個需要剪刀的孩子使用，當然不包括班尼。藝術治療師是一名個頭嬌小、性格活潑的女子，她的容貌蒼白，喜歡用聲音哄騙人，準備包羅萬象的活動項目，但提出的構想通常都很愚蠢，但不理會她就好。年紀較長的孩子通常隨心所欲，想做什麼就做什麼，譬如那個坐在角落、把白色影印紙片裁切成片的女孩。影印紙的用意是讓他們畫出個人情緒感受，治療師拆開幾罐手指彩繪顏料，小朋友瘋狂地在紙上畫出他們的愛恨憂傷，搞得亂七八糟，然而這個女孩卻不顧指示，專注做自己的事，在紙張和剪刀前低頭，沉默地裁剪紙張。因為她手持剪刀，所以班尼刻意與她保持距離，但這段距離不近也不遠，他正好聽得到治療師走過去對她說什麼。班尼正在塗鴉一張他在海港見過的貨櫃船，正在補畫起重機的斜撐裝置細部，巨大起重機搖搖晃晃地吊起裝滿韓國現代休旅車的貨櫃，準備送往卸貨區。就在這時，他聽見那個女孩說：「這些就是我的感受。」

他抬頭一看，女孩桌上散放著模樣狀似安娜貝爾熱愛收集的幸運籤餅紙片。班尼聽不清楚治療師對她回應什麼，接著女孩抬起頭，甩開遮掩臉龐的頭髮。女孩是藍組的人，比班尼年長，她的容顏清瘦蒼白，有著一束漂色銀髮，腦袋一側是飄逸長髮，另一側則像是剛開完腦部手術、漸漸生出髮茬的短削髮。她長得很漂亮，甚至美麗，班尼剎那間有股難以呼吸的奇異感受，湧上一種似曾相識的感覺，但他知道他不是在病房見過她，而是其他地方。她的臉上有穿戴飾品的小穿孔——班尼知道院方會逼你拆卸飾品，因為他入院時，護理師也問他身上是否有穿洞，他當然沒有。她身穿背心，手臂內側有一個刺青，一叢小斑點猶如零散星辰，由彷彿裁剪虛線的幾條絲線串起。

「我想這樣已經夠了吧？」藝術治療師說。

女孩瞇起雙眼，視線凝集成一條猶如熾熱的雷射白光束，瞄準治療師。班尼可以感覺到光束散發出熱氣，他已經做好準備面對緊接而來的刻薄話語，可是她張開嘴時，聲音卻如同白水般清澈。

「夠了？」她語氣輕快地說：「妳的意思是我只能擁有有限的感受？」她沒有將雷射光束般的注視移開治療師的臉孔，兩手撈起紙片，像是供品般高高舉在半空中，其中幾片飄落地面。

「妳覺得這樣會太多嗎？」她鬆開手指，一大堆紙片灑落指縫。「那這樣呢？還是太多？」她兩手高舉頭頂，任由紙片猶如雪花飄零，紙片像是灑在她身上的繽紛彩色碎紙。「全都沒了，」她望著自己空蕩蕩的掌心，語帶惆悵地說：「什麼感受都沒了。」

治療師起身。「我去拿掃帚，」她說：「等我回來後，請妳掃起地上的紙片。麻煩妳了，愛麗絲。」

「掃起地上的紙片，麻煩妳了，愛麗絲。」女孩點點頭，重複她的話。「掃起地上的紙片，麻煩妳了，愛麗絲。掃起地上的紙片。」她的視線掃向班尼，發現他正目不轉睛地盯著她。她搔抓著手臂，眼神定定瞅著他，直到班尼臉紅轉過頭為止。

那天晚上他在交誼廳時，看見她趁職員不注意，從連帽上衣口袋取出紙片，偷偷塞給幾個較年長的孩子。次日早晨，他套上牛仔褲時發現褲子前口袋裡藏有一張摺疊整齊的紙片。這張紙片是怎麼跑進他口袋裡的？上面有文字，字體整齊漂亮，像極了機械印刷字體，可是他定睛一瞧，發現那其實是故意摹擬打字機字體的手寫字，他閱讀紙片文字，上面是一條以項目符號黑點開頭的指令：

● 把鞋子放在桌上，問它想要你幫它做什麼。

他環視房間。麥克森已先去吃早餐，於是他脫下一隻運動鞋，放上床頭櫃。「好了，鞋子，」他說：「說吧，你想要我幫你做什麼？」鞋子默不作聲，他坐在床沿，耐著性子等候。這是一隻黑紅相間的老舊耐吉全掌氣墊鞋，是兩年前媽媽在二手商店搜刮到的。他並不討厭這雙鞋，只是舊了點，但這並不是它們的錯。也許他的口氣態度應該好一點，於是他再試一遍，語調較為委婉客氣。「嘿，耐吉先生，我得去吃早餐了，需要什麼快點跟我說，好嗎？」鞋子依舊沒有回話，悶不吭聲地坐在床頭櫃，露出無精打采的疲態，它的鞋帶被收在某處的塑膠袋內，少了鞋帶的它一副不自在。

護理師說出院時就會歸還他鞋帶，可是目前他得暫時使用模樣詭異的褐色魔鬼氈，對此鞋子似乎不甚滿意，他自己也不太滿意。麥克森說光看鞋帶就能辨識出誰是菜鳥，先前待過兒精的人，運動鞋都早就貼有魔鬼氈。

「好吧，沒關係，」班尼說：「你要這樣就這樣吧。」

他聽見門口傳出人聲。是正在查房的早班護理師安德魯。

「嘿，」安德魯護理師說：「你還好吧？」

班尼一把攫起床頭櫃上的鞋子，彎腰套上腳，等到他再次打直腰桿，護理師正雙手插在口袋裡，倚在牆上盯著他。安德魯護理師是一名很酷的搖滾樂手，來自英格蘭，身上有刺青和數不清的耳洞，病房的女生都愛慕他。

「沒事吧？」尾隨班尼步入走廊時，安德魯護理師又問一遍。「你早餐遲到了，會被扣分，這你知道吧。」

「我知道，」班尼回道。

「別擔心，我不會告密的，我也沒看見你剛才在對鞋子說話。」

早餐室內名叫愛麗絲的女生正和麥克森及兩個藍組的伙伴坐在角落。班尼取過早餐麥片，猶豫著要坐哪裡。其他人已經吃完早餐，準備離席，於是他走上前坐在她對面。她抬起頭點頭示意，然後繼續低下頭盯著她的早餐，一碗擺在特餐餐盤上完全沒碰的燕麥粥和半杯柳橙汁。她的長袖運動衫正好遮蔽住手臂上的星星，但他瞥見一顆星星正從她的手腕內側偷偷向外瞥視。他趁沒人注意，迅速從口袋掏出紙片，放在她的餐盤上。

「這是妳的嗎？」

她望了一眼紙片，搖頭。「現在是你的了，你應該收好才是。」

他再次拾起紙片重讀一遍。「這是幹麼用的？」

「事件樂譜。」

「類似幸運籤餅嗎？」

「噢，這說法有意思。你要這麼說也可以，有何不可？」

他不懂。「我有必要按照指示做嗎？」他其實想告訴她，他已經照做了，但他不確定這樣是否很丟臉。

「除非你想，」她說：「否則你什麼都不必做。也可以想像你已經這麼做，那這樣就變成一場臆想實驗，有時也行得通。」

他確實想像過，起初他覺得和自己的鞋子說話很蠢，不過也滿有趣的。通常物品說話時他都摀住耳朵，盡量不去聽，卻從沒想過反過來向它們提問。當然鞋子沒有回答，也許它覺得他的問題很蠢，又或許要是你問太多蠢問題，物品也不想和你說話，很類似他不想再和梅蘭妮醫師說話，抑或團體治療時大家只是繞成一圈坐著，沒人開口分享。也許要是他多問一些蠢問題，物品就會完全停止對他說話，不是正好嗎？他捲起紙片收進口袋。

「妳還有嗎？」他問。

她不置可否地聳肩，他把這個動作當成是沒有的意思。然而早餐過後開始團體朝會前，他卻看見她趁職員準備時，鬼鬼祟祟地從她的連帽上衣口袋掏出紙片，和幾個綠組的小孩四處傳遞。年紀輕的小孩天真無邪，掩藏不住興奮神情，其中一名護理師注意到，便一把將愛麗絲拉到旁邊，逼她將連帽上衣口袋的紙片倒進垃圾桶，接著馬上帶她離開。愛麗絲默默不語地步出室內，班尼望著她離去的背影。朝會一開始護士長高高舉起一張紙片，要所有人交出他們手中的紙片。大多數孩子只是聳聳肩、乖乖配合，班尼的手指撥弄著藏在口袋的紙片，眾人傳遞廢紙桶時他卻沒有抽出手交出來。那天午後稍晚，他趁職員在會客時間忙著幫訪客登記時，回到餐廳裡翻找垃圾桶。紙片還躺在那裡，只是上方堆著丟掉的糖果包裝紙和紙杯，果汁濺灑浸濕其中一些紙片，他挑出沒有沾濕的紙片，偷偷帶回房裡閱讀。

- 面對一堵白牆，假裝它是一面鏡子。
- 對馬桶說早安，感謝它接受你的廢物。
- 假裝你垂垂老矣，減慢一半移動速度。
- 擁抱自己，對自己說出我愛你，重複這個動作直到你真的愛自己為止。
- 踩著雀躍步伐，轉換方向。
- 變成小貓，發出呼嚕嚕，舔自己身上美麗的貓毛。

- 上下顛倒看世界。
- 在吞下藥之前與它們深情對望，問它們：「你們是認真的嗎？」
- 顛倒順序去做所有動作。
- 對某個你不喜歡的人微笑。要是對方回你微笑，就給自己一分。
- 仰躺在地板上細細聆聽，想要唱歌就放聲高唱。

全部都是指令。班尼讀著紙片時，發現某些人在走廊和交誼廳裡沒來由做出的瘋癲舉動，其實並非完全沒來由，愛麗絲彷彿就是他們的指揮家，他們則是聽從她指令的交響樂手。他把紙片夾進作業簿內，等到深夜熄燈後再爬出床，仰躺在地板上，於一片漆黑中專注聆聽。他聽見室友的呼吸聲和周遭宇宙重新整頓的嘎吱聲響。他想要跟著歌唱，卻不想驚醒麥克森，於是壓低嗓音輕輕哼唱。閱讀這些指令時他茅塞頓開，彷彿他總算醒來，過去曾經以為的混沌其實是一種秩序，而秩序現在反而成了一片混沌，不過卻是奇異有趣的混沌。而愛麗絲就是扭轉現實的關鍵，她具備主宰病房動態的祕密規則。他已經迫不及待隔天再見到她，找機會上前和她說話，親口分享他的發現，並把紙片還給她。翌日早餐時間，班尼四處尋覓她，卻始終不見她的身影，她不但沒出席朝會，也沒有來吃午餐。後來他在休息時間向麥克森問他是否知道她的去向。

「你是說雅典娜？」

「我猜是吧，我以為她的名字是愛麗絲。」

「無所謂啦。不管怎樣，她都不在了。」

「她出院了？」

「最好是。她已經成年，所以醫院幫她辦轉院，之前院方還通融她繼續留在兒精，可是現在她耍小把戲被抓包，於是他們決定將她轉到成年病院。」

「你是說那些紙片？」

「對啊，」麥克森露齒而笑，「很激浪派啊，小子。顛覆主義那套，他們覺得她留在這裡恐怕帶壞其他人，害他們也開始藐視治療體制，不認真看待自己的心理疾病。」

班尼不懂激浪派的意思，也從沒聽過六〇年代的激進政治藝術運動，以為那只是麥克森隨口喊出的酷炫髒話，不過他至少理解一件非常重要的事，另一項病房規則。那就是：對付顛覆分子，就是懲罰對方，逼迫他長大。很激浪派啊，小子。

她離開之後病房感覺不同了。空洞，沉默，單調。那天稍晚班尼偷偷在藝術治療課程上拿走一條口紅膠，回到房間後把紙片貼上作業簿。他不認為這是藝術，只是單純喜歡紙片貼在作業簿的樣子，喜歡它們井然有序排成一個縱列的模樣。

15

暑假開始後幾天他才從兒童精神醫院出院，因此錯過了國中畢業典禮。他並不在乎錯過畢業典禮，國中彷彿變成一個記憶模糊的遙遠世界，所以當安娜貝爾從醫院帶他回家，他不明白為何家門前會掛著一條橫幅布條。

你辦到了！字條這麼宣布。他辦到什麼？班尼迷惘地望著母親，她的神情煥發期待，好像他也應該對某件事感到開心，但是這根本說不通。

「我做錯什麼了嗎？」

「不是啦，傻孩子！」她試著以凱旋而歸的勝利之姿拉開前門，可是前門卻不慎撞上一袋堆在門前的回收垃圾，於是她使勁推門，門總算敞開後，她領著班尼步入廚房。班尼看見櫥櫃和冰箱頂端的中央掛著另一條橫幅布條，上面寫著：恭喜你畢業了！

一束五彩繽紛的聚酯纖維氣球在廚房椅背後方上下擺盪，其中一些氣球有戴著流蘇畢業帽的黃色笑臉，其他則寫著第一名畢業生！幹得好！為畢業生脫帽致敬吧！等字樣。

「班尼，恭喜你！」安娜貝爾說：「媽媽真的好以你為榮！」她等待他開口回應，可是班尼無動於衷，於是她進一步解釋：「這是你的畢業典禮。」

他還是不知道該說什麼，畢竟兒精沒人討論畢業的事。在那裡，離開並不叫畢業，而是出院，但也許媽媽不曉得這件事，他也不想掃她的興。

「太好了，媽，」他說，卻根本不覺得好。

「你一輩子只會從國中畢業一次，」她說：「所以我不希望你錯過自己的畢業典禮。別傻傻站在那裡！過來啊！」

她取過他手中的圓筒旅行袋，隨手扔在地上。一個淨空的廚房餐桌角落堆疊著禮物：一個戴著畢業帽、模樣傻氣的米格魯犬布偶，幾個有著大蝴蝶結和閃亮包裝紙的鼓脹包裹，一張巨型卡片，一卷以長緞帶繫綁的紙。米格魯犬是他就讀中學的吉祥物，她從米格魯頭頂摘下畢業帽，戴在班尼頭上。

「噢，」安娜貝爾說：「你好像又長高了！」他把流蘇撥至帽子前沿，讓流蘇懸掛在他的左眼上方，然後後退一步。「不，等等！我弄錯方向了！」

她把流蘇撥向右側，接著拿起那一卷紙，「班傑明．吳，」她大聲宣布。

他別開視線。他不喜歡被人這樣直呼全名，彷彿那是別人的名字，應該由別人回應。他站在那裡盯著母親的雙腳，她的運動鞋破舊，硬生生被撐到不成形的模樣。在她的腳跟後方，水槽櫥櫃和歪七扭八的乙烯基地板之間的接縫處，有一隻小蟑螂鬼鬼祟祟地探出頭。

「往前跨步！」她用聽得到的音量低聲說：「名字被叫到時要站出來啊。」

他往前跨出一步、兩步，直到站在她的正前方。她遞出那一卷紙，高聲宣布：「班傑明．吳，我在此頒發本證書予你，宣布你正式從國中畢業。恭喜你畢業了，寶貝兒子！」她把畢業證書塞進他手裡，熱烈鼓掌起來，緊接著卻倏然停下拍手動作，伸出手把流蘇撥至左側位置。「好了，這樣就對了。現在你畢業了，流蘇應該要掛在左邊。現在我們一起來拆禮物吧！」

她為了這一天已經籌備一年多的時間，並趁夏季特價先準備全套畢業裝備，可惜的是畢業典禮當天他還在住院，於是她在衣櫃中翻箱倒櫃，找出幾套像樣的衣服，最後決定穿上一件漂亮的長版上衣，底下搭配她懷孕時添購的褲襪。彈性褲襪的褲頭拉至腰上那一刻，她想起當時肚皮繃得多緊，脹大肚皮裡孕育著新生命，象徵一個對於將來的承諾。她那時真的好幸福，而現在他已經長大，今天就要畢業了！踏出家門走向公車站牌時，她忽地發現當母親真的是一輩子的事，這想法令她忍不住熱淚盈眶。

她站在禮堂後方，一身打扮正式的孩子們模樣迷人可愛，女生穿著漂亮洋裝，男生則是開襟襯衫搭配長褲，被喊到名字時他們站上講臺，親手接下畢業證書。她拍了幾張照片，並用手機錄下畢業典禮的致詞內容，好讓班尼回到家後可以聆聽。她想要和他分享畢業典禮的點點滴滴，至少可以讓他體驗當天的氣氛，可是他們一起坐在廚房餐桌前拆開她買的禮物時，班尼卻很詫異聽見她參加這場典禮。

「媽，妳去參加畢業典禮真的很怪。」他拆開第一份禮物。是一件棕色長褲。

「會嗎？」她打開手機相簿，讓班尼瞧。「我沒有停留太久，只是心想或許你會好奇畢業典禮怎麼進行。你的同學都打扮得很體面，小安柏．羅賓森變得好高䠷！現在可是亭亭玉立的年輕小姐了。還有一個男同學穿著一套亮白的三件式西裝，連你朋友凱文什麼的都人模人樣。」

「他不是我朋友。」他拆開第二份禮物。是一件淺藍色禮服襯衫。

「我差點沒認出他來，你真的不想看嗎？」

「不想。」第三份禮物是一條有著水玉點點、止不住亂翹的藍色領帶。「妳要我什麼時候戴這個？」

「你喜歡嗎？我想我們可以好好打扮一下，找間好餐廳吃一頓飯。」她拾起米格魯犬布偶，順了順它絲滑的長耳朵。「慶祝你回家，還有國中畢業。」

「今天嗎？」

「當然啊！有何不可？」

「如果妳想要，好吧。」

她抱著腿上的米格魯犬，瞅著班尼將衣服摺好，先是長褲，再來是襯衫，擺在最上方的是領帶，然後收進圓筒旅行袋，準備帶上樓。畢業方帽還戴在頭上，材質廉價的絲綢帽不斷從他後腦勺滑落，他抬眼望著她。

「我應該一直戴著這頂帽子嗎？」

流蘇擋在他臉部前方，他一臉疲態地撥開遮蔽眼睛的流蘇。

「噢，乖兒子，當然不用。我很抱歉……」她把米格魯放在餐桌，從他頭頂摘下畢業方帽。她在想什麼？「你當然不用戴那頂蠢帽子，完全不用戴。」

「了解。」

「我只是想要——」她閉上嘴，深吸一口氣，這無關乎她想要什麼。她伸出手想要擁抱他，卻及時制止自己，最後只把一隻手放上他的前臂。「最重要的是你現在回到家了，」她說，輕捏一下他的胳臂。「你想要怎麼樣，我們就怎麼做，好嗎？」

「我只想回自己的房間，」他拉起圓筒旅行袋的拉鍊，接著呆立原地，歪斜著頭。客廳傳出一陣低沉持續的嗡鳴。「那是什麼聲音？」

「乖兒子，什麼聲音？」

「那個噪音啊，」他往客廳邁出一步，聲音越來越響亮，刺耳尖銳高音猶如一條絲線蜿蜒穿越空氣。「家裡好像有哪裡不一樣了。」

「噢，你是說我的新電腦工作站吧，進去瞧一瞧啊。」她尾隨著他步入客廳。「很驚人吧？」

三張長達兩公尺半的會議桌形成一個大U形，幾乎完全占據客廳空間。客廳盡頭擺放著五大臺平板顯示器組成的築堤：總共分為兩層，第一層有三部矮桌高度的電腦，第二層則是兩臺以伸縮臂懸掛、凌空架起的電腦。鍵盤、觸控板、掃描器、滑鼠等輸入裝置四散於桌面，桌子底下則是一堆扭曲糾結的電線。電腦築堤後方有一個工業線架，線架上擺著琳瑯滿目的數據機、路由器、DVD光碟機、備份磁碟機，以及名為「記錄器」的漆黑巨大嘈雜盒子。安娜貝爾鬱悶地看著技術人員組裝，完成後客廳儼然變身電視新聞編輯室，再不然就是飛航管制塔臺，抑或矽谷新創公司。她萬萬沒有料想到自己會需要這麼多設備，她該怎麼學會使用這麼多東西？

公司也提供她一把抄襲 Aeron 牌設計的人體工學網椅，椅子配置小腳輪、填充扶手軟墊，座椅下方還有一支可供調整高度、傾仰度、腰部位置支撐的操作手把。安娜貝爾初次嘗試座椅時發現椅子有點擠，而且她幾乎搆不到操作手把。發現此狀況後一名技術人員拿出扳手，鬆開扶手，然後將扶手拉至極限寬度，要求安娜貝爾重新試坐一次。

「好了，」他說：「試試看吧。」

這一次坐起來剛剛好。「不好意思，」她說：「謝謝！」她不是真心感激，反而是感到尷尬，接下來為了自己感到尷尬並向對方道歉而惱怒，又忍不住氣對方羞辱她的身材。但她不是不知道對方只是出自善意幫忙她，她卻萌生這種想法，因而深感羞愧。

不過最後這些都不重要了，重要的是她又爭取到一份提供健康保險的全職工作。椅子是很擠，至少坐起來很舒適，她早晚會學習使用設備，說到底也沒有那麼糟。當她在U形工作站內旋轉座椅，從一個電腦顯示器前方滑至另一部時，感覺自己地位顯赫，彷彿她就是大老闆。

她伸出手浮誇地揮向閃爍發光的設備。「你覺得怎麼樣？」她走上前，坐在椅子上。「挺酷的吧？」然後旋轉一圈椅子。「很像美國航空太空總署吧，就像是任務控制中心。」

「很好啊，媽。」班尼說，在胸前緊摟著猶如一面盾牌的圓筒旅行袋。他退回走廊，上樓回到自己房間，她獨自留在椅子上徐徐旋轉。幾分鐘後，她聽見他甩上臥室門的巨響，緊接著是他雙腳砰砰下樓的聲音。他衝進客廳，背後拖著一只笨重的大垃圾袋。

「我已經告訴過妳，不要在我房裡堆垃圾！」他把垃圾袋拋擲向她，然後出腳一踹。「妳為什麼還把這包垃圾丟在我房裡？」

安娜貝爾的臉色漲紅，急得快要哭出來。「兒子，冷靜下來，」她說，舉起長袖運動衫的袖子擦拭額頭。「別生氣嘛，我不得不為了新電腦工作站挪出空間。」

「妳應該先問我的！那是我的房間！妳不能隨便把妳的垃圾堆在我房裡！」

「你說得完全沒錯，我是應該先問你。乖兒子，對不起，我會幫你——」

「這棟房子裡根本沒有屬於我的空間！」

「我會處理掉垃圾的，我向你保證。垃圾只是暫時堆在那裡而已。」

「我聽妳在放屁，」他說，緊接著又補踹垃圾袋一腳，他再也承受不了了。「我深表懷疑。」他站在那裡，打量著堆放在客廳牆邊的垃圾袋，然後目光游移至環繞安娜貝爾、閃爍著光點發出嗡鳴的裝置。他完全無法正眼看她，他深吸一口氣，憋住氣，在內心數了起來。

這是他在輔導團體活動中學會的技巧。輔導老師交給他們空白的情緒管理卡，要他們在其中一面寫下自己氣憤、悲傷、難過的事因，接著翻到背面，寫下情緒感受管理策略。

事因那面共有五行，於是他寫下：

1 剪刀

2 淋浴間蓮蓬

3 玻璃窗

4 聖誕節裝飾品
5 梅醫生的玩具

班尼的輔導老師看了一眼他的清單，要求他詳細說明引爆情緒的狀況，於是他補充說明：

1 剪刀想要刺人的時候
2 淋浴間蓮蓬因為少了蓮蓬頭而哭泣的時候
3 玻璃窗殺死小鳥的時候
4 我在走廊不慎踩到聖誕節裝飾品的時候
5 梅醫生的玩具憶起往事的時候

這時輔導老師坐在他身邊，遞給他一張全新的卡片，要他思考更廣泛的事件，而不是這麼細瑣精確的小事，他寫下的應該是令他氣憤、悲傷或難過的狀況。班尼思忖半晌，然後說：「你的意思是，例如我媽媽未經同意就把東西堆在我房間，或是即使我提醒、她還是不丟垃圾等情況嗎？」

輔導老師說：「就是這樣。」於是他寫了下來。

接著輔導老師說：「很好，現在請你閉上眼，想像一下你媽媽把東西堆在你房間時，你有什麼感受？」

他閉上眼，身體前後搖擺，然後說：「感覺有一個龐大黝黑的彗星，以超快速率朝我襲來，那是全宇宙最稠密沉重的物質。我抬起頭看見彗星飛速俯衝而下，它變得越來越大，吸光所有氧氣，令我無法呼吸……」

班尼在說話同時忍不住全身顫抖。輔導老師說：「很好，現在深呼吸，睜開眼睛，然後把這個寫下來。」

他遵照老師說的睜開眼，然後看著卡片，說：「空間不夠。」指導老師說：「無所謂，你寫彗星就好。」班尼照做了。

彗星

輔導老師說：「很好。那我現在問你，你氣憤、悲傷或是難過的時候，你媽媽知道嗎？」

「你是指彗星飛來消滅我的時候？」

「對。」

「她不知道。」

「為什麼？」

「因為彗星不是真的，梅蘭妮醫生都是這麼說的。她說彗星跟聲音一樣，只是我個人的胡思亂想。」

「了解。但是彗星感覺快要撞上來時，你的心情很沮喪，對吧？感到沮喪時，你會怎麼做？你媽媽知道嗎？」

「她不知道，我不會告訴她。因為要是她知道我沮喪，她也會跟著沮喪，而我不喜歡那樣。」

「好，但你自己是知道的，你知道彗星何時襲來，對吧？你是怎麼知道的？」

「因為彗星火速飛越空氣時會發出呼嘯聲，而且體積越來越大，令我無法呼吸。」

「懂了。那這時你可以做什麼？」

「爬到我的床底下？」

「這招有用嗎？」

「有時候。」

「你可以閉上眼深呼吸嗎？」

他搖頭。「不，閉上眼睛沒有幫助，當我陷入一片漆黑，感覺就像彗星已經襲來毀滅我。」

「那麼不要閉眼睛，往鼻腔內深吸一口氣。現在先慢慢試一遍，數到四。」

他照做了。

「憋住這口氣，數到五。」

他照做了。

「很好，接著邊吐氣邊數到六。」

班尼也照著做了。實在很有意思，亂無章法的數字總是讓他心神不寧，很難專心做事，可是現在它們卻整齊排排站，試著幫他的忙。班尼沒有向輔導老師提起這件事，只是遵照指示呼吸數數字。

「你做得很好，」輔導老師說：「現在靜待四秒，再重複一次完整流程。呼吸數到四，憋氣數到五，吐氣數到六。記得憋氣要數到五。四、五、六、五。記下口訣了嗎？現在寫在你的情緒管理卡上，這就是你應付彗星的利器。」

他記了下來。本來已經駕輕就熟，然而如今班尼站在客廳，母親的物品吞噬淹沒了他，而這方法已經毫無用武之地。當他試著呼吸吐氣、數數字，數字只是沒完沒了地膨脹，最後爆破成一團火球。要是他試著吹熄火勢，數字只是瘋狂癲笑，火焰更加猖狂地閃耀舞動。火紅熱氣從他的肺部蔓延至頭頸，他開始慌了手腳，輔導老師並沒有傳授訣竅，教他怎麼對付劇烈燃燒的數字，但或許還有派得上用場的方法。有時哼兒歌很有效，他也有把其他做法寫在卡片上，只不過暫時忘得一乾二淨。班尼一手插進牛仔褲口袋搜尋情緒管理卡，但卡片不在口袋裡，他只摸到一張小紙片，上面有一排猶如打字機字體的整齊文字。

那排文字寫著：**來圖書館**。

第二部

圖書館

在收藏家的生命中，
混亂與秩序的兩極之間存在著一種對話張力。

——華特・班雅明〈打開我的藏書〉

班尼

物品依然會竊竊私語，它們還是叨叨絮絮個沒完沒了，我也仍舊聽得見它們說話的聲音，但至少它們知道要保持安靜，因為人人皆知，一旦進入這個空間就得保持安靜，畢竟這裡可是圖書館。在圖書館中，所有東西都井然有序，圖書館員也善盡整理收納的職責。書本依照編號和書名整齊劃一地排列，棲息生存在書架上，它們的聲音只夾在書封之間，而且通常不只是書，就連書桌、座椅、電腦、影印機也悄然無聲，甚至是趁你在超級市場收銀檯排隊時對你瘋狂尖叫的雜誌也一樣。在這裡，雜誌無不保持沉著冷靜，即便它們有話要說，也只用低沉的圖書館音量對你說話。翻動書頁的聲音是如此美妙，當物品知道有人好好照顧自己，它們輕柔發出的簌簌簌簌簌聲響也美妙無窮。你去過圖書館，相信你懂我的意思。

16　書

最初我們沒有立刻認出他，沒想到他竟然長這麼大了，他第一次和母親參加兒童時光活動時還是學步兒。我們總是把小朋友視為國家棟梁，望著他們出現在兒童專屬的地下室，一路慢慢爬上階梯和圖書館書架。後來他和母親不再出現圖書館，我們也沒有再見到他，然而我們並未多做他想，畢竟許多孩子都不再來，我們覺得不值得費心追蹤關注，直到像是班尼這樣的孩子出現為止。

來圖書館，紙條是這麼寫的，於是他乖乖遵照指示，不僅因為這麼做很激浪派，主要也是因為他想再見到愛麗絲或雅典娜，她到底叫什麼名字不重要。他告訴母親，他要補寫住院時沒完成的作業，而且必須在暑假完成，她當然沒有意見。哪個母親會不滿意？公共圖書館那麼安全，館內都是負責任的大人，況且他會待在室內，空氣品質不成問題，野火煙霧也不會讓他的氣喘惡化，她只要求他承諾會隨身攜帶手機，並且保持電力充裕。翌日清晨他起了一個大早，吃完早餐麥片，鉛筆盒內裝入彈珠、湯匙、幾支迪克森牌二號木鉛筆、從兒精摸走的口紅膠，把鉛筆盒和作業簿收進後背包。他向母親道別，步行至公車站，搭上前往圖書館方形廣場的那班公車。

這是他小時候經常和媽媽搭乘的公車，所以他已經很熟悉路線，也熟識乘客：霸占肢障與老年博愛座、心不在焉的青少年；穿著鋼頭工作靴、怒瞪他們要求讓位的建築工人；不良於行拄著拐杖、使用指甲花染髮、滿懷感激地接下空位的老婦人。在每一站幽幽上車、提著大包小包塑膠袋的婦人和回收空瓶的拾荒男人，他們拖著雙腳經過班尼時，都會刻意停下腳步凝視他，彷彿他們都認識他。

但也許這只是他個人的臆想。對他而言醫院外的世界變得不真實，而那年夏天野火提早降臨，繚繞煙霧已經一路瀰漫下山，將空氣染成一片恍若火星大氣層的猩紅色。當公車穿越城市邊陲，吃力笨拙地經過商店時，他的視線瞥向窗外，凝視著五花八門的公路商店街：支票兌現鋪、美甲沙龍、麵食館、希臘烤肉卷店、營養健康食品專賣店、一美元商店、地毯折扣倉庫，猶如西藏經幡五彩繽紛的三角旗飄揚在遮雨棚上方。簡陋商店櫥窗上的亮眼招牌各自表態，宣布：盛大開幕！跳樓大拍賣！囤貨出清！一件不留大拋售！接著公車繞過中國城，挺進市中心的高檔商業購物區，映入眼簾的變成覆蓋每棟建築物側身、龐然大物般的看板，單色廣告海報的主角都是高科技運動鞋、智慧型手機、滲出水珠的伏特加，僅著內褲肌膚發光、彷彿全身浸泡過古銅顏料的模特兒。廣告看板沒有多說什麼，它們無須多言，一幕幕無所不在的單純影像聳立於城市上空，以不需要語言的聲音對每雙盯著它們的眼睛說話，這樣的威力遠比說話聲強大。個性纖細敏感如班尼的男孩承受不住——噪音嘈雜、刺激太多，等到他總算受不了，便假裝手機鈴響，趕緊把手機塞到耳旁，大聲對手機嚷嚷。

你究竟想要怎樣？好！我聽見了，但麻煩你別再來打擾我，我說真的！別吵我可以嗎？這是他在病房學會的情緒管理策略，而且效果不錯。其他公車乘客連抬頭看他都嫌懶，也沒人留意有一個男孩朝自己手機咆哮，正好讓他可以好好回應所有說話聲音。

等公車到達終點站圖書館方形廣場時，他的痛苦也已逐漸消逝瓦解，只剩下他印象中小時候的震顫亢奮感受，令他忍不住想要揮動雙臂、拍打後腦勺、腳跟踢向公車座椅底部的通風系統，可是他忍下來了，就連這個動作也有一張專屬的情緒管理卡，上面寫著：

閉上眼，深吸一口氣。想像你的身體沉重不已，裝滿沙子，每一次吐氣時認真感受沙子緩緩流出體外，持續呼吸吐氣，直到沙子洩光為止。

他已經記下這個技巧，現在只是閉上眼照著指示呼吸吐氣，直到沙子漸漸流瀉出身體，最後感到放鬆自在及掏空，彷彿他的身體輕盈到可以漂浮。瞬間輕鬆的感受非常詭異，但還來不及憂慮，公車已經氣喘吁吁、嘎吱煞車進站，抵達圖書館方形廣場站。他起身掂量自己的重心，似乎站得穩腳。拎著大包小包塑膠袋的婦女和回收空瓶的男人也在這一站下車，班尼排在他們身後，跟著他們爬上通往圖書館的斜坡，望著他們魚貫穿越大門，恍如等著輪班打卡的工廠員工。進入圖書館後他們作鳥獸散，各自往不同角落散去，班尼卻呆立在服務臺，納悶著接下來何去何從。小紙條只要求他來圖書館，卻沒說明一旦到了圖書館應該做什麼。在沒有下一步指令的情況下，他只能單純跟著雙腳的直覺走。

多元文化童書區空無一人，只有一個身材嬌小的圖書館員正把椅子排成一個圓圈。回來的感覺很奇怪，他是想留在童書區，無奈他的體型太大，年紀也不小了，不適合潛伏流連於高度及腰的書架和彩色圖書區域。他知道圖書館裡有老人鬼祟潛伏，實在令人毛骨悚然，雖然他還沒那麼老，但還是不要比較好。圖書館員看來很面善，她用探詢的眼神望著他，班尼馬上往後一退。

他把雙手插進連帽上衣口袋，搭乘電扶梯回到一樓，每上一層樓就下電扶梯，穿梭於圖書館書架之間，閱讀著印刷於書脊上的書本標題，搜尋每一條他應該找尋的可能線索。他的手指撥弄著口袋中的紙條，捲起又鬆開，直到上面的文字逐漸磨耗消逝。幾個鐘頭過去了，他還是一無所獲，不過無所謂，他就是喜歡來圖書館，次日又回來了。

我們望著他一路往上爬，穿過杜威十進位圖書分類法的圖書館書架，從 000 和 010 開始（電腦科學、知識與制度、文獻目錄），又繼續爬到 100 和 200（哲學、形上學、認識論、宗教），然後是 300 和 400（社會學與語文）、500 和 600（科學與科技），一路挺進 700 和 800（藝術休閒和文學），最後來到九樓的 900（歷史），抵達舊北翼大樓的 999（外星世界），並在這層樓駐足停留。

他在一條遺世獨立的幽隱角落發現三間自習室。這是老圖書館的北翼大樓與全新擴建的現代旋轉建築的銜接點，只能經由一條猶如羊腸小徑的步行橋通達這個角落。步行橋不搭軋地連接新舊圖書館大樓，行人亦可在此停留，穿透俯視底下令人頭暈目眩、膝蓋發軟的九層樓，直通下墜現已荒廢的地下室二樓裝幀室。如果你像我們一樣，長年下來觀察這座步行橋，就會知道穿越這條橋的都是哪些客人。庸庸碌碌的實用主義者腳步倉促地跨越小橋，並未多做他想。有存在焦慮傾向的人則是猶豫不決，納悶著是否走到正中央，視線稍微越過欄杆，並在腦中想像著跨越欄杆邊緣，縱身投入死亡懷抱，一路墜落地下室二樓地板粉身碎骨是什麼樣的感覺。每當諸如此類的客人駐足小橋，我們都不禁屏息好奇，一名建築師是出於什麼心態，才會為公共圖書館設計出如此陡峭的墜樓點？多愚蠢啊！一個見證人類內心的脆弱恐懼和不朽渴望、並將其裝訂成冊的儲藏所，應該是一個堅實可靠、撫慰人心的所在——照理說要具備和諧又完美對稱的建築設計，平撫心煩意亂的客人心靈。可惜只在乎自己能否留名不朽的建築師及都市規劃師並不這麼認為，他們把圖書館當作一種名留青史的工作案，書本充其量是道具，一種亂七八糟、毫不搭調的物品，純粹玷汙了他們設計美感的俐落線條。

這些人並不是書的朋友。

這個建築設計的愚蠢想法是打哪來的？趁班尼的視線越過欄杆俯視腳下，享受身在高空驚險刺激的時候，容我們利用這段時間好好向你們解釋。書本熱愛精彩絕倫的幕後故事，班尼也不介意，反正現在是暑假，他不趕時間。

二〇〇五年，圖書館董事會投票表決為公共圖書館蓋一座全新總館，並廣邀建築師祭出設計提案。後來一位知名建築師以糟糕透頂的計畫案成功搶得標案，自詡是前衛的後現代宣言，規劃將我們鍾愛的老圖書館夷為平地。此外該計畫案亦提到出售館藏，確切用詞是去蕪存菁，剷除本館手無寸鐵的藏書，不用說都想像得到我們有多恐慌，九〇年代發生的文學書大屠殺慘案依然讓許多書本記憶猶新，當時舊金山公共圖書館的二十五萬冊書憑空消失，最後淪落至一座大型墳地，葬身垃圾掩埋場。「一場磨滅歷史、趕盡殺絕的仇恨犯罪」，有位評論家如此形容這場猶如浩劫的斬首計畫，於是我們憂心忡忡恐怕成為下一場大屠殺的受害者。

將我們斬草除根和裝箱運送的恐怖過程揭開序幕，但就在此時，圖書館拆除前夕適逢二〇〇八年股市崩盤，因此董事會臨陣退縮，懸崖勒馬，而我們全體鬆了一口氣。也許你那時也聽見我們的聲音？有人形容我們拍振書頁的聲音猶如展翅高飛的天使羽翼。

知名建築師只好滿腹牢騷回到繪圖板前，重新構思一種節省經費的折衷計畫，以猶如一對斗大引號的現代外殼包裹古典的老舊圖書館建築。竣工後，圖書館的模樣就變成這樣：

“ 圖書館 ”

以符號學的構想角度為出發，這個設計並不低調，有些人甚至認為引號格外諷刺惡毒。你要怎麼說都好。

儘管平面面積明顯呈現卵形，全新圖書館仍命名為圖書館方形廣場。數列拱門裝飾著挺拔獨立的橢圓形牆壁，算是對古羅馬圓形競技場詭異又戲劇性的致敬。由橢圓形牆壁包夾環繞的廣場上有幾家連鎖購物商店：咖啡廳、便利商店、報攤、木瓜喬餐廳和飛天派披薩店，店面周邊則是排放幾張鐵椅和咖啡桌。

圖書館方形廣場的種種都略帶著不真實感受。訪客和購物客猶如夢遊穿越廣場，拿起手機對著空氣說話的辦公室員工來來去去，無家可歸的人聚集在桌前遮風避雨。光陰凝滯緩怠，鴿子啄著地面發出咕咕啼叫，聲音在拱門內迴盪。

現在再讓我們回到九樓。班尼從險峻的步行橋邊緣往後一退，繼續前進，最後來到他在遙遠端頭看見的幽隱角落，其中兩間自習室內已經有人占據。一名中東交換學生正坐在自習室內，雙手牢牢緊握在膝蓋之間，對著書本彎腰，可是班尼更仔細一瞧時，卻發現這男孩的眼睛是閉著的，彷彿他正在禱告或是打盹兒。占據另一間自習室的是一個中年女性，她正在筆記型電腦上飛速打字，年齡大約介於五十至六十歲之間，也許和他一樣具有亞洲血統，戴著一副黑框眼鏡，頭頂摻雜著灰色髮絲。她肯定感受到他的注視，因為就在此刻她抬起頭瞄向班尼，手指卻沒有放緩停下的意思，持續敲打著鍵盤。班尼迅速溜進她隔壁的自習室。

裝修之前就存在的自習室已經很老舊，硬挺椅子卻出乎意料的舒適好坐。當他將椅子靠攏堅固穩定的木桌，小小自習室似乎發出心滿意足的嘆息，為了讓他更自在舒坦，四面環繞的牆壁甚至刻意打直背脊，站地得更挺了。狹窄空蕩的架子與視線齊高，橫向盤據自習室一側，空無一物的書架畫面使他感到舒心。起初他光是坐在那裡就心滿意足，單純望著空蕩蕩的書架，享受這股平靜感受，然而眼見幾個圖書館訪客雙臂抱著滿滿的書本行經自習室，顯然在找尋讀書的地方，班尼內心也開始不安，於是趕緊從背包取出作業簿，放在面前的書桌上。好多了。他拿出一支鉛筆放在作業簿旁，這樣甚至更好，然而空蕩蕩的書架卻似乎少了什麼。於是他把後背包掛在椅背上，宣示自習室是他的領土後踏出自習室找書，鞏固地域邊界。

後來這便成了他的每日慣例。他會在圖書館書架間來回漫步，任由書名吸引他的目光，任由書本主動投入他等待的懷抱，這段期間他發現書本也有自己的想法，彷彿他有權選擇書本，而書本也有權選擇他。等到雙臂滿了他就回到自習室，將書冊井井有條地排列在耐心守候的書架上，模樣像極了立正稍息的士兵，書脊整齊地打直挺立。起初光是這樣已經足夠，足以讓他心安理得坐在那裡，而這些書也能保障他在自習室的地位，但過一陣子後書本開始竊竊私語，畢竟對它們而言，光是直立在那裡還是不夠。它們是書，不是樂高玩具。如果只是要書本傻傻呆立在那裡，他又何必從原本所處的書架取下它們？既然都移動書本了，他難道不該盡一下職責，打開書皮，讀個幾行字？至少掃視幾張圖片也好吧？

這個暗示不言而喻，幾乎是命令式，班尼聽見了，也乖乖遵照書本的指示。他從當日借來的書籍中挑選一本，掀開書皮讀個一、兩頁——好吧，其實算不上是讀，剛開始不是，也並非井然有序，從左到右、從上到下的閱讀。他的方法不像是一頭有條不紊的牛，按部就班地咀嚼牧草，而是像初發嫩芽的春日裡，一頭啃食嫩枝的鹿——這裡咬一口，那裡咬一口。班尼小時候很喜歡別人對他朗讀故事，長大後玩起電腦遊戲，沒有培養出自己從頭到尾讀完一本書的習慣，現在不知該從何下手，只能單純胡亂翻閱書本，偶爾盯著書本後半段，偶爾翻看書本中段，也沒有刻意尋覓什麼，只是純粹享受翻著書頁的感受，但光是這樣頁紙似乎如願以償。沒多久，文字蘊含的意義開始引起班尼的注意，他發現若想理解文字的意義就得從頭讀起，也就是句子、段落、章節、整本書的開頭。他照做了。他發現一本書總會有個開頭，從第一頁的第一個音節開始。他的嘴巴會在閱讀同時模擬文字發音，隨著音節串連成句，他大聲唸出來，直到最後像是文字啟動他的嘴唇，借用他的舌頭，輕聲細語地降臨世界。

沒多久他就發現閱讀時腦中的說話聲音全都安靜下來，不再嘈雜喧鬧，就像兒童時光活動的小朋友聽故事時安靜下來，不再吵吵鬧鬧。這個發現很了不得，更了不得的是，那之後說話聲音還會安靜一陣子，即使一天已經結束，他也把歸還書本放上手推車，邁出圖書館大門踏入大街時，說話聲音仍然不吭一聲。當他走上人行道，在公車站牌候車，他感覺與世界之間彷彿有一塊緩衝墊，書中寧靜安神的故事在他身邊編織纏繞出一個怡然自在的繭，他則安安穩穩地躲藏在裡面，就算是商店櫥窗和廣告看板的尖叫聲，都無法干擾他。坐上公車後，班尼額頭緊貼著玻璃窗，在黯淡光線中望著夜色籠罩的街道閃逝而過，野火煙霧將光線渲染得豔紅。世界像是被按下靜音鍵，淹沒水底，彷彿書頁上的文字讓他腦中的說話聲音開始沉思，陷入默想情境，夏天就這麼悄悄逝去。

八月份，開學前一週班尼在九樓的自習室閱讀一本關於中古世紀騎士的書，剎那間一張大小猶如中國幸運籤餅字條的紙片滑落書頁，降落於桌面上。這張小紙條上的文字很眼熟，猶如打字印刷字體，令他心頭不禁一顫。他打開作業簿，翻到他整齊貼滿兒精病房垃圾桶撿回的紙片那頁。

把鞋子放在桌上，問它想要你幫它做什麼。第一張如此寫道。**來圖書館**，最後一張寫道。

他拔下口紅膠的蓋子，謹慎對齊這列字條的最下方，擺好方才從騎士書本掉落發現的紙片，再以膠水塗上紙條背面，貼上作業簿。背部往椅子一躺，滿足地讀著那行字。

「**恭喜，**」這張新紙條上寫著，「**你找到了。**」

17

他是找到了，偏偏為時已晚，暑假邁入終點，緊接著就要開學了，再說他很快就得離開圖書館，無論圖書館內有什麼任務，他都得再耐著性子。

與此同時，安娜貝爾整個夏天都窩在任務控制中心，獨自埋首整理新聞資料。她正在為一家國際林產企業集團追蹤美國國內野火的擴散趨勢，為某憲法第二修正案的遊說團體搜集抱持反槍立場的大規模槍擊案件當地報導，也正在觀測茲卡病毒的擴散及總統大選的動向。

她讀過地表火、火源、燃燒率、小腦症、蚊子交配習慣的文章，也對所有總統候選人的流行用語、怪癖、民調數字耳熟能詳。

她那雙深具圖書館員潛能的銳利眼睛不僅擅長挑出關鍵字，就連先前壓根不曉得存在的物品名稱，現在也駕輕就熟：十二鉛徑雷明頓 870 戰術型霰彈槍、格洛克 22.40 口徑手槍、大毒蛇 XM15-E2S 突擊步槍、點 22 口徑薩維奇 MK II-F 栓式步槍。

諸如此類的資訊具有生命，一旦進入她的大腦，她就無法回到一無所知的狀態，也不可能說忘就忘。即使她正漸漸與真實世界脫節，世界各地正在上演的大小事件卻知道得一清二楚。

窩在小房子的生活沉悶窒息，野火煙霧滲透入窗戶縫隙，外出時更嚴重。她擔心班尼氣喘病發，自己也出現症狀。氣喘吁吁、咳嗽、呼吸不順。她去看醫生，醫生開給她一個吸入劑，說她只是壓力太大。怪不得啊！她還在學習使用全新專案管理介面，熟悉收音機和電視工作的規則，記下所有新潮關鍵字和客戶序號。之前她的記憶力很好，現在她卻覺得自己的腦容量已到達極限。

當然班尼的事也讓她焦慮不已。班尼出院時，她收到醫療團隊的門診治療計畫，包括所有班尼的醫師看診及治療時程、漫長的藥物清單和潛在副作用，以及諸多有關情緒調節、痛苦耐受、社交問題解決訣竅等實用建議。

另外還包括一長串家長應該留意的行為清單，像是社交孤立和情緒退縮、憂鬱症、無精打采、攻擊行為、暴怒、恐嚇行為、暴躁、失眠、妄想、集中力不足、不眨眼、表情空洞無神、面部或肢體動作癱瘓、出現視聽幻覺、對看不見的東西說話、言談詭異或前後不一、看悲劇時大笑、看喜劇時大哭、不在乎個人儀容整潔、分不清夢境與現實……

光是讀著這份清單就足以讓安娜貝爾喘不過氣，但她還是仔細研究每一項症狀，試著比對抽象症狀名詞和兒子的實際行為。他的憤怒言語算是暴怒？踹向母親的檔案庫存是恐嚇行為嗎？她本來以為班尼看見全新的電腦工作站和超酷電腦設備，應該會眼睛為之一亮，但他看見任務控制中心時卻退縮，後來使用他從房間拖出的垃圾袋，築成一堵擋土牆，把垃圾袋當作防洪堤沙袋高高疊起，防堵它的侵襲。這樣算是妄想嗎？

當他宣布要在圖書館度過暑假，她又驚又喜，卻不是全然安心，畢竟想去圖書館的十四歲青少年屈指可數。她腦中浮現一個念頭，或許是那場小小的畢業典禮讓他萌生這個主意。她曾經讀過成年儀式是影響年輕人自尊的重要指標，這也是為何她不厭其煩地幫他舉辦畢業典禮。但她還是盡可能提醒自己別抱持太高期望，做好他隨時可能失去興致的心理準備，但每天上午班尼都像整點報時的時鐘從家裡出發，帶著午餐搭乘通往圖書館方形廣場的公車。當她問他一整天都在圖書館做什麼，他只是聳聳肩說「沒什麼」，但青少年出現這種反應很正常，她試著從他口中刺探更多資訊。

「你有看書嗎？」

「有啊。」

「你都看了什麼？」

「書啊。」

「你在那裡有和人說話嗎？有沒有交到新朋友？」

「沒有。」

梅蘭妮醫生倒是氣定神閒，她說培養出規律習慣是好事。但隨著一週週過去，安娜貝爾越來越操心。這是否就是所謂的社交孤立？她偶爾傳訊息給他，他也往往會回訊息，但她還是不禁為此煩惱傷神。他是否暗中進行什麼見不得人的事，刻意隱瞞她？圖書館方形廣場吸引邊緣人聚集，他是否碰了毒品？夜裡，她躺在床上輾轉難眠，思索著各種警訊，焦慮到某天她再也無法專心工作，提前開始午餐時間，逕自搭公車前往圖書館方形廣場。

自從上次造訪，這一帶改變不少。她曾經監測民眾反對圖書館裝修案的漫長抗戰，後來全新擴增的圖書館甫開幕，還曾帶班尼來這裡吃披薩。然而今天她卻詫異發現圖書館周遭變得虛華俗氣，廣場上聚集許多無家可歸的人，這些人身旁擺著買菜推車和購物手推車，伏在咖啡廳桌子上呼呼大睡，不然就是在垃圾桶裡翻尋空罐和麵包屑。鴿子的腳丫子踩著小碎步在地上走動，和麻雀爭搶瑪芬糕的外包裝空袋和可頌碎屑，拱門下臭氣沖天，飄散著酒氣、大麻味、尿騷味摻混的味道。

可是保留下來的老舊圖書館大樓跟她記憶中一模一樣。她盡可能不引人側目，緩緩爬上樓梯。要是班尼發現她，她已經準備好一套說詞，可以說她是因為工作需求才來圖書館查資料。這個說法其實差強人意，畢竟媒體監測並不需利用書本調查，但是班尼並不知道。她在圖書館書架之間來回搜尋，掃視每一個訪客閱讀或打瞌睡的角落。最後她爬上頂樓，瞥見險峻步行橋遙遠端頭的幽隱角落，於是小心翼翼地踏上窄橋，由於不確定這座橋是否撐得起她的重量，安娜貝爾先是停下腳步，接著才又跨出一步。走到小橋正中央時，安娜貝爾再次暫停，雙手牢牢捉著欄杆，低頭俯視腳下。這個高度令人不由得頭暈目眩，可是真正讓她心跳加速、膝蓋發軟的並不是高度，而是空氣中飄散的某種特質——或是味道？沒錯，那是發霉紙張、機油、書籍裝訂用膠的醉人氣味，一路從老舊公共圖書館地下二樓的裝幀室傳來，穿透空曠的通風井冉冉飄上。她閉起眼睛，愉悅地吸了一大口氣。

她還記得擔任實習生時古老裝幀室是什麼模樣。裝幀室占地遼闊，還有一臺義大利製造的古董工業裁紙機，以及一臺陳舊的勝家牌黑色縫紉機，縫紉機的線軸和梭芯令她不可思議地心馳神往。她曾經故意在圖書館書架之間搜尋破損書本，好帶去樓下請裝幀師修補，注視著他們加固書脊、縫上堅韌的硬棉布封面。當時共有兩名裝幀師傅，一名是老師傅，一名則是年輕有為的裝幀師。年輕師傅曾經和她打情罵俏，老師傅則稱她是公共圖書館的南丁格爾，令她忍不住自豪，當然身為書的我們也很喜歡這樣的她。老師傅當時是差不多要退休了，但她一直很好奇後來年輕師傅上哪去了，遭到裁員的裝幀師還能從事什麼工作？這個問題再真實殘酷不過。決定全新擴建圖書館時，董事會投票表決關閉老裝幀室，並將裝幀室改裝成數位資訊科技中心暨電子資源空間，不論是擁護者或批評人士，都簡稱這個全新空間為 DITHERS。

安娜貝爾曾經監測當地報紙的 DITHERS 爭議報導，知道圖書館職員和訪客大力抨擊該項改建計畫。他們的論點是，作為全北美碩果僅存的公共圖書館裝幀室、歷史文化輸入的瀕危場地，我們應該好好愛護保存。他們寫了抗議陳情書，圖書館員工甚至威脅並代替面臨失業的裝幀師展開罷工活動，可是董事會早就鐵了心。時代已經不同，空間寸土寸金，雜誌也早已改成線上出刊，有了數位館藏後，裝訂刊物顯得多餘累贅。幾乎已無人租借的老書最好還是脫手求售，而不是重新裝訂。簡言之，裝幀室已經與時代脫節，不合時宜，只是一項古老的懷舊手藝。最後安娜貝爾失望地發現，董事會終究是打贏這場戰役：雖然 DITHERS 計畫仍需等待審核通過，最後一間公共圖書館裝幀室卻不敵關閉命運。

而今站在九樓高處、令人頭暈目眩的步行橋，鼻腔吸入往日熟悉的氣息，安娜貝爾感到暈頭轉向。是膠水的緣故嗎？她好奇著裁紙機和老舊勝家牌縫紉機現在上哪去了，八成已經脫手出售，或者慘遭銷毀了吧。惆悵憂傷的情緒油然而生，自地下室二樓襲來。她俯首望入空曠的通風井，只看見一片漆黑，她的雙膝發軟，眼前冒出點點繁星，於是閉起雙眼捉住欄杆，就在這時她感覺有人觸碰她的手肘。

「妳沒事吧？」

她睜開眼。一個女人佇立在她身旁，透過厚重黑框眼鏡凝望著安娜貝爾的臉孔。這名女子年屆中年，模樣像是亞裔。安娜貝爾站直身子頷首：「我沒事，」她說：「謝謝，只是一時頭暈。」

這女人的目光繼續來回打量她。

見她沒有接話，安娜貝爾緊張地笑了出來。「我猜肯定是太高，我有點懼高症。」

「當然，」女人說：「很多人都有懼高症，但也有很多人不想活了。」

「沒錯，」安娜貝爾接口，下一秒才意識到她的弦外之音，迅速補上一句：「噢，不是的，那不是我……」

「很好，」女人說。她的視線越過欄杆，俯視地下室二樓，搖搖頭：「真的很難不好奇怎麼會有建築師為一間公共圖書館設計出這般險峻的墜樓點。」

「當初建築師提出這個設計時爭議不小，」安娜貝爾說。「不過妳大概早就知道了。妳是圖書館員嗎？」

「不，我只是訪客，我在那間自習室工作，只是突然看見妳不舒服。妳現在好多了嗎？」

她指向步行橋遠端的幾間自習室，安娜貝爾從她站立的位置，看見那個眼熟的後背包掛在其中一張椅背上，一名男孩彎著腰在書桌前呼呼大睡。雖然臉龐被一疊書擋住，但她知道那是班尼，於是安心地吐出一口氣。

「我現在沒事了，」她告訴女人，忍不住驕傲地補充：「那是我兒子。」

女人點點頭。「他每天都來這裡，看起來是好孩子，話不多。」

「他確實是好孩子，」安娜貝爾說。

「他很喜歡書，」女人說。

「這點是遺傳到我。」

「這樣啊，」女人說，轉身準備離開步行橋，等待安娜貝爾跟上來。安娜貝爾躊躇不前，於是她問：「妳不過去和他打聲招呼嗎？」

安娜貝爾搖頭：「我不想吵醒他，」她欲言又止，女人又透過黑框眼鏡打量她，彷彿在等她補充說明，於是安娜貝爾繼續說：「請妳別告訴他我今天來這裡，他不喜歡我查勤。」女人仍站在原地，靜靜等她說下去，所以安娜貝爾補了一句：「男孩子，妳懂的。」

女人點頭：「而且還是青少年。」

「對，沒錯！」安娜貝爾說。「他九月就要升高中了。」

「原來如此，」女人說：「祝福他一切順利。」

安娜貝爾不想就這樣讓她離去，朝她跨出一步，壓低嗓音，說：「其實我有點擔心他，」她低聲說：「準備上新學校，可是他有情緒障礙問題。」說到這裡，安娜貝爾即時制止自己說下去。她何必對一個陌生人掏心掏肺？安娜貝爾嘆了口氣，說：「說來話長。」

女人再度點點頭，說：「我會幫妳留意他的。」聞言後，安娜貝爾多少比較放心。

18

高中是嶄新的開始，可是班尼發現這個開始並不算新。第一天放學鈴聲都還沒響起，他的國中同學便發現他的故事非常值得大肆宣傳。這個故事具有貨幣價值和社會資本，正如同所有價值取決於匯率的貨幣和資本，唯獨消費才真正具有價值，於是他們便恭敬不如從命地消費他，為了穩住個人地位分享班尼的故事，甚至到處轉述，將班尼一層層踹下啄食順序的階梯。到了午餐時間，全班同學都知道他曾拿剪刀刺向自己大腿，後來被送往精神病院的事。值得讚揚的是，班尼並沒有否認或企圖掩飾真相。

午餐時間他被傳喚到校長辦公室，和護士及輔導老師見面，了解他的服藥情況。安娜貝爾也來了。她穿了一套寬大連身裙和彈性緊身褲，手裡抓著她的大包包。她提早抵達，所以有幾個同學看見她坐在等候室。隨著她和健司的謠言擴散開來，越來越多鬼鬼祟祟的簡訊和閒話也跟著傳開，等到開學首週結束，就連反應最遲鈍的人都聽說過這些故事，班尼和他的家人則成了慘遭排擠的異類，同學們則是利用這個家庭的怪異來定義自己的正常。當他行經同學身邊，他們就像咯咯雞群咂著舌，掏出手機羞辱他，所以當他穿越走廊，你幾乎可以看見班尼背後拖著一串無聲的對話泡泡：瘋子、神經病、腦殘、侏儒、日本鬼子、智障、怪胎。聽起來很耳熟嗎？或許你也曾親眼見證類似的殘忍逐漸浮現，甚至正是揠苗助長的那一個，抑或是冷眼旁觀的共犯，默默等著看偏見越擴越大，再不然你自己就是被鎖定的目標，你很清楚事情是怎麼發生的——

班尼

噢，你也幫幫忙，我們可以不談這件事嗎？讀者當然早就清楚事情是怎麼發生的，可是從你口中聽見真的很尷尬，至少我很尷尬，因為我知道你只是想塑造「可憐發瘋的小小班尼．吳因為悲慘的家庭問題，被壞心眼的惡霸國中同學欺負」的形象，你的用意是很高尚，也很像一本書會做的事，但是事實真相並非如此。或者可以說是這樣沒錯，只是事情沒有這麼簡單，因為這也是我自己的抉擇。第一天開學，我就決定不隱藏自己真實的一面，也不想遮掩過去發生的事，有的同學問我爸爸是不是毒蟲時，我說不是，他是爵士樂團的單簧管手，要是有人問起說話聲音的事，我會故意把這件事描述得很酷，也不打算遮遮掩掩，更是直接承認我待過精神病院，事實上我那天上午本來還好好的，是後來他們叫我前往校長室，我媽出現那一刻，我的心情才大受影響。當我看見她坐在等候室，雙腳硬擠進那雙骯髒破舊的運動鞋，身著彈性緊身褲和那套寬大上衣，衣服正前方還有一塊被胸部遮蔽視線、她自己可能都沒發現的汙漬，這時我總算理智線斷裂。大家都猛盯著她瞧——史勒特校長、護士、輔導老師、佇足於走廊的同學，這是我第一次透過他們的雙眼看見她，他們居然用那種眼光注視她，我真的超想殺了他們。我發誓我非常想打爆他們的臉。拜託，她是我媽吔，他們不應該用那種眼神盯著她，態度應該放尊重一點吧。

所以聽你說著消毒過後的故事版本，把我形容成發瘋可憐的受害小男孩，我的內心並不會比較好過，因為我知道真實情況，我知道當下我對安娜貝爾的真實感受，你何不直接告訴讀者？因為事實真相是，她讓我深感羞愧。我好恨她，我多希望她消失不見——噢，去你的，我就直話直說吧——我希望她去死。死的為何偏偏是我爸？這就是我的真實想法。至少我爸是一個很酷的樂手，而且我們之間有許多共同興趣，我們都喜歡爵士樂和外太空，也曾經一起做許多事，像是一起吃早餐、在 YouTube 上觀賞星際空間的古早電視節目。爸爸會到學校接我放學回家，而我也很以他為榮。我很愛我爸，我超級愛他，他現在卻死了，而現在我媽坐在校長室外等候，讓大家看見她一副史上最大敗類的模樣，我腦中的聲音反覆地說，死的為什麼不是妳？這並不是莫名其妙的說話聲音，而是我自己的聲音，是我真實的心聲。

所以你現在懂了嗎？沒人想要讀一個男孩詛咒自己親生母親的故事，再說我現在也不想去思考我爸的事，所以能不能拜託你換個話題，別再講這件事？讓我們繞回圖書館，告訴讀者阿列夫的事不是有趣多了？

書

好吧，不過班尼，有件事你必須知道，很多人想要閱讀兒子詛咒母親的故事。這是諸多經典名著常見的題材，而這類書也坐擁成群讀者。但要是你感到不自在，我們可以換個話題。

19

開學首週結束後班尼得出一個結論，那就是學校有害他的心理健康，於是他決定不要再回去上學。問題是他應該去哪裡？蹺課的學生通常會在市中心的購物商場遊蕩，要是父母有工作，他們會宅在家，偏偏安娜貝爾在家工作，去購物商場更是想都別想。對班尼來說，聲鏡造成回聲室效應的購物商場簡直是一大折磨，沒人購買的物品發出刺耳不和諧的哀號，令他難受不已。

於是他最後決定回到圖書館等愛麗絲或雅典娜出現，向她解釋為何他在那裡。與此同時他可以自己讀書，學習所有書本傳授的知識，聽起來似乎是一個完美的解決之道——圖書館的書那麼多，當然我們也都樂見其成。不過班尼知道他得小心行事，雖然他從未聽說曠課學生躲在圖書館，但這並不代表他不會被人抓包。於是他謹慎研擬計畫，分成A與B作戰計畫。

A作戰計畫需要他駭進母親的電子郵件帳號。於是班尼等到安娜貝爾上床睡覺後，偷偷摸摸溜到她的電腦前。班尼不知道她的管理員密碼，所以隨機嘗試吳憂，再來又試了吳憂吳慮，第二次就被他猜個正著。瀏覽器擴充外掛已連結她的電子郵件帳戶：AnnabelleOh@gmail.com，他上下滑動捲軸查看收件匣，最後找到一串來自高中校長室的電子郵件，緊接著把這封信轉寄至他已事先註冊的假帳號：AnnabelleO@gmail.com。這麼做是很冒險沒錯，但他暗忖學校行政人員應該不會注意到這個帳號少了一個h。接下來他設置一個過濾名單，將所有來自學校IP地址的電子郵件都轉發至假帳戶，並從母親的真實帳號中刪除學校郵件。

回到房間後，班尼打開自己的電腦，登入冒牌帳號，先前轉寄的那封電子郵件已經在收件匣中等他。他在一封新訊息中複製貼上校方的郵件地址，然後貼上他預先準備好的草稿：

親愛的史勒特校長：

煩請批准小犬班傑明告假，由於他患有心理健康疾病，醫師要求他回到兒童醫院的精神科病房，在獲得進一步通知前，恐不克前往學校上課。

安娜貝爾・吳

敬上

他重讀這封先前寫好的草稿，猶豫片刻，然後在「心理健康問題」前加上「嚴重的」，一時好奇要是假裝他死了是否更簡單，卻想起爸爸的喪禮及當天收到的卡片和鮮花，也想起遺體的事，葬儀社負責人曾說訪客必須瞻仰遺容。可是要是沒有遺體，他死掉的說法就太冒險，所以他決定還是採用瘋人院的故事，這說法可信度高多了。他按下傳送鍵，登出電腦，上床睡覺。

B作戰計畫是在圖書館保持神隱動線。他已在暑假期間摸熟訪客和職員，圖書館的日常節奏已是瞭若指掌。大清早的時段都是老年訪客居多：衣衫襤褸、身著破舊夾克的老人像是耐心守候的老蒼鷺，在報紙前俯身；身穿運動服、頭戴遮陽帽的灰髮太太則恍若鴿子，棲息於椅子邊緣。班尼細心觀察他們的閱讀模式：不疾不徐翻動每一頁報紙，並且謹慎小心地攤開壓平。歸還租借書本時，動作輕緩地把書放進還書槽，彷彿書本是重要親友餽贈的寶貴禮物。

老人之後的訪客是流浪漢，也就是無家可歸的人及其他非典型訪客，收容所上午關門後，這批人便紛紛來到圖書館，把遙遠角落的扶手椅當作臨時住所，在那裡喃喃自語抑或呼呼大睡。接下來抵達的是保母和媽媽們，推著坐在摺疊嬰兒車的學步兒下手扶梯，來到多元文化童書區。中午之前最後一批訪客是千禧世代，他們手持印度奶茶和充電線，四處搜尋可以充電的插座。到了大約下午三點，所有人都找到舒適的安身位子，伏在自己的書上和筆記型電腦前閱讀、回覆電子郵件，不然就是在穿透面西大窗的斜陽下打盹兒。

班尼總算可以把暑期搜集的情報學以致用，現在最艱鉅的任務就是進入圖書館，穿越保全人員和隨時都有人駐守的服務臺。圖書館員擅長察言觀色，不僅目光犀利，也好奇心旺盛，老愛提問。他覺得安全闖關圖書館的訣竅，就是專挑流浪漢和無家可歸的人抵達的時段，然後跟在他們背後溜進去，一旦進入圖書館就妥當了，畢竟圖書館內部空間遼闊。

第一天蹺課的上午，班尼做好萬全準備，帶上當日配糧——三明治、零食、可以在飲水機盛水的空瓶，手機充滿電力，好隨時查看假冒電子郵件帳號。早上他乖乖讓母親擁抱他，接著提早離家，搭公車到市中心。流浪漢及瘋子下車後，他便從公車站牌默默跟在他們背後前進，並刻意配合他們拖著腳前進的沉重步伐。他暗自想著，這天總算來了，我果然成為遊民了。接近圖書館前門時，他拉起運動衫的帽兜，聳高肩膀，兩手深深插進口袋。

「尼逃學啊？」

有個聲音從他背後某處傳來，就像他聽見的說話聲音，然而這個聲音是帶有腔調的英語，不是中文腔。他的心臟狂跳不已。這不是真實聲音，他提醒自己，然後深吸一口氣，套用輔導老師傳授的訣竅，開始數數字。吸氣——二、三、四……

「喂，男同學！我在跟尼說話！」

他對那個聲音充耳不聞。吐氣——五、六、七——就在那個當下，他感覺有個尖硬東西觸碰他的小腿肚後方，於是旋過腳跟，他發現撞上他的是電子輪椅金屬腳架，操作輪椅的則是一個脾氣毛躁乖戾的老流浪漢，他攜帶著一只磨損的黑色皮革公事包和「日行一善」牌子。是那個老愛對他碎碎唸的遊民，今天上午班尼搭公車時沒有看到他。老人的頭撇向一側，接著又操作輪椅前進，這次是撞上班尼的腳脛。

「噢！」班尼往後踉蹌一退，彎下腰搓揉著腿脛。「很痛吔。」

「唉唷，抱歉抱歉，煞車不穩。」老流浪漢擺弄著輪椅，接著彎身伸出一隻蒼老的手。他的臉孔通紅，猶如半人半山羊的潘神，皮膚爬滿褶皺，藍色眼睛水汪汪。他逮住班尼的前臂，將他一把拉近自己，近到彼此的額頭幾乎碰到。

「窩有一個計畫，」他聲音粗啞地竊竊私語道：「尼跟在窩後面，窩先進去，然後在借還櫃檯實施轉移注意力的欺敵戰略。等窩成功分散保全人員的注意力，遮時尼就逮住機會，趁機溜進來。」

他露出缺了一顆門牙的笑容，缺口閃耀著紅色微光。

「遮計畫不錯吧？窩們九〇〇整點在四樓的超心理學書區碰面。」老流浪漢加速輪椅前進，自上次班尼見到他後，裝著空瓶空罐的垃圾袋陣仗似乎變得更壯大，垃圾袋猶如雷雨雲在老人四周起伏飄蕩，一支橘色安全旗高聳豎立在垃圾袋之中，模樣像極了高爾夫果嶺旗標或一支長矛。

班尼的視線掃向四面八方，他本來想盡可能不引人側目，目前情勢卻形同災難，但要是他按照老人的計畫，老人或許就不會煩他。他頷首。

「太好了！」流浪漢朝空中揮舞拳頭。「把——握梅一天！」他嘶嘶說道，噴出唾沫，然後回轉輪椅，正式出動。

輪椅歪歪斜斜地穿梭於人群之間，爬上輪椅斜坡。他的購物袋上下顛簸跳動，竿子頂端的橘旗隨風飄揚。班尼靜靜觀望，好奇他是否應該直接轉身離去，但他想不到除了圖書館還能去哪裡。由於不能磨磨蹭蹭呆立在那裡，他只好以緩慢步調跟上前，最後排在某個推著購物手推車的太太後面。抵達入口後，他看見那部輪椅空蕩蕩地擺放在還書槽旁，負責借還櫃檯的圖書館員繞出櫃檯後方，拾起散落於地面的瓶瓶罐罐，幫他塞回塑膠袋內。流浪漢安好健在的那條腿抵在圖書借還櫃檯邊緣，攀扶在那裡，並拆下義肢腿充當拐杖，全身倚在義肢上，想要一睹還書槽內有什麼。

「斯拉沃吉，你知道還書槽是用來裝書，」圖書館員語氣和善地說：「不是裝空瓶的，對吧？」

班尼等著穿越保全人員的關卡時，聽見他現在知道名叫斯拉沃吉的流浪漢說：「對，對，那當然，親愛的羅納德，但窩對還書槽的概念還是很好奇。還書槽是一種東西，遮點是不容置疑的吧？然而還書槽卻是一種以空缺定義的東西，它不具形式，屬於一種負空間，也是一種空白。窩們只知道它不是什麼，但窩們要怎麼知道它究竟是什麼？又該怎麼分辨『槽』和『縫』的差別？縫比槽來得纖細，所以說縫的空缺是否比較小？要是空缺較小，它會想要更多嗎？如果是這樣，窩們要怎麼肯定槽或縫是想要書本，而不是空瓶？」

班尼豎起他的帽兜，低垂下頭，行經保全人員身邊時瞥了一眼借還櫃檯，流浪漢斯拉沃吉背對著他，不可能看見班尼正在他背後，但就在班尼行經的那個當下，老人像是敬禮般，將義肢腿高高舉至頭頂的半空中，彷彿他知道班尼正在看他。

班尼緊貼著樓梯井前進，輕鬆簡單。圖書館的新舊翼大樓各有好幾個樓梯和逃生口，他避開輪椅可以進出的電梯和坡道，也避免搭乘容易引人側目的手扶梯。他不曉得四樓的超心理學書區在哪裡，但他心想要是直接上九樓，老流浪漢或許就找不到他。由於老舊歷史建築銜接新穎後現代大樓之間的地帶設計尷尬，陡峭險峻的步行橋不夠寬敞，輪椅無法通行，所以老人無法通達班尼九樓的幽隱角落，班尼知道他在那裡會很安全。

現在時間還早，可是兩間自習室已經有人，他平時占據的那間依舊空無一人。他占好位子，小心翼翼打開後背包，按照往常取出作業簿和鉛筆放在桌面，接著便踏出自習室，只在附近的圖書館書架找書。班尼很幸運，九樓是歷史書區，因為他發現自己很喜歡讀歷史故事。他喜歡過去，也喜歡未來，唯一有問題的是當下。他雙臂抱著滿滿的奧匈帝國書籍回到自習室，其中一本是《中古世紀盾牌及兵器》。正當他準備開始讀書，手機發出叮咚訊息通知聲。

警告！他腦海中有個聲音說。這個說話聲音是初次出現，是一種猶如金屬的機械化聲音，似乎不是從物品發出的聲音，但至少它說的是英語，似乎只是善意提供協助。他掏出手機查看假冒電子郵件帳號，發現收件匣內有一封來自校長室的新訊息。「親愛的吳太太，」電子郵件開頭寫道，他快速點開郵件查看。

很遺憾接到令郎班傑明．吳因病缺課的消息。若學生缺課超過三日，本州法律規定家長需提供醫師證明書，證實缺課的醫療必要，另外請務必附上診斷書與學生預計返校的日期。優景高中敬祝令郎早日康復。

危險！危險！又是同一個機器人說話的聲音，這聲音啟動內部警示系統，級數從黃色（偏高）飆升至紅色（嚴重）。他按掉手機螢幕，盯著書桌上攤開至十五世紀板甲亮面插圖的書頁，他現在該怎麼辦？他的目光遊走在各個板甲部位的奇怪名稱之間——盔頂羽毛、頭盔、護喉甲、肩甲、護腹甲、腰腿護甲、腿甲、護肘、前臂護甲、金屬護手、大腿甲、護脛、鎧靴——他的嘴唇囁動讀出陌生名詞。

警告！警告！危險！危險！假扮母親偽造郵件是一回事，他又該從何取得醫師證明書？用點大腦啊！他再打開手機，輸入「醫師證明書缺課」搜尋。螢幕上浮出一長串搜尋結果，班尼深吸一口氣，然後吐氣，警示級數馬上降回黃色。很好，他現在需要一部電腦和印表機，也許還需要掃描器。圖書館內有兩個公共電腦區，最大規模的電腦區位於一樓，距離主要入口不遠，無奈該區地勢空曠，人多繁忙，第二個電腦區則是位處四樓。

他沒得選，如果不回覆這封電子郵件，學校就會致電他的母親，所以現在他就得立即採取行動。他把書本、三明治、汽水罐留在書桌上，「我去去就回，」他對它們說。「別讓任何人坐下喔，」然後再次橫跨小橋，走到一半停頓片刻俯視樓下，接著才走向樓梯井。

20

安娜貝爾的手機鈴聲歡騰響起，她聽得見鈴聲正在響。這是她親自挑選的〈在海邊〉歌曲鈴聲，因為這個輕快活潑的哈蒙德風琴音樂，很像她夢寐以求的五〇年代家族海邊假期的背景配樂。海邊有販賣粉紅棉花糖和藍色思樂冰的小攤位，還有摩天輪和碰碰車，爸爸會玩套圈圈，幫你贏回一隻巨型泰迪熊布偶。小時候她從來沒有過類似的家族旅遊，最接近的是她和健司及班尼到迪士尼樂園的旅行，她本來還冀望全家人能夠再次出遊，如今已經不可能，可是手機仍反覆歡唱著那首〈在海邊〉，簡直像在嘲笑她。

班尼一般都是傳簡訊，所以打電話的不會是他。會不會是高中？她究竟是把該死的手機放哪裡去了？鈴響驟然停止，無論是誰打來都可以留言吧，至少她知道不是主管。每當查理需要聯絡她，都是使用公司內部的企業資訊管理系統，讓她非常抓狂。安娜貝爾痛恨他的訊息從螢幕角落跳出來，彷彿他無時無刻不在，鬼鬼祟祟地躲在纖薄液晶後方監視她。

時間將近一點鐘，午餐時間到了。然而正午就能下班的歲月已成過往雲煙，她不能再搭公車去接班尼放學，並在麥可斯中途停留。反正班尼也不希望她來接他下課。高中生不需要媽媽接他們放學、帶他們搭公車回家。高中生不需要老媽，事情就是這麼簡單。再說她目前還在試用期，除了新聞報導之外，查理還要求她監測社群媒體，所以她根本無暇從事手工藝創作。

她站起身，聽見膝蓋關節發出清脆的咯吱聲響，當她打直腰脊，感到臀部一陣刺痛。久坐有害健康，她應該每二十分鐘就起身稍微伸展筋骨、走動走動，但她老是忘記，於是不由得擔心起心臟病風險。她也擔心會有高血壓、乳癌、高膽固醇、糖尿病、深部靜脈栓塞，擔心自己早死。站起來時，她的手機墜落地面。原來手機一直都壓在她的臀部下，每次都這樣。她撿起手機，看看剛才是誰打電話找她。不認識的電話號碼，可能是電話推銷員。對方留下的語音訊息是中文。

她在廚房中找到一包已經打開的玉米片和一罐吃剩的莎莎醬，接著拿到臥室，躺在床上伸展舒緩背部。這張床很舊了，床墊也已經凹陷，她在網路上讀過一篇文章說每隔八至十年，或是睡滿三千個鐘頭之後，床墊就得更新替換。但這是她和健司的床墊，他們以前都在這張床上做愛，她也是在這個床墊懷上班尼。一想到傾盆大雨之中，床墊癱軟無力地立在大垃圾箱旁邊的畫面，她就心痛不忍。

她的目光瞄向擺在床頭櫃的時鐘，高中現在肯定也是午餐時間，她很好奇班尼在學校好不好，之前她還開開心心為他採買返校用品。她拿起手機打訊息：午餐好吃嗎？班尼沒有回應。新的便當盒好用嗎？也許學校的午餐時間已經結束。希望你今天上課順利愉快！還是沒有回應。愛你喔！她凝視著天花板。

光是玉米片和莎莎醬根本無法帶來飽足感，她需要的是沙拉，一大碗裝滿番茄、胡蘿蔔、酪梨及其他健康食材的沙拉。她大可現在搭公車去全食超市，在沙拉吧親手挑選材料、自製一碗沙拉，但這意思是她必須曠職一個鐘頭，再說查理會發現她消失在電腦前，再說全食超市的價格貴得離譜，在那裡購物的客人時常讓她深感自卑，覺得自己不健康。不，就不要拐彎抹角了吧，安娜貝爾，那兩個字是胖豬。他們讓你覺得自己是胖豬。沒關係，她內心思忖，然後坐起身子，清空手中那包玉米片，搖一搖後倒出殘餘碎屑。無所謂，怎樣都好。她走下樓。她才不需要全食超市的沙拉吧，她在廉價又不健康的折扣超市也可以買到新鮮美味的萵苣，自己動手做沙拉。今天下班後她就可以去買，另外也需要一臺沙拉蔬菜脫水器，之前家裡有一臺，不過她已經好一陣子沒看到那臺脫水器。不要緊，她還是可以在網路商店買一臺新的吧。

回收桶已經沒有裝莎莎醬空罐的空間，於是她將空罐擱置水槽，然後把玉米片空袋硬塞進已經溢滿的垃圾桶。回到任務控制中心後，她悠悠哉哉坐上人體工學椅子，輕快地旋轉座椅，轉回面對電腦螢幕時，辦公桌上有樣東西吸引她的目光。在那裡，從一疊剪報下欣喜雀躍窺視著她的，正是《整理魔法》。

太詭異了！這本小書是怎麼跑到這裡的？她記得最後一次是在床上閱讀這本書，當時她還讀到睡著，而且已是好幾個月以前的事，那時剪刀事件尚未發生。這陣子以來她太操心班尼的事，所以這本書早被忘得一乾二淨。小書肯定是埋在其他東西底下，自己最後又找到辦法跟著她下樓，現在又像是施展魔法般出現在她面前，提醒她別忘了打掃家務。她又站起來，折返廚房。

週一是垃圾日還是回收日？市政府老是變更收垃圾時程表，班尼曾經積極追蹤動向，但最近已不再這麼做，恐怕是放棄了。王太太也曾經好心提醒她，但老太太在後門階梯摔跤，臀骨碎裂，目前正在住院療養，她的不孝子近來則是在租屋處附近神出鬼沒。他本來是一個面目陰沉又瘦得皮包骨的青少年，多年後長大，成為一個面目陰沉又瘦得皮包骨的年輕人，擁有一輛浮誇轎車，穿戴設計師品牌的運動服、太陽眼鏡，老是試圖說服老媽賣掉這棟雙併式房屋，他們的爭執聲時常穿透牆壁，傳到安娜貝爾耳中，王太太會用中文對他嚷嚷咆哮，不孝則是以英文怒吼回應，指控她是身在金礦卻不懂兌現的白痴，老了之後別指望他會撫養她。安娜貝爾才剛和王太太簽好一份新合約，如今發展卻教人堪憂。

屋外的人行道前方還有幾個垃圾桶，但裡面的垃圾已經清空。垃圾車已經來過，早就離去，於是她沮喪地將垃圾袋拖回後院，就在那一刻她聽見他的聲音。

「喲，吳太。」他那令人不快的高頻嗓音自青少年就不曾變過，他老是這樣簡稱安娜貝爾，令她甚是惱火。他大搖大擺晃著腳步來到分隔兩家小型後院的柵欄前，然後倚在柵欄上，抬起一手遮住側臉的酒紅色胎記。

「喲，吳太，妳晚一點還在家嗎？我媽要我把一封信交給妳。」

「噢，她人真好，現在療養得怎麼樣了？」

他不置可否地聳肩。「還可以吧，」然後望著她手裡的垃圾袋。「她要妳清理環境，否則會對健康造成危害，我的意思是妳到處堆放的垃圾和妳餵食的烏鴉，全部都得處理掉。因為兩隻烏鴉盯著她，媽才失足跌落臺階，摔斷骨頭。」

安娜貝爾皺眉。「你媽媽是這麼說的？」她去醫院探過病，順便把簽好的合約和租金支票交給王太太，老太太說她自己是不小心被損壞的臺階絆倒。

「不孝子說他會修，卻只會動一張嘴……」她搖搖頭：「我真希望妳的健司老公沒死。」她從沒提及烏鴉的事。

不孝態度閃爍。「這些鳥很邪惡，妳給牠們的食物會引來老鼠害蟲，然後我們會因為老鼠害蟲收到衛生署的傳票。妳知道要是我們收到老鼠害蟲的衛生署傳票，會被罰多少錢嗎？」

安娜貝爾不知道，不過她也沒看到老鼠害蟲出沒。

「這些垃圾妳都得清乾淨，烏鴉也別再餵了！」

他推了一下柵欄，走回他們那側的雙併式房屋，徒留手裡拎著垃圾的安娜貝爾呆立原地。她曾想過把垃圾袋拖到小巷，扔進二手商店的大垃圾箱，可是這麼做違法。噢，隨便，她心想，然後把垃圾袋隨手留在後門臺階底端。苛責自己也沒用，她可以週四再試一遍。這就是妳應該做的事，她溫柔地告訴自己。光是去嘗試已經夠了。

她回到屋內，從冰箱中翻出一瓶星巴克星冰樂飲料，是南瓜風味拿鐵。這是她在萬聖節的季後減價活動中搜刮到的戰利品。她扭開瓶蓋，啜了一口，咖啡冰涼香甜，口感絲滑柔順——這是鼓勵她努力嘗試的獎賞。她想丟掉瓶蓋，於是走到垃圾桶前，但是垃圾桶內沒有垃圾袋，她想起家裡垃圾袋已經一個不剩，於是把瓶蓋置放在廚房餐桌上的那疊郵件頂端，放在這裡之後她肯定不會錯過。下班後她絕對要去一趟超級市場購買垃圾袋和萵苣。

她帶著星冰樂回到任務控制中心，登入工作團隊管理網站，掃視她的工作平臺。好了，她心想，我剛剛想做什麼？她點開瀏覽器。啊，對了，沙拉蔬菜脫水器。

21

公共電腦站就位在四樓樓層的正中央，四面環繞著圖書館書架，一側設有詢問櫃檯，櫃檯正上方的標示牌寫著「社會科學」。這是班尼鮮少造訪的圖書館地帶，他希望圖書館員不會上前質問他。機械式金屬聲音在他腦中嘟囔著警告！警告！他目光掃視搜尋流浪漢的橘色安全旗，四下不見蹤跡，警戒音也隨之消逝。

他低垂著頭，繞著電腦站尋找空機，途中行經宗教、哲學，再來是心理學，然後——他抬頭一瞧——超心理學和神祕學。

警告！警告，威爾．羅賓森！

他總算認出這個金屬說話聲音了。是他曾和爸爸觀賞的老電視劇《太空迷航》裡的機器人。它在這裡做什麼？他閃到一排書架後方躲好。

警告！危險！外星太空船正步步逼近！

他從書架後方往外一瞥，原本預期會看見一部電子輪椅繞過角落，周遭卻是一片萬籟俱寂。他瞅著書架上的書目，超心理學是什麼他根本不知道，不過只要是心理學都讓他緊張兮兮，就連一般的心理學也是。他躲藏在書架後方，靜候機械聲音消退，踏出來後找到一臺空電腦，並以圖書館證登入。他在搜尋引擎輸入證明缺課的醫生信，再次按下搜尋鍵。

史上最優質假醫生證明書，19+件數——
可列印、可填寫，完全免費！

職場／學校專用假醫師證明書信樣板範本！
保證有效！

他總共得出二十三萬七千個網站搜尋結果，他點擊第一個連結，開始閱讀內文。

醫師證明書是患者為了證實病假事由提出的重要文件，因為這代表你的情況不得不去看醫生。本份可自由填寫又便利的醫生證明PDF檔案可以提出合理證明，即使沒病沒痛也有效力！檔案絕對可以交給學校老師，當作缺課證明。

網站提供各種科別醫師的範例證明書——腫瘤科醫師、泌尿科醫師、皮膚科醫師、心理醫師，有些免費，有些則是以合購套餐的組合出售。班尼發現信紙也是關鍵。他找到一個信紙範本，信紙上印著泰迪熊拿著笑臉氣球的圖案，他的腦海中瞬間浮現梅蘭妮醫師辦公室的室內裝潢。他填入她的名字與地址，準備輸入電話號碼時卻稍微遲疑了。網站提供電話號碼認證服務，語音訊息聽起來很類似正牌醫師的答錄機留言，可是這項服務要價十八美元，於是他只好隨意編造一個電話號碼。

病患姓名那欄，他輸入班傑明．吳。

他在診斷的欄位下打出前驅，然後是情感性思覺失調症，這是他聽梅蘭妮醫師提過的專有名詞。他還記得前驅是因為他喜歡這兩個字，讓他聯想到前鋒、勇往直前、前人、驅動，但他討厭情感性思覺失調症這個名詞，聽起來很可怕刺耳，參差不齊的發音形同匕首和圈套，等著刺上你的身體、圍捕你，碰到類似情感性思覺失調症的名詞都得當心。然後他在說明欄位貼上預先準備好的文字：「班傑明．吳在敝人指導下人住兒童醫院的精神科病房，在獲得進一步通知前不克到校就學。」

班尼利用媽媽給他買汽水的零錢，以投幣式印表機列印醫生證明書。他有印象在處方箋上看過梅蘭妮醫師的秀氣簽名，於是在紙片上反覆模擬練習後，才總算簽好醫生證明書再掃描，附加在安娜貝爾．吳假帳號回覆校長的郵件中。正準備寄出時，他突然留意到時間。偽造醫生證明書只耗費他不到兩個鐘頭，可是梅蘭妮醫師通常不會那麼快回覆，兒精醫生都是這樣。他媽媽說這種醫師喜歡讓病人等候，好營造出自己是大忙人、大人物的形象。於是班尼把這封郵件儲存為草稿，然後登出郵件。他得耐心等候，當一個有耐心的心病病人。班尼搖了搖頭，努力甩掉這個無聊想法。他不喜歡帶有多重意義的文字這樣嘲諷他。他站了起來，越過電腦站上方掃描四方。場地淨空無人，現在他得爬回更高樓層。

回到九樓後，他稍微鬆懈下來。幽隱角落的一切照常沒變，打字阿姨身邊依舊高高堆著書，仍在那裡拚命打字。她抬起頭，看見班尼時向他點頭示意，指尖敲敲打打著鍵盤，打字時發出的輕盈切分音聽起來恍若雨水。中東交換學生還在夢周公，發出輕柔的打呼聲，他的臉頰貼著天文學參考書內頁，筆記型電腦螢幕顯示智利天文臺望遠鏡直播的星團觀測畫面，每幾秒更新一次，畫面更新與他的吐氣同步，看起來彷彿是他的吐氣控制著星星的更新速率。他的書桌上擺著一臺計算機，旁邊還有吃到一半的鷹嘴豆泥三明治。

班尼這時才發現自己也飢腸轆轆，遂揭開便當盒蓋，稍微整理他先前帶到自習室的歷史書。警戒等級原本已經降回藍色，但手機叮噹作響時又重新飆至黃色。是他母親寄來的簡訊，緊接著一通，然後是第三通。他關閉通知訊息，咬下一口三明治，隨機掀開《中古世紀盾牌及兵器》的書頁，讀起投石機和攻城炸藥箱的講解內文。兵器的敘述內容讓他感到平靜，腦海中的說話聲音也不再吭聲。三明治很美味，他回覆母親：對。然後又打出：我正在吃午餐。

讀了四十五分鐘完成一章之後他抬起頭。所有叮叮噹噹的聲音，就連遙遠的聲音都靜了下來，反而由猶如輕柔毛毯的聲音包裹著——那是一種環境背景的寂靜，包括交換學生的輕柔鼾聲以及某種東西的聲音，其實是一種聲音的缺口，一條如同纖細絲線的沉靜。究竟是缺少什麼？他俯身，在自習室的邊緣伸長脖子，然後發現安靜的來源。打字阿姨不見了。

原來她剛剛正好離開書桌，也許是去洗手間，或是回到圖書館書架借其他書。她的筆記型電腦和背包也不見了，但班尼覺得她應該只是隨身攜帶而已。最近圖書館內的失竊案件頻傳，圖書館警告訪客切莫隨意置放貴重物品，無人看管。她的毛衣還掛在椅背上，幫她保留座位，書本也堆放在桌面上。他歪著腦袋試著閱讀書脊上的書名。一本《格林童話》、一本《歧路花園》、一本《機械複製時代的藝術作品》，還有幾本他看不清楚書名的書。

班尼站起來，眼見四下無人，便悄悄溜進她的自習室，特別挑出那本《格林童話》。他家的書架上正好也有這本書，所以他認得書名，但家中的版本是色調明亮活潑、內容經過刪減修改的薄巧小書，書中有一張公主闖入粉紅玫瑰花叢、姿態忸怩地逃離壞心巫婆的圖片。可是這本《格林童話》的色調既不明亮也不活潑，而是一本皮面精裝的厚實巨著，書封是猶如乾涸血液的暗紅色，皮革上印壓出一張陰沉矮林的浮凸圖片，交錯盤結的樹根和樹枝恍若浮在皮膚表面的血管，書本上方露出一截用來做記號的小紙條。班尼翻到糖果屋的故事，紙片飄零掉落地板。他拾起紙條，讀出：

漢塞爾和葛蕾特還好好活著，
兩人現居柏林。

字體整齊印刷，看起來像是刻意模擬打字機的字體。他迅速摺起紙條、塞進他的口袋，把書放回原位，然後回到他的自習室。他取出作業簿，將他剛發現的紙條比對他貼滿字條的那一頁。手寫字體如出一轍，他翻到紙條背面，上面有一串長長的數字——791.43/0233/092，他認出這是某本書的索書號。面對索書號的呼喚他總是小心翼翼，他知道豐沛繁盛的索書號可能輕而易舉就失控，引起喧鬧爭吵的局面，但他還是起身，跟著索書號回到圖書館書架。

索書號帶他來到七樓的運動、遊戲與娛樂區，也就是他先前不曾造訪的圖書館區域。索書號791.43/0233/092 就位在電影區，他兩三下就找到這本書。

認識
寧那·華納法斯賓德
公共及私人藝術的電影

他仔細研究書封。若一本書的封面就是它的容貌，那麼這本書就有著宛若沙紙、充滿藝術氣息的面容。書名底下有一名中年男子的黑白肖像，他的臉頰豐腴，蓄著一把細長鬍子，戲謔調皮的目光越過黑色粗框眼鏡上緣窺視鏡頭。這男人的眼睛閃著狂熱光芒，讓班尼想起老流浪漢斯拉沃吉。他的雙眼詭祕浮腫，很像徹夜未眠的健司到了翌日早晨的模樣，再說他稀疏細長的鬍子也有點像健司。班尼席地而坐、掀開書皮，上下顛倒搖晃書本，可是書頁徒然拍振，並無紙片飄落。他開始翻起書頁尋覓其他線索，但馬上就被插圖牽走注意力。這本書並沒有太多插圖，只有幾張德國演員的老照片，其中一張有位蓄著波浪金髮的豐滿女子，模樣像極年輕時代美貌依舊的安娜貝爾。其中幾張照片是她和封面男子的合影，但班尼這下總算確認，他長得並沒有那麼像健司。這男人名叫法斯賓德，是一名電影製片，不過他的電影似乎不是太有趣。班尼迅速翻到書本最末頁。也許只有德國人才看得懂吧。

他合起書皮，注意到一個圖書館借閱登記卡套，也就是條碼科技發明之前、黏在書封內裡的老式借書卡。卡套內塞著一張明信片，班尼抽出明信片。那是博物館禮品店販售的精美藝術品明信片，但這是一張畫風潦草的火柴人塗鴉，畫紙沾染汙漬、邊緣泛黃。火柴人蓄著粗鬈髮，身穿裙子，但班尼仔細研究那張長臉和寬闊下顎之後發現，儘管它穿著裙子，實際上卻是男兒身。他的杏眼恍惚出神地凝望著班尼右肩後方，也就是通常傳出說話聲音的位置。班尼轉頭看向肩膀後方，卻只看見一整排書默默端坐在書架上，於是他回過頭繼續盯著明信片。男人雙臂敞開、高舉半空中，一副有人拿槍指著他的模樣。他的雙唇微啟，長長的牙齒狀似中間有洞縫的殘牙。他衣服上的圖案完全不合理，頭頂上的鬈髮猶如好幾捆鬆開的紙卷。

他的雙腳赤裸，各自只有三隻腳趾。

他的手指關節似乎遭到截斷。

一對敞開的雙臂其實是翅膀。

班尼翻到明信片背面。《新天使》，標題如此寫道。藝術家：保羅．克利，一九二〇年，以油印法水彩畫的紙材創作，保存於以色列博物館。原來這不是小孩的塗鴉，而是貨真價實的藝術作品，但班尼還沒讀完文字說明，明信片上的訊息空格已經牽走他的注意力，他看見上面有一段類似打字機字體的手寫文字：

明信片右側，原本預留給收件人姓名地址的空位中，文字持續寫道：

本幅作品描繪出人們想像的歷史天使。他的臉孔面向過往，並從中看見一連串的往日事件。他看見一場災難浩劫持續堆積殘骸碎片，拋向他的腳邊。天使想要留下，喚醒死者，將碎裂破壞回歸至完璧狀態。

可是一場來自天堂的暴風雨，
猛烈粗暴地襲向他的翅膀，
讓天使再也合不起翅膀。毫
無反抗能力的他被暴風雨推
向他所背對的未來，堆在他
面前的斷垣殘骸也朝天空越
堆越高，這場暴風雨就是我
們所謂的……

文字戛然而止，這句話沒有結尾，就這樣懸在半空中。暴風雨就是所謂的什麼？班尼翻過明信片，再次望著那張圖片。它的模樣並不像天使。他把明信片貼上他的作業簿，然後把法斯賓德的書放回書架。下一步何去何從？他不禁好奇。

22

搜尋沙拉蔬菜脫水器比安娜貝爾預期的複雜耗時，有的脫水器是塑膠材質，有的是不鏽鋼，有的設置可以轉動的旋轉手把，不然就是可以拉動的線，抑或按壓用的泵，還有帶有棘輪瑞士製的高檔新奇裝置。經過比較價格和功能之後，她決定購買一個看似耐用、價格合理、使用者好評推薦的脫水器。這是明智的選擇，但不知何故，安娜貝爾內心卻油然而生一股說不上來的空虛感受。她查看一眼時間，真的該回頭工作了，可是她沒有沙拉蔬菜脫水器或製作健康餐點的食材（不過今後就有了），所以這天的午休時間很短。當她在腦海中思索著這一切時，手也不由自主將頁面轉至eBay。

五分鐘，她心想。再五分鐘就好。

人類的物欲怎能如此強烈？是什麼賦予物質蠱惑人心的魅力？無窮無盡的欲求是否可能終有限度？

對於諸如此類的問題，書本可說是再熟悉不過，這些議題存在於人類古老故事的基因裡，一頁頁訴說著嫉妒心作祟的諸神和花園、嘶嘶說話的蛇、難以抗拒的甜美蘋果。

就拿蘋果為例吧。蘋果並不是夏娃本身的東西，卻具有令她欲罷不能的魔力——或說是她讓它欲罷不能，兩者在結合的那一刻迷失自我。但魔法魅力究竟來自瑰紅甜美的水果果肉？抑或能言善道、花言巧語的蛇芯子？會不會蘋果也是它巧言令色的受害者？

那麼故事本身呢？文字是承載運輸人類欲望的管道嗎？抑或只是他們恍然大悟後補充說明的手段？文字是否只是人類思維的詭計，好合理化語言發明前的原始欲望？

那麼令人困擾的「無窮無盡」又該怎麼說？對許多古今中外的人類來說，根本沒有「無窮無盡」這種奢侈選項，「滿足」才是終極目標，而且當真包君滿意。然而工業革命卻改變了一切，到了二十世紀初，美國工廠史無前例地量產商品，甫展翅高飛的廣告業善用它的蛇芯子，將人民搖身一變，成為消費者，但儘管全新經濟型態蓬勃發展，某些跡象仍顯示出成長趨緩，同樣的問題也開始困擾著美國工業主義者的思想。人類的欲望怎能如此強烈？無窮無盡的欲求是否可能終有限度？或者換句話說，欲望是否有飽和點？美國消費者是否可能知道自己已經滿足，導致消費市場崩塌？

柯立芝總統委託當時的商務部長赫伯特．胡佛找出這些問題的解答。而在一九二九年，近期經濟變革總統委員會滿意地發表以下結論：

> 本調查最終證實該理論正確，**人類的物欲幾乎永遠無法滿足**。一種欲求獲得滿足後就會挪出位置，讓下一個欲求進場。結論就是，我們眼前的經濟發展沒有極限，全新欲求只要一被滿足，就會創造出更新的欲求，並且永無止境地循環。（使用強調語氣）

eBay 上永遠不缺雪花球，五顏六色、林林總總的主題和價格，繁多種類就讓安娜貝爾眼花撩亂。光是一開始有人想到製造雪花球就夠有創意，後來人類還製作出這麼多不同種類的雪花球！安娜貝爾還有其他收藏品，諸如復古玩具、書籍、瓶瓶罐罐、明信片，每一樣東西都有屬於自己的故事。一開始她並無意收集雪花球，但她在二手商店買下小烏龜雪花球後，就開啟了雪花球收藏之路。小烏龜雪花球就擺放在任務控制中心的主要機臺下方，每當新聞令她喘不過氣，她就會拿起雪花球，上下顛倒搖晃，凝望著色彩斑斕的亮片旋轉落定。雪花球內沒有新聞，一切都保持不變。雪花球內的世界永恆停格，令她深感安慰。小烏龜受困於雪花球當然很可憐，只能永遠封存在雪花球內孤獨泅泳。烏龜媽媽也很可憐，只能從玻璃外觀看兒子，觸不到烏龜寶寶。儘管如此，牠們依舊可以透過玻璃相見，而這個想法又讓她動了其他念頭：說不定這兩隻烏龜想要新朋友。

她在 eBay 上買下的第一顆雪花球是諾亞方舟的音樂盒雪花球，成雙成對的熊、鹿、長頸鹿、白鴿棲息在泡泡內的方舟頂端，球體外的底部則有在塑膠激浪中游水的海豚、烏龜、魚。雪花球歌曲是《怪醫杜立德》的主題曲，這是安娜貝爾小時候最愛的電影之一，她在某次車庫大拍賣買到家用錄影帶版本，於是和還小的班尼蜷縮在地板上，一起觀賞這部電影，並異口同聲唱著這首〈與動物對話〉。班尼很篤定長大後也能與動物對話，一家子漫無目的地閒聊，班尼應該先學哪種語言，袋鼠語還是河馬語？紅毛猩猩語還是跳蚤語？他說，應該是臭鼬語吧，因為這樣一來，要是臭鼬穿過小巷，他就能客客氣氣地請牠離去。安娜貝爾還記得她當時聽著班尼認真討論，也因此她在 eBay 看見諾亞方舟的音樂盒雪花球時毫不猶豫地下標。

自那之後，雪花球就如滾雪球般越買越多。她有一顆可愛的蘇格蘭㹴犬雪花球、一顆美麗芭蕾舞者彎腰穿上芭蕾舞鞋的復古風雪花球，還有一顆深具歷史意義、紀念真實沉沒的維達號海盜船的雪花球，可以看見小小的西班牙古金幣達布隆在水中載沉載浮。接下來她開始搜刮童話主題的雪花球，挑戰是找到不要太迪士尼風格的雪花球，目前收藏品囊括長髮姑娘、白雪公主，目前她正在競標可愛的糖果屋雪花球，競標價格已經來到二十七．四五美元——雖然超出她的預算，可是這對小兄妹牽著彼此的手，凝望著薑餅屋的模樣實在令人難以抗拒，要是看得更仔細一點，你甚至可以看見巫婆瞥出糖果製成的窗口。她看了一眼時間，三點五十二分，再八分鐘競標就會截止，她的出價仍是最高。

三點五十三分，最後幾分鐘往往是關鍵。放冷箭的競標者可能四面埋伏，趁最後幾秒伺機出手，之前她就曾經遭到搶標的情況。

三點五十五分，她還是最高價出標者。她的最高出價是三十五美元，但現在卻開始反悔。也許不夠高？她輸入四十美元，正要按下送出鍵時門鈴響起。煩死人！可能是不孝來送他母親的信吧。她納悶王太太究竟想要什麼。健司還在世時，老太太偶爾會帶小禮物上門——自家花圃種植、白白長長的白蘿蔔，一把中國芥菜，再不然就是魚頭。王太太在去除魚內臟的加工廠工作，偶爾會帶魚頭回來給健司。健司會先用鹽巴醃魚頭再炙烤，再不然就是煮成魚頭湯，然後用尖細筷子挑出眼珠或軟骨下方的鮮嫩魚臉頰。魚頭是最美味的部位，他說。他過世後王太太就不曾帶禮物來。

門鈴再次響起。安娜貝爾把競標價抬高至四十五美元，然後走到窗前，探長一隻手越過一疊報紙，輕輕揭開窗簾。不孝正拿著一個信封袋，站在前廊。

「喲，吳太！」他吆喝著，敲打大門。「開門啊。」

她放下窗簾。他看見她了嗎？接下來她聽見一個刮擦聲。不孝正試圖把信封袋塞進門縫，然而門廳堆積太多東西，難以推開前門，所以他們現在已經不走這扇門。她聽見他低聲咒罵，緊接著按下第三次門鈴。

「我知道妳在裡面，吳太！我聽見妳的收音機了。妳聽好，我把老媽的信放在妳的門口，妳最好讀一下。妳最好也清空信箱，累積這麼多電費單，電力公司會斷妳家的電喔。」

她靜靜直立在緊閉窗簾的後方，聽著他腳步粗重地踏著前門階梯離開的聲音。對於一個身材五短的男人來說，他發出的噪音還真不少。他倒是一語道中信箱的事，她有時確實會把重要郵件放在那裡，這樣她至少還知道東西在哪裡。她走回電腦前輸入五十美元，感覺鬆了一口氣，她倒回椅背。這樣保險多了，只要她設的最高出價無人突破，她仍然有得標的機會。

三點五十九分。剩下不到一分鐘，她開始倒數。時間進入最後二十秒，競標數字開始飆上三十二．四五美元，並一路持續飆漲！看來搶標的不止一人，共有兩個人想要搶她的糖果屋雪花球！她緊張得不敢呼吸，在內心瘋狂祈禱，倒數著——五、四、三、二……

電腦螢幕上跳出恭喜您得標了！的訊息和她的得標金額。四十九．四五美元。她凱旋勝利般地躺回椅子。

贏的感覺真好。

23

他滿手抱著畫家保羅．克利的書回到自習室，後來才發現保羅．克利是著名德國藝術家，和知名德國製片人一樣蓄著細長鬍子和八字鬍。他把剛借來的書全堆在《中古世紀盾牌及兵器》上方，開始翻起書頁。他不禁思忖著這位藝術家的畫作風格古怪、色彩鮮明，多少帶著音樂韻律，所以就算畫作倏然開口唱歌他也不意外。還有貓咪、小鳥、魚、氣球的畫作，也可能其實是月亮不是氣球，實在很難說，他的畫作都很無厘頭。

保羅．克利有不少畫作，但班尼最後總算找到他尋尋覓覓的《新天使》，也就是那幅一身裙裝的男子畫作。他仔細研究。這張畫作和糖果屋有何關聯？又和那個他現在已經忘記名字的德國大製片人有何關係？他耐心等著，盼望畫作可以給他下一條線索。

什麼都沒有。

實在讓人沮喪。他掏出作業簿，翻至他之前貼滿字條的那一頁。自從暑假初次來到圖書館，他就在等待某件事情發生，某人——他希望是愛麗絲，或雅典娜，管她究竟叫什麼名字——要他來圖書館，可是究竟是為什麼？他從口袋中掏出那張他從童話書中找到的字條，在最後一張字條的底端，將這一張全新收藏攤開擺平，放上畫線頁紙。

漢塞爾和葛蕾特還好好活著，

兩人現居柏林。

他拿出後背包裡的口紅膠，將字條貼上作業簿。字條就像漢塞爾為了在森林做路線記號而拋下的麵包屑，班尼本來還寄望字條能引領他前往應該發生的發展，沒想到居然停滯不前。他埋怨不滿地瞪著《新天使》，它仍然拒絕正眼看班尼，目光固執地鎖定他的右肩後方。他的斜視令班尼惴惴不安，可是轉頭查看時背後依舊是空無一人。隔壁自習室中，天文學男孩仍然沉浸夢鄉，但他注意到打字阿姨已經回來，這才發現她正猛盯著他瞧，手指同時沒有停下地瘋狂打字，彷彿她打量他的同時快速打出文字，描述她所觀察到班尼的一舉一動。她是否注意到夾在《格林童話》裡的字條不見了？他從未見過任何人打字和她一樣飛速。她與班尼四目相接時，朝他點頭致意，手指卻毫無放慢動作的意思。他移開視線。

她是在監視他嗎？難不成她在打一篇逃學報告給校長？並且記錄下他的行為舉止，寄給他的精神科醫師？他非得釐清這件事不可。可是當他再次瞟向她，她的目光已經回到筆記型電腦，屏氣凝神地繼續打字。也許她的眼鏡度數不足，因為盯著電腦螢幕的她偶爾瞇眼皺眉，露出狂想熾熱的表情。他又繼續注視她一會兒，她卻毫無察覺，就彷彿那一瞬間他突然不存在。這下他總算放輕鬆，他喜歡不存在的感覺。班尼開始翻閱保羅・克利的書，試著了解新天使，可是對班尼來說這本書的文字描述太艱澀難懂，於是他很快就呵欠連連，感到昏昏欲睡。也許是藥物的關係，抑或午後的公共圖書館太催眠。班尼的頭輕輕靠在掀開的書頁上，鼻子頂著天使的膝蓋，聆聽著打字阿姨手指輕快飛舞的微弱聲音。之前她的敲敲打打聽起來猶如雨聲，而今卻比較類似一群椋鳥自麥田振翅起飛，然後再次降落棲息，重新融入寂靜的圖書館環境音。又或許不是椋鳥，可能是浪花。也許椋鳥幻化成浪花，沖刷拍打著沙岸，輕輕搔著卵石和碎小貝殼，接著又逐漸消退。內與外，浪花和椋鳥，指尖敲打鍵盤的聲響，翻閱書頁的簌簌聲音，隨著氣息吐納的星辰，偶爾發出的鼾聲就像是標點符號——班尼聽見所有聲音起起落落，也知道它們就像他腦海中的說話聲音，一直都存在，未來也永遠都會存在，就這樣埋藏在背景，來來去去。

24

不孝試著塞進門縫的那封信，意思大致上是要通知安娜貝爾，王太太在療養院養傷的這段期間，已將房東職務轉交給她的委託代表，亨利・K・王。這封信件還指出，依據安娜貝爾的合約規定，房客必須保持租屋處環境的清潔整齊，不可以堆放髒亂垃圾，亦得定時丟棄垃圾、回收可能招致害蟲或引起火災危害的物品。最後的最後，這封信提醒她另一項合約條款：房東本人或她指定的委託代表有定期檢查租屋環境的權利，煩請安娜貝爾致電委託代表亨利・K・王，並在本月底前與他預約租屋檢查時間。

安娜貝爾很確定這封信絕對不是王太太寫的。她是個強悍的老太太，不是那種會把個人事務轉交給兒子處理的類型，再說安娜貝爾在這裡住了這麼多年，王太太從來不曾檢查租屋處。想當然她的骨盤很快就會痊癒，不用多久就能離開療養院，即便如此，這封信還是難免令她心煩擔憂。不孝內心顯然心懷不軌，要是他當真成功說服母親賣掉這棟房子怎麼辦？或是以安娜貝爾堆積如山的檔案為由中止她的租屋合約，甚至趕她走呢？事不宜遲，她真的得趁王太太回來前展開清掃計畫，處理掉越積越多的檔案資料。

檔案庫存的問題日漸惡化。五月時安娜貝爾成功逃過革職命運，爭取到轉調電臺、電視、數位媒體工作的權利時她還鬆了一口氣，心想只要離開印刷部門，家中就不會有來勢洶洶的紙張，她也不用擔心它們會淹沒她的小屋。等到恍如潮水的紙張退潮，她就能著手解決檔案庫存，班尼也能幫她扔出所有垃圾袋，到時他們的生活環境就能回到潔淨舒適的狀態。

然而安娜貝爾始料未及的是製作ＤＶＤ備份檔案的公司政策，該政策規定她必須為所有大型電視和廣播新聞頻道的二十四小時節目製作備份。所以現在除了每日送來的報紙和其他印刷品，她還有滿滿裝著不可回收磁碟的袋子，全部凌亂堆放在房屋各角，甚至漫溢至門廊和後院。

日積月累的新聞備份多到令人鬱悶。

她深吸一口氣，查看時間。輪班時間即將結束，她真的需要出門一趟，伸展伸展筋骨。她上傳最後一份報告，登出入口網站，然後起身伸展。她的後背依舊疼痛難耐，也許她需要一張現在最新款的升降桌。安娜貝爾開始尋找她的外套和手提包。班尼不久就會放學回家，她可以趁現在稍微出門散散步、買垃圾袋、萵苣、健康美味的食材，晚上幫兒子好好煮一頓飯，等待食物在瓦斯爐上烹煮的同時，她可以順便打掃廚房，這樣他們就能好好坐在餐桌前吃晚餐。也許去買菜的路上，她還可以停留二手商店，和店員打聲招呼。班尼已經回到學校，所以她已不那麼擔心他有社交孤立的問題，反而是她自己比較值得擔心。健司活著的時候她從來不感到孤單，再說她發現自己也很懷念辦公室同事之間的連結互動。二手商店的女店員雖然稱不上是朋友，但都是很好的人，再說她可以去那裡，幫班尼挑一樣好玩的小東西。

店門上方的風鈴叮噹作響，歡樂的鈴聲宣布她的到來，讓她有種回到家的熟悉感受。她查看今天坐在櫃檯後方的人是誰，是潔思敏。來自海地的潔思敏在大地震中失去家園，後來某基督教援助組織向她伸出援手，資助她的生活。安娜貝爾那陣子都在監測海地的人道援助活動，對海地的情況略知一二，所以可以無障礙地和潔思敏討論當地的修復進度，所以兩人一拍即合。潔思敏正在招呼一名客人，所以安娜貝爾揮手打聲招呼，然後指了指商店後面的男孩服飾區。

「祝妳好運，」潔思敏呼喊。潔思敏在太子港有一個與班尼年齡相仿的孫子，於是她們兩人經常一起開青少年的玩笑，嘻笑分享著他們獨樹一格的穿衣風格。班尼老是堅持穿同一件黑色連帽上衣，形象很類似在市中心乞討的邋遢流浪小孩。她大可幫他挑一些他願意拉下臉穿的衣服。

安娜貝爾穿越女性服飾區，來到男性服飾區，經過一排掛在衣架上的法蘭絨襯衫時，內心不禁感覺一陣酸楚。她曾經來這裡幫健司選購襯衫，也很懷念幫他購物的時光。秋天是很適合法蘭絨的季節，她瞥見一件細緻粉色線條交織的漂亮格紋法蘭絨襯衫。要是健司還在世，她就會買下來送他，先把襯衫帶回家洗滌乾淨，再用一張漂亮的包裝紙包好。她在腦海中想像他拆開禮物、一邊試穿一邊在她面前搔首弄姿，臉龐閃閃發光的模樣。他很喜歡飽經歲月摧殘而無比柔軟的褪色襯衫。她佇立在那兒輕撫著衣袖。前幾天她才剪過一篇報紙文章，文章講述某個喪妻多年的老先生仍會買禮物送給亡妻，此舉看在安娜貝爾眼底完全不奇怪，只覺得既貼心又悲傷，也很崇高，但要是這麼做的人換作是太太或許意義就不同了。也許喪偶的妻子買禮物給已逝丈夫顯得可悲，再說健司的襯衫已經夠多，她應該把心力放在現有的襯衫，專心執行紀念被毯的計畫才是。目前安娜貝爾已經完成設計棉被圖案的初步工作，計算好方塊布料的尺寸，然而正準備剪下第一刀時，她卻不由得卻步。她手握剪刀坐在那裡，刀鋒已經對準襯衫肩膀線縫處，可是一刀剪下襯衫卻像是割開一具肉體，她怎樣都下不了手。

男孩服飾區找不到班尼肯穿的衣服，於是她好整以暇地晃到鞋區。他快要穿不下目前的運動鞋，但架上符合班尼尺寸的鞋子破損老舊。男孩子對鞋特別挑剔，所以她得跑一趟購物商場，幫他買一雙全新的。

接下來去哪裡？她呆立在鞋架旁，目光巡視商店一周，店內似乎沒有她需要的東西，也沒有她想要的東西，可是她居然不是鬆一口氣，反而感到沮喪委屈。她那麼辛苦工作，理所當然應該買點東西犒賞自己吧？但要是找不到戰利品也沒辦法，乾脆直接去買菜吧，雖然煮一頓健康晚餐似乎很費工，也不那麼吸引人，但他們總得吃飯吧。

「今天沒有戰利品嗎？」潔思敏高聲問道，安娜貝爾行經她面前時，她正在整理一箱捐贈物資。潔思敏拆開一只黃色陶瓷茶壺的外包裝，高高舉起茶壺。黃澄澄的色彩猶如光輝燦爛的小太陽，立刻吸引安娜貝爾的目光，她乍然停下腳步。

「噢！」她說：「這個好可愛！我可以瞧瞧嗎？」

「當然可以，親愛的，」潔思敏露出她燦爛的招牌笑容，將茶壺遞給安娜貝爾。茶壺小巧玲瓏、圓潤飽滿，側邊附有一支堅固手把，另一頭是精巧小壺嘴，蓋子模樣彷彿一頂有著絨球的毛線帽。安娜貝爾小心翼翼地兩手捧過茶壺。

「我之前也有一個類似的茶壺，」她說：「不過是粉紅色的。」那是在健司過世那晚之前她最鍾愛的茶壺。當晚他們大吵一架，他踏出家門時茶壺就這樣被她打破，她還記得當初她邊哭邊撿起碎片，放進鞋盒，以便日後黏回原狀。即使不能再用來泡茶，至少她還可以在茶壺裡種花種草。她看過有人把老茶壺當作植栽花器，心想這個點子實在太聰明，但那件事發生之後，她還沒有找到機會黏回茶壺或製作花器。經這樣一說，她內心便好奇著那只鞋盒跑到哪裡去了，肯定在家裡某處。

她掀起黃色茶壺的蓋子，然後旋轉壺身查看裂痕。她曾經對班尼唱一首關於茶壺的歌，那首歌怎麼唱？要是她買下來，或許就會想起歌詞。黃色是那麼歡樂明快的顏色，甚至比打破的粉紅色茶壺可愛，但她還是不由得遲疑。

「妳應該買回家，」潔思敏說，露出她招牌的可人笑容。「這茶壺和妳一樣陽光四射，值得擁有一個好家庭。」

聽到這句話，安娜貝爾總算下定決心。「謝謝，」她說。「那我就買了。」她把茶壺放在結帳櫃檯，取出皮夾。這個小茶壺肯定有魔法，她心想，因為她的心情已經好多了。

25

浪花與卵石，麥田和……

「喂……」

他聽見一個輕聲細語的說話聲，感覺有隻手指正戳著他的額頭。

「哈囉……？」那個聲音說。

班尼睜開眼，臉頰還黏在書頁上，眼角隱約瞥見天使那猶如卷軸的頭髮，以及下方哈布斯堡王朝家庭的紅金色紋章。他眨了眨眼，抬起頭時發現自己正和一隻會說話的老鼠鼻子碰鼻子。

「啊！」他驚聲尖叫，全身往後彈開。

驚嚇的老鼠消失隱遁，這下班尼才發現這隻老鼠並非說話聲音的主人，擁牠在懷裡的女孩才是。「抱歉，」女孩說：「我們嚇到你了嗎？」

班尼點了點頭，搓揉著眼睛和臉龐，抹去嘴角上的唾液。《新天使》上也有一坨濕答答的唾液，於是他以袖子抹淨唾液。他抬頭想看女孩是否注意到他流口水，那隻老鼠已經爬上女孩的手臂，一溜煙鑽進她運動衫的敞開前襟，從她胸部中央探出尖挺鼻頭。老鼠有著長鬍子和烏溜溜的圓眼珠。

「那個是老鼠嗎？」他問，盡可能不去盯她的胸部。

女孩轉過身拉上運動衫拉鍊，將雪貂包裹在衣服底下。「不是那個，」她說：「是他／她。他／她是一隻非二元性別認同、性別流動的雪貂，所以可別讓他／她聽見你叫他／她老鼠，他／她很討厭被誤認為老鼠。」

「對不起，」班尼說：「我不是故意的。」他想扭轉先前流口水、沒禮貌、偷看她胸部的頹勢，於是主動善意提問：「那他／她有名字嗎？」

「當然有啊，」女孩視線越過肩頭說：「他／她叫塔茲。」

「那是哪門子名字？」

「哦，如果你是想問那是不是外文名字，答案是否定的。其實塔茲是『臨時自治區』的縮寫。」

「酷，」班尼說，其實他聽不懂她到底在說什麼。女孩轉身背對他，所以他看不見她的臉，只聽見她對著敞開的連帽運動衫領口輕聲細語，他目光瞥向周遭的自習室，兩間都已經空無一人。

「動物可以進圖書館嗎？」

「我們也是動物，」她聳肩回答：「但是我們就可以進來。」她稍微轉過身面對班尼，拉低連帽運動衫的拉鍊，好讓雪貂塔茲探出鼻子。「不過還是回答你的問題，當然不行。所以千萬別通報圖書館，可以嗎？」卡在她胸部中央的雪貂露出疑神疑鬼的表情，上下打量班尼。倒不是班尼真的看得見她的胸部，他只看見胸部輪廓和淺淺乳溝，這女孩的乳溝功能就像是塞入寵物的口袋。雪貂露出一副痞子樣，彷彿早就摸清班尼的意圖。

「他／她冷靜下來了，」女孩說，然後轉身面對班尼，這是她第一次完整面對他，而他也總算看清她的臉。

「嘿，是妳！」是愛麗絲，還是雅典娜，隨便啦。她總算出現了！「我知道妳，妳是雅典娜，對吧？」

「別叫我雅典娜，那不是我的名字。」

「噢，我以為——」他乍然住嘴，也不知道自己究竟以為什麼，或許是他弄錯了。她和兒精那個女孩年齡相仿，膚色蒼白，身材纖細，同樣都有一頭銀髮。雖然眼前這女孩的精緻臉上掛著各種環栓和微小金屬物品，但五官仍舊與她很相似。

「妳的名字是愛麗絲嗎？」班尼問。

女孩露齒而笑：「不是，你又猜錯了。」

班尼皺眉：「抱歉，我以為妳是我在醫院遇見的那個女孩。」

「對啊，是我沒錯。」

「所以妳到底叫什麼名字？」

「看情況而定，在這裡我叫阿列夫。」

「獵狐？」

「不是，是阿列夫。阿——列——夫。腓尼基字母表的第一個字母。這裡。」她把不悅的雪貂撥至一旁，拉下連帽運動衫的拉鍊，從肩頭抖落袖子，露出光裸肩膀，上面有一個側躺著的字母A刺青，A的水平橫木延展貫穿出兩條斜線，有一個圓似乎包圍起整個A：

「這是我的藝術家名字，是大B幫我取的，靈感源自波赫士的短篇小說。」

「酷，」班尼再次這麼說，內心卻不禁納悶：大B是哪位？波赫士又是什麼？

她伸長脖子，嚴苛不滿地注視著刺青：「說到這個，」她說：「我也不確定到底酷不酷，本來我是打算把阿列夫刺成無政府主義的符號，但現在看來只像一個跌倒的符號。」

「好可惜，」班尼說。

雪貂嘆了口氣。

阿列夫聳聳肩。「刺青嘛，」她說：「你也知道，在所難免。」

他其實不懂，但還是順著她的意思點頭。

「我是沒有太糾結，」她邊說邊調整運動衫。「我有閱讀困難症，所以看到的字母都是上下顛倒，大B說正因如此，我才具備出色藝術家的潛質。」

雪貂打了個大呵欠，閉上雙眼，手掌覆蓋著自己的鼻子睡覺去。他／她窩在阿列夫的胸部裡，看起來似乎心滿意足。班尼很清楚阿列夫正在打量他，於是趕緊移開視線。

「我一直在觀察你，」她說：「你整個夏天都來這裡，現在還蹺課，伏在書本上呼呼大睡、亂流口水，所以我猜他們開給你的藥物劑量很高，你的同學則全是一群蠢蛋，所以你不想再去上學了。」

班尼點頭。全被她說中了，已經不需要補充說明。

「但我不懂的是你為何要躲著大B？憑他腿的狀況，根本爬不到這麼高的樓層，不過我猜你大概早就知道了吧。」

「大B？」

「帶著很多瓶子的傢伙啊。他的名字是斯拉沃吉，不過我們都叫他瓶人，簡稱大B。」

「那個坐輪椅的流浪漢？」他問：「妳認識那傢伙？」

阿列夫點點頭。「那當然，我們負責照顧他，他則教我們東西，他其實是超級有名的斯洛維尼亞詩人。當初他幫你瞞天過海，躲過斯庫拉和卡律布狄斯的法眼，那招實在高明。」

「妳說誰？」

「櫃檯圖書館員和保全人員。」

「那是他們的名字嗎？」

她輕笑出來。「不是啦，笨蛋，」她說：「當然不是，這兩個名字是希臘神話的角色。卡律布狄斯是大漩渦，斯庫拉是吃人的超屌海妖——」

警告！警告！

他深吸一口氣：「不要那樣叫我。」

「超屌海妖？」

「不是，」他用超出圖書館容許的音量回答：「不要叫我笨蛋。」他無法直視她，視線落在她的肩頭後方。「我不是笨蛋。」

「嘿，」她點頭道：「對不起，你說得對，是我說得太過分。」

「我才不需要他的幫忙。」

「了解。」

「再說他是有病的瘋子。」

阿列夫搖頭：「不，這你就錯了，他並不瘋，他跟你我其實沒有兩樣。」

危險！危險！可是不對，她說的話並沒有蘊藏危機，只是懸在半空中，他腦中的疑惑卻逐漸擴大。他感受到悲傷的沉沉重量，彷彿隆冬裡四下無人的海灘上冰冷又潮濕的沙子，他發現他大可任由沙子埋葬自己，也可以試著行走在沙子上。他往前跨出一步，腳下的沙子感覺扎實，他知道他是冒著風險告訴她所有事。

「我不知道妳是不是瘋子，」他說：「不過我是。」

不——！說話聲音嘶吼著，他腳下的沙子開始流逝。

阿列夫皺眉：「你怎麼知道？」

「因為大家都這麼說，」他說，雙腳越陷越深。

你瞧！說話聲音又開口，只不過這下換了一個聲音，滿懷惡意地譏諷他。閉上你的狗嘴，你這蠢貨，他媽的閉上嘴就是了——！

「人們什麼狗屁都說得出口，你為什麼要相信他們說的話？」

「因為他們說得沒錯，」他說：「我知道我確確實實是瘋了。」此時此刻腳底下已經沒有沙子，沒有地面，沒有海灘，唯獨這個猶如蕭瑟風聲的說話聲音，在他周圍吹拂。最初你告訴醫生，結果她當你是瘋子把你關起來。後來你告訴學校同學，結果他們變得超討厭你——

她的聲音像是來自遙遠的端頭：「但你自己是怎麼知道的？」

他不希望她也討厭他。他感覺身體麻痺，麻痺的雙手緊緊摀著麻痺的耳朵。班尼開始搖晃身體，嘴裡發出低嗚，好淹沒那陌生恐怖的說話聲音，那個聲音隨著他的心跳節拍反覆吟誦著混蛋、混蛋、混蛋。

「因為我聽得見怪聲音，」他說。他的聲音細如蚊蚋，她得傾身才聽得清楚。

「每個人都會聽見怪聲音啊，」她輕聲回道。

「不，」他說：「不一樣，我聽見的是物品說話的聲音。」

「那又怎樣？」

他停止搖晃的動作，抬眼望向她。

她聳肩道：「很多人都聽得見說話聲音啊。」

「是嗎？」

她點頭，伸出一隻手。她的手指皮膚沾染著顏料，指甲被咬得參差凹陷。「你在發抖，」她說：

「而且換氣過度。你介意我碰你嗎？」

他搖頭，可是她把手掌放上他胸口的那一刻，他的身體仍然忍不住抖縮。在她掌心的溫柔施壓下，他可以感覺到他的心臟就像一隻囚鳥，隔著玻璃振翅。她把手心擱在他胸前，輕柔溫暖地施壓，直到胸口內的狂亂跳動逐漸趨緩，顫抖停止了，而他也恢復正常呼吸。接著她朝他的胸口輕輕一推，抽開手掌的同時她拱起掌心，彷彿手裡正捧著某樣東西，再以另一手蓋起，免得它拍著翅膀飛走。她伸出兩隻手，在他面前打開手掌。班尼聽見心臟悸動的聲音，聽起來輕柔濕潤、節奏輕快，他低頭一瞧。她沾滿顏料的雙手正捧著他那瘋狂跳動的心臟。

「給你，」她把心臟交給他，說：「我覺得我好像喜歡你，班尼・吳。」

班尼

她並不是真的把心臟還給我，只是很類似那種感覺，彷彿我的心臟不久前飛出身體，如今赤裸脆弱地躺在她的手心裡，劇烈狂跳。即便她想把心臟還給我，心臟也不想回家。我的心臟很快樂，它被她的雙手捧住，只想要永遠待在那裡。

她伸出手觸碰我的那一刻，我立刻想起那場瘋狂夢境，也就是全世界最美麗的女孩將手掌壓在我胸前的那場夢——呃，你已經知道後來發生什麼事，畢竟你已經讀到這部分了，真的超級丟臉。雖然我知道就我這年紀的男生來說，做這種夢天經地義，但是一般男生不會有一本像是跟屁蟲的書，無時無刻不描述他們人生中最尷尬的時刻，你懂我的意思吧？

我想要說的重點是，雖然我做那場夢境的當下還不認識阿列夫，但我知道夢中人就是她。我怎麼可能夢到一個素昧平生的女生？但我偏偏就是夢到了。她是出現在我夢裡的女孩，也是我在病房裡遇見的女孩，如今她出現在圖書館。或許我已經有點愛上她，這樣很奇怪嗎？我從來沒有談過戀愛，所以怎麼可能知道什麼是愛？

書

圖書館內無奇不有，班尼。公共圖書館是夢想的聖殿，人們時常在這裡陷入愛河。也許你不相信，但這可是千真萬確。畢竟書就是愛的結晶，書本的身體也許無法體會肉體結合的神祕，但是就連最枯燥乏味的曠世巨作、最不浪漫的書，都能夠讓你美夢成真。

26

「看來你找到天使了，」阿列夫指著他的作業簿說，彷彿方才完全沒發生任何驚天動地的事。或許真的什麼都沒發生吧，雖然班尼的心臟比尋常跳得更劇烈，現在已經安然回到胸肋骨內，阿列夫沾滿顏料、剛才溫柔捧著他心臟的小手，如今也已經塞進運動衫前口袋深處。塔茲還在她集中聚攏的胸部中央昏睡，從她連帽運動衫的拉鍊上方探出長滿鬍鬚的鼻子。

班尼低頭俯視身穿裙子的火柴棒人明信片。「對啊，」他聳肩，彷彿沒什麼大不了，口吻似乎暗示他當然找得到天使，也當然知道那就是天使，但這兩個字一出口，他立刻覺得自己像是混蛋，於是連忙改口：「我是說，我不知道它是天使……」

「是歷史天使，」阿列夫說：「班傑明是這麼稱呼它的。」

聽見她喊出他的名字，班尼感到既興奮又困惑——興奮是因為聽見她從唇畔吐出他的名字，困惑是因為他不記得自己說過天使或歷史的事，也許阿列夫也幻聽了。「我有這麼說嗎？」

「不是你，」她說。「我是指一位德國哲學家，班傑明是他的姓氏，德文發音比較類似班雅明，他的名字叫華特，德文是唸成瓦特。」

班尼從未聽過這個瓦特．班雅明，或是華特．班傑明，更不知道班傑明也是姓氏，更別說名字可能有兩種發音。他深陷焦慮，要是連他自己的名字都不可靠，他要怎麼相信自己究竟是誰？他還抱著自己的身體，迫切地想要換話題，就在這時他的眼睛瞥見黏貼在作業簿的手寫小字條。

「這些也都是妳寫的？」

阿列夫點頭，指向第一張字條：「麥克森在你出院那天把這張塞進你的口袋。我們喜歡在圖書館碰面，而這就是我們散播消息的方法。麥克森覺得你很酷。」接著她又指向第二張字條：「因為我不希望你放棄，於是把那一張夾在你正在讀的書裡。但最後一張完全是隨機的，是你自己找到的。」

她指著第三張字條，也就是有關漢塞爾和葛蕾特的那一張。「那是勞瑞．安德森的歌詞，」她說，見他毫無反應，接著補充說明：「那個表演藝術家啊？她超酷的。」

他還是沒有聽懂。「所以說她會把字條隨機塞進圖書館的書頁中？」

「不，塞字條的是我。不只有字條，還有其他東西。圖書館就是我的實驗室，病房也是。其實到處都是。」

「妳是科學家嗎？」

「也算吧，我是藝術家。」

他低頭望著紙片。「那這是藝術嗎？」

「嗯，是啊，或者根據大B的說法，也可以說是一種公共知識領域的情境主義介入。」她歪斜著腦袋，一隻手揮向書架。「你可以把圖書館想像成一種時空不斷演進變遷的情境，就好比我在時空中拋出轉瞬即逝的絲線，任由他人隨機撿拾及追蹤，而你正好撿到我的字條。」但是班尼聽不懂，於是她嘗試換個方法解釋：「這樣說好了，假設我是游牧民族，而我會在圖書館館藏的迷宮中丟下麵包屑，為行走路線製作記號，勾勒出這條路線的不同岔路。」

「為什麼要這麼做？」

她聳聳肩。「不知道，我從小就這麼做了，後來大B告訴我這是藝術。我會在事物之間創造連結，就像是說故事。」

他凝望著字條和明信片上的文字。「我不懂，是什麼連結？」

「這個嘛，嗯，例如有些歌詞不見了，但要是你繼續尋覓，就可能找到。基本上歌曲中，漢塞爾和葛蕾特現居柏林，而這正是你發現的那一句歌詞。下一部分是漢塞爾出演法斯賓德的電影，而葛蕾特問起他歷史的事，漢塞爾開始高談闊論華特．班傑明描述的天使，而這段內容就寫在明信片上。」她拾起明信片，面露苛刻地瞅著明信片，最後交還給他。「大概只有小圈子的人看得懂，我應該寫得更明確一點才是。」

他不知道小圈子是什麼意思，但還是贊成她的說法。他翻到明信片背面，再次讀起文字。

「這句話就這樣戛然而止，這場暴風雨到底叫作做什麼？」

「進步，」她露齒而笑。「你不覺得很酷嗎？班傑明說歷史就是一場持續推移的巨大浩劫，不斷在天使腳邊累積垃圾殘骸……」

班尼想到他母親的存檔也在她腳邊堆積如山。這句話真有道理。他翻過卡片，可是她還沒講完。

「……後來天使想要回到過往，修補破裂殘斷的一切。他想讓人死而復生，卻辦不到。」

他凝視著天使，天使的目光仍落在他的肩膀後方。這句話讓他想到爸爸，艱辛地吞嚥口水。

「為什麼？」他的聲音聽起來很詭異。

「因為天使被名為進步的暴風雨困住，被迫吹往位於後方的未來，就像這樣。」

她如同展開一雙翅膀般地張開雙臂，閉上眼。在那一個剎那，班尼幾乎可以看見狂暴強風襲來，將她整個人往後吹。她微微傾身抵禦強風，在那一刻踮起腳，在往昔與未來之間的邊緣驚險平衡重心，下一刻頓時腳步不穩，班尼及時伸出手穩住她，她及時睜開眼。強風剎那間消逝，班尼也垂下手，雪貂身體一震，從睡夢中驚醒，目露凶光地望著他。

「後來發生什麼事了？」班尼問。

「什麼都沒發生，大概就是這樣。」

他再次望著明信片，這下他完全看出來那是一名天使，畫面很酷，卻令人憂鬱。「我以為進步是一件好事。」

「嗯，可是如果垃圾持續累積，阻止你修補破碎的過往，或許就不是好事。」

「大概吧。」

「總而言之，這是班傑明的看法，」阿列夫說：「大B是班傑明的頭號粉絲，因為他的緣故，我對班傑明超有興趣。」

聽見這句話，班尼再次焦慮起來。這個班傑明也和大B一樣在圖書館裡遊蕩嗎？他也必須去見他嗎？他又開始搖晃身體。

「你還好嗎？」阿列夫問。

「嗯，這個叫做班傑明的傢伙，他也是妳朋友嗎？」

「他死了。」

班尼鬆一口氣，身體不再搖晃，但這下反而開始擔心，不管怎麼說，聽到某人死去而幸災樂禍並不是好事。

「他很久以前就死了，」阿列夫補充道。

這下好多了，如果他很久以前就死了，或許就無所謂了。

「他是自盡身亡，」她說。

很好，這下又不好了。要是這個班傑明自殺了就絕對不是好事，也許名字叫做班傑明的人都有這種傾向。他在兒精的時候，團體裡某些比他年長的病人偶爾會提及家人有自殺傾向。班尼希望他的情況不一樣，畢竟健司的死只是一場意外，而另一個班傑明也不是他家人，不過他還是難免擔憂，只怕任何名叫班傑明的人都可能憂鬱自殺。

「太慘了，」他說。

「那時他是想逃離納粹的掌控。」

班尼對納粹的認識粗淺，僅限皮毛，對新納粹倒是比較熟悉。他知道新納粹只接納白種人，痛恨有色人種，所以他得小心避開新納粹。

「當時令人不齒的法西斯主義當道，大B說我們恐怕還得再經歷一輪。他說目前法西斯主義的勢力正在崛起，還說這是革命失敗後不可避免的下場。他說我們都需要將歷史當作借鏡，才不會重蹈覆轍。你說對不對，塔茲？」

她低頭望向雪貂，雪貂又睡眼惺忪地醒來，探出鼻子。他／她打了一個大呵欠，伸展前掌，然後開始洗臉。班尼別過臉。

「塔茲又開始不安於室了，」她說：「我應該帶他／她出去了。喂，你要不要現在跟我一起去找大B？」

他其實不想，但既然阿列夫主動提出，他不置可否地聳聳肩，點了點頭。此時他那擱在一疊書上的手機正好叮咚作響，他不理會手機，開始收拾個人物品。手機又發出叮咚聲，於是他將手機扔進口袋。

「你不看一下是誰找你嗎？」

既然是阿列夫要求的，於是他掏出手機查看。是他媽媽傳來的訊息。放學後立刻回家，好嗎？我正在煮美味晚餐喔！☺☺☺

「你沒事吧？」阿列夫問：「怎麼了？」

班尼搖頭，悶悶不樂地說：「是我媽。我可能得回家了。」

27

去一趟二手商店讓安娜貝爾心情立刻好轉。她回到家，準備煮沸一鍋義大利麵水，然後拆開黃色茶壺的外包裝。躺在她掌心的茶壺模樣可愛，讓人感到猶如陽光洋溢般的愉快。她環顧廚房四周，找尋一個擺放茶壺的位置。架子上已經沒有空間，於是她移開廚房餐桌上一只裝滿髒衣物的洗衣籃，並把茶壺放在那裡。這個位置很好。她把髒衣服抱到食品儲藏室，丟進洗衣機，啟動洗衣程序。這樣更好，她果然有進步。

廚房餐桌依舊亂七八糟，但多虧小茶壺，安娜貝爾大開眼界，現在總算發現家裡堆滿雜物。她的眼睛居然這麼快就適應物品堆放的狀態，一旦加入新東西，居家空間也跟著變了一個樣，讓她的眼睛可以重新看清楚。黃色茶壺恍如一個小太陽，溫暖陽光照耀著周遭，而浸浴於陽光中，在餐桌上茶壺旁邊的正是《整理魔法》。

她盯著這本書，感覺雞皮疙瘩爬上手臂。它是怎麼跑到這裡來的？太詭異了，這本小書彷彿有自行移動的能力，而且不止一次，總共三次！第一次是從麥可斯的新書展示桌縱身躍入她的購物推車，第二次是神祕莫測地出現在任務控制中心，現在又大剌剌地晾在餐桌上。看來這本書讀得出她的想法，彷彿它知道安娜貝爾迫切需要打掃居家環境，主動提出協助。

安娜貝爾瞥了一眼時鐘。她得在班尼回家前做晚餐和清理餐桌，不過加熱義大利麵醬不會太耗時，如果這本書真的有話想對她說，她覺得她應該洗耳恭聽。她清空一張椅子，開始坐下閱讀。

❖整理魔法

第一章　我的真實人生

我真正的人生是從接觸禪學開始的。也許你也聽過一句禪學格言：「學生準備好的那一刻，老師自會出現」，若真是如此，我肯定早就做好萬全準備，因為我人生中第一個老師，就是在某天早晨突然出現，而且是以最不可思議、最不尋常的方式降臨我的生命！

那天早晨，我在上班前精心打扮化妝，戴上我全新購買的皇冠頭飾，那天是我第一次戴它上班。當時我正任職於一間知名的女性時尚生活風格雜誌，也是我一年前剛從大學畢業時找到的工作。這份工作不錯，我也交到幾個好朋友，都是和我同期進公司的年輕女性。工作之故，我們在裝扮外表上面臨不少壓力，所以常常一起上美容沙龍，閒暇之餘到新宿和銀座採購名牌服飾，彼此嬉鬧煽動。每次掏出皮夾，我們都安慰自己這是一種「考察」，是為了在公司成長才買，當時這麼說確實也沒錯。

也許聽我這樣描述，你可能會以為我似乎過得愜意開心，可是其實我一點也不快樂。我把薪水都花用在服飾、流行飾品、美髮產品、化妝品上，回到家時往往是滿手提著購物袋，連拆開它們的動力都沒有，只是把戰利品扔在入口處、踢掉鞋子，就這樣無精打采地穿越我的單房公寓，卸除身上的衣服堆放在地板上，最後走到角落的蒲團，倒在那裡呼呼大睡。我偶爾會在三更半夜醒來，身體不得動彈，魔鬼般的邪惡重量壓在我胸前，我會就這樣睜著眼躺到天明，等到魔鬼的力量稍微減弱，我才能勉強爬起床，盯著鏡中那布滿血絲的憔悴雙眼，展開當日離家前的漫長準備流程，護膚、化妝、挑選當日服裝。

那天早上，我記得我覺得應該要為戴上全新皇冠頭飾感到興奮期待，可是我的感覺卻跟往常不同，似乎哪裡不大對勁。我的衣服全都不夠漂亮，配不上這頂皇冠，忍不住擔心皇冠配上日常穿搭會過於正式。那是一位知名義大利設計師的作品，上面鑲有金銀絲線工藝、米珠、貨真價實的施華洛世奇水晶。為了它，我可是省吃儉用了好幾個月，然而踏出公寓的那一刻，我卻感到渾身不自在，內心忐忑不安。

搭乘電車進入市區時，我很確定其他乘客都在盯著我的頭部猛瞧，竊竊私語批評我的穿衣品味。轉乘地鐵時，我注意到一群高中女生瞠大雙眼，欣羨仰慕地注視著我，瞬間我的內心舒坦許多，但沒想到她們居然開始以手遮嘴，咯咯訕笑，等到我抵達目的地，我的心情已經惡劣不已。

我踏出地鐵站時正值交通尖峰時段，人行道擠滿趕路通勤的上班族和學生。我爬上行人專用高架通道的樓梯，準備跨越到對街。下樓的那一刻，我頓時聽見頭頂傳來一個響亮的嘎嘎叫聲，頓時感覺到一股空氣迎面襲來，一隻烏鴉從電話線撲上前，倏地拔走我頭頂上的皇冠頭飾！

當然那時我的頭頂和現在完全不一樣，我的頭皮現在已經剃得一乾二淨，可是當時的我擁有一頭令我引以為傲的及肩烏黑長髮，髮絲極度絲滑柔順！我每天都悉心清洗秀髮，每兩週就去一趟美髮沙龍修剪瀏海。噢，我對瀏海可是超級執著！我可以花上好幾個鐘頭對著鏡子檢查，只是稍微長了或短了一毫米，我就會全身難受到受不了。那天上午，我謹慎仔細地以髮夾將皇冠固定在頭髮上，所以烏鴉奪走皇冠飛走的同時，也扯落我幾根頭髮！

「好痛！」我大喊，所有穿越高架通道的通勤人士看見這一幕，全都手指著我哈哈大笑，正常情況下我通常會深感羞辱，可是那一刻，那隻蠢烏鴉卻讓我憤怒到什麼都顧不得。

一個站在我旁邊的男人說：「噢，妳看，牠在那裡！」想也知道，小偷好生端坐在高架通道旁的銀杏樹枝上，喙嘴還叼著我閃閃發亮的皇冠！

「謝謝！」我大喊著謝過他之後連忙飛奔下樓，直接衝向那棵銀杏樹。我打算怎麼做？難不成腳上套著那雙普拉達名牌高跟鞋爬樹？烏鴉似乎一臉興味盎然，通勤人士也等著看好戲，觀看我站在樹下揮舞拳頭的樣子。恐怕是覺得無聊了，烏鴉歪斜著腦袋，用牠豆子般的小眼睛打量我，接著飛越一堵高牆，來到一座位於住宅區的小寺廟花園，牠降落在高聳彎曲的松樹樹枝上，視線橫過肩頭，看我有沒有膽子跟上來！

當我穿越寺廟牆壁上的一扇門來到花園，城市的庸碌喧囂也被摒除在身後，感覺就像是時光倒流，空氣中飄散著青苔、腐葉土、線香的濃郁氣味，我可以聽見蟲鳴鳥叫，甚至是樹蛙低鳴，鯉魚池四周有一條已經耙平的蜿蜒路徑，旁邊是一張長石椅，有一名身穿國中制服的青少女正坐在那裡，啜著一罐冰咖啡，在日記上潦草塗寫，無庸置疑是在消磨上學前的空檔時間。一名和尚正拿著竹掃帚清掃小丘上的青苔，烏鴉小偷則棲息在和尚頭頂上方的高聳松樹。我匆匆奔上前，但見到我一步步靠近，小偷抖了一下尾巴羽毛，又展開黑色羽翼起飛。我忍不住大聲嚷嚷，此舉引得和尚及女孩抬起頭來。烏鴉在青苔小丘上空盤旋兩圈，繞到第三圈時牠忘情張嘴呼喊：嘎！嘎！說時遲那時快，頭飾從牠的喙嘴上滑落。我永生難忘皇冠從高空滑落時，施華洛世奇水晶在陽光照射下閃閃發亮的畫面。最後皇冠掉落在和尚腳邊，我衝上前時，他正好彎腰撿起皇冠。

「真漂亮，」他在手心裡轉動著皇冠，問道：「這是真的施華洛世奇水晶？」

「對，」我輕微喘著氣，說：「是那隻蠢烏鴉趁我踏出地鐵，從我頭上拔走的。」

「我看得出原因。」和尚對著陽光高高舉起皇冠，問我：「介意我試戴看看嗎？」接著沒有等我回答，就直接把皇冠套上他的光頭。「妳覺得如何？」

當下我震驚不已，腦中一片空白，半句話都說不出來。他沉默不語站在那裡，沒有搞笑或裝可愛的意思，只是靜靜等著我回答。他的圓潤大光頭猶如拋光磨亮的桃心木般閃耀微光，身上那件破舊棉質製成的和尚灰袍和皇冠完全不搭。皇冠閃閃發亮地箍在他的頭頂，在他的皮膚上折射出躁動光點。這畫面本來應該很好笑才是，偏偏我完全笑不出來。我在百貨公司愛不釋手、俗豔華麗的金銀絲線，箍在他頭頂上卻顯得十分俗氣，價格不凡的施華洛世奇水晶和米珠則是看似廉價。

「很……好看，」我說。

和尚清澈明亮的雙眼在在告訴我，我在撒謊，他心知肚明。他可以看透我，一眼識破我所有渴望與欲求，直視我內心深處的虛榮，甚至看穿我不得不以奢侈品填滿空虛人生的無助徬徨。他的臉龐露出憐憫神情。

「不，」他說：「我認為這東西不適合我。」他摘下皇冠遞給我。「來，」他說：「還是由妳來戴吧。」

我照他說的戴上皇冠。纖細金屬帶滑至我的耳後，箍起我的頭部兩側。我無法直視他，內心深感羞愧可恥。

「這就對了，」他往後退一步，說：「果然很漂亮，非常適合妳。」

「謝謝，」我低聲說。

他撿起掃帚走回寺廟，我在他背後深深鞠躬。烏鴉正在柏樹樹枝上觀望，嘲諷的啼叫聽起來恍若大笑。女學生還坐在鯉魚池畔的長椅上，我都忘了她還在那裡，自顧自地塗寫日記。行經長椅時我停下腳步，女學生意識到我的動作時抬起頭。
「妳覺得這漂亮嗎？」我摘下皇冠問她。
「還可以吧，」她僅僅匆匆掃了一眼皇冠。八成只是客套，以防我下一秒發瘋。
「這是以米珠和施華洛世奇水晶製作的。」
「真酷，」她說。「聽起來很貴。」
「是不便宜，」我將皇冠遞給她：「如果妳想要可以拿去。」
她身體往後一縮，狐疑地盯著頭飾。「謝了，但這不是我的風格。」她合起日記本，迅速塞進書包。「學校同學會狠狠揍我一頓，然後搶走這個東西。」
「妳可以轉送給別人，」我建議。「譬如妳媽媽？」
「她會以為是我順手牽羊，」女孩回道，連忙起身將書包甩上肩頭。「不管怎麼說，她走的是公司女強人路線，不是童話故事公主的風格，但還是謝謝妳的好意！」語畢她稍微揮揮手，頭也不回地跑走。
我把皇冠收進手提包，繼續踏上前往公司的路途。午餐休息時間我走進洗手間，試著在鏡子前重新戴上皇冠。我的臉龐在微弱黯淡的螢光燈下顯得灰頭土臉，水晶光澤盡失，我只在腦海中看見纖細發亮的頭飾底下、和尚那張祥和面孔與憐憫目光。

翌日我請了病假，後來甚至決定整週休假。我特地買了垃圾袋，開始清空家中衣櫃，把所有設計師品牌服飾裝進大袋子，鞋子、提包則是扔進中型袋，圍巾、珠寶、飾品收進小袋子，接著再把袋子拖到澀谷的名牌回收店，想辦法出售這些物品，無法出售的物品則帶去住家附近的舊衣捐贈中心。我在網路上找到一間專門收購書本、CD、家電和家具的拍賣中心，等到一切處理完畢，我的公寓空空蕩蕩，剩餘的物品塞得進一只手提皮箱。最後我回到寺廟，耐心坐在長石椅上等待和尚，他一踏出寺廟，我立刻走上前向他鞠躬。我不曉得他是否認出我是上次那個戴著施華洛世奇水晶頭飾的蠢女孩，當天我穿著牛仔褲與運動鞋，和上次的扮相大相逕庭。我低垂著頭，說：「我的人生空虛，毫無意義。我想要出家為尼，想請問您是否可以幫忙？」

其他的正如他人說的，皆以成了歷史。這位和尚幫我找到一個需要人手、也願意收女學徒的老師父。最後我辭去工作，削落一頭長髮，宣誓為尼，將所有流行服飾換成這一身簡樸黑袍。（黑色永不退流行——超時尚！）聽說這個消息後，同事都以為我發瘋了，當我告訴她們這是烏鴉給我的指引，她們更確定我瘋了。但後來她們來寺廟探望我時，都親眼見證我臉上已經沒有過往人生的焦慮不安。妳看起來很健康，她們說，好像很快樂。

我反覆思忖烏鴉事件和那天上午發生的事。烏鴉貪得無厭，和年輕女孩一樣喜歡俗麗閃亮的東西，我遇見的那隻烏鴉品味更是非凡卓越！這就是我一開始的想法，但在寺廟待了幾年後，我才發現其實那隻烏鴉是同情我的菩薩，可憐我是貪嗔痴的囚犯，過著封閉狹隘的生活。於是菩薩刻意化身烏鴉，就是要喚醒我看清萬物無垠廣泛的虛無。所以我真心感念我的智慧導師烏鴉，以及施華洛世奇水晶皇冠頭飾，感謝它是如此的美麗。

28　書

班尼到家第一個注意到的，就是豁然大開的後門，平時堵住出入口的垃圾袋和回收袋已不見蹤影。他踏進廚房環顧四周，看見安娜貝爾正站在流理臺前，挖空一夸脫容量的番茄醬罐頭、加入平底深鍋中，一大鍋水正在瓦斯爐上沸騰。

「嗨，兒子，」她喊道：「我希望你肚子餓了，我正在煮義大利麵！」

似乎還有哪裡不一樣。廚房餐桌已經差不多清空，他現在可以看見桌面。三張椅子之中已有兩張沒堆疊報紙雜誌，餐桌上的洗衣籃不見了，地板上也沒有髒衣服。食品儲藏室內的洗衣機發出嗖嗖聲響，他走上前拉開冰箱門查看，最上層擱著全新的一加侖牛奶。

「看到了沒？」安娜貝爾得意洋洋地說：「我可沒有忘記喔。」

水槽內的髒碗盤已不復見，碗盤瀝水架上擺著一個乾淨玻璃杯。

「今天學校如何？」安娜貝爾邊問邊以木匙攪拌醬汁。她身穿一件豌豆綠色的長袖運動衫，上面印有一道拼出「夏威夷」三個字的彩虹字體，字體下方是海龜圖樣，運動衫外罩著一件圍裙。安娜貝爾從沒去過夏威夷，長袖運動衫是從二手商店買來的，黃色圍裙則是班尼和爸爸送她的聖誕禮物，上面以斗大黑色字體印著：

沒看過
大尾
是吧！

班尼還記得購買這件圍裙的情景。那年他才五歲，健司帶著他外出血拼，他們在店內看見這件圍裙，雖然兩人都知道「大尾」的意思，卻從沒看過這兩個字怎麼寫。健司試著有邊讀邊地唸出「大──戶──毛」，但是根本狗屁不通，於是他請店員小姐幫他們唸出來。聽到她唸出這兩個字時，父子倆不禁覺得好笑，於是當下就決定要買這件圍裙。聖誕節那天安娜貝爾拆開禮物時，他們說她很大──戶──毛，笑得人仰馬翻，之後變成只這樣讀這兩個字，大──戶──毛，從此之後這就成了他們自家人才懂的笑話。

「班尼？你有聽見我說話嗎？今天學校如何？」

班尼喝完牛奶，把玻璃杯放進水槽。「很好。」

「杯子請順手洗起來。」她問：「你有交到新朋友嗎？」

「沒有，」他沖乾淨玻璃杯，放回瀝水架。一個養雪貂的行為藝術家、一個無家可歸的斯洛維尼亞老流浪漢算是朋友嗎？「我是說算是，大概有吧。」

「那很好啊，乖兒子！也許我們改天可以請他們來家裡坐坐。」她揮了一下木匙，幾滴番茄醬不慎濺灑地面。「我正在打掃家裡，丟了一些東西，你有注意到嗎？」

「嗯哼。」餐桌中央擺著一只黃色茶壺，旁邊則是那本《整理魔法》。或許他誤會了，說不定這本書的教學真的有用。他一把撈起後背包走向樓梯。

「親愛的，可以幫我準備餐桌嗎？」

他轉過身，指了指茶壺：「這個要怎麼處理？」

「噢，留在那裡就可以了，那是觀賞用的。」她把木匙插進平底深鍋，手抹了一下圍裙，走向餐桌。「很可愛吧？」

他聳聳肩：「大概吧。」

「嗯，我覺得很可愛啊，」她拎起茶壺，摩擦它的圓肚皮。「我覺得它有魔法，是一個魔法茶壺。」然後將茶壺遞出去給他：「來啊，搓揉一下。如果你搓揉茶壺許願，願望就會成真喔。」

「我沒有什麼願望，」他說，凝視著躺在手心裡的茶壺。不，這不是真心話，他有願望，那就是回到自己房間，然而她的話還沒說完。安娜貝爾面露微笑歪斜著頭。

「你還記得那首茶壺歌嗎？我以前會唱給你聽，然後你會比出各種動作。」她唱了起來：「我是一個小茶壺，短短小小又胖胖……」她彎曲手肘，將兩手插在腰際。來呀，跟我一起做。這是我的壺把……」

她手臂叉腰等著他一起做動作，但他只是呆愣在那裡，全身僵硬地將茶壺托在胸前。

「好，我先做一次，你再跟著我唱。我是一個小茶壺，短短小小又胖胖，這是我的壺把，這是我的壺嘴。」她彎起一隻手腕往下垂，比出壺嘴的模樣，手指上下開合。「這樣是壺嘴，記得嗎？」她左搖右晃著身子，模擬出倒茶動作。「現在換你唱。」

廚房悶熱難耐，煮飯冒出的蒸氣讓她兩頰緋紅，一綹金鬈髮貼在她的額頭上，班尼緊緊捉著茶壺。

「拜託，」他喃喃道，盡可能試著呼吸。「媽，妳不要——」

但是她又逕自唱了起來。

「我是一個小茶壺——」

他再也受不了了，安娜貝爾的模樣愚蠢，臉上滿是期望，前後搖晃著身體，一手叉在她碩大臀部上，另一手癱軟無力地懸在半空中。這時她總算注意到班尼臉色不對，於是停下動作，瞬間不知所措：「我唱錯歌詞了嗎？」

「不是！」他吶喊。她為何就是不懂？他不想要傷她的心，可是她不能再這樣下去，他得制止她。「我不是那個意思——」

「不然是什麼，班尼？哪裡不對嗎？」

他把茶壺塞回她手裡：「茶壺才沒有那麼說！」

「等等！」他聽見她的呼喊。「班尼，不！拜託你，對不起！別走！」然而為時已晚，他早已拔腿飛奔出家門，後門在他身後砰地關上。他聽見陶瓷打破的碎裂聲和母親的呼喊聲，反正這也不是他第一次同時聽見這兩種聲音。他衝到柵門，接著奪門而出。

29

直接衝出家門並不是很好的回應手段，但他的情緒管理卡也說了，藉機離開高壓情境、平緩情緒也是一種合宜做法，倒不是說班尼衝出家門時有考慮到這麼做是否合宜，他只是不得不離開現場。他闖入逐漸暗去的小巷，行經大垃圾箱和永恆幸福印刷公司，雙腳輕巧一躍，避開他父親躺著漸漸死去的位置。形影模糊的男女潛伏在門口，聽見他的腳步聲時全抬起頭，但發現只是一個奔跑的男孩後又低下頭繼續交易。在這猶如呆滯懶散死水的小巷中，他的闖入引不起一陣漣漪。

他不停跑啊跑，不斷揮動雙臂，穿著運動鞋的雙腳踩上濕淋淋的碎裂人行道，盡可能避開積水和裂縫。裂縫深處傳來說話聲音，輕聲唸著踩上裂縫……打碎你母親的背，於是他竭盡所能避開裂縫，無奈混凝土太老舊，裂縫不勝枚舉。打破你母親打破你母親打破你母親的背……他加速奔馳，試著衝過裂縫，直到再也跑不動了，倒在一面濕答答的倉庫磚牆上為止。班尼手掌抵著膝蓋，胸膛上下起伏，呼吸急促地使勁吸入空氣。

他已經跑到小巷盡頭，心跳逐漸趨緩，呼吸也沉靜下來。他發現裂縫的吟唱已經消逝無蹤，他總算可以聽見寧靜的無聲狀態，令人不知身在何方，宛若水底深處的一場夢境。班尼仔細聆聽，四周鴉雀無聲。他搖了搖頭，想要將耳朵甩得一乾二淨。這招似乎奏效了，當他閉上眼，聲音的世界又徐徐湧回耳畔，他聽見一隻貓正在小巷深處嚎叫，遠方傳來大馬路的汽車喇叭聲。他可以聽見貨櫃列車鳴笛忽遠忽近，自港口一路蜿蜒而來，鳴笛聲消逝時，一幅幅猶如垃圾碎屑的畫面停格在盤旋上升的記憶氣流中。他在腦海中看見高聳矗立於機廠的散裝倉庫，看見裝卸碼頭上堆砌成錐形小山般的黑炭和螢光硫磺，也隔著海灣看見浮木欄柵場上的漂流木。即便閉上眼他仍看得見這一切。

健司曾在班尼小時候帶他來鐵路高架橋俯視海港，望著風塵僕僕而來的亞洲大型貨櫃船在港口卸下貨物。排列參差不齊的貨櫃船一路綿延至海灣口，他和健司會佇立在橋上數著一艘艘貨櫃船，想像著每艘貨櫃船可能裝載的貨物。貨車、牽引式掛車、電子鍋、休旅車、耐吉球鞋。沒有多久，猜謎遊戲就演變成列出他們想要卻買不起的東西。索尼 PlayStation 3 遊戲機、Xbox 360、山葉鼓組、日產汽車 GT-R 跑車、山葉 MX-10000 擴音機、微波爐、送給媽媽的全新兄弟牌縫紉機。他還記得站在高聳橋梁上倚著爸爸大腿，父親雙手輕輕擱在他肩頭的感受。他瞅著腳底下的鐵軌，有男有女的工人在路堤邊雜草叢生的矮木叢裡工作。他還記得父親溫暖的雙手扶著班尼的頭，輕輕將他的視線導向遙遠山頭。快看，班尼！你看那裡！

他睜開眼，詫異發現他還站在小巷中，靠在冰冷磚牆上。他從來不曾來到這麼深遠的小巷端頭，雖然考慮著是否該轉身回家，卻還沒準備好再次面對母親。小巷在他的前方開闊，變成一條陡峭狹窄的街道，對面有一座鬱鬱蔥蔥的小公園，是不協調地林立於城市中心的森林綠地。在高大古老、彎曲成拱的懸鈴木樹枝籠罩下，一條小徑蜿蜒貫穿公園，通往幾張排列成圓形的長椅。長椅看起來很眼熟，頭頂上的舊式安全照明燈投射出戲劇化光線，打亮了生長茂盛的下層林木，賦予它一股不像是公園、狀似舞臺的形象。在公園遠端邊緣的陰影處，他看得出藍色油布和流浪漢營地帳篷的剪影，可是佇立前景的圓形長椅無人占據，像是正在對他招手，非常適合他在準備回家前坐著歇腿。

他拉起帽兜遮住頭臉，手輕輕一推磚牆穿過街道，接近公園時他總算認出自己的所在位置。他從未在夜裡看過公園，但白天爸爸曾經帶他來這裡。健司會放他在其中一張長椅上，讓他坐在讀報的中國老先生身旁，要他在那裡乖乖等候，他要過去和一個人說說話。班尼不害怕，因為爸爸從來不會走遠，中國老先生也很親切和藹。有時健司會給班尼一塊麵包，讓他餵鴿子和烏鴉。等到天氣回暖，有些老先生會提著籠子來公園遛遛他們的鳴禽，讓牠們享受輕柔微風。有時老先生讓班尼餵小鳥，鳥兒會婉轉歌唱。

夜裡四下不見小鳥，鴿子都棲息在市中心的建築大樓飛簷，叫聲粗啞刺耳的烏鴉則是窩在懸鈴木粗樹枝上睡覺。躲藏在陰影裡的烏鴉漆黑，雖然班尼看不見牠們，卻感覺得到牠們就在身邊。想到牠們在樹上睡覺，讓他心靈平靜下來。他踏上小徑走向長椅，盡可能與漆黑朦朧的帳篷保持一段距離，接著停下腳步。長椅環繞圈起的草地傳出說話聲音，他蹲伏在垃圾桶後方聆聽。聽起來不像是物品的說話聲音，而是人的對話。人數不多，只有寥寥幾人，講的是英文。由於他的運動鞋悄然無聲，他們並沒聽見班尼的腳步聲。他查看警示級數為藍燈（保持提防，可能具攻擊危險），雖然情況不那麼危險，但他還是離開為妙。班尼謹慎小心地站起來，現在總算可以看見他們。長椅遙遠的另一端有三個人坐在油布上，互相傳遞著一只錫箔紙外賣盒，直接就著盒子吃起來。他分辨不出對方的年齡，只看得出一片朦朧灰色的影子，四周空氣飄散著大麻氣味。那是健司的味道，班尼的心臟猛然跳動。他想離去，但他沉靜不語的運動鞋卻不由自主往前跨出一步。

幾個大型旅行背包斜倚在長椅邊，背包側邊掛著蒸煮鍋、平底鍋，兩隻大狗躺在背包旁邊，兩隻都是頸部掛著鉚釘項圈的比特犬，項圈上綁著粗繩製狗鍊。顏色較淺的那隻狗倏然抬起頭，猶如橡膠的鼻子朝班尼的方向嗅了幾下。

警告！班尼一時不能動彈，此時大狗站起身咆哮，從喉嚨深處發出低沉吼叫，雖然有繩子綁著，還是頗為嚇人。第二隻狗也跟著站起來狂吠。

警告！危險！

其中一個流浪漢開口：「里可，你是怎麼一回事？」

兩隻狗向前一撲，動作猛烈迅速，班尼正準備轉身逃跑時才發現，原來狗繩根本沒有繫綁固定在任何東西上。他們將班尼逼至垃圾桶前，朝他瘋狂吠叫，露出牠們的碩大黃齒、閃亮牙齦、垂涎嘴唇，以及恐怖泛白的眼珠。

「里可！黛西！別叫了！」流浪漢迅速跳上長椅背部，及時逮住牠們的項圈，兩隻狗立刻安靜下來。「嘿，小老弟，不好意思。」

班尼吞嚥口水，他的膝蓋發軟，感覺反胃想吐。「沒事，」他說，但其實說沒事是騙人的，緊接著一個皮笑肉不笑的聲音反覆迴盪著沒事、沒事。兩隻狗的耳朵抽搐，神情專注地盯著班尼，發出想要咬人的威脅低鳴。

「牠們個性其實很沉穩，」流浪漢說。

「酷，」班尼說。

酷？說話聲音模仿他的語氣。哪裡酷，豬頭。

「發生什麼事了嗎？」其中一名流浪漢嚷嚷，他們已經沒再吃飯，從油布那端探頭探腦。「是誰？」

「是我，」班尼說。

是我？說話聲音嗤之以鼻。你他媽的以為自己是哪根蔥？

他們這下全盯著他瞧。

「你是誰？」第一個和他說話的流浪漢問。

「無名氏，」班尼說。

總算說對了一句話。

「你不是無名氏，」流浪漢說。「你不是正站在這裡說話嗎？你是有名氏。你叫什麼名字，有名氏？」

「我叫班尼，」班尼說。

我叫班尼。我叫班尼。閉上你的狗嘴，班尼！

牽著狗的流浪漢上下打量他。「你是中國人嗎，小班尼？」

「不，我爸是日本人，也有韓國血統。可是我現在沒有爸爸了，他死了，被貨車撞死的。」

噢，可憐的小班尼。你非得現在告訴他們你該死的人生故事？

「聽起來很慘，孩子。」

「是啊，當時他嗑嗨了。」

你他媽的幹麼告訴他們這些？

「遠離毒品，小班尼。要懂得拒絕毒品，懂嗎？」

「我懂。」

「好孩子。要不要來點豆子飯？」

「不了，謝謝，」班尼說，說話同時卻頓時感到飢腸轆轆，畢竟他還沒吃晚餐。他想到安娜貝爾坐在清空的廚房餐桌角落，獨自一人吃著義大利麵，胃部瞬間感覺到一個大窟窿，那是另一種飢餓。「我現在得回家了。」

噢唷，他媽咪需要他啦……

「來啦。」流浪漢說：「坐下吧，我叫傑克，這兩位是多瑟和特倫斯，但特倫斯這個名字太娘了，所以我們都叫他丁骨。我們的狗你已經認識了，顏色較淺的那隻是公狗里可，旁邊是他的賤內黛西。我們的名字你也都知道了，所以你得過來和我們一起吃頓飯，這樣我們才知道你對我們沒有懷恨在心，不然我們還以為你對我們不爽，對我們的生命造成威脅，到時我們沒有選擇只好殺了你。所以還不快點過來，把這裡當作自己家坐下。豆子飯很好吃，新鮮的喔。」

「好，」班尼說。

噢，好，拜託請動手殺了我吧，說話聲音譏諷道。可是當班尼彎下腰在油布一角坐下、接過軟塌的錫箔紙盒時，那個聲音悶悶不樂地閉上嘴。隨你便。

班尼

我倒不覺得他們真的會殺我。名叫傑克的傢伙不是認真的，我從他的語氣聽得出他只是在開玩笑，試著彌補他的狗對我吠叫的事。隨著經驗累積，我變得很擅長察言觀色，聽得出不同語調聲音的細微差異，但要是對象是人還是比較困難，畢竟人會說謊、開玩笑、隱藏真實情緒，說出違心之論。了解人類話語絕非絲毫不費吹灰之力，我得認真研究練習，就像是剛學習閱讀時需要大聲唸出音節那樣。我得觀察認識人類的語音變化，然後死背在腦海中。

物品就容易多了，因為它們有話直說，這就是人和物品的差異。物品不會說謊、耍弄、瞎說，也不會掩飾真實感覺，你可以看出一件東西是否快樂、悲傷、無聊，抑或憤怒。憤怒更是一眼就能識破。噢，沒錯，東西不爽的時候絕對會讓你知道。它會割你、掐你，再不然就是突然沒用，從你的指縫滑落碎裂，抑或單純消失不見，我是說真的完全不見蹤影，不管你多認真找都找不到。你恐怕已經有過類似經驗，好比突然找不到皮夾或鑰匙，所以想必知道我說的都是事實吧。

我很確定那晚媽媽的茶壺也是一樣。我的意思是，雖然茶壺破掉時我並不在場，所以無法太斬釘截鐵，但我認為神風特攻隊茶壺是受夠了狗屁情況，與其看她又唱又跳那首蠢歌，不如撞上冰箱自盡。媽說是她沒有拿穩茶壺才會摔破，但我在冰箱下發現一塊壺嘴碎片，可是媽媽當時分明是站立在廚房的另一端，所以我認為茶壺不是沒拿穩才摔落，而是它想要表達個人意見。

總而言之，我和這幾個人待了一會兒，後來他們的小狗也放輕鬆，開始喜歡我，甚至舔我的手。他們的年紀比我大，卻似乎不介意我只是小孩。他們叫我孩子，問我住哪裡，這種時候應該待在家做功課，為何反而在街頭遊蕩。我告訴他們要我上學是不可能的事，他們輕笑出來，說不上學無所謂。起初我很好奇他們是不是年輕流浪漢，但我之前見過的流浪漢和他們非常不同，舉止古怪，而這幾個人擁有露營設備，情緒看似也較穩定。我問他們是不是無業遊民，他們雖然覺得很好笑，卻認真回答我，他們當然是。其實我並不懂無業遊民的意思，但我媽會使用這個名詞，而我也喜歡這幾個字的發音。我心想倘若我仔細研究他們，就會明白這四個字的意思，我之前說觀察人類就是這個意思。

整場關於無業遊民的對話讓我想起我媽，我知道她現在恐怕驚慌失措，而且我也不希望她去報警，所以坐了一會兒後，我告訴他們我得先走一步，他們最後也放我回去。小巷內一片黑闃闃，白天已經夠毛骨悚然，到了夜裡更是嚇人，於是我豎起帽兜遮住頭臉，頭部低垂著往前走。先前我跑太快所以什麼都沒看見，於是回程中我刻意放慢腳步，慢慢觀察躲在陰影中注射毒品、幹壞事的毒蟲。他們看見我上前時，偶爾會脫口說出一些莫名其妙的話，但在發現我只是小孩之後他們就不再騷擾我。然後就在我快要到家時，發生了一件最詭異的事。我聽見小巷前方傳出一個噪音，三個穿著緊身裙及高跟鞋的瘋癲妓女腳步蹣跚地走上前，最後在福音宣教會大垃圾箱旁的街燈下停下腳步，不偏不倚幾乎就是我爸死掉的地點。她們開始跌在彼此身上，一邊尖叫一邊以手指著地面，我發誓我本來真的以為她們看見我爸的鬼魂，但後來才發現陰影中有一個很像是動物的東西在移動。是貓吧，我心想，可是當我更往前靠近一步，卻發現那其實是一個臭鼬家族，一個臭鼬媽媽帶著小臭鼬，排成一列齊步走。幾個妓女嗑嗨了，腦筋不清不楚，嘴裡還不住嚷嚷著好可愛！好可愛！甚至試著捉住小臭鼬寶寶，最後不慎被自己的高跟鞋絆倒，還得彼此攙扶才站得穩，然後她們又試了一遍。我猜她們應該是想帶臭鼬寶寶回家當寵物，可是說時遲那時快，臭鼬媽媽朝她們噴出一陣臭氣。由於我離牠們很近，所以聞得到一股超臭的氣味，但那時我已經抵達家裡後面的柵門，成功鑽進家裡。廚房漆黑昏暗，我仍然聽得見妓女的尖叫聲，也聞到我身上沾到一點臭鼬氣味，可是我才不管，剛才的場面實在太詭異又無厘頭。老實說我完全不怪臭鼬媽媽，說到底牠不過是想保護牠的寶寶。我走到冰箱取出牛奶，就在這時，我在地板上發現茶壺的碎裂壺嘴。我拾起邊緣呈現尖銳鋸齒狀的碎片，我以為它會刺傷我、說出一些惡毒難聽的話，再不然就是責怪我，怎料它竟然默不作聲，不知何故，我內心赫然感到一陣酸楚，突然痛哭起來。

「班尼？」

是我媽，她正站在陰暗的走廊通道口，身上還穿著那件愚蠢的海龜運動衫。她打開廚房電燈，看見我站在打開的冰箱前流淚時，她衝上前抱住我。「噢，老天，班尼！你還好嗎？發生什麼事了？」

我只能搖頭，她上下檢查我，見到我沒事又緊緊摟著我。「噢，班尼，我好擔心你！我有跑出門找你，可是你已經走遠，就這樣憑空消失！你剛才去哪裡了？我想要打電話通報失蹤人口，可是警方要我先耐心等待，所以我只好等，等了好久好久。你身上怎麼有臭鼬的味道，剛才跑去哪裡了？」

通常我不喜歡她這樣緊緊摟著我，但那晚我卻只是讓她的話語朝我沖刷而上，再也承受不了時才運用抽離自我技巧。這是一種叫做自我疏離的情緒處理法，我有一張關於自我疏離的情緒管理卡，基本原則就是試著把自己當作一隻停歇牆上的蒼蠅，冷靜看待高壓情境，然後報告蒼蠅之眼觀察到的一舉一動，當時蒼蠅是這麼說的：

班尼正站在冰箱前面止不住抽泣，他媽媽將他摟得太緊，即使他沒有回應她的擁抱，他還是就這麼讓媽媽摟著。她說，噢，班尼，以後別再擅自跑出門了，好嗎？答應我！我好擔心，時間都這麼晚了，你究竟是跑去哪裡了？可是班尼一句話都說不出口，因為他整張臉埋在她的腋下，只能呆呆杵在那裡，對著衣服上悲傷的海龜大眼落淚，接著他媽媽往後一退，說：你確定你真的沒事，班尼？你為什麼在哭？她用袖子拭去他的眼淚，可是緊接著又有淚水持續滾落，他交給她那片破碎壺嘴，說：我沒事，媽，真的沒事。然後又說：我很抱歉妳的茶壺破了，而說出抱歉當下，他居然莫名地感覺好多了……

書

停歇牆上的蒼蠅並不是情緒管理工具，班尼，那是年輕人發現自我的聲音，在書本的世界裡，這可以稱得上是一大奇蹟。年輕男孩發現自己的聲音、年輕女孩初次訴說自己的故事，這些都是很值得大肆慶祝的時刻，而不論是銘刻在歷史最悠久的泥板，抑或只是一元商店的廉價平裝書，身為書的我們都欣慰地注意到了，因為要是沒有你們的聲音，書本就不可能存在。所以仔細聽！在我們說話的同時，這一切都在默默發生，然而不躁進很重要，這種事講求慢工出細活，我們得慢慢來。

30

日子一天天過去，班尼早上起床，按照慣例來到圖書館，傍晚時分才回家。這段時間裡他會坐在自習室，對著貼在作業簿的紙片朝思暮想，等待阿列夫再次出現。由於她始終沒有出現，於是他在圖書館內爬上爬下，四處尋找她的芳蹤。畢竟他戀愛了，嘴裡念念有詞，反覆低喃吐出瓦特·班雅明、瓦特·班雅明，整個人深深埋進圖書館書架中，然後一整手抱著這名德國哲學家的書回到自習室，希望研究哲學令她刮目相看。可惜班尼看不懂某些字詞的意思，於是很快就感到洩氣。他已經習慣深奧文字漂浮於半空中，可是現在這些字詞都藏在書中。要是文字不具意義，閱讀書本又有什麼用處？他不禁納悶。幾天過後，當他正垂頭喪氣啃著一顆蘋果，手機叮噹響起，通知他開設的母親假冒信箱帳號收到一封信，郵件來自校長室。

「親愛的吳太太，」電子郵件寫道：「本校來信提醒您，請務必出示令郎主治醫師的證明書，以茲證明令郎因病就醫，必須缺課三天以上的事由。令郎目前已缺課超過一週，我們尚未收到醫師證明書，所以請儘速與我方聯繫，以利進一步討論相關事宜。」

危險！

班尼停下咀嚼的動作，喉嚨感到一陣緊縮，就在這時一大塊蘋果卡在喉頭，不上不下，他被蘋果噎到後奮力咳嗽，嚥下那一口蘋果，最後蘋果果肉是成功滑下食道，可是尖銳的蘋果皮邊緣卻戳著會厭軟骨組織，害他雙眼泛淚。

打字阿姨望向他：「你沒事吧？」

他點頭，感覺羞愧地抹去眼角淚水。

「吃蘋果要小心一點，」她說，看見班尼已經沒事，她遂回過頭繼續打字——

不，這說法並不正確，她不是回過頭繼續打字，而是從未停止打字的動作。即使正在和班尼說話，她的手指仍然在鍵盤上雀躍飛舞，即便現在她的目光停在班尼身上，手指依舊不斷跳躍，就像上次那樣，彷彿正在觀察他的一舉一動，同時打下各項報告細節，記錄她的所見所聞。她觀察到他的手裡握著手機，也注意到他的手指濡濕，輕微顫抖。他近來似乎稍微增胖，她很好奇他是否正在服藥。她望著班尼搜尋著假冒信箱帳號的草稿匣，他則是理所當然從那裡撈出之前偽造的醫師證明書，可是因為他忙著談戀愛、為了母親的事情大驚小怪，一直忘了寄出那封醫師證明信。打字阿姨當然是看不到電子郵件內容，但她注意到他的眉頭緊蹙，當他重讀著那封醫師證明書、檢查錯字時，眉宇之間也擠出一道深溝。

病患姓名：班傑明．吳

診斷結果：情感恩覺失調症

敬啟者：

班傑明．吳在敝人指導下人住兒童醫院的精神科病房，在進一步通知前不克到校就學。

真摯的

專科認證精神科醫師 梅蘭妮．史達克醫師敬上

她瞅著班尼按下傳送鍵，然後倒回椅背，閉上雙眼，沉重地吐出一口氣。他任由捉著手機的那隻手滑落大腿，臉上明顯露出沮喪神情。她有多想走上前，將手掌擱在他汗濕的額頭，撫摸他的頭

髮，對他說上幾句安慰話語，可是她心知肚明不能這麼做，這個舉動太多管閒事，也不合宜。她知道她不該插手，於是只能冷眼旁觀，繼續打字。

這些事班尼都一無所知，只有我們可以告訴你，因為我們是書，而班尼只是一個男孩，不可能讀得出打字阿姨的想法，也無法侵入她的思想。他只能清楚聽見自己腦中喧囂嘈雜的機械警示音。警告！警告！危險！危險！隨著喧嚷持續增強，噪音很快就超出他可以容忍的範圍，他眉宇之間擠出的溝渠也跟著加深，於是他的頭部趴在那堆書上方，逕自哼起一首調子——

嘿，滴答滴答，小貓拉著小提琴，乳牛跳上月亮——直到他最後墜入夢鄉。

31

安娜貝爾倚在廚房流理臺邊，伸出手指捏死一隻又一隻螞蟻。水槽後方的灰泥板崩落，留下一道裂縫，而螞蟻大軍就是從接縫處傾巢而出。螞蟻在那個裂縫內生活，並且從那裡出發，展開掠奪大戰。今天牠們征戰圍攻的目標是烤麵包機，排列成一組歪七扭八的行軍隊伍，橫渡水槽後緣，忽地消失在一疊骯髒碗盤下方，接著重新出現在破舊海綿後方。偶爾會有一隻螞蟻偵察兵率先脫隊，調查黏在盤子上一根乾枯捲曲的義大利麵條，或是一塊番茄醬汙漬，不過牠們此行的主要目標是烤麵包機，以及它豐富蘊藏的麵包屑寶藏。牠們搬運著一塊塊麵包屑，橫跨過一疊郵件上方，折返牠們的地堡。

郵件多半是垃圾郵件和廣告傳單，其中幾封是帳單，還有一封是不孝剛送來的信件，她就是在準備拆開這封信時驚見螞蟻。安娜貝爾不喜歡螞蟻，當下最重要的任務當然就是攔截牠們的去路，伸出食指捏死牠們，她以機械般的精準效率一一捏死螞蟻，即便如此，螞蟻大軍仍然不屈不撓地蜂擁而上，牠們的精神實在教人讚嘆不已。有時牠們會在一隻不支倒地的戰友身旁停下腳步，在那具抽搐身體上擺動著牠們宛如探測杖的觸角，探測生命跡象，可是緊接著牠們又會回到隊伍繼續前進。你真的不得不打從心底佩服牠們，安娜貝爾暗忖，就在她又捏死一隻螞蟻後，她試著發自內心欽佩牠們，可是她辦不到。沒有欽佩，沒有同情，想法全無，彷彿她的感受已經耗用殆盡，這未免也太奇怪，畢竟她向來感情豐沛，甚至可以說是過度豐沛，但自從茶壺事件之後，她就對這個世界麻木無感。

翌日她致電梅蘭妮醫師安排班尼的看診時間，並詢問醫生她是否可以加入。於是她坐在小藍椅上，重述當天的來龍去脈，那天她打掃家裡、煮了一頓美味的義大利麵晚餐，班尼放學回家時，她給他看她在二手商店購買的可愛黃色茶壺，並對著他唱起那首茶壺歌。

「這是他學步期最喜愛的歌，對吧，班尼？我沒有惹你不開心的意思，只是想要你記起那首歌，我以為這樣可以逗你開懷大笑……」

梅蘭妮醫師轉身面對班尼，班尼在綠椅上佝僂著背，一副緊繃痛苦的模樣。醫生今天搽的是桃紅色指甲油。「班尼？你可以告訴我們你當下為什麼不開心嗎？」

「不可以。」

「是歌詞，」安娜貝爾說，想辦法激起他的記憶：「你說我唱錯歌詞。」

「我不記得了。」

安娜貝爾轉過身面對醫生。「妳知道那首歌嗎？」她一隻手叉在腰際，另一手比劃出壺嘴的模樣。

班尼發出一陣哀號。

「我是一個小茶壺，短短小小又胖胖。這是我的壺把，這是——」

「好了，我知道，」醫生說。

安娜貝爾的雙臂一攤。「至少我那時以為歌詞正確，班尼小時候曾經比出茶壺的動作，真的好可愛。」

班尼忍不住打了個哆嗦，整個人似乎縮得更小。醫師上下打量他，「真的是歌詞的關係？你媽媽唱錯了？」

「不是，」他說。「不是那樣。」

「那不然是茶壺嘍？你聽見它說什麼嗎？」

他搖搖頭。他從兒精出院之後就不斷向梅蘭妮醫師撒謊，謊稱他已經聽不見說話聲音。他扯了好多謊——關於缺課、每天在學校做什麼，可是這次他並沒有撒謊，茶壺真的一聲也沒吭，他只有聽見茶壺打破的聲音，但那時他早已衝進小巷。

梅蘭妮醫師轉頭，詢問安娜貝爾：「妳可以告訴我班尼具體說了什麼嗎？」

「好的。那時我茶壺歌唱到一半，他突然說：『茶壺才沒有那麼說！』每個字都說得清清楚楚，而且語氣很不開心。」

「班尼，你記得當初自己是這麼說的嗎？你媽媽說，當時你說了：『茶壺才沒有那麼說』，這意味著你認為茶壺說了其他話，而不是你媽媽說的那樣……你說，我是不是說對了？」

他兩手摀住耳朵。他受不了短短幾句話中居然塞了這麼多「說」和「說了」，每一個「說」都被下一個「說」吞噬，彷彿永無止境地往後倒退，這種感覺實在太可怕，就像小魚不斷被大魚吞沒。

梅蘭妮醫師身體往前一傾，要班尼注意看她。「親愛的，可以請你放下雙手，不要摀住耳朵嗎？」

他照做了。梅蘭妮醫師不喜歡他摀住耳朵，因為這代表他不願意聽她說話。「是我錯了，」他含糊地說。

「錯了？」

他開始在腦中邊數數字邊呼吸。「不對，」他在數出每個數字的間隔回答：「不是錯了，是我說謊了。」

「關於歌詞的謊嗎？」

「對，」他吐出一口氣，用力閉起眼睛。她為何非得這樣逼問他不可？她難道看不出他正在專注數數字嗎？「我的意思是，不對。我對我媽撒了茶壺的謊，茶壺其實什麼都沒說。」

「你對我撒了茶壺的謊？」安娜貝爾問。她的問題猶如一條往空中高高竄升的細繩，開始做起詭異的伸展動作，在空氣中盤旋，恍如手指朝他俯衝而下。「你為何要撒那種謊？」

遭到逼問的他轉頭面向安娜貝爾。「還不是因為妳行為超奇怪！又不肯停下來！我也是因為不想傷妳的心，才會胡扯茶壺的事！」

他滿臉通紅，狂怒雙眼噴著火，安娜貝爾從未見過他這副模樣，彷彿外星人占據他的身體，透過他的嘴巴對她嘶吼。她倒抽一口氣，身體往後退縮，這時小藍椅的椅腳不支崩塌，安娜貝爾從椅子上摔落，屁股撲通一聲跌坐在地，登時緊閉雙眼、兩腿叉開，一副失魂落魄的模樣。她聽見梅蘭妮醫師問她是否還好，點點頭表示沒事。等到她再次睜開眼，班尼正公然露出嫌惡表情俯視著她，他轉頭面對醫師。

「這下妳懂了吧？」他說，彷彿這麼說能證明什麼。

接下來的約診經過安娜貝爾記憶朦朧，醫生扶她起來後，給了她一張成人尺寸的椅子，她坐在椅子側邊，醫師詢問班尼學校的事以及他目前的感受，班尼並未多說什麼，安娜貝爾也不記得他說了什麼，只記得她深感自己像是一個笨手笨腳的胖子。

看診結束時，梅蘭妮醫師請班尼到候診室等待，訓斥安娜貝爾沒有善盡身為家長的自我關照職責。她講到飛機和氧氣面罩，講到自我照顧和互助會，又講到壓力過勞及學習向他人求援。安娜貝爾一邊聽，一邊試著集中精神。她看得出梅蘭妮醫師是善意規勸，可是這番話自她嘴裡吐出，聽起來比較像是頤指氣使，當然醫生說得沒有錯，要是她連自己都照顧不好，又怎麼可能照顧好兒子？但是就連這一點小事，她都做不好。

安娜貝爾又出手捏死一隻螞蟻。她是很樂意尋求協助，問題是她可以找誰？二手商店的店員小姐嗎？她沒有可以傾吐心事的朋友，她需要的是一個幫她看診的治療師，不然就是佛教師父。這時她想到愛西，禪宗和尚似乎是傾吐心事的好對象，其實她在讀完《整理魔法》第一章後寫了一封粉絲信，後來卻刪除了。這點子蠢斃了。

一隻螞蟻偵察兵突襲桌上那堆垃圾郵件，橫跨郵件堆最上方的一張亮面粉色廣告傳單。牠以為在那裡找得到什麼嗎？於是安娜貝爾伸出死亡食指，鎮壓偵察兵，她指尖下的小小身軀感覺僵硬，她抬起手指時螞蟻還在垂死掙扎。沒想到螞蟻這麼不容易死，於是她再度往下一捏，這次使出更重力道，就在這刻她注意到手指壓在傳單上宛如白色雲朵的氣泡框，框著兩排別緻的女性化字體。

妳焦慮嗎？壓力山大？
覺得快喘不過氣？

她仍壓在螞蟻身上的手指不偏不倚落在喘不過氣的喘字中央。你說這有多奇怪？她抬起手指，繼續讀下去。

妳還在等什麼？
來點寵愛自己的感官饗宴，
享受貨真價實的個人時光！
放鬆身心，重新開機，耳目一新……
來本店進行高級的熱石按摩療程，
好好寵愛自己！
我們的頂級芳療可以幫助妳
釋放一點一滴的壓力！

傳單印有一張年輕美女圖。美女躺在一張桌上，毛巾包裹著頭，雙眼輕輕閉上，她露出光裸肩頭，表情十分陶醉，完全看不出焦慮或壓力。

禪境寧心
～日間水療健身中心～
因為妳值得！

小偵察兵依舊在喘字正中央孱弱地揮動腿足觸角，安娜貝爾輕輕用手指撥開牠，牠揮動肢體向她致意，最後一次掙扎抽搐後就動也不動。牠死了。淚水湧上安娜貝爾的眼睛，沒想到牠居然獻上自己的小生命，指引她一盞明燈。她小心翼翼拾起禪境寧心的廣告傳單，當作屍架一把剷起螞蟻屍體。人人都需要救助團體，說不定她救助會團體的成員是螞蟻大軍？她堅韌無畏的偵察兵應該與其他戰友踏上最後的安息之地。她靈機一動，或許可以在後院安葬牠們的遺體，下一秒卻想到這個舉動恐怕太神經，再說她也不想撞見不孝，於是她將螞蟻屍體全部掃進垃圾桶，然後拿起廣告傳單找手機，仍為這個驚人巧合深感不可思議，因為這可不是普通的寧心日間水療中心，而是禪境寧心日間水療，你說這能有多巧？

32

有人正在輕敲他的太陽穴，一滴雨水落下，接著傳來某人的輕柔耳語……

「喂。」

「啊？」他張開眼，看見那隻沾滿顏料的食指，今天是黑紫色顏料。他的心臟猛然一跳。

「你又看書看到睡著了？」

他抬起頭，揉了揉眼睛，檢查下巴上是否有口水。

她查看那疊他用來當枕頭的書。「哇，你在讀瓦特．班雅明？」

她的聲音不禁透出敬佩讚嘆，他不由得感到臉頰發熱。

「也不是真的在讀啦，」他從實招來：「我是說，我是有讀這些書，但不太理解意思。」

「原來如此，但或許你根本不用讀，光是趴在上面睡覺，你的大腦說不定就會自動吸收書中文字，效果很類似滲透作用。」

他不懂滲透作用是什麼意思，還是忍不住雙眼發亮。「妳認真的？」他不覺得自己變聰明了，畢竟要是不懂意思，書本文字刻印在腦海中有什麼用？但是話說回來，又有何不可……

「不，」她說，輕笑出來，輕輕拍了拍他的肩膀，「當然不是，不過別擔心，如果你真的想理解這些道理，瓶人可以教你，他什麼都懂，跟我來。」

她帶班尼走一個鮮少人使用的樓梯井，下了兩段樓梯來到五樓，然後從樓梯邁向舊翼大樓的遙遠角落，也就是 331.880 書架後面的位置。這個圖書館書架是勞動哲學書的棲息地，書本主題盡是反壟斷理論、工業民主、當作階級鬥爭手段的工會，他們視而不見這些書，直接走過。沒有關係，諸如此類的書在當代本來就沒有什麼讀者，也早就習慣冷落遺忘的感受，更別說是推動自己跳下書架的力氣，儘管如此，它們仍舊不消沉喪志。

來到圖書館書架的盡頭時，班尼看見其中一間古舊洗手間的大門，亮黃色塑膠招牌硬生生阻擋出入口，上面寫著：請勿進入，廁所關閉清潔中。為了再三擔保不會有人闖進去，這句話底下又以西班牙語重複這句話。文字用意已經無庸置疑，於是班尼乖乖站在那裡，阿列夫卻無視招牌，一股勁地推開沉重大門，並撐開門禮讓班尼進去。他略顯遲疑，但就在這時廁所內傳來一陣宏亮呼喊。

「進來！通通進來！」

班尼對招牌投出一抹不好意思的眼神，側身繞過招牌溜進大門，廁所門在他身後關起時輕輕發出一聲嘆息。

這間圖書館舊翼大樓、氣勢磅礴的洗手間年代久遠，當年以高規模打造，具有圓頂天花板，比例寬敞明亮，牆壁和地板鋪上華麗的黑白陶磁磁磚，臉盆、洗手臺、小便斗則是使用光澤似蠟的大理石，經年累月下來大理石變得柔軟褪色，沉甸甸的廁所隔間木門手把則是採用黃銅材質，洗手間內的配管設備、水龍頭、水管也是，室內一塵不染。

洗手間的遙遠端頭，兩名圖書館清潔工蹲伏在傾覆的水桶上，瓶人則是坐在兩人中間，就在鼓脹白色塑膠袋環繞的輪椅上，恍若威風凜凜地穩坐雲朵王位的國王。他的公事包擺在腳邊的地板上，一張小型摺疊牌桌在三人面前攤開，桌上擺著一瓶伏特加、一整條黑麥麵包、一大罐醃鯡魚罐頭，一縷香菸煙霧停滯漂浮在空中。這三個男人正以班尼聽不懂的語言激烈對談，吞雲吐霧。阿列夫咳嗽，故意用手揮了揮自己面前的空氣，接著跨過洗手間，霍然拉開沉重老舊的水紋玻璃窗。三個男人無奈地聳聳肩，往他們充當菸灰缸的老舊錫製湯罐頭捻滅香菸，然後舉起烈酒杯敬她。

「*Dobrodošli,*」他們說：「*Na zdravje!*」緊接著一口乾掉伏特加，兩名清潔工——班尼這才發現他們是雙胞胎——順手把烈酒杯塞進自己衣服的口袋，起身離開，經過班尼身邊時，還順勢拍了拍他的肩膀。

「這裡臭死了，」阿列夫惱怒地說，但斯拉沃吉並未理會。

他水汪汪的藍色眼珠緊緊瞅著班尼，班尼走上前時，這名老流浪漢也從覆蓋毛毯的腿上抬起大手，彷彿雙手擁有自己的意志力，並開始打起旗語似地在空中揮舞班尼看不懂的訊息，手部動作似乎也並非瓶人可以掌控。但是這位老人似乎毫無察覺，他的眼睛定定注視著班尼的臉，雙手舞動拍打時兩眼也穩定發射光束。

「肥常好，看看是誰來咯，」他說：「是年輕男同學！他總算來找窩啦。」

他的雙手動作越來越激動劇烈，朝他的頭頂上空旋轉纏繞，雙臂宛若被風箏牽起的尾巴，老人身體不得不從輪椅冉冉升起，他則彷彿遭到施咒地漂浮在空中。

阿列夫嘆了一口氣：「斯拉沃吉，這是班尼，」她說。「班尼，這是斯拉沃吉。他喝醉了。」

她兩手輕輕壓上老人的肩膀，他的雙手在那一瞬間擺回大腿，原本激烈舞動的雙手也跟著停止動作。他深吸一口氣：「謝謝，親愛的。它們一激動起來，真的累死人了。」

他彎身拍了拍身旁的水桶。「好了，男同學，尼去拉一個水桶過來，窩們好好聊一聊，但在那之前……」他的手摸向桌上那瓶伏特加，旋開瓶蓋。「尼的北子在哪裡？」

班尼不懂他的意思。

「他還是小孩，」阿列夫說：「才不會隨身攜帶這種東西。」

「烏所謂，」瓶人說。「遮個交給窩們來就好。」他在輪椅上轉過頭，一隻手臂探入固定於背後的那堆購物袋，塑膠興奮地發出窸窸窣窣的聲響。等到他再次抽出手，手裡驟然多出一個烈酒杯，杯身上寫著：

德州
孤星之州

老人嚴厲苛責地望了杯子一眼，然後看了看班尼。「不，尼不適合當德州人。」他的手又塞回那團塑膠袋，發出嘶嘶聲響，緊接著抽出另一個杯子。

夏威夷
阿囉哈之州

「遮個應該比較適合尼吧？」他把杯子遞給班尼，並且往杯子注滿伏特加，伏特加不慎溢出，滴上班尼的手，酒液觸感宛如冰水。

「他年紀還太輕，不能喝伏特加，」阿列夫說，她坐在自己的水桶上雙手環胸，觀望著老人朝孤星之州的杯子倒滿酒，然後遞給她。

「哈！」他說：「那尼呢？尼很適合當德州人。可別招惹德州人。」他往自己的酒杯倒滿酒，高高舉起杯子，讓他們瞧個仔細，杯子上寫著：

阿肯色州
自然之州

「茲然之州，」他喊著：「錐好的州！」他把酒杯舉得更高了。「窩熱愛遮個國家，每個州都有自己的標籤，還有格言！尼知道阿肯色州的格言是什麼嗎？它曾經是機會之地。意境很美，對吧？可是後來改了，為什麼？機會都耗光殆盡了嗎？遮是其中一種解釋，不過現在他們有一個新格言：Regnat Populus。尼知道 Regnat Populus 的意思嗎，男同學？如果尼有認真學過拉丁文，就會知道 Regnat Populus 的意思是『人民作主』。太棒了！窩是沒去過茲然之州阿肯色州，但窩知道那裡肯定是人民作主的民主烏托邦……」

他頓了頓，目光遙望遠方。「噢，勇敢的新世界，有諸如此般的人！」他凝望著班尼。「尼有認真讀過莎士比亞嗎，男同學？沒有嗎？遮句臺詞是來自莎翁的戲劇作品《暴風雨》，尼遮輩子至少得讀一次。故事裡有一個叫做卡利班的野獸，他的話語詩意絕美，令人心碎。切勿害怕，遮座島嘈嘈不休……接下來是什麼？啊，窩忘記了。噢，無所謂，總之遮就是窩想像中的阿肯色州，窩夢想有天可以去那裡，但在那之前咱們先乾為敬！」

「你不用喝，班尼，」阿列夫說。

「哈，他當然要！他是男學生！他得學習拉丁語、朗讀莎士比亞、喝府特加！」斯拉沃吉將酒杯高高舉在空中，耐心等著。「怎麼樣？」

班尼嗅了嗅伏特加，辛辣嗆鼻的煙熏氣味令他雙眼不禁泛淚。「什麼？」

「窩們在等尼乾啊。」

班尼的視線瞟向桌上的麵包。「可是我沒有濕啊。」

「太好了！」瓶人誇道：「他果然是天生好手。不，不，孩子，尼得乾一杯，不是乾燥。發自內心深處表達自窩！用尼的智慧觀點打動窩們！」

「我不知道應該怎麼做。」

「閉上眼睛，仔細傾聽。現在告訴窩，尼聽見了什麼？」

班尼閉上眼，他聽得見老人近在咫尺的沙啞呼吸聲，也聽見牆內水管傳來大樓一隅有人沖馬桶的聲音，可是水管並不打動人心。他聽見了蒸氣通過暖氣設備時發出形同音樂的嘶嘶砰砰。總算比較像樣。他也聽見室外遙遠的救護車鳴笛，然後一個近在耳邊、輕柔低沉的喃喃自語。

「……音樂，歡愉無害的甜美旋律——」

班尼震驚地睜開雙眼，老人正凝視著天花板，遭到遺忘的伏特加酒杯驚險地立在輪椅扶手上，他用如夢似幻的聲音朗誦著：「千種樂器偶爾在我耳畔呢喃琤瑽，縱使我剛從深眠長夢中甦醒，人語詠嘆仍然偶爾催我入眠……」

他嘆了口氣，搖搖頭。「沒錯，窩現在記起來了。窩怎麼可能忘記？」他閉上眼，就那樣靜靜坐著許久，久到班尼好奇他是否真的睡著，說時遲，那時快，老人驟然打直背脊，舉起袖口抹了抹眼睛。「窩敬尼遮一杯，」他粗聲粗氣地說，再度舉起酒杯：「敬說話森音！」

說話聲音？班尼遲疑了。他無意灌下那杯酒，本想趁斯拉沃吉一個不留神將伏特加倒入水槽，但這句話卻令他猝不及防，一個不留神就把酒杯湊到他唇邊，伏特加一路滑下食道直達胃部，彷彿液體燃料般燒灼著他的喉嚨。他雙眼泛淚，忍不住乾嘔咳嗽，可是咳嗽停止後他打直身體時，瞬間感到一股熱氣填滿他的身體，從裡到外溫暖著他的全身。他感到頭暈腦脹，那是一種近乎飄飄然的感受。

「救命，」他搖晃著頭，想要甩掉這種感受。

「好喝吧？」老人嘴唇濡濕地說。

「好噁心。」

「災來一杯嗎？」斯拉沃吉問，已經拾起酒瓶。「遮次換尼敬酒。」

「斯拉沃吉！」阿列夫發出警告喝斥。

老人投降般地舉起兩手。「好，好！」他壓低音量，對班尼輕聲說：「她簡直是一個老痲子。」她才不像老媽子，班尼心想，但這句話他並沒有說出口，反而在伏特加的酒精催促下壯膽提問：「你剛剛說的那句話，『敬說話聲音』，你是想——」他還沒說完就停下來，感覺到臉龐一陣發熱。

「窩想要什麼？」

「不，我是指你聽得見——」他怎樣就是無法脫口而出那幾個字。

「說話森音？」斯拉沃吉粗啞地問：「窩當然聽得見說話森音！窩可是詩人。」他兩手再度激動揮舞，一下撫摸鬍子，一下掐捏鼻子，一下拉扯耳朵，一下又抓搔一隻手背，等到他忙碌的手部動作總算結束，老人用洞悉人心的眼神定定凝望班尼：「不然尼以為詩詞是怎麼來的？萬物都會說話，男同學！但是唯獨詩人、先知、聖人、哲學家有遮等耳福。」

「他們也聽得見說話聲音？」

「當然！蘇格拉底！聖女貞德！里爾克、米爾頓、布萊克……！」

班尼從沒聽過這些人物，但他不想露出一臉無知蠢樣，於是順著他的話點頭。

「摩西、亞伯拉罕、以賽亞、所油先知都聽得見！」老人扯著自己的耳朵，然後兩隻大手一拍：「還油心理學之父，佛洛伊德和卡爾．榮格。沒有錯，他們也聽得見說話森音！更別提偉大的和平使者，甘地和馬丁．路德．金——」

總算有一個班尼聽過的名人了。他國中時讀過馬丁．路德．金的事蹟，知道他是偉人，也是民權運動英雄，美國還有一個專門紀念他的假日。

「偉大的現代革命先鋒也聽得見說話森音，而且非常仰賴遮種森音！」

知道馬丁．路德．金是誰讓班尼有勇氣繼續問下去：「可是如果只是平凡人呢？我的意思是，不是詩人也不是革命先鋒的人，像是小孩，或是……」他習慣性地停頓下來，奇怪的是警告！或危險！的警報並未大響，於是他繼續說下去。當班尼再次張開嘴巴，話語有如土石傾洩滾落。「我的意思是，我也聽得見說話聲音，可是我並不是大人物，我只是一個瘋子。」

斯拉沃吉嗤之以鼻。「胡說！尼怎麼知道？尼有試過寫詩嗎？尼沉思過哲學問題嗎？率領過一場革命？」

「都沒有。」

「哼，那就對了嘛。除非試過，否則尼怎麼知道？所以窩建議尼立刻試一試。先從一小步開始，寫一首短詩，或是提出一個簡單的哲學問題，再不然展開一場小規模革命。不，等等，遮個國家還沒準備好革命，革命我們晚點再說。」

班尼的目光瞟向阿列夫，她的眼皮緊閉，但他看得出她正在聽。「我不懂，」他說：「我究竟該怎麼做？」

「寫一首詩啊！」老人說：「提出一道哲學思辨問題！要是尼真的辦不到，那窩們就可以說尼真的只是一個瘋子。」

班尼凝視著自己的鞋帶。提出一道問題應該比創作一首詩簡單，但他分不出哲學問題和普通問題的差別。他沉思著他曾用冰箱磁鐵創作的詩，但他現在不應該去碰磁鐵。小時候他母親曾經教他唱童謠，童謠也算是詩嗎？比較類似沒有音樂的歌曲吧，有時讓他心靈沉靜。嘿，滴答滴答，小貓拉著小提琴。這首還不錯。還有滴答滴答鐘聲響，以及誰殺了知更鳥？

「怎麼樣？」斯拉沃吉催促他：「想到了嗎？」

誰殺了知更鳥？是一道問題，但聽起來不像是哲學問題。「我想不出來，」他說，此時他想起問題的答案，是麻雀。麻雀用弓箭殺死知更鳥。

「亂講！」瓶人說：「人天生會發問。舉例說明，尼問窩是否聽得見說話森音，請問尼為什麼遮麼問？」

誰看見他死去？

「因為有時我聽得見東西說話，所以我想知道其他人是否也聽得見。」

蒼蠅說，是我，我的小眼珠看見他死去。

「就算其他人也聽得見，遮能證明什麼？」

誰接住了他的血？

班尼搖頭，試著停止腦中的童謠。「因為這就能證明說話聲音是真實的，證明我沒有幻想、說謊或是胡扯。」

「要是說話森音是真的，尼不是在胡扯，遮又能代表什麼？」

魚說，是我，我用小碟子接住他的血。

完全沒用，童謠這下子沒完沒了，堅決要貫徹始終，唱到最後。班尼提高音量：「這就代表我沒有精神病！我沒有發瘋！」

瓶人也提高音量：「所以說，要是說話森音是『真實的』，意思是尼沒發瘋嘍？」

誰要幫他挖掘墳墓？

「沒錯！」班尼呼喊：「就是這樣！」

貓頭鷹說，我來。我拿小鏟子挖掘。

「沒錯，就是遮樣，尼得界定何謂『真實』！」這下連瓶人也扯著嗓子嘶喊，童謠也跟著嘶吼。

我來挖掘他的墳墓！

他快要無法負荷。「這就是問題所在！」班尼痛苦地大喊，雙手壓在耳朵上。「我不知道什麼是真實、什麼不是！」

「尼說對了！」老人驚呼：「遮就是了！尼找到屬於尼的問題了！」

童謠沉默下來。

班尼抬起頭凝神靜聽，他扭過頭，想要看看童謠是否暗中藏在何處，卻毫無動靜，沒有揮之不去的餘音，連竊竊私語都沒有。他回頭望著老流浪漢，他正咧著缺牙的嘴巴對他微笑。「我有嗎？」

「當然有，」瓶人說：「而且是好問題，非常哲學的問題。」

「我問了什麼問題？」

「真實是什麼？」

「但我已經說了，我不知道什麼是真實！」

「尼當然不知道！遮是很有深度的問題。」老人拾起那瓶伏特加，旋轉開啟瓶蓋，然後在三只空杯中注入伏特加。「現在窩們得向尼的問題敬酒，然後尼回家好好思索現實的本質，得出答案再回來告訴窩。」他把阿囉哈的酒杯遞給班尼。「敬現實！」

這時阿列夫站起來，「斯拉沃吉，夠了。」她說，然後轉身對班尼說：「他喝醉了，我們走吧。」

班尼起身。老流浪漢或許真的喝醉，但他說的話卻莫名地有道理，在那個瞬間，班尼有一百萬個想要問他的問題，不算是哲學問題，比較類似實際問題，譬如你聽見的說話聲音是什麼？聽起來怎麼樣？它們都對你說什麼？你聽得懂它們的意思嗎？它們都口出惡言？還是出發良善？它們是否會叫你自殘？你時時刻刻都聽得到這些聲音嗎？聲音是來自某樣東西？還是在半空中隨機漂浮的聲音？

瓶人往三只烈酒杯中倒入伏特加，然後在他面前的桌上排列整齊。阿列夫已經跨出洗手間，站在門口等待班尼。班尼準備轉身跟上時，老人開始移動酒杯，像是表演魔術般調換酒杯的位置，嗓音輕柔地發問：「哪一杯是空的？」

三個杯子都是滿的，班尼不知道答案，卻仍指向中央的阿囉哈酒杯。老人露出燦爛笑容。「尼果真是先知！」他說：「名副其實的預言家！」他舉起酒杯：「敬空無！」他一口飲盡那杯酒，抬起手背擦拭嘴巴。「永遠別害怕不知道答案，年輕人。不知即是詩人和聖賢的專長。」

「他只是鬧你，」班尼跟上時，阿列夫說，「每次喝醉酒都是這副德性。」

「是啊，」班尼說：「我想是吧。」他回首瞄了一眼，老流浪漢似乎沒有顯露醉態，神志清醒地坐在輪椅上，靜靜望著他們離去。如今三個酒杯皆空，班尼朝他揮手道別，老人也揮手致意。真有意思，班尼跟著阿列夫步出洗手間時心想。他不覺得老人在鬧他，反而感覺自己受到尊重。

33

禪境寧心日間水療中心藏身於小型商店區，夾在SUBWAY美式潛艇堡餐廳和足科醫師診所中間。接待櫃檯區域裝潢簡約，採用柔美極簡風格的淡紫和鴿灰色調，猶如一座座島嶼的箱式軟墊凳，則是散落在棕櫚樹盆栽之間，牆面掛著有品味的藝術攝影作品，沙灘、海浪、圓潤卵石分別從上而下完美疊置，背景播放著新世紀音樂。這是安娜貝爾第一次來水療中心，因此有些不知所措，但是這裡環境非常清幽禪意，所以當安娜貝爾發現櫃檯人員是一個名叫蘿莉的年輕金髮女子，她不禁感到詫異。幸好蘿莉待客親切，先是交給安娜貝爾一個夾著切結書的筆記板及一份個人健康問卷，待安娜貝爾填妥便帶她前往後方的按摩室，向她親自介紹她的按摩師萊芮妮。又一個身材苗條、身穿瑜伽褲、芭蕾舞室內拖鞋的金髮女子。安娜貝爾伸出手時萊芮妮還杵在原地，彷彿不明白安娜貝爾的用意，就這麼傻愣愣地望著她，過了半晌才總算恍然大悟，以乾燥溫暖的雙手包覆住安娜貝爾潮濕的手，雖然說不上是握手，卻充滿善意歡迎。

「很高興見到妳，」她對安娜貝爾說，彷彿兩人已經認識一輩子。「請儘管告訴我今天需要的服務。」她的腔調略帶德州的典型拖長音，雖然不是很禪意，聽起來卻是充滿誠摯，安娜貝爾不記得上一次有人真摯開心見到她是多久以前的事，更別說是向她主動提議幫忙，吃驚得不知該怎麼回話，只能吞吞吐吐出最明顯的答案。

「我想要按摩，麻煩妳了。」

萊芮妮笑了出來。「沒問題，親愛的。當然好！我們就開始按摩吧！那我先出去讓妳準備一下。今天我們先從臉部朝下開始。」

安娜貝爾點頭贊同，卻不曉得萊芮妮要她準備什麼。她環視按摩室尋找線索。室內有一張桌子，中間擺著一張被單，桌子一端有個中央有孔洞、猶如枕頭的裝置，模樣很像她繼父過去使用的痔瘡坐墊。她遲疑了。

「有問題嗎？」萊芮妮問。

「噢，不是的，」她說，被自己笑出來的反應嚇了一跳，「我只是以為按摩師是日本人而已。」

萊芮妮一臉困惑不解。

「因為禪學啊？不過也沒什麼啦！只是正好我丈夫是日本人。我的意思是，我的亡夫是日本人，也有韓國血統，他是禪宗和尚，不過當然現在他什麼都不是，畢竟他已經死了，不過沒事的，我很好。」但她其實一點也不好，場面弄巧成拙。她深吸一口氣：「不好意思，我從來沒有按摩過，所以有點緊張。」

「啊，」萊芮妮的臉色發亮：「原來如此，那現在正是時候，不是嗎？」她拍了拍桌面。「我先出去讓妳換下衣服，妳準備好了就躺上桌，當作自己家就好。趴上桌後，可以把床單披在身上，臉部放在凹洞內，不用急，慢慢來。」

「好，」安娜貝爾說，略感不確定地望著桌子。「我應該……脫光嗎？」

「親愛的，妳覺得舒服就好。」

她像是鼓勵地拍了拍安娜貝爾的手臂，接著離開按摩室。安娜貝爾環顧四方，室內潔淨簡單，沒有多餘裝潢，角落有一個水槽，旁邊是一張猶如佛壇、供奉水晶的矮桌，桌面上擺放一個形狀猶如巨大雨滴、散發幽幽微光的藍色加濕器，加濕器噴灑出一層香氛蒸氣薄霧。牆上有一面圓鏡及一排掛鉤，正下方則有一張椅子。安娜貝爾卸下衣物，整齊摺好放在椅子上，她猶豫片刻，但最後還是解開胸罩，然後塞進毛衣底下，決定保留底褲。

她轉過身走向桌子。這張狹長的高桌表面鋪有柔軟襯墊，纖細桌腳令她憂心不已，但她還是爬上桌子，翻身至趴臥姿勢，臉部對著凹洞躺下。從這個角度看上去，頭枕的模樣很像馬桶，但她還是將臉對準凹洞，讓鼻子透出洞口。安娜貝爾將手往後一伸、拉起被單遮蓋住臀部時，正好聽見一陣敲門聲。她手足無措，不曉得該如何擺放雙臂，桌面似乎已經沒有空間，於是她只好任由雙臂懸掛垂下。

「準備好了嗎？」萊芮妮站在門口輕喊。

「嗯，」安娜貝爾悶著聲音回道，洞口壓在臉上很難說話。她聽見萊芮妮在室內來回的輕巧腳步聲，並開始播放起宛如敲鐘或風鈴的柔和音樂，接著是沙沙的木笛演奏聲。她感覺雙臂被抬起、安穩塞在身側。萊芮妮幫她調整枕頭，掀開被單坦露安娜貝爾的背部時，安娜貝爾可以從洞口瞥見她的拖鞋趾頭。她感覺到萊芮妮的手撫摸上她寬闊背部的正中央，她輕盈的觸碰讓安娜貝爾深感笨重，這種感覺並不舒坦，與她和健司曾經有過、遼闊無際的感官感受截然不同——當然現在思考這種事無濟於事。按摩師忽然停止動作，想必是被她眼前的虎背熊腰給嚇傻了。她真的太胖了，安娜貝爾心想，來按摩真是大錯特錯。

「妳的肌膚好美，」萊芮妮說。

安娜貝爾以為自己聽錯。「妳說什麼？」她以悶住的鼻音問道。

「我是說妳的皮膚，」萊芮妮說：「真漂亮，觸感好絲滑，簡直像是大理石或雪花石膏。」她的手又動了起來，按壓著安娜貝爾的背脊，掐捏她緊繃的肩頸肌肉。安娜貝爾心想，就一個瘦弱女子來說，她的力氣算大了。她稍微放鬆，任由穩定按壓的雙手在她身上來回游移。帶有薰衣草香氣的按摩油在她肌膚上滑溜溜，一股香甜溫暖的氣味圍繞著她的肚皮和身體正面，而暖氣似乎就來自她身體下方的按摩桌，這張桌子肯定有加溫，她心想，還真不賴。

「請問力道還可以嗎？」萊芮妮問。

「很好，」安娜貝爾說，她說的是實話。按壓力道正好紓解痠痛部位的不適，卻不至於讓她疼痛。她之前怎麼沒有想過按摩？將自己交給另一人照顧，真的是全世界最棒的感受。已經好久沒人這樣碰她的身體，雖然她在醫生診間體檢時也有肢體碰觸，可是並不算數，醫生通常還會告誡她需要減肥，注意血壓和糖尿病。但這個女孩完全沒有責罵她，單純運用雙手甚至前臂，在她的身上悠長平穩地打轉，並以手肘鑿入她體內的氣結，掘出彷彿累積數年的緊繃，這種感覺真好。淚水汩汩滑落安娜貝爾的眼睛，她在哭嗎？不合理啊，偏偏淚水不由自主地滑落她的鼻梁、沿著鼻頭滾下，穿過頭枕洞口滴落地面。她感覺呼吸不順暢，卻因擔心萊芮妮發現她正在哭，於是努力強忍下體內逐漸增強的顫抖，可惜無濟於事。她的呼吸開始不規律，沒多久身體也跟著顫抖起來。萊芮妮赫然停下按摩的手。

「親愛的，妳還好嗎？」按摩師問：「是不是需要什麼？」

安娜貝爾搖頭。

「沒關係，難免的。有時就是需要大哭一場，所以妳儘管發洩，但要是需要面紙或水，跟我說好嗎？」

激動啜泣令安娜貝爾的身體劇烈震動，一波接著一波的震顫，直到她再也無法控制自己。令她驚愕的是，她哭泣時身體下方的桌子也跟著搖晃，可是萊芮妮似乎不以為意，手部繼續按壓掐捏，從安娜貝爾的背部一路挪至大腿、手臂，甚至雙腳，她的動作悠長而平穩，並在格外僵硬緊繃的部位用力施壓。安娜貝爾本來想要解釋，卻只能平躺在那裡，整張臉埋在頭枕洞內的她根本開不了口。等到淚水漸緩平息，呼吸也穩下來，她什麼都不需再多說。萊芮妮幫她翻身，將帶有薰衣草香氣的枕頭輕輕放在她的眼皮上方。安娜貝爾就這麼躺著聆聽風鈴和木笛的聲音，身體偶爾發出猶如餘震般的顫動，但除此之外一切沉靜安穩，沒多久她就打起盹。

後來安娜貝爾是聽見萊芮妮呼喊她的名字才驟然驚醒。「安娜貝爾？」

「噢，對不起！」她驚呼：「我不是故意——」她為自己的失態感到羞愧，萊芮妮輕輕笑了出來。

「別擔心，睡覺很好啊。妳肯定很需要好好睡一覺，這是給妳的水，妳可以慢慢換上衣服，我在外面等妳。」

她離開按摩室，安娜貝爾一動也不動地躺在那裡半晌，對著天花板眨眼，接著才緩緩坐起來，將雙腳放在地面。她感覺重心不穩，於是啜了一口爽口清新的檸檬水。她慢慢更衣，清晰感受每一個小動作，每一種細微感受，例如胸罩的擠壓、手臂穿進袖子，頭部冒出高領毛衣重見光明的感受。這像是一場夢境，一場久違的清醒夢境。踏出按摩室時她望向鏡子，看見自己的臉時不由得止步。

她的雙眼布滿血絲，皮膚通紅、滿是斑點，頭枕縫線在她的臉頰上擠壓出猶如疤痕的交錯深紋。她扁塌的頭髮和按摩油糾結成塊，貼在她的額頭上。

萊芮妮正在接待櫃檯等候她。

「我的樣子好嚇人！」結帳時她說。萊芮妮搖搖頭。

「不，」她說，同時獻上一個大大的擁抱：「妳是閃閃動人！」

安娜貝爾已不記得上一次和人好好擁抱是多久以前的事。搭乘公車時，她注意到有人在偷瞄她，可是她懶得理會。我剛才去按摩了，與他們眼神交會時內心這麼想。我是懂得照顧自己的女性。

那天夜晚她躺在床上，雙手從臉頰往下游移，輕輕滑到頸部和肩膀。她的皮膚上仍然殘留著按摩油，她那猶如雪花石膏的美麗肌膚。她一把撈過健司的法蘭絨襯衫往她的臉部湊近，菸草味和薰衣草的淡淡氣息輕輕搔著她的鼻腔。她的雙手一路滑下身體，中途停下來撫摸胸部、游移至腹部，最後停在雙腿之間。上一次是多久以前的事？要是不想著健司，她就無法撫摸自己，每一次都令她感到悲傷。接著她謹慎來回移動手指頭，感受輕巧溫暖的抽動。她將臉埋進法蘭絨襯衫裡，想著他們兩人的初夜，當時她一絲不掛地站在他面前，任由他凝視著她，內心不禁小鹿亂撞。她思考著她的臉龐在街燈光線照耀下的模樣——或者應該是月光？不，月光是他在小巷裡過世那晚的事。她在凌亂被單下忐忑踢著雙腳。我不要，她心想，拜託不要讓我現在想起那件事。她的手也跟著回應。她想起他的嘴唇是如何在她身上游移，他的手又是如何托起她的乳房、輕舔乳頭，嘴裡喃喃著好滑順，好像水蜜桃，她的手跟著這些記憶加快動作。她還記得他是怎麼在她身上壓低身體，滑進她的體內，也記得她的身體敞開空間迎接他的感受，那是一種空曠無垠的感受。如今她的手指和他一樣穩定抽動，達到高潮時她不由自主拱起身體，喉頭撕扯出一聲呼喊，她及時以法蘭絨襯衫悶住嘴，然後靜靜躺在那裡，屏氣凝神聆聽。屋內鴉雀無聲，她唯一聽得見的聲音是血液在她耳膜內的澎湃跳動，這時她才敢完全放鬆。隨著她的呼吸逐漸和緩，她又想起這種感受。一點一滴融化、毫無遮掩，卻很完整，精疲力竭卻十分美好。那天夜裡她安然入眠。

次日早晨，當她正從冰箱取出牛奶準備泡咖啡——按摩結束後她沒忘記在回程購買牛奶，卻發現哪裡變了。是詩詞磁鐵。上面的文字經過重新排列，健司的詩已經消失不見，她感到臉部漲紅。是班尼嗎？他明明知道那首詩對她有多重要，為何這麼做？她緊盯著那堆亂七八糟的文字，搜尋之前那首詩的痕跡，卻始終不見蹤影，改由另一首詩取而代之。那是一句參差不齊的嶄新詩句。

絲滑　猶如　夢中　的　水蜜桃

她怔怔望著磁鐵文字，雙膝不禁發軟。

健司……？

班尼

雪特！你認真的？我告訴過你別再提我老媽的性生活，我們不是講好了嗎？我以為我們已經達成共識要尊重她的隱私。我的意思是，我當然知道她很想念我爸，我也很開心按摩讓她心情變好，但是其他細節我真的不需要知道，你究竟懂不懂？現在我又不能回到什麼都不知道的狀態，也不能假裝沒看過，實在有夠鳥的。

但是話說回來，也許我早就知道那種事，只是充耳不聞。因為我隱約記得那晚睡覺時聽見一聲叫喊，那個叫聲吵醒了我，於是我靜靜躺在黑暗中仔細聆聽。但那絕對不是我爸的聲音，也和物品的說話聲音不太一樣。這個聲音肯定是發自某人身體，聽起來像是我媽，卻不是她平常悲傷的哭聲，而是我印象中爸爸還活著、他們在臥房睡覺時，我曾經聽見的聲音。過去那間房裡發出很多聲音，可是我當年年紀還小不懂事。有時夜裡他們關起房門後，我會聽見可怕的爭執聲音。但有時我會聽見輕柔耳語般的人聲和咯咯笑聲，讓我感到孤單卻不至於難過。再來就是另一種同時讓人覺得可怕又孤單的聲音，一開始是猶如呻吟，後來轉為大聲叫喊或歡呼。勝利！那天我聽見的聲音比較類似這種，我仔細聆聽，可是後來沒有聲音，於是我又回頭繼續睡，應該不需要太擔心。

但這也解釋了為何她隔天上午會為蠢冰箱磁鐵的事抓狂。她衝進我房間，輕聲叫著班尼，班尼，起來！天色還黑鬒鬒的，我以為只是某個莫名其妙的物品想要引起我注意，於是不予理會繼續睡，沒想到後來她居然開始搖晃我的身體，我只好睜開雙眼。她扭開我的床頭燈，臉頰緋紅，一臉興奮地問起冰箱磁鐵的事。她問我是否有去玩磁鐵，我說不是我，因為我沒有碰磁鐵。自從上次撥弄爸爸的詩詞惹火她，我就刻意和磁鐵保持距離，它們對媽媽的意義多麼重大，我心知肚明。然而當我這麼說的時候，她卻倒抽一口氣，眼神慌亂地告訴我冰箱上出現一首全新詩詞，若不是我拼的，是誰？接著她將我拉進廚房，要我好好仔細瞧。磁鐵確實像是有人移動過，但老實說那根本算不上是一首詩，只是一行關於水蜜桃的句子，於是我說應該是妳夢遊，自己下樓移動磁鐵的吧，聞言後她望著我的表情簡直像是被我澆了一桶冷水。我知道她在想什麼，她覺得那是我爸作的詩。是昨天夜裡不管她躺在床上在做什麼的時候，爸的鬼魂回來為她寫的詩。可是我不買帳，即使我聽得到東西說話，也不敢說我相信世界上有鬼，你懂嗎？或許真的有靈魂吧？但鬼魂之說真的挺幼稚的，總之我親眼看過我爸遭到火葬，也不認為鬼魂禁得起烈焰焚燒的考驗。所以這件事到現在仍是一個未解之謎，事過境遷，現在我也忘了，畢竟我還有其他要擔心的事。

書

沒錯，那是當然，你還得回答重要的哲學問題——何謂真實？——你的現實生活已經讓你忙不過來，實在顧不及你母親的現實人生。不過沒關係，這樣再正常不過。孩子本來就很難理解父母的內心生活，他們的主觀意識強烈，若不是與自身有關，他們就很難體察理解父母的人生。孩子在這方面非常遲鈍，可是不用擔心，我們沒有批評指責的意思，畢竟當年你年紀小，再說我們也不是愛說教的書，愛說教的書最可怕了，沒有人會想讀，我們只是單純道出文獻紀錄詳盡的兒童發展。市面上已經有太多關於兒童發展的書，不過我們終究不是這種書，所以還是講回班尼的故事吧。

34

他們幾乎天天都在圖書館碰面。班尼摸不清阿列夫何時會從哪個角落冒出，但她每次出現都像是變魔術。在圖書館書架前歪著頭掃視書脊上的書名時，他會赫然發現她的眼睛正透過書架縫隙瞪著他。又或者彎下腰在飲水機前喝水時，打直背脊的那一剎那他會突然發現她正倚在牆邊凝望他。

她對圖書館大大小小的角落瞭若指掌，像是沙發最舒適、適合和朋友坐著聊天的角落，再不然就是可以躺在地板彼此頭靠著頭，恣意播放音樂的隔音視聽室，不過他大多都選擇爵士樂。抑或舊圖書館大樓的西洋棋壁龕，等待對手移動車或馬的同時，可以觀察從彩繪玻璃窗透出的光線。

班尼會向她提問，有時阿列夫會回答，雖然她不太喜歡說自己的事，但他還是一點一滴地了解她，譬如她大概在他這個年紀時逃家，除了幾次住在寄養家庭，其他時候都是獨力養活自己。每逢氣候溫暖的夏季，她都睡在公園的樹上，有時單獨一人，有時和跨文化、泛性戀、後性別的激進年輕人共同生活，她稱呼這些伙伴「群黨」。白天時群黨會翻找大垃圾箱，獵捕松鼠和鴿子，再以回收汽水罐製成的小型火箭爐煮食。夜裡，他們會在盤結堅固的懸鈴木樹枝上，使用繩子繫成漂浮半空中的吊床，瓶人則在樹下的輪椅睡覺，或是躺在愛荷華州教會好心小姐利用塑膠購物袋鉤織而成的睡墊一覺好眠。群黨喜歡瓶人，於是平日負責照顧他。每天晚上睡覺之前，他們會圍繞在老詩人身旁聽他講解革命、消費者資本主義的宗教意識形態，以及他那一代盛行的人類中心情感，當時的人堅定視大自然為伊甸園，一個與人類有所距離、慘遭我們破壞摧殘的理想。不，瓶人告訴他們，那叫做狂妄自大！我們與大自然不該有區別，我們代表自己的星球，必須全心全意愛戴大自然，愛戴我們製造的垃圾、汙染、廢物，也必須愛戴物換星移的地球、斗轉星移的行星，愛它瞬息萬變的災劫苦難。群黨說他比電視還精彩，並且視瓶人為領袖，但當然是完全無階級意識、反領導霸權的領袖。

到了天寒地凍的季節，他們會各自解散，躲進可以遮風避雨的室內，占據任何找得到的臨時居所。許多人移往南方躲雨，由於大B有斯洛維尼亞的朋友幫忙，於是他和阿列夫暫時待在尚未貴族化的市郊地帶，一棟位於鐵路軌道旁的廢棄工廠建物。工廠窗戶破裂，雖然已釘上木板，仍不敵雨水侵蝕腐朽剝落，臭椿幼苗亦從窗櫺蔓延發芽，野草從磚塊中間的崩塌灰漿長出，一簇簇青草冒出頭，底下的人行道上碎玻璃散落一地。

阿列夫說那裡是她的工作室，有天她傳訊息告訴班尼地點，於是他自行搭乘公車前往工廠，這是他第一次前往如此偏離市中心的地方。公車沿著坑坑疤疤的主要幹道喀喀噠噠前進、穿越猶如鬼鎮的工業區邊陲，班尼則是望著轉瞬消逝的窗景。路上冷冷清清，只有飽經風霜的無名貨運卡車，廢棄路邊的火燒車車體焦黑、僅存骨架。木板封起零售商店的窗戶，除了年久失修的汽車旅館旁有幾個焦躁不安的性工作者，四下不見其他人。性工作者埋首緊盯手機，聽見車輛經過才勉強抬起頭，稍微振作個兩秒，看見是公車後又旋即靠回牆壁。

班尼認出阿列夫傳給他的工廠照片，趕緊按下車鈴示意司機停車。班尼下車後公車緩緩開走，他環顧四方，街道空無一人，懶洋洋的金屬圍欄環繞起工廠場地。他的手機叮咚響起，是阿列夫傳來訊息。

跟著圍欄走，穿過那個洞。

他繞過街道，最後找到柱子遭到連根拔起的圍欄缺口。班尼雙膝跪地，先將後背包推進洞口，自己再爬進去。

前往貨品裝卸區，找一輛白色廂型車。

他繞過邊緣、通往工廠後面，赫然瞥見一輛停在貨品裝卸區的破舊白色廂型貨車，車身上大剌剌寫著AAA保全服務。阿列夫正坐在裝卸區邊緣，班尼繞過角落時她正好抬起頭，太陽光束穿透步步逼近的烏雲，灑落照耀在她的身上。她是那麼耀眼動人，班尼差點喘不過氣，她舉起一隻手朝他揮舞，班尼見狀連忙走上前。

「嘿，」她說：「你找到了。」

她傾身探出一隻手，於是班尼伸手握住她的手，讓阿列夫將他拽上裝卸區邊緣，他萬萬沒想到她居然如此強壯有力。她帶班尼走到裝卸區旁邊以碎裂煤渣塊撐開的門前，他跟上前，兩人進去後門也跟著關上。

室內一片漆黑。他們穿過一扇大門，來到寬敞空曠的工廠廠區，雖然已經沒有機械，油漬和汗水的氣味仍在空氣中縈繞不去。他向前跨出一步，乍然停下腳步。洩漏的機油在水泥地板形成一池池小水窪，昏黃光線穿透過部分釘起木板的窗子，在光線照射下，他看得出曾經擺放機械的鬼魅幽影，它們說話的聲音仍在他耳邊迴盪——齒輪嘎嘎作響，引擎轟隆隆，運輸帶磨擦輾壓，還有某樣東西在高聲尖叫。他閉起雙眼，兩手摀著耳朵，開始低聲哼唱，挪開手的那一剎那室內萬籟俱寂。

他睜開眼，機械鬼影已經消逝無蹤，阿列夫正盯著他。

「來吧，」她說，室內迴盪著她的聲音。

她的腳步移往工廠廠房遠端的金屬大門，光線從微微敞開的大門縫隙流瀉而出，穿過大門後他發現自己站在曾是機械工廠的寬廣密室。幾顆光裸燈泡懸掛在天花板上，幽暗角落擺著一張L形工作檯，上面滿是工具、瓶瓶罐罐、莫名其妙的垃圾，一疊空白相框倚在牆邊，對面的角落則改裝成廚房。廚房有一個深廣的工業水槽、電烤爐、老舊冰箱，一片木板平衡擱置於兩個穩固的鋸木架上充當餐桌，還有一盞為餐桌提供照明的老舊鵝頸燈。有個大鍋湯正在電烤爐上煨燉，散發出香噴噴、帶有森林氣息的熱氣。瓶人坐在輪椅上對著餐桌彎腰，以口就碗喝湯。班尼看見他時不禁詫異，他是怎麼穿過那個圍欄小洞的？他們一進門，老流浪漢便抬起頭，舉起湯匙向他們打招呼。班尼跟著阿列夫走到桌前，她為班尼推來一張破舊的辦公室座椅，然後坐在他旁邊繼續吃飯。老人轉動輪椅來到電熱爐前，在一只缺角的碗中舀入熱湯。

「尼有帶茲己的湯匙吧，」瓶人把碗遞給他時說。

與其說是問題，這句話更像是事實陳述。班尼從背包側邊口袋抽出他的專用湯匙，啜了一小口湯。「是你做的湯嗎？」

老人嘟囔一聲，又低頭繼續喝湯，班尼看得出他的手微微顫抖，似乎略微沉默寡言，不像先前在圖書館的生龍活虎。他的臉色憔悴，炯炯雙眼變得黯淡無神，稀疏直髮垂掛在兩頰邊，鬍子不斷蘸進湯碗內。

「他用我們採到的蘑菇煮湯，」阿列夫說。「斯拉沃吉是很出色的廚子。你喜歡嗎？」

班尼點頭，又喝了一口。湯匙撈起的湯頭濃稠又熱騰騰，非常美味。「他是怎麼來這裡的？」

「跟你一樣，搭公車來的。」

「不，他是怎麼穿過圍欄進入工廠的？」

斯拉沃吉高高舉起碗，最後一滴湯一飲而盡，從夾克口袋抽出一條大頭巾擦嘴，接著再從上衣頸部掏出一條掛著鑰匙的鏈子。

「這是工廠前門的鑰匙，」阿列夫解釋：「保全人員是斯洛維尼亞人，他是斯拉沃吉詩集的粉絲，再說他們也是酒友，應該說之前是酒友，因為斯拉沃吉現在戒酒了，你說對吧，斯拉沃吉？」

老人用湯匙挖起最後幾顆大麥，嗑個一乾二淨，吃光後坐在那裡瞪著空碗。

「他還好嗎？」班尼問。

阿列夫聳肩。「他很好，可能只是在思考或聆聽聲音，很難分辨他現在的狀態。」她站起身，清理老人的碗，並拿到水槽。「重點是他以後不會喝酒了。」她的手帶有警告意味地擱在斯拉沃吉的肩頭。

瓶人嘆了一口氣，默默點頭，阿列夫輕輕一拍他的肩膀，跨過室內走到她的工作檯，徒留老人獨自瞅著之前放置空碗、如今空無一物的桌面。

班尼悶不吭聲地喝完他的湯，結束後順手清洗水槽內的空碗和湯匙，並放在瀝水架上。他在一根鐵釘上找到破爛乾抹布，於是擦乾餐具。他不知道接下來還能做什麼，老人仍舊一動也不動地坐著，沒有人開口說話，他們似乎都忘了他還在。

阿列夫坐在另一端的L形工作檯，在鹵素燈打亮的工作區彎身。她背後的牆面上張貼她的繪圖作品，遠遠一瞧簡直像極行星，但靠近一點後他才發現比較類似建築設計圖，圓圈裡有東西，而且每一個圓圈都南轅北轍。

「妳在做什麼？」他問。

阿列夫抬起頭，她戴著一副模樣詭異的放大鏡，兩塊厚重鏡片放大了她的雙眼，狀似小碟子的眼珠水汪汪。兩片鏡片中央架著一盞高壓氣體放電LED燈，猶如投射出光線的第三隻眼。她的手舉起一個模樣像是顛倒魚缸的玻璃物體，儼然是圓圈設計圖的立體版本，頭燈光束射穿球體散發微光，班尼出神恍惚地凝睇著球體。原來那是一顆雪花球。

「我媽也有收集這個。」

她把雪花球遞給班尼，這一顆和安娜貝爾收藏的歡樂雪花球有天壤之別，裡面沒有芭蕾舞者，沒有海豚，也沒有可愛小狗，更沒有亮片雪花在它們頭頂飄揚飛舞。這顆雪花球中根本沒有雪花，而是演繹一個災難現場，一幅淒涼慘澹的景觀，底部一片死白，漂白珊瑚的模樣像是死去已久的珊瑚礁。四座詭譎不祥的圓錐形冷卻塔參天而立，巍然聳現於某座低矮方形建築之上，身穿制服、提著午餐盒的小人則是猶如排成一列的螞蟻，在步入方形建築時凝結定形。

「搖一搖，」她說。

他搖了。黑色粒子在玻璃球內旋轉，這是一個災難模型。核能寒冬，縮小規模的世界末日。

「真酷，」他說：「相較之下我媽的雪花球挺蠢的。」班尼對著工作燈高舉玻璃球，搖晃雪花球後湊近眼前瞧個仔細。鹵素燈泡的冷光從後方打亮雪光球，經過這麼近距離一瞧，小人似乎變大，他幾乎可以想像自己就是受害者，飽受旋轉飛舞的煤灰暴風襲擊，受困於濃稠液狀空氣中緩緩沉澱落下的煤灰，他將玻璃球交還給她。「這是什麼？」

她揭起放大鏡、固定在額頭，瞇眼望著玻璃球。「這本來是一座核能電廠，但黑色的粒子比較像煤粒，所以我無法決定是什麼。這是系列作品的其中一件。」

她轉身走向赫然聳現於背後陰影的高大金屬層架，然後拍開一整排螢光燈開關，室內瞬間變得明亮，他這下終於可以看見一排排的玻璃球。在光線穿透之下，每一顆雪花球都閃耀著生命力。玻璃球內分別蘊藏著截然不同的災難現場和廢墟景象，個個都是縮小版的全球災難，在時光中定格，永恆不變地存留在玻璃中，卻可以一手掌控。小小世界似乎正在向他招手，要他靠得更近一點。

「我可以拿嗎？」他問，伸出一隻手。

「當然可以，這就是雪花球的用意，就是要人拿起來搖一搖。」

他一一拾起雪花球，以掌心包覆著它們輕輕搖晃，讓它們短暫復活幾秒，他搖晃著雪花球，雪花球也讓他內心動盪不已。

他認得其中一些景象，好比這一個。這顆雪花球的體積略大，裡面有雙子星大樓。九一一事件發生時他尚未出生，但他看過恐怖主義攻擊事件的圖片。雪花球內，一架飛機俯衝撞上迷你版的大樓側邊，另一座大樓則是在坍塌瞬間凝止凍結。大樓腳下的街道，身穿西裝的小小上班族男女在煙霧瀰漫之中狼狽逃命。他搖晃雪花球，黏滯的空氣滿滿是碎紙屑，還有在空氣中漂浮打轉的手、腳等身體部位。他放下雪花球，拿起另一個演繹洪水過境的毀滅城市。「這也是紐約市嗎？」

「紐奧良，」她答道。

三兩成群的小小黑人站在自家房屋屋頂，不然就是乘著小船在街上漂流。當他搖晃雪花球，縮小版的美元鈔票在液體中載沉載浮。班尼看不懂這個雪花球。

「這是災難資本主義，」阿列夫說：「卡崔娜颶風災後的暴利牟取。這場風災發生於二〇〇五年，你當時恐怕年紀太小，不記得這場颶風。」

警告！機器人的聲音大喊。

危險！

「我記得，」他說謊，然後迅速把雪花球放回層架。二〇〇五年他才三歲，當然不記得。

「你記得？」她說：「哇，連我都不記得了。我那年七歲，不過我家人沒有追蹤這則新聞。我是後來學校講到全球暖化時才認識到這場災難。」

「我們學校也有講到全球暖化，」他馬上接口。

她露出微笑，歪著腦袋說：「看來你都知道嘛。」他忐忑不安地望著她拿起颶風災難的雪花球，輕微搖晃。「我是在高中時為了科學課作業製作這顆雪花球，後來雖然輟學了，但我還是持續製作雪花球，我替這整個系列作品取名為『全球暖化』。可是這名稱似乎太侷限，我想要改稱它為『真相沙漠』或是『緊急狀態』，不過引用名稱好像很沒創意，你覺得呢？」

警告！無法運算。

她正注視著他，等待他的回答。

「『全球暖化』很好啊，」他說。

危險！危險！無法接受此行動結果——

「我的意思是，不是……」他無法直視她，於是閉上眼開始數到十，脫口說出真相：「事實上，我根本不記得那場颶風。」

真的假的？機器人已經不見了，取而代之的是那個冷嘲熱諷的聲音，老愛批評騷擾他的聲音。你告訴她事實幹麼，蠢豬？

他強迫自己說下去，音量大到連他都聽得一清二楚。「全球暖化不是很好的名稱，雖然說我也不懂其他名詞的意思——」

幹得好，屁蛋！現在她知道你是說謊精了。

「沒關係，」她說：「不用擔心。你說你不懂什麼？」

冷嘲熱諷的聲音沒再作聲。他睜開眼，她已繼續低頭製作核能電廠雪花球。

他拿起卡崔娜颶風的雪花球，稍微搖晃。屋頂上的小小黑人淹沒在旋轉飛舞的鈔票中。「妳為何要在這裡面放錢？」

「因為有錢人從這場風災中牟取暴利，賺取別具商機的災難財。新自由資本主義經濟中沒有激勵方案，所以公司企業不會為他們的所作所為清理善後，意思是地球即將毀滅。」她嘆氣，放下雪花球。「我不想再做雪花球了，」她說：「我剛才已經決定，這是最後一個。」

「為什麼？」

「這樣只是製造更多物品，在世界上囤積更多廢物罷了。大B說我們得學習去愛自己的垃圾，從中尋找詩意，他說得一點也沒錯，偏偏這個世界沒用的垃圾已經夠多，不需要我再添亂。」

班尼反芻思索她說的話。他不認為她的雪花球是垃圾，反而覺得它們很美。「要是妳不創作，就不是藝術家了吧？」

「好問題，」她起身，將雪花球擱在層架上。「也許現在是藝術家踏出工作室，走上街頭的時候？我想要把主力放在反製作，採取干預式的直接行動。斯拉沃吉說藝術家的責任就是打破現狀，改變人們視為理所當然的觀點。他說我們必須粉碎視覺的潛意識，將事物不正常化。我們得從這場名為人生的意識形態幻覺中甦醒。」她的目光瞟向室內另一端，望著癱在餐桌前、輪椅上呼呼大睡的老流浪漢，然後抬高音量朝他嚷嚷：「你說是不是，斯拉沃吉？」

他迷糊嘟囔地問：「啥？」

「我們得從這場名為人生的意識形態幻覺中甦醒！」

他毫無睜眼或抬頭的意思，唯獨舉起一隻拳頭朝空中揮舞，嘴裡喃喃碎唸著狀似抗爭！的字詞，緊接著那隻手又恍若一隻在高空中遭人打落的飛鳥，垂落回膝蓋。他嘴裡潺潺淌出一串行雲流水的話語——老是無中生有，用窩們的物質填滿這該死的世界，衝衝撞撞，摩肩擦踵，淹沒在物質裡……等到這條話語河川乾涸殆盡，他又跌回沉默。

「他宿醉超級嚴重的，」阿列夫說。「嘿，如果你想要，可以帶一顆雪花球回去送給你媽媽。」

是什麼讓這些小小世界充滿吸引力？是什麼賦予它們蠱惑人心的力量？

一九七二年十二月七日，在距離地球表面兩萬八千八百公里的地點，阿波羅十七號的太空人拍攝了一張地球半面陰暗的照片。圖片中，漩渦狀的雲朵遮蔽了部分地球表面，地球猶如一顆漂浮在無垠漆黑的外太空、孤伶伶的藍色玻璃彈珠。這個歷史畫面人稱藍色彈珠，後來成為環保社會運動的象徵符號，大大改變了人類看待地球的視角，地球從原本浩瀚無際的偉大行星，變成一顆寂寞脆弱的球體，彷彿可以托在掌心，也可能遭到大剌剌的腳跟粗心踩碎。

藍色彈珠是縮小了人們對地球的觀感，同時卻也膨脹放大了人類之於它的重要性，亦賦予人類一種恍若上帝的視角和權威。換言之，這張影像導致體積規模的倒置錯亂，至今人類的觀看角度依舊沒變。當你們為了個人行為在生物圈中釀下災禍而寢食難安時，你們會換一顆省電燈泡、回收空瓶，或是選用紙張而非塑膠材質，藉此安慰自我，說你正在拯救地球。

我們並不是針對你，班尼。我們的意思不是你只是用這種想法安慰自我，可是體積規模的倒置錯亂或許可以解釋，當你拿起阿列夫的雪花球放在自己掌心，並且拿每個小小世界與安娜貝爾的愛好相比時，為什麼你會發現它們既迷人又教人惴惴不安。

班尼

我選擇的雪花球是三一一大地震，阿列夫說那顆雪花球是紀念日本地震及海嘯天災，還有熔燬的福島核電廠。玻璃球內有一隻詭異鯰魚，有一塊日本國土形狀的巨石壓在它的頭頂，阿列夫說這是因為古代日本相信是巨鯰引發地震。為了賦予放射性海水一股詭譎氛圍，海水顏色採用開特力能量飲料的螢光亮綠色，但她說真正的放射性海水和普通水沒有兩樣，所以這個用色其實並不精確。如果你只是把雪花球放在手心，就會看見綠水中有一隻鯰魚和一顆巨石，可是輕輕一搖，所有小東西就會開始旋轉，包括車輪、可樂瓶、手機、筆記型電腦，全部糾結在漂浮漁網中，另外還有耐吉球鞋、橡皮鴨、凱蒂貓後背包，以及手腳斷肢等人體部位，也有更龐大的物品——譬如摩托車、貨車、幾幢房屋，全都在亮綠色淤泥中載沉載浮。

因為我媽很熟悉這場地震和海嘯，以及慘遭熔燬的核能發電廠反應爐，所以我選擇帶回這顆雪花球。為了應付工作需求，她當時監測這場大海嘯的後續發展，而她也深陷其中不可自拔。她的客戶是某核能電力遊說團體，所以她必須追蹤傾漏海洋、漂流至美國的放射汙染水新聞，就連她也深信以後美國水龍頭流出的水會發光。但真正令她心慌意亂的還是人，我爸也是，因為他在日本還有朋友。他和我媽不斷在線上追蹤觀看日本人從自家和車中遭巨浪捲進汪洋的影片，我媽老是說失去家人房屋和所有個人物品，是一件多麼可怕的事。望著這些雪花球時我這些回憶都湧上心頭，我記得那時我贊成媽媽覺得失去家人很可怕的說法，不過現在的我倒是認為，要是真的來了一場大海嘯，沖刷清空我們屋裡的垃圾，或許也沒那麼糟糕。我不知道，說不定這就是我選擇這顆雪花球的原因。

我等到她生日那天才把雪花球送給她，還特地用包裝紙弄得漂漂亮亮。可是她打開禮物時，卻似乎十分驚慌失措。她想知道我從哪裡弄來這顆雪花球，但我總不能告訴她是我逃學，成天都待在工廠和阿列夫與瓶人鬼混吧，所以我只好騙她，說這是我在科學課上親手做的作品。我看得出來她很想相信我說的話，卻覺得這個說法難以置信，畢竟這顆雪花球真的很精美，而我又不太擅長藝術創作。我知道這件事讓她很困擾，媽本來就擅長藝術創作，爸則是擅長音樂創作，我想對她而言，擁有一個不具創造力的小孩，就跟擁有一個精神錯亂的孩子差不多淒慘吧。總而言之，她開始丟出各式各樣的雪花球問題，譬如我是怎麼製作的。我轉述阿列夫說的話，說我運用開特力能量飲料當作海水，營造出放射性廢水的氛圍，她說看起來很有說服力。接著又問我橡皮鴨的靈感是否來自她在大垃圾箱找到的那隻小鴨，我回答正是如此。基本上就是全部亂扯一通，她最後應該是相信我了，可是後來我們又為了冰箱磁鐵的蠢事大吵一架，於是我再次離家出走。我知道這樣對她不太公平，但她不相信我說的話，實在讓我很火大，這是我第一次在圖書館過夜。

再說就算我不擅長藝術創作，也不代表我沒有創意。就連瓶人也這麼說，他是詩人，所以很清楚。他說我是一個超級敏感的人，擁有超乎常人的聽力，這就是我聽得見說話聲音的主因，現在我只需要找到屬於自己的聲音，並用這個聲音表達自我。他也聽得見說話聲音，並以自己的聲音將他聽見的全寫進詩裡。事實上，他的話語比我轉述的深奧多了，但是我已經不記得，我的記憶出現空白裂縫，或許是藥物麻痺我，以至於我的記憶混亂不清，有時這種情況確實會發生，而這也是為何我需要你，請你幫忙說故事。

書

斯拉沃吉敘述的完整內容如下：每個人都是從世界的子宮孕育誕生，每個人都擁有獨一無二的敏銳度，這個世界需要每個人全心全意去體驗，如此一來，世界才能被人類全心全意領會。即使只有一個人遭到冷落遺忘，世界也會有所減損。他說你不需要擔心自己是否有創造力，因為世界本來就具有創造力，而且是源源不絕的創造力，而世界孕育生產的能力也成為你的一部分。世界賦予你眼睛，讓你看見山巒河川之美；賦予你耳朵，聽見風聲與海水的樂音；給予你訴說以上種種的嗓音。身為書的我們就是這一切的明證，我們樂意幫你。

35

安娜貝爾可以自豪地拍胸脯，班尼從不說謊。其他媽媽的兒子一年到頭都在對她們撒謊，尤其是正值青春期的兒子，不過她可以斬釘截鐵地說，自己的兒子從未對她說謊，至少在茶壺事件之前是這麼一回事。她可以原諒他那一次說謊，畢竟他不是為了個人利益撒謊，而是顧及她感受才說出善意的謊言。她太蠢了，居然以為青少年聽見幼稚兒歌會興奮！他當然覺得尷尬，所以當下才說謊，倒也不能說是對她說謊，而是為她說謊，這舉動真的很貼心。

而且他居然這麼貼心，記得她的生日、為她準備禮物——更別說還是這麼用心的禮物！「噢，班尼，」撕開包裝紙那一刻她看見一顆精緻細膩的雪花球，忍不住倒抽一口氣。「好美！你是去哪裡買到的？」

「我自己做的。」

「你自己做的？」她壓抑不下詫異語氣。

「對啊，」他杵在任務控制中心旁邊，臉不紅氣不喘地撒謊。「我在科學課上做的。」

她手掌心裡托著玻璃球，仔細打量，發現班尼正盯著她。「真的很精緻，是貨真價實的藝術作品。」

那倒是真的。即使令人心神不寧，卻是一個製作精美的物品。身首異處的裸肢、小小鞋子和手機，工藝是如此精緻細膩，她可以一口咬定雪花球不是他做的。他是很有創意，但不是細心巧手路線。他是從哪裡拿到這顆雪花球的？在商店裡順手牽羊嗎？到底是哪裡來的？別人送他的嗎？若真如此，是誰送的？她搖晃雪花球，看見詭異綠色空氣中有隻斷手正在一只可樂瓶後方追著跑。

「我用的是開特力，」他說：「我想要賦予海水一股放射性廢水的氛圍。」

他明明知道日本大地震發生時她有多沉痛，為何送她這種東西？「橡皮鴨的巧思很可愛，」她說：「很像我在大垃圾箱旁找到的那隻，這是你的靈感來源嗎？」

「沒錯，」他順著她的話說，彷彿沒什麼大不了。

她把這顆玻璃球擺在電腦工作站前方，與其他的雪花球收藏品排排站成一列，卻顯得格格不入。其他雪花球的風格歡樂庸俗，都是量產品，這一顆則是黑暗精美的手工製品，讓其他小小世界相形見絀，愚昧廉價。

「和其他雪花球一起擺著也滿好看的，你不覺得嗎？」鯰魚、日本形狀的巨石、周圍漂浮旋轉的恐怖物品，都是運用某知名品牌的聚合物成型材料製成，她認得出配色。「你是用什麼製作這些東西？」

他聳聳肩：「我不知道名稱，應該是某種黏土吧，老師給我們的。」

「是不是要經過窯燒等工序？」她曾運用聚合物黏土製作珠飾和聖誕節裝飾品，所以非常清楚必須先在烤爐烘烤，方可硬化材質。

「黏土自己會乾，」他說。

如果他撒這個謊，難不成也撒了其他謊？冰箱磁鐵的事是否也是騙她的？

那天上午冰箱上又乍然出現一首新詩。先前的水蜜桃詩還在，歪歪扭扭的句子避開繞過一團混雜文字邊緣，而新詩就是從水蜜桃詩下方的這團文字中冒出。乍看之下，這堆文字似乎不是刻意組成的詩詞，所以要是不仔細端詳，恐怕很難看出那是一首詩。但安娜貝爾總是仔細端詳，她第一個注意到的兩個名詞——母親和痛——比鄰而立，中間毫無間隔，因而組成一個全新詞彙——母親痛，這三個字的意義觸及她內心柔軟的深處，令她不由得倒抽一口氣。她的心臟猛烈跳動，掃視旁邊的文字後，把它們推搡聚攏成幾句更整齊的句子，好讓新詩更易閱讀。完成之後她的雙膝發軟，還得抓住流理臺邊緣才不至於腿軟跌倒。

在　我們的　暴風雨　男孩
激憤　音樂　傷懷　大海　底下
歌唱著　母親痛

她凝望著參差不齊的字句，淚水湧上眼眶，腳步不由自主往後踉蹌，雙手摸索著椅子。這些字詞是不太合理，但幾乎稱得上俳句，她很確定這是健司作的詩，而他就在這裡。他還記得今天是她的生日，也知道她有多孤單寂寞。他深深感受到她的母親痛，於是為她作了這首詩。客廳裡，世界新聞漫溢出電腦喇叭，她坐在椅子上緊盯著那首詩。班尼放學回家後，她要讓他看這首詩，他不相信健司寫了那首水蜜桃的詩，現在總該相信了吧？

她把三一一大地震雪花球放在工作桌上，然後帶他走進廚房。「你看，」她指著冰箱說。

他看了一眼。「怎樣了嗎？」

「這首是新詩。」

他聳肩。「然後呢？」

他似乎興致缺缺，難不成是裝腔作勢？他順手撈起流理臺上已經打開的多力多滋玉米片，喀嗞喀嗞地吃了起來。

「很美，你不覺得嗎？」安娜貝爾問。

他滿嘴玉米片歪斜腦袋，仔細研究詩句。「不合理啊，」他邊咀嚼邊說。「暴風雨應該要配大海，不應該是暴風雨男孩，應該要是『在我們的暴風雨大海，傷懷音樂，激憤男孩底下。』字詞位置全放錯了。」

這也是謊言嗎？先不論他是否裝模作樣，光是輕浮冷漠的態度就足以激怒安娜貝爾，她的語調出賣內心的沸騰怒氣。「這是你做的嗎？」她逼問。「別想騙我，班尼，我必須知道真相。這是你作的詩嗎？你是否有移動磁鐵？」

這時班尼總算發作。「不是！」他怒吼，順手將多力多滋扔向流理臺，玉米片灑在地上。「妳到底要我說幾百次才滿意？我從來沒碰過妳的蠢磁鐵！如果妳要寫詩，假裝是爸在對妳說話，好啊，儘管去啊！因為妳要命的比我瘋好嗎！」

他說的是實話，她看得出來。「班尼，」她說：「寶貝兒子，對不起！這沒什麼……等等，別走！我不是故意——」

來不及了，他已經甩門離去，忿忿踩上腐朽木頭臺階，衝出搖搖欲墜的柵門，橫衝直撞闖入漆黑暗巷。她細如絲線的道歉呼喊緊緊追趕在他身後，絲線越來越緊繃，最後被他甩在身後，應聲斷裂。

36

那幾個人就在林地的油布帳篷裡抽著大麻菸捲。淺色公狗里可抬起那油灰色鼻子開始狂吠，認出是班尼後停止吠叫，開心地搖著尾巴。

「嘿，」傑克說，為班尼挪出空間。「看看是誰來了，大B吔。」

班尼環顧公園，卻不見瓶人蹤影。「你們也認識他嗎？」他問，接著往油布角落的空位一屁股坐下。

「認識誰？」

「大B，一個坐輪椅帶很多瓶子的人。」

傑克接過一根長菸捲，「不認識，」他吸了一大口菸。「兄弟，大B就是你啊——不過你還是小孩，所以叫你小B比較合適。」他將菸捲遞給班尼，班尼遲疑片刻，最後還是接下菸捲。

「我為何不能叫班尼就好？」

「因為班尼是娘炮的名字，就像這個特倫斯。」他伸出手，往名叫丁骨的傢伙臂膀輕輕一拍。

「我說的對不對，特老師？」

丁骨打了個哈欠，比出中指。「彼此彼此。去你的。」他望著班尼：「你要抽大麻菸嗎？還是打算拿在手上乾瞪眼？」

班尼從未抽過大麻，但他認得這股味道，因為爸爸深夜從俱樂部回家時，渾身都是這股氣味，躡手躡腳溜進班尼的臥室親吻他道晚安，聞起來臭臭甜甜的。他低頭凝視著濡濕的菸頭。「我從來沒抽過大麻。」

三個傢伙怔怔盯著他，然後哄堂大笑。「見鬼嘍喔喔，」傑克拉長尾音，吐出一縷悠長煙霧。「那你還在等什麼？」

先前班尼把失憶怪在服藥上，但其實讓他失憶的是大麻。以下我快速敘述一下真實的事發經過：他抽大麻嗆到，在場的人覺得好笑，於是催促他再抽一口，再一口、再來一口。他們說班尼得持續練習，直到抽大麻不會咳嗽為止。班尼的喉嚨抽到刺痛，頭暈目眩非得躺下不可。星星在他的頭頂編織出綿長蔓延的銀光絲線，在墨黑天空中彎彎曲曲，形成一波波漣漪，老舊公園鑄鐵街燈狀似一根根巨大棒棒糖，籠罩著朦朧的橘色光暈。大麻菸頭的餘焰一下紅，一下黑，一下紅，就這樣明明滅滅。

某個閃著微光的人穿越橘光加入他們，他手裡揮舞一根球棒。小狗沒有吠叫，牠們認得他，這幫人也認識他。這人叫做弗萊迪，還是法蘭基，總之是Ｆ開頭的名字。一身烏黑的他穿著皮外套、牛仔褲，一手探進口袋，然後掏出一捆鈔票扔向油布帳篷中央，並掄起拳頭與他們一一擊掌，發現班尼像一灘爛泥躺在草地時，他揮著球棒指向班尼的頭。這是怎樣？

兄弟，這是小Ｂ。他不錯，還是個孩子，今天第一次抽大麻，呼到不省人事。

弗萊迪佇立在班尼頭頂上方，遮住滿天星辰，以圓鈍的球棒端頭輕輕推著班尼的額頭，將他固定在地。你還好吧，小Ｂ？

他更使勁將球棒壓上他額頭。沒事，我很好。

別逗他了，老兄。

球棒的質地觸感粗鈍。球棒不好，球棒很邪惡，正用盡力氣鑿穿他的額頭、鑽進他的腦門。我沒事，真的。

笑死人，你看起來明明超有事。一副娘娘腔的樣子，根本就是死娘炮。

在班尼的腦袋深處，邪惡球棒開始嘲笑他。娘娘腔！娘娘腔！死娘炮！死娘炮！

別這樣……班尼嗚咽著，但嘲諷的說話聲越來越宏亮，弗萊迪赫然聳立在他頭頂，其他人哈哈大笑，邪惡球棒用力壓了下來，班尼必須制止它，於是撲了上去。

不！他咆哮。住嘴！給我閉上嘴！

球棒往後一縮。

他再次撲上前，想要捉住球棒。閉上你的狗嘴！然而這一回球棒卻猛力落下，黑夜星空瞬間在他眼前爆炸。

37

安娜貝爾衝出家門去追班尼，跌跌撞撞跑下後門臺階，穿越後院柵門卻為時已晚，等到她衝進暗巷，班尼早已不見人影。她回到家找手機撥電話給班尼，嘴裡不住低聲喃喃——快接，快接，快接——彷彿光憑她的意志力和話語，就能讓他接起電話。但他卻沒有接起電話。她聽見班尼沉悶的手機鈴聲從屋內某處傳來。

他忘了帶手機出門。

她循著旋律歡樂的叮噹鈴聲爬上樓梯，走進他的臥房，發現他的後背包掛在椅背上，她拉開側袋拉鍊，手機螢幕發亮，上面寫著媽媽來電。他為她設定的來電顯示頭像是橡皮鴨。叮噹鈴聲停止，手機螢幕陷入漆黑。她在墨黑玻璃表面瞥見自己的黯淡倒影。他上哪去了？她拉開後背包的主要隔層拉鍊，裡面有一本關於中世紀盾牌的書，還有一本關於拜占庭園藝設計的書，兩本都是公共圖書館館藏。她發現班尼的作業簿，背包內卻沒有課本。另外還有空蕩蕩的便當盒、玻璃彈珠、湯匙、房屋鑰匙。

她應該報警嗎？

他在茶壺事件發生後第一次逃家，當時她也曾打電話向分局報警，警官通知她等候二十四小時再通報失蹤人口，要她先耐心等候，後來班尼在兩個小時後自己回家。但他其實不是真的逃家，只是正在氣頭上，需要離開消消氣，想必他這次也會回家，現在她只需要照警察說的耐心等待。就等兩個鐘頭吧，或許三個鐘頭。

要是健司還在世就會出門尋找班尼，她則是留在家以免班尼自己回來。要是健司還在世她就不必出門找班尼，因為健司還在世時班尼不曾逃家。她回到任務控制中心，搜尋孩子逃家該怎麼辦？

班尼第一次逃家時她也搜尋過，不過做好萬全準備總是好事，再說有不少提供忠告、提醒重點事項的網站。

- 聯絡警長單位、州立警察局、鄰州警察局。
- 通報邊境巡邏隊和聯邦調查局。
- 致電遊民收留所、遊民熱線、失蹤兒童專線。

現在打給這些單位還太早，但知道可以聯絡他們是好事。她繼續閱讀重點事項。

- 聯絡親戚、鄰居、孩子的同學和同學家長，請對方一有孩子消息務必聯絡回電。
- 透過社群網路發出消息。

她沒有使用社群網路，也沒有親戚，她不能詢問孩子的同學，因為他不肯告訴她誰是他的朋友，或許他根本沒有朋友。難道他連這個也是騙她的？至於鄰居，她和健司認識的鄰居不是早就賣掉房子搬走，就是因為房價上揚、被貪婪惡房東強迫搬遷離開。王太太並不貪婪，但不孝很貪財。她看見他又折返，戳著她的垃圾袋，檢查烏鴉的餵鳥臺，烏鴉則是躲在小巷遠遠觀望。她從未告知他第一封信提及的檢查時間，於是他又送來第二封信。讀完這封信後信件就被她隨手塞到某處，那封信跑到哪裡去了？她瞬間感到兩頰滾燙，於是雙手壓上臉頰冷卻降溫。

第二封信是來自一個姓馮的律師，通知她根據房屋合約第三條款第十二節，她有義務保持租屋環境的清潔與衛生，不堆放垃圾、廢料、廢物、汙物、髒東西、殘骸、雜物，並需以合宜方式丟棄處置以上物品。這封信進一步提到，她前廊和後院堆積的前述物品已違反第三條款第十二節的規定，必須立即採取行動，恢復居家環境的整潔與衛生。再者，她在後院門廊非法裝設的野生動物飼養臺引來害蟲，已經觸犯第二條款第十二節的規定，她必須在房東登門檢查前移除裝置，否則恐將承擔法律罰則。

信中提及檢查日期，她隱約記得檢查日迫在眉睫，卻來不及記在行事曆上就弄丟信了。法律罰則是指驅逐迫遷嗎？一想到這兒恐懼就爬上她的心頭。這棟小房子裡承載許許多多的幸福回憶，即便社區已經變了樣，她和騎著名貴單車、到處推著德國品牌的碩大嬰兒車、在後院花圃種植箱養番茄和羅勒的新鄰居毫無交集，也完全不重要。

要是健司還在世，他就會幫她弄一個花圃種植箱，還會幫她整理工作存檔、丟棄堆積如山的垃圾、找出那封不知去向的信。但要是健司還在世，家裡就不會堆積垃圾，他們的租屋環境也會整齊乾淨，那封信更不可能遺失，因為不孝根本沒有寄那封信的理由，而班尼現在也不會失蹤。

她回到廚房套上雨衣，在門前貼上一張給班尼的字條，門沒有上鎖便離家。她走回小巷。要是健司還在世，他絕對不會遲疑，立刻就踏出家門尋找兒子下落。

38

「球棒天生就是要揮擊，」大B的視線越過正以一捆濕紙巾輕輕按壓班尼額頭的阿列夫肩頭，說：「遮不是它們的錯，是天性使然，遮就是它們的本能。」

「球棒是用來揮擊棒球，」阿列夫說。「不是男孩子的頭。那傢伙是該死的混帳。」她以棉花沾取過氧化氫，塗抹班尼額頭上的腫塊，抹除殘餘泥汙和血跡，緊接著解開一捆繃帶。

「妳認識他嗎？」班尼問。

「他是毒販、一個人渣。他們全是人渣，你最好離他們遠一點。」她往後一撥他的頭髮，將繃帶貼上他的皮膚。「其實沒有看起來那麼糟，還有哪裡受傷嗎？」

班尼掀起上衣，肋骨處有一塊漲紅瘀青。弗萊迪出腳踹他的肋骨，後來還是傑克拉開他。

「攻擊武器看起來比較像是鞋子，」斯拉沃吉說：「不是球棒。」

「是啊，」班尼說。阿列夫的指尖按壓肋骨時他忍不住皺眉蹙額，雖然疼痛卻感到一股奇異的愉悅感受。他依然有些神志恍惚，而她近在咫尺。他細細研究她前臂上的刺青，目光循著星座游移，來到星星變成傷疤的地方。他甩了甩頭，想要清醒過來。

老人嘆氣。「鞋子是用來走路的，」他說：「但是鞋子很複雜，不像球棒、槍械、吸塵器那樣簡單。球棒天生要揮擊，槍械要獵殺——」

「只是瘀青而已，」阿列夫說：「照這樣看來，肋骨應該沒有碎裂。」

「吸塵器要打掃……」

她轉身離去。

班尼掩不住失望地放下上衣。「我們家的吸塵器不想打掃，」他說：「它從來不想打掃，不會吸塵。」

「真可悲，」老人說：「不吸塵的吸塵器已失去生存意義，踢踹男孩的鞋子也缺乏道德感。」

他們在圖書館地下室的職員洗手間，圖書館已經關門。班尼是怎麼進來的？他的腦袋迷迷糊糊，記不清楚細節，只記得球棒揮打、鞋子踢向腹部之後，有人將弗萊迪從他身上拉走，他則是乘隙爬起倉皇逃竄，抱著肋骨低垂著頭衝過暗巷小街，趁圖書館關門前闖了進去。他成功爬到九樓，跨過令人頭暈目眩的步行橋，低伏著身子爬到自習室。他的神志恍惚，腦袋和肋骨抽搐跳動，似乎全宇宙都隨著他疼痛的節拍擴張收縮。他可以聽見遠處進行最後巡視的圖書館員將凌散書本放回手推車的聲響，也隱約聽見推車停止滾動、猶如切分音並逐漸消逝的輪子震動。他聽見夜間靜止狀態的圖書館建築發出的各種微小聲音：抽風機的低沉嗡嗚，除濕機的哼唧，控制龐大精細的圖書館肺部系統的儀表板、計時器、自動開關發出的各種喀噠、嗡嗡、咻咻聲響。一陣冷風從裝幀室升起灌了上來，形成一種空洞寂寥的呼嘯，猶如吹過瓶口的氣聲。遠方某處有臺地毯吸塵器開啟轉動，他發現颼颼嗡嗡的沉重聲響十分療癒人心。他蜷縮著身子，找到比較不痛的姿勢後側身躺下，就這麼睡著，幾個鐘頭後阿列夫發現他，於是他又和她的雪貂鼻子碰鼻子地醒來。

她仔細打量他的臉孔，然後伸出手拉起他，沉默不語地走下靜止凝結的手扶梯，來到通往地下室二樓的後樓梯井。隨著他們一步步往下走，嗡嗚噪音也越來越響亮，吞沒他們迴盪空洞的腳步聲。他們踩著螺旋樓梯下樓，最後抵達厚重的地下室二樓大門，大門標示牌寫著「書籍處理中——非工作人員請勿入」。阿列夫推開大門的那一剎那間，嗡嗚聲淹沒了樓梯井。

「進來吧，」她低聲說。

他踏過門檻那瞬間乍然止步。他正站在寬敞的混凝土中庭邊緣，中庭堆滿手推車和分類桌，坡道、斜槽、輸送帶組成的複雜系統在他頭頂上方蜿蜒繞行，負責將書本送往處理加工臺。之前班尼都是從九樓俯瞰這些器材設備，並恍惚出神地望著輸送帶的機械式動作，可是現在所有東西都靜止不動。他的頭往後一抬，目光越過九層樓的高度，仰望全新大樓的穹頂，陡峭步行橋的縱梁在微光下閃閃發亮。他常常在橋上駐足，倚著欄杆俯視樓下，而今他卻站在最底層。

他往前跨出一步，阿列夫及時逮住他的手臂。「不，不是那裡，那裡是裝幀室。」她帶他前往反方向的職員辦公室，大B正在那裡等候。

職員辦公室的裝潢簡約，只有一張沾有汙漬的灰色沙發、幾張椅子，幾個倖存下來的家具挺過了幾波公部門裝修潮，最後被打入地下室二樓的冷宮。辦公室內還有一個小廚房，配有咖啡壺、微波爐、水槽。木腳粉刷上漆、雪白搪瓷桌面缺角的胡希爾牌古董餐桌獨自佇立在角落。這張桌子是四〇年代農舍廚房的難民，在這枯燥乏味的公共機關裝潢內顯得格格不入，孤伶伶又彆扭。

她帶著班尼走進洗手間處理傷口，不過這部分你剛才已經讀過。班尼凝睇著阿列夫收起急救箱，接著尾隨她回到職員辦公室，她指向一張沙發要他躺下。班尼挪走她的外套和背包騰出位置時，背包開始抽搐，他嚇得往後一跳，但後來發現只是塔茲在背包隔層裡睡覺。他／她探出頭，惱怒地瞪了班尼一眼才氣呼呼地遁回背包。

班尼坐在沙發上，環視室內。瓶人正在用微波爐溫熱爆米花，煮水泡茶。他的公事包就擺在桌上，旁邊有一疊看起來很像手稿的紙。大麻的效力漸漸消退，他開始注意到這個情境有多反常。

「你們在這裡做什麼？」

「我今晚在市區有聚會，」阿列夫說，她從背包取出一件毛衣。「斯拉沃吉需要更多紙，所以我們決定留宿圖書館。」她站在班尼旁邊，上半身近在他的眼前，她舉起雙臂、從頭頂套上毛衣，T恤也隨著這個動作抬高。

「圖書館肯讓你們留宿？」他看得見另一個弧形刺青的上緣，其他則是遁入她的牛仔褲頭。他好奇著那是什麼圖案，刺青位置有多低。她的肚臍邊緣穿了一只銀環。

她的頭部從高領探出，然後做出一個這是什麼蠢問題的表情，指向在職員辦公室冰箱翻來揀去的大B，「當然不是，是他的清潔工朋友讓我們進來的。他們可是大詩人的粉絲。」

「那兩個和他在洗手間一起喝伏特加的傢伙？」

「賓果，」她開始在背包翻尋，雪貂探出頭，本來蓄勢待發打算再次發怒，可是一看見是阿列夫，便打了個哈欠，向班尼投以充滿殺氣的眼神。

「你們是怎麼找到我的？」他問。

「是塔茲找到你的。」

「塔茲怎麼知道我在那裡？」

阿列夫又露出同樣表情，彷彿在說答案還不夠明顯嗎，你肯定是白痴。「他／她是雪貂啊，班尼，他／她天生就是有這種能耐。」

她的尖銳語調刺痛了他。雪貂拋給他一個洋洋得意的表情，班尼感覺臉頰滾燙，立刻轉過頭不讓她看到。

「嘿，」阿列夫說，她朝他旁邊的沙發空位坐下，一手輕輕碰觸他的膝蓋。「我不是故意尖酸刻薄，只是擔心你。」

他不敢相信自己的耳朵，或是他的膝蓋。他低下頭。絕對沒錯了，她的手真的擺在那裡。他屏息不敢呼吸，也不想移動，生怕她移開手，否則他的膝蓋絕對不會原諒他，但他心中有數，自己必須回應，因為她正在等他。他想回覆一些善意話語，卻不敢貿然開口。心臟正在他胸腔內猛烈撞擊著他受傷的肋骨，他只怕一張嘴，心臟就會倏然衝出他的喉嚨，縱身跳向她，依偎在她腿上怦怦跳動，再不然就是窩在她的胸口。他又怎能相信他的心臟？他怎麼知道他的心臟不會像雪貂一樣想要窩在她胸前？他緊閉雙唇，側眼偷瞄她。她露出微笑。

「你累了，」她說，輕輕掐了下他的膝蓋，此舉令他的膝蓋不由自主顫抖。「或許還受驚了。躺下休息吧，斯拉沃吉在這裡陪你，我去去就回來。」

「妳要去哪裡？」

「翻找幾個大垃圾箱，和幾個朋友碰面。是我們為患有心理疾病的孩子創辦的同儕互助團體，細節我晚點再告訴你。」

「我可以一起去……」

「不，你需要休息。」

「我沒事的。」

「不，留下來吧。」

她的掌心按著他的胸口，將他一把推回沙發。他躺在那裡時仍感覺到她手輕微施壓的餘韻。他看得到她前臂內側的一顆小星星刺青露出袖口，就在手腕上方。他想問她關於刺青的事，但還來不及開口，她已經起身穿上外套，把雪貂塞回背包內，拉好拉鍊甩上肩膀。她走到農舍廚房餐桌前，拿起瓶人的馬克杯，對於他向她露出的表情視而不見。馬克杯上的文字寫著：

我是圖書館員。

你的超能力是什麼？

她嗅了嗅杯子，只是紅茶。「很好，」她說。

他聳了聳肩，像在說：不然妳以為是什麼？班尼仔細觀察她的一舉一動，這時她又走回班尼躺著的沙發，指尖戳向他的額頭正中央。

「你給我休息，」她說，然後輕敲他的額頭。於是班尼乖乖閉上眼。

在那一瞬間，他感到非常、非常睏倦。

39

一輪肥美圓潤的碩大月亮高高掛在小巷東方，整條街道浸沐在黯淡銀光之中。她瞥向一端，接著又轉頭望向另一端，小巷內空無一人。他往哪個方向走了？要是她繼續走下去，也許會碰到曾經看見班尼的人。這個想法令她內心不禁發毛。她是新聞監測員，非常清楚都是哪些人蟄伏在暗夜小巷，也很清楚他們都進行哪些勾當。

班尼。她非找到他不可。她得趁壞事發生之前找到他，她等太久了，應該立即跟上去才對。她拉緊身上的雨衣，開始走向月亮的方向。行經永恆幸福印刷公司的裝卸區時，她聽見二手商店的大垃圾箱內傳出一陣窸窸窣窣的聲音，並瞥見有東西在陰影中蠢動。兩個人影踏進街燈下的一池幽光，安娜貝爾發現對方是女性時立刻鬆了一口氣。她們身材高䠷修長，戴著粉紅和淺金色假髮，穿著同款小可愛背心和狀似美國國旗圖案的短裙，她們在那裡稍微定住腳步，為彼此檢查妝容。

「不好意思！」安娜貝爾呼喊，並且匆促地追上去。她的腳步一靠近，這兩人同時轉過身，這時安娜貝爾才發現自己搞錯了。「噢，對不起！」

戴著淺金色假髮的女子瞇起眼，上下打量她：「親愛的，妳怎麼啦？」她拖長濃重尾音。「妳不是要找我們？」

「噢，不，不，」安娜貝爾說，臉紅氣喘地說：「不是的……」她杵在那裡，抬頭望著蓬鬆假髮、豔紅雙唇、修長美腿、愛國迷你短裙短到蓋不住屁股蛋的她們。

「我在找一個男孩子，」她解釋。

她們露出若有所思的表情，上下打量一身寬鬆粉紅運動褲、碩大雨衣的安娜貝爾，然後彷彿有人打暗號似的，兩人同步倒入彼此懷裡，捧腹大笑。

「噢，親愛的，」粉紅色假髮女子輕輕擦拭眼睛，嘆了一口氣。「祝妳好運嘍！」她們向安娜貝爾送出飛吻，安娜貝爾望著兩人手勾著手，默契絕佳地扭動臀部，踩著銀色高跟鞋昂首闊步離去，兩人的短裙圖案完美匹配，一人是美國國旗的紅白色條紋，另一人則是藍色和閃亮星星。

她轉身走向反方向，月亮緊跟在背後，皎潔明月將她的影子拖得悠長，安娜貝爾看起來不可思議的修長高䠷。破裂的柏油路面竄出鵝卵石，猶如閃耀著光芒的濕潤汪洋巨岩。她瞥向飄散臭鼬和尿騷氣味的角落和陰暗出入口。班尼，她低聲詢問，你在那裡嗎？

建築物之間隱約閃動著鬼鬼祟祟的幽影，恍若從混凝土牆上飄起的鬼魅，卻在她接近時消逝無蹤。她顧不得恐懼扯著嗓門大喊，求求你，誰來幫幫我？我兒子不見了……她的聲音嘹亮，陰影卻沒有絲毫動靜，她聽見垃圾桶內傳出動物的聲響，一隻老鼠倉皇失措地奔竄而出。求求你，我在找我兒子……

她持續走到小巷尾，卻始終不見班尼身影，正準備折返時，兩個黑衣人形登時踏進巷子，出現在她面前。這兩人腳穿軍靴、身上套著遮蔽面孔的帽兜，安娜貝爾驚慌地停下腳步，回頭張望，彷彿她還有機會逃跑，但背後卻只有一輪明月。她是可以奔向月亮，但她深知自己逃不掉。她轉過頭面對來者，這時身材較高大的那位開口了。

「吳太太？」那張臉孔仍然籠罩在陰影中，聲音聽起來卻格外耳熟。「噢，嘿，吳太太，真的是妳，我還在想該不會是妳吧。」

他將帽兜往後一掀，她在月色下看見他爬滿青春痘疤痕的臉。

「麥克森！」她喊道，手掌壓上自己胸口。「噢，我的天，你嚇到我了！」她伸出一隻手想要穩住重心，麥克森攙扶她的手肘，他的同伴則幫忙扶另一手。

「噢，謝謝，」她呼吸沉重地說。「我覺得頭好暈……」

他們帶她走到不遠處的裝卸區，帶安娜貝爾坐上臺階，冰冷粗糙的混凝土令她全身發冷，於是她往前俯身環抱自己。「你嚇壞我了，我都不知道——」她抬起頭。「麥克森，班尼不見了。他衝進小巷之後就不見蹤影，你有看見他嗎？」

「妳是他的母親嗎？」發問的是麥克森的同伴，安娜貝爾這下總算看清她的臉，瞥見刺穿她鼻翼和眉毛上的金屬環，以及映照在白髮上的參差光暈。

「妳是那個橡皮鴨女孩！」安娜貝爾大喊。「這麼晚了還在這裡做什麼？妳知道的，外面不安全……」

女孩噗嗤一笑，安娜貝爾感到莫名其妙。「我不會有事的，」她說：「但謝謝妳的關心。」

「班尼怎麼了，吳太太？」

「我們吵了一架，他衝出家門，到現在還沒回來，我很擔心他。這是他第二次離家出走，他有一些問題……這你是知道的——」她沒繼續說下來，因為麥克森當然知道，畢竟他也有同樣的問題。

沒再繼續說下去也是他們面無表情望著她的臉龐總有種特質，是那麼空白，那麼年輕。

她低下頭痛哭起來。

他們陪她走路回家，等到他們走到隨時可能解體的藍色柵門前，她已經停止哭泣。

「我很抱歉，」她說，用衣服袖子抹了下鼻子。「我今天真的很不順利，平常我不是這樣的。今天是我生日，我不知道現在究竟是什麼情況。」

「祝妳生日快樂。」女孩說：「這是妳家嗎？」沒等安娜貝爾答腔，她已經逕自推開柵門走進後院。

「不過我現在沒事了，」安娜貝爾說，尾隨她背後走了進去。「謝謝。」她朝麥克森伸出手。「如果你看見班尼，請叫他回家好嗎？告訴他我很擔心。」

「我會的，吳太太。他應該沒事，只是在某處休息而已。孩子嘛，妳也知道的。」

他們看著她爬上搖搖欲墜的門廊階梯，關上後門，屋內燈光亮起，廚房窗戶框出她的影子。他們在後院發現猶如小山的黑色塑膠袋，流瀉光線之下塑膠袋恍若煤塊，發出暗啞光暈。

「這些是什麼垃圾？」阿列夫壓低音量說。她用靴頭推了推最近的袋子，袋子發出沙沙聲響。一塊貼在塑膠袋上的布膠帶標示著大規模槍擊案調查報導／備份檔案。麥克森蹲下來，解開打結的垃圾袋，裡面裝有一堆光碟、DVD、數疊塞滿報紙剪報的厚實棕色文件袋，井然有序標出04/02/2012，加州，奧克蘭，奧科斯大學，高原一。07/20/2012，科羅拉多州，奧羅拉，黑暗騎士，霍姆斯。08/05/2012，威斯康辛州，橡樹溪，錫克教寺廟，佩吉。12/14/2012，康乃狄克州，紐頓，桑迪胡克小學，蘭扎。

「見鬼了，」阿列夫說：「袋子裡都是這些東西嗎？」

麥克森拆開另一個袋子。「這個裡面裝的應該是野火事件。」他拆開第三個袋子：「這一袋是選舉新聞。」

「你在這裡等我一下，」阿列夫說，接著繞到房屋一側，擠進柵欄和牆壁之間的空隙，然後扭腰擺臀地閃至窗邊。窗戶上方歪歪斜斜懸吊著木片百葉窗，但她仍能從縫隙瞥進廚房。她的雙眼過了一會兒才適應大量囤積於屋內的物品，並開始辨識出各個細部，像是堆疊在室內角落邊緣的垃圾袋、洗衣籃、糾結衣架、纏繞桌腳的吸塵器軟管、從一只快捷郵寄箱探出頭的沙拉脫水器蓋子。阿列夫看見一盞破檯燈、一個瀝水架、一個戴著畢業帽的米格魯犬布偶，以及埋藏於這堆雜物之中的安娜貝爾。班尼的母親正坐在一把廚房小椅子上，一臉垂頭喪氣，紋風不動，一條寫著恭喜畢業！的橫幅無精打采垂掛在她頭上。

阿列夫是搜刮狂，也是平時靠翻垃圾箱覓食維生、利用廢物創作的藝術家，但她從未見過這般情景。當她觀望眼前的一切，試圖將全部盡收眼簾時，安娜貝爾抬起頭開始說話，看來是在對冰箱說話。

「要命，」阿列夫小聲地說。

40

班尼醒來時職員辦公室內一片烏漆抹黑，只有出口警示燈投射出的幽微綠光，以及老農舍餐桌上的那盞桌燈。萬籟俱寂，僅有一個猶如老鼠爬行的細小刮擦聲。他在陌生的硬沙發上坐起身子，環顧四方。老流浪漢正坐在餐桌前，他面前有剩下半碗的爆米花、吃了一半的三明治、超能力馬克杯。刮擦聲的來源不是老鼠，而是正低頭揮毫的斯拉沃吉，老詩人正握著一支鉛筆，在白紙上創作。他佝僂著背，白髮蒼蒼的大腦袋瓜在紙面上方前後擺盪。班尼的腦袋陣陣抽痛，他觸摸眉毛上方的繃帶，感覺到肋骨傳來痛楚，當晚的記憶才逐漸浮現。他的喉嚨逸出一聲哀號，他無法抑制哀號，於是任它竄入空氣。

老人抬起頭。「嘿，男同學，尼覺得怎樣？」

「爛透了，」班尼說。

斯拉沃吉點了點頭：「遮是尼第一次打架？」

「我不是真的打架，只是逃跑。」

「聰明。」老人說：「尼餓了吧？窩有幫尼留吃的。」他把三明治遞給班尼。

班尼走上前和斯拉沃吉一起坐在餐桌前，剎那間感覺自己餓得前胸貼後背。他咬下一口三明治，是美味的烤牛肉口味。他一口氣嗑光三明治，並且解決剩下的爆米花。

「尼渴了嗎？」斯拉沃吉問，並將馬克杯推向他。

班尼瞧一眼杯子的內容物，嗅一嗅。是伏特加。不過他還是啜了一小口，嗆辣灼燒液體滑下喉嚨的瞬間恍如火燒，他感覺身子漸漸暖了起來，舒服多了。老人繼續伏在紙張上方埋首寫作。

「你在做什麼？」

斯拉沃吉抬起頭，在椅子上打直腰桿。「寫詩，」他說，鉛筆高舉空中。「因為窩是詩人，窩在家鄉可是一位知名詩人。」

「這我知道，」班尼說。餐桌上的公事包敞開，一份手稿雜亂收攏在裡頭，曾幾何時白皙平滑的紙張，如今卻布滿皺摺，上面爬滿潦草字跡和狀似咖啡及番茄醬的汙漬。「那些都是你寫的詩嗎？」

老詩人點頭。「是的，」他謙遜地說：「是窩的畢生心血，那是一首史詩，窩抱持著謙虛心情將地球寫成一首詩。」

「詩名是什麼？」

「*Zemlja*，」他說：「意思是地球。可能不太有創意，但這只是暫時的詩名。」

班尼瞄向擺在書桌上的一小疊紙，「那些也是詩嗎？」

「不，」詩人消沉地說：「只是白紙。」他移開最上面的紙，底下確實全是白紙，他指了指地板，輪椅輪子旁積了一堆廢紙團，他悔恨地搖搖頭。

「讓窩告訴尼一件關於詩詞的事，男同學。詩詞所講的是形式與空無的問題。當窩在白紙上寫下一個字，就等於替自己平白無故找了一個問題。而逐漸現出雛形的詩是一種形式，這個形式試著幫窩的問題找解答。」他嘆氣：「當然最後根本沒有解答，只是製造更多問題。不過遮是好事，畢竟問題不存在，詩就不會存在。」

班尼陷入片刻沉思。他想到母親和她的冰箱磁鐵，他沒有寫那些蠢詩，這是不爭的事實，但母親卻認為他在撒謊，而這就成了一大問題。他最不缺的就是問題。「這就是你創作的主題嗎？關於自身的問題？」

詩人聳肩：「也不能說是窩的問題，倒可以說是遮個世界的問題。窩認真傾聽，並寫下窩聽見的種種聲音。」

班尼又回想起洗手間的對話，當時老人要他回去思索他個人的問題——何謂真實？——他試過了，但對他來說一切似乎都不真實，所以他找不到好答案，實在讓他非常沮喪，也許他應該試著寫詩。「你認為我也應該寫下我聽說的事嗎？」

老詩人合上眼皮，沉默不語許久，深思熟慮著這道問題，等到最後總算抬頭開口時，他的用字遣詞是緩慢又慎重。「所言極是……！寫下即是……！」

這幾個字猶如丟入池塘裡的卵石，墜落在圖書館的深夜寂靜中，並在鑽進班尼的耳朵時，蕩漾成波波漣漪：

(((極是)))

(((即是)))

(((極是)))

(((即是)))

通常這種事令班尼非常困擾，但奇怪的是，他本來很介意的事，今晚都不再介意。瓶人話還沒講完：「全部寫下來，將物品說的話一字不漏通通寫下來，也把它們遭遇的問題全部寫下來……」

「寫下物品面臨的問題？」班尼傻愣愣地問。

「當然。物品有很多問題，只是沒人想聽，所以它們茲然而然會感到沮喪。它們當然會沮喪！要是沒人聽尼說話，尼覺得怎麼樣？」

「超級難受。但是人真的不想聽自己的物品說話，我之所以知道是因為我曾經試著告訴別人，像是我的精神科醫生吧。我告訴她，她的玩具都說什麼，可是她完全不相信我，只覺得我神經錯亂，事後稍微調整我的用藥。」

「窩相信尼，孩子，那是她個人的問題，而尼只能管好自己的問題。如果尼聽得見森音，尼就得幫它們的忙。尼必須成為一名祕書，一名文書。尼知道文書是什麼嗎？文書的工作就是記錄口述內容。尼知道口述內容是什麼嗎？就是仔細聆聽對方的一言一語，並且記錄寫下。可能是一首詩，可能是一個故事，尼要為森音賦予形式，其他人才能明白。」

班尼再次思考冰箱磁鐵的事。或許創作故事比詩詞好。「那接下來呢？」他問：「我要怎麼做？」

「那不是尼的問題，文字會想方設法進入尼的世界，它們深諳此道。」老詩人遞給班尼一張白紙。「尼現在有聽見森音嗎？」

班尼豎起耳朵聆聽。他聽見他左耳上方傳來一個有如核桃的微小聲音。他轉頭查看聲音來源：是頭頂的灑水系統噴嘴。「有，」他說，指向噴嘴：「它在講話。」

「好，很好，」老人說，然後交給他一支鉛筆。「拿去，鉛筆很擅長寫作，現在尼必須用心傾聽，寫下尼聽見的故事。」

班尼凝睇著白紙靜候，怎料噴嘴突然悶不吭聲。「我現在又聽不到了，」他洩氣地說。

「嗯，」瓶人說：「遮種事在所難免。空白紙張有太多無形潛能，可能令人望之卻步。有時物品很敏感，寧可沉默。別逼它們，重新試一次就好。」

班尼傾耳細聽。他聽見桌下傳來一個說話聲音，是一隻腳。他以為是瓶人的塑膠義肢，後來才發現是木頭材質的腳。他彎腰查看，望見霍塞爾牌餐桌的白色粉刷木腳。這隻腳侃侃而談，但不是班尼可以直接謄寫的文字語言。它的話語中帶有傷痛成分，飄散著一股悲哀情緒。班尼拾起和桌腳同為木頭材質的鉛筆，瞬間感到一股奇異共鳴，彷彿有一股電流在兩塊木頭之間竄動，而他就是活生生的導體。他閉上眼，將尖銳鉛筆筆尖觸碰同為木頭製造的紙張表面，一產生連結，電路也隨之打通，文字開始傾洩而出。

桌腳的故事

桌腳正在回憶某段往事。它想起一個結，這個結和一個嬰兒綁在一起。這隻桌腳上曾經綁著一個小嬰兒，而它現在回想起小嬰兒的拉扯。嬰兒被綁在堅硬的木製桌腳上，可是小嬰兒的腳卻無比柔軟。他有著柔軟的肌膚、柔軟的骨頭，小嬰兒還相當稚嫩。

桌子想起了那位母親謹慎使用雛菊花樣的柔軟黃圍巾綁起一個結。她將圍巾一端繞著桌腳固定好，另一端則是繞著小嬰兒的腳踝綁上。穿著尿布的小嬰兒坐在農舍地板，嘻嘻哈哈傻笑，彷彿準備起飛似的揮舞雙臂。也許小嬰兒以為母親是在和他玩遊戲，也許小嬰兒——不，小嬰兒年紀還太小，不會思考，桌子也不知思考為何物（後面這句話是我說的，陷入思考的班尼，但這不是我個人的故事）。

母親親吻小嬰兒，雙腳站起，在奶瓶中裝滿牛奶遞給小嬰兒，可是小嬰兒卻拋開奶瓶。

你怎麼亂丟呢？母親問，發問的也可能是奶瓶。母親望著奶瓶滾過地板，接著拿來一條線纏繞在奶瓶瓶頸，另一端則是綁上桌腳。

這下子就沒問題了，她說，接著把奶瓶塞回小嬰兒手裡，這次小嬰兒扔出奶瓶，可是奶瓶無法滾得太遠。

想要的話，奶瓶就在旁邊喔，她說。她穿上外套蹲了下來。對不起，寶貝，我得走了。她在門口停下腳步，桌腳記得小嬰兒企圖追上媽媽的那陣拉扯，也記得小嬰兒的哭泣。母親現在已不復在，小嬰兒也不復在，奶瓶不復在，圍巾也不復在，唯獨剩下桌腳，獨自在圖書館裡追憶這一切。

班尼

我寫下故事後，大B說想要拜讀。我心想我的故事八成很爛，可是他讀完後卻大讚很好，問我寫下的文字是否真的就是桌腳說出的話語，我告訴他並不是這樣。我的意思是，我當然不是隨便編造故事，但我聽見的也不是人類使用的文字語言，比較像是我事後重新回憶，試圖寫下自己當時的親身感受。譬如你受傷了，事後憶起那種痛，可是痛楚的記憶和真實的疼痛無法比擬，對吧？而這就是物品具備的聲音，他們所陳述的故事較類似一段回憶或一場夢境。你知道夢境可能會給人一種真實感受吧？但是當你試著將夢境轉化成文字，卻會流逝消融，而物品宛若夢境的故事也是一樣，它們猶如感受的聲音難以化作文字，也因此試著記錄的當下，故事會漸漸人間蒸發，這也是為何我的故事文字那麼粗糙。

我告訴大B這件事時，他說詩詞也是一樣，就像是吹過腦海的微風或風聲，起初或許感受不明顯，你聽不見完整文字或句子，比較類似吹過開放性傷口的氣流。你必須保持開放心態，試著在風吹拂過去的當下感受詩詞的聲音，即便有些疼痛也要忍耐。他提供我一個小訣竅，那就是不要企圖捉住風，因為一旦嘗試捕風，風就會離你遠去。他打開手心讓我看他的手，並且要我假裝這隻手就是我的腦海，然後他閉上眼，告訴我這時應該要凝止不動，只要打開那象徵我腦海的掌心，靜靜恭迎聲音到來。他就那樣閉著眼，打開手掌，好一段時間靜止不動，彷彿正在期待一首從天而降的詩。

每當我聽見說話聲音，都會試圖阻隔它們，或是運用情緒管理卡迫使聲音離開，卻從沒想過要讓它們說下去。我告訴大B這件事時，他濃密茂盛的眉毛高高拱至額頭高度，一臉吃驚地說，我聽得見說話聲音就是一種天賦，無論如何都不該阻隔它們，也不應該試著逼走它們。他說我絕對擁有超強天賦，因為桌腳的故事很成功，我應該繼續嘗試。他說沒人滿意自己的著作，所以我不應該自卑。我對寫作一竅不通，英文課的表現也馬馬虎虎，所以我不知道他說的是真是假，不妨由你告訴我吧，你是一本書，你應該比誰都清楚吧。

接著大B又問我聽見的聲音是否全都類似桌腳，我告訴他並非如此，聲音也可能有天壤之別，有的善良，有的中立，有的是邪惡的王八混蛋。當然有些聲音很個人，有的則不屬於這一類。我的意思是譬如桌腳或鉛筆、鞋子等物品會不斷嘀咕，只是不會有人留意，而就算它們或許知道我聽得見，也不是特別在對我說話，更不會因為我在場才特別聒噪。它們的說話聲音與我無關，對任何人都可能這麼說話。不過大概在剪刀說保莉老師的壞話，要我傷害她的那陣子，我開始聽見一種截然不同的聲音，這個聲音與我有密切關係，並非來自任何物品，而是一個從我右肩傳來的聲音，類似一個隱形廣播系統高舉著迷你大聲公，如影隨形地跟著我，每當我幹了蠢事，它就會毫不留情地抨擊譏諷、嘲笑我是天殺的白痴。它說的話超級殘忍惡毒，當我告訴大B這個聲音，他說這恐怕是我內在的批評聲音，這我倒是第一次聽說。我知道我內心住著一個機器人，卻不知道原來還有一個評論家。但後來他說所有具有創意的人內心都有一個評論家，有的人甚至不只有一個。他認為我有創意，讓我覺得很自豪開心。

不過我沒有告訴他關於你的事，因為我暫時還聽不見你的聲音。

那晚他告訴我一件關於他大腿的怪事。不是那隻塑膠假腿，而是他的真腿，那隻不復存在的腿。他拔下那隻假腿，塞進懸掛於輪椅後方的旅行包，然後將殘肢下方空晃晃的褲管繫成一個結，他說這樣可以避免冷風灌入。而當我試著描述物品的聲音像是存在，卻又不是真實存在時，他不斷凝望著褲管上的那個結，然後告訴我，半夢半醒時他偶爾會感覺大腿癢，可是每當他想抓癢，才恍然大悟那裡空空如也。聽到這裡我忍不住大叫，沒錯！這就是我的意思！就好像大腿在對你說話，或是大腿的記憶在對你說話，即便大腿早已不在，你仍然感受得到那股癢，而且仍然具備某種層面的意義，對吧？他回答我沒有錯，這話說得一點也不錯，甚至有醫生替這種情境取名：幻肢現象，或許我是幻物現象。我覺得這挺酷的，我告訴他我肯定有幻物現象，不過我還有另一種和我爸爸有關的現象，因為他現在已經變成幽靈爸爸。聞言後大B的表情十分哀傷，問我現在爸爸在哪裡？

「他死了，」我說，並向他訴說爸爸過世那晚的故事，但他卻倏地抬起一隻手。

「等等，」他說：「窩有預感遮是一個好故事。遮是屬於尼自己的故事，尼必須寫下來。」

書

故事被寫成文字之前是什麼？

赤裸裸的體驗，佛教僧侶可能會這麼說。純粹的存在。作為一個男孩的感受，失去父親的感受，稍縱即逝，無法捕捉。

身為書本的我們不可能知曉，因為我們只知道經歷赤裸裸體驗之後，襲上心頭的思緒，猶如一道陰影抑或回音，賦予不復存在的事物一種聲音。在思緒化作文字，文字變成故事之後，赤裸裸的體驗還剩下什麼？空無，佛教僧侶或許會這麼說，只剩下故事，就好像昆蟲軀體脫下的外骨骼，或是一副脫除掏淨的空貝殼。

但真的只有這樣？身為書本的我們會告訴你，不，故事不單單是赤裸裸體驗之後拋丟遺棄的副產品，故事本身就是一種赤裸裸的體驗。魚兒在水中游泳卻不知水為何物；鳥兒在空中飛翔卻不識天空為何物。故事即是人類呼吸的空氣，你們泅泳的汪洋，身為書本的我們則是一條為你們引流、阻擋潮汐的海岸線。

即使沒有人讀，書本永遠有結語。

41

班尼需要白紙才能寫下故事，可是大B的紙張庫存快要見底，於是他們前往荒廢的裝幀室搜刮紙張。大B說，裝幀室是白紙的來源，是無窮無盡的文字寶庫。

「尼可不會想在裝幀室待太久，」他重新固定好義肢時這麼告訴班尼。

「為什麼？」

老人打了個哆嗦。「那地方毛骨悚然，是圖書館怦怦跳動的心臟。」他回轉輪椅，離開職員辦公室，為班尼帶路前往裝幀室。

班尼跟上腳步。「我媽說圖書館已經關閉裝幀室了。」

「是啊，這是他們希望尼相信的說法。」

他們佇立在偌大遼闊的書籍處理區邊緣，緊急逃生口的燈光框點出邊界，光線微弱幽暗，僅夠讓班尼辨識出停靠兩端的手推車。推車上的幾排書模樣恍若士兵，面朝外立正站好。每臺手推車分別貼著標記立體黑色數字的亮藍色標籤，將書本劃分成不同壁壘，書籍內頁則是插入淡彩色紙片，有綠色、黃色、粉紅色，紙片上方印著索書號碼、關鍵字及其他檢索資訊。這些是新書，甫加入圖書館、年輕煥發的新兵。

「人們老說裝幀室鬧鬼，」老人操控輪椅穿越手推車的迷宮時說：「窩倒是有一個與眾不同的理論。那裡會傳出森音的謠言倒是不假，詭譎的聲響，猶如鬼魅的樂音。」

「爵士樂嗎？」班尼問。

老人停下滾動的輪椅，神色鬼祟地掃向左右兩側，然後示意班尼靠上前。他的充血眼珠有如烈火燃燒，眼神癲狂。那是一雙屬於詩人的眼睛。

「加力騷，」他對著男孩的臉低聲道，噴吐出帶有伏特加的酒氣。

「那是什麼？」班尼低聲反問。

「加力騷是一種源自加勒比海的音樂類型。法國人以枷鎖禁錮非洲奴隸，並把他們運送至加勒比海，當時黑人被當作物品交易，可說是人類最黑暗的時期……」斯拉沃吉開始輕聲哼唱：「天亮嘍，天亮嘍——哦——哦。天光已破曉，窩們想回家……」他閉上眼。「啊，」他嘆氣：「貝拉方提……」

「那是什麼？」

「哈利・貝拉方提，一名加力騷歌手，歌聲很動聽。」

「他死了嗎？」

「還沒，但他很老了。」

「如果他還沒死，他的鬼魂怎麼會在這裡？」

「那尼可以說遮是他還活著的鬼魂。」老人皺眉，搖晃他蓬鬆毛茸茸的碩大腦袋。「年輕人，別太吹毛求疵。」他又繼續唱，這下歌聲更加嘹亮。「快啊，記帳員，算一下窩運了多少香蕉……」

他從輪椅上升起，彷彿歌曲正抬起他的身體，他活動一隻真腿、一隻義肢，最後站起來，雙臂漂浮在身體兩側，臀部左右擺動，大外套亦隨之鼓脹搖曳。

班尼緊張地望著他：「我們不是應該保持安靜嗎？」

老詩人不搭理他，逕自打轉起來，以真腿不流暢地繞起圈子。「天光破曉——」

說時遲，那時快，他們倏然聽見一聲巨響，像是槍聲或甩門的聲音，老人及時逮住班尼的袖子。

「快趴下！」

他們四肢伏地，蹲低身子。班尼全神貫注聆聽，聽力拉伸至圖書館的遙遠角落，卻只聽得到早已存在的嗡鳴。聲音是物體活動時與空氣相互碰撞的產物，可是圖書館內毫無動靜，坡道、斜槽、輸送帶組成的迷宮默不作聲，跟手扶梯一樣凍結在時光中。那麼嗡鳴是打哪來的？

「沒事了，」斯拉沃吉說，爬回椅子上。「場地淨空。」

他們謹慎穿越裝著書本的手推車，班尼可以聽見瓶人的輪椅輪子在背後發出吱歪聲響，正前方的玻璃厚牆上貼著一張霧藍色的長型橫幅。

公共圖書館裝幀室

厚重玻璃牆歷史悠久，朦朧的毛玻璃表面後方一片漆黑。班尼停下腳步，老人滾動輪椅來到他身邊。

「窩們到了，」斯拉沃吉用低沉嗓音說：「遮裡就是裝幀室，尼覺得如何？」

「白紙就在裡面嗎？」

「沒錯，裝幀室內無所不有，現在尼必須進去拿紙。」

「我？」

老人目光閃爍迴避，將輪椅往後挪動幾寸。「遮是尼的故事，所以尼得自己進去。」

「但這也是你的故事啊。」

大B搖頭。「不，」他說。「窩是老詩人，對窩來說裝幀室能量太強大，裝幀室內什麼都有可能發生，不過尼還年輕，年輕人可塑性很高，什麼都可能發生。」

班尼聳肩。「好吧。」

他跨步邁向朦朧模糊的毛玻璃牆，停下腳步研究招牌。這是一面以藍色泰維克紙製成的普通橫幅。他側耳聽著，空氣中萬籟俱寂，毛玻璃也沉默不語，一切看起來都很正常，可是玻璃很難說，於是他試探性地伸出手，指尖輕輕壓著波紋玻璃表面時，內心油然生起一股詭異感受，彷彿要是他繼續施壓，玻璃可能猶如滲透膜瓦解，他則可以穿破滲透膜而入。但是當他用力一推，玻璃表面冰涼依舊，怎麼樣也推不倒。他將前額抵在玻璃上，試圖望入裝幀室的幽暗室內，卻只看得見模糊陰影。他找到裝幀室的大門，腳步移往門口，發現先前緩緩滑著輪椅後退的瓶人，現在已經不見人影。班尼好奇他是否也該回到職員辦公室，可是他的手指卻不由自主摸上門把。八成上鎖了吧，他心想，可是他推門時感到一陣輕微阻力，接著大門便霍然打開，而他也已經站在裝幀室內。門在他背後喀噠關上，低鳴也不再喧譁，如今室內只剩下偌大空曠的寂靜。他轉頭回望玻璃牆，玻璃另一端散發著詭譎斑斕的光彩，可是他已經看不清幾分鐘前所佇立的書籍處理區。幽微黑黢中，一團分不出形體的鬼影黑影籠罩著他，他往前跨出一步，空氣中凝滯著機器油脂和膠水的嗆鼻氣味，等到他的雙眼逐漸適應黑暗，他辨識出兩大架在微弱綠光中幽幽發亮的黑色縫紉機輪廓，停下腳步仔細端詳機器。這是以鋼鐵和黃銅製成的中古工業用勝家牌縫紉機，裝在機器上的裝訂用粗棉線，模樣像極棲息於長型雙紡錘的線軸吐線織出的蜘蛛網。縫紉機旁有一臺工業級鍘刀型裁紙機，品牌是義大利佛羅倫斯製造的昆提里歐瓦傑里。他提起碩大刀刃，然後任由刀刃霍然墜落，撕裂空氣。聲音是物體活動時和空氣相互碰撞的產物。活動停止後，刀刃也不再吭聲，班尼只聽見自己耳膜內血液鼓譟的聲音。

他繼續往前走，查看濺汙檯面上擺放的水鍋、鋸齒刀、摺紙棒、一罐打開的墨色膠水。他的手指順著工作檯撫摸，裝幀室已經關閉一段時間，卻仍一塵不染。他行經一疊恍如煥新僵硬外套的書封，彷彿正等著試穿裝訂，並以不同顏料色彩分類——森林綠、血紅色。他四周聳立著一捆捆空白白紙，模樣像極了靜候著文字打印上去的幽靈。它們像是不具臉孔的人排著長長隊伍，等待被裝上眼睛、耳朵、嘴巴、鼻子。他小心翼翼地繞過白紙，就像通過人潮擁擠的醫院病房那樣，小心不去拂觸到它們，免得它們的空白虛無具有感染力。文字賦予它們五官，文字賦予它們說話的聲音，文字亦賦予它們生命，將它們化為類生物，但在它們尚未找到自我意義的當下，沉默啞然的模樣煞是嚇人。

裝幀室內無所不有，瓶人是這麼說的，什麼事都可能發生，如今班尼總算明白他的意思。裝幀室本身就是一種原始狀態，空曠無邊的寂寥靜謐中蘊含所有聲音，是蘊藏所有形式的空無。班尼從未聽過這麼透澈的萬籟俱寂，不曾感受如此迫在眉睫的險境。他不禁打了個冷顫。

白紙，他提醒自己。拿好白紙，然後趕快離開，但無論他轉向哪個方位，都似乎有數不清的白紙——堆疊在書架上、塞在小隔間裡、一捆捆高高疊在書桌和工作檯上。白紙唾手可得，他佇立在緊急出口燈的幽幽綠光中，書頁和紙張猶如微風輕拂的樹木發出窸窣細語，這些樹木被製成紙漿、壓製成承載意義的媒介，替無以名狀的事物賦予形式。他聽得見它們說話的聲音，在那個剎那間也看見它們，所有狂野不羈的文字恍如癲狂塵埃，在他身旁的幽暗綠光中旋轉飛舞。他從未見過文字這個樣子，眼前畫面令他忐忑不安。世界開始傾斜，就在班尼快要摔倒時聽見一個微弱聲音，像是自巨大漩渦徐徐升起的暖風，躊躇猶豫，卻又奇異地充滿希望。

每本書總得有個起頭……

這個聲音與其他的不同。

班尼伸出一隻手，想要穩住重心，手掌卻不小心捉住裁紙機的鋒利刀刃邊緣，一股椎心痛楚貫穿臂膀，令他忍不住倒抽一口氣，他腳步踉蹌退後、迅速抽回手。鮮紅血液在空中勾勒出一道弧形曲線，他摔落地板的同時，鮮血亦濺灑在高高堆疊的鬼魅白紙上，世界陷入無聲無息的漆黑狀態。

醒來後他躺在昆提里歐瓦傑里腳邊的一小灘血泊中，班尼坐起來時頭頂不慎撞上裁紙機切刀尾端的圓鈍大秤錘，切刀赫然聳立頭頂的模樣簡直形同斷頭臺。他趕緊爬起身，他的側臉沾染鮮血和唾液，手心的傷口仍然涔涔滴落鮮血，昏倒之前種種經歷的記憶再度浮現腦海——紛亂狂野文字在樹之間飛舞，以及那充滿希望的微弱聲音。他凝神聆聽，但裝幀室這下闃然無聲。班尼淌血的手輕輕扶著腹部衝向出口，地面聚積的血泊讓他腳底滑溜摔跤。瓶人說得沒錯，裝幀室的能量太強大。他的手推向玻璃門，玻璃門仁厚慈悲地開了。

班尼

那個聲音是你，對吧？這是你第一次對我說話，在一堆紙張的嘈鬧喧譁之中，要聽清楚你的聲音實在很難，但至少我知道你的聲音與眾不同。我說不出所以然，也不知道你究竟是誰，或者你是何方神聖，只知道你是我的書。

書

沒錯，班尼，正是如此，我們書總得有個起頭。當時你快要跌倒，我們很想扶住你，但我們沒有算好切刀與你之間的距離，所以你割傷時我們深感自責——事實上書本並非無所不知，就算我們盡力了，也無法完全料想到所有事情，但你聽得見我們的聲音，我們已經深感欣慰。不但欣慰，更是開心，因為要一本書主動現身並不是那麼容易的事，需要付出莫大精力，再說大多數人只是忙著查看手機，甚至沒注意到自己的書在呼喚他們。

所以我們要感謝你注意到了，也很謝謝你最後說的那句話：我知道你是我的書，這就是書本最想聽到的一句話，所以我們開心激動到書脊輕顫。

這個問題很有意思對吧？究竟誰屬於誰？你的朋友華特．班雅明是一個熱血書籍愛好者兼藏書家，擁有數之不盡的書。他創作了一篇關於個人藏書的知名散文，文章標題為〈打開我的藏書〉，並在文中詳述各種收藏家取得書籍的方法，譬如花錢購書、在拍賣會中參與競標、繼承書本，抑或借書後刻意不歸還原主。可是班雅明也說了，「所有取得書籍的方法之中，親自動筆創作一本書，是最值得讚揚的做法。」

這句話表面看來是沒有問題，但是從書本的角度出發，事情沒有這麼單純。畢竟說真的，究竟是誰在寫誰？這和老掉牙的雞生蛋、蛋生雞問題同樣難解，班尼。請仔細思索一下，究竟是男孩寫書，還是書寫出男孩？

我們都很好奇班雅明會怎麼回答這道問題。在這篇關於個人藏書的散文中，他有一句令人難忘的名言：「一個人與物品之間最親密的關係就是擁有。不是它們活在他心底，而是他活在它們的書頁裡。」

光是這句話，就足以讓我們閉上爭執不休的嘴。

42

安娜貝爾坐在廚房椅子上，猶如一塊靜止不動的岩石。她凝視著自己的雙腳，不時抬起頭對冰箱門說話。

「和我說話啊，」她喃喃道：「如果你真的有話要說，拜託請直接對我說。」她靜靜等候，聽見廚房窗外傳來的老鼠、野貓或臭鼬在垃圾箱扒找攀爬的聲響，然而那首詩仍沒有變。

在　我們的　暴風雨　男孩
激憤　音樂　傷懷　大海　底下

歌唱著　母親痛

她很久沒唱歌了，不過健司當然還記得她的歌聲。他喜歡她的嗓音，也總能察覺到她的心痛，可是現在她並不確定詩詞的其他用字。也許班尼說得沒錯，也許應該是「暴風雨大海底下／傷懷音樂激憤男孩」，但語言不通似乎更有說服力，說明這真的是健司親自創作的詩，他的英文從來就不好，但他總能成功傳達自己的意思，有時健司的用詞不精準，他說出的話反而更動人絕美。

「你說話啊，」她對冰箱說：「你難道看不出我現在需要幫忙嗎！」她再次耐著性子等候，可是磁鐵依舊默不作聲，她查看一眼時間，緩緩起身。

回到任務控制中心後，她迅速在谷歌搜尋，過濾出她需要的參考重點事項，接著旋即撥號一一九。電話接線人員接起電話時，安娜貝爾要求通報失蹤人口，於是對方便轉接她和一位名為胡立的警官交談。她深吸一口氣，冷靜解釋她和兒子吵架，之後他逃家，然後他——

警官打斷她：「太太，請問妳最後看見兒子是什麼時候的事？」

「你的意思是我最後一次看見他的時間嗎？我猜大概是七點鐘，或七點三十分吧，沒錯，就是——」

「今晚的七點三十分？」

「對，他——」

「太太，通報失蹤人口需要等待二十四小時，請妳明天再來分局報案——」

她打斷他：「警官先生，不好意思，」她掃了一眼螢幕上的網站文章。「恕我直言，不過我兒子是未成年兒童，他今年才十四歲，而且有精神疾病史，要是我沒誤會的話，未滿十八歲的逃家或失蹤兒童不需等待二十四小時才能報案，我相信有精神障礙的小孩，應該可以自動分類為『緊急失蹤人口』。就我所知，一九九〇年的全國兒童協尋法正式批准——」

「什麼名字？」

「你說什麼？」

「妳兒子的名字是什麼？」

「噢，班傑明・吳。」

「班傑明・烏……什麼？」

「不，是吳，警官先生。只有一個字，他的姓氏就是吳。」

「請幫我拼寫出他的名字，」他要求。安娜貝爾亦向警官報上班尼的出生年月日、身高體重，並簡短描述班尼離家前的情況及他的衣著和外貌，唯獨沒有提及廚房磁鐵的事。

「他是個很好看的孩子，警官先生。班尼是混血兒，具有一半亞洲血統，遺傳父親的橄欖膚色和褐髮，鼻子上有雀斑，頭髮微鬈，這是遺傳到我，因為他的父親頭髮全直，擁有日韓血統，不過他現在已離世了。」

「外觀或說話方面有哪些特色？」

「嗯，以他的年齡來說，他的個頭算是嬌小。他現在正值青春期，但還沒正式進入快速生長期，下巴和額頭上倒是有幾顆青春痘。」雖然明白青春痘算不上是特色，但這一點讓她很欣慰，因為長青春痘代表他很正常。她亦報上梅蘭妮醫師的電話，並稍微描述他的診斷病史。

「你兒子有可能去找醫師尋求協助嗎？或是社工人員？互助團體？」

「不，絕對不可能。」

「妳知道他可能去哪裡嗎？」

她覺得班尼可能去了圖書館，可是圖書館已經關門。她又想到暗巷，以及穿著美國星星國旗短裙的變裝皇后。「不知道。」

「他有朋友或親戚嗎？任何可能和他在一起的人？」

她想到麥克森和橡皮鴨女孩。「我不知道，」她說，接著似乎聽見電話那端胡立警官的嘆氣聲。

「對不起。」

「妳可以提供他的牙醫姓名和電話號碼嗎？」

「他的牙醫？他的牙齒很健康啊，警官。他每天都會刷牙，上一次牙齒健檢時，牙醫甚至說……」下一秒她才恍然大悟：「噢！」

胡立警官感覺到她的擔驚，於是放軟語氣：「這只是例行問題，太太。我們會將妳提供的資訊歸檔，然後為他建立個人紀錄。請別擔心。」

要是他繼續端著自以為是的官僚架子，她內心反倒覺得好過許多。當他要求她提供一張班尼的近照，她幾乎無法克制聲音中的顫抖。她說會再寄照片給他，然後抄下他的電子郵件地址並向他致謝。她沒忘記抄下警官的識別號碼、報案編號，並確認他的名字拼寫正確，最後掛掉電話坐回椅子。

照片。她需要找幾張班尼的近照。她有很多班尼小嬰兒時期、學步期、幼童時期拍攝的照片，照片已經沖洗出來，只見照片中的她將班尼攬在懷裡，其中三張是在迪士尼樂園和當地海灘拍攝的照片。隨著日子一天天過去，照片量也逐年遞減，健司是這個家庭的攝影師，他過世之後照片更是少之又少。她試著回憶上一次幫班尼拍照的時刻，這些日子以來慶祝場合少得可憐，但她乍然想起他的畢業典禮。她查看手機，翻出一張他站在廚房、頭戴畢業帽、流蘇垂在眼睛上方的照片，班尼手持畢業證書和米格魯犬布偶，畢業橫幅歪歪斜斜地垂掛在他頭頂，他的視線則是越過她的鏡頭。當時他是什麼感受？他的表情看來很不開心，她怎麼都沒注意到？只顧著她想為這天留下特別回憶的想法，真是蠢斃了。可是她當時壓力很大，也受夠了老是擔心害怕，她只是想逗他開心。她希望班尼開開心心，這樣她就不用擔心害怕。

她揉了揉眼睛，再次定睛一瞧這張照片，這張照片和現在的班尼相差不遠，於是她把照片傳給分局，然後上樓進班尼的房間找他的手機。也許他還有其他照片或自拍，甚至是朋友的照片。他的房間一如既往，是這棟屋裡窗明几淨的一片綠洲。班尼的床鋪整理得井然有序，書桌也收拾得乾乾淨淨，書本也依據大小整齊排列在書架上，旁邊則是擺著橡皮鴨、月球燈、裝著健司骨灰的盒子。健司的確會希望距離月球咫尺，最好是能住在月球上。覆蓋著一層厚重柔軟灰塵的灰濛濛月球。她從班尼的後背包裡翻出他的手機，可是手機上鎖，她又不知道他的密碼。安娜貝爾往床沿一屁股坐下，環顧房間，開始試著隨機輸入數字，先從「月亮」的代碼6006開始，猜錯。接著嘗試「尼爾」的6345，然後是「巴茲」的2899，她忘記第三個登入月球、沒有月球漫步的太空人叫什麼名字，於是改試「月塵」的3878。她並不指望自己真的猜中密碼，畢竟隨機猜測的勝率並不高，但就在她輸入「爵士」的5299時，手機成功解鎖，跳出主畫面。

安娜貝爾開始搜尋班尼最近的通話紀錄和簡訊時，雙手不由得輕微顫抖。大多都是和她互傳的訊息和通話，不過還有第二個頻繁出現的號碼，號碼的主人是某個名叫阿列夫的人或東西。阿列夫是什麼？她將手機帶到樓下的任務控制中心，開始上網搜尋。阿列夫是閃語書寫系統的第一個字母，在數學裡則是超限基數，源於代表公牛的古埃及象形文字。說不通啊，班尼是捲入某種邪教嗎？

接著安娜貝爾善用她受過圖書館員專業訓練的細心特質，察覺到這個名字之前還有一個冠詞的細枝末節，於是在「阿列夫」之前加入冠詞，重新搜尋一次。這次她搜到一長串關於某本短篇故事的網站，短篇故事的名稱是「阿列夫」，是阿根廷作家波赫士一九四五年的創作作品。安娜貝爾從來沒聽說過這名作家，但她找到這篇故事的ＰＤＦ檔案，開始在線上讀了起來。

故事是關於一個名叫波赫士的男人，以及他與一名老愛誇誇其談的詩人不情不願的情誼。故事中的詩人「渴望將地球化為一首詩」，於是正在創作一首名叫〈地球〉的史詩。有天波赫士接到這名焦慮詩人的電話，指稱他的惡房東有意拆除詩人的房屋，改建酒吧。這可是天大的災難，詩人對波赫士說，他絕對不能搬家，因為客廳正下方的地窖有阿列夫，而他需要阿列夫才能完成這首詩。

波赫士不知道阿列夫為何物，於是詩人耐著性子娓娓道來。他說阿列夫就是「匯集空間所有點的一個點」。禁不起好奇心作祟的波赫士前往房子，尾隨詩人走下狹窄的地窖樓梯，並且聽從詩人指示，躺在詩人安穩擺放的一塊粗麻布袋上。詩人離開地窖，關上地窖暗門，把波赫士獨自一人留在伸手不見五指的漆黑之中，這時波赫士才漸漸擔心起來，要是詩人發瘋了怎麼辦？他會不會有生命危險？波赫士閉上眼皮，對於這是他人生的終點深信不疑，可是當他再度睜開眼，卻在那個瞬間看見樓梯下方的角落，有一個高爾夫球大小的光點。

眼前畫面令波赫士瞠目結舌，難以言喻。其實阿列夫是「一顆光彩奪目、耀眼到令人無法直視的明亮小球體」，雖然看似在「打轉」，事實上卻只是「目眩神迷的球體內部景象形成的幻覺」，而這奇異美妙的畫面，就是阿列夫內部映照、折射、旋轉的模樣，波赫士事後試著解釋該現象：「宇宙空間就蘊藏其中，尺寸毫無縮減，而每一樣事物……皆是無限，因為我可從宇宙各點清楚看見它。」

讀到這裡，安娜貝爾放棄了。聽起來很像一場迷幻幻覺。該不會阿列夫是某種街頭毒品的化名？班尼嗑藥了嗎？她不認為空間的某個點可能蘊藏所有點，也看不出這和班尼有何關聯。她再次解鎖他的手機，撥打阿列夫的電話號碼。

43

阿列夫氣炸了。「你該死的跑去裝幀室幹什麼？」

他們已經回到職員休息室，班尼坐在馬桶上，阿列夫則跪在他身旁的地板上，想方設法利用麥克森在急救箱裡翻出的黏著縫線，閉合他割破的掌心傷口，偏偏傷口的位置尷尬，切刀不偏不倚割破他大拇指和食指中間的掌紋，因而無法順利合起黏著。她撥開遮住眼睛的頭髮。

「是斯拉沃吉派你去的，對吧？」這句話不是問題。瓶人已經從輪椅上站起來，立在門外，越過麥克森的肩頭探頭探腦，但她的語氣卻彷彿瓶人壓根不在場。

「我只是想寫故事，」班尼說：「我們需要白紙。」

「他應該自己去才對。」

她掐起傷口，再次試著閉合傷口，班尼忍不住蹙眉。「他不能去。他說裝幀室能量太強大。」

「為什麼？」麥克森問，他兩手輕輕擺在阿列夫的肩頭。班尼不喜歡他觸碰她、幫她輕柔按摩紓壓的樣子。

「因為他是詩人。」

阿列夫嗤之以鼻。「他只是想嚇唬你，班尼。他是在扯你後腿。」她提高音量：「我說對了吧，斯拉沃吉？」她越過肩頭嚷嚷。

瓶人又乖乖坐回輪椅。「全世界只有窩不可能扯人後腿。」

「好，你說得對，」阿列夫說：「是我比喻太爛。但你這麼做還是很蠢。」

她和麥克森從大垃圾箱撿拾糧食結束，帶著背包回到圖書館時，在書籍處理區發現血跡，於是循著鮮紅血跡一路來到職員休息室，發現瓶人正在餵班尼喝伏特加，以減輕他的疼痛，同時試圖使用繃帶替班尼包紮傷口。見狀阿列夫一腳踹開他，把伏特加倒進水槽，接手處理他的傷口。這下她總算滿意黏著縫線，於是取出一卷紗布包裹他的手。

「我的大拇指動不了了，」班尼說。

「這就是我的用意。幸好你保住大拇指，切刀正好割破你的掌紋。你是被什麼割傷的？」

「那部中古昆提里歐瓦傑里，」斯拉沃吉說：「那臺刀刃很強悍的大型裁板機。」

阿列夫搖搖頭：「這道傷口癒合過程很麻煩，你恐怕需要縫合，但目前暫且先這樣。你現在覺得頭怎麼樣？」

「很痛。」

「吃一顆止痛藥吧。肋骨呢？」

班尼環抱自己腹部：「也很痛。」

阿列夫在廚房找來一條舊擦碗巾，撕成兩半，繫綁固定在班尼的頸部和手臂，充當吊腕帶。完成後她打直身子伸展四肢，麥克森一隻手臂環繞她的肩膀，兩人同步打量班尼。班尼的額頭貼著繃帶，如今就連手也纏繞包紮、懸掛在臨時的吊腕帶上。「小子，你看起來慘爆了，」麥克森說。

「多謝，」班尼回答。

「要是尼以為他遮樣已經很慘，」斯拉沃吉說：「尼真該見識一下裝幀室。」

班尼一陣頭暈腦脹。他閉起雙眼，先前的畫面猶如鬼魂般重新浮現在他的記憶裡，他想起那個說話聲音，不由得打了個冷顫，可是瓶人還沒說完。

「——簡直是犯罪現場，鮮血噴濺在潔白美麗的紙上——」

他的話語在他耳裡忽明忽滅。班尼感覺到阿列夫的手輕輕摸上他的頭：「你還好嗎？」

他艱辛地吞嚥，深吸一口氣。

「——叫那幾個盧比安納的小伙子把地板抹乾淨，」瓶人說。

班尼傾身，額頭靠在膝蓋上。阿列夫彎下腰，一手輕柔包覆他的後頸。

「班尼？」她的氣息輕輕搔著他的耳朵，她距離他好近。「你怎麼了？」

「我看見東西了，」他壓低音量，不想讓麥克森聽到。

「你看見什麼？」

「我從來不曾看見東西，可是今天卻看見了。我看見文字漂浮在空中，聽見一個說話聲音——」

這時他抬起眼睛，她美麗的臉龐僅僅距離他幾寸之遙。他想要告訴她，想要她知道他試著保持開放心態，偏偏他在裝幀室聽見充滿希望的微弱聲音已不復在，徒在他內心留下一個窟窿，彷彿失去了珍貴寶物。

「沒什麼，」他說，再次垂下頭。「沒什麼大不了，」他說，卻詫異發現自己哭了起來。

「我們還是送他回家好了，」他聽見阿列夫這麼說，說時遲，那時快，她的手機突然響起，她從口袋裡掏出手機，接起電話：「喲……」

44

「噢！」安娜貝爾詫異地倒抽一口氣，時間這麼晚了，電話那頭居然有人接聽。電話那頭的聲音很年輕，是女性，而且聽起來十分耳熟。「我希望我沒有吵醒妳，我只是在找……是阿列夫嗎？」

電話那端一陣沉默。

「我不知道我的發音是否標準。艾夫？阿雷夫？艾雷夫？」

「請問是哪位？」

「妳不認識我，我的名字是安娜貝爾．吳，我是班尼．吳的母親。我在我兒子的手機裡發現妳的電話號碼，我無意打擾妳，只是班尼失蹤了，我打來是——我只是好奇——妳是否有看見他？」

她閉上眼，聽見一陣像是小動物發出的沙沙聲響。是她的語氣太咄咄逼人了嗎？尋找逃家孩童的網站警告家長，在聯絡孩子的朋友時，語氣切莫透露出憤怒情緒或權威感。她怕女孩掛她的電話，於是趕緊補上一句：「我的意思是，妳當然什麼都不必告訴我，但要是妳真的有見到他，可以麻煩妳轉告他一件事嗎？告訴他不用怕惹上麻煩，他的母親只是非常擔心他，想要……」

她聽見女孩的聲音說：「你最好自己和她說，」然後背景傳來一個悶聲，說：「完了。」

電話那端陷入一片寂靜，安娜貝爾將手機更緊地壓上耳朵：「哈囉？」她說：「妳聽得見我說話嗎？妳還在嗎？」

「在。」

是班尼。貼著她耳朵傳來的聲音是如此熟悉又親密，卻又是那麼陌生而遙遠。「噢，班尼，我快擔心死了。你還好嗎？」

「還好，」她的兒子正在變聲，聲音裂縫深處傳來一個男人的聲音，含苞待放卻尚未破繭而出。「你在哪裡？要不要我去接你？我搭計程車過去，給我地址——」她可以想像到他臉上閃過一絲不耐，緊蹙眉心。她聽見他嘆了一口氣。

「我很好，只是和朋友在一起。」

他聽起來簡直和健司如出一轍。「誰？」她追問：「你現在和誰在一起？」

「沒什麼，沒事的啦，媽。妳聽我說，我得先掛電話了，我很快就會回去，別擔心好嗎？」

她怎麼可能不擔心？她已經站起身，倉皇踉蹌地衝到廚房找外套、鞋子、錢包，然後摸尋她的電話。「班尼，等等，你在哪裡？誰在你旁邊？我可以去接你。我搭計程車過去，你在那裡等著哪裡都別去，聽見了嗎？」她擔心自己的語氣散發出憤怒和權威的感受，於是說：「班尼，我很抱歉，我不是真的覺得你在撒謊。你當然不會碰那些蠢磁鐵，就算真的碰了也無妨，完全沒問題，我是說真的。告訴我你在哪裡——」但當她從廚房的那堆郵件底下翻出家裡鑰匙，他已經掛掉電話。

保持冷靜，網站如此勸告。別怪罪孩子或讓他感到內疚，也切勿乞求。

她應該再打過去嗎？不，他已經說了會回家，她最好相信他。她盯著沉默不語的冰箱磁鐵，然後爬上樓梯折回班尼的房間，從書架取下健司的骨灰盒，然後帶進浴室。她坐在浴缸邊緣，掀起馬桶蓋，打開骨灰盒，裡面裝著一個類似冷凍密封袋的厚塑膠袋，袋口以一個扭結安穩繫綁。她鬆開扭結，望了一眼袋子的內容物。

「真是要命，健司。」

她的手指戳進袋口，挖出一小把骨灰。

「我真的好氣你，」她說：「你知道嗎？你明明有一個可愛的兒子，一個還可以的老婆——我知道我沒什麼好的，但至少我們還算幸福，不是嗎？而且你明明答應我會戒的，你說了你會尋求協助。」

她仔細端看托在掌心的骨灰。呈現灰白色的骨灰質地猶如月塵的顆粒，摻雜細小骨頭。她謹慎拱起掌心，移至馬桶正上方。

「我要你現在跟我說對不起，我要聽你親自說出口。」

她靜待著，一綹骨灰滑下她的指頭，飄落至馬桶水表面，漂浮著。

「我是認真的。」

她打開手指，更多骨灰滑落掌心，在馬桶水表面形成一層蒼白薄膜，並開始擴散。她感到好冷，猶如月球般寒冷，了無生氣。她在最後一秒改變心意，收攏指頭。

「算了，」她說：「現在說這些都太遲了，我也不管你道不道歉，反正你都已經死了。」她將骨灰放回盒子。「沖進馬桶實在太便宜你了，我要你跟我們繼續耗下去。」

她重新蓋好骨灰盒蓋子，走到水槽洗手並用廁紙擤鼻子，完畢後扔進馬桶，廁紙漂浮在那層灰色薄膜上。她沖掉馬桶，望著廁紙隨著漩渦消失。

「這種死法也太蠢。」

她把骨灰盒放回班尼的書架，回到自己臥室。《整理魔法》躺在床頭櫃上，書頁大剌剌地打開，於是她爬上床，坐直身子開始閱讀。這章的標題是〈整理是一種愛的表現〉，讀完後她把書拿到樓下的任務控制中心，登入電腦，開啟一封全新電子郵件。

「親愛的愛西小姐，」她寫道：「這是我第三封嘗試寄給妳的粉絲信。我每次都臨陣退縮，趁寄出郵件之前刪除內容，可是今晚我真的很需要找人傾吐，妳看起來是個大好人，再說妳是禪寺尼姑，妳的角色就像師父，對吧？所以也許我可以向妳傾訴我個人的問題……」

她停下敲敲打打的手指，慢條斯理地研究起書底封面的作者照片，愛西有著一張慈祥和善的臉孔。安娜貝爾有好多話想說，可是全部寫進一封電子郵件，又能帶來什麼好處？諸如此類的知名作家才不會有空讀粉絲信，一股腦兒全寫下來又令人精疲力竭，更別說是徒勞無功。她真正需要的是採取實際行動。她按下刪除鍵，上樓回到臥房，先從矮衣櫃開始，將所有衣物傾倒在床上，床墊上滿滿堆疊著猶如小山的襪子、內衣褲、胸罩、T恤、褲子、運動衫、毛衣，最後她找來一個半空的塑膠袋，瘋狂地把衣服扔進去。

❖ 整理魔法

第二章　整理是一種愛的表現！

我開始和老師父共同生活時，他病得相當嚴重，小寺廟年久失修，殘破不堪。我不得不承認，剛得知的當下我非常失望，畢竟我本來以為會住在一間優雅禪寺，有新鮮的榻榻米和閃閃發亮的木地板，更別說是漂亮卷軸、氣派佛像、寧靜庭院，身處如此天堂的我又怎麼可能不頓悟啟發？

可是在這種環境我怎麼可能頓悟啟發？寺廟殘破，甚至已是不堪整修的地步，屋頂瓦片破裂，牆壁斑駁剝落。雜草叢生的小花園裡橫著亂七八糟的晾衣竿，滿滿掛著寄宿學生的內衣褲，而他們繳納的租金只能勉強補貼禪寺的微薄經費。室內的榻榻米老舊濕軟，木地板也黯淡無光。佛壇和佛像都蒙上一層蜘蛛網，到處堆積雜物！我放棄舒適無虞的生活，為的難道就是這個？只是為了住在一間破舊寺廟的簡陋小房間、為一名來日不長的老人擔任看護？

我的臉肯定難掩失望之情，因為這名老師父在面談過程中語帶歉意。我們端正坐在住持本堂的書房坐墊上，他身後有一尊千手觀音像，擁有十一顆頭及一千隻手的慈悲菩薩從佛壇上觀望。老師父的身體恍若一顆腐爛柿子垂頭喪氣，神色落寞地環視室內。他的面部枯槁凹陷，臉頰爬滿灰白鬍碴。

「我很抱歉，」他說：「這裡肯定不符合妳的預期吧。像妳這樣年輕迷人的尼姑想必寧可到一間優雅禪寺，在漂亮卷軸、精美佛像、寧靜庭院的環繞下受訓吧，而不是在這種年久失修、惆悵落寞的地方，照顧我這種病重老人。」

他還沒有正眼看我，似乎就已摸清我的想法，輕而易舉就看穿我，令我深感愧疚。我想要開口抗議，但是他話還沒說完。

「事情是這樣的，」他說：「我本來冀望他們派一個年輕力壯的和尚，協助園藝工作和維修寺院。找一個懂得財務管理、滿腦子新潮募資構想的聰明青年，幫我們吸引全新香客和教徒，之後成為我的繼承人，並在我死後接下住持的職位。」

他嘆了一口氣。「不過想當然，」他輕聲補充：「對於妳這樣的年輕女性而言，這種要求實在太高了。」

我還清楚記得當下我跪在他面前，背部僵直坐在那裡，滿臉通紅，自尊受傷，只差沒有憤怒咆哮。「方丈！或許我只是區區一名尼姑，不過我身強體壯，辦事能力也強！我會幫你打掃維修寺廟，再說我有商業背景，一定會想出為寺廟尋覓金源、吸引新信徒的好點子。我會學習打點照料庭院，也會好好照顧你，請賜給我一次機會！」

我深深鞠躬，直到額頭輕輕觸碰到地板，等到我再打直身子，我注意到他的雙眼閃閃發亮，在他那毛茸茸的眉毛下偷偷觀察我，嘴角閃過一抹笑意。

備受輕慢的怒氣驅使下，我開始打掃這間小寺廟的每分每寸，清洗修補師父的舊袍，拂去佛壇及觀音十一顆頭和一千隻手臂上的塵埃，亦找工人修補屋頂瓦片和剝落凋殘的灰泥牆、換掉濕軟榻榻米墊，將木地板拋光得亮晶晶。

我投入付出得越多，對於這座老寺廟及師父的關愛就越深切。令人難過的是，儘管寺院環境逐漸改善，師父的健康狀態卻每況愈下。眼見他來日不長，我卻一籌莫展，最後終究還是讓他失望了。寺廟的財務狀況比以往更慘澹，維修需要經費，偏偏我們窮途潦倒，我也無法吸引全新香客或信徒上門。菜鳥和尚都是旅僧，也就是所謂的「雲水」，之所以稱為雲水是因為他們載沉載浮，沒有停留的力氣，至於我則只是一介經驗不足的女旅僧，怎麼可能救得了寺廟？我沒有技能，只有在時尚雜誌出版界打滾那幾年累積的幾項能力，偏偏在寺廟毫無用武之地。唯一實際的技能就是打掃，盡可能維持環境的井然有序。

眼看前景堪慮，我輾轉難眠，日夜操心。有天夜晚我恍若開竅頓悟，某個念頭瞬間閃過腦海，我興奮到睡不著覺，次日清晨特地前去找師父，那時的他身體已相當孱弱，卻從未錯過一場儀式或坐禪。事後我端茶給他，詢問他是否願意和我說說話。他肯定是從我的語氣猜到我有重要的話想說，於是硬撐起身子，而不是再次躺下。

「我很快就講完，」我說，接著開始解釋自己的構想。我告訴他，初來乍到時我確實很失望，但現在的我愛上這間小寺廟，而這份愛單純來自一點一滴的清潔打掃、對於環境的關懷愛護。

我在每天拂塵時愛上了千手觀音，現在也懂得欣賞她的美麗與恩典，以及她無邊無際的慈悲。

我在拋光打亮地板時與寺院建立深厚羈絆，也與供應木地板材質的樹木、在我誕生前幾百年擦洗地板的和尚產生羈絆。

我在除草和耙清庭院青苔時深刻體認，完成一項任務絕對不是真正重要的事，而是全心全意投入，動手去做。

動手去做的時候，我和當下這一刻、眼前的這堆雜草、這片青苔產生羈絆，而這一刻即是我的真實人生，我與當下沒有區別，我與木地板、樹木、和尚、雜草也沒有區別，就算後來野草重新長回來也無妨。

我說這一切想法並沒什麼大不了，但要是我創作一本關於禪學整理術的小書，也許會有人購買閱讀，也許我幫得上讀者，甚至能為寺廟帶來收入。我知道這些不是博大精深的禪學道理，只是小小的人生啟示，但我認為正因為我全心全意地去相信，也深知這些小小啟發再真實不過，我才能充滿信心地與大家分享。

清掃就是一種慈悲的展現。

除草是一種信仰的實踐。

整理即是一種愛的表現！

45　書

他們讓斯拉沃吉在福音宣教會外等著，然後在蒼茫黎明曙光下穿過小巷，陪同班尼回家。行經健司死去的地點時，班尼刻意繞行，可是似乎沒人發現他這個舉動。阿列夫和麥克森低聲討論那天稍早參加的聚會，但班尼完全不感興趣。他的頭部隱隱作痛，手掌隱隱作痛，肋骨也隱隱作痛。他不想讓他們看見他住在垃圾堆，也不希望他們碰見他的母親。抵達後院柵門時班尼停下腳步，暗自期望他們會自動離開，但他們卻不以為意地推開柵門，並彷彿早就知道前方有垃圾似的，直接將垃圾推至一側。一隻大黑鼠跳出溢滿的垃圾桶落荒而逃，在房屋下方消失無蹤。

「大鼠，大鼠，」麥克森說，班尼看見他們彼此互望的表情。他踏上後門廊的臺階，轉身揮手，正好看見他們肩並肩佇立，依偎彼此的畫面。他推開後門，門在他進屋後甩上。

廚房天花板上的燈光還亮著。他隨手關掉燈，踏入漆黑一片的客廳，任務控制中心一閃一爍的LED燈恍如深夜的機場跑道。他爬上樓梯，盡可能不去碰撞任何東西或發出聲響，行經安娜貝爾的臥房時，班尼看見她躺在床上呼呼大睡，《整理魔法》翻開，面朝下擱在她的肚皮上。她旁邊高高堆著一座宛如巨山的衣物，矮衣櫃抽屜已淨空、交疊置放地板，唯獨縮在床腳的那個抽屜，她已經開始往裡頭收襪子。他繼續往前走回房間，打開燈光。危險！哪裡不一樣了。他的後背包被放在床上，智慧型手機則在書桌上。他的母親曾進來他的臥房。他迅速巡視臥房一周，查看她是否在衣櫥內堆放物品，可是衣櫥內空無一物。擺放月球燈、書本、骨灰盒的書架也和離家前一模一樣。不過還是感覺哪裡變了。

「爸？」

沒有回應，他倒也不期望他回應。他已經好久沒聽見爸爸的聲音，也許他不夠認真聆聽，也許他應該再加把勁嘗試，他拾起骨灰盒。

「爸？你聽得見我說話嗎？」

盒子似乎變輕盈了，好像骨灰盒少了一丁點父親，但這怎麼可能？

「嘿，爸，你猜今天怎麼樣？我今晚嗑嗨了，這是我的第一次喔。我和幾個傢伙在你曾經帶我去的公園吸大麻，一開始感覺真的超怪，不過也挺讚的，不過後來我發作了。」

他的爸爸依然沒有回應。

「有個傢伙以為我要攻擊他，就拿起球棒揍我，但是不用擔心，我沒事。後來我去圖書館找我朋友。其中一人是藝術家，另一個是詩人，他們兩個人都很酷，我想你應該會喜歡他們。」

依舊沉默無聲。他想告訴爸爸阿列夫的事，描述她彎腰幫他包紮傷口的模樣，以及她觸碰他瘀傷肋骨時，他的心臟是怎麼狂跳不已。他想問爸爸要是愛上一個女孩應該怎麼做，卻不知該從何談起，再說他爸爸也已經死了。

「我今晚寫了一個故事。故事內容滿蠢的，但是大B說還不錯。大B就是我說的那個詩人。我已經想到接下來要寫什麼，我要寫一篇關於你的故事。」

骨灰盒沒有答腔。不意外，但為何感覺盒子變輕了？他在一手掌心上掂了掂骨灰盒的重量，旋轉月球燈，最後停在夢湖，那是全月球健司最喜歡的地點。他的腦中忽然浮現一個畫面，爸爸的骨灰像是一陣懸浮微粒的濃煙呈螺旋狀冉冉飄起，來到月球表面，最後降落在夢湖。骨灰正離開地球，拋下他的兒子。

完全是爸爸會做的事。

他把盒子放回月球燈和橡皮鴨中間的書架位置，然後爬上床，全身緊緊縮成一顆球，環抱著他的肋骨。而他母親稍晚醒來後，就是在那裡發現他的。

他受傷了。額頭上包裹著白色紗布塊，手上纏繞著染血繃帶。

「班尼？」她彎身呼喚他，「班尼，醒醒！」

他咕噥一聲，轉過身背對她。

她捉住他的肩膀：「班尼，快點醒來。」

他迷惘困惑地睜開眼。

「班尼，看著我。發生什麼事了？」

他看見她，迷惘困惑的感受瞬間蕩然無存，然後移開視線。「我沒事。」

「明明有事，你受傷了。看看你的頭、你的手。」她碰了下他手腕上的繃帶。「噢，老天爺，究竟發生什麼事？」

他一把推開她。「媽，我很好。真的，我睡一覺就沒事了。」

她深吸一口氣。要是他有腦震盪怎麼辦？讓有腦震盪的人睡覺是否有生命危險？還是那只是一種迷思？她已經記不得了。「好，」她說，摸了摸他額頭的紗布邊緣。「你先休息，我去叫計程車。」

前往醫院的途中，他拒絕告訴她發生什麼事，也拒絕告訴急診室的檢傷分類護士事情經過，堅稱是他自己摔跤跌倒。醫生幫他檢查頭部、縫合他的手部傷口時，班尼也不讓安娜貝爾留在急診室。等待期間，安娜貝爾致電梅蘭妮醫師、留下訊息，預訂緊急約診，接著打電話通知警察分局她的兒子已經回家。還需要聯絡誰？她努力盡好一名母親應盡的職責，而且要貫徹到底，彷彿這樣就能讓她的兒子療癒安好。她瞄了一眼牆上的時鐘，學校快開始上課了，於是她打電話到學校幫班尼請假。等待電話接通校長室時，她試著思考該用什麼理由請假——班尼身體不適、他出了一場意外、感冒——就在這時，校長接起電話。

「噢，史勒特校長，很抱歉打擾您，我只是想通知一聲，班尼今天不太舒服，無法到校上課……」

電話那端一陣沉默。一名流浪漢正在走廊對面的報到櫃檯與護士起爭執，安娜貝爾聽見候診室外一輛救護車的鳴笛聲步步逼近。校長清了清喉嚨。

「吳太太，」她緩慢開口：「我不太明白現在的狀況，但看來妳似乎不曉得班尼已經缺課將近一個月了。」

第三部

太空迷航

構想之於物質，就如同星座之於星辰。

——華特·班雅明《德國悲劇的起源》

書

46

危險！危險！

機器人透過粗糙的筆記型電腦喇叭擴音說話。

危險，威爾．羅賓森！

班尼按下暫停鍵。「爹地，你知道這是哪一種機器人嗎？我知道答案喔。」

他們正坐在客廳沙發，健司把電腦平衡擺放在兩人膝蓋上。這天安娜貝爾在辦公室上班，班尼感冒了所以沒去學校。那年他才七歲，自從父親讓他迷上《太空迷航》，某程度來說他就成了該劇專家。他享受自己比父親還懂的感受，有哪個小男孩不喜歡？

「是鋁罐機器人嗎？」健司問。他正就著咖啡杯喝啤酒，語畢啜了一口啤酒。

「不是。」

「那他是垃圾桶機器人嗎？」

「不是啦！當然不是。」

「嗯，」健司說。「那我就不知道了，你告訴我答案吧。」

「他是 B-9 類別 M-3 型號通用無理論環境控制機器人，」班尼一字不漏地唸出名字，彷彿這是人盡皆知的常識，卻完全藏不住自己知道答案的驕傲。當他按下播放鍵，機器人開始揮動它那可以收縮的波狀手臂。

警告！警告！無法運算。無法運算。無法接受行動結果。

「爹地？」

「什麼事，班尼？」

「我看到一個網站說，他們是在一九六五年開始拍攝《太空迷航》的。」

「是這樣嗎？」

「嗯，網站是這麼說的，然後一九六五到一九六八年在電視播放。」

「好，我相信你。」

「可是這個故事應該是發生在未來，對吧？故事背景應該是一九九七年，因為地球太多人，最後羅賓森全家搭著木星二號離開。」

「沒錯，他們想要找到可以展開新生活的星球。」

「這我知道，可是不合理啊。一九九七年不是未來，而是過去。一九九七年我都還沒出生——」

「對於一九六五年的人來說是未來沒錯啊。」

「我知道！」班尼不耐地說：「這就是我的意思！可是如果一九九七年在那個時候是未來，那麼現在不就是更遙遠的未來？現在已經是二〇〇九年了！」

健司啜了一口啤酒。「所以你的問題是什麼，班尼？」

「如果現在就是未來，那怎麼沒有太空任務？為什麼都沒有太空人駕駛火箭，航向其他行星？」

「嗯，」健司說：「問得好。」

「因為以前至少還有人登陸月球，對吧？」

「沒錯。」

「那後來發生什麼事？他們為什麼終止任務？」

「也許是時光倒流了？」

班尼翻了個白眼：「這個說法太笨了。」

「也許人類已經沒有登陸月球的理由了？飛向月球需要龐大資金，可是到了那裡……卻什麼都沒有。月球上什麼都沒有，沒有可以帶走、出售、宰殺食用的東西，只有一片死寂。如果去到那裡卻發不了財，又有什麼好處？最好還是待在地球展開戰爭，殺個你死我活。」他抬起雙臂，彷彿握著一把自動突擊步槍，假裝朝向客廳掃射，嘴裡發出噠噠噠噠噠……的聲音。

班尼的身體更深地陷入椅墊，咀嚼著指關節。「那樣未免太笨。」

「沒錯，」健司停止射擊動作，手臂環繞著兒子，輕輕掐了下他的肩膀。「打打殺殺真的很笨，還是活著比較好，」這時男孩身體癱在父親身上，把玩著父親的手指，手指聞起來像是他剛才熄滅的大麻菸，帶著香甜的煙燻味。

「爹地？」

「怎麼了，班尼？」

「你小的時候，有親眼看見太空人在月球漫步嗎？」

「當然！我那時和你同年齡，六歲。」

「我已經七歲了！」

「好啦，可是當時我只有六歲，那年是一九六九年，我還是一個愛窮擔心的小男孩，因為那個時候日本流傳一個童話故事，據說月亮上住著一隻兔子，我很擔心高大魁梧的美國太空人會傷害月球上的兔子，可是大家都跟我說不用擔心！美國太空人是大好人，他不會傷害月球的兔子！即便如此，我還是忍不住操心。」

「可是後來兔子沒事吧？」

「沒事。因為那時還沒有發明網路，所以我們是透過黑白電視機觀看登陸月球的轉播。我們看見第一個太空人尼爾．阿姆斯壯先生爬下梯子，踏上月球，然後說出那句超級經典的名言——這是我邁出的一小步，卻是人類的一大步之類的話。你知道這句話嗎？很有名喔。所以那時我下定決心，長大後我也要當太空人。」

「真的嗎？」

健司點頭。「登陸月球是我的夢想，我想在月球漫步。」

「那你後來怎麼沒變成太空人？那時候的太空人還會登陸月球啊……」

「當時日本還沒有太空人，所以我勤練單簧管，後來放棄登上外太空的夢想。」

「因為單簧管嗎？」

「因為音樂。」他閉上眼，頭部往後一仰靠上坐墊。班尼等他繼續說下去，注視著一抹微妙笑意在父親臉上悄悄蔓延開來，彷彿他正在聆聽某首遙遠美妙的歌曲。有時健司也會這樣忽然神遊他方，這種時候班尼便會用力搖晃他，大喊著地球呼叫爹地，地球呼叫爹地，你有聽見嗎？讓他回過神，可是這次不需要，因為健司嘆了一口氣，主動開口：「音樂就像是外太空，班尼，你不需要飛往其他地方，關於音樂的一切都無比美麗。」

但是班尼不買帳，他皺起眉頭。「學校有個同學說他的爸爸告訴他，月球漫步只是一場騙局。」

「不，」健司說，他搖了搖頭，打直背脊。「他爸爸錯了，月球漫步是真有其事。」他把電腦拽上大腿，迅速搜尋，然後按下播放鍵。電腦播放著阿波羅十一號月球登陸任務的美國太空總署畫面。他們望著身穿白色太空裝的阿姆斯壯形如鬼魅，緩緩爬下登月艙梯子，接著踏下梯子邊緣踩在月球表面。

「畫面太模糊了，」班尼抱怨：「看起來不像真的。」

「噓，你聽。」

在嗶嗶聲響和靜電雜訊之間，他們聽見那句受到靜電干擾的名言：這是我的一小步，卻是人類歷史的一大步。

「你看！」健司說。他們望著阿姆斯壯緩步爬下登月艙，踏出每一步時都仔細報告狀況，像是沾附在他靴子上的細緻粉塵，月球表面留下的第一個人類腳印，接著艾德林也走下登月艙，兩人架設好攝影機、紀念碑、美國國旗，逐漸學會在月球表面適應身體、走路旋轉、平衡彎身，沒多久他們已經可以在布滿粉塵的月球表面跳躍前進，月球的地心引力足以令他們打直站定，不至於四處漂浮。

「好吧，是滿酷的，」班尼不情不願地說：「我也想要當太空人，在月球漫步。」

「我也是，班尼。我也是。」

班尼

我還記得這件事！兩天後我爸帶了一個大紙箱回家，打開後我發現裡面裝的是月球，真的超級興奮。這是我專屬的月球吔！他說這是在一家古董店看到的，媽媽很生氣，她說我只是小孩，他不應該買這麼貴重的古董給小孩，因為小孩不懂欣賞這種東西，再說他們也負擔不起這筆錢。我還記得聽見他們吵架時內心有多難過，因為我對那個月球一見鍾情，不希望媽媽逼我拿回去退還，可是最後她沒有這麼做。爸爸還幫我買了夜光星星，貼在我的天花板，他幫我們創造了一個特別星座，我們取名為吳憂吳慮座，這時媽已經氣消了，所以那晚我們三人關掉燈，歪歪斜斜地橫躺在我的床上，仰視專屬我們的星座在黑暗中發光。

有時我們會拿著那顆月球坐在我的床上，一一唸出隕石坑的名稱，然後選擇自己想要登陸的坑。媽每次都選露水灣和彩虹灣，爸最喜歡夢湖，我則是一定會選比鄰浪灣的霧氣海，因為我喜歡這個名字，查過字典也明白意思後更是喜歡。太空人早就登陸過寧靜海或風暴海，所以沒人選擇這兩個坑。另外也沒人想去月球的陰暗面，只有爸，倒也不是他故意的，我們在旋轉月球時，有時得閉起眼用手指隨機壓住月球，手指指到哪裡，就決定那裡是登陸點，並得為這地點編造一個故事。

這個遊戲很好玩，可是媽連續三次降落在危機海，爸則是反覆指到疾病沼澤和死亡湖等小地方，他自己覺得有趣，可是媽媽嚇壞了，所以我們沒再繼續玩下去。

不過我還記得有一次媽媽指到生子海，於是開始編造一個關於女太空人登陸生子海的故事，後來女太空人回到地球，小嬰兒生個不停，她的小孩全是膚色蒼白的男孩。女太空人依據小隕石坑幫他們命名，不外乎是哥白尼、克拉維斯、施卡德、洪堡德、別利科維奇、花拉子密等名字，我們得記下這些名字，並學會正確發音。現在我不記得全部了，只記得還有更多，她至少有二十個膚色蒼白的兒子，最後他們都變成小太空人，而身為母親的女太空人需要多加留意，因為地球的地心引力不足以讓他們雙腳站穩，所以他們總是不停飄走。在屋內漂浮是無妨，因為他們的頭頂多是撞到天花板，然後哇哇大哭，而她只需要爬上摺疊梯，捉住小男孩的一隻腳，將他們拉下來就可以了，但需要出門時她就頭大了。每次外出散步時，她都得在他們腳踝上綁上絲線，畫面很引人側目，她以絲線牽著小男嬰在人行道上散步時，像是拎著一大把顏色慘白、上下顛跳的氦氣氣球，路人都不斷打量她。

這故事真的很厲害，媽媽連續兩週夜晚都會更新故事發展，我不記得故事中的爸爸上哪去了，我想應該是沒有爸爸，女太空人是單親媽媽，只是因為登陸生子海才懷孕生子，而這正是故事重點，她打從一開始就不需要孩子的父親，並和兒子展開各式各樣的超酷歷險，然而隨著蒼白兒子漸漸長大，媽媽也越來越難將他們固定在地球上，兒子們在學校等地方也處處碰壁，最後甚至惡化到不得不舉行家庭會議。蒼白兒子告訴媽媽，為了他們的自尊著想，他們得回到月球，回去尋找屬於自己的隕石坑，了解自己的真實身分。女太空人聞言後雖然傷心，可是她也明白自己勢必放手，縱使深知他們不在身邊她會有多孤單，她仍然希望兒子擁有健康的自尊與身分認同。蒼白兒子邀請媽媽跟他們一起回月球卻遭到婉拒，畢竟她是地球人，去過月球一趟已經足夠。等到分離的那一天，她牽著繫綁絲線的兒子踏出家門，使用她小小的刺繡剪刀剪掉絲線，讓兒子一個個飄向燦爛明亮的蔚藍天空。他們不斷向她揮手，身形越縮越小、臉孔越來越蒼白，承諾媽媽有天會再回到地球，可是當然他們從來不曾回來。

結局真的很悲傷，我不知道媽媽完成故事的那晚爸爸人在哪裡，可能是去哪裡表演了吧，因為當時只有我和她躺在我的床上，故事畫下句點時我倆都陷入沉默，無言地盯著天花板上的星星，內心十分落寞惆悵，然後她開口提議，或許我們應該改結局，我點頭贊同，於是我們改了故事結局。全新結局中，最年幼的兒子穿過樹梢飄走，低下頭時正好發現母親在落淚，於是在最後一刻牢牢捉住一棵高聳樹木最頂端的樹枝。由於小兒子的個頭還很小，月球引力還不夠強，所以將自己一路拖回腳底下的樹木，最後回到媽媽身邊。他握著媽媽的手告訴她，他改變心意了，還說自己和其他兒子不同，他很穩重，打算試著在地球上尋找個人的身分認同，母親喜出望外，而這當然也對他的自尊有好處。她帶著小兒子回家，翌日兩人去了一家鞋店，特別訂製一雙擁有閃亮鋨鞋底、奇重無比的鞋子，讓他可以待在地球表面，同學都想要和他一模一樣的鞋，而他也因此成為學校的風雲人物。

這個結局好多了。

錢是世界上最沉重的物質，現在這麼一想，我覺得那正是我爸需要的東西。他需要一雙擁有錢鞋底、奇重無比的鞋，讓他停留在地球表面。你也知道他曾說過音樂就像太空，只要有音樂他根本不需要飛去其他地方，因為地球的一切已是無與倫比的美麗？其實我可以拍胸脯告訴你，這些全是屁話。就算他曾經這麼想吧，但在我七、八歲時他已進入過渡狀態，當時三不五時就和媽媽吵架，起因大多都是因為他吸食大麻的事——雖然他們從來不提那兩個字，至少在我面前不提，但我其實都知道。他想要戒大麻，也嘗試了，卻怎樣就是戒不掉。每次他又開始抽大麻時我都知道，因為他的狀態就像是太空迷航，在某個銀河沿著軌道運行，什麼都無法讓他停留在地球表面，錢沒辦法，我也沒有辦法。

話說回來，我記得在我還非常年幼的時候，他並不需要大麻，對他來說音樂已是全部——音樂即是純粹的太空，足以讓我們全家凝聚在一起。他唯一需要的只有我，只有媽，我們就是全部。我還記得那種感受，一切都是那麼美好。

說到我爸爸，就不得不講起一件事，那就是他活著時，是真的活在當下。我記得他會播放他最愛的歌曲〈隨著搖擺樂〉〈唱，唱，唱〉，而且是一九三八年卡內基音樂廳的現場演出音檔。他老是反覆播放這首歌曲，每次聆聽時都會忍不住潸然淚下，我從來不懂他哭泣的理由，於是他試著解釋。

這是現場表演啊，班尼！你聽！彈奏次中音薩克斯風的是貝比・魯辛，吹小號的是哈利・詹姆斯，打鼓的是吉恩・克魯帕——噢，老天，聽聽那個筒鼓，他簡直太殺！

直到現在，他的聲音依然在我耳畔縈繞不去，我仍能看見他隨著大樂隊的音樂節拍一腳踩踏地面，頭跟著點動，全身上下擺盪的模樣。我覺得這樣的他很酷，所以會試著模仿他的動作。當我們聆聽小號三重奏，演奏大約進展到七分鐘時他會閉上眼說，等等，馬上就來了！古德曼要登場了……！我們聽著如同一條蛇蜿蜒攀升的單簧管獨奏時，爸爸激動到全身顫抖，等待那個不可能彈奏得出來、飆破高音C的C，等到古德曼成功演奏出那個音符，爸爸會頓時大喊太讚了！然後緊緊攬著我說，就是這樣，班尼！噢，寶貝，這才是精彩絕倫的爵士樂！果然超殺的……

正當古德曼結束演奏，傑斯・史塔奇展開鋼琴獨奏時，樂音起初輕柔溫婉，然後觀眾席的某個人，也可能其實是樂隊的樂手喊道：太讚了，老爹，這時我老爹的臉也露出開懷燦爛的笑容，搖著我輕聲說，等著聽德布西登場，你有聽見拉威爾嗎？他竭盡所能想讓我聽見他耳朵所聽見的樂音。當史塔奇的獨奏結束，觀眾席間爆出如雷掌聲，克魯帕舉起鼓棒，為整場演出畫下完美句點，我爹地的臉龐也已經被淚水浸濕，雙眼閃閃發光，緊緊抱著我，說，你聽，班尼！這就是最純粹的現場表演，我們就是應該活在當下！

47　書

然而健司已經不在當下。他死了，獨留下班尼一人。

班尼已經回到學校上課，安娜貝爾再也不讓他獨自搭公車，就算會造成日常工作的不便，她依舊堅持每天早上陪他搭車上學，下午再接他放學回家。第一天返校步入校園時，背後的母親猶如一艘巨大汽艇，他聽見其他同學的訕笑，課堂上也聽見同學在背後討論他，甚至在午餐室裡嘲諷他——喲！班尼！你的三明治在說話嘍。不要吃我！拜託不要吃我！——是很殘忍沒錯，但現在他已經習慣聽見這樣的聲音，也不以為意。如果你詢問他的感受，他只會不置可否地聳聳肩說他很好，但事實上他只是麻木脫節。覺得過去和未來遙遠是很正常的事，可是班尼就連當下這一刻都覺得遙遠。時光與空間無可救藥地緊密糾纏，當下卻離他越來越遠。隨著一週週過去，他覺得自己好像搭上一艘星際太空梭，一頭栽入黑洞、疾駛奔向另一顆行星。他仍然聽得見物品說話的聲音，可是這些聲音也似乎遠在天邊，悶在厚重濃稠的白噪音裡，幾乎分辨不出它們說了什麼。

他會告訴你這樣很好，反而是有人和他說話、期待答覆時才有問題，好比輔導老師、學校護士、社工人員，抑或他的特教老師，而一切就是在這種時刻分崩離析。因為他被診斷出具有精神障礙，所以現在有這麼多人期待他回答問題，他則得接受為他個人需求量身定做的個別化教育方案。這是安娜貝爾努力幫他爭取的方案計畫，校方發現班尼曠課的事件後沒多久，史勒特校長就傳喚安娜貝爾來學校商討。她坐在僵硬的椅子上，凝望著校長室牆面上琳瑯滿目的加框證書，聽著校長告訴她班尼捏造電子郵件的事。

「他肯定是登入妳的帳號，」校長說，將電腦畫面切換至她的收件匣。「我很驚訝妳居然都沒察覺。我希望妳別告訴他妳的個人密碼，我們並不建議妳這麼做，原因相信妳懂。」她對著電腦螢幕蹙眉，雙手輸入一個字串，然後轉過電腦螢幕讓安娜貝爾瞧。

安娜貝爾微微欠身，仔細研究兒子捏造的電子郵件內容。電子郵件一來一往，她怎麼可能漏看？他當初是怎麼進入她的帳號？不過她突然想起自己也可以輕而易舉猜中班尼的手機密碼，也乍然發現她和班尼其實非常了解彼此，許多母親都無法自信滿滿地說自己和兒子的關係親密，她和兒子羈絆深厚的意外證明撼動她的內心，令她驕傲不已。就在此刻，她發現郵件地址缺了一個字母。

「噢，妳看！」她指著電子郵件說：「少了一個字母！少了我電子郵件中的一個字母，妳沒有注意到。」

校長凝神望著螢幕，冷冷地說：「太賊了。」

安娜貝爾坐回椅子。真的太賊了，班尼肯定是故意開設一個假帳號，把電子郵件轉發至這個帳號，也怪不得她從來沒見過這些郵件。少了一個字母差別可大了，字母真的很重要！

校長又開啟另一封有附件的電子郵件。「這是他偽造的醫師證明書——我猜這個史達克醫師是真有其人？」

「當然她是真實存在的人，」安娜貝爾說：「梅蘭妮．史達克醫師。」醫生證明書抬頭無比荒謬的歡樂，她克制不了自己地嘴角上揚。泰迪熊抱著一顆微笑笑臉氣球的圖案，完全就是梅蘭妮醫師的風格。她讀著這封信，憋不住地哈哈大笑起來。「妳真的有讀這封信嗎？」

史勒特校長皺眉：「妳說什麼？」

「我是說這封信，妳之前讀過嗎？」

校長把電腦螢幕調回她的面前。

「他錯字連篇，『入住』寫成『人住』，」安娜貝爾說：「『情感思覺失調症』也寫錯了。」

「這件事無關妳兒子是否寫錯字，吳太太。如果他來學校——」

「對，那當然，這點我明白。但我比較好奇怎麼連妳也相信這封信出自醫師之手。」這下校長緊蹙的眉頭鎖得更深了，她深吸一口氣。「我們也很好奇，吳太太，妳怎麼可能不知道自己十四歲的兒子已經連續蹺課幾週。妳怎會不知道班傑明的行蹤，而且這段期間長達——」她輸入一串搜尋指令「長達二十六天？」她再度轉過電腦螢幕，背部往後一靠，靜靜等待安娜貝爾回應。

她的話當然很有道理，安娜貝爾猶如洩了氣的笑臉氣球，癱在僵硬椅子上。她怎麼讓這種事發生？校長雙臂環胸，連珠炮似地訓斥她忽視兒子曠課有多危險，父母失職可能讓年幼孩童遭遇哪些問題，譬如接觸毒品、犯罪、性侵。安娜貝爾低垂著頭，一邊聽著一邊盯著她的手，食指緊張兮兮地順著撫摸大拇指的指甲豎紋。她的指甲全部有豎紋，她讀過豎紋是健康出狀態的指標，但已經不記得是哪種健康問題，只記得豎紋恐怕象徵身體不健康。她也有倒刺，不禁暗自納悶著手提包內是否有指甲剪。她曾經隨身攜帶指甲剪，而且不止一把。

「吳太太，」校長說：「妳知道班傑明都去哪裡了嗎？他都和誰在一起？他要是不來上學，都在做什麼？」

「他說他在圖書館，」安娜貝爾說，撥弄著手指倒刺。「說他都在看書。」

「妳相信他說的話？」

「我相信。」安娜貝爾說。「之前是。我的意思是，現在也是。」

校長用不可置信的眼神望著她。

「不，我說的是真話。」安娜貝爾堅稱：「班尼很喜歡圖書館，從嬰兒時期就開始了。」

校長摘下眼鏡，搖搖頭。「吳太太，」她說：「無意冒犯，但我這幾十年來處理中學行政事務，卻從未見過逃學學生上圖書館的案例。逃學學生會去購物商場、鞋店、星巴克，他們可能在公園、小巷、廢棄工廠建築廝混，就是不可能去圖書館。」

「噢，這妳就錯了！」安娜貝爾說：「我在圖書館看過他，他暑假時天天都去那裡，有一次我去查勤，看見他就坐在小自習室桌前，桌面四周堆滿書，還讀書讀到睡——」

校長早就沒在聽安娜貝爾說話，她迅速翻尋一份文件夾，抽出一張紙。「本學年剛開始時，我們曾經寄一封信給妳，妳已簽字表明理解學區規定的學生出席政策。」

她把信件擺在安娜貝爾面前，上面確實有她的簽名，她依稀記得簽過字，卻沒有詳細閱讀信件內容。

「所以妳應該很清楚身為家長的法律責任，就是確保十六歲以前的孩子確實到校上學，」校長繼續說：「而違反規定被認定為一種教養疏失，學區可向少年法庭提出曠課訴狀，由於班傑明長期缺課，我們別無選擇。」

本來凝望著那封信的安娜貝爾頓時抬起頭。「等等，妳說什麼？妳要告我？」

「吳太太，這是法律規定，」見到安娜貝爾的沮喪神情後，她稍微軟化語氣：「當然我們還沒有走到那一步，我也誠摯希望不必如此，但我還是得先警告妳──」

「不，」安娜貝爾搖頭，她挺直腰桿，兩手平放在校長的辦公桌面上。「不，很抱歉，事情根本不是妳講的那樣。」

「妳說什麼？」

「事情根本不是妳講的那樣。班尼不是逃學蹺課、在購物商場或星巴克鬼混的不良少年。他討厭購物商場，也受不了星巴克咖啡廳，更承受不了嘈雜噪音，但這些都不是重點，重點是我兒子有精神疾病，史勒特校長。校方明明知悉這件事，所以若真要說他曠課，校方是不是也有疏失？原因不正是因為學校疏忽，無法提供他適當協助嗎？所以不妨也來討論一下校方的責任歸屬？我們好好聊一聊吧。」

接下來班尼被迫參與緊鑼密鼓的面談、評估、商議。特殊教育老師、學校護士、社工人員、個案主管等人馬組成一支團隊，向班尼提出問題，期待他給予答案，而這些面談讓他深感煩悶苦惱。依據法律規定，校方應該提供滿足他的特殊需求，但是班尼不要，他堅持自己好得很，他現在這樣很好。當然他還是聽得見東西說話，但那又如何？大多時候他都充耳不聞，既然如此，他們為何不能也對他充耳不聞？

回到家中，他母親也要求他的答覆。她想要開放溝通，製造對話機會。

「班尼？……班尼？……班尼！」

「怎樣？」

「今天學校如何？」

「一樣。」

「有學到什麼有趣的事物嗎？」

「沒有。」

「你有交到新朋友嗎？」

「沒有。」

「你有嘗試和其他同學講話——？」

「沒有。」

「你的手怎麼樣了？」

「很好。」

他的手正在慢慢癒合，縫線已經拆除，留下一道張牙舞爪的猩紅疤痕，不過他依舊拒談傷口是怎麼來的。急診室醫師幫他縫合傷口後，曾將安娜貝爾偷偷拉到一旁，告訴她從傷口的樣子判斷，很像是鋒利刀刃致使，甚至可能是劍，攻擊對象可能是從上方襲擊，刀刃從上而下劈砍，而班尼舉起手擋刀自保才會受傷。醫生舉起手示範動作，但後來安娜貝爾詢問班尼時，他卻否認了這個說法。

「完全不是那麼一回事。」

「不然是怎麼發生的？」

「沒什麼大不了，只是一場意外。」

他拒絕進一步解釋，最後安娜貝爾只好威脅要帶他去警察局報案。

「媽，」他疲倦地說：「他們不會逮捕我的，我又沒做什麼。」

她站在他的臥房門口仔細打量兒子。他這是在反諷嗎？還是在嘲笑她？他的語氣單調又不帶情緒，只是單純陳述事實。或許他說得沒錯，警察幫不上忙，而這一點也令她氣餒。

「可是有人對你做了什麼！有人傷害你，班尼。你很可能失去大拇指！你知道一輩子沒有拇指是一件多嚴重的事嗎？況且還是右手！這件事我們非得追根究柢才行。」

班尼搖搖頭，一屁股往床沿坐下，把玩他的專屬湯匙。「我已經告訴妳了，這只是一場意外。是我跌倒，然後不慎割傷手，四周太黑我看不見，我已經不記得了。」

「到底是哪一個，班尼？是你看不見？還是不記得？」

「我不記得。」

安娜貝爾蹙眉。他是在說謊嗎？他怎麼會不記得？他有在嗑藥嗎？「醫生說你遭到攻擊，還說傷口看來像是刀傷或劍傷。」

「媽，妳有注意到嗎？現在根本沒人會隨身攜帶劍。」

這句話肯定是反諷沒錯。他不耐煩地用湯匙背面敲打著他的膝蓋。

「哪些人？」安娜貝爾問：「你和誰在一起？」

「朋友，」他說，然後在食指上平衡湯匙。

「當時你和那個名叫阿列夫之類的女孩在一起，你的手機裡還有她的電話——」

「她怎樣了嗎？」他說，聲音瞬間充滿戒備。

「她是誰？」

湯匙搖搖欲墜。「什麼人都不是，只是一個朋友。」

即使安娜貝爾發現班尼的聲音透露出愛慕，她也假裝沒聽見，繼續逼問下去。這是一種直覺，可以說是母親的直覺。

「她是麥克森的朋友嗎？你是在醫院認識她的？」

湯匙不穩滑落，他再次拾起。「不是，」他說：「她是我在學校認識的朋友。」

總算被她逮到小辮子。「你說你在學校沒朋友，記得嗎？」她努力不讓聲音透出勝利的喜悅，卻還是不小心滲出，班尼也聽出來了。

「好，」他說。「是我說謊，這個人是我捏造出來的，根本不存在，現在妳滿意了吧？」

哪門子的母親捉到孩子說謊時會滿意？哪門子的母親會因為孩子沒朋友而洋洋得意？她跨過門檻走進房間，往班尼身旁的床沿坐下，手臂環繞著他的窄小肩膀，感覺到班尼渾身僵硬。「班尼，親愛的，我只是想幫忙。你在醫院交到朋友是好事，麥克森似乎是很好的年輕人，只不過他年紀比你大很多，我們對他也一無所知——」

「麥克森不是我朋友。」

「那麼這個阿列夫呢，她的年紀也比你大嗎？」

她感覺到班尼肩膀下垂。他點點頭。

「那她為什麼會想和你這樣的小孩當朋友？」

他的身體似乎在她的胳膊施壓下越縮越小。她輕輕掐了他一下、兩下，希望重新將生命力灌注他體內。

「我只是不想看見你受傷，班尼。我當然希望你交到朋友，但必須是年齡相仿的朋友，好嗎？也許現在你參加學校的全新課程，就會結交到和你談得來的朋友。」

她再度掐了下他的肩膀，他一個沒拿穩，湯匙墜落在地。安娜貝爾彎腰幫他撿起湯匙，那首童謠的歌詞倏然浮現腦海。嘿，滴答滴答，小貓拉著小提琴，乳牛跳上月亮。小狗看了笑哈哈，盤子帶著湯匙逃跑。

她曾用這首童謠教健司發捲舌音，她先會為他複誦一遍歌詞，他則笨拙不靈巧地跟著唸出來，然後為了自己的拙劣發音笑出來。他無法成功唸出滴答或小提琴的發音，卻很愛唸湯匙。身懷六甲時，兩人的兒子將她的肚皮撐得老大，健司曾經雙臂環抱她，從後方輕輕搖著她。湯——匙，他拖長發音，在她耳邊低喃。湯——匙。健司幫她修好那張搖椅之後，她在椅背上油漆小牛跳過上弦月的圖案，班尼出生後她曾一邊坐在那張椅子上輕輕搖晃一邊哺乳。懷裡抱著一個新生命她仍記憶猶新，感覺他吸吮乳頭時意外強勁的拉扯感受。搖椅擱在班尼房間許久，但是前幾年他說已經不想要搖椅。如今她的體型橫向發展，已坐不下搖椅，但說什麼也無法說扔就扔，所以他們將搖椅收進她的臥房。現在她手裡握著湯匙，多麼想要大聲唸出童謠歌詞，卻努力克制自己不唸出來。她斜睨一眼班尼，身旁的他依舊垂頭喪氣，緊啾著地面，於是她伸出手，將湯匙手把那端豎起擺上他的大腿，靜靜等待，眼見他沒有反應，她拿起湯匙，像是舞蹈般在他腿上來回跳動。

「嘿，滴答滴答，」她低聲哼著。

他猛然拽開膝蓋。「別鬧了。」

班尼

我超愛那把湯匙。雖然它只是一把老舊銀湯匙，而且可能不是純銀，而是混雜某樣合金材質，但這不是重點，因為無論製作湯匙的人是誰，他都很清楚自己在做什麼，知道應該如何做出一支好湯匙，形狀完美符合手部弧度，能夠輕而易舉放進嘴裡，即使雙手很小，嘴巴也很小的人都輕鬆自在。我敢保證某個美麗的人曾經使用那把湯匙品嚐美食，因為我感受得到來自美麗雙唇的記憶，每次我把湯匙放進嘴裡也嚐得出美味，聽得見它發出愉悅的低哼。無論是誰製作這把湯匙，這都是他的用意，而湯匙也很開心，只要能幫助人進食它就開心滿足。

這就是為何我總是用那把湯匙吃飯，並且一定隨身攜帶，也老是害怕別人偷走它。童謠歌詞說盤子會帶著湯匙逃跑，小時候的我信以為真，還在腦中想像綁架情節，並養成轉身時不隨便亂放湯匙的習慣，尤其要是附近有盤子。我會舔淨湯匙、丟進口袋，完完全全是小孩會幹的蠢事，年紀小的時候倒也還好，可是到了高中，情況就沒那麼簡單了。有個混蛋同學看見我在午餐舔淨湯匙並丟進口袋時，趁機搶走我的湯匙並衝到室外，他的朋友跟上前，玩起互傳搶奪湯匙的遊戲，在我頭上拋接湯匙，嘴裡呼喊「喂，猴子。喂，智障，來搶啊」之類的蠢話，直到鐘聲響起，他們把湯匙扔上屋頂。至今我對那個畫面依然記憶猶新。我記得湯匙飛越天空的當下彷彿一個銀輪，也記得它降落時發出的聲響。自助食堂只有兩層樓高，屋頂並不特別高，不過因為是斜坡設計，所以我聽見湯匙一路翻落斜坡，最後哐啷掉落雨水槽，然後就這麼靜止不動。雖然我看不見湯匙，但每次經過學校餐廳時都會聽見它在那裡發出低哼。我本來想通報特殊教育老師取回湯匙，可是後來還是決定不要，光是知道它在哪裡就已經足夠，儘管吃東西時沒那麼美味，湯匙聽起來也不若以往快樂，但至少我能聽見它的哼聲，知道它在那裡，安全無虞。

對於我媽的事，我確實是很有罪惡感，但是她不斷問我一堆問題，差點把我逼瘋。我知道她只是想幫忙，但我無法告訴她那晚裝幀室發生的事，關於頁紙低聲喃喃，文字在綠光中漂浮泅泳的情況，也無法告訴她關於你的事。

我還不清楚你究竟是何方神聖，這實在太詭異、太瘋狂了。我甚至無法告訴阿列夫或大B，倒也不是說我還有和他們聯絡，不過沒差。我擔心要是我告訴任何人，我有一本無時無刻不跟蹤我、訴說我人生的書，他們會把我丟進精神病院，我則要命地永遠出不來。

48 書

梅蘭妮醫師再度調整他的治療方案，他返校後通報有無精打采、麻痺無感、體重上升、漠不關心等症狀，讓她不由得擔憂。在梅蘭妮醫師的腦袋中，諸如此類的症狀全是藥物治療的後果，她從沒想過這些副作用其實與藥物無關，而是學校本身。無論原因究竟為何，展開新療程後這幾項副作用確實也跟著消失，取而代之的是其他症狀，好比坐立不安、焦慮躁動，無法控制的突發性肌肉痙攣。班尼感覺自己就像是咀嚼一捆錫箔紙，彷彿他的心臟隨時隨地都會爆炸，但這也可能只是戀愛的副作用。

「所以，」在下一場診療中，梅蘭妮醫師問他：「你感覺如何？」

他怎麼可能告訴她真相？說他愛上阿列夫，她卻不能回應他的愛？而他心碎一地？他才十四歲！根本不曾有過這種感受，也不知道該如何將這些感受化作文字，於是他臉色陰沉，在椅子上蜷曲著身子，披頭散髮，遮蔽著臉孔。「妳每次都這麼問。」

她稍微傾身，仔細研究他的動作反應。「你是說我每次都問你感覺如何？」

「對。」

「你不喜歡這個問題嗎？」

「不喜歡，」他可以感覺到自己下顎緊縮，開始咬牙切齒。

「你不想要我知道你的感受？」

「完全不想。」

「這個問題給你什麼樣的感受？」

他感到憤怒，牙齒之間也滿是怒氣。他瞇起眼，朝她投以陰險惡意的眼神。「這讓我想要大咬一口。」

「懂了。」她說，身體往後傾，卻絲毫不彰顯外露情緒。「想要咬我嗎？」

「不是！」他惱怒地說，「妳說的話。我想咬下妳說的話，然後吐出來！」

他開始出現歇斯底里的想法。班尼的母親不讓他放學後去其他地方，尤其是圖書館。自從裝幀室事件發生，阿列夫和麥克森走路送他回家後，他就再也沒見過阿列夫。起先他們還很頻繁傳訊，他告訴她自己被抓包、必須接受特殊教育課程、回到學校又有多討厭等事，她則是捎來鼓勵話語，要他保持沉著，記得深呼吸，可是看到她寄來的對話泡泡框時，班尼卻心跳加速，很難深呼吸。後來她的訊息戛然停止，雖然他仍持續傳訊給她，訊息似乎成功傳過去，但她卻不再回覆。當他試著撥電話給她，電話直接轉到語音信箱：「您所撥打的號碼目前無法接聽。」他並不意外號碼會如此頑抗不從——他知道數字有多反覆無常，然而阿列夫一整週都杳無音信後，他便得出一個結論，那就是問題其實不出在不可靠的號碼上，而是她封鎖了他的來電。

他納悶是否媽媽私下聯絡她，說了什麼讓她對他反感的話，可是不合理啊。阿列夫不會不吭一聲就與他斷交。後來他又想到，或許是她電話的問題，是它封鎖了他，畢竟電子裝置不值得信任，也許她甚至不知道他試著聯繫她！但既然他從沒做過任何事，讓她的電話對他懷恨在心，他不得不排除這個理論。接著他又不由得擔心起來，深信她肯定是出大事了，可能沒錢了，抑或被送回精神病院，再不然就是被貨車撞到。搭公車上下學的途中，班尼坐在母親身邊眺望窗外，坐立不安地咀嚼他的錫箔紙，掃視著人行道上是否有一個腳穿戰鬥靴、有著亮麗銀髮的纖瘦女孩，或者是否有一個在街頭滾動輪椅前進的老人，身後有一團白色塑膠袋漂浮飛舞。

他再也無法忍受，他勢必要回去圖書館找她，於是他告訴母親，他得為科學作業進行研究，她答應班尼下班後會親自帶他去圖書館。在前往圖書館的公車上，她問了不少關於作業的問題，並主動提議要協助班尼，卻屢屢遭到拒絕。等到他們抵達圖書館，他讓安娜貝爾獨自留在期刊區，單獨前往每個樓層，有條不紊地勘查，從一樓到最頂樓，每一層樓都不放過。

他感覺圖書館似乎哪裡變了。來到九樓時，他的雙腳習慣性地帶他爬上險峻的步行橋、前往隱密角落，但他步步逼近時，卻發現他的自習室已有人占據，打字阿姨和天文學系的交換學生也已經不在。之前他們都會來的，如今坐在他們位子上的都是陌生面孔。他停頓在步行橋上，他真的沒走錯樓層嗎？他倚著欄杆向下俯視，目光越過腳底下的九層樓，眺望著地下二樓。他確實是在最高樓層，從裝幀室一路灌上的冷風讓他不由得渾身輕顫。他豎起耳朵仔細聆聽，想聽見那晚微弱卻充滿希望的說話聲，卻只聽得見風聲。風說話同時，他的雙腳也跟著前進。

他爬樓梯一路來到地下室二樓，推開沉重大門，踏進書籍處理區。那晚偌大室內完全凝止不動，而今噪音和活動卻熱絡亢奮，室內發出各種嗡鳴。滾軸嘎嘎，輪子震動，圖書館員來回推著手推車，與此同時，複雜精細的主要輸送帶脈絡亦穩定地將書本傳送至一座座自動工作站。現代化的電腦機械書籍挑揀系統是圖書館整修時加上的新裝置，對此書本憎惡不已，它們渴望的是人手，期盼的是有溫度的碰觸。遭到旋轉、翻身、迴旋、掃描、挑撿、滑下重力斜槽，再重新被丟進桶子，抑或經由液壓噴向半空中、扔進手推車的待遇，讓它們感到毫無尊嚴，不由得怒火中燒。沒有一本書可以容忍這等粗暴對待，它們的哀嘆悲鳴壓過嘈雜的機械聲——我們不是家具零件，曾經神聖的我們地位僅次於上帝！

它們心碎的聲音幾乎充滿人性。班尼兩手壓著耳朵，他必須保持專注。瞥見職員休息室後走上前去，但這時一名手持條碼讀取器的圖書館員攔截他的去路。

「請問需要幫忙嗎？」她問，手中的條碼讀取器指向他的胸口，看起來很像射線槍或是相位武器。**警告！**

他往後退了一大步，舉起雙臂。

圖書館員手持她的武器，揮向四周：「你在找人嗎？」

「不是，」他說。**警戒指數：橘燈！她怎麼知道？**

「你不應該來這區的，」她說：「這裡不開放公眾進出。」

各種想法在他腦中瘋狂疾駛，這個圖書館員看來十分面善，體格不算高大，大概和他差不多高，甚至比他嬌小。要是他動作夠快，或許就能成功拍掉她手中的武器，衝進職員休息室，也許阿列夫和大B正在那裡。即使他們不在，冰箱裡可能也有足以撐上好幾天的糧食。如果他搶到嬌小圖書館員的相位武器，他就能挾持她當人質，逼圖書館與他談判，他可以提出交換條件，要求他們交出阿列夫。他們肯定把她藏在某處。但是會在哪裡？裝幀室！他們把她當作囚犯關在裝幀室！他的大腿抽搐，往前邁出一步。

嬌小圖書館員往後退一步。「喂，」她說：「你還好嗎？我呼叫別人下來幫你。放輕鬆，在這裡等著。」

危險！警戒指數：紅燈！紅燈！紅燈！

她動作火速，可是他的動作比她更快。她的手才伸向對講機，他隨即旋過腳跟迅速衝向出口，半秒不到便一個箭步躍上樓梯，一步併作兩步衝上樓。雖然他的速度不如以往，至少足以超越嬌小的圖書館員。抵達一樓後，班尼繼續上樓——來到二樓、三樓、四樓——這時他喘不過氣，不得不在樓梯井緩和呼吸，用力將空氣吸入肺裡，盡可能不發出一丁點聲響，仔細聆聽是否背後傳來腳步聲，是否傳來警戒和警告聲，然而空氣中悄然無聲，唯獨他逐漸放緩的呼吸聲，以及幾個伴隨他想法而來的微弱細語，聽起來猶如回音，猶如回音……

四下無人，樓梯井門上的招牌標示著五樓，於是他溜了進去，尋找瓶人和朋友喝伏特加的洗手間。他先前怎麼沒有想到？他們肯定在那裡！他很確定洗手間的位置記得一清二楚，於是循著阿列夫帶他穿過331.880書架的路線，但如今這裡看起來也不同了。工會和勞工階級權利的書架已淨空，當他來到老人洗手間門口的所在地，眼前卻僅有一堵空牆，完全沒有洗手間的招牌。

洗手間是真的存在嗎？還是他自己的想像？**真實是什麼？**這是瓶人引導他發掘、他必須自己釐清的哲學問題，而這陣子以來他一直在練習哲學思考。在校內要是有老師說話，他就會自問：**這個人是真實的嗎？**如果最後的結論是否定的，他就懶得回應。當他從公車站牌走路回家，人行道開始對他說話，他也會問：**你是真實的嗎？**如果人行道回答了，他就會思索混凝土的本質，感激它盡自己所能地承受他的體重。

而今他面對這堵白牆，問它：你是真實的嗎？牆壁並未答腔。他走上前觸摸牆面，感覺牆壁猶如人行道僵硬而真實。若牆壁是真實的，它佇立在原本是洗手間大門的位置，那這說明洗手間是什麼？不可能兩者都是真實的。

他搖搖頭，努力甩掉這個念頭。這是藥物的副作用嗎？有時藥物讓他難以進行邏輯思考。他非專注不可，因為如果洗手間不是真實的，那麼那天下午的記憶也不可能是真實的，斯洛維尼亞雙胞胎清潔工不是真實的，伏特加不是真實的，瓶人可能也不是真實的，這麼一來，就連他的哲學問題也不是真實的。當然這完全說不通，因為他的問題感覺是如此真實，是就他所知最真實的一件事。不然他現在怎麼會有這道問題？

他的耳朵緊貼牆面凝神細聽，聽見了水管的汩汩水聲，頓時發現自己思考的方向相反。既然這道問題是真實的，那麼洗手間肯定也是真實的，洗手間肯定就藏在牆壁後方，牆壁另一側肯定有洗手間，或許阿列夫就藏在裡頭，情非得已地被禁錮在洗手間內。她在裡面嗎？他開口問。你把她關在裡面嗎？他仔細聆聽，等待答覆，可是牆壁一語不發。

他腳步往後退至走道底端，退到財富分派和階級宏觀經濟學書區，然後開始向前助跑。要是他有圍城炮或是破城槌，甚至只是一支長矛都好。他運用體育課時學到的姿態蹲低身子，目光緊緊盯著牆，就在這時，他聽見一個微弱聲音呼喊著——

不，班尼，等等……！

是牆壁在乞求他手下留情嗎？為時已晚，因為他已經衝上339書區的走道，加速猛衝。

砰！

他硬生生撞上牆壁，但是牆壁抵擋他的衝擊力道，班尼以雙膝落地，目瞪口呆地搓揉著肩頭，上下左右研究著這面牆，接著起身試一遍。正當他彎腰預備起跑，這時又聽見那個微弱的呼喊。

噢，班尼，不要這樣……

肯定是牆壁在說話！這堵牆快要承受不住，即將在他的猛烈攻擊下瓦解，於是他再次衝刺，這次換成另一邊肩膀，偏偏堅硬牆壁依舊攔阻下他。他開始踹向牆壁，聽見牆後傳來空洞聲響，證實他的猜測沒錯，讓他繼續鼓起勇氣突破牆面。牆壁的石膏板背後肯定藏著洗手間，而阿列夫就在裡面等他出手解救。

我來救妳了！他嚷嚷，拳頭奮力敲打、雙腳猛踹著牆，直到牆壁開始屈服、逐漸崩裂。就在這時，圖書館保全人員及時抵達制伏他，將他架離圖書館書架。

班尼被帶進保全辦公室時，身材嬌小的圖書館員已經在裡面等候。他本來已經冷靜下來，可是看見她腰間皮套裡佩戴著相位武器時，他不由得渾身一僵。

「放輕鬆，小子，」保全人員說，於是他照做了。班尼已經對這位名叫杰瓦恩的保全人員卸下防備，他跟爸爸曾經廝混的音樂家一樣蓄有髒辮髮。

「坐吧，」杰瓦恩指著旋轉椅說。班尼坐了下來。

杰瓦恩轉向嬌小的圖書館員：「他就是妳說的那個人？」

「就是他，」嬌小圖書館員說，然後轉頭面對班尼。「你還好嗎？」

旋轉椅正對著全景警衛室，整整一面都是監視錄影機，讓他想起母親的任務控制中心，每臺保全錄影機都有閃動顫抖的黑白粗粒子畫面。班尼盯著畫面，心想或許他可以看到閃逝而過的阿列夫或瓶人，偏偏不流暢的畫面令他雙眼痠痛，不得不移開視線。在他面前的鐵桌上有份吃剩一半的火腿三明治，以及一本敞開書頁、標題寫著《通天塔17》的書，三明治和書本看見他坐在那裡時似乎很不滿，它們不喜歡被打擾，椅子也顯得焦躁不安，不過是杰瓦恩要求他坐下的，所以班尼也沒有跳下椅子的意思。他得遵照他人的指示行動。他低頭瞅著自己的運動鞋，因為先前猛踹牆壁，他的腳趾這下疼痛不已。耐吉球鞋並未盡到保護的責任，已經不值得信賴。之前他奮力捶向牆壁，導致手指關節破皮，於是他把指關節含在嘴裡吸吮起來，手指帶有鐵鏽味，有如血液溫熱。警衛室的每個人都默不作聲地望著他，於是他的嘴巴鬆開指關節。

「怎麼了嗎？」他環顧四方問道。

「你還好嗎？很抱歉我呼叫保全人員，我只是擔心你。你母親有陪你來嗎？或是其他人？」是嬌小圖書館員在說話。指關節的味道令他分心，他都忘了她也在場。她在這裡做什麼？他鬼鬼祟祟地斜睨她一眼，她戴著一副模樣逗趣的眼鏡，他的視線往下凝視著她的腳踝。「汪汪，」他說。

「你說什麼？」

「コケコッコ，」他又說。

「不好意思，我不——」

「*Gaggalago! Grunz Grunz! Grok grok!*」

他閉上眼睛，在旋轉椅上打直背脊，模仿小狗吠叫、小豬打呼嚕、公雞伸長頸部啼叫，圖書館員呆愣瞪著他，保全人員往前踏出一步。「嘿，小子，」他說：「你得冷靜下來——」

就在這時，安娜貝爾大剌剌奪門而入，闖進警衛室，她本來坐在期刊區瀏覽一疊手工藝雜誌，後來發現天色越來越暗，查看一眼時間。班尼怎麼那麼慢？她瀏覽另一篇關於凝膠印刷的文章，接著又讀了一篇關於羊毛氈的文章，然後才走到服務櫃檯，詢問是否可以廣播呼叫他，或是圖書館可以幫她協尋兒子，殊不知他們早就這麼做了。

「班尼！」她喊道，一把推開保全人員，飛奔到兒子身邊，捧著他的臉攏向她的肚皮。

「噓，」她說：「安靜，乖兒子，沒事。」她抬頭望著保全人員和嬌小圖書館員：「發生什麼事了？」

「我在五樓發現他，」保全人員解釋：「他又踹又捶牆壁，大聲嚷嚷著洗手間什麼的，我告訴他那裡根本沒有洗手間，你要上廁所的話就得去四樓，但他還是不停捶打牆壁。」

「噢，乖兒子，」安娜貝爾對著兒子的頭頂輕柔呢喃。「你是不是想要噓噓？」

班尼

我對天發誓，我媽真的瘋了，而且她比我還瘋。好啦，沒錯，我踹牆壁的事確實很瘋癲，但這是全新用藥惹的禍，才會害我腦袋混亂臆測，我真的以為阿列夫被當作人質、監禁在男廁，那面可惡的牆壁則擋在我們之間，結果我大錯特錯，正如杰瓦恩所說，洗手間是在四樓，肯定是我記錯了。

而且我聽見的微弱聲音也是誤會一場，根本不是牆壁在說話，只是你想要警告我吧，但那時我怎麼可能知道？

說到底，或許這件瘋癲的事發生了也好，因為正是我學小狗汪汪叫、學公雞咕咕叫，我媽才會碰到柯麗。柯麗是我小時候參加兒童時光活動時對小朋友朗讀故事的嬌小圖書館員，一開始我並沒有認出她，她的條碼掃描器讓我超級恐慌，我只一心思考著要怎麼奪走她的武器，並且挾持她，我也是後來到了保全辦公室才突然開竅，後來媽超不得體地問我是不是要噓噓時，柯麗總算認出我們。她先是盯著我媽，然後盯著我，在那一瞬間恍然大悟：嘿！我認識你們！你是曾經坐在我凳子底下、捉住我腳踝的那個小男孩吧！你那樣真的好可愛！我媽回道：噢！妳是那位兒童讀物的圖書館員！柯麗說：噢，他長好大了！媽媽又接著說：噢，才沒有！他還沒到發育激增期！

我就這樣坐在那裡，羞愧到超級想一頭撞死，而她們妳來我往的驚嘆號就像是小飛刀一樣刺進我耳朵，與此同時我也記起其他事情，譬如我躲在凳子底下的時候，圖書館員穿著毛茸茸的裙子，還有她身體散發的溫暖大姊姊氣味，以及她朗讀故事時我捉住她的腳踝真的好安心，當時的我簡直就是一個小變態，是不是超噁心？但即使現在聽來噁心，當時絕對不是如此，我當時年紀太小，要當變態還早得很。我只記起四面八方傳來人聲，而我安然躲藏在凳子底下，那種感覺是多麼溫暖安心。

所以事實上，這件事情的發展算是不幸中的大幸，原因有二。一是後來正因認出我們，柯麗不送我去警察局，而我也不會被圖書館列入黑名單，只不過我得答應他們，每次來訪都要向圖書館員報告，這樣他們就知道我在圖書館。這是大幸之一。另一件大幸是由於我試圖踢倒那面牆，柯麗和我媽算是變朋友了，雖然不是立刻就成為朋友，但她們一點一滴建立起友誼。自從爸死去之後，媽就沒什麼朋友，再說她真的超需要朋友。

49　書

阿列夫總算傳簡訊來了，當時班尼正在上數學課。第三堂課，他們在三樓的三三二號教室上課，他不喜歡這間教室，因為數字二和一串數字三並不搭，害他上課難以專注。他的手機在口袋裡震動，他偷偷瞄了一眼，心臟瞬間跳到喉嚨，停在喉頭。簡訊寫著：

要求老師放風，然後去廁所。

他才去過廁所，但還是舉起手，不可思議的是老師居然放行了。他溜出教室，前往三樓的廁所。

去靠近西街出口的一樓廁所。

他俯衝下樓，走廊空無一人，他的運動鞋發出嘎吱聲響，然後偷偷溜進廁所，站在那裡耐心等候。霎時廁所門開了。他迅速躲進一間隔間，聽著拉開拉鍊小解的聲響。他的手機再次震動。

出來吧，外面已淨空。

根本還沒有，那個人還在小便，這是全宇宙史上最久的一泡尿，誰能尿那麼久！他的額頭抵著廁所隔間門。快一點啦，他暗自想著。

動作快！

或者他只是聽見東西的聲音？或許那人早就解完小號離開，所以他只是聽見回音，一種自以為聽見小便的聽覺現象，小便斗的殘留記憶抑或他腦海中迴盪的聲音。梅蘭妮醫師告訴他：這只是幻覺，班尼。是你的大腦在作祟，不是真正的聲音。可是聽起來明明很真實！

真實是什麼？老詩人問。他彎下身，偷偷瞄出隔間門底下的縫隙，正好看見小解的傢伙鞋子轉向，他拉起拉鍊，準備走向大門。是耐吉球鞋。所以聲音是真的，不是他的幻想。

動作快！

他溜出小隔間洗手，走廊空蕩蕩，確實已經淨空。他在走向出口時努力營造出自己是大忙人的形象，恍如一個正要親赴重要約會的正常男孩，和醫師等人約診治療。他是一個正常男孩，有一個正常老媽，老媽則是坐在停靠於校門外的車上，引擎發出隆隆運轉聲等著他。不一樣的是她媽媽沒有車，也不駕駛，唯一一輛停在附近的車是一部破舊的白色廂型車，車子側身印有一隻巨大蟑螂，蟑螂頭上的文字寫著：AAA害蟲滅除服務，底下則是：小強再會！蟑螂轉頭，視線越過肩頭，一臉吃驚受怕的樣子。

去找白色廂型車。

他不用找，大老遠就瞥見廂型車，也看見她了。她正倚在保險桿上低頭看手機，這天是秋高氣爽、耀眼明媚的秋日，沁涼微風輕輕拂去空氣中的煙霧，在燦爛日光的照耀下，她白晃晃的頭髮猶如發著微光的LED燈。班尼抵達人行道時，她正好抬起頭向他揮手，她的樣子是那麼耀眼動人，令他差點無法呼吸。

「你怎麼那麼慢？」她說，幫他拉開乘客座的車門。

「我被困在洗手間。」

「是喔，」她說：「那也沒辦法。」

她爬上方向盤後方的駕駛座，扭開引擎，車子行經學校大門時他下意識地閃躲，整個人癱軟倒在乘客座上。經過學生餐廳時，他的湯匙還在雨水槽內低哼，於是他探出頭細細聆聽。今天的低哼聽起來比較憂傷，輕輕柔柔又寂寞惆悵。他再度跌坐回乘客座位，視線越過身邊的骯髒窗外。他們正依循東向公車路線行駛，繞過中國城邊緣，而這也是他平時回家的路線。他並不想回家，他想到校方發現他去了洗手間後就沒再回教室，可能會致電給他媽媽，害她又開始驚慌失措。

「你最好傳訊息知會你媽媽一聲，」阿列夫說。「免得她擔心。」

她怎麼知道他在想什麼？「好，」他說，可是卻沒有傳訊息，反而問她：「妳跑去哪裡了？」他的口氣不對，跟他媽媽一樣暴躁不滿，可是一旦脫口而出，他完全停不下來。「我傳了一百萬通訊息給妳，妳都沒回。」夠了，給我住嘴！「我還以為妳死了……」

他的話語彷彿具有自我意識。他轉過頭，不讓她看見自己的羞赧。他們經過一間廉價旅社、一間港式茶餐廳、一間中式肉販，毛髮被拔個精光的全鴨歪著脖子被吊掛在展示櫥窗上，他看見有個中國老爺爺拖著一隻哈巴狗，就在這時，他感覺到她的手輕輕觸碰他的前臂。

「有時我不得不消失一陣子，」她的口齒混濁不清，帶著某種他無法理解的深意，但隨後她輕捏他的手臂，露出微笑。「我們也很想你，班尼．吳。」

他的心臟如釋重負地鼓動跳躍，感到一股輕快喜悅，就在這時後方冒出一隻手，拍上他的肩頭。

「沒錯，窩們來拯救尼了！」

「救命！」班尼說，坐在乘客座的他旋轉過身，嗅到一股伏特加氣味。「你嚇到我了。」

大B咯咯笑了出來，他從輪椅上向前傾斜身體，輪椅棘輪繫綁在廂型車側面，兩手輕輕捏了一下班尼的肩膀，露出缺少門牙的笑容。駕駛座後方的地板上擺著兩個背包和一只圓筒旅行袋，班尼轉過頭問阿列夫：「我們要去哪裡？」

「窩們要上山，」斯拉沃吉代為回答。

他們出了城，沿著穿越工業區的車道駛向東邊近郊，正是他先前前往阿列夫工作室的公車路線，行經釘上木板的廢棄工廠建築時他指向工廠。

「那不是妳的工作室嗎？」

「之前是，」阿列夫說，目光緊緊盯著前方道路。「可是後來我們必須換地點。」

她的聲音滲出一股緊繃情緒，輪廓帶著些許惆悵。班尼移開視線，眼前道路變成一座跨越小港的漫長橋梁，橋底下的碼頭猶如一排牙齒般突出，於河口下顎整齊排列。高大的紅色起重機伸長手指，迎接猶如牛群耐心排隊、等候擠奶的駁船和貨櫃船。調車場內，鐵路貨運車廂發出咕噥，高速公路過了橋梁後轉向北方，環抱著海岸線綿延，很快他們就開始爬起坡路。阿列夫扭開收音機，文字猶如洪水傾洩而出，充滿喉音、班尼聽不懂的哧哧和嗞嗞語言填滿廂型車，後來他才認出這是瓶人和清潔工討論詩詞時使用的語言，這種語言聽起來曲折蜿蜒，慷慨激昂。阿列夫的手指摸索著轉換收音機頻道，老人出聲抱怨，可是她一轉到爵士頻道，他就不再鬧脾氣。〈憂鬱僧侶〉的旋律填滿空氣，這是健司最鍾愛的一首曲目。瓶人在班尼背後打起呼來，班尼也閉上眼聆聽單簧管的重複段，等到鋼琴再次彈奏，他也逐漸墜入夢鄉。

廂型車停下時，班尼也醒來了。

「我們到了，」阿列夫關掉廂型車引擎。

他們正在一條泥土路盡頭的空地上，四周黝黑墨綠的樹木環繞，樹頂篷高聳參天，讓人幾乎看不見。秋日金陽滲透樹幹縫隙，照射著骯髒擋風玻璃上的灰塵，形成一道小小彩虹。他揉了揉眼睛，他們開了多久的車？

阿列夫跳下廂型車，他跟著下車，踏上一地沁涼深沉的寂靜中。之前他從未聽過這樣的聲音，喧囂嘈雜的世界陷入完全靜止狀態，被一片靜謐包圍之下，他漸漸發現來自樹頂的呢喃細語，林木偶爾傳來窸窸窣窣的嘎吱輕嘆，森林鳥兒發出微小圓潤的聲音，歌唱著猶如小小彩色卵石的曲調，而卵石反射著光線，在黑闃闃的幽靜中閃爍曖曖光芒。

然後是踩在石子路上的腳步聲、生鏽鉸鏈發出的吱歪聲響，還有從廂型車後面傳來阿列夫的呼喊：「嘿，班尼，我需要你。」

她需要我，他心想，聞言馬上旋過腳跟奔向她。

她正吃力地從貨物區拽開金屬坡道，班尼捉好另一端奮力拉扯，金屬摩擦的聲音無比響亮，但並不困擾班尼，為了配合她的拽扯，他仔細觀察她的一舉一動，看見她臂膀的發達肌肉，腋下的空洞一路綿延，線條彎曲至胸部處時，漸漸在坦克背心底下鼓脹隆起。他可以看見小小的刺青圖騰，猶如沿著她前臂內側蔓延擴散的跳蚤咬痕。坡道尾端接觸到地面時，發出一個響亮的哐啷聲。

瓶人在漆黑的廂型車內，將輪椅輪子對齊坡道最上緣，猶如一個滑雪選手在起點門前測試積雪。這部輪椅不同於他慣用的電子輪椅，是輕巧靈活的摺疊式輪椅。瓶人前後挪動重量，調整好方向並把公事包擱妥大腿，他的臉上徐徐擴散蔓延開一抹癲狂笑容。

「聽尼的指示，」他說：「預備備……」然後他喊出響徹樹梢的高聲吆喝，滾動車輪，輪椅猛然衝下坡道，橫衝直撞、歪歪斜斜地在路徑前進，最後輪椅在半路翻車，將老人狠狠拋至泥土地。

「噢，要命，」阿列夫說。

她走上泥土路，往他的方向前進，班尼也跟著走上前。輪椅側躺在地，車輪仍不住打轉，大B一動也不動地躺在輪椅旁，公事包已經敞開，內容物灑了一地。

「喂，」她蹲在他身邊，問：「你沒事吧？」

他睜開眼，窘迫地點了點頭。

她站在那裡豎眉叉腰，低頭俯視他。「沒事就好。剛才那招真的蠢斃了。」語畢轉身離去。

班尼攙扶老人坐回輪椅，並拾起散落一地的稿紙，將他送回廂型車。阿列夫正在車內，用力拽下圓筒大旅行袋。

「他的輪椅還好嗎？」

「應該吧，輪子彎曲了。」

「噢，真是好極了。」她把圓筒旅行袋及一把彈簧索交給班尼。「麻煩你把這個繫綁在後方。」

「這是什麼？」

「露營用具。」她跳下車，將背包甩上肩頭，然後指向另一個背包。「還有睡袋，那個是給你的。」她掃視一眼正在公事包中整理稿紙的大B。「那個你也要帶嗎？」

「當然嘍，」他說：「窩不能沒有窩的詩。」

「好吧。」她甩上廂型車的門。「我們走吧。」

她帶他們踏上一條蜿蜒曲折的老柏油山路，帶路的她兩三下就超越他們。瓶人緊跟在後，班尼則是殿後。沒多久大B就體力不支，需要班尼推著他前進。老人背靠著輪椅，兩手歇放在公事包上。

「遮條路挺不錯的，對吧？」他越過肩頭說。「比瓦特·班雅明為了逃離納粹而通過阿爾卑斯山隘、攀越庇里牛斯山的路徑好上太多。尼知道那場歷史悲劇嗎，年輕男同學？」

「不知道，」班尼說：「他是那個自殺身亡的哲學家吧？」

「正是。遮個故事很悲傷，班雅明是德國猶太人，當時流亡巴黎。希特勒入侵法國時，班雅明想要逃往美國，偏偏他是一個不具國籍身分的難民，於是無法取得離境文件，他唯一的希望就是攀越庇里牛斯山，挺進西班牙，再從那裡想辦法離開歐陸。」

道路縮窄成一條羊腸小徑，頭頂的沉重雪松樹枝垂墜遮擋穹蒼。埋在路面下方的樹根筋骨發達，起伏綿延，於柏油路面形成凹凸不平的突出紋理和裂縫。

「遮趟旅程可是千辛萬苦，再說班雅明並非身強體壯的漢子，雖然年僅四十八歲，他的心臟卻脆弱不堪，另外還拖著一個沉甸甸的公事包，裡面裝著他個人著作的手稿，那是他人生最後一部著作。」

老人歪七扭八的輪椅輪胎在不平路面上搖搖晃晃。

「他和幾個人同行，遮場攀山越嶺的征程耗時兩天，因為他得不時停下腳步，休息喘氣，每隔十分鐘就得放下公事包，用懷錶計時，歇息整整一分鐘。最後他們總算攀上山峰，從那裡俯視山腳下的西班牙海岸及地中海的湛藍海水。尼可以想像，他們有多麼意氣風發！可是就在下山來到港口城鎮、準備購買鐵路車票時，他們不幸遭到西班牙警察拘捕，警方告訴班雅明，由於他是非法進入西班牙，隔天警察必須遣送他回法國。」

他們繞過一個轉彎，柏油路在此戛然而止。

「警察帶他們來到一間小飯店。那天晚上，瓦特．班雅明在他漆黑骯髒的飯店房內服用嗎啡自盡。」

班尼傾身，奮力推著輪椅前進，輪椅磕磕碰碰向前移動。「其他人也遭到遣返了嗎？」

「沒有，遮就是最諷刺的地方。翌日西班牙政府重新開放邊境海關，准許他的朋友離開西班牙，一週後他們登上前往美國的船。班雅明太早自盡，要是他多等一下，今天就不會是遮種結局……」

如今輪椅底下只有碎石泥土，是一條坑窪不平的小路，大B死命捉住公事包，免得它飛出去。

「要命，」班尼說：「那也太慘了。」扭曲變形的輪椅無巧不巧陷在車轍裡，他將全身力氣壓上輪椅手把。「後來他的公事包怎樣了？」

大B望向前方，也就是阿列夫佇立的位置。她雙手環胸，沒好氣地凝視著他們，絲毫沒有出手相助的意思。

「她非常氣窩，」斯拉沃吉壓低嗓音說，接著身子前傾手捉輪子，試圖趕緊轉動輪胎。「她說窩很不負責任。啊，當然她說得沒錯！她說窩是愛冒愚蠢風險的蠢貨。可是窩有什麼選擇？窩是詩人啊，詩人本來就得冒險。既然窩是蠢貨，那窩冒的險勢必愚蠢，窩別無選擇，尼說尼同不同意？」

班尼沒有答腔，只是使勁推動輪椅，輪子這下總算往前移動半寸。阿列夫轉過身繼續往前走。「她也在生我的氣嗎？」班尼問。「她後來都沒再回我簡訊，我也無法傳訊息給她。我已經試了。」

瓶人搖搖頭：「遮絕對跟尼無關，是她手機出了點小狀況，入院護士從她的個人物品中沒收手機。」

輪椅總算可以繼續前進，只是速度快不起來。「她又回去住院了嗎？」

老人聳聳肩，他汗水涔涔，滿臉通紅，一綹綹灰髮平貼在前額：「遮就要尼自己去問她了。」

他們默默不語，掙扎費勁前進，最後碰到交疊錯落、阻擋去路的坍倒樹木。阿列夫早停下腳步，查看樹木的損傷程度。高大樹木交錯散落，有些樹木遭到連根拔起，有些則是粗大樹幹被攔腰折斷。她動作靈巧得像是貓，爬上一棵樹，輕手輕腳地沿著樹幹行走，他們望著折損斷裂的樹木尾端。

「這棵樹是被風吹垮的，」她說。

「恐怕是去年冬天的風暴，」班尼說。拜安娜貝爾所賜，他可以如數家珍地詳述極端氣候事件。安娜貝爾告訴他關於冬季風暴、夏季野火、旱災、大氣汙染、過度伐木的事。土壤乾燥，林木脆弱，樹木就是在這種情況下遭到強風吹倒，再不然就是被野火燒光殆盡。冬季時風暴來襲，滂沱大雨導致土石流，沖刷掉土壤，更別說還有甲蟲肆虐。由於氣溫升高，小蠹蟲數量遽增，進一步殘害樹木。

他告訴阿列夫這些事，他從未一口氣對她說那麼多話。「我媽說這是森林之死。」

「哇，」阿列夫說：「你懂得真多。」

「沒有我媽多。你知道北美有五百五十個小蠹蟲品種嗎？可能還不止。」

「真的假的。」

他不禁臉紅，覺得自己說話的語氣像是萬事通。「我媽幫伐木公司監測這些新聞事件，這是她的工作。」

「哇，」阿列夫再一次忍不住讚嘆。

他們又回到小路，瓶人正坐在樹墩上等候。他已經拋下輪椅，試著從坍倒樹幹底下爬到對面，但這對他來說太費勁。他的臉覆蓋泥土，頭髮上倒插著樹枝和松針，臉色蒼白不已。阿列夫遞給他一個水瓶，他豪飲一大口後點了點頭，捏了捏鼻子，抹去臉上的汗珠。

「沒有用。窩失敗了，窩是無法爬到山頂的。如果窩是瓦特．班雅明，現在早就被納粹逮住了。」

「只能說幸好你不是，」阿列夫冷冰冰地說，指向另一側的空地。「我們在那裡紮營吧。」

他們旋轉大B的輪椅，輪胎壓過光滑裸石，最後停在距離嶙峋岬角邊緣遙遠之處。她拉起輪椅煞車，然後走向岬角邊緣，班尼跟上前去。他俯視著自己的腳趾，只見他們佇立的懸崖垂直陡然下降。就在這時阿列夫忽然轉身往回走，將輪椅推至與懸崖保持一段距離的地方。

「不准去碰那個，」她說，老人順從地點頭。她從圓筒旅行袋中取出一只塑膠袋，然後突然停下動作，將一手輕輕放在他滿是汙垢和鬍碴的臉頰上。班尼在旁邊望著，多希望自己就是那個蒼老臉頰。

「親愛的，謝謝，」瓶人說。他伸手觸碰她的手，親吻她手腕內側的星星刺青，用小小的聲音補充道：「窩很抱歉。」

「沒關係，」她蹲在他腳邊的岩石上，開始解開塑膠袋，取出食物。她以錫箔紙包裹長棍捲餅，將其中一個遞給瓶人，另一個交給在她身旁坐下的班尼。

「全是窩的錯，」老人說，他滿臉哀怨地盯著三明治。「是窩太不小心。」他的大腦袋瓜沉重地左右搖晃。「窩不該那麼不小心的。」

「那倒是真的，」阿列夫說：「可是你也無可奈何。」

「窩不應該放他／她出去的。」

「當初我應該先做其他安排。」

老人以心痛懇求的目光望著她：「窩沒想過他／她會咬窩，窩以為他／她喜歡窩。」

猶如水池漣漪的痛楚迅速閃過阿列夫的臉龐，她說：「他／她只喜歡我。」她眺望著遙遠山頭。

「他／她是只忠誠於一個女人的雪貂。」

是塔茲，班尼心想。他們在說塔茲的事。「發生什麼事了？」

她撥開捲餅的錫箔紙，咬下一口，慢慢咀嚼起來。班尼望著她精緻頷骨的咀嚼動作，以及她吞嚥時喉嚨的輕微收縮。一小塊墨西哥玉米餅碎屑黏在她的嘴唇下方，他很想幫她撥掉碎屑，如果可以他甚至願意吃掉，肯定很美味。

她肯定是感受到他的凝視。

「吃啊，」她說。捲餅裡包著滿滿的酪梨、沙拉葉、起司，等到他咬下一口，她才娓娓道來。「當時我在康復中心，」她說：「因為發生一件鳥事，所以最後我又回到醫院。」

阿列夫點到為止，並未多解釋。她從未談及自己的病症，而他也不曾告訴她自己的病情，他們從來沒有討論過自己的問題。

「爛透了，」他說。

「是爛透了沒錯，」瓶人像是回音般應聲。「她請窩幫忙照顧塔茲，他／她本來關在老工廠的籠子裡，可是窩總覺得動物不應該被困在籠子裡，尼懂窩的意思嗎？所以有天晚上窩放他／她出來，正想要抱起他／她時他／她居然咬窩，後來——」他兩手一拍，發出一陣短暫引爆的聲音，然後他環抱自己：「窩本來想抱住他／她的。」

「他／她逃跑了？」

「對，」他說，握緊拳頭，捶向輪椅上本來應該是他大腿的空洞。「偏偏窩無法追上去。」

「他／她現在還在工廠嗎？」

「不，」阿列夫說。「工廠裡有老鼠，管理公司會找滅鼠專家來投毒，這點我們是知道的，所以才將塔茲關在籠子裡。」

「塔茲吃下毒藥了？」

阿列夫點頭：「他／她很討厭老鼠，他／她肯定不想像老鼠一樣死去。」

「滅鼠專員也是窩的同鄉，」瓶人說。「他發現塔茲後將他／她帶回來給窩，那時塔茲已經死了，窩的朋友感到非常自責，甚至為此哭了。」

「他是好人，」阿列夫說，咬下最後一口捲餅。「還把他的廂型車借給我們，讓我們可以來山頂安葬他／她。」她把錫箔紙揉成一團，塞回塑膠袋，開始在她的背包中東翻西找。「我也不知道為何這對我那麼重要，塔茲明明是居家馴養的雪貂，可是他／她也有野性，所以我想尊重他／她的原始本質。」

班尼點頭。他從來沒有喜歡過那隻雪貂，老覺得阿列夫的寵物對他懷有惡意，但是看見她這麼傷心，他也願意盡力配合，稍微為這件事難過。他望著她取出另一份捲餅，開始解開錫箔紙包裝，他很開心，畢竟他其實還沒吃飽。

「所以我才會幫他／她取名塔茲，」她說：「當時我正在閱讀野生動物和臨時自治區，後來這個名稱在我腦中揮之不去。可是如今他／她死了，所以我想帶他／她回到野外，我認為他／她值得活在一個永久自治區，好比山頂。」

班尼思索著她話中的意義。「妳可以重新幫他／她命名，」他說：「叫他／她帕茲……？」

她露出一抹憂傷淺笑：「這點子不錯，但他／她不是永久的，沒有人永垂不朽。」她淚光閃閃的雙眼望著他。「我知道你也很喜歡他／她。」

即使班尼根本不喜歡塔茲，還是順著她的話點頭。

「這就是我傳簡訊給你的原因，」她說，把手中的捲餅遞給班尼。

班尼接了過去，原本以為是捲餅，沒料到居然是錫箔棺木，裡面躺著一具堅硬修長的雪貂遺體。他／她面朝上仰躺在那裡，毛髮糾結骯髒，一隻眼睛還死不瞑目地睜著，了無生氣、怒火沖天地瞪著班尼。

「我相信他／她會希望你在場，」阿列夫說。「我也希望你在場。」

她希望他也在場！他親耳聽見她嘴巴吐出這句話，而且是貨真價實的話語，他想要以充滿深度與意義的睿智話語回應她。班尼盯著錫箔紙包裝，雪貂的小手小腳緊緊蜷曲，堅挺鼻頭乾燥縮水，甚至比以前更尖銳。他／她的身軀意外地輕如鴻毛，甚至比他剛吞下肚的捲餅還要來得輕盈。

「我以為這是捲餅，」他說。

真的假的？你未免也太智障了吧？

她露出一抹沉痛淺笑。「是我出院之前，滅鼠專員幫我冷凍起來的。」

「你打算怎麼處理他／她？」

老天，你要問多少蠢問題才夠，蠢豬？

「我想要堆起木柴，好好火葬他／她，可是現在還有禁火令，所以我們得改用土葬。」

「這方法好多了，」班尼說。

噢，全聽你這個專家說的不就得了！

「我想是吧，」阿列夫說。「他／她會用這種方式回歸大地，這種做法也比較環保，不過我還是希望他／她隨著風與空氣飄走。」

班尼抬頭，望向吹拂樹頂的風。「我從來沒有思考過這件事。」

最好你小到不行的腦袋思考得了什麼？

「不管怎樣，現在空氣中的煙霧已經夠多，」她說：「我不想再添亂。」她起身伸展四肢。「那我們走吧。」

「我現在該怎麼處理他／她？」班尼問。

不妨把雪貂捲餅塞進你屁眼，你覺得如何，智障？

「捲好錫箔紙，我們帶他／她一起去。」

她望著已在輪椅上沉沉睡去的瓶人，他垂向前方的頭部猶如一個笨重沙袋。

「我們只能自己去，帶不了他。」

50

安娜貝爾又拖著兩只袋子走到人行道，然後一把拎起垃圾袋，拋至路緣那堆垃圾上方。屋子前廊的非回收類垃圾已經處理完畢，現在輪到後院門廊和小後院的垃圾，以及屋內的紙類回收。她從口袋中掏出氣喘吸入劑吸一大口氣，感到髖部疼痛，平時真該用點心思，踏出家門伸展四肢。也許等空氣品質比較好再說吧。很快就會降下大雨，沖刷掉天空中殘餘的煙霧。她很期待冬季到來，期待一整天灰濛濛的白晝，輕柔潮濕的寒氣讓人有充分理由，可以足不出戶，待在暖和舒適的屋裡。她查看一眼手錶。不孝這天晚上會來檢查租屋環境，她要做的事還沒完。班尼答應下課回家後會幫她的忙，可是她現在還不能鬆懈。

一隻烏鴉在頭頂上方的電線上嘎嘎呼叫，她抬起頭，烏鴉正用一雙烏漆漆亮晶晶的小眼睛凝睇著她。

「好啦，好啦，」她說：「真是沒耐性……！」

她腳步一拐一拐地繞過房子，來到屋後的餵鳥臺，烏鴉尾隨跟上，同時發出嘎嘎叫聲、呼朋引伴，沒多久烏鴉便一隻隻飛越屋頂與樹枝，拍振著滑亮烏黑的翅膀羽翼，從頭頂撲襲降落在小巷邊緣的柵欄，然後立在那裡觀察她的一舉一動，盯著她爬上塌陷的後廊階梯、走進廚房，歪著腦瓜耐心等待。等到她手裡帶著月餅再次現身，其中一個體型較大、性格較大膽的青少年飛上門廊欄杆，悄悄移向餵鳥臺。

「唉唷，你越來越大膽嘍，」她對牠說：「你以為這是可以接受的行為嗎？你媽咪沒有教你要有禮貌嗎？」

年輕烏鴉的頭部上下擺動，拍打著羽毛。「嘎，」牠說，安娜貝爾笑了出來。她曾見過這隻烏鴉以喙嘴叼起整塊月餅飛走，於是把月餅掰成小塊，向牠遞出其中一小塊。

「來啊，你想吃嗎？」她等著。年輕烏鴉歪著腦袋瓜，亮晶晶的烏黑眼珠先是看了月餅一眼，然後目光移向她的臉，就這樣來來回回。她一直嘗試訓練牠從手中叼走食物，但她其實很清楚不應該這麼做，她為公園服務單位監測新聞，所以很清楚讓野生動物適應熟悉人類並非明智之舉，可是這隻烏鴉實在太可愛，而且也很聰明。

「來呀，」她說。「我不會傷害你的。」烏鴉的腳步稍微挪上前，伸長頸子，拍打翅膀，在欄杆上保持平衡，牠慢慢探出尖長喙嘴，直到嘴尖距離她的手指僅有幾寸之距，卻在最後一秒抽身，躍著小步退後。

「看來你也沒多勇敢嘛！」她說，將那一小塊月餅丟在餵鳥臺，一併將其他小塊灑落臺上。「你最好記得和兄弟姊妹分享。」她往後一退，年輕烏鴉立刻拍著翅膀撲上前，叼走最大塊的月餅飛走，緊接著其他烏鴉也蜂擁而上，三兩成隊飛撲搶食。健司過世過後的那幾個月，她偶爾會忘記餵烏鴉，每次忘記的時候，烏鴉都會在她窗外嘎嘎抱怨，有的人或許會覺得牠們太喧鬧煩人，可是安娜貝爾從來不這麼覺得。牠們會嘎嘎拍著翅膀向她打招呼，也會仔細研究她的一舉一動，所以非常熟悉她的習慣。你甚至可以說，這群烏鴉用屬於牠們的方式去喜歡她，至少她的感覺是如此，也滿心感激。

當最後一隻烏鴉吃完月餅，她審視後院情況。她的進展不錯，但還有許多尚待處理的垃圾，而且她也不能再往人行道堆放更多垃圾，免得吃上罰單。早在幾週前她就該開始清垃圾，不過現在反省已經太遲，看來她只能把垃圾袋丟進二手商店的大垃圾箱內，暗自希望不會有人瞥見她。她使出吃奶的力氣，將兩大袋垃圾拖出後院柵門，在小巷左顧右盼，確定四下無人之後，遂將垃圾袋拖至大垃圾箱，然後奮力舉起垃圾袋，拋過大垃圾箱邊緣。人行道上散放著幾樣別人丟棄的兒童物品——嬰兒汽車座椅、嬰兒搖籃，她停下腳步查看。班尼的嬰兒推車還擺在屋內某個角落，不過距離上次看見推車已經好幾年。是收在走廊邊的衣櫃嗎？她依稀記得曾在那裡見過嬰兒推車，但已經很久沒細看那個衣櫃。唉，是擺脫那臺嬰兒推車的時候，她心想，現在可沒緬懷傷感的時間，接著又回過頭走進屋內。是繼續前進的時候了。

51

他們留下呼呼大睡的瓶人以及他的公事包、一袋堅果、一瓶水，然後在他的胸口貼上一張字條，確保他醒來後不會錯過。字條寫著：我們去山頂了。有事傳簡訊給我們。別亂碰手煞車！

他們攀越坍倒樹木，爬上布滿小石頭的斜坡時，樹木漸漸變得細窄，湛藍天空越來越遼闊，在頭頂上蔓延開來，直到蒼空變成一個大圓碗，往四面八方綿延，最後爬上肯定是山頂的嶙峋頂峰時，穹蒼更是無比遼闊，有一部分天空甚至在他們腳下。班尼之前從未到過比青空更高的所在，眼前景象令他頭暈目眩。他眺望著朝大海波濤起伏的遠山山脊，看見枯槁消亡的方形腹地標示出清晰界線，以及燒光殆盡、留下一片焦黑長型地帶的沼澤低地，但山巒多半依舊青翠蒼鬱，草木蓊蓊，距離較近的林木顏色深沉，霧氣、煙霧、薄霾則為遠方的樹木蒙上一片蒼茫。他們看見色彩蒼灰的林木線後方就是海洋，將電子廢物運送至中國的貨櫃船不過是霧灰大海表面的斑斑汙點。海洋猛然襲來一陣微風，也一併送來淡淡的海水鹹味、煙霧、炭黑森林的焦味。

這種感覺就像是站在世界的巔峰，他們肩並肩站在那裡迎著風。阿列夫踮起腳尖而立，身體向前微傾，一副準備墜落的模樣，迎面而來的強風卻穩住她的重心，沒讓她往前摔落。勁風吹得她冰雪般的白亮頭髮紛亂，充滿生命力地豎立在頭頂。她閉上眼，鼻孔隨著吸氣的動作歙張，吐氣時文字隨著她的輕嘆流瀉而出。

「很美，對不對？」

「對啊，」他說，雖然他知道此時此刻應該好好欣賞眼前美景，卻捨不得從她身上移開視線。她搖搖欲墜，站在岩石邊緣的模樣是如此令人驚豔。

她露出微笑，彷彿也察覺班尼壓根沒在欣賞美景。「你也閉上眼睛吧，」她說：「閉上眼，仔細聆聽。」他照她說的做了。

這種感覺真的很奇特。自從說話聲音開始冒出，他就沒有仔細聆聽的習慣，這些聲音無所不在，逼得他不得不聽，至少他學會不去聽，大多時候也盡量不聽。但現在是天壤之別，他可以聽見風聲，而且除了風聲，別無他者，聲音是如此單純美麗，聽著風聲起起伏伏，蕭蕭吹拂而過，逐漸壓縮成一根細針般，接著再次膨脹飽滿。風聲是真實的，這是他聽過最真實的聲音，當他睜開眼，阿列夫正凝視他。

「你聽見了嗎？」

「妳說風聲？」

「世界，那是世界的呼吸聲。」

她帶他走向一叢矮小冷杉木，然後坐在樹蔭底下，遙望大海。他們沒有開口說話，可是無所謂。爬山之後他覺得很熱，而坐在樹蔭下讓他感覺涼爽。他閉上眼，再次試著聆聽，這下他聽見背後的青苔發出一陣微小聲音。

「噢，」他驚呼，睜開眼轉頭查看。

她循著他的目光望了過去。「怎麼了？」

他遲疑著，斟酌該怎麼說才不至於太蠢。「我的影子。」

「你沒有影子，我們現在坐在樹蔭底下。」

他點點頭。「我知道，這就是為何我幾乎聽不見它的聲音。」

他的視線瞟向她，想看看她是否覺得他發瘋了，但她正在研究他背後那坨枕頭形狀的青苔。

「你的影子說了什麼？」

「沒什麼，它只是說累了，畢竟剛才在大太陽底下爬山。它喜歡樹蔭，這樣它就可以歇腳。很奇怪嗎？」

「不會啊，」她語氣嚴肅地說：「你的影子說得沒錯，這裡確實是休息的好地點。」

她打開背包，取出一瓶水和包裹雪貂屍體的錫箔捲，並且放在地上，然後旋開水瓶瓶蓋喝水，班尼仔細凝視她吞嚥時上下起伏的喉嚨，她用手背擦拭嘴巴，將水瓶遞給他。他啜了一口水，一想到他的嘴唇正接觸她幾秒前才碰過的瓶口，就覺得不可思議。他的舌頭繞著瓶口內側轉動，期望能嚐到一絲她的味道。即使他還沒喝夠，但他還是及時制止自己，重新轉上瓶蓋。

阿列夫轉過身跪在班尼身邊，撣掉散落在圓潤青苔上的小樹枝，然後揭開包裹著雪貂屍體的錫箔紙，並且托起他／她僵硬的屍體。

「你覺得你的影子會介意分享這塊角落嗎？」

他搖搖頭。他很確定他的影子已經離去，但其實很難辨別。她把雪貂放在圓潤青苔上，拂去一小塊塵埃髒汙。

「好了，」她說，身體往後，一屁股坐在她的腳後跟上。「這樣很好。」

她站起身，打直雙臂往頭頂伸展，弓起背部時露出一小塊蒼白肌膚及刺有刺青、骨頭突出的髖部，接著又往他身邊坐下，雪貂仍躺在他們兩人之間。他低頭望向死透的動物，即使死了依然滿臉不屑。

「妳打算就這麼把他／她放在這裡嗎？」

她正遙望遠方大海，他以為她沒聽見他的問題，但接著她開口了：「這是天葬，是西藏人處理遺體的方式，不過對動物來說更有道理。我的意思是，為何要將他／她埋在地底？我們現在可是在世界巔峰，在他／她的肉身消失之前，將他／她留在開闊寬廣的空間不是更好嗎？」

「但他／她是一隻雪貂。」

「所以呢？」

「雪貂不是住在地底下嗎？」

她皺眉。「有道理，可是塔茲喜歡待在地面上，他／她很喜愛和人互動。我們可以用青苔覆蓋起他／她。」她拾起幾根細長的女蘿，猶如毯子般蓋在雪貂身上。「我真希望大B也在場。他為塔茲寫了一首詩，本來是要在葬禮上朗讀的。」她撫平女蘿。「你覺得他會失落嗎？」

他看不清她的臉部表情，卻聽出她聲音裡的沉痛，這令他大吃一驚。他已經習慣聽見物品聲音中的悲痛，往往立刻就感受得到，但是人類的痛楚較難以看透，再說還是由一道問題包藏的心痛。他怎麼可能知道大B的感受？她了解大B的程度遠遠超越他啊。

「不會的，」他說，但大B究竟會有什麼感受，他其實毫無頭緒。

她再次眺望大海。「他讓我閱讀你寫的故事，那篇關於桌腳的故事。」

「噢，」班尼說，「那個啊。」他都忘記桌腳的故事了。「只不過是一個蠢故事。」

「很悲傷的故事。」

「我很抱歉，」他說，他不希望他的故事讓她傷心。

「不，我的意思是，那是一個悲傷的好故事。」

「噢，了解。」因為他只想要她快樂。可是接著他發現自己並不懂她的意思。「等等，悲傷的故事有可能是好的？」

「當然啊，藝術可以讓你悲傷，音樂或文學也是。」

「文學？」

「當然，你從來不曾讀一本書讀到落淚嗎？」

他腦中浮現《中古世紀盾牌及兵器》和《拜占庭園藝設計》。「沒有。」

「了解，哇。那你也許應該嘗試閱讀其他書。」

他陷入沉默，他看書的目的就是不讓自己悲傷，他想到他媽媽正在讀的那本《整理魔法》。他曾見過那本書攤開書頁平躺在她床上，看起來很悲傷，再不然可能只是感到洩氣。「我媽會看書，」他說：「可是我覺得她總是很悲傷，而且不是好的那種悲傷。」

「那肯定很難熬。」

他聳聳肩：「她還過得去。」

「我是說你一定覺得很難熬。」

他從未想過安娜貝爾的悲傷是否讓他難熬。「她盡力讓自己快樂，而我現在也習以為常了。」

「大B也是，」她說：「他努力想讓自己快樂起來，所以才要喝酒。」

他思索片刻。「妳知道大B會聽見說話聲音嗎？」

「知道。」

「妳知道我也聽得到說話聲音？」

「知道。」

「所以說，妳覺得我……」他猶豫了。「就是──」

「我覺得怎樣？」她回答的聲音中帶刺。

「沒什麼。」

「說啊，」她說：「你想問我，因為你也聽得見說話聲音，所以我是否覺得你以後也會變成大B，成為一個沒人會多看一眼，坐著輪椅，缺一條腿，滿口爛牙、不洗澡又愛酗酒，為了幾個臭錢到處收集瓶瓶罐罐、四處行乞的老流浪漢？」

她帶刺的語氣轉變成尖銳刀鋒。危險！

「這就是你想問的，不是嗎？」她雙眼瞇起望著他。

他可悲無望地點頭。

她仔細打量班尼，他則是屏住氣息不敢呼吸，生命懸在一線之間，靜候她的判決。

「不，班尼，」她最後開口道：「你不可能變成他那樣。」

他感覺鬆一口氣，可是她的話還沒說完。

「因為大B也不是那樣的人。你以為他只是一個瘋瘋癲癲的老遊民，但他並不是，他是一名詩人，也是一個哲學家、一個老師。真正有病的並不是他，班尼．吳，而是這個該死的世界。真正有病的是資本主義，是新自由主義、物質主義，還有我們顛三倒四、亂七八糟的消費者文化。有病的是要命該死的英才制，他們告訴你感覺悲傷是不對的，就算你最後落得粉身碎骨，也全是自己的錯。不過呢，別害怕，資本主義可以拯救你，哈！只要吞下幾顆神奇藥丸，去購物血拚、幫自己買幾個全新垃圾廢物，問題不就解決了！醫生、心理治療師、藥廠公司、大型製藥業都告訴我們，有病的是我們，然後向我們推銷兜售他們所謂的藥物治療，從中大賺幾百億美元，那才是要命的有病……」

她呼吸急促，太陽已消遁於地平線上的濃密雲層後方，穹蒼逐漸烏黑暗沉。

「對不起，」她說。

雖然他聽不懂，卻感覺得到她說的肯定是對的。或者可以說，他認為要是她的信念如此堅定，那麼他就應該相信她，他迫切渴望相信她說的每字每句。她的目光越過遠方山巒，眺望汪洋。

「班尼，大B是一個了不得的革命先鋒，他也是全世界最善良的人，我十四歲那年流落街頭就是他發現我、照顧我的。每次我被送去寄養家庭展開新生活，最後逃家，或是再次用藥時，他都不讓我獨自沉淪。他教會我許多藝術和文學的知識，保護我不受惡霸欺凌——或者至少他嘗試了。」

她轉過頭面對他，將班尼的手跨過雪貂遺體拉向自己，夾在她的兩膝之間。「所以就算你聽見說話聲音又如何，很多人也聽得見啊，這不表示你會變成他，不過誰又知道？或許你未來也會成為詩人或哲學家，甚至是革命先鋒。」她輕輕掐了下他的手，然後鬆開。「你就是你，班尼．吳。就算有人說你有問題，千萬別聽信他們的鬼話。」

他的手在她的膝上凝固不動，不願回到自己身上，不上不下的模樣頗為尷尬。

「天色快要黑了，」她說：「我們最好快點下山。」她旋過身子，跪在死去寵物身旁，彎下腰，直到嘴唇碰到他／她的耳朵。「再見了，我親愛的塔茲寶貝，」她喃喃說著：「我愛你／妳，你／

妳會永遠活在我心裡。」

班尼在一旁觀望，再次忍不住渴望自己就是那隻死透的雪貂。

她再度打直身體、伸展四肢，接著掏出手機。「我跟大B說一聲我們要回去了。嘿，你傳簡訊給你媽媽了嗎？」

52

我和朋友在一起，別擔心！☺

手機螢幕上閃現訊息，她的手機叮噹作響。大約一分鐘之後，手機再度響起，虛弱徒勞地想引起她的注意。另外亦有來自學校的漏接電話，但手機擺在廚房餐桌上，轉為靜音，深埋在一疊厚重垃圾郵件底下，所以也莫可奈何。

那個當下，安娜貝爾正小心翼翼地把班尼的嬰兒推車拖上後門門廊，推車上還平衡堆置一只沉重紙箱，裡面滿滿裝著舊書、靴子、損壞的廚房家電。箱子最上方還有一個沾滿蒼蠅糞便的巨大塑膠風扇、一組健司買回家卻從未使用的發霉二手高爾夫球桿，她在衣櫃中高爾夫球桿旁發現嬰兒推車，對此相當滿意，嬰兒推車可是理想的運輸工具。她準備把舊書拿去二手商店，相信他們也會樂於收下嬰兒推車、風扇、高爾夫球桿，靴子恐怕不行。雖然她已經盡力整理，靴子卻早已磨損、覆蓋著糾結的蜘蛛網。也許有人可以修好損壞的家電，但要是二手商店不肯收，她可以在回程將家電扔進大垃圾箱。

她站在門廊上，思忖著該怎麼把裝滿東西的嬰兒推車搬下搖搖晃晃的階梯。與其直接推下階梯，倒退著步下階梯、拖拉嬰兒推車比較容易。她調整好嬰兒推車的位置，輕輕彈開班尼的小腳曾經歇息的踏板。碎裂的臺階踏木板在她腳下凹陷，沉重箱子在上方搖搖欲墜。實際操作起來比想像困難多了，她一度考慮是否取下高高疊在嬰兒推車上的箱子，再慢條斯理地把東西一樣樣搬下去，但是現在時候已經不早，二手商店再過不久就要關門，再說她還得去學校接班尼下課。她往前跨出一步，將嬰兒推車拽向她，捉住車軸同時前輪在半空中打轉。她試著以一手撐住嬰兒推車的重量，另一手穩定堆疊在推車中的物品，無奈動作實在太費力，加上安娜貝爾用力過猛，嬰兒推車後輪翻落臺階踏木板邊緣，高聳堆疊的物品輕微顫抖搖晃，最後向前傾翻滾落。她嘴裡發出一聲驚呼，與此同時腳步亦不穩滑跤，整個人摔落臺階，堆滿東西的嬰兒推車壓在她身上，而她的頭部也撞上階梯下緣的混凝土。

她仰躺在地，意識忽明忽滅，依稀感受得到疼痛貫穿全身，痛楚一路從後腦勺蔓延至脊椎，深入髖部，然後鑽進她的手腕和胳臂。她感覺到有樣尖銳東西刺戳著她，還有一樣沉重東西壓得她無法起身。她拚命眨眼想要睜開雙眼，只看見一隻靴子的鞋底和靴子四周黑暗一片的天空。她試著移開壓在胸口的方形風扇，但這動作卻引起椎心刺痛，於是她放棄嘗試。時候不早了，班尼馬上就要放學回家，這樣正好，他可以幫她丟垃圾。不過她總覺得哪裡不太對勁。她打了一個冷顫，剎那間一股寒意襲來。時令已入冬了嗎？班尼還在學校，不久就會回到家——可是不對，他現在不能自己搭公車回家！她得去接班尼放學，他還在等她！她移動手臂，咬緊牙關不顧疼痛地掙脫壓在身上的重量，直到東西總算移動。她身旁發出一陣叮咚聲響，是電烤箱。她的手機在哪裡？她聽見一聲哀號咕噥從她的喉嚨深處冉冉升起，痛楚越來越強烈，有個東西在她的視線角落晃動，黑暗閃逝而過，彷彿一塊黑色汙漬，然後又出現一塊汙漬，她閉上眼，世界就這麼逐漸褪去。

她在那裡躺了多久？幾分鐘？幾個鐘頭？現在是十月底，白晝時間縮短，氣候寒冷刺骨，偏偏秋雨選在這時落下，時間點也太不湊巧。第一滴雨水滑落時，她正好躺在階梯底下。屋內，埋在那疊垃圾郵件底下的手機再次叮咚作響，閃起冷光。

明天早上回家！不要生氣，好嗎？☺

一隻烏鴉棲息在屋頂上歪斜著腦袋，以一顆亮晶晶的漆黑眼珠盯著安娜貝爾。另一隻烏鴉接踵降臨，然後又來了第三隻，最後一整群烏鴉尾隨而至，一隻隻飛撲降落在她身旁的地面。牠們一開始保持謹慎小心的距離，比較自在後一寸寸移步上前，最後拍打著翅膀棲息在她身上，展開羽翼為她擋風遮雨。

班尼

我不知道。我根本不曉得她摔倒。我只是想告訴她我沒事，要她別驚慌失措。她沒有回覆簡訊，我以為她只是在生我的氣，過一會兒就會氣消。如果她真的緊張兮兮，一定會馬上回覆我。總之當下我真的是這麼以為，我不知道她跌倒的事，也不知道烏鴉的事。

53 書

他們下坡回到山腳下的岩石，大B正在那裡等候。他正在讀一本書，並在書頁邊緣潦草寫下詩詞，不知怎的，他們留給他的水瓶中居然是伏特加。阿列夫一語不發，緊緊抿著嘴唇地打開圓筒旅行袋，並將露營設備從懸崖邊拖曳至樹林旁邊、表面覆蓋著鬆脆青苔的安全空地。睡袋已經老舊，散發著潮濕地下室和油膩頭髮的味道，可是班尼並不介意，反而很開心她也幫他準備一個睡袋，得知她還帶來許多食物時更是開心不已：他們有更多三明治捲餅和薯片，以及一整個塑膠桶裝的莎莎醬。她告訴班尼他們會有捲餅，全多虧麥克森在一家墨西哥餐廳的大垃圾箱搜刮到一整盒尚未拆封的凍燒墨西哥薄餅。她說麥克森是搜刮高手，薯片和莎莎醬也是在同一個地方找到的。班尼不知道搜刮高手是什麼，但他也想成為搜刮高手。

「麥克森會來嗎？」也許另一個多出來的睡袋是他的，又或許麥克森和阿列夫會共用一個睡袋，要是這樣就更慘了。

「來哪裡？」

「這裡啊。」

他們攤開油布，她突然停下動作，甩掉黏著臉龐的髮絲。「不會，他回大學了。」

不合理啊，麥克森才十六歲，雖然在兒精時麥克森是藍組，也就是較年長的孩童類組，但他還不到就讀大學的年紀。

「他十五歲就高中畢業了，後來馬上進大學。」阿列夫說。「他超級聰明，根本是天才等級，可是後來壓力太大。」

聽說麥克森是天才令班尼很不悅，但他並沒多說什麼。

「所以大學二年級那年某天他崩潰了，最後他父母帶他回家。」

這還真怪，因為他從來沒有想過麥克森也有父母。他告訴阿列夫這個想法時，她忍俊不禁笑了出來，但不是在取笑他。

「每個人都有父母啊，班尼。」

他腦海中瞬間閃過兩個念頭，一是他無法想像阿列夫也有父母。阿列夫說她當初是逃家，但即使是逃家前的她，他還是很難想像她在一個家庭中長大，有一個爸爸、一個媽媽，可能還有一隻小狗，這畫面感覺不太協調。她比較像是一個從美麗外星蛋孵化的外星生物，他沒有貶抑的意味，只是覺得她比較像是從美夢中走出來的人物。

第二個念頭就是，他也無法想像自己有父母，至少不是一個爸爸、一個媽媽的家庭，現在的他再也無法想像這種生活。

「妳的父母在哪裡？」他問。

她正嗅聞睡袋的法蘭絨裡襯，然後皺起鼻子：「我沒有父母。」

「可是妳剛剛說……」

「每個人都有，就我沒有。」

或許他的美麗外星蛋理論是真的，她明顯不想談論這件事，更別說他還有比這更迫切想知道的事。

「妳和麥克森是——」班尼的這句話懸在半空中。

噢，你也幫幫忙，不是真的要問她那件事吧？

「我和麥克森是什麼？」

「沒什麼。」

問出口啊，豬頭，不然就別問，畢竟這根本不關你屁事。

阿列夫正趴伏在青苔上攤開毯子，這時她抬頭瞇眼望向他，太陽餘暉照射在她的顴骨上，金黃動人的光澤令他鼓起勇氣。

「我是想問，你們兩個……在一起嗎？」

「你是想問我們是不是情侶？」她皺眉，但他察覺她似乎也覺得好笑。「不，麥克森是很棒的男生，但我們只是朋友。我們兩人都在努力康復，所以不來戀愛那套，你懂嗎？」

「噢，是喔，」他說。他其實不懂她在說什麼，但一股濃烈的幸福感卻在心底油然而生。

哇，你真的很可悲。

「我們是在兒精認識的，出院後麥克森請我們協助他組織ＳＰＫ。」

「噢，對喔，」他說。

騙子，你這蠢貨。

「那是動物保護組織嗎？」

她笑了出來。「不是，是同儕互助團體。」

婊子，腦中那個聲音嘟囔，但她看起來完全不像婊子。阿列夫四肢伏在青苔上，歪著頭解釋，說話聲音只好就此放棄，默默飄走。

「這是專為被標籤為瘋子或診斷出有心理疾病的年輕人組織的團體，目前還在進行，但麥克森已經回去上課了。」

「ＳＰＫ是什麼的縮寫？」

「社會主義患者聯合組織。」

他還是不懂，但這次他並不打算裝懂。「聯合組織這個名詞是Ｃ開頭的吧。」

「那是德文，以Ｋ為首的字詞，Kollective。這是大Ｂ教我們的。大Ｂ在七〇年代就讀大學的時候，也是同一個海德堡學生團體的成員和心理疾病患者。他們並沒有錯，也明白自己不是發瘋的那一方，反而很理智，真正逼瘋大家的是資本主義。」

他抬眼望向山頂。「就像妳在那裡告訴我的。」

「正是如此。」

他們帶著三明治和食物回到岩石處。大B正坐在輪椅上，腿上擺著筆記本，遙望夕照餘暉，他們兩人則坐在他旁邊的地面。大B顯得意志消沉，並沒有喝得太醉，但阿列夫似乎依舊對他惱怒。她唐突地問他是否還好，只見大B輕輕點頭，嘆了一口氣，然後拾起一支筆指向地平線。

「真美，」他說，「不久就會下起秋雨了。」他說得沒錯，城市上空已堆砌起烏黑雨雲，可是高高掛在海洋上方的天空卻始終靛藍晴朗。雖然太陽已經西下，一條纖細橘線仍在地平線上流連忘返，粉紅銀色的落日餘暉恍若一段追憶，在水面上閃耀著粼粼微光。前景中隱隱約約現形的幽黑小島，猶如幾頭蜷伏著身軀、準備天黑後休憩的巨獸，就連風聲都顯得消沉，大B對著風兒輕柔吐出話語。

「年輕時代還有兩條腿時，窩曾經熱愛滑雪和登山，現在卻不能常常離開都市，登山更是痴人說夢。」他低頭俯視著坐在他輪椅旁雙手抱膝的阿列夫。「所以親愛的，謝謝尼。」

他的語氣令班尼忍不住抬頭，他看見老人臉龐上浮現一抹惆悵。他希望他們之間安然無事。阿列夫先是一語不發，班尼以為她還在為伏特加的事生氣，可是這下她反而像是一個做錯事的內疚孩子，聲音微弱地嘟囔著：「我把塔茲留在山頂了。」

老人合上眼皮，那一時半刻，他碩大的腦袋似乎沉重到連脖子都撐不住，卻馬上在輪椅上勉強打直背脊。

「窩懂了，」他說，輕緩點頭：「天葬。」

「我應該等你的。」

「可是窩爬不了高山。」

「或許我們應該在這裡安葬他／她。」

「不，不，在世界高峰安葬他／她，遮樣很完美。」

「可是你為他／她寫了一首詩——」

他伸出一隻粗獷大手，輕輕放在阿列夫頭上，彷彿用手部的重量將她穩穩固定在大地。「雪貂才不在乎詩詞，尼做得很對，親愛的。其他都不重要。」

那天夜晚他們在山上過夜，三人排成一列，猶如窩在睡袋裡的毛毛蟲，漆黑夜空在頭頂輕輕嘆息，而班尼每次在這片穹蒼下翻身，都聽得見大地呼吸和青苔清脆的窸窣聲響。他盡可能不動如山，偏偏阿列夫就躺在他身邊，兩人的距離是如此近，只差一點就觸得到彼此。這令班尼忍不住顫抖，渾身上下都在發抖，但不是因為深夜的刺骨寒意，而是因為和她靠得太近。他本來以為她會發現他在顫抖，然後說些什麼，可是她並沒有，逕自忙著和大B聊天。班尼仰躺著，雙臂僵硬地擺在身體兩側，目光望入他這輩子見過最廣闊漆黑的虛無，同時努力克制身體的顫抖。穹宇中星辰一閃一爍，但實際上卻距離幾百萬光年之遠。夜空中明月高掛，但月亮不過是黑暗中一個蒼白的小窟窿。偶爾有幾架朝著亞洲方向飛行、閃爍的飛機劃過天際，亦有像是低軌道氣象衛星、通信衛星、衛星導航、軍事偵察衛星等衛星，彷彿是出任務的閃亮行星組成超級星座，繞著地球旋轉。

班尼覺得它們很酷，可是瓶人對衛星很不以為然，他說這是漆黑夜空的盡頭，是天文學的終點，托勒密、哥白尼、伽利略要是看見這幅畫面，以及一堆猶如濃密小黑蚊在地球軌道打轉的太空垃圾，肯定會掩面痛哭。這堆垃圾包括荒廢的助推火箭、不復使用的太空船、爆裂衛星和武器、來自俄羅斯和平號太空站的垃圾袋，更別說是人們在地球上遺失的日常物品：單隻手套、扳手、牙刷。大B說太空猶如一個大型廢物場，還說他小時候住在斯洛維尼亞時，外太空一塵不染，根本沒有垃圾殘骸。

這番言論嚇壞班尼。他夜裡仰望天空時從沒思索過太空垃圾的事，畢竟太空似乎無比遼闊，空曠虛無。然而當他躺在那裡抬頭仰望夜空，聽著他們的對話，卻倏然感覺黑暗彗星正一點一滴移向他的意識邊緣。黑暗彗星往往都是這樣開始的，最初只是他腦海中一個微小物質顆粒，後來散發出濃密能量波，擺盪穿越他的身體，並穩穩發出低聲轟鳴，直到物質顆粒越擴越大，朝他迎面撲襲而來，然後——

不！他在心裡吶喊，摸索尋找他的情緒管理卡，偏偏他沒有高山上躺在心儀女生旁邊、黑暗彗星撲襲而來的情緒管理技巧。

就在這時，她的聲音猶如一陣微風拂過他的耳膜：「你還好嗎？」

他開不了口，只能點頭回應，但天色這麼黑，她根本看不到。

「你有帶氣喘吸入劑嗎？」

他這才想起收在他口袋裡的氣喘吸入劑，連忙從口袋中撈出深吸一口，感覺好多了。

大B的聲音從黑暗之中飄了過來：「年輕男同學，窩說的話嚇到泥了嗎？」

他正對太空之事侃侃而談，聊到虛無和幽謐。

「不——」班尼說。

騙人！

「或許有一點吧，我從來沒有在野外睡覺過。」

阿列夫的手像是一隻挖洞取暖的小動物，悄悄爬過青苔。班尼聽到她手爬上來的聲音，感覺它拂過他的手臂，一路鑽進他的睡袋、攀過他的手腕，最後找到他的手掌。當她牽著他的手穿過青苔表面拉向她，他感覺到她的手指纏繞著他的。她把他的指關節拉向她的嘴唇，然後兩手包覆著他的手，彷彿禱告般將那隻手塞到她的下巴底下。他的顫抖漸漸消退。

他並不在乎她知道自己嚇壞了，他想要她知道，也想要讓大B知道。他想要讓他們知道所有事，偏偏他說不出口。在接踵而來的漫長沉默之中，他們紛紛墜入夢鄉。

54

不孝駕駛他的日產汽車進入街口，第一注意到的就是深色垃圾袋的閃亮剪影。垃圾袋高高堆疊成一堵峭壁，赫然聳立於母親屋前雨水淋漓的人行道上。他把車子停在路邊，趴在方向盤上坐著，任由引擎空轉。在明亮冷光車頭燈的照耀下，他凝望雨水拍打著濕答答的塑膠袋，接著他熄滅引擎下車，甩門，踹了一腳人行道上礙手礙腳的垃圾袋。愚蠢的鬼婆母豬。他們肯定會吃上罰單，沒關係，這筆錢就讓她付。他點燃一根香菸，嘴裡吐出一縷煙，豎高外套領子。

萬萬想不到，她的前廊看起來好多了。他瞇起眼瞟向媽媽那一側的雙併式房屋，模樣也很簡陋破爛，不過無所謂，只消粉刷上一層油漆，房子外觀立刻就會升級。不用再等多久，馮仔說房屋仲介已決定刊登這棟房屋，現在只剩下趕走這個鬼婆，他究竟還在等什麼？他伸出腳跟熄滅香菸，三步併作兩步跨上前廊階梯，用力敲門。沒人應門。他望入前窗，從窗簾縫隙只看見太太散發的電腦微光。老媽說她的工作是讀報紙，聽起來根本是鬼扯，誰會付錢請人讀報紙？無論她做什麼工作，電腦設備這麼完善，事業肯定做很大，等他把她踢出這棟房屋，這些東西或許就變成他的，有這麼齊全的配備就能正式展開生意，馮仔會幫他出主意。

他先是客氣地彎起指關節敲打玻璃窗，後來改用拳頭捶打，屋內依舊鴉雀無聲，於是他繞至房屋後面。她明明知道他今天會來找她，想逃門兒都沒有。出租房屋的這一側幾乎零進展，垃圾堆積如山，很好，他繞過垃圾時心想。親愛的，剛好可以讓我借題發揮。當他正繞過屋角時，乍然停下腳步。

門廊臺階底端，硬生生壓在傾覆嬰兒推車底下的正是死透的鬼婆。她躺在地上，身邊散落著各式各樣的物品：靴子、書、電烤箱、方形風扇、垃圾。他愣在原地動彈不得，只能死瞪著眼前的畫面。當初他也是在地上發現老媽，不過老媽體型嬌小，當時還有生命跡象，即便髖骨碎裂，依然有力氣對他大呼小叫。但這個鬼婆體積龐大肥胖，一動也不動，死得相當透澈，屍體上方還覆蓋某樣閃閃發亮、烏漆抹黑的東西。他往前邁出一步，這下才看清楚。恐懼爬上他的心頭，這畫面會讓他夜晚惡夢連連——她身上滿滿覆蓋著烏鴉，全身上下都是烏鴉，而牠們正在啄食她的遺體。

誰都不應該落得如此淒慘的下場。

眼見地上有一堆凌亂的高爾夫球桿，他遂隨手撈起一把九號鐵桿，衝上去對著烏鴉揮舞吆喝：「通通給我下來，你們這群王八蛋！」

烏鴉瘋狂拍打著翅膀、漆黑羽翼飛散飄落，猶如一件從她身上揚起的黑色斗篷，朝小巷俯衝而去。不孝佇立在原地，九號鐵桿高高舉在頭頂望著烏鴉飛走，低聲咒罵，這時房客太太的眼皮顫動，眨著眼皮睜開眼。

「噢，」她說，茫然不解地抬頭望著他。

他低頭一瞧，忍不住驚呼：「搞什麼鬼，太太！原來妳還沒死！」

她稍微抬起頭，痛楚卻令她不由得蹙緊眉頭，目光瞟向自己的身體。「還沒，」她孱弱地說。她抬眼望向不孝，看見他手中握著九號鐵桿。「噢！你準備殺我嗎？」

她覺得眼前的情景已經清晰明瞭，再明顯不過。她完全不記得自己摔倒的事，所以當她意識逐漸清醒、疼痛貫穿她身體，又看見不孝高舉著高爾夫球桿站在她面前，還可能得出什麼結論？她依稀記得他不是很喜歡她——還是她不是很喜歡他？沒錯，一定是這樣。她很怕他也不喜歡他，而這全是因為他想殺她。現在一切都說得通了。她試著坐起來，可是疼痛過於劇烈，她只好作罷，就這樣吧。即使他早已扔下高爾夫球桿、致電一一九，並且挪開壓在她身上的嬰兒推車，她仍然躺在那裡閉緊雙眼，等待他下手。他何不乾脆一點，讓她一了百了？動手啊，她心想，接下來像是回應她沒有做出的祈禱，她奇蹟似地聽見警笛鳴響，以及緊接下來的尖銳煞車和車門聲響。她感覺某人的手碰觸她，身穿制服的男人向她提出問題。發生什麼事了？妳從階梯摔下來嗎？她睜開眼。噢，不是，警官。她娓娓解釋。那個男人想要殺我。

救護車醫療人員檢查她的狀況，她聽見警察的無線電對講機雜訊及不孝極力否認攻擊的聲音，他絕對沒有要謀殺太太的意思，他甚至還致電一一九，救了她一命！不然爬滿她身上的卑鄙烏鴉就會大快朵頤，啃咬她的肉體、撿拾她的骨頭！安娜貝爾知道這不可能，健司的烏鴉絕對不可能吃她，她很清楚自己究竟看見了什麼：王不孝手持高爾夫球桿站在她面前。

可是她的傷勢倒是透露出不同線索，救護車醫療人員解釋，那不可能是九號鐵桿造成的傷口，他們指了指散落一地的靴子、書本、高爾夫球桿，她肯定是不慎絆倒摔落臺階。躺在擔架上的安娜貝爾頓然驚覺他們說的鐵定沒錯，於是試著解釋情況，這些都是我丈夫的東西，他已經死了，我只是在清理衣櫃，今天的事純屬意外，我很抱歉出了這種差錯。警方心滿意足地走回巡邏車，救護車醫療人員將她運上救護車後座時，不孝仍舊蟄伏在屋外的陰影四周。

「我很抱歉，」她說：「謝謝你發現我。」

不孝聳聳肩：「沒事啦，不客氣。」

安娜貝爾總覺得她還忘記什麼，無奈腦袋一片空白，什麼都記不起來。她望著房東太太的兒子懶散地倚在雙併式房屋側邊，一手掩蓋臉上的胎記，這是她從不孝青少年時期就一路看到現在的習慣動作。小時候的他總是一副侷促焦慮，長大後也成為一個侷促焦慮的大人。警察已經離去，但他似乎還在等待什麼。他究竟在等什麼？這下她總算想起他今天是來檢查她的屋況，而她還沒打掃完，現在卻已經太遲。救護車醫療人員走向門口，不孝伸長脖子往屋內猛瞧。

「嘿，吳太，需要我幫忙嗎？」

「噢，不了，謝謝你，」她說。亨利。他的名字是亨利。也許說到底他也不是什麼壞孩子，就在這時她忽然想起一件事。

「等等！」她喊道。「你有看見班尼嗎？他在哪裡？」她掙扎著起身，無奈身體被固定在擔架上。

「拜託你，」她捉著急救人員的手臂說：「我得去學校接我兒子下課，他還在等我，他現在的狀況不是很好。我的手機在哪裡？亨利，你可以幫我找手機嗎？我應該放在廚房餐桌上。拜託了。我們還不能走，我需要手機。我得打電話給我兒子！」

她望著不孝爬上臺階，擠過後門門廊上的垃圾，推開後門，這下廚房的畫面才映入她的腦海——她想起還沒打掃完畢的慘狀。她本來打算打掃完再讓不孝進門檢查，所以之前從未讓他進過屋內，可是現在他什麼都看見了。她自我放棄地倒回擔架。

「噢，天啊，」她低聲喃喃：「我這是幹了什麼蠢事？」

55

山頂的風已不再吹拂，自海面飄來的濃霧遮蔽了明月星辰。班尼醒來時發現阿列夫的手已經移開，他真的有握著她的手嗎？還是那只是一場夢？他聽見瓶人的鼾聲和阿列夫輕柔的呼吸聲，兩人聽起來距離他咫尺之近，彷彿他們三人躺在同一條毯子底下，差別只在於毯子溫暖，濃霧卻很冰寒，他的鼻子彷彿是一方小冰塊。他得起來小便，卻又不想離開睡袋，所以盡可能憋著不去，最後才總算蠕動著身軀爬出睡袋，開始走路。岩石表面尖銳，青苔在他襪子底下發出清脆聲響。班尼暫停下腳步細細聆聽，由於不想讓他們聽見他小便的聲音，於是又稍微往前走了幾步。少了月光照明的夜色是如此深沉，連樹影都朦朧不清，害他險些直接撞上去。他跌跌撞撞碰上矮樹叢時連忙後退，可是這時的他再也憋不住，小便嘩啦啦響亮地噴灑在灌木叢上，小解完畢後班尼拉上拉鍊旋轉過身子，才剛邁出一步就止步。危險！這裡闃黑地伸手不見五指，猶如厚重冰寒的黑洞幽幽無聲地包覆著他。他屏氣凝神，試著聆聽尋找大B的鼾聲，偏偏他已經走得太遠。

他又往前跨出一步，腳下的岩石變得平滑，他們吃晚餐的陡峭懸崖就在不遠處，他應該帶手機照明才是，無奈電池已經耗盡。笨死了。他緩慢移步向前，伸出兩手平衡，睜大眼睛望進一片黑暗，盡自己所能聆聽，他從沒這麼專注聆聽過。懸崖邊緣到底在哪裡？他可以在腦海中想像到陡峭垂直的懸崖及遙遠山腳下的小樹。他往前邁出半步，一腳在不穩滾動的頁岩上打滑，一股暖流般的空氣猶如喃喃細語般撲襲而來。

停。

他停下腳步。沉靜堅定的說話聲音似乎來自上衝氣流。

往後退兩步。

他照做了。

很好。現在慢慢蹲下。

他蹲了下來，兩手摸著溫暖岩石，彷彿這樣就能讓他安穩地留在地面，他聽得見耳朵中的血液奔騰。

別動。靜止不動，等等……

他遵照指示耐心等待，盡可能張開耳朵，靜候下一個指令。在他周圍飄蕩的上衝氣流搔著他的臉龐。他究竟在那裡蹲了多久？無從得知，班尼就這麼縮成一團打盹，醒來，又打盹。

接著他聽見遠方傳來她的聲音，聲音來自他背後的濃厚霧氣和悄然靜謐。

「班尼？」

一綹細長光束在他身旁濕滑的岩石表面上下彈跳。

「我在這裡，」他語氣嗚噎地回道，轉向光源。

光束越來越近時他站了起來，雙腿卻因為蹲伏太久而抽筋不穩。他的雙膝發軟，身體晃動搖擺，所幸她已上前及時扶住他的手腕。

「跟我來，」她語氣低沉急促地說：「我扶著你了，沒事。」

她吐出的氣息在手電筒光束照明下化成一團團白煙，班尼搖晃蹣跚地向前跨出一步，最後跌進她的懷裡。

「要命，」她說，緊緊抱著他，接下來放開他，將手電筒光束照向他的臉：「你他媽的發瘋了嗎？」

他眨著眼，舉起一手擋住光束。「妳說什麼？」

她把手電筒轉向他剛才坐著的位置，光束描繪出陡峭險峻的懸崖邊緣，並在後方消沒成一片黑暗，差一步他就會跌落山崖。

她把光束移回他臉上：「你這是在做什麼？」

「我得小便，」他說：「天色很暗，我迷路了。」

她把光束上下照著他的臉，查看他是否在撒謊。「我醒來時發現你不在旁邊，馬上就出來找人，發現你的當下我還以為你準備往下跳。」

「噢，」他說：「不，不是這樣的。」

她深吸一口氣，然後吐氣。「走吧，好冷。」

他跟著阿列夫走回露營區，大B還在打鼾，班尼鑽進睡袋後平躺在裡面，他聽得見阿列夫在他旁邊呼吸的聲音，彷彿她在等他補充什麼。

「真的不是那樣，」他低聲說：「我是說，我沒有要往下跳的意思。」

經過一陣漫長沉默後，她說：「好吧。」

「我看不到懸崖，根本不知道那裡就是懸崖，差一點就跌下去了……」他一想到往上竄動的暖風氣流，就不禁打了個冷顫。她翻身時發出窸窣聲響，班尼感覺得到她的目光正停在他臉上，在漆黑之中凝望著他。「但後來我聽到某個聲音。」

「什麼聲音？」

「一個說話聲音，」他略顯遲疑。「但不是我平常聽到的聲音。」

「你平常都是聽到哪些聲音？」

「都是隨機物品發出的聲音，有些是我自己的聲音，像是我內在的批評聲音或機器人。」

「你內心有一個機器人？」

他點頭。

「哇，我內心只有魔鬼。心魔和妖怪。」

她的臉靠得是如此近，他可以感覺到她吐在他臉頰上的溫暖氣息，班尼轉過側面，這下子他們面對面，鼻子對著鼻子。

「真討厭，」他說。

「對啊。所以懸崖上那個聲音究竟是什麼？」

「是一個新聲音，我第一次聽到這個聲音是在裝幀室。」

「也是物品嗎？」

「不算是，但也不是人類，算是介於這兩者吧。」

「那個聲音說了什麼？」

「也沒什麼，在裝幀室那晚它講的是關於書的事，我覺得它還有話想說，我可以聽見它的渴望。」

「我猜這種事發生在裝幀室也很合理。當時你很慌嗎？」

「不會。」他在撒謊，於是停下來。「好啦，是有一點。可是我認為今晚是它救了我一命。外面黑到伸手不見五指，我很可能摔落懸崖邊緣，可是那聲音卻要我停下腳步，蹲著等妳。」

「它知道我會去找你？」

「對，我覺得它知道一些事。」

「像是什麼？」

「像是未來發生在我人生的事。」

「它可以預知未來？」

「可以這麼說吧，它也知道過去的事。我覺得這聲音可以實現某些事。」

「什麼樣的事？」

「我不知道，我生命中的事，我也無從解釋，但它的威力真的很強大……」

「很像上帝之類的。」

「也許吧，彷彿它已經為我規劃好人生道路，大家都是這麼講上帝的，對吧？」

「其實上帝的事只是我開玩笑而已。」

「噢。」

「你真的認為它會實現某些事？」

聽起來實在很瘋狂。「我也不知道，這只是我的感覺。」

「你會怕嗎？」

「有一點吧。」

「它救了你一命，所以這聲音可能是善良的，可能是朋友，它只是在照應你。」

「也許吧。」

「朋友很好，」她說。「擁有朋友是好事。」她的手再度越過青苔，掌心輕輕擺在他胸膛。「再睡一下，好嗎？」

在她的掌心底下，他的心臟狂跳不已，他把手心壓在她手上，緊緊握住。

去啊，有個聲音低聲說。你知道你想這麼做……

他以單手手肘撐起身體，這時她的身體正好轉回平躺姿勢。

去啊！現在就上！

於是他照做了。

這並不是漫長浪漫的一吻。他的嘴唇沒有對準，位置稍微偏移目標，所以他其實吻到她的嘴角，也就是臉頰的位置。在那一時半刻，這個吻是可能變成某種不性感的安全之吻，比較類似親阿姨的那種吻，但這並非他的用意。於是他稍微移動重心，使得兩人嘴唇確實交疊，她的嘴唇觸感猶如覆盆子濕軟輕柔，又帶著墨西哥玉米餅的鹹味。那是酵母的滋味，似曾相識的感受在他心底油然而生，彷彿某場夢境曾經出現的場景。除了自己的爸媽，班尼從未親過任何人，所以他也不曉得接下來應該做什麼，但他明白應該還會發生其他事。她沒有主動回應，卻也沒有推開他，於是他更用力吻上去。他感覺得到她皮膚下方的堅硬牙齒，接著她的嘴唇在他之下嚅動——

「班尼……？」

她的嘴唇框讀出他的名字。他在她吐出的氣息中嚐到自己的名字，不由得深深吸了一口氣。對！他就是班尼！也許這是他人生中第一次完全做自己。他可以感覺到她的雙手放在他心臟上方的胸前，輕輕推著他，於是他的身體被往後推起。他的身體充滿生命力，她的也是。星星在他眼皮後方閃爍光芒，他的背脊弓起，準備冉冉飄起，前往——

「班尼，不……」

不？

他猶豫了。是哪裡不對了，萬物都在說好！好！好！就連星星也是，可是她卻說不，這是什麼意思？她為何不懂？他吻她是因為他愛她，愛情是一件美好的事，說話聲音也叫他這麼做！文字根本不可靠，她的「不」肯定是誤會一場，她的「不」還搞不清楚狀況，並不是真的想要說不。她的「不」其實是想說好，他可以向她證明。他更用力壓向她的雙唇，維持一段漫長的時間，最後她總算放鬆，甚至似乎稍微回吻他，可是後來卻嘆著氣別過臉。

「不，班尼，我們不可以——」

他的背部往睡袋一倒，面向穹蒼。這一次肯定沒聽錯了，她的意思已經很明確，她的「不」意思真的就是不，他才是搞不清楚狀況、不明白的那個人。全是因為他笨得要命，因為他是一個大智障，因為他太年輕，他知道這時他應該道歉，卻始終吐不出半句話，他想要消失不見，卻辦不到。她伸出手，放在他滾燙的臉頰上。

「對不起，」她說，這句話明明應該是他要說才對。然後她翻過身，背對著他。他聽見她對著黑夜吐出悠長緩慢的氣息。

班尼

是你，對不對？你明明知道我想吻她，還故意叫我去做！整件事情進展太快了，就連我都不太確定，可是現在我懂了，那是你的聲音。去啊！你這麼告訴我，於是我就照做了。

你這是在耍我嗎？你明明知道這個舉動有多白痴，你是一本書！你肯定知道最終結局會是什麼，卻逼我這麼做，為什麼？還不是因為這樣比較有趣，或是比較浪漫、比較具有戲劇張力之類的狗屁？又或許你只是等著看好戲！簡直是狗屁！你只是在利用我，操縱我去做出事情，這樣你才能得到精彩故事。

書全部都去死吧。

你當初還不如讓我直接墜落懸崖，死一死算了。

書

噢，班尼，不是的，不是我們叫你去吻她。你聽從的那個指令不是我們給的，那聲音來自你體內衝動的本能直覺，書並無法左右操控。

但你說的不全然錯誤，儘管我們沒有要求你去吻她，但就算我們可以制止你，我們的確也沒這麼做。書本確實喜歡來點浪漫情節和戲劇性發展，這是不爭的事實。你可以說我們好色（很多人也這麼說），但我們需要你先品嚐她的嘴唇，我們才能嚐到那股滋味，我們想要描繪你的吻的文字。身為人類的你們會受欲望驅使而沖昏頭，至於書本，我們對於文字的欲求也是無可否認的強烈。也因此你說我們叫你去吻她，這個說法並不正確，書本並非無所不能，再說我們也不是皮條客或淫媒，但我們確實抱持希望這種事情發生的念頭，關於這一點我們賴不掉。如果你覺得遭受利用，那我們向你道歉，事情發生當下我們也很抱歉。

我們看得出你不相信我們，現在你像是阻絕所有你想遺忘的記憶那般，試著將我們拒於門外。

好吧，但現在你讓我們沒有選擇，畢竟我們並不是你隨機聽見的說話聲音，班尼。我們是書，而說故事就是我們的工作，所以現在我們得頂替你。

56

那之後你並沒有真的睡著，只是靜靜躺在那裡，在深夜的冷空氣中感到臉頰滾燙炙熱，聆聽著耳朵的血液沸騰，血液的聲音是來自你身體深處的內在聲音，不過除此之外當然還有體外傳來的聲音，你可以聽見阿列夫的呼吸聲和瓶人的鼾聲，以及山上某隻夜鷲的啼叫，亦有某種你從未聽聞的聲音，漂浮刺耳的聲音似乎來自無比遙遠的他方，從迷失方向、從太空隕落的瓦礫垃圾堆傳來。

而黑暗彗星正在某處等候。

你越是思考自己幹了什麼事就越浮躁不安，你真的澈底搞砸了，因為她當然不想吻你，畢竟她憑什麼想吻你？到底有什麼人會想吻你？因為她是賤人，而你只是一個他媽的臭小鬼，一個白痴智障，該去死一死的幼稚魯蛇，所以請你去死，可以嗎？縱身躍下那該死的懸崖，讓她自責一輩子！

你還在等什麼？

可是你靜靜等著，想起你的情緒管理卡，於是躺在那裡邊呼吸邊數數字，數著數字深呼吸，直到總算在黎明前漸漸陷入夢鄉。

當你再次醒來，旭日早已升起，他們兩人也已經起床。阿列夫正以某種她用舊罐頭改造的小瓦斯爐煮咖啡，問你要不要也來一點咖啡，她看似神清氣爽，彷彿昨晚什麼事都沒發生。你搖搖頭，你不喝咖啡，不禁覺得自己很像小孩，可是罐頭瓦斯爐很酷，一般來說你會請她為你示範怎麼煮，可是今天的你卻只是逕自走至遠處小便。等到你回來時，他們正坐在你前一晚差點墜落的懸崖邊緣，一邊啜飲咖啡，一邊低聲交談，眺望著遠方海洋。她看見你的時候遞出一只杯子，杯裡裝著熱可可，是小孩才喝的飲料。你喝了一口，熱可可很美味，可是那一刻你卻不由自主地憎恨她。

下山的路途比上坡艱難多了，你和阿列夫必須合力操控大B的輪椅，避免他不慎滾落山路。你站在她身旁時，兩人不時碰到彼此，一下碰到手肘，一下碰到肩膀，再不然就是臀部或雙手，而每次一碰到她，你的身體就會自動彈開。走在陡峭碎石山路上時，石頭一度在你腳下滾動，導致輪椅打滑，你則是為了避免碰到她的前臂連忙鬆開輪椅手把，這時拚命固定住打滑輪子的她滿臉漲紅，轉過頭看著你。

「你現在行為超詭異的，請不要這樣好嗎？」

你再次捉穩手把，可是在接下來的下山路程中，她都沒再和你說話，而你也沒有主動和她說話。瓶人似乎感覺到有什麼不對勁，他坐在搖晃不穩的輪椅上，手裡緊緊握住公事包，再次聊起華特・班傑明，聊到他的死亡悲劇，以及關於他死亡的陰謀論。有些人辯稱這名哲學家並非自殺身亡，而是死於心臟病，有些人則聲稱他是遭到支持史達林的特務謀害，至於西班牙開立的死亡證書則說明死因是顱內出血。裝有神祕手稿的公事包人間蒸發，儘管他的朋友苦苦尋覓，卻始終沒有下落。

「現在沒人讀得到那本著作了，」大B唉聲嘆氣：「那可是他的遺作，他曾告訴朋友一定要搶救手稿，千萬不能落入蓋世太保手中，還說那本書比他自己的性命重要。」

聽到這句話時，你突然一肚子火，說：「我不認為書會比一條人命重要。」這時一根粗樹根絆住輪椅的輪子，於是你猛力一推。

「啊，」大B說：「那是因為尼還沒寫出一本書，等到尼完成一本著作，就會懂窩的意思了。」

「狗屁，」你說，輪椅向前傾斜踉蹌。「我才不要寫書。」

「尼等著瞧就對了，」老人說：「到時尼就會懂窩的意思，每個人內心都有一本書，班尼。」

在那一刻，內心有一本書的念頭令你深感驚駭。「我就沒有，」你這麼回道，可是老人家不是沒聽見，就是故意充耳不聞，逕自繼續講著華特．班雅明的事。

「真是悲劇，」他搖了搖腦袋，說：「沒有比失去一本書更悲傷的事了。」語畢，他陷入一陣抑鬱沉默。

回到城市的路上無人開口說話，他們在你家門前放你下車，阿列夫把廂型車停在一堆垃圾和回收塑膠袋旁，她沒有熄滅引擎，只是伸出手輕輕握了下你的手，你頓時感覺全身僵硬。危險！

「我很抱歉，」她輕聲說：「我愛你，班尼，但不是那種愛，好嗎？」

賤人，有個聲音說。隨便妳。

你站在路邊望著廂型車駛離，等待車子離開視線範圍才轉身，卻不小心被一個垃圾袋絆到，你出腳用力踹了一下，接著又補踹好幾腳，直到將垃圾袋踢破一個洞，幾片DVD灑落，這時你才驀然想起你答應母親放學後會幫忙打掃家裡。那是昨天的事了，她還沒有回覆你訊息，你的手機在山上耗盡電力，她可能心急如焚地徹夜尋人，現在你真的澈底死定了。

你把DVD踢回袋子裡，爸爸的烏鴉正在頭頂東張西望，牠們棲息在電線上，發出飢腸轆轆想吃飯時的嘎嘎叫，你走到屋子後面，烏鴉們也紛紛跟上。當你繞過角落，烏鴉飛撲下降，降落在距離空蕩蕩餵鳥臺不遠的欄杆上。你媽媽為何還沒餵牠們吃飯？臺階底端散亂廢物一地，你兒時的嬰兒手推車側躺在地，它在這裡做什麼？你跨越嬰兒手推車走進屋內，悄然無聲，仍是一片狼藉混亂。你踏進客廳，任務控制中心空無一人，不過那天是週六，你媽媽本來就不用上班。

你走進廚房弄了一碗早餐麥片，幫手機充電。你媽媽的美樂家咖啡機就擺在流理臺上，於是你決定幫自己泡一杯咖啡。你把濾紙小心翼翼架在杯子上，倒入滿滿兩匙咖啡，熱水煮滾後倒入杯子，讓研磨咖啡徹底滴漏，然後啜了一口，並且呸地吐到水槽。

上樓時，你刻意停在安娜貝爾的房門前仔細聆聽。她肯定還在睡覺，你心想，也許這代表她沒有太生氣。你鬆了一口氣，走回自己房間，脫掉衣服爬上床。枕頭旁的書桌上仍擺著你從圖書館借來的舊版《格林童話》，浮印在血紅色書封上、猶如血管盤根錯節的樹根和樹幹讓人不禁想起山頂，你深思著大B在下山時說每個人內心都有一本書的事情，於是起身把《格林童話》移至房間另一側，離你的頭頂遠遠的，然後躺回床，戴上根德耳機昏昏沉沉睡去。

微弱的門鈴聲吵醒你，一個女人站在門前，手指對準門鈴，並在你開門那一刻停下動作。她看到你時詫異地往後一退，彷彿你是來自外太空的火星人，可是你正戴著根德耳機，所以她的反應也算合理。

「你是班尼嗎？」她自我介紹，她叫做艾許莉什麼的，是醫院的社工人員。「你母親昨晚發生一場意外。」

她說到一半停下來注視你。根德耳機讓她的聲音聽起來彷彿人在十萬八千里外。

「她摔落臺階，被送到醫院。」說到這裡她又暫停，靜靜等待你的反應。她來回研究著你的表情，也許你一臉迷茫，因為她接著問你：「你想知道她的狀況嗎？」

你點頭。

她死了，一個聲音說。而這全是你的錯。

「她的傷勢滿嚴重的，不過會痊癒的，只是她非常擔心你，跟我來吧。」

前往醫院的路上，你垂頭喪氣坐在她的汽車乘客座上，頭上還戴著根德耳機，盡可能不去理會她的問題——你去哪裡了？為什麼沒告訴媽媽？你心想她大概不是很喜歡你，不過無所謂，反正你也不怎麼喜歡你自己，與此同時那個說話聲音亦不停碎唸：全是你的錯，全是你的錯，全是你的錯……

關於這一切你還記得多少，班尼？

班尼？

你還在嗎？

你聽得見我說話嗎？

你有在聽我說話嗎？

57

安娜貝爾已經想不太起來自己是怎麼摔下臺階的，但她永遠忘不了她摔倒後在急診室度過的漫長夜。不孝無法在她堆滿雜物的廚房餐桌上找到手機，但她懷疑他並沒有認真找。她想用急診室等候室的付費電話報警，通報失蹤人口，卻碰到第一次報案時的繁冗程序，她要求和胡立警官通話，可是他當時並未執勤，後來護士不得不讓心急如焚的她服用鎮靜劑，並在這時找來社工人員。

艾許莉是個善良的女孩，活力充沛、笑容可掬，有著一頭及肩金髮和懇切聆聽的本領。她詢問安娜貝爾這場意外的來龍去脈、她的工作和家庭狀況，也問起班尼和健司的事。當她發現除了正值青春期的兒子，安娜貝爾沒有其他可以致電尋求協助的對象時，似乎相當洩氣。她坐在安娜貝爾的病床旁的椅子邊緣，不時安慰輕拍安娜貝爾的手，彎身遞送面紙，及時以鼓勵話語回應她。她湛藍眼眸的凝視就像是一臺吸塵器，可以吸走妳內心所有傷痛，安娜貝爾馬上就對她產生好感，可是不斷說話令她精疲力竭，於是艾許莉離開病房，要安娜貝爾好好休息。幾個鐘頭後安娜貝爾醒來時，發現班尼就坐在椅子上，還戴著過去屬於父親的傻氣耳機，盯著設為靜音的電視晨間新聞，播報著迫在眉睫的選舉。

他說他和朋友去露營了，他人沒事，但是很抱歉沒有事先知會任何人就離開學校，也很抱歉他沒有打電話報備，因為他的手機沒電了。安娜貝爾覺得班尼光是主動道歉就很了不得了，他似乎悶悶不樂、心神不寧，但至少很配合。於是在艾許莉的協助下，他們擬定安娜貝爾的出院計畫。在她可以爬樓梯回房間前，安娜貝爾都會睡在樓下的沙發床，那天下午，班尼幫忙打掃清空客廳的走道、門廊、一樓浴室，這樣一來她就有使用拐杖的空間。現在她不能煮飯，也不能外出購物，但是晚餐可以叫外帶。早晨班尼可以幫她做早餐和咖啡，傍晚回家後則可以順路在角落的雜貨店買菜，也可以買自己要喝的牛奶。他必須自己搭公車上下學，但對此他似乎沒有怨言，甚至鬆了一口氣。

手腕扭傷令她行動不便，骨折的腳踝也疼痛不堪，此外她還有腦震盪症狀：頭痛、噁心作嘔、記憶喪失，起身瞬間頭暈目眩。關於整場意外，她唯一記得的就是自己仰躺在地，抬頭看見不孝手持高爾夫球桿的畫面。她很篤定他當下是想殺她，沒想到是大錯特錯，意外發生後不孝不可思議地發揮同情心，甚至答應延後居家檢查。難不成對她好只是虛情假意，暗中計畫趕走他們？

每次一想到這件事她就頭痛欲裂，醫生勸她別多慮。別多慮，別喝酒，健康飲食，好好休養，避免壓力，最重要的是遠離電腦。當然她從醫院回到家後第一件事就是一拐一拐地蹦跳到任務控制中心前檢查郵件，短短幾分鐘不到，螢幕上的像素文字開始游移模糊，顯示器光線使她腦袋抽痛，她別無選擇，只好關機，並遵從醫師建議，通知上司她出了意外，必須停工休養。查理也意外寬貸，要她切莫擔心，好好照顧自己。現在的寬厚是方便日後開除她嗎？

少了硬碟的低沉嗡嗚，屋內安靜不少，她的腦袋也平靜無聲，沒有嘈嘈喧鬧的新聞干擾。有時間做其他事情的感覺真好，她翻開正在閱讀的《整理魔法》，試著按照書中的斷捨離祕訣整理居家。班尼幫她從臥房拿來裝有襪子的抽屜，並撈起四散在地和洗淨衣物堆中的零星襪子讓她整理。這是很舒心療癒的活動，很適合康復中的人進行。她一一查看堆積如山的襪子，將一隻隻襪子高高舉起，檢查哪隻襪子讓她心情振作，哪隻又讓她難過。讓她難過的襪子通常襤褸破舊，再不然就是少了另一隻，她將這些襪子壓在胸前，代她的雙腳感恩它們的辛苦付出，然後再以尊敬的心情丟棄襪子，並摺起完好無缺的襪子，依據顏色收進抽屜，排列成一道完美整齊的襪子彩虹。愛西說得沒錯，以愛心完成簡單小事會讓人心情愉悅，一旦開始就像滾雪球般停不下來，沒多久她就可以準備分類T恤，書中傳授一套特殊摺法。

她放下書閉起雙眼，她已經好幾年沒有像這樣在白天閉目養神，上一次是班尼剛出生的時候，她清楚記得在同一張沙發椅上，剛出世的小寶寶在她身旁打盹，偶爾醒來吃奶，健司則是幫忙煮飯，為她送上熱茶，按摩她的雙腳、肩膀、肚皮。

「這裡好空洞，」他按摩堆積在她骨盆附近的鬆弛肌膚，說：「我們得再填滿這個空間。」當然他只是開玩笑，不過倒是真的整天都忙著幫她準備各式各樣的營養日本菜餚——味噌湯、茶碗蒸、拉麵，佐以她最愛配料的丼飯。她好生坐在沙發一端，雙腿擱在健司的膝蓋上，他則輕輕彈奏著烏克麗麗，再不然就是輕柔吹著他的陶笛，望著寶貝兒子吸奶、睡得香甜的模樣。夜晚他會外出表演，但最後一場表演結束後便直接回家，而不是在外廝混逗留，和樂團喝酒嗑嗨，那段時光很美好，人生充滿希望。

現在他們仍然充滿希望，她心想。畢竟絕望究竟能帶來什麼好處？事情可能比現在淒慘，她摔下臺階時可能跌斷脖子，班尼也可能遭遇壞事，但是他現在好端端的，安全無恙地回到學校上課。她伸長手取過手機查看時間。班尼還在上課，回到家肯定會肚子餓。

烏鴉在屋外嘎嘎討食，她傳訊息要班尼帶披薩回家。他沒有回應，但她也不期望他回簡訊，畢竟上課時不能使用手機。她緩緩起身，等待暈眩的感受漸漸消逝，廚房裡已經沒有月餅，但她在洗衣間發現一袋走味的多力多滋，於是一跛一跛走出門廊。

餵鳥臺上多了幾樣小物品：一只亮晶晶的珍珠耳環、一顆淺綠色海玻璃、一顆六角螺栓。全是烏鴉帶給她的小禮物！她拾起珍珠，雖然不是真正的珍珠，卻十分閃耀漂亮。螺栓很沉，烏鴉勢必是費盡一番力氣才帶回來。海玻璃讓她想起健司。

她抬眼望著謹慎打量她的烏鴉。「謝謝你們，」她呼喊著，把多力多滋灑在餵鳥臺上：「謝謝！」牠們一隻隻飛上前，寬闊烏黑的翅膀猶如撐開的手指，撲上前時與她距離是如此近，她感受到塵土飛揚、撲襲而來的空氣搔著她的臉。此時此刻，她突然想起那天意外的完整經過。她記起自己想要平衡裝滿東西的嬰兒推車，也記起重心傾斜、往身後一片空曠失足墜落時是多麼恐怖，以及緊接而來冰冷刺骨的疼痛。當時天空開始降雨，一陣氣流不知從何處撲襲而來，烏鴉一一降落在她身上，她記得牠們移動腳步、拍打羽翼，棲息在她身上，彷彿她是一顆牠們想要孵化的巨大鳥蛋，她可以感受到牠們刺癢的爪子和小小身體的重量。

而今望著牠們啄食搶奪著多力多滋的模樣，她感激得熱淚盈眶。那時烏鴉想幫她保持溫暖乾燥，是牠們救了她一命。

58

親愛的小西愛小姐，

坦白說我從未寫過粉絲信，但我想要謝謝妳，妳的著作不僅讓我重獲新生，我收襪子的抽屜也復活了！出於幾個原因，剛開始讀《整理魔法》時我總覺得和妳有某種特殊連結。首先，妳提到繼父的部分讓我深有共鳴，因為我也有繼父，只不過他不是公司主管，只是一個泥水工，他對我和媽媽很惡劣，這裡我就不贅述細節，但相信妳懂我的意思。

另外一個原因是妳日本禪寺尼姑的身分。我丈夫健司也是日本人，也曾經住在禪寺。他是爵士樂手，是一個隨時都很禪意的人，但後來他遭到貨車輾壓撞死，這場意外讓我們的兒子班尼備受打擊，當時他才十二歲，深深愛著父親，自那之後他就開始出現情緒問題。現在班尼已經十四歲，性格像是變了一個人，有時連我都認不出來。我明白父母在面對自己青春期的孩子時，偶爾也有相同感受，但我們曾經那麼親密要好，所以我很難不把錯誤全攬在自己肩上，覺得我所做的一切都是錯的。

過去不是這樣的，健司還在時一切都很美好。我們三人一起出去時，陌生人會看著健司和我，對於班尼是我們的兒子了然於心，我們就是一家人。可是現在情況不同了，陌生人會望著我和班尼，錯誤解讀我們的關係，妳懂我的意思嗎？他們會以為他是領養的孩子，班尼還是小嬰兒的時候，要是我們單獨出門，偶爾也可能發生這種情況，會有人上前來說：噢，真是漂亮的小女孩！妳去哪裡領養的？要是健司和我們在一起，就不會有人誤會，可是現在他死了，我甚至沒有自己就是他母親的感覺。

對不起，我不是故意說些哭哭啼啼的話，我想寫信給妳是另一個我們共有的連結，那就是烏鴉。烏鴉真的很不可思議！我很喜歡烏鴉導師救了妳的故事，而一群意義特殊的烏鴉也救了我一命，我想和妳分享這個小故事……

59

牆上的蒼蠅正注視著你，確定你保持正常。你正坐在特殊教育教室的書桌前，正前方擺著一本你應該閱讀、從圖書館借來的書，你的口袋裡收著一枚你從公布欄偷來的圖釘。你用乾掉的口香糖包起圖釘，這樣一來收在口袋的圖釘就不會戳傷你。圖釘很危險，但怎樣都不如書來得危險。

牆上的蒼蠅知道圖釘的事，牠目不轉睛注視著你，讓你保持冷靜自持，當你開始發作，蒼蠅也開口說話：

班尼俯身在書頁前，卻不是真的在讀書，他刻意讓腦海一片空白，好讓文字無法進入大腦。班尼再也不信任書，因為書不值得採信。書無時無刻不在觀察你，試著解讀剖析你的想法。即使是你根本不該做的事，它們仍會指使你去做。它們把壞事寫進你的人生，而且逢人就說。

牆上的蒼蠅對於書本瞭若指掌，這點讓你深感安慰，牠顯然是一隻聰明伶俐的蒼蠅，擁有牠真的是你的福氣。蒼蠅讀得懂你的想法，卻不會頤指氣使，只是單純望著你，轉述當下狀態。

你緊盯著書頁，文字模糊失焦，化成一片字母，在白色紙張上無助地泅泳，猶如水槽裡在肥皂水中載沉載浮的螞蟻。它們想要游至安全的庇護所，你很想幫上忙，於是趁老師轉過頭時，將手探進口袋掏出圖釘。圖釘頭很尖銳，你把它戳進某個句子末端的句點，釋放這個句子，句點變成一個小洞，緊接著又刺戳另一個句點，戳出另一個小洞。

班尼現在感覺好多了，他聽得見字母放鬆時發出的小小嘆息，書頁上滿滿都是小洞，於是他翻過一頁，繼續刺戳句點。等到他合起書封，字母就能自由自在游過小洞逃竄。他解放了句子中的字母，像是一場小革命，而它們也會由衷感激。

他可以聽見文字像是引吭高唱著讚美詩。

他想像老師翻開書本時，看見一堆密密麻麻空洞的白色頁紙會有多吃驚。這個念頭讓他嘴角忍不住上揚，他及時制止自己笑出來。書本可能正在讀取他的想法，他心想。最好什麼都別去想，放空腦袋，任憑想法流瀉，直到腦袋和空白頁紙一樣一掃而空。

思考這種事最好還是讓牆上的蒼蠅來就好，他思忖著。這樣比較安全。

⋯⋯

放學後你去買了一塊夏威夷披薩，直接外帶回家，這是你媽媽喜歡的口味。你查看她是否需要任何東西後打掃廚房，接著上樓。這時你應該寫家庭作業，但你只是坐在床上，根德耳機緊緊巴著你的耳廓，捲起袖子露出左前臂內側。你細心研究自己的蒼白皮膚，努力回想阿列夫手臂上孔洞形成的圖案。你知道那個圖案是星座，因為這是她告訴你的，你想起那時她說的應該是仙女座。不過她手臂上的洞不只是洞，而是她以刺青掩蓋的針眼，她不用告訴你，這件事你自己就能想通。

你在浴室藥櫃中找到棉花球和一瓶雙氧水，然後帶回房裡。你上網搜尋仙女座，一張星座的圖片躍然跳上螢幕，還有一張狀似一個女子墜落太空的塗鴉。你認出星座，形狀和阿列夫手臂上的一模一樣，於是認真閱讀起來。仙女座是一個傾國傾城的公主，名叫刻托斯的恐怖海妖侵門踏戶，蹂躪肆虐她的王國，於是她的國王父親決定將她當作祭品，將她用枷鎖固定在大海底部的岩石上，等待海妖前來吃她。但就在這時，英雄珀爾修斯出現了，帥氣揮舞一把鑽石劍殺死海妖，後來公主嫁給他，兩人生了成群子女，雅典娜女神更在公主死後將她化為天上的星星。

你正在仔細研究星星時，母親從樓下客廳呼喚你，要求你下樓幫忙加熱披薩，可是你充耳不聞，馬克筆的纖毛筆頭對準前臂內側描上星星，並把尖銳圖釘瞄準第一顆最靠近手腕的星星，然後將圖釘戳進皮膚。疼痛感受既真實又有其必要，如果你是英雄，就能釋放阿列夫的心魔，從妖怪手中解救她，如果你真有一把鑽石劍，也許她甚至願意嫁給你。你母親再次呼喚你的名字，這次你更使勁往下刺戳。一小滴血珠從星星滲出，你凝望著血珠湧出，為它命名第一仙女座。那是仙女座第一顆也是最耀眼的星星，也是枷鎖禁錮公主的頭。

以沾濕雙氧水的棉花擦拭血跡時，你回想起阿列夫沾滿顏料的手指握著你受傷的手，按壓著割傷的傷口幫你止血。這個畫面令你內心平靜和緩，雙氧水的氣味也是。要是你在皮膚上戳刺出足夠孔洞，說話聲音或許就能找到離開的出口，溜出你的腦袋。或許這就是問題的癥結點，文字只是受困在你體內，急欲找尋出口。畢竟文字不就是這樣？它們想要在世界大放異彩。

60

班尼在樓上悄然無聲，她已經呼喚他下樓兩次，依舊毫無動靜。他肯定正在寫作業，她暗想，戴著耳機的他八成聽不見她的聲音。她倒回椅子，面前的螢幕顯示器在黑暗中散發著幽微光線，她不應該坐在電腦前的，但寫一封電子郵件並且真正寄出粉絲信的感覺很好，即使是寫給一個素未謀面的陌生人，對方恐怕也不會讀這封信也無妨。回到任務控制中心的感覺也很好，自從意外發生後她就一直處於離線狀態，忘了今夕是何夕。沒有她需要閱讀的新聞，時光的流動不同以往，儘管休養舒心愉快，她卻漸漸感覺到世界的引力，她喜歡隨時留意當下時事，彷彿光是這麼做就能出一份力。她知道這種想法很愚蠢，世界不會因為她停止關注就分崩離析，但查看新聞應該也沒有害處，畢竟選舉將至，野火燒不盡，她終究得回來工作，進度最好不要落後太多。

她聽見門廊發出一個聲響，抬起頭的當下天花板的燈光正好霍然打開。意外發生之後她就對光線格外敏感，於是燈光亮起的瞬間她閉起眼，忍不住哀號，等到她再次睜開眼，班尼已經站在門口。

「妳不該用電腦的，盯著螢幕太久對妳不好，」他的聲音聽起來很奇怪，既單調又呆板，像是一個機械人引述安娜貝爾的話。班尼還沒放棄電玩遊戲、被安娜貝爾捉到他偷玩電動時，她就是這麼對他說。

「你說得對，」她說，「我現在就關機。」她把電腦設為睡眠狀態，然後轉過椅子面對他。「嘿，你肚子餓了嗎？我餓了。幫我一個忙，把裝著襪子的抽屜拿上樓，然後我們一起加熱披薩吃晚餐。」

他走到沙發，指向地上的抽屜：「妳是說這個？」

「對，」她說，驕傲地補充道：「你覺得如何？」

他聳聳肩：「還可以吧。」

「很漂亮吧？像是七彩繽紛的彩虹？」她拾起《整理魔法》：「我從這本書學到很多日本摺疊

衣物的聰明小技巧。來，我拿給你看。」

她站起身，穩住重心，等待天旋地轉的感覺消逝，一拐一拐跳到沙發。「這本書的作者和你爸爸之前一樣，是禪宗尼姑。她說日本人相信萬物皆有靈，就連襪子內褲等稀鬆平常的東西都有靈魂，所以你要善待它們，它們才會開心。你的襪子很努力照顧你的雙腳，而襪子沒有工作時喜歡像這樣被摺疊得整整齊齊，收進抽屜，並且充分休息放鬆。」

「聽起來還真怪，」他觀察她把襪子塞回抽屜，然後指向地上那堆廢棄襪子。「那這些呢？」

「那些都是破舊的老襪子，要丟了。」

「它們不會開心的。」

「噢，它們不會介意的，因為我已經謝過它們，重點是你得先感謝它們。乖兒子，幫我從水槽下方拿一個垃圾袋來。等等我可以向你示範摺T恤的技巧，對你來說肯定很簡單，你本來就跟你爸一樣愛乾淨，他向來都很愛惜他的東西——」

她聽見班尼在廚房翻箱倒櫃的聲音。「……只是不懂得愛惜自己。」她瞄了一眼抽屜。「不過至少他的東西很開心。」

她抬眼一瞧，這時班尼正好走回客廳。「你的抽屜也總是整整齊齊，」她雀躍地補充：「所以你的東西肯定也很開心！」

他蹲在那堆皺巴巴的可憐襪子旁，將它們一一揉進垃圾袋。「我整理才不是為了讓它們開心，」他說，「只是為了堵它們的嘴。」

書

班尼？你有在聽嗎？還在生氣嗎？

我們知道你到底在做什麼，也感覺到你封鎖我們。我們可以感覺你沒在思考，但現在為時已晚，要是你的書才剛找上門，而你封鎖它們自然另當別論，可是我們已經共同寫了這麼多頁，已經走到這步田地，你不能說停就停。書也有生命，班尼，你不能避著我們，也踢不走我們。

不過別擔心，我們明白你覺得整件事很難消化，你一直很認真努力去適應，是應該稍微休息一下，所以我們暫緩一下如何？轉一轉地球儀，穿越地球半徑的根莖脈絡，鑽進一條羊腸小徑，來到一間位處東京跳動心臟的木造小寺廟，拜訪一下尼姑。

你可能會想問我們為何這麼做？答案很簡單，只因為我們可以，當然也因為安娜貝爾主動寫了一封電子郵件聯繫愛西，並成功按下寄送鍵，她的實際行動完成了文字的迴路，所以現在我們可以跟著這條路線，穿越至地球另一端。

61

這封電子郵件冗長，而且還是英文信，她花了快一個鐘頭才讀完。相較之下日本讀者的來信當然好讀多了，但自從《整理魔法》在海外出版後，粉絲電子郵件就自世界各地湧來，大多都是英文信——愛西在學校時並不擅長英文，常常得翻閱她那本嚴重磨損的英日辭典，才能看懂讀者的來信，內容不外乎是女讀者的簡短感謝函，表示她們喜歡這本書。有的比較冗長，是漫無邊際的告白信，以堅強雀躍的語氣武裝內在深沉絕望的情緒，當愛西找到時間閱讀這一類來信，每每都心碎不已。

好比這一封吧，來信女子的丈夫遭到貨車輾斃，他的死對他們的年幼兒子造成莫大打擊。她還洋洋灑灑寫了一篇關於烏鴉的故事，烏鴉會送禮物給這位女子，還在她摔跤後覆蓋著她的身體。她還附上一張在海邊拍攝的照片，一個甜美可人的金髮女子身穿泳裝，手挽著一個穿著衝浪短褲的瘦小日本男性，兩人肩並肩站著，前方佇立著一個年約四、五歲的小男孩，男孩的清澈眼眸凝視著相機，令愛西不由得頓了頓。他肯定就是這對夫妻的兒子，也就是現在有情緒障礙的青少年。真的很悲傷。

愛西將這封電子郵件歸檔，繼續查看收件匣，還有幾百封未讀的粉絲來函，在她查看的同時，數字仍持續攀升，她閉上眼暫時休憩片刻，然後點開下一封信，仍是同一個女子的來信。

嗨，又是我！不好意思再次打擾妳，但是我找到我丈夫健司短居禪寺的照片，我已經掃描好照片，免得之後又弄丟。隨信附上照片，我完全忘記提及這個連結，那就是我丈夫的母親也姓小西，所以我腦中浮出一個念頭就是你們是否可能有親戚關係。妳是否正好有個失散多年的弟弟叫做健司？

愛西嘆氣，摘下老花眼鏡，扭開書桌檯燈。小西在日本是很普遍的姓氏，再說她也沒有名叫健司、失散多年的弟弟，她根本沒有兄弟。她想要回覆這位女子——其實她想回覆所有寫信給她的女性，無奈郵件實在太多，她害怕她以破英文回信時說錯話，與其說是幫上忙，倒不如說是對她們造成傷害，於是她只是把她們的名字加入祝禱名單，然後歸檔電子郵件。

庭院裡迴盪著一個尖銳的哐啷聲響，愛西抬起頭。是報時人員，甫削髮為尼的新人站在走道，高舉她的木槌，準備再次敲響木板，宣告坐禪和晚課開始。愛西可以聽見人們陸續抵達、脫掉鞋子進入禪堂的聲音。自從她的著作登上日本熱銷排行榜，人潮就絡繹不絕地紛紛湧進這座小寺廟。有的人只是好奇心作祟，慕名來訪一、兩次，其他則多半是附近公司的上班族，開始固定來廟裡參與坐禪、全天候的靜修活動，以及收聽她的禪學講座。其中幾個女性是像愛西一樣從企業界急流勇退的逃犯，主動要求留在寺院生活，並剃度成為她的弟子，於是現在寺院裡有三個尼姑。現在禪寺發展順遂，只可惜她的老師還來不及看見這一切就離開人世。

她合起電腦，剩餘的電子郵件只能等有空的時候再讀了。她緩緩起身伸展雙腿，換上一套正式禮袍，然後在佛壇前點燃蠟燭和線香，千手觀世音菩薩旁擺著師父的加框肖像，只見他一身隆重莊嚴的禮袍，由於買不起全新袍子，愛西曾經為這件禮袍修補無數次。師父從相框中凝望著她，儘管嘴唇抿成一條嚴厲僵硬的直線，雙眼卻遮掩不住笑意，彷彿這是他希望她讀得懂、專屬於他們兩人的一個玩笑。她高舉線香觸碰額頭，插香前停頓動作，凝望著他，與老師四目相接，毫無移開視線的意思——這是他生前愛西絕對不可能做的事。

如何？她在內心無聲地問他。請問您現在是否滿意？

老師是否真的對她有信心，她一直無從得知。當她興奮地告訴他，她有意動筆寫書時，他只是閉著眼皮坐在那裡，耐心聽她解釋寫作動機。整理術當道，而她先前任職的雜誌社也出版過不少整理雜物囤積的生活風格文章，這類主題的書籍甚至成為全球暢銷書，等到她總算說完，他只是輕輕嘆一口氣。如果妳覺得妳的書幫得上一些人，妳就應該動筆，他說。她還記得那時的他目光混濁呆滯，毫無光澤，他的頭則猶如一朵枯萎根莖上的山茶花，了無生氣地低垂。我得先躺下，他說。好累。

那是他最後一次挺直腰桿坐著，後來幾個月她一邊照顧他，耳邊聽著他費勁的呼吸聲，一邊不眠不休地趕稿。她知道師父所剩時日不多，於是盼望趕快完成這本書，好讓他抱著寺廟平安無事的心情安然離開人世。她每天都在住持本堂舉行早、中、晚課，在佛壇前跪拜，點燃線香、吟誦經文。愛西誦經時，師父的嘴唇偶爾也會跟著嚅動，有時則是雙手在胸前合十，與此同時千手觀音也在關照眾生。千手觀音奇美無比，以慈悲菩薩的儀態端坐在蓮花上，她的任務就是解救餓鬼道的眾生，為祂的手臂與頭部拂去塵埃的愛西感覺自己和祂十分親近。夜深人靜之時，她坐在師父身旁振筆如飛，而這種時候她都會抬頭仰望千手觀音，想到餓鬼和它們那總是空洞又吃不飽、欲求不滿的巨大肚皮，它們的嘴巴小如針孔，喉嚨和一條絲線般細長，永遠無法填滿肚子，愛西很清楚它們承受的苦難。

親愛的千手觀音，她在內心祈禱，請協助我完成這本書，讓我運用這本書幫助和我過去一樣受苦受難的人。請讓我的書成為暢銷書，我才有維修寺廟屋頂的經費。

然而直到師父過世的那一天，屋頂修繕員工都尚未收到維修費用。她心情沉重地坐在師父身旁，望著他吃力地呼吸吐氣。她並沒有及時完成這本書，也沒有達成她要為寺廟爭取資金的承諾。他肯定對我失望透頂，她心想。如果師父帶著失望的心情離世，是否也會變成餓鬼？這個念頭令她驚恐萬分，這間老寺院會遭逢什麼樣的命運？他們是否得變賣土地、拆除寺廟，建造更多辦公大樓和摩天公寓？老師父在人生的最後一個月賜她為法嗣，但要是沒了這間禪寺，她也沒有可以繼承或傳承給後代的東西。他的法脈是否會就此畫下句點？

她的命運又會是如何？應該何去何從？

師父彷彿聽得見她在想什麼，他已經好幾天無法言語，呼吸變得越來越短淺，每吐出一口氣之後的沉默也越拖越長，可是就在這時他睜開雙眼凝視著她，眼眸雪亮，炙熱燃燒。他什麼話都沒說，卻也不必多說，畢竟她已經懂他的想法。

「好的，」她低聲說：「我不會放棄。無論用什麼方法，我都會保住我們的禪寺，我向你保證。」

彷彿聽見她說的話，他雙眼閃過一道猶如回應的光，最後輕眨幾下眼皮，雙眼就這麼永遠緊閉。

至今她仍能感覺到他從肖像相框投射出的探詢目光。裊裊輕煙從她手中的線香頭冉冉飄騰，愛西向前欠身，將線香穩穩插入香爐。

「你以為我辦不到，」她說：「但我辦到了。」

她的助手，一個名叫季實的新人側向拉開房門，鞠躬之後畢恭畢敬地站至一旁讓愛西通過。愛西踏上前往禪堂的走道，向行經的報時人員鞠躬，然後瞥了一眼印刷於木製匾額上的優雅毛筆字，那是她師父所作的禪詩，翻譯成白話文後意思如下：

生死乃大事也。
生命轉瞬即逝，光陰永不等人。
覺悟吧！覺悟！
分秒切莫空擲。

這首警世詩總是能讓愛西打起精神、兢兢業業。到了禪堂，她安然坐在師父的老位置，放眼望向無數排正緩緩在打坐墊上坐定的人，接著才轉頭面對光滑白牆，一側是賓客和教徒，另一側是尼姑，她的眼神掃向尼姑，檢查學徒的姿勢是否端正，然後心滿意足地瞥見她們打直背脊，剃度乾淨的頭頂在幽幽薄暮中散發著微光。愛西心想，這是屬於女性的禪宗法脈，也是她師父延續傳承的法脈。現場沒有人盯著她瞧，安穩坐定的眾人目光低垂，逕自沉浸於冥想打坐的世界，但要是這時有人抬眼一望，就會發現她臉龐閃過一抹猶如陰影的微笑。堅強有能力的女性，這名女住持心想，這就是老傢伙活該應得的下場。

62

親愛的小西小姐，

我希望我可以繼續寫信給妳，我想妳八成不會讀我的電子郵件，所以應該也無所謂。我現在沒有社交圈，可是寫信給妳能安定我的思緒，所以即使妳不回信仍然幫了我一個大忙。

但要是妳正好讀到這封信，也願意回信的話，我有一個關於清掃囤積物品的問題。順帶一提，因為我的兒子最近開始幫忙，我目前整理清掃的進展不錯。在我第一封郵件中，我提過班尼有情緒問題，但事實上情況比這更嚴重。他有幻聽，會聽見東西對他說話，譬如他的慢跑鞋，可是這並不是真的。（慢跑鞋是真的存在，我的意思是它們並沒有真的對他說話。）

他目前正在服用抗精神病藥物，先前曾在兒童精神科病房待過兩週，但出院後他的行為問題卻每況愈下，開始對我撒謊、蹺課、和他在病房認識的年長孩子廝混，我很擔心他們聚在一起吸毒。現在他的醫生認為他可能有思覺失調症，可是實在說不準，畢竟她不斷修改她的診斷結果。當然他現在是青少年，有些行為表現可能只是受到荷爾蒙影響，但我還是非常擔心。

話雖如此，最近我看見了希望的曙光。自從我發生那場小意外跌落臺階，烏鴉救了我一命之後，班尼就積極幫忙家裡，也幫我買菜打掃。我真不知道沒有他該如何是好！他依然拒談自己的事，但他的醫生也認為他現在狀況漸漸改善，所以算是有進步。他的父親也有嗑藥和酗酒問題，有時我很擔心班尼也會重蹈覆轍。健司幾乎從沒碰過硬性毒品，只是喜歡和朋友喝酒呼大麻，起初我並不以為意，因為他是樂手，那就是他的生活方式，後來我懷孕時要求他戒除這些習慣，他也戒了。他是真心想要當一個好爸爸，我們說好了要為兒子立下好榜樣，我們知道自己是不可能致富，也不可能給予班尼太多物質享受，那倒無所謂，我們很有信心能給他一個幸福溫暖、關愛穩定又富有創意的家庭環境，我甚至覺得有一陣子我們真的很幸福美滿。

但班尼大約六、七歲時，健司又開始酗酒吸大麻，我猜想是因為樂團沒有未來令他沮喪洩氣，他年紀漸長，卻進也不是退不是，但他從未和我公開討論過這件事，只是開始在表演結束後晚歸。我因為工作關係必須早睡，所以一開始並沒有察覺，但後來在他的口袋發現一包大麻菸，於是兩人發生第一次劇烈爭執，我很氣他沒有信守承諾，居然欺騙我，最後他向我道歉，誓言會再次戒大麻。他試了，他是真的試過了。

其實我不是有意提及這件事，只是想告訴妳班尼現在狀況好轉了，整理也越來越上手，至少前陣子的進展不錯。整理襪子抽屜的成功經驗讓我充滿信心，也讓我覺得改變是可能的，但是這棟房子有許多方面尚待改善。妳曾在書中提過，真正的重點不是完成任務，而是積極採取行動。但不巧的是我不得不完成任務，因為房東太太的兒子租了一個大垃圾箱，並拿我的押金扣抵垃圾箱租金，他命令我打掃我們租下的雙併式房屋，否則就要展開驅逐程序，偏偏我摔斷腳踝、有腦震盪，還必須工作，根本無法採取行動啊。

我不是有意抱怨，好消息是我的腳踝正慢慢復原，腦震盪也好多了，醫生說只要我慢慢來，就能開始使用電腦，可是眼看再一週就是總統大選，到時會有很多新聞，所以我非加班不可，一天的時間根本不夠用！言歸正傳，以下是我的問題：在我腳踝摔斷、兒子生病、國家瀕臨災難邊緣的時刻，我應該怎麼帶著愛與同情心整理家務？如果我不能完成居家整理的任務，我們就會遭到驅逐，到時我們能上哪去？我們的房東王老太太很喜歡我的丈夫，也不曾漲過房租，但我辛苦賺來的錢幾乎全部都拿來繳房租了，這座城市的租金上漲，我們已經無法繼續住下去。

我們倒也不是不能搬到另一座城市，只不過班尼的現況很複雜，他總算在高中安定下來，展開全新的個人化教育課程，只不過最近……

63

尼姑們沉浸夢鄉時，電子郵件仍徹夜不停歇地送達。寺廟之外，不夜城的喧囂噪音猶如海浪，一波波拍打著這間小禪寺，卻硬生生被阻隔在牆外。車水馬龍的交通、響徹雲霄的警笛和救護車、上班族酒酣耳熱後的引吭高歌、在人行道上嘔吐的聲音——這一切全部無法穿透深陷夢鄉的尼姑庵。

可是愛西卻聽見了。她清醒地躺在尼姑庵，憂心忡忡。現在她已經習慣在書房睡覺，這樣一來，經常夜不成眠的她就能隨時起身工作，這陣子要做的事情實在太多。日本出版社隸屬的媒體集團對她施壓，希望她參加電視節目，美國出版社則希望她展開作者巡迴活動，她的尼姑需要特訓，人數日漸增長的信眾需要關照，她已經簽了下一本書的合約，偏偏卻沒有動筆的時間。她之所以脫離公司人生，為的就是避開令人喘不過氣的壓力，卻萬萬沒想到壓力還是找上門。

她下意識地瞟向佛壇上坐在蓮花頂端、面露祥和的觀音，月光描繪出祂的十一顆頭。祂的一千隻手像是菊花花瓣從身體各處向外放射，每隻手掌都長著一隻眼睛，不然就是拿著開悟器具。新人時期的愛西每次為鏡子、斧頭、飾品、珠飾、花卉、鈴鐺、輪子、撢子、劍、弓箭等精緻雕刻器具撢去塵埃時，都忍不住納悶觀音為何需要這麼多東西，才能幫助眾生脫離苦海。她何不囤積少一點物品，摒除人們的貪嗔迷妄？師父還在世時她曾提出這個問題，那時她正寫到物質欲望的章節。她的師父躺在蒲團上，一開始並沒有應聲，正當她好奇他是否聽見問題時他翻過身，轉過頭面向那尊雕像。等到他總算開口，聲音是如此輕柔，她得屏氣凝神才聽得見。

「觀音是女生，」他說：「女生都喜歡漂亮的東西。」

一股熟悉怒火在愛西胸腔沸騰，令她面頰滾燙燒灼。他是一個老傢伙，也是禪師沒錯，就算他即將往生，卻不代表可以合理化他的性別歧視。她深吸一口氣，正準備開口反擊時，他轉過頭，她看見他戲謔的笑臉時才鬆一口氣。當然了，他總是清楚要怎麼樣最能惹毛她。

「妳知道千手觀音為何有一千隻手臂嗎？」他問，她回答不知道，於是師父緩緩點頭。「好，」他說，然後閉上眼：「就由我告訴妳吧。很久很久以前，慈悲菩薩觀音立下解救眾生的重誓，幫助他們開悟明心，認識真我。」

他的話語猶如一串念珠，像是從他的嘴唇吐出的小氣泡。「觀音和妳一樣，她很努力救人，偏偏困惑迷茫的人還是很多。她可以聽見他們的呼天搶地，直到有天，她總算焦慮沮喪到腦袋爆炸。」說到這裡他停頓，睜開雙眼望著她：「妳不相信我？欸，我可不是亂講，她的頭真的炸裂成十一塊。這下她有十一顆頭，妳說有多棒！」

他的語氣神氣活現，幾乎回到過往。「可是十一顆頭終究不夠用，她要出手解救的人太多，於是她得不斷伸長手臂，最後連手臂也爆炸了，分裂成一千隻，現在她有一千隻胳臂和一千隻手，每個手掌都長了一顆眼睛。」

他再度合起眼皮。「這就是她叫做觀音的原因，」他嘆了口氣：「聽見世界各地痛苦哭喊的人……」他的聲音逐漸消逝，但是這句話卻猶如一縷線香輕煙，在空氣中縈繞不去，即使是兩年後的今天，愛西仍然聽得見回音在漆黑中迴盪。

她可以和觀音產生共鳴，所有尼姑都是。她們都是腦袋爆炸的高成就者，這不是什麼好事……可以算是好事嗎？她的助手季實曾經在國際廣告公司上班，加班是家常便飯，所以三十二歲正值壯年就心臟病發作，倒在辦公桌前。或許在那一刻她的心臟也分裂成一千片，現在她有一千顆心臟可以去關愛世界。沒錯，愛西心想。季實就是一個活菩薩，她的英語技能傑出，託付她更多責任的時候到了。

她感覺得到師父在書房內的存在。笑吧，她心想，想笑就笑出來吧，我這不是在拯救這間禪寺嗎？她抬頭望著觀音，在心臟上方雙掌合十，然後閉上眼，沉沉墜入夢鄉。

書

班尼？你還在嗎？你還是不想說話嗎？

你可以試著封鎖我們，但是你體內還殘存回憶，我們知道要上哪找。

好吧，沒關係，你讓我們別無選擇，我們只好自己繼續說下去。

64

你的老師發現了你破壞圖書館的書，她看見句點被戳出孔洞，所有書頁都被刺戳成洞，於是她質問你。剛開始你假裝毫不知情，後來她將一張頁紙對著窗戶高高舉起。

「你自己看！」她說。

晚秋斜陽的光線穿過孔洞閃耀，細長明亮的日光猶如一根針射穿微小針孔。真美，為何書頁不全都這麼美？可是接下來你仔細端詳時卻不由得疑惑起來。你本來以為書頁已經空白，什麼都不剩，怎麼文字還待在原處。你以為它們早就釋放解脫，逃逸無蹤，沒想到它們居然還在那裡，所有字母整齊劃一排列，一個字都沒少，為它們的句子盡職效命，書頁痛不欲生地哭喊。這太誇張了，文字的奴性怎會如此強烈？為何非得死守現狀、對禁錮它們的傳統視而不見？

你垂下頭，額頭敲擊著桌面，老師見狀立刻致電健康服務中心。

在梅蘭妮醫師的辦公室裡，你決定不要再隱瞞，並且告訴她事情原委。

「是書，」你低喃道。

梅蘭妮醫師欠身，她今天搽的是淡藍色指甲油。「我聽不見你說話，班尼，你為什麼要喃喃自語？可以大聲一點嗎？」

「不行，它會聽見。」

「誰會聽見？」

「書，它會鑽進我腦海。它正在讀取我的想法，害我幹出鳥事。」

「什麼樣的鳥事，班尼？」

你並不打算說出你在山上親吻阿列夫的事，誰都不可以知道這件事。你環抱著自己，開始前後搖晃身體。

「班尼？你可以告訴我嗎？」

「就是鳥事。隨便啦，總之書會逼我做出鳥事，然後像是廣播電臺，逢人就拿我的人生說三道四，我無法讓它閉上嘴，我根本逃不了！」

「書是你聽見的其中一個說話聲音嗎？」

「對，當然！」你扯著嗓門大喊：「它就是所有聲音的主人，就像是那該死的萬能上帝！它知道我的所有事，也知道我媽媽及路人的事，甚至連妳的事都知道。」

「我？」

你表情詭詐地瞪視她：「它也會鑽進妳的腦袋，它不但知道妳在想什麼，還會告訴所有人，妳難道都沒感覺？」

她往後一退，錯愕地說：「我什麼感覺都沒有啊，班尼。」

沒有和她爭辯的必要，你的頭低垂於桌面。

「班尼？跟我說話。」

「有什麼用？」你感覺到她溫柔擔憂的注視，於是決定再試一遍。「妳為何就是不能試著相信我說的話？要是我說的全是事實呢？」

「你要我相信我腦中也有一本書，而它知道我在想什麼？」

「沒錯。」

「因為我不相信這是真的，班尼，我為什麼要相信？」

「因為它真的在那裡！它什麼都看得見，只要妳一個不留神，它也會指使妳去做鳥事。」

「你的書會指使你去做事？」

「對！我已經告訴過妳了！妳為何不仔細聽？」

「班尼，冷靜下來，深呼吸。請告訴我這本書指使你做什麼。」

你開始一邊呼吸一邊數數字。

「是書叫你自殘的嗎？」

你當下穿著長袖，所以她看不到你前臂上無人知曉的星座痂疤，傷口癒合得很好，只留下漂亮的小小疤痕，你拉緊袖子搖頭。「不是。」

「這本書教唆你去傷害別人嗎？」

「不，當然沒有，」你感到惱怒地說：「它只是一本書，不是剪刀！」

你是那麼斬釘截鐵，因為你覺得一本書能夠讀取你的想法很合理，但是一本書也能教唆你去傷人的念頭卻從未浮現腦海。可是在這裡，梅蘭妮醫師的問題在你們之間流連徘徊，懷疑的聲音鬼鬼祟祟爬上你心頭。

「我不覺得書可以教唆傷人……」你說：「有可能嗎？」

一道陰影閃過你的面孔，我們感覺得到那一刻有什麼變了，這是你初次發現書本的無窮威力，體察到我們的能耐，而這種想法令你感到心慌。想法一旦成形就無法消失，信任感一旦四分五裂，又該如何重建？這個問題並沒有簡單解答。

65

妳為何就是不能試著相信我說的話？

她坐在桌前雙眼緊閉，戴著耳塞，試著在下一位病患抵達前沉澱心情，但男孩的問題卻像是錄音帶在她腦中不斷播放，全新下載的冥想應用程式毫無作用。她選擇的背景音是拍打樹葉的雨珠，但是雨水聲音猶如無線電靜電，令她深感焦慮。她睜開眼，滑下捲動軸查看選項，尋覓一個比較放鬆的背景音。有五花八門的雨水可供選擇，傾盆大雨會比較好嗎？還是毛毛細雨？雷雨呢？不，太令人焦躁不安了，也許下雪的聲音較為輕柔，月光雪花聽起來不錯。

以前的她根本不用音效，光是坐著就能自動進入冥想狀態，但這些日子以來她的思緒太緊繃，老是胡思亂想，一旦困在某個既定想法就跳脫不出思想迴圈，難道鍥而不捨就是這麼一回事？這是否表示她的認知彈性不足？她過去並不會這樣，該不會是因為她老了？

妳為何就是不能試著相信我說的話？要是我說的全是事實呢？

她腦中當然沒有一本敘述她想法的書，也沒有對她頤指氣使的書。這當然只是幻覺，可是班尼的問題卻不知何故讓她久久無法釋懷。她為何就是不能試著相信他？為什麼她想像不到有人聽得見一本書在腦海中說話，無法相信這是真的？

這些都是值得深思的好問題，她真希望她能在班尼．吳的病程紀錄中找到答案。因為雖然她不相信他腦中存在一本書，卻時常覺得自己的腦海像是一本書，填滿年輕病患的故事，而她很希望清空卸下腦中的故事。寫下來無庸置疑有所助益——畢竟佛洛伊德也曾寫下病人的故事，想當初她就是因為閱讀他的著作，才萌生鑽研精神科學的念頭。但現在這種做法已不可行，漫長敘述精神分析的時代已成過往，現在她連匆促寫下評估和建議治療的時間都沒有。基於訴訟等理由，醫院不鼓勵太詳盡的病程紀錄，儘管院方不建議她寫下內心的懷疑，卻不表示她毫不質疑。她始終想不透班尼・吳的病例，雖然這孩子展現出思覺失調症的症狀，她還是不免懷疑自己的診斷，如今他似乎進入急性發作階段，她勢必要找到有效療法。她還是一個只有幾年臨床經驗的年輕醫師，真誠勤奮，也漸漸喜歡上這個男孩和他的母親，他們正在受苦，而她想幫上忙。發現她這個想法後，我們也對她產生某種親切感，她的願望其實和我們並無不同。

班尼的問題再度兜回她的腦海時，她深吸一口氣。他說得對，她應該試著相信他說的話，就算她不能相信，至少可以想像吧。要是她腦中真的有一本書正在讀取她的想法呢？要是一支鉛筆可以說話呢？會說話的物品真的存在呢？畢竟說到底，什麼才是「真實」？

就在這時，一陣震耳欲聾的雷聲在她的耳膜爆裂，敲醒正深陷思考迴路的她。雷聲？月光雪花音效怎麼會有雷聲？她煩躁地拔下耳塞，睜開雙眼。大雨拍打著窗戶，候診室的鈴聲叮噹響起，一道閃電照亮了逐漸黯淡的天空。

66

親愛的小西小姐，

我真希望我捎來好消息，妳肯定覺得我又來抱怨了，但事實上我平時是一個樂觀的人，只是現在遭遇瓶頸罷了。但我確信風水輪流轉，而我很慶幸還有妳在，我至少有個可以寫信傾吐的對象。一開始我多少會期待妳回信，但現在我認為妳還是別回信比較好。我的意思是，要是收到妳的回信我一定會超級興奮，但要是妳真的回覆了，妳在我腦海中就會成為一個真實存在的人，日後我要對妳吐露心聲也變得難多了。但要是妳不回覆我，感覺就不那麼像是真人，而我也可以對妳暢所欲言，所以請別回覆我的來信，不讀甚至更好。

目前我最大的問題就是我兒子班尼的狀況，他現在不太樂觀，醫生希望他再次入院，也幫他調整用藥，而這絕非小事，畢竟我們不知道服用新藥物後他會出現哪些反應。班尼不是很滿意目前的安排，我也很擔心。老實說，目前的情況讓我非常心痛。

最近還發生另一件事，一件令人心神不寧的怪事。不知道妳是否記得我提過我丈夫養的烏鴉？牠們會帶小禮物給我，雖然不是特別有價值的東西，但我總覺得是健司送來禮物，班尼會取笑我，但我其實知道他也很喜歡他爸爸養的烏鴉。每次我們外出，烏鴉都會降落撲至餵鳥臺，上週我總算讓我喜歡的烏鴉先生在我手中啄食月餅，我真的超級興奮！可是昨天我出門時烏鴉卻不上前，只是默不作聲棲息於柵欄上，靜靜望著我，真的很毛骨悚然。我把月餅放在餵鳥臺，正準備走回屋內時我低下頭，正好發現烏鴉屍體。兩具烏鴉屍體就躺在臺階底端，我立刻認出其中一隻是烏鴉先生，當下真的很難過！我知道我們不應該餵養野生烏鴉，牠們不應該適應人類，換作是森林中的野狼和熊應該很合理，可是烏鴉就住在都市，照理說早就適應人類了不是嗎？然而第一個浮現在我腦海的想法卻是，這全是我的錯，雖然我的本意是想照顧牠們，卻反而不小心害死我最愛的烏鴉先生。我把牠們的遺體偷偷藏在門廊下，不讓班尼看見，打算晚點再出去埋葬牠們。

烏鴉整天都離餵鳥臺遠遠的，但我知道牠們就在外面。每次眺望窗外時，我都會看見牠們拱起肩膀，靜靜地觀察我。我想要安葬烏鴉先生和牠的朋友，卻怎樣都找不到鏟子，後來又忙著工作，接著班尼就回家了。他到家時心情非常沮喪。通常看見他從公車站牌走路回家時，烏鴉都會飛下來陪他一起走回屋子，可是這天傍晚，大約離家一條街的地方，其中一隻烏鴉突然從天而降、隕落班尼的腳邊。那隻烏鴉很明顯生病了，當下還有呼吸心跳，於是班尼趕緊撿起烏鴉，當下其他烏鴉開始放聲尖叫，嘎嘎地飛向他。班尼見狀立刻跑了起來，可是烏鴉的集體轟擊攻勢仍未中斷，其中一隻甚至啄他的頭。他給我看那隻他以帽兜包起的生病烏鴉時，烏鴉已經一命嗚呼。

坦白說，愛西小姐，如果我兒子突然告訴我烏鴉從天而降，即使我很想相信他，但內心深處還是會忍不住懷疑，他是否又在撒謊或幻想。但是正因為那天上午我親眼見證兩具烏鴉屍體，所以我馬上就相信他說的話。碰到這種情況，我真的學會了為小事心存感激，儘管我們還是不清楚烏鴉究竟發生什麼事。

67

他們用螺絲起子和一隻大湯勺在泥土地上挖洞，把三隻烏鴉埋在後院。泥土地很難挖掘，安娜貝爾也擔心洞挖得不夠深，烏鴉可能會被掘出泥土，被老鼠吃掉。班尼一語不發，但挖了一會兒後，他問：「我們為什麼要這麼做？」

她抬起臉，不免感到訝異。情況很明顯了，他為何還需要問？「烏鴉死了，乖兒子，我們得挖洞埋葬牠們。」

他嘆氣：「這我知道，我是問妳為什麼。」

「因為動物死後都得埋葬。」

「妳就沒有埋葬爸，妳燒了他。」

「我們是火葬他，班尼。就人類來說這叫做火葬，我們這麼做是因為日本人也這麼做。」

「那又不是我選的。」

「好吧，那倒是，可是當年你還小……」

他用袖子抹了下鼻子，然後俯視烏鴉屍體。「換作是烏的話，就叫做燒烤嗎？」

「你是在開玩笑嗎？」

「不是。」

接著他悶不吭聲地繼續掘洞，以螺絲起子撬開堅硬泥土地面，她則是使用湯勺鑿起泥土，等到洞穴總算夠深了，他們把三具烏鴉屍體整齊擺好。她沒機會在生前托著的烏鴉軀體，如今在她掌心是如此輕盈，輕如鴻毛。這時她腦中忽地冒出一個點子，她一跛一跛走回屋內，帶著一把小飾物回來——螺栓、瓶蓋、閃亮卵石，並彎身把小飾物擱置在屍體上方。

「烏鴉先生，這些給你，」她說，神情悲傷地望入洞內。「這下子你就有東西可以玩了。再會了，我會想你的，你是一隻很有幽默感的烏鴉。」她轉頭對班尼說：「你有什麼想要補充的嗎？」

「對牠們補充？」

「對啊，幾句臨別致詞？」

「沒有吧。」

「好吧。那麼……我們最好趕快用泥土覆蓋牠們。」她把一些泥土丟回洞內，掩蓋烏鴉屍體。

「塵歸塵，土歸土……」

「牠們才不會喜歡這樣，」班尼說。

「不喜歡怎樣？」

「被埋在土裡、生活在地底下。牠們是鳥，喜歡在天空翱翔，我們應該採用天葬的。」

她用手背拂去黏在額頭上的頭髮。「天葬？那是什麼？」

「就是字面上的意思啊，在高海拔的地點埋葬牠們，西藏等地區的人都是這麼做的，他們把遺體帶至高山，留在開放空間，直到遺體腐化消失。」

「這點子真有意思！」

「這通常是人類的葬禮儀式，但是動物也能用這種方式埋葬。」

他是上哪學到的？這樣很病態嗎？她應該擔心嗎？

那晚她輾轉難眠，思索著烏鴉先生的事。她也說不出她是怎麼知道的，但她很確定牠正是意外發生當晚發現她的那隻烏鴉。牠拍打著絲滑光亮的黑色翅膀，降落在她的肚皮上，然後小跳躍著靠近她，先是停在她的胸膛，然後走到頸部，最後停在她的下巴前，牠歪斜著腦袋瓜，小小眼珠望入她的眼睛。她還記得牠尖銳的爪子搔著她皮膚的感受，但是牠很快就安定下來，將爪子收進羽翼裡。嘎，嘎，牠叫嚷著，緊接著一隻隻烏鴉加入牠的行列，將她從頭到腳掩蓋得好好的，她感覺到牠們溫暖的體溫，在冰寒夜晚的空氣之中以翅膀為她遮風擋雨。牠們是她的烏鴉，牠們救過她一命，現在卻一一死去，原因是什麼？難不成是某種禽流感？幾年前她曾為健康維護組織的公司客戶監測過禽流感病毒H5N1的新聞，當時媒體以完整篇幅報導全面撲殺家禽、囤購抗病毒藥物、人類大流行疾病迫在眉睫的新聞，可是後來病毒的新聞卻漸漸消失。後來究竟發生了什麼事？是否變異了？病毒具感染力嗎？會傳染給人類嗎？她和班尼都碰了烏鴉屍體，她應該擔心嗎？

等到黎明破曉之時她才總算沉沉睡去，次日早晨她在推特貼文中搜尋#烏鴉、#暴斃、#禽流感，卻什麼都沒看到。鬆了一口氣後她登入工作帳號，瀏覽第一批新聞內容。她養傷時世界也不得安寧，再過幾天就是總統大選了，總統大選的詭異轉折大幅影響她目前觀測的當地選舉。種族衝突節節攀升，集會遊行演變成暴動，西岸野火延燒不盡，但安娜貝爾沒有時間閱讀所有她錯過的新聞內容，當新聞轉播員的話語填滿空氣，她盯著他們被攝影棚燈光打亮的嚴肅臉孔，卻發現自己難以專注，這該不會是腦震盪的後遺症？

她必須暫緩、休息。她在廚房找到一個不慎掉進洗衣籃的走味月餅，於是把它掰成小塊。烏鴉先生之前會嘗試將整塊月餅啣起飛走。這個貪心的小傢伙。她踏出門廊，本來以為會聽見熟悉的烏鴉啼叫，怎料空氣卻靜悄悄，樹梢或屋頂都毫無動靜，只有一片寂靜，連一隻烏鴉的身影都沒有。

她聽見前方傳出一陣唰唰聲響，於是一跛一跛地步下臺階，用拐杖推開翻覆擋路的嬰兒推車。聲音來自不孝租借的大垃圾箱。她繞過雙併式房屋角落，發現不孝正用一隻老舊掃帚清掃人行道，地上擺著一個大畚箕，裡面有個東西發出油亮烏黑光澤，模樣狀似羽毛。不孝把掃帚擱置一旁，掀開大垃圾箱的蓋子，蓋子霍然打開，金屬緩慢發出咕噥，讓她背脊一陣發涼。他拾起畚箕，將東西扔進大垃圾箱。

「喂！」她呼喊，一跛一跛地走上前。

他轉過頭看見她，大垃圾箱的蓋子砰地發出巨響合起。「我已經警告過妳，」他說，用掃帚長桿擋下來勢洶洶的她。「也有叫妳除掉牠們。」

她硬是擠過他身邊，揭開大垃圾箱的蓋子，然後看見烏鴉零零散散躺在垃圾袋中，牠們小小整齊的身體像是一雙牢牢合掌祈禱的手，曾經油亮發光的羽毛沾染灰塵，眼珠也因為死去而了無生氣。她把拐杖擱於一旁，踏進大垃圾箱一一拾起烏鴉。

「喂！」不孝說：「妳這是在幹麼？」

她把他當空氣，不予理會，然後拱起長袖運動衫充當袋子，擺上烏鴉遺體。

「妳不能這樣，」他拿著掃帚走上前。

她回頭望了他一眼。「你殺了牠們，這不代表你擁有牠們。」

這是一樁烏鴉謀殺案，而他就是謀殺烏鴉的凶手。

「這些鳥很骯髒，我已經勸妳別再餵養。」

「你是怎麼下手的？」

他聳聳肩。「老鼠藥，」他說：「是妳給我靈感的，我是說月餅。牠們全吃光了。」他聽起來很引以為傲。

「你真的讓我想吐，」她說，轉身離去。「你真是一個噁心至極的爛人。」她把最後一隻烏鴉擺上長袖運動衫，緊緊攬在懷中。

「妳少用這種語氣對我說話，當初是我救了妳一命，記得嗎？」

「不，」她說：「救了我一命的是牠們。牠們像是在孵蛋那樣，坐在我身上為我保暖。」

不孝語氣不屑地說：「妳肯定是在說笑，牠們是想吃妳！牠們會先從妳的眼球開始，一點一滴啃光妳，牠們只是在軟化妳的身體，等到時機成熟就嗑掉妳。」

「不，」她說，緊緊攬著懷裡的烏鴉。「牠們是我的朋友。」

他搖頭：「噢，大姐。」他說，撤退回到他的雙併式房屋。「我可以說妳窩藏死烏鴉，驅逐妳離開，這妳是知道的吧？」見她沒有回應，他補充：「妳知道自己是個瘋子吧？怪不得妳兒子也是個要命的神經病。」

她感覺血液衝上臉頰。「你怎麼敢這樣說我兒子！你應該以自己為恥，亨利．王。你覺得你母親會怎麼想？」

一抹陰險眼神猶如烏雲劃過他的蠟黃面孔，酒紅色的胎記瞬間漲成深紅，他朝她的方向跨出一步，發狂地揮著掃帚長桿。「住嘴！」他喊道，他的聲音頓然變得尖厲：「妳休想用那種口氣講我媽！」

安娜貝爾摸索她的拐杖，高高舉在她面前，同時把烏鴉貼緊肚皮。他佇立於原地，腳步蹣跚搖晃，緊接著手臂癱軟無力，纖細肩膀下沉，一副快要哭出來的模樣。

「亨利，怎麼了？」她說：「你媽媽還好嗎？我以為她差不多康復了。」

他轉過身，兩手緊握住掃帚長桿。那是他母親的掃帚，之前王太太每天都用那把掃帚清掃人行道。「他們說她感染了，還說她這次撐不過去了。」

「噢，亨利，我很抱歉。」

他轉過頭面對她：「是嗎？哼，妳是應該感到抱歉，都是烏鴉對她下詛咒，她才會摔落臺階。妳自己也從臺階摔倒，妳以為妳只是運氣背？才不是！是烏鴉詛咒妳，牠們想要吃掉妳，妳應該感謝我的，大姐，感謝我趁妳還有氣息時救了妳一命。」

她急欲和他爭辯，想要捍衛她的烏鴉，卻及時制止自己。他正在傷痛，悲傷有許多形式，有不同階段，她並非不明事理。「亨利，有什麼我幫得上忙的嗎？」

在那短短半晌，她在男人的粗暴面孔上看見往昔那個小男孩，但是一秒後男孩卻乍然消失無蹤。「有啊，」他說，瞇起眼朝安娜貝爾後院點了一下頭：「妳可以現在幫我清理那堆垃圾，這樣我驅逐妳離開後就不用再打掃。」

「我不認為藏匿死烏鴉足以構成驅逐迫遷的理由，亨利。」

「也許不能，」他說：「但是囤積可以，我的律師正在搜集資料，我會改建出售這個垃圾堆，我絕對不能讓妳的垃圾拖垮售價。之前我已經給過妳機會了，大姐，但妳沒通過檢查。等著搬家吧。」

68

「悲傷的故事實在太多了，像是這個可憐的女子，」愛西轉過筆記型電腦，讓季實看螢幕。「她的丈夫在一場車禍身亡，兩人的兒子深受打擊，開始聽見奇怪的聲音。她還寄了照片給我。」

她們並肩坐在愛西書房內的低矮寫字檯前，露臺外的小庭園正輕輕下著一陣毛毛細雨，將楓樹葉的色澤染成明亮的深紅色。她們正在喝茶，愛西讓季實使用她自己平時慣用的茶杯，那是一個破碎後費心以金繕修復的古董茶杯，杯子一面是毛筆字體優美的詩詞，婀娜婉約的黃金細絲猶如一條繞著纖細漢字的線，來來回回地在杯身上穿針。季實知道這是愛西最愛的杯子，所以深感榮幸。她很喜歡和師父相處的時光，珍貴寧靜，卻也稀鬆平常。

「我理解千手觀音的頭為何會爆炸了，」愛西說：「受苦受難的人實在太多了。」

季實啜了一口茶，仔細研究那張海邊全家福。「他看起來很乖巧，」她說：「我很好奇他都聽見什麼樣的聲音……」

「他母親沒說，只說他聽得見東西說話的聲音，像是慢跑鞋會對他說話。」

在日本，物品也會說話，或至少是它們的靈魂。燈籠、雨傘、茶壺、鏡子、時鐘，就連鞋子也會說話，但往往是草鞋等日本傳統鞋款。

季實遲疑片刻。「也許他的鞋子是付喪神[2]？」

愛西一臉懷疑。「美國也有付喪神嗎？我從沒聽過運動鞋有不得安寧的靈魂，妳聽說過嗎？」

「是沒有……」紀實說。

「好吧，不重要，」愛西說，把筆記型電腦轉回她面前。「她說她兒子最近每況愈下，另外因為他們居家環境很凌亂，房東強迫他們搬家，真的太慘了，妳不覺得嗎？」

「是，的確，」季實再次猶疑。「有什麼我們幫得上忙的地方嗎？」

「我們能做什麼？」

師父的問題像是一道測試。「我們可以幫他們念經祝願？」

「我們已經這麼做了，」愛西說：「所以看來還要繼續祝願。母親的名字是安娜貝爾，兒子是班尼，麻煩把他們的名字加入本週的祝願名單。」

季實有種自己答錯的感覺。她大聲複誦名字，然後抄寫在她隨身攜帶的小筆記本上，她可以感覺到師父的眼睛緊盯著她。

「妳的英語發音很標準，」愛西說。

季實滿臉通紅，她曾在美國念高中，大學主修英國文學。「不，」她說：「我的程度還是不夠好……」

「但妳可以讀寫，對吧？」

季實點頭。

「妳也是一個勤奮認真的員工，做事細心。妳認為自己是完美主義者嗎？覺得每份工作必須有始有終？」

季實再度點頭，這次較有自信了。

「那太好了！」愛西說，她拾起茶壺，幫季實續添茶水。「我要派給妳一份工作，我希望由妳

2 日本的妖怪傳說，傳統說法是器物若空置百年，就會吸收日月精華、累積怨念，或獲得佛性靈力，因而有了靈魂，化為妖怪。

接手國際粉絲郵件和社群網站帳戶的管理工作，之後陪同我去美國的新書巡迴發表會，擔任我的助理和口譯員。不知妳意下如何？」

季實放下茶杯，低垂著頭。「這是天大的榮幸，可是這種工作我做不來——」

「當然，」愛西說：「這份工作妳不可能做得來，因為妳不會有細心琢磨的時間，這就是為何這份工作很適合妳，畢竟妳永遠無法有頭有尾地完成任務，人生總要繼續下去，相信這個困擾妳多時的症狀馬上就會不藥而癒！」

季實聽出師父堅定的聲音透出一絲笑意。「好，」她說：「我會努力的。」

「但也別太努力，妳得好好照顧自己的心。」

季實俯首望著剛才抄寫在筆記本的名字。「我也應該回覆電子郵件和推特留言嗎？」

「佛陀說回覆電子郵件和推特留言就像是掃除恆河河岸的泥沙。」

「佛陀有這麼說？」

「嗯，沒有吧，但是意思差不多了。有些任務是不可能完成的，就算妳是擁有十一顆頭和一千隻手臂的佛陀也愛莫能助。」

「所以我不應該回覆……？」

「除非妳能提供實質協助。」

「我要怎麼知道我能不能提供實質協助？」

愛西一口飲盡杯中剩下的茶水。「是啊，」她說，手轉動著空杯，欣賞著杯身上的精緻釉工。

「問得好。」

69

你很清楚總統大選迫在眉睫，但多半只從腳下木地板穿透而來的背景音體會到選舉氛圍。選舉日總算降臨這天，你耳痛、喉嚨痛、發燒著醒來，安娜貝爾幫你量過體溫後決定你溫度過高，不適合去上學，應該待在家休息。

「我晚點要出門投票，」她倚著拐杖說。「我會搭計程車去，如果你覺得好多了可以一起去。」

「我還不能投票，」你對她說。

「我知道，我想你可能會想見證民主時刻。上一次選舉你才十歲，這一次可是深具歷史意義的重要選舉，再說下一場選舉你年紀也夠大，可以投票了。」她凝望著你，彷彿你不是怪胎就是一大奇蹟。「你長得好快，真不可思議。你覺得呢？」

「妳是在問我長大的事嗎？」

「不，傻瓜，我是在問你要不要和我一起出門投票。」

「嗯，」你佯裝認真思考半晌，「不了。」

她嘆了口氣，把拐杖往腋下一拄。「那你好好休息，」她說：「要是沒有好轉，我晚點送午餐上樓。」

整個上午，人聲從任務控制中心滲透過木地板飄上樓，候選人高亢激情的說話聲、新聞播報員明快活潑的聲音、嗓音渾厚的專家權威發言，段落中間穿插著浮誇的交響樂開場音效。遺傳自父親的音樂細胞讓你已能辨識不同的前奏和尾奏：報導中東紛爭近況的黑暗史詩戰爭主題曲，插播美國本地突發新聞、旋律緊迫逼人的愛國國歌。你躺在漆黑房內，聆聽著起伏漲落的音樂，直到最後墜入無夢睡眠。

中午左右，安娜貝爾帶著餅乾和裝在保溫杯裡的雞湯麵上樓喚醒你。她坐在你的床沿，一腳伸直，以拐杖支撐全身，望著你吃飯。

「你現在感覺如何？」

「頭很痛。」

她的手輕輕摸上你的額頭：「你的高燒退了。」

「真的好痛，感覺頭隨時會爆炸。」你遞給她還剩一半的保溫杯躺下。

「你吃這麼少？」

「我不餓。」

她解決掉你沒喝完的湯，拴緊保溫杯蓋，然後起身：「我兩個鐘頭後出門，你確定不想來？」

你搖搖頭，這下子更加頭痛欲裂，於是雙手緊緊壓在耳朵上，不讓頭顱爆裂。

那天下午，推送新聞變得不太一樣，彷彿有人拉緊音弦。新聞的音調上揚、震盪增強，聲音化作搖搖晃晃的碎片，鬼鬼祟祟鑽進地板裂縫和門縫，閃爍光芒，撕裂削切著空氣。你戴上根德耳機，偏偏毫無作用，於是你用枕頭悶住頭試著哼歌，碎片卻割破你疼痛喉嚨虛弱發出的顫抖哀號。「閉嘴，」你低沉著嗓音說：「閉嘴，拜託給我閉嘴。」就在快要受不了的那一刻，你腦中萌生一個點子。你起身走到安娜貝爾的臥房。

自從她開始在樓下睡覺，她的臥室變得空寥寂靜，距離上次你們在這裡吃外帶中國菜、你肚皮貼在床上讓她搔背，已經事隔一年多。你當時和現在很不一樣，是另一個孩子。而今房內空氣死滯、散發著一股酸臭味，你看見父親四處散放的舊襯衫，法蘭絨格紋袖子竄出凌亂濕冷的被褥，模樣狀似一個被巨浪吞沒的溺水男人。靜立角落的矮衣櫃仍然缺了一個抽屜，大剌剌的開口彷彿一個血盆大口。新聞推送的噪音在這裡甚至更嘈雜響亮，在在提醒你為何要來這裡。你跨過散落地板的一堆書、走到衣櫃。衣櫃裡有一箱你父親的老舊混音設備，你找到根德耳機的音響線，將音響線一端插上耳機，另一端插進立體音響，然後挑選班尼．古德曼最著名的一九三八年卡內基音樂廳演奏會唱盤。

第一個〈別那樣對我〉的粗糙爆裂樂音傳至耳中，你的身體馬上像是發出一聲嘆息地放鬆。先前怎麼都沒想到這招？樂音膨脹填滿你的耳膜，轉為輕快歡樂的搖擺樂旋律線時，你的頭開始隨著熟悉的節奏上下擺動。旋律舒緩柔媚的〈有時我很幸福〉登場時，你的目光往上一瞟，正巧望見母親臥房鏡中自己的倒影，一個頭戴超大耳機、表情嚴肅的男孩回望你，模樣很像太空人。你捲起袖子，太空人也照做。你讓他瞧瞧你的前臂，皮膚上的星座疤痂已經剝落，現在只留下皺巴巴的細小傷疤。你現在的手臂和她很相似，你將手臂湊近嘴唇親吻星星，心痛感受油然而生。你的臉從鏡子前移開，躺下，在床上掘出一個巢穴，閉上眼任自己陷入充滿靜電的甜美爵士樂。

等到你終於醒來，只聽見唱針不斷繞著引出槽打轉的聲音，室內一片漆黑，安娜貝爾正站在你面前，露出哀愁神色，你慌張地打直身體坐起：「發生什麼事了？」

她伸出手，動作輕柔地摘下你頭上的耳機。「我很抱歉，乖兒子，」她說。「我不是有意吵醒你。」她關掉黑膠唱盤，一隻冰涼手掌貼上你的額頭。

「現在幾點了？」

「很晚了，繼續回頭睡吧。」

你聽見樓下只剩電視機傳來的悶沉聲響，突然想起：「都結束了嗎？妳有去投票？」

「有，」她說：「都結束了。」

你試著起身，她卻輕輕推你躺回床上。「你留在這裡睡吧，」她說：「我今晚要開夜車加班。」

當你再次醒來，屋外曙光乍現，你的高燒也已消退。新聞推送的聲音變得輕輕柔柔，但你仍感受到瀰漫空中的陌生緊繃，彷彿連空氣也焦躁不安。你起身走回自己的房間，焦躁不安似乎來自屋外，但是當你望出窗外，小巷卻空晃晃。那個噪音是什麼？是騷亂動盪的聲音，彷彿一百萬隻蜜蜂齊聲發出的憤怒嗡鳴。難不成是你腦海中的聲音？

不，這是真實存在的聲音，來自真實世界的聲音。

你套上黑色連帽上衣和舊耐吉球鞋，安娜貝爾正在樓下沙發睡覺，你在門口停下腳步，睡夢中的她面孔蒼白柔和，長年皺起的抬頭紋不見蹤跡。她就像一個睡得香甜的公主，宛如一個毫無憂愁煩惱的年輕母親，一陣心酸痛楚瞬間升上你的喉頭，你逼自己忍下。沙發四周的地板上擺著T恤，T恤亂糟糟地分類成丟棄和捐贈的兩座小山，旁邊擺著一個空蕩蕩的矮衣櫃抽屜，她已經開始將準備留下的衣服收進抽屜，無奈進展不順，抽屜內摺好的T恤坍倒至一側，緩慢進度令它們提不起精神。你蹲下來，悶不吭聲摺起衣服，兩三下就摺好。你很擅長摺衣服，並且迅速將它們收進抽屜，一件件T恤亭亭挺拔地立在那裡。

你掃描一眼那堆上衣。感覺好多了吧？你在腦海中詢問它們，但它們終究只是上衣，並不會讀心術，當然沒有答腔。你很懷疑它們是否真會在乎，不過至少現在抽屜看起來很整齊。或許她醒來後會以為是上衣自己摺好，但也可能猜到是你摺的，然後原諒你偷偷溜出門的事。

當你踏入街道，那陣嗡鳴變得喧譁響亮，猶如蓄勢待發準備攻擊的蜜蜂。你走出小巷，走向噪音的來源，抵達森林地帶時看見公園裡塞滿聚集人潮，你知道自己已經找到喧鬧源頭。你從未見過公園裡出現這麼多人，只見他們在流浪漢帳篷四周晃蕩，手裡舉著憤怒標語。駐紮在公園周遭的警車閃著燈光，佩槍的鎮暴警察舉著盾牌駐立在那裡。手槍想要殺人。你豎起帽兜混入人群，在公園中央瞥見傑克和他的伙伴，他們一身墨黑，看見他們你緊急煞車、改變方向，可是為時已晚，他們的狗認出你，名叫里可的淺色公狗開始對你狂吠，傑克抬起頭時也正好瞥見你。

「喲，小B！」他呼喊道：「快點過來啊！」

這時一條包裹著皮革的胳膊從後方襲來，擒住扣起你的頸部，擠壓著你的頭，你的臉深深埋入飄散著大麻菸和黑色皮革的甜膩氣味中，金屬拉鍊刮擦著你的顴骨，你的雙臂在空中扭動揮舞，試著掙脫對方箝制，怎料鎖頸的動作反而越來越牢實，這時有個聲音朝你的耳朵低吼。

「放輕鬆，班尼小子。船過水無痕，我們大可不用記恨，你說是吧？」你看不見聲音主人的面孔，對方是誰卻心中有數。你點了點頭，但光這樣還不夠。「你說是吧？」那個聲音重複問道，這一次聲音更加宏亮。「說啊！」

「是，」你吃力地喘著氣，手臂這才總算鬆開。你一邊咳嗽一邊往後退，轉過頭時看見弗萊迪就站在那裡，戴著一頂拉至額頭的滑雪面罩。他布滿血絲的眼球在眼窩打轉，手裡握著之前那支球棒。

「這才像話，」他說，捶了一下你的肩膀後手臂再次攀上你。「我們現在是兄弟了，對吧？不來記仇那套，以後記得別再對我亂發狂就好。」群眾推擠前進，猶如一波湧向市中心的波浪，這時他把球棒遞給你。

70

噢，班尼，別這樣。

我們早就料到今天會走到這一步，但你難道不能重新考慮？把球棒交還給他，時光倒轉，你倒退著腳步上小巷、回到安娜貝爾的避風港，等到你高燒退去，醒來後只覺得飢腸轆轆，你覺得怎樣？你下樓找東西吃，看見母親躺在沙發上呼呼大睡，摺衣服時她正好醒來，她灑下幾滴感激涕零的眼淚，然後叫了中國餐館的外送餐點，你們正準備開飯時，後門傳來某人進門的聲音，是排演結束回家的健司，剛好趕上晚餐時間！健司摘下帽子，把單簧管收在架子上，和你們一起坐在廚房餐桌前，對著美味的港式點心、炒飯、木須肉大快朵頤，也沒忘記為甫誕生的烏鴉寶寶保留一塊月餅。我們為何不這麼做？難道真的為時已晚？

當然，一切為時已晚。請你原諒一本書的自以為是，以為痴心妄想就能反轉你的故事情節……

安娜貝爾確實睡醒了。她徹夜未眠加班，觀測第一波抗議事件，清晨時分抗議已經演變成暴動。她在晨間新聞播報完畢後倒頭睡著，醒來後發現T恤井然有序地以顏色區分，摺疊排放在抽屜裡，簡直像是魔法，彷彿聖誕老人的小精靈迅速翻過她的抽屜，衣服就這麼整理好了。她從沙發上站起來，一跛一跛地走到樓梯底端，對著樓上呼喊：「班尼！謝謝你，乖兒子！抽屜整理得好漂亮！你真是太神奇了！」她等待回應。「班尼？」

他肯定還在睡覺，她惴惴不安地暗想。恐怕是還在生病吧，可憐的孩子。她應該再幫他量一次體溫，正準備邁上階梯時她看見時間。時間已過正午，他肯定肚子餓了，不如先煮一頓營養午餐，再幫他送上樓，準備暖心暖胃的菜餚給他。焗烤通心粉如何？她又一跛一跛地跳進廚房，在櫥櫃架上找到一盒義大利麵，打開冰箱時發現他已經買了牛奶。然後打開烤箱，煮一鍋水。

一個小時後，砂鍋底部的焗烤通心粉凝結成塊，但班尼的午餐已經不是她最擔心的事。她怔怔呆立在班尼的臥房門口，室內空無一人，班尼的後背包仍掛在椅背上，學校課本整齊疊在書桌上，她走進浴室，發現他的手機還在洗臉盆旁充電。她跛著腳步下樓回到廚房，遲疑著應該怎麼做，最後決定致電校方。

「是的，我們這邊確實登記今天班尼缺課，」祕書通知她：「我們已經發出電子郵件，您沒收到嗎？」

「喔對，當然有，」安娜貝爾說：「我只是——」她及時制止自己說下去。她也不曉得該說什麼，我只是希望奇蹟出現，他莫名其妙到校上課，現在安全無恙坐在教室內學習代數？她趁祕書提出更多問題前火速掛掉電話，坐在廚房餐桌前緊緊環抱胸口，確保她的心臟沒有跳出胸膛。你們不懂。你們這些人哪會懂這種感受。最後她強打起精神，再次撥電話給學校祕書。

「抱歉，」她語氣輕快活潑地說：「剛才通話遭到切斷，我只是想要通知你們一聲，班尼生病了，但是現在好多了，正在上學的路途，所以可不可以麻煩你們請他到校後打電話給我？他把手機忘在家裡，所以我聯絡不上他。這孩子也真是的！」

下一個聯絡對象是梅蘭妮醫師。她在電話答錄機中留下訊息，告知她班尼又失蹤的事，接著查看時間。現在還要聯絡誰？她翻出當地派出所的電話號碼，但目前還不需要報案，時間還太早，也許班尼真的只是去上學。雖然他沒帶後背包和課本，但也不是完全沒這個可能……她洩氣地搖搖頭，掙扎著站起身，如今腳踝受傷，她也無法出門尋人。她一跛一跛地踏出後門廊，倚在空蕩蕩的餵鳥臺旁，聽著遠方的警笛聲。不會的，她心想。有耐心一點，他不是每次都會回家嗎？妳反應過度了。一架直升機低空飛過頭頂，她感覺到搖搖欲墜的木欄杆隨著直升機回轉翼陣陣搏動。

71

沸騰怒火在空氣中翻滾，瀰漫著忿忿不平、徬徨迷惘，不可置信的情緒。直升機在頭頂盤旋，底下萬頭攢動的抗議人潮魚貫似地湧入街頭，癱瘓了路面交通，在嘈嘈的汽車喇叭低鳴下，他們的喉嚨發出單調卻充滿節奏的怒吼。

人民團結，永不妥協！

怒火點燃了你，你的情緒亢奮不已。弗萊迪在場，傑克在場，多瑟在場，丁骨在場，另外幾個人也在場，黑壓壓的一群傢伙全身漆黑、背著後背包。這些人是打哪來的？他們從四面八方滲透湧進，黑色裝束讓你感到充滿力量，彷彿你是特殊族群的一分子，但不是學校所謂的「特殊」，在那裡這兩個字的意思是敗類。這裡的特殊比較類似特殊軍隊、特遣部隊，或是特殊中隊，不同於高舉手寫標語的正義鄉民。

讓我看看民主的模樣！這就是民主的模樣！

「去你的民主！」弗萊迪對著你的耳膜咆哮，你點頭贊成，因為此時此刻弗萊迪就是你的朋友、你的領袖、你的指揮官，他說什麼都對。

沒有正義……和平免談！

「去你的正義！」弗萊迪咆哮：「去你的和平！」

環境變遷不是謊言！我們不讓地球死去！

「去你的地球！」他遞給你一條髒兮兮的大頭巾，拉下滑雪面罩蓋住他的嘴鼻。雖然你只看得見他癲狂轉動、布滿血絲的眼珠，卻不難看出面罩下的他露出微笑。「蓋起你的臉，」他說：「跟緊了，」你按照他說的做。

其他人也戴著面罩，跟著群眾向前挺進，前往市中心。

去愛不要恨，讓我們偉大！

遊行人潮按照公車路線前往圖書館方形廣場，光裸樹木挺拔筆直地佇立在安全島，你們一路行經零售商店、辦公大樓、銀行、咖啡廳。

不再沉默！終止警方暴力！

地方電視臺對面停了一輛長型黑色豪華轎車，弗萊迪瞥見轎車，下了一個手勢，你的隊友隨即脫隊離開遊行隊伍。

大聲喊出來！清楚說出來！我們歡迎移民到來！

多瑟的靴子踢翻一只鐵製垃圾桶，垃圾傾洩灑落街頭。「上啊！」弗萊迪嚷嚷，丁骨從外套內裡抽出一把撬棍，狠狠敲擊豪華轎車的引擎蓋，導致金屬凹陷、防盜警報器大響，你伸出手摀住耳朵。

「快用你的球棒！」弗萊迪大喊，一把將你推向驚聲尖叫的轎車。球棒想要揮擊，它想要揮擊擋風玻璃、震碎玻璃，但球棒還來不及敲下，豪華轎車已化為一顆火球。你猛地往後跳，捉住怒氣沖天的球棒，這時才看見傑克手中握著汽油罐，多瑟手持火炬，弗萊迪在豪華轎車引擎冒出的濃厚黑煙中來回閃躲，人們環繞著這輛汽車，在半空中高高舉起他們的手機，像是從悠長根莖綿延探出的方形小眼睛，眨都不眨一下。引擎竄出亮橘色火焰煙霧。球棒想要揮擊，火焰想要燃燒。

「趴下！」弗萊迪吼道，緊接著你聽見靴子行進的聲音。擴音器傳出嘈雜聲音——撤離街頭！撤離街頭！——第一批驅逐群眾的鎮暴警察抵達現場，胸前舉著盾牌、頭盔面罩覆蓋著臉部，簡直形同一堵黑衣騎士組成的人牆，身穿胸甲、金屬護手、頭盔，手持長柄武器對抗暴民。你嚇傻了，在原地無法動彈，鎮暴警察勢不可當。

「他們有催淚瓦斯！」有人喊道：「後退！」群眾扔下手中的抗議標語作鳥獸散，像是一群失去理智的瘋狗往後方撤退，仍不忘高舉手機不間斷地錄影。弗萊迪繞到你身邊，指向對街偌大的耐吉商店展示櫥窗。

「上啊！」他嘶吼：「快點使出你的球棒！」你的球鞋回應他的指令。球鞋想要奔跑，球棒想要揮擊，櫥窗中的假人模特兒擺出跨出大步的姿態，刻在玻璃窗的黑色斗大文字像是發號施令：**做就對了！**於是你乖乖照辦。你小跑步到櫥窗面前，手抓緊球棒用力揮舞，玻璃上出現裂痕，木板震動，當你再度揮舞球棒，總算成功粉碎玻璃，你望著猶如一面明耀鑽石的玻璃墜落地面。參差不齊的櫥窗大洞狀似滿意，堆積在地上的玻璃卻發出沉痛哀嚎號，你背後不斷傳來靴子踏步上前的聲音。你跪了下來，雙手舀起猶如冰凍淚珠的碎玻璃，玻璃碎片從你指縫間流瀉墜落。

「對不起，」你低聲喃喃，你的道歉很誠懇，然而一塊長如刀鋒的碎玻璃卻不領情，它想要砍殺，於是你拾起它。就在這時，有個東西觸碰你的肩頭。

紅色警戒！紅色警戒！

你握緊玻璃，跳起雙腳旋過腳跟，你面前立著一個外星生物，這個怪物有著懾人魂魄的眼睛和長豬鼻。危險！你舉起手臂，玻璃碎片散發閃閃光芒。一個模糊悶聲大喊——別下手，班尼，是我！——這時你認出她，可是為時已晚，玻璃碎片已經動了起來，劃過半空中。你驚恐地望著它，她也看見你的動作，並及時往後一躍，接下來你聽見玻璃碎片哐啷落地的聲音，又或許其實那只是擊中人行道、在她身後滾動的催淚瓦斯。你的掌心正在滲血，所幸她毫髮無傷。她伸手拉起你的手腕，濃煙霧氣冉冉飄升擴散，你的嗅覺首當其衝，先是聞到酸澀刺鼻的氣味，緊接著眼睛也跟著淪陷灼燒，你想要呼吸，胸口卻像是遭受戰斧劈砍，你兩手掩面，雙膝落地開始嘔吐，可是她即時拖起你整個人。

「跟我來！」她嘶吼，你看不清方向，只能踉蹌跟著她走。

她拖拽你走過一條街，來到一扇門前，扒開你掩面的雙手。這裡空氣比較清新，但你還是止不住咳嗽，雙眼灼熱，臉上滿是掌心割傷的鮮血。

「不要搓，」她說，同時扯下她的防毒面罩。她取下原本纏繞她頸部的大頭巾，動作俐落地包紮好你正在淌血的手心，她總是為你包紮。她捉住你的手腕，觀察前臂上的細小孔洞。她皺著眉頭，目光掃向你的臉，可是你的眼睛依舊睜不開，於是她從後背包中掏出一個瓶子。「眼睛往上看，」她說，你很想照她說的往上看，灼燒熱燙的感受卻令你睜不開眼。她將白色液體倒在你的臉上。可能是牛奶。

「情況越來越扯了，」她說，兩手捧住你的臉龐。她擦拭你的臉頰，你掙扎著大口呼吸，這才忽然想起：「噢，媽的，我都忘了你有氣喘。來吧，我們得離開街頭。腳步跟上我！」

你勉強地掀開眼皮，視線透過牛奶和淚水，看見她背後有兩個全副武裝的鎮暴警察步步逼近，她也轉過頭時發現他們，於是兩手抵著你的胸口，奮力一推，將你推得遠遠的。

「快去——」警察逮住她的那一瞬間她嘶聲大喊。

你腳步踉蹌地跑了起來，當你回頭張望，她正努力掙脫他們，卻只能虛弱無助地踢著腳，眼睛卻依舊凝望著你。你們四目相接，警察捉著她的腋窩拖走她的那一刻，她全身癱軟，視線卻始終沒有離開你。你想要折回去救她，她卻堅定地搖頭。

快去——她的嘴形說，你凝望著她的嘴唇嚅動，另一個既低沉又熟悉的聲音則幫她說完那句話。

——**圖書館**。

72

總統大選結果出爐之後，全國各地的不滿民眾皆走上街頭，各大城市爆出抗議人潮，全國推送新聞實況轉播突發新聞。安娜貝爾坐在任務控制中心，在散發微光的螢幕前混錄新聞。班尼還沒回家，梅蘭妮醫師也還沒回電。

新聞故事怎麼可能突發？要是新聞故事真的突發，意思是新聞會突然發作嗎？抗議群眾塞得城市街頭和高速公路水泄不通，人潮洶湧擁擠。她查看一眼時間，現在通報失蹤人口還太早。

但是說到底，究竟什麼是突發新聞故事？當地新聞報導市中心一輛轎車著火，戴著滑雪面罩的黑衣暴民踢翻垃圾桶、狠砸警車車窗、破壞商店店面。安娜貝爾湊近螢幕，掃視模糊不清的轉播畫面，想要搜尋班尼的身影。那可能是他嗎？她暫停畫面。不，是別人。她聽見擴音器傳出高聲呼喊：撤離街頭！撤離街頭！所有人即刻離開本區！全副武裝的鎮暴警察橫衝直撞闖入街頭，使用防暴水炮和催淚瓦斯驅散抗議群眾。她聽得見頭頂傳來直升機的聲音，卻不確定聲音的來源究竟來自電視或屋外。警笛也是，究竟來自電視？還是屋外？是遠或近？

親愛的小西小姐，

現在我坐在一片漆黑之中，人民正在外面的街道暴動，我們的國家分崩離析、深陷怒火烈焰。我兒子又逃家了，我卻一籌莫展，唯一能做的就是靜心等候，於是我想或許我可以利用這個時間寫信給妳。

妳大概也知道我們剛結束一場選舉，我知道日本和美國一樣都是民主國家。可是你們的政治家行徑像是遊樂園裡的惡霸嗎？你們的國民會在大選結束後走上街頭展開暴亂嗎？我不記得我是否曾告訴妳，我平時是靠觀測新聞維生，雖然不是什麼了不起的工作，但至少讓我可以在家工作，享有健保，不過我猜在日本應該是所有人民都享有健保吧？那一定很棒。我不常觀測國際新聞，所以不是很清楚日本的情況。日本學生也會持槍傷人嗎？你們也有森林野火的問題嗎？

其實我不想把觀測新聞當作正職，這份工作真的很令人沮喪，我小時候的志願是成為兒童圖書館員，也曾經就讀圖書館學系，可是後來因為我懷上班尼，不得不輟學。但這無所謂，因為我很愛我兒子，他是這輩子發生在我身上最美妙的事，可是我多希望自己可以當圖書館員，身兼母職及人妻角色。我好想念健司，我常常在想，要是他還在世，班尼就不會惹上這些麻煩，忍不住覺得這一切都是我的錯。

好了，我剛剛打電話向警局報案，現在我已經很清楚通報失蹤人口的流程，而且越來越上手，相信不用再過多久我就會知道所有警官的名字。今晚和我通話的是一個女警官，她問我是否有和兒子吵架，我回答她沒有，這次我們沒有吵架。前兩次他確實是生我的氣，但這次他是在我睡覺的時候離家，而且還先幫我摺好T恤，簡直像是天降大禮！而且還是運用我曾向他示範的妳的摺衣術，等到我醒來，所有上衣都依照顏色整齊排放在抽屜裡，很貼心吧？誰家的小孩會這樣做？但我沒有告訴警官這件事。

健司過世的那天晚上，我們在他離家前吵了一架。現在我甚至想不起事情是怎麼發生的，原因其實很無聊，當時我們在臥室裡，他正在為外出演出做準備。也許他告訴我那天會晚歸，要我別等他回來。我確實受夠老是等他回家，但我並不想聽他說出這種話，妳懂嗎？我只希望他待在家裡，希望他發自內心想待在家裡陪伴老婆兒子，我認為我內心深處肯定已經發現他又開始嗑藥了。我記得當時望著他一一扣上法蘭絨襯衫的鈕釦，對他說，你現在在家的時間變少了，再不然就是，我們現在想看見你都很難之類的話，他對我投以一抹憂傷微笑，然後戴上他那頂愚蠢的紳士帽。戴上那頂帽子的他很帥氣，卻是壓垮我的最後一根稻草，他明明是那麼帥氣，卻露出那抹憂愁微笑，彷彿他完全同意我的說法，卻控制不了自己，非得裝扮帥氣地在俱樂部和樂團成員廝混嗑嗨，當然這全是狗屁藉口。當他站在鏡子前調整帽子的角度，我完全失控，一語不發地坐在床上。他親吻我的額頭後下樓，我聽見他在客廳取下單簧管，套上夾克的聲音。

我起身，下樓來到廚房，那時他正站在冰箱門前，把玩著磁鐵，當時我並沒發現他其實正在寫詩。「我會儘早回家，」他說，但我們彼此都知道那不是真話。「不用麻煩了，」我盡可能用淡漠冰冷的語氣回應，他步出後門那一刻，我從餐桌上拾起我最愛的粉紅色茶壺，奮力一丟。茶壺砸上門的那一瞬間碎裂，我很確定他也聽到了。

以下是他在冰箱上寫給我的詩：

我的 富饒 女子 母親 女神 情人
我們 共同 組成 交響曲
我 為 你 痴狂

那天稍晚我從醫院回來看見這首詩時，他已經死了。

她往後一坐，盯著電腦螢幕。她本來想以活潑歡樂的語氣為這封信畫下句點，於是附上這首詩。但這首詩根本沒有那麼好，只是一首愚蠢的冰箱磁鐵詩。她重讀自己完成的郵件內容，這封信變成一個賺人熱淚的老掉牙故事，總覺得寄出去很丟臉，就在她準備刪除郵件時，兒童圖書館員這六個字引起她的注意，洗手間事件的記憶漸漸浮上腦海。她想起保全辦公室、警衛、嬌小的圖書館員。她叫什麼名字？她曾經交給安娜貝爾一張名片，還說有需要的話儘管聯絡她。她真的好友善——這樣算朋友嗎？她算得上是她社交圈的人嗎？那張名片丟到哪裡去了？

她按下寄出鍵，然後開始在一大堆雜誌與郵件中東翻西找名片，謹慎移開一堆又一堆雜物，搜尋是否被壓在下面。早知道她就先掃描那張名片，或至少把她的名字和手機加入緊急聯絡人名單。為何她辦事就是不能更有條有理！她翻出一疊用長尾夾固定的過期折價券，順手扔掉，還找到一張尚待處理的水電費繳納單，以及一個殘留貝果碎屑和乾硬奶油乳酪的盤子，也找到不孝寄出的律師信函——她找了好久，現在總算給她找到，但是這件事不急，當務之急是找到班尼。她腦中冒出一個預感，或許可以說是母親的直覺吧，她覺得那個嬌小的圖書館員可以幫上忙，現在她只是得先找到那張名片。

她垂頭喪氣地來到廚房，心想或許她把名片留在那裡。裝有焗烤通心粉的烤盤還完整沒吃擺在瓦斯爐上。她是不餓，但是班尼回家時恐怕會肚子餓，於是她蓋起焗烤通心粉的蓋子，收進冰箱。關上冰箱門的那一刻，有樣東西吸引她的注意。雖然不明顯，但是磁鐵的排列明顯稍微不同了。「母親」二字已和「痛」分道揚鑣，遷徙漂離至前一首詩的位置，往上移向距離不遠的「月亮」，「月亮」旁邊還有兩個磁鐵。這兩個磁鐵彷彿想加入「月亮」的行列，形成一組全新文字，要是堆砌在一起，幾乎能組成一個具有意義的句子：

月亮　母親　要　冷靜

貼在「要冷靜」三個字下方的，正是嬌小圖書館員的名片。

柯麗。

柯麗·強森。

73

你潛進圖書館大門，通過保全安檢站，走到自動手扶梯時廣播系統正好宣布：圖書館將在十分鐘後關門。你暢行無阻地上樓，與川流不息的下樓訪客擦身而過，並且拉高帽兜掩住面部，還在燒灼的雙眼淚水汪汪。二樓，三樓，四樓。老人的洗手間就在它原本的地點，於是你閃進廁所，將臉埋在水龍頭下沖洗，直到燒灼感受逐漸消退。五樓，六樓。你的身體微微顫抖，時間形成一種弔詭效果，流轉又停止，加速又放緩。也許是催淚瓦斯的效果。八樓，九樓，抵達頂樓後你步下手扶梯，橫越險峻步行橋前往自習室。交換學生已經離去，只剩打字阿姨在收拾筆記型電腦。你旋即轉過身，但她早就看見你。

「嘿，」她說：「你來啦，好久不見。」你站在那裡，她上下打量依舊呼吸略顯困難、準備轉身逃逸的你，發現你的浮腫面容和布滿血絲的眼睛時，她聳了聳肩、拉上後背包拉鍊，將背包肩帶背上她的嶙峋肩膀，經過你身邊時猶豫了。「你今晚要在這裡過夜嗎？」

你凝望著地板，不想回答。

「你媽媽知道你在這裡嗎？」趁你來得及開口前，她繼續說下去，但比較類似自言自語。「不，我猜她根本不知道，真可憐，她肯定很擔心你……」她再度打量你半晌，然後伸出手拍拍你的胳臂。「好啦，你自己保重。你知道樓下的職員辦公室有零食吧？就在裝幀室旁邊。我猜你應該會去那裡……？」

你本來沒想過去裝幀室，但不知何故，去裝幀室似乎很合理，於是你點了點頭。

「那好，小心一點。裝幀室內什麼都可能發生，這你是知道的，別在那裡待太久。」然後她讀出你臉龐閃逝而過的憂慮，再次拍了下你的胳臂，補充：「沒事啦，死不了的。」

這句話沒什麼說服力。

打字阿姨離開後，你雙膝跪地開始在地板上爬行，爬進你的自習室，最後全身蜷縮成一顆球，環抱雙膝。你的身體仍不住顫抖，耳朵聽見各式各樣的雜音——腳步聲、遠方的人聲、斷斷續續的手推車震動聲，以及越來越靠近的笨重地板打蠟機低鳴。這個清潔工是瓶人的朋友嗎？也許他先前喝了點小酒，陳舊打蠟機的操作有點古怪，彷彿他正在聽音樂——可能是華爾滋——笨重的打蠟旋轉頭以緩慢沉重的步調，搖晃著畫出圓弧，抹著地板的每一寸。不知何故你就是知道，也很清楚他總算跨過步行橋、來到你蜷縮的角落時，打蠟機鈍頭莽撞闖進你的自習室、撞上你的大腿時，即便他俯首查看是撞上什麼東西，還是看不到蜷曲在那裡的你，但並不是他喝醉，而是因為你是透明人。

至少等待打蠟機的低聲嗡鳴退逝、聲音沉默的時候，你是這麼自我安慰的。你等著最後的喀噠聲落下，最後一個人類已經關上圖書館大門、離開這棟建築，等著圖書館深深陷入沉寐書本世界的幽漆靜謐，夾在書皮內的文字終得一覺好眠。當這一刻降臨，你便可從自習室地板爬起來，下樓來到裝幀室。

74

安娜貝爾打電話給柯麗．強森時，她人還沒離開圖書館。她不曾在九點整圖書館關門時準點離開，這天工作甚至比平時漫長難熬，她累得精疲力竭。她前一晚熬夜觀看選舉結果出爐，內心盼了又盼，凌晨三點大勢已定，她就上床睡覺去了。翌日搭公車上班的路上，乘客莫不一臉迷茫，神情木然，目光狐疑地打量彼此。圖書館職員休息室的氣氛死氣沉沉，簡直形同葬儀社，圖書館社工人員還寄了一封電子郵件給大家，向情緒緊繃的人主動提供援助。

「緊繃？」她的朋友胡立歐站在微波爐前，說：「倒不如說是恐懼，彷彿醒來時赫然發現自己身處菲利普．狄克的科幻小說中。」

圖書館總像是這個世界的反光鏡，那天比往常更讓人有這種感覺。圖書館員猶如行屍走肉，迷茫困惑，睡眠不足，客人也顯得心煩意亂。到了正午，他們在男廁發現兩個用藥過度的人。雖然沒人喜歡，輪值的圖書館員使用那囉克松注射液，他們先前都接受過相關訓練，諸如此類的事件確實暫時轉移他們的注意力，但是總統大選的記憶總會回溯。這種事是怎麼發生的？怎麼可能？感覺就像是誰死了，柯麗心想。原本一切好端端，你還想著要上交友軟體把正妹，隔天卻接到自己阿嬤死去的噩耗，人生從此不再美好，本來擁有荻伊阿嬤的圓滿人生突然出現一個大窟窿，柯麗還記得母親從醫院致電時令人差點癱瘓的恐懼，以及後來各個階段的悲痛，這一天的情緒波動並不輸給那一天。等到圖書館關門時，她的情緒已經歷過一輪震驚、不可置信、無法接受事實、憤怒的雲霄飛車，還在澈底沮喪的情緒來襲前調查如何成為加拿大國民。

電話響起那刻她人並不在辦公桌前，當時她正試著安撫年輕的伊朗研究圖書館員娜希，娜希的父母要求她即刻返家。當她回到多元文化兒童書區整理打掃，她發現手機閃著訊息留言。她先遲疑片刻，最後仍拗不過習慣拿起手機查看，當下卻立即後悔，希望自己沒這麼做。傳送語音訊息的是曾經坐在她凳子下的奇怪小男孩的母親，小男孩現在已經是青少年，雖然是個貼心的孩子，但還是跟以前一樣奇怪。也許他是自閉症類群？她在書籍處理區發現他時，他一副見鬼的模樣，沒多久杰瓦恩便在五樓發現他拍打牆壁，尋找某間廁所。他的母親人似乎很好，很有意思，可惜的是命運多舛。柯麗是替她感到難過，也很難過她的孩子失蹤了，但她特地打來查問他是否躲在多元文化兒童書區還是挺惱人的。他當然沒有，柯麗早就仔細檢查過一遍。她把水瓶和鑰匙收進後背包，最後又梭巡桌面一遍。她受夠大家老愛開鬧鬼的玩笑，每次物品一遺失就跑來這裡。她對鬼魂並沒有意見，尤其是多元文化背景的鬼，可是這並不好笑，而是一個種族歧視的都會傳說，倒不是說這孩子的母親種族歧視或是試圖搞笑，但柯麗還是難免不悅。她把後背包攬上肩膀，走到公車站牌。

她的公車誤點，之後更為了避開市中心的抗議人潮，不得不繞遠路。乘客都忿忿不平，她又何嘗不是？可是當一群年輕白人開始惡意批評示威抗議者，她感到內心的惱怒漸漸轉為氣憤。她怒火中燒地按下按鈕，決定下一站下車。要是換作是一天前她肯定會發表個人意見，可是今天她卻選擇閉上嘴，而這令她很不滿。難道她是怕了？行經一群手舉抗議標語、挺進市中心的人時，她也很想加入他們，換作是一天前她就會，可是現在她只選擇走路回家，好好洗一頓澡，直接上床睡覺。

她半夜睡到一半醒來，頓時想起那位母親的語音訊息。工作尾隨她回家、擾亂她的睡眠實在令人煩厭，她為何就是無法在生活與工作之間保持健康界線？這位母親的語氣是那麼窘迫歉疚，如果需要人幫忙協尋失蹤兒子，為何不直截了當開口？

當然她開口了，這正是那通電話的用意，是柯麗選擇視而不見。她為何不回電？為何不反駁公車上的白人？為何不加入示威抗議的行列？她究竟是怎麼了？

她望著手機，時間剛過午夜兩點鐘，現在致電太晚，她納悶那孩子是否已經回到家。這女人真可憐——安娜貝爾。名字還真花俏。她徹夜未眠地守候，操心傷神，害自己也生病了。也許這孩子暗中躲在某處，之前也發生過這種事，有人半夜混進圖書館過夜，並從職員休息室偷走食物。可是人們還是把錯怪在鬼魂頭上，她開始摸找手機，打電話給保全人員。這天值晚班的是杰瓦恩，她知道這個時間他肯定在螢幕前打盹。

「喂，醒一醒。我需要你幫我做一件事。」柯麗不理會他的嘟囔抱怨，繼續說：「你還記得那個想要踹倒牆壁的孩子嗎？」

「五樓事件？當然，好孩子一個，就是怪了點。他怎麼了？」

「我想他可能還在圖書館。」

「不可能，不然我早就看見了。」

「他的名字是班尼，班尼．吳。你可以幫我跑一趟多元文化兒童書區嗎？」

「我看監視器就夠啦，不然呢。」

「他可能躲在書桌底下。」

「也是。」

她聽見他起身時椅子的嘎吱聲響。「巡視完畢後回電給我好嗎？我睡不著。」

手機響起時，她正在泡茶。「找到了嗎？」

「當然沒有。」

她帶著茶來到客廳。「聽我說，杰瓦恩，你可以去九樓查看一下嗎？」

她曾經為樓上的圖書館員代班，在九樓見過這個男孩一、兩次，只見他獨自坐在自習室，躲藏在書籍堆砌的堡壘後方，神情嚴肅，肩膀在耳邊高高聳起，前後搖晃身體，閱讀他面前敞開的書頁。有一次她趁他離座時上前查看他正在讀什麼書，詫異發現中古世紀盾牌武器、德國電影、超現實主義藝術、華特．班雅明，還有童話叢書，當然這些是冰山一角，但她現在只記得起這些。占據隔壁自習室的是另一個常客，一名作家，她手指敲敲打打時發現柯麗，抬起臉。

「上禮拜他閱讀阿根廷小說及雪貂飼養，」女人主動提供資訊：「波赫士吔，妳相信嗎？哪個小孩想讀波赫士？」

柯麗啜了一口茶，熱茶不慎燙傷舌頭，就在這時手機又響起。

「九樓空空如也。現在妳要我查哪裡？」

柯麗想了一下。「可以請你試試看裝幀室嗎？」

電話那端一陣冗長寂靜，她聽見背景傳來微弱空洞的聲音，恍若吹拂過瓶口的風聲。

「你還在嗎？」她問。

「今晚卡呂普索很活躍，」他回道。

她想像他聳立在險峻步行橋上，視線越過九個樓層俯瞰漆黑地下室二樓。

「不過是上衝氣流，」她說。

「只有妳這麼想吧。」

等到她的手機再次響起，她的茶已經冷卻。杰瓦恩壓低嗓音，說：「妳猜對了。我現在人在裝幀室外，他在裡面。」

她放下茶杯。「他還好嗎？」

「看起來是沒事，只不過他坐在那臺古董裁紙機上逕自哼歌，臉上還帶著某種詭異微笑。我對他呼喊，但他沒有回應。」

「好，你聽我說，我現在叫一輛 uber 計程車過去，然後——」

「他沒穿衣服，小柯，他一絲不掛。」

「噢，天啊，他發生什麼事了？」

「我看不出來，妳知道我得通報吧？」

「等等，你先等我過去再說，拜託。」

「那妳動作快。」

他正坐在古董昆提里歐瓦傑里的長型彎曲鍘刀邊緣，鍘刀像是一把短彎刀，倏然懸掛在他頭頂。柯麗站在裝幀室門前觀望，他似乎沒有受傷或是自殘的危險，也不是真的一絲不掛。他還穿著底褲，衣服整整齊齊摺成一疊放在地上，似乎陷入恍惚神遊，只見他坐在那裡，雙手手心拱起擱在腿上，輕輕晃著身體，自顧自地哼唱。那是搖籃曲嗎？不，是一首輪唱歌。划啊划，划小船。他赤裸的雙足隨著歌曲旋律輕微搖晃，布滿血絲的紅眼凝睇著遠方不知名的某個東西，空氣中飄散著一股怪味，有點類似化學物質，以及些微類似牛奶發酸的氣味，混雜著老舊紙張和膠水的味道。猶如桌面的裁紙機表面及他腳下的地板上，四散著幾百張恍若雪花堆的小紙片。他肯定是操作使用了昆提里歐瓦傑里。

「班尼？」柯麗喊著。

他眨了一下眼皮，沒有答腔。

他的臉蛋和身體仍是年輕男孩，胸部纖瘦狹小、肚皮圓潤，平滑雙頰淚濕一片。他的皮膚透著金黃色澤，糾結頭髮彷彿沾上某種黏膩的東西豎起。他的聲音依舊像個小男孩尖細，尚未破音。慢慢地順流而下……

「班尼，你聽得見我說話嗎？」她又向前跨出一步。他的嘴唇幾乎沒有嚅動，歌聲彷彿是從別處傳來，來自裝幀室的某個遙遠角落，甚至更遙遠，自圖書館之外的某處傳來。她豎起耳朵悉心聆聽，發現室內迴盪著回聲，聽起來像是兩個人的和聲，也像是一萬個人同時低哼著曲調憂傷的輪唱副歌。

快活啊快活，快活啊快活，人生只是夢一場……

75

你還記得多少事，班尼？或者你也隔離了這一段記憶？

起先抵達的是夜班保全人員，他離去後嬌小的圖書館員也來了，她試著留下來對你說話。最後保全人員帶著警察抵達，他們一一進入裝幀室，輕手輕腳地逼近你，免得你突然失控。他們輕柔小心地對你說話，壓根不知道你可能做出什麼事、為何你坐在那裡，更不曉得你當下的感受。他們只看見一個穿著白色底褲的半裸小男孩，坐在工業裁紙機上方，雙手輕輕包裹著私密部位，一把長彎刀刀刃懸掛在他頭頂。

你大可解釋你的雙手只是想安撫你，讓你的情緒保持安穩。你臉上的表情，那抹似笑非笑的滿足神色及遙望遠方的表情，照理說應該讓他們安心，偏偏他們不這麼認為。男孩不該坐在裁紙機上，也不該在大庭廣眾下握著私密部位。男孩不該三更半夜在圖書館裡脫掉衣服。你大可解釋你脫掉衣服是因為衣服帶著催淚瓦斯和臭酸牛奶的難聞氣味，胡椒煙味刺得你雙眼疼痛。你大可告訴他們鍘刀喜歡切割，即便你和這把鍘刀變成朋友，還是得小心設防。可是你不願多解釋，於是他們也不能理解。也許身為書本的我們應該鼓勵你對他們多說幾句話，解釋自己的行為舉止，可是我們沒這麼做。老實說這個念頭從未飄過我們腦海，書本並不介意男孩做什麼，反而很感激你的古怪行徑，再說我們很忙，不是嗎？我們正在遙遠他方，進行彼此的第一場真實對談。

人們一一闖進裝幀室，聽見我們的合唱。你記得嗎？我們唱著那首輪唱曲，你還在母親腹中時你爸媽老愛唱的那首無終卡農，當時的你則是窩在肚皮裡聆聽。我們的聲音和尚未裝訂、猶如鬼魅在裝幀室來回遊蕩的書本融為一體，相互重疊的副歌歌聲讓闖入裝幀室的人不禁疑惑迷惘，而這正是我們的用意。我們刻意讓歌聲漂浮在永不間斷的搖籃曲歌詞底下，不讓他們的雙耳察覺我們的呢喃對話，那晚我們的話語只有彼此聽得見。每個男孩內心都有一本書，班尼，卻不是每個男孩都聽得見書在說話，也不是所有男孩都願意聆聽。

可是那晚你聽了。也許是裝幀室的原始能量，抑或你和憤怒球棒之間的衝突，再不然就是街頭抗議者的憤慨迷茫讓你靜下心聆聽，也許當下你需要一本書向你說明這個世界。無論原因為何，你都認真聽我們說話，對此我們心懷感激。

你還記得我們的對話嗎?還記得我們一起去過的地方、一起見過的事物嗎?裝幀室就是我們的途徑，是蘊含宇宙空間中所有點的一個點，那晚你就是一個尚未裝訂的男孩，一個小小太空人，朝著無垠未知宇宙邁出第一步。這是你第一次用眼睛看見你長久以來聽見的說話聲音，那些費盡心思爭奪你注意力的喧鬧物質。你用那對超然非凡的耳朵，以絕對的清晰透澈體察物質穿越時光、空間、思想時發出的聲音，以及它們的扭曲形狀和輪廓。有些聲音美麗得無與倫比，令你不禁開懷大笑，鼓掌叫好，其他聲音則是哀傷惆悵，令你的淚水無法抑制地滾落面頰。噢，還有我們一起看見的畫面！

貨櫃船在月光夜色底下的阿拉斯加海岸躍動光芒。在迷霧之中，硫磺金字塔的橙黃冉冉升起。遭到掠奪的月亮以及它的所有坑洞。球體、星球、小行星。一隻叼著鑽石皇冠的墨黑烏鴉。一群在太平洋環流打轉的橡膠鴨。聽到腳步聲時一個年輕女孩僵住不動，仙女座在蒼穹中閃耀發光。紅杉焚燒，烈火猖獗。深海之中，一隻領航鯨的鼻子頂起她死去的寶寶。海龜在塑膠網中潸然落下鹹鹹淚水。

尚未裝訂的無限可能實在太難化為文字！那一瞬間我們見證星座即將形成，星星不斷變化、聚攏成群。我們察覺到物質震盪的流動，最後組合成一顆彈珠或一支棒球球棒、一隻球鞋或一個故事、一首爵士重複段，抑或一種感染病毒、一顆卵子，抑或一支古董銀湯匙。

我們見到布法丘的豐饒銀礦，那是西班牙君主奴役薩卡特科土著採集的礦石，之後熔化塑造成一支湯匙，餵養著一千張嘴——張開大口、飢腸轆轆、有老有幼、紅潤瑰粉、參差亂牙，各種樣貌的嘴，然後兜繞海洋一大圈回來，回到新世界某個移民的圓筒旅行袋底部。在紐約市布朗克斯區，湯匙是某個卑鄙小偷的戰利品。在紐澤西州霍博肯，它造訪一間當鋪，之後又來到內華達州雷諾，搭便車往西抵達美洲盡頭，找到它目前安定的居所，最後抵達美洲太平洋西北海岸某處，躺在資金不足的公立高中屋簷、一個堵塞不通的雨水槽裡。

這一路上，它也餵養過你的嘴。從你正棲息的裁紙機上，你看見母親拿著這支湯匙，塞一口香蕉泥在你的小嬰兒嘴巴裡，她在搖椅上前後擺盪，對你哼唱一首乳牛和月亮的童謠。嘿，滴答滴答。見到此情此景，你不禁潸然淚下。

這些你曾經親眼目睹、親身體會的事物，全部同時在你眼前上演，怎麼可能？因為在裝幀室裡，所有現象皆尚未裝訂，故事尚未學會直線發展，世界所有不勝枚舉的事物都同步湧現，充斥在同一個當下。一切都尚未裝訂，你可以看見宇宙正在成形的過程，空中飄散著星塵煙霧，溫熱小水池噴發霧氣，而生命就從沸騰氣體中誕生。在這種毫無約束的狀態下，那晚你邂逅了曾經發生和可能發生的所有事物：有形與空無，無形與空無。你感受到何謂坦然開放，何謂與物質融合，並且讓萬物進入你的世界。

還有我們。你也容許我們進入你的世界。一旦進入你，我們便能打開你的感官大門，最終理解何謂以眼觀看、以耳恭聽、以鼻嗅聞、以舌品嚐、以膚相觸，說到底這就是書本的欲求。我們想要肉身，而這是我們初次真正想像擁有肉身是什麼感受，也察覺得到身體賦予的知覺。如果我們獻給你這個無垠自由的世界，這就是你反饋我們的贈禮。

第 四 部

病房

孩子在半隱半現的小徑上尋找方向。他掩住耳朵閱讀，書本擺在一張高得不可思議的桌上，總有一隻手壓著書頁。然而字母猶如飄零雪花中打轉的數字與訊息，他依然可從漂浮旋轉的字母中讀到英雄們的歷險記。他呼吸著敘述事件的空氣，所有參與的人也呼吸著同樣空氣。他比成年人更能與角色共鳴融合，敘述的事蹟和交換的言語令他感動得難以言喻。當他站起雙腳，他滿身覆蓋著閱讀文字的雪片。

——華特·班雅明《單行道》

❖ 整理魔法

第三章　已碎

有天我在為師父斟茶時，茶杯不慎滑落托盤，哐啷一聲應聲落地。那是一只歷史悠久的絕美古董杯，上頭刻著一首詩。這是從他師父手裡承襲的茶杯，也是他最喜愛的杯子，一直以來都是他的寶貝。

茶杯落地時我忍不住放聲大叫，師父抬頭頷首，說出「已碎」二字，語畢又回過頭，繼續閱讀。

我一臉茫然。茶杯並未已碎，謝天謝地，它挺過落地粉碎的劫難。我拾起茶杯，上下左右仔細檢查，所幸毫無缺角或裂痕。我洗淨杯子帶回師父面前，小心翼翼地為師父上茶。他要我一起跟他喝茶時，我以為他想提點我方才的笨手笨腳，抑或解釋他的話中含意，可是他始終沒有這麼做，只是靜靜啜著茶，眺望庭園，彷彿剛才什麼事都沒發生。

最後我總算按捺不住好奇心，主動提問。

「方丈，」我放下手裡的茶杯，問：「你的茶杯明明沒有破損，為何你說已碎？」

他端起茶杯，悉心欣賞杯身。「妳知道這個杯子很舊，恐怕已有兩百年歷史，這可是大田垣蓮月的作品。妳知道大田垣蓮月嗎？雖然貴為一大美人，卻一生淒涼。身為私生女的她嬰兒時期就送人寄養，後來有過兩場婚姻，可是兩任丈夫和五個孩子一一過世，於是她剃髮為尼。儘管她一貧如洗卻充滿藝術細胞，開始製作陶瓷品，並在杯碗上創作詩詞。這些作品大受歡迎，她從中賺了不少錢，最後卻全數捐贈窮人。」

我秉著耐心聽他述說故事。他常常這樣偏離正題，忘記我最初的問題，可是這次我鐵了心絕對要問到答案。他正在閱讀尼姑在杯身上創作的詩。

「世界之塵，掃至庵所一隅，我擁有萬事萬物，輕拂松樹的風——」

「可是方丈！茶杯並沒有碎啊！」

他驚愕地抬起頭。「對我來說已經碎了，」他說。「茶杯本來就會破損，乃天經地義之事，這就是為何現在的它如此美麗，也是為何我很感激自己還能就著它喝茶。」他一臉眷戀地凝望茶杯，啜了最後一口，然後謹慎地把空杯放上托盤。「沒了，就是沒了。」

那天我的師父教了我寶貴的一課，頓悟了形體終會消逝，萬物皆空的道理。

另一堂關於茶杯的教訓發生在師父已經辭世後的多年。二〇一一年三月十一日午後兩點四十六分，源自海底、規模九級的超級大地震襲擊日本東北海岸，當時的我正在距離震央三百七十三公里的東京小寺廟廚房煮茶，剎那間我被拋擲一側，大田垣蓮月的茶杯亦順勢飛出手心。

師父命我為法嗣的時候將這只茶杯交託給我，我自然非常珍惜，於是茶杯飛出手掌時，我立刻撲了上去，低聲咒罵自己的笨手笨腳，下一秒我躺在地上，這才驚覺事情不對勁。茶壺和鍋子紛紛滑落流理臺，碟子碎裂一地，我及時掩護頭部，以手肘膝蓋跪地，身體下方的地板激烈晃動，將我從右狠狠拋擲至左，食物到處噴濺，我步伐蹣跚勉強爬到瓦斯爐關掉爐火。

地震總共持續六分鐘之久，結束後我清理廚房，這才發現大田垣蓮月的茶杯已碎裂一地。我聚攏杯子碎片帶回書房，擺在師父肖像正前方的佛壇上。

「您說得沒錯，」我說：「已碎。」

和北方的災情相比，東京的地震小巫見大巫，當時驚人的海嘯大浪正在深海醞釀，襲擊淹滅途中遇見的所有人事物，共有一萬五千多人死於非命。接踵而來的那幾天，全世界都看著致命黑水突破防波堤的戒防、俯衝湧入城市鄉鎮，將它們化為瓦礫廢墟的畫面。我們觀看著人們在田野中狼狽竄逃，拚死拚活地往更高處逃難。我們看見駕駛和乘客在汽車及貨車中動彈不得，驚恐面孔壓在玻璃窗上，任由無情黑水淹沒。也看見整棟公寓大樓的地基連根拔起，被黑色大浪捲入內陸，公寓住戶緊緊抱著屋頂不放，從窗口大聲呼救。而當巨浪轉向，他們也一併被捲入大海深處。

死去的人太多，消失的人太多，其他人即使成功逃過一劫，仍得眼睜睜看著自己的個人物品被惡水吞沒——房屋汽車、衣服珠寶、電子產品與家電——這些他們含辛茹苦獲取累積的物品，更別提無價的個人收藏：相簿、信件、紀念品、具有回憶意義的物品，以及世世代代的傳家之寶。

這又是一堂萬物短暫的重要課題，日本位處地震活躍區，發生地震是稀鬆平常的事。災難每分每秒都可能發生，可是人還是一樣健忘，日常生活中以閃亮耀眼的小東西安撫心靈。我們披上虛假的安全感沉沉睡去，做著不真實的美夢虛度一生。

地震震醒我們，海嘯沖刷走我們的幻覺，讓我們開始質疑個人的價值觀及世俗物質的眷戀。當我自以為擁有的一切，我的個人物品、家人、人生等皆可能在轉瞬間被橫掃一空，便不得不自問：真實是什麼？巨浪點醒了我們短暫才是真實，而這就是真我的覺醒。

已碎。

明白這一點後，我們就能全心全意、無條件且不帶期待、不失望地去感念生命中的每件事物，去愛彼此。你難道不覺得這樣的人生更美嗎？

後來我找到一名傳統手工藝品師傅，請他以金箔和漆料為我修補大田垣蓮月的茶杯，固定黏起所有碎片。現在茶杯的裂縫中填充上細緻精美的金線，向茶杯的破碎致敬。在我眼底，這樣的茶杯甚至更迷人。

班尼

這就是那一場地震，對吧？我送給媽媽、阿列夫手製的災難雪花球？我從沒想過身處其中會是什麼樣的感受。我的意思不是身處雪花球內部，畢竟雪花球不是真的。我所指的是身處地震、海嘯、核電廠熔燬的事件當中，這些都是真實上演的故事，身處其中肯定爛透了吧。

至於愛西提到人生如夢的說法，我也完全能夠理解，正如我們在裝幀室哼唱的那首搖籃曲歌詞，只是那晚發生的事真正搖醒我，甚至是打碎我。你說這叫做去裝訂化，但你是一本書，所以這種說法很合理。我也不知道該如何形容，但我還記得那種感受。自爸爸死後我也覺得自己像是被困在災難雪花球，四面包圍著一層玻璃，而身邊發生的每件鳥事都讓雪花球空間越縮越小。然而我和你在裝幀室的那晚，我人生的雪花球爆破了，所有事物總算變得清晰，每一樣的本質都是那麼完美而真實。當時我並不明白這個道理，因為警察抵達後情況變得很詭異，人人都嚇傻了，不過我現在懂了。這就是愛西所說的已碎嗎？我確實感覺自己彷彿腦袋炸裂，但不是可怕的那種，你懂嗎？

愛西自問的那道問題——真實是什麼？——和我提出的問題一模一樣，真的很有趣。好像她不知為何就是知道，又或許大家內心其實都存在相同疑問？

無論如何，回憶起一切的感覺很好，所以我應該要向你說聲謝謝吧。謝謝你讓我看見過去，並且提醒我活在當下。

書

沒錯，回憶起一切是好事。

確實許多人都問過你提出的問題，班尼。這恐怕是書中最古老的一道問題，但這並不代表這問題對你就不特別。每個人都是自我幻覺的困獸，破繭而出則是所有人的人生課題。書可以幫上忙，我們可以將過去帶入現下，帶領你回到過去、幫助你回憶過往事件。我們可以讓你清楚看見，改變你的現實、拓寬你的世界，但覺醒說到底仍是你的個人課題。

能夠再度聽見你的聲音真好，我很高興你回來了，而且你回來得正是時候，畢竟這本書完成前還有得忙。結局不好寫，我們需要你的協助，你準備好了嗎？

76

逮捕的員警將班尼從裝幀室送往醫院途中，在赤裸男孩的臂膀上發現描紋傷疤，於是主動向辦理入院的護士提及此事，護士通報輪值醫師，醫師則是聯絡梅蘭妮醫師，梅蘭妮醫師翌日上午和安娜貝爾在兒童精神科病房會面。

梅蘭妮醫師瀏覽班尼的檔案，尋找警方報告。「我們仍在等待血液抽檢結果，不過我很訝異，妳有發現靜脈注射藥物的跡象嗎？」

她們正在精神病房的小諮詢室，安娜貝爾疲憊不堪，徹夜未眠的她膽戰心驚地等待警方來電，鈴聲最後總算在清晨六點左右響起。她火速衝到醫院，院方讓她稍微查看一眼班尼後就帶班尼前去檢查，之後她在醫院多待了幾個鐘頭，等候與梅蘭妮醫師會面。她一時之間說不出個所以然，絞盡腦汁認真思忖後才總算聽出問題的弦外之音，激烈搖頭：「不！當然沒有！」

梅蘭妮醫師上半身靠向電腦螢幕。「報告指出他在拘留期間似乎出現麻醉藥物的反應，他自己也坦承有砸毀商店櫥窗，他語無倫次，還提到球棒的事。他似乎有幻覺，接診醫生也直接證實了這一點。」她往上滑動螢幕。「妳有注意到他最近行為出現哪些變化嗎？像是與眾不同或是出其不意的舉止……？」

安娜貝爾再次啞口無言，她兒子的行為舉止本來就與眾不同又出其不意，梅蘭妮醫師明明清楚，還要她補充什麼？

「不，沒有。」她望著金屬桌對面等著輸入答覆的醫師。「我的意思是，妳也知道，班尼本來就是這樣……」彷彿這句話能夠解釋一切。

「所以都沒有脫軌行徑？沒有不尋常的躁動？易怒？癲狂？」

安娜貝爾搖頭。

「疲倦？突發睏倦？打瞌睡？」

「總統大選那天他病倒了，」她提出：「只是小感冒，有輕微發燒，所以我讓他待在家休息，沒去上學。他睡了很多，我本來打算讓他隔天繼續待在家休息，可是他跑出門了。」

「去上學嗎？」

「不是，我打去學校詢問，可是他不在那裡。我不知道他去哪裡了，當下真的很擔心！他幾乎整個下午和晚上都杳無音信，後來出現在圖書館——」她停下來，腦中頓時浮現某個想法。「倒是有一件事滿奇怪的，」她說：「他離家前幫我摺好T恤……」

梅蘭妮醫師望著她：「妳的T恤？」

安娜貝爾滿懷希望地往前傾身，說：「沒錯，他在我補眠的時候幫我摺好T恤。先前我打掃家裡，把上衣取出抽屜，東西到處散放亂堆。他出門前肯定是注意到，所以幫我摺好衣服，並且依照不同顏色整齊收進抽屜，像是彩虹地排列收好！是不是很貼心？他真的很擅長整理家務。」

醫生頷首，轉頭看向電腦螢幕：「他有提及自己交到新朋友嗎？校內或是鄰近地區的朋友？」

「沒有，」安娜貝爾說，感到希望之光消逝。「學校是沒有，倒是有一個女孩子，應該是在這裡認識的……」

醫生再次抬起臉：「她也是病人嗎？」

「應該是吧。」

「妳知道名字嗎？」

「他說她叫阿列夫，但我不認為那是本名，妳覺得是嗎？」

醫生緊蹙眉頭，開始上下滑動瀏覽班尼的病歷紀錄。「那不是他圖書館的朋友嗎？他有次想從幻想洗手間解救的對象？有關她的事班尼全告訴我了。啊，在這裡。」她專注地靜靜閱讀對話紀錄，然後回轉過凳子面對安娜貝爾。「她不是真人，吳太太。這妳是知道的吧？」

安娜貝爾盯著醫師：「不是真人？」

「她是某個南美洲作家的短篇小說角色，我忘了作者名字——」

「波赫士，」安娜貝爾接口：「豪爾赫·路易斯·波赫士，他是阿根廷作家。」

「沒錯，就是他。我從未聽過這名作家。某次問診中班尼提到他有個名叫阿列夫的朋友，我覺得這名字很特殊，於是上網搜尋。」

「我也搜尋了，可是——」

「概念真的令人深深著迷，」醫生說，她又瞥了一眼螢幕。「故事中的阿列夫根本不是人，而是一個小物品，大小跟一顆高爾夫球差不多——」

「『一顆光彩奪目、耀眼到令人無法直視的明亮小球體，』對，這個我知道，可是——」

「『是宇宙空間的一個點——』」

「『——卻蘊藏所有的點，』沒錯，我也有讀到這個。妳說她不是真人，這是什麼意思？」

醫生露出微笑。「看來妳有做功課。我的意思是，班尼的阿列夫只是虛擬人物。你兒子的想像世界很豐富——」

「那當然！他是個很有創意的孩子。」

「——而這恰巧符合精神錯亂的症狀。不只是阿列夫，他還有幾個與他交談的幻想朋友。」

「幻想朋友？」

「嗯，妳也可以稱他們為生命體，」醫生說：「他所對話的實體，還有許多與他說話的對象。阿列夫是其一，他說她住在樹上，然後還有一個他說是——」她稍微停頓，查看病歷紀錄。「機器人的角色。完整名稱是『B-9 類別 M-3 型號通用無理論環境控制機器人』，這個機器人會在危險情況時警告班尼。另一個他稱呼大B、有時也叫做瓶人的角色，依據他的描述是一個裝有義肢的流浪漢。以上全是他錯綜複雜的視覺幻想——他看得見他們，也可以鉅細靡遺描繪他們。另外他還有一群基本幻聽元素，各種包羅萬象的物品，像是茶壺、桌腳、蓮蓬頭、剪刀、運動鞋、人行道裂縫、玻璃窗，多到說不完。可是有一個不太一樣，是最主要又複雜的幻聽角色，一個他稱之為書的實體。」

梅蘭妮醫師再次停頓半晌，繼續說下去時分外謹慎挑選用字遣詞：「他們的關係似乎充滿衝突對立。班尼一開始是出現偏執症狀，怪罪書懷有惡意傷人的意圖，聲稱書在監視他，鑽進他腦海『指使他做事』，這樣一來這本書就能『訴說他的人生故事』。以上全是引述他本人的用詞。今天上午他告訴我，是書指示他去裝幀室，因為書要『給他看一些東西』。我問他是什麼，他怎樣都不肯說，後來我對他施壓，他才總算鬆口說是『所有事物』。」

最後四個字漂浮在她們兩人之間，病房的噪音似乎瞬間調為靜音。安娜貝爾從沒聽過梅蘭妮醫生用這種語氣說話，彷彿她是真的感興趣。她似乎也比安娜貝爾清楚班尼的事情，以上真的全是他告訴她的嗎？

「他的表現很冷靜，」醫生繼續道：「完全不見先前的偏執。相反地，如果妳要我描述他目前的情緒狀態，躍入我腦海的就是肅然起敬。形容他像是一個親眼見證上帝存在的神祕主義者，恐怕是言過其實，偏偏這正是班尼本人的比喻，所以我明白班尼現在把這本書當作本意良善的存在。」

這時她發出一個輕笑，搖搖頭。「妳有一個腦袋非常有意思的兒子，吳太太。」

安娜貝爾清了清喉嚨：「不好意思，不過我覺得妳弄錯了。」

醫生一臉震驚：「妳是指關於書的事？」

「關於阿列夫，」安娜貝爾緊緊捉著腿上的手提包，身體在椅子上往前一傾。「她不是想像人物，而是真有其人。班尼也告訴我阿列夫是他捏造的想像人物，可是我覺得他在撒謊。」

「吳太太，我知道這很難接受，可是——」

「阿列夫和那個人很好的中國男生麥克森是朋友，也就是班尼在病房認識的那個男生。」

「啊，麥克森·朱。對，他已經回去念大學了，印象中是史丹佛大學。」

「這不重要，重點是他認識這個阿列夫，妳去問他就知道了！」

「麥克森是班尼的室友，對吧？聽起來像是他們兩人共有的幻覺，也就是共生性妄想症，這種狀況是不太常見，但不表示——」

「病患紀錄中肯定有這個阿列夫，妳不能查一下嗎？」

梅蘭妮醫師在桌面上平攤雙掌。「吳太太，我可以向妳保證這裡沒有叫做阿列夫的病患。要是真有這麼特殊的名字，相信我會有印象的。」

「可是我和她本人說過話，」安娜貝爾說，她的聲音變得顫抖尖細。「我也見過她。她就在大垃圾箱裡，還有一隻橡皮鴨！那個滿月夜晚她還和麥克森出現在我家的小巷子！我在班尼的手機上找到她的電話，打給她時她也接起來了！」

醫生這下仔細打量她：「妳有和她交談？」

「不算是交談，但我聽得見她的聲音，絕對沒錯！」

「我懂了，」醫生低聲說，她拾起一支筆，在筆記上迅速註記，然後深吸一口氣，調整肩膀後向前傾身。「吳太太，這真的很有意思，可以請妳多說一些妳覺得自己聽到的聲音嗎？」

梅蘭妮醫師在筆記紙上註記的是「兒童保護服務」。

接踵而來那週一名社工人員主動聯繫安娜貝爾，但不是她摔落階梯後在醫院裡百般照顧她的好心艾許莉，這個人莫名出現在她家前廊，自稱是兒童保護服務人員，安娜貝爾也沒想過將她拒於門外。一踏進屋內女子遂要求檢查整棟房子，安娜貝爾也很配合，先帶她走進客廳。

「這裡是任務控制中心，」她帶著些許驕傲地說，女子一臉困惑不解，於是她補充：「我們都這麼稱呼它，只是玩笑話，這其實是我的工作檯。」

女子詢問她的工作內容，安娜貝爾鉅細靡遺解說。女子指向積滿塵埃、猶如沙袋的垃圾袋，形同扶壁從地板高高疊至天花板。

「這些是什麼？」

安娜貝爾笑了出來：「噢，那些都是舊聞了。」

「這也是玩笑話嗎？」

「不是，」安娜貝爾說，她解釋公司的存檔政策，以及意外發生後她的回收進度就怠滯。「東西就這是這樣堆積起來的，」她語氣惆悵地說，手指向沙發上凌亂堆放的衣物和床罩，證明她的說法。她解釋這陣子因為腳踝受傷行動不便，所以她一直睡在樓下，不過謝天謝地，她正在慢慢痊癒的路上，很快就能搬回樓上臥房。

「我們可以上樓看看嗎？」女子要求。

「當然可以，請小心步伐。」安娜貝爾帶她繞過積放走道的垃圾，來到兩側堆砌垃圾的狹窄樓梯通道。「妳可以扶著欄杆。」

女子一語不發地跟著她上樓，來到臥房前，她佇立在門口掃視房內，問：「那是床嗎？」她並沒有失禮或諷刺的意思，只是確認。安娜貝爾越過女子的肩頭瞄了過去，透過這名陌生人的眼睛，臥房堆放的雜物不禁令她忐忑不安，她瞥了眼女子的表情。她正在想什麼？她現在在拍照，並且拿起以銀鍊掛在頸部的小筆在筆記本中註記。安娜貝爾打破沉默，說她很喜歡這支筆，隨手就有一支筆真是方便，又說自己每次需要筆時都找不到。

「是啊，」女子回道：「可以想見。」

她接著要求查看浴室，然後是班尼的臥房。打開臥房門的那一瞬間，女子大聲吐了一口氣。

「啊，」她說。

她踏入室內，將眼前一切盡收眼簾。摺疊整齊的太空人和行星圖樣棉被、衣櫃裡有條不紊地掛在衣架上的衣物、書架上排放著書本，旁邊有月球燈、彈珠、橡皮鴨。

「我看得出妳兒子喜歡閱讀。」

「對，」安娜貝爾自豪表示：「他很喜歡書，這點遺傳到我。」

「可是他今年似乎蹺了不少課。」她指著裝有健司骨灰的盒子。「那是什麼？」

安娜貝爾解釋之後，女子點頭表示了解。

「很抱歉妳丈夫過世了，」她說，然後像是致哀般刻意停頓半拍，接著才說：「既然這裡有空間，我們不妨在這裡談談？」她指向床鋪，邀請安娜貝爾在自家兒子的臥房坐下，接著才開口。

這之前女子惜字如金，然而等到她一開口，安娜貝爾沒有選擇，只能靜靜聽她說。女子告知安娜貝爾她必須向兒童保護服務提出鉅細靡遺的評估報告，但並非毫無同情心。他們居家環境堆放的雜物，尤其是堆放的報章雜誌和她所說的電子存檔，已足以釀成嚴重火災，對孩子的人身安全造成威脅。由於他有精神疾病病史，這樣的環境對他的心理健康也是一種傷害。如果安娜貝爾無法清理房屋到可以接受的安全標準，她會建議班尼接受兒童保護服務照護。她說由於班尼目前住院，安娜貝爾可以利用這些時間著手清理。她兩週後會回來進行第二輪檢查，看看安娜貝爾的進度，最後她問安娜貝爾是否有任何問題。

安娜貝爾並未質疑這女人怎麼得知班尼的精神病史，只是反過來問她：「我的腳踝受傷，要怎麼打掃？」

「這個嘛，一般人會聯絡親朋好友或社群圈子的人。」

又來了。「我沒有朋友，」安娜貝爾疲憊地說。「也沒有親戚或社群圈子。」

「懂了。」女子又在筆記中稍微記錄。「妳是不是說這棟房子是租的？也許房東可以幫忙？我注意到屋外擺了一個大垃圾箱。」

「是我房東的兒子，他想要出售這棟房子，他打算毀約，要把我們驅逐迫遷。」

「懂了，」女子又做了筆記，然後望著安娜貝爾。「吳太太，情況很嚴重，這妳是清楚的吧？」

安娜貝爾點頭。

「我建議妳也尋求輔導，有專門處理囤積問題的治療師和互助團體，我另外也可以提供妳其他資源管道——」

囤積問題？梅蘭妮醫師也曾建議她接受心理輔導，還介紹她轉診醫師，不過是針對她的焦慮問題。「互助團體不會幫我打掃房子。」

「是這樣沒錯，但他們可以幫妳解決潛在癥結點，不過現在妳的當務之急是找專門居家打掃服務，這方面我也可以提供妳名單。」

「這種服務不是很貴嗎？」

「我不是清掃專家，所以不能妄下結論。不過這棟房子很小，也沒有髒亂的動物，沒有害蟲，除去黴菌灰塵不說，環境倒也不是太骯髒，大多囤積雜物都已經裝袋，我想他們可能會派一組人馬，一週左右就能把垃圾收拾乾淨。」

安娜貝爾沉默不語，眼皮垂下緊盯著棉被，食指描摹著色彩繽紛的土星環，這是她到 eBay 買給班尼的棉被，小太空人好可愛，在綴滿星星和行星的太空中浮浮沉沉。她抬起臉時發現社工人員正瞅著她，於是她深吸一口氣。

「這些不是垃圾，」她緩緩起身，說：「是我的人生。」

翌日上午主管致電時，她馬上知道事有蹊蹺，光是他打電話給她就已是不祥之兆，事先傳訊問她是否有空聊一聊更是不吉利。通話一開始他只是客套地問她現在感覺如何、腳踝痊癒得怎樣、頭痛是否解除，她盡可能保持雀躍樂觀的語氣回答，但最後再也忍受不了，主動問他這通電話的用意，只聽見他深吸一口氣，告訴她他們的媒體觀測公司改變企業願景，想要搭上全新的產業潮流。社群媒體改變了新聞媒體景觀，文字辨識軟體讓新聞觀測員累贅多餘，總部正在裁減新聞部門，而她至今已從事十五年的工作，她大學畢業成年後唯一做過的工作，也會跟著淘汰。

「是因為我請病假嗎？」她問：「當初是你說可以的，記得嗎？你說可以等我腦震盪痊癒，我也很感激，現在我完全康復了！回到工作崗位也已經兩週，總統大選的新聞確實多到族繁不及備載，但我還是在沒有頭痛和視線模糊的情況下完成觀測，我有拖延工作進度嗎？沒有！我是否犯錯或搞砸？也沒有！」

「安娜貝爾，妳沒聽懂我的意思。妳的工作表現沒有問題，是工作本身的問題。這個職缺已經裁減，由於公司內部重整，我們整個部門都遭到裁員。」

「那麼讓我重新接受特訓啊，我辦得到的，你也見證過，你明明知道我可以。」

「是沒錯，可是這已經超出我的管轄範圍，等我打完這些電話，連我自己也會失業。一切都結束了，安娜貝爾，我真的很抱歉。」

那天上午稍後，公司派人前來搬走任務控制中心，硬體像是襁褓中的初生嬰兒般被搬運毯裹起、搬上貨車，拖曳在後的電線宛若臍帶，之後又折返拆除她的U形書桌，她坐在沙發那堆衣物上，眼睜睜看著客廳正中央漸漸空出一個窟窿。當他們再次折返帶走她的人體工學椅，她出聲抗議，說很喜歡那張椅子，央求他們讓她留下。

「抱歉，太太，」搬運工說。他是好人，只是恪盡職責，莫可奈何，不得不搬走這張椅子。她站在前廊觀望他旋轉椅子的小輪子，推上私人車道，塞進廂型貨車裡。她轉身回到家中時才驚覺他們沒搬走她小心翼翼收集的垃圾袋和新聞存檔。她倒回沙發，裝著T恤的抽屜還擺在腳邊地板上，旁邊躺著《整理魔法》，書頁攤開至講述大地震、海嘯等天災的章節，相較之下安娜貝爾遭遇的問題簡直輕如鴻毛，微不足道。當然尼姑從來沒回信給她，更可怕的災難等著她操心。安娜貝爾用腳趾推了一下地板上的小書，接著拾起這本書，朝廢棄箱的方向狠狠拋出去。她從沒這樣丟過一本書。書本劃過半空中，書頁拍振的模樣恍如折翼的羽毛。

77

愛西的額頭抵著窗戶，觀望著腳下朦朧成一片的柏油碎石路面。她正在等候飛機起飛升空的窒息瞬間，機身騰空飛起的那一刻，她再次忍不住驚嘆。一臺塞滿乘客、石油驅動的三十噸金屬居然能夠離開地球表面，升騰高空，每每都教她讚嘆不已。跑道撤退得越來越遠，她看見飛航管制塔臺和小如模型的飛機以整齊劃一的隊形停靠著。成田市在她腳下延展蔓延，她看見一片遼闊無際、密密麻麻的住宅區，再來是工業化農地，高速公路橫針豎線地貫穿其中，橫平豎直的小森林劃出界線。她瞥見地面上映照出縮小的飛機影子，忠心耿耿地跟隨他們的飛行路線平行前進，對道路河川和其他地勢障礙視而不見，滑翔飛過工廠屋頂上空。隨著飛機越攀越高，景色亦越來越遼闊寬廣，不斷朝四面八方綿延，這片風景最後消失在地平線的灰藍薄暮，飛機的影子也消失無蹤。

愛西倒回椅背，環顧機艙。坐在她隔壁的季實合起眼皮，後腦緊緊壓著頭墊。這趟旅途遙遠，季實並不喜歡搭飛機。她們的巡迴之旅首站是紐約，然後以閃電形路線跨過美國，中途停靠在各大城市進行演講、參加媒體活動。一組電視工作人員將與她們碰面，拍攝美國雜亂居家改造節目的試播集。季實給她看了美國節目製作人寄來的「改造前」照片，愛西是看過不少堆積雜物的日本住家照片，可是日本房屋公寓很小，美國房子卻是又大又氣派，就像美國的鄉間與人們，都懷抱著又大又氣派的展望與夢想。這種夢想是美沒錯，但他們的期盼也具有陰暗面，全展現在他們棄置不用而塞進車庫、衣櫃、床底下的果汁機、捲腹健身器、溢滿出來的衣服、損壞的玩具上。承載著滿滿的期盼、悔恨、失望，可憐的物品簡直不堪負荷。

當然，解決方法很簡單，那就是減少消費購物，但當她近期和美國製作人提及這個觀點，對方的反應並不太熱烈，事後甚至在備忘錄補充，要求她別在試播集中談論類似話題。季實反問他們「類似話題」包括哪些，他們開出一張清單：消費主義、資本主義、物質主義、商品拜物、線上購物、信用卡債。他們解釋，嚴厲批判諸如此類的話題很不美國，美國觀眾想要採取主動的解決方案，不買只是消極作為，並非主動攻勢。

飛機攀升至巡航高度後，機師按除安全帶指示，季實睜開眼，兩手摸尋她的手提行李。愛西知道她想查看幻聽男孩的母親是否有寄新郵件。這位母親在最近一封郵件中提及丈夫死去那晚兩人爭執的往事，可是信寫到一半就戛然而止，那是她們最後一次收到她的來信。

「有消息嗎？」

季實神情詫異地抬起臉，搖頭。「沒有。」她猶豫片刻，等到她再次開口，字字句句全擠成一團。「妳會不會覺得那場爭執讓她丈夫的靈魂不得安寧？他或許想要回來道歉，變成幽靈回來侵擾家人，可是這樣一來，他的妻子就很難放手，正常過日子。」

「美國有幽靈嗎？」

「他們有鬼魂，不管怎麼說，她丈夫都是日本人⋯⋯」

「那倒是。妳有什麼想法？」

「我在想我們是否應該回信，或許現在就是我們幫得上忙的時候。」

78

班尼不知道母親遭到革職的事，不知道兒童保護服務人員來訪的事，也不知道王不孝的威脅黑函，更不知道安娜貝爾夜深人靜之時，意識清醒地躺在床上煩惱操心，在屋中獨自面對各種恐懼。噢，她真的很煩惱！

他們正在病房監視他。他的血液檢測證實他並無使用毒品，如今他們要監看他是否有割腕和自殘的舉動，觀察他仔細打量自己前臂，並以手指輕柔來回撫摸針孔刺出的星座，然後雙唇壓上小小疤痕。他的手臂現在和阿列夫很相似，但是病房護士並不知情，而他也無法多解釋。他已經放棄解釋，放棄開口說話。梅蘭妮醫師在病歷紀錄中記錄班尼現在的情況是「選擇性緘默」，但這件事班尼當然不知情。他趁沒人注意時，偷偷從護理站順手牽羊了一個迴紋針，以防萬一。

他的身體也發生無法控制的奇怪反應。之前梅蘭妮醫師幫他換藥的時候，他的身體也出現副作用，可是這次不一樣。他的身體感覺無拘無束，彷彿所有身體部位瞬間發覺它們可以獨立自主、心情愉悅地恣意生活，可以表達自我意見。由於它們毫無經驗、缺乏基本的協調性，他的動作變得笨拙，就連東西也拿不穩。彷彿一夜之間，他的陰部和腋下開始竄出柔軟毛髮，他的陰莖和睪丸變大，這令它們心滿意足。他的雙腳也跟著變大，不同的是雙腳並不喜歡改變。再次入院後沒多久，他在某個早晨起床時發現雙腳拒絕移動。他下了床杵在原地，發現自己無法前進，於是又坐回床畔。他很有耐心，他是一個有耐心的心理疾病病人，耐心等待雙腳改變心意，但護士就沒那麼寬容了，她要班尼趕快更衣，去早餐室和其他人一起吃飯，由於他不能開口說話，所以無法解釋。班尼只能坐在床沿，聆聽護士的哄騙責罵，最後讓她協助自己，雙腳才心甘情願地站起來，但就在她往前推動他的手肘，他的雙腳腳後跟又往後一倒，坐回床畔。那天他待在床上吃早餐和午餐，到了晚餐時間，他想出一個變通妙計，瞞騙他的雙腳。這招非常聰明，他發現要是他在腳拇趾前丟出一團紙，他的腳就有往前移動的目標和動力。他成功踏出一步。接著又丟出一張紙團，他的口袋裡裝滿當作誘餌的紙團。擁有目標很重要，他的指導老師這麼告訴他。每一張紙都寫有話語，都有一句鼓勵驅動他的片語。

你只需要一隻腳向前跨，一張紙說。

一步一步慢慢來，另一張說。

我邁出的一小步，卻是人類的一大步，第三張紙說。確實，他就像是在月球上邁出第一步的阿姆斯壯，也像是在森林中沿路丟下麵包屑的漢塞爾。有張紙想要混淆他，調皮地壓低聲音說：往前跨一步，往後跨兩步，可是他自有應對妙招，那就是轉過身，倒退著走。雖然需要苦心計算，但他總算走到他必須前往的地方，然而這招過一陣子後也不再管用。他的雙腳拒絕站立，迫使他得使用輪椅，安娜貝爾探訪他時，他就坐在輪椅上，在交誼廳窗邊眺望樓下車水馬龍的街道。

她每天下午都會來這裡坐著陪他，每每都提前抵達，等待會客時間到來，並且留到最後一刻。他總覺得護理人員也在監視她，他想要警告她當心，無奈喉嚨擠不出半點聲音，於是全由安娜貝爾一人填補沉默的空隙。她告訴他，她正在考慮轉變跑道，最近這場選舉讓她受夠了這份老是觀測新聞的工作，也許現在是轉職的大好時機，或許她可以重回圖書館學系，取得文憑資格，怎麼說現在他也長大，比較獨立了，擁有一個圖書館員媽媽不是挺棒的？她受夠了都市生活，受夠了仕紳化，搬進社區的新鄰居都是有錢人，駕駛著豪華轎車、懷抱著攀上社會上流階層的理想抱負。是重新開始的時候了。或許他們可以搬到鄉下，住在一個擁有小型公共圖書館、社群友善、人際關係緊密的環境，那裡有綠地、清新空氣、蟲鳴鳥叫、樹木蝴蝶。他們可以搬到一個有花園的房子，學著自己種植豌豆和四季豆，也可以挖掘馬鈴薯、製作果凍和派餅。他們甚至可以養雞，專門誕下美麗藍綠色雞蛋的高級品種。在那裡他們有活動空間，她可以擁有屬於自己的藝術工作室，一個讓她實踐夢想的空間，這樣就不必把手工藝用品收納在浴缸內。而他也可以擁有一間裝設老虎窗的大房間，白天欣賞山景，晚上觀望夜空，而不是只能看見一條滿是毒蟲和性工作者、大垃圾箱的小巷。她可以幫他縫製窗簾，一條手工編織地毯。她可以幫他買一臺望遠鏡，讓他研究星星，有天他或許會成為天文學家，甚至是太空人！

交誼廳裡，他坐在她身旁靜靜聆聽。

等到會客時間結束，她努力壓抑自己不給他一個她渴望的大大擁抱，只是輕輕拍一下他的肩膀，然後請護理師帶她出去。沉重大門在她背後關起上鎖後，她得暫緩腳步，靠在走廊牆壁上讓自己冷靜下來，有時則是坐在長椅上落淚。關於這件事，他也毫不知情。

日子一天天過去，她還沒填寫綜合預算協調法案保險的表格，此外還得申請失業，向驅逐通知提出上訴，以及回覆校方寄來的電子郵件。她坐在家裡的沙發上，全身上下裹著一條羽絨被，凝望著曾經是任務控制中心的空洞，如今所有喧囂的源頭已經消逝，徒留空白和靜默。兒童保護服務的女社工預計一週後回訪，她得開始打掃了，可以先從小地方下手，也許是樓上的臥房，譬如先扔掉老舊的手工藝用品，可是一想到要丟棄尚未完成的作品，心死沉痛的失落感就不由得襲上心頭，她以羽絨被蒙著頭，凝視著空蕩蕩的大窟窿，直到最後惴惴不安地沉沉睡去。

79

歡樂的〈在海邊〉手機鈴聲吵醒了她。是醫院打來的嗎？還是學校？社工人員？老闆？不，不是老闆，她已經沒有老闆了。電話墜入沙發坐墊縫隙，她挖掏出手機後盯著螢幕。公共圖書館？班尼是否出了什麼差錯？他們是否又發現他幹了其他好事？

是嬌小圖書館員。安娜貝爾認出那個朗讀故事時抑揚頓挫的聲音。

「我只是關心一下，」柯麗說：「看看你們好不好。班尼怎麼樣了？」

「很好，」安娜貝爾回道。「班尼很好，我也很好。」她忘了吃午餐，肚子咕嚕作響。也忘了刷牙，牙齒表面浮著一層毛茸茸的牙垢。這女人想要什麼？「對，我們都很好，謝謝關心，」她說，然而從她昏睡含糊的嘴裡冒出這句話，其實毫無意義，也不是她的真實感受。她的真實感受是憤怒，這令她感到訝異。她為何憤怒？當時圖書館員只是想幫忙，她之所以大半夜致電保全人員、請他幫忙巡查圖書館，只是想要幫忙罷了。保全警衛之所以報警也只是遵照常規程序。當警察看見班尼幾乎一絲不掛，滿手是血、手臂上有針孔疤痕時也別無選擇，只能逮捕他，並且送他就醫。

柯麗詢問班尼會在醫院待多久，安娜貝爾說不知道。柯麗問她是否可以去探視他，安娜貝爾說還不行。當柯麗問起安娜貝爾是否需要協助，或是需要一個靠著哭泣的肩膀時，安娜貝爾掛斷電話。真是愛管閒事，她掛掉電話時心想。

傍晚門鈴大響，安娜貝爾置之不理，但是鈴聲鍥而不捨地響了又響，於是她做好再次與不孝正面對質的心理準備，從沙發爬起應門。嬌小圖書館員站在堆滿雜物的前廊，手裡抱著一本書，然後把書遞給安娜貝爾。她解釋，她是在圖書館資料庫裡找到安娜貝爾的地址，她無意打擾，只是想帶一樣東西給班尼，一本她在圖書館看過他正在閱讀的書——

那本書正是圖書館館藏的波赫士著作，《阿列夫故事集》。

「噢！」安娜貝爾驚呼：「原來這就是他在讀的那本書！」她伸出手接過書，卻沒接穩墜落地板，於是她彎腰撿書，等到她打直背脊，只見到望入客廳的嬌小圖書館員，雙眼圓瞠，合不攏下巴。

「老天爺，」圖書館員說：「這裡發生什麼事了？」

這個唐突問題戳中了安娜貝爾的痛處，於是她雙腿顫抖，呼吸不穩，整個人緩緩滑落，最後癱坐在一堆報紙上方。「拜託——」她一手壓在胸前。她究竟想要拜託什麼？連她自己都不知道。

「妳氣喘發作了嗎？」柯麗問。「妳有沒有吸入劑？」她扶著安娜貝爾起身，牽著她走進客廳。吸入劑掉到沙發後方，安娜貝爾跪在地上撈出後，倒回沙發按壓吸氣。

「我很抱歉，」安娜貝爾呼吸平穩後，說：「我有過敏。」

柯麗點了點頭，室內飄散著霉味。「我可以幫妳拿什麼嗎？一杯水？」

安娜貝爾搖頭：「不了，謝謝。我沒事了。妳想坐嗎？」

柯麗環顧室內，根本沒地方可坐。

「這裡很亂，我知道，」安娜貝爾說。「一般來說，我們家不會有客人……」

柯麗面露遲疑，接著順手挪開一堆衣物，往沙發邊緣坐下。客廳裡鴉雀無聲，只聽得見安娜貝爾沙啞刺耳的呼吸聲，一團猶如鬼魂的塵埃漂浮在傍晚斜陽光束中。兩人都沒開口說話，最終柯麗總算打破沉默。

「你們在這裡住很久了嗎？」

她的問題狀似無害，卻正好是安娜貝爾需要聽到的問題。她一五一十告訴柯麗來龍去脈，包括她和健司是怎麼找到這棟房子，他們剛開始搬進來時有多幸福，她講到人很親切的王太太及她的不孝子，以及班尼的出生和健司的死去，講到她失業和接到房屋驅逐令，以及兒童保護服務人員來訪的事。她說要是房子無法打掃乾淨，兒童保護服務人員就會帶走班尼，接著她又講到班尼的問題。她講了很久，柯麗也耐心地靜靜傾聽。她常常傾聽不同母親的煩惱——焦慮的母親、憤怒的母親、憂鬱的母親、流淚的母親、擔憂的母親、一貧如洗無家可歸的母親、嘮叨抱怨的母親、澈底瘋癲的母親。她的經驗很豐富，於是她坐在凹陷沙發上，在安娜貝爾身旁全神貫注傾聽，偶爾提出問題，安娜貝爾總算講到無話可說時，柯麗點了點頭，再以圖書館員的精準觀察和言簡意賅為她的情況下了總結。

「所以現在妳的首要任務就是打掃居家環境，對吧？」她指向擺著整齊摺疊T恤的抽屜。「看來妳已經開始了。」

安娜貝爾望著地上的抽屜，兩件上衣已經變形、稍微隆起，跨出抽屜邊緣，一副準備潛逃的模樣。「那是班尼整理的，」她說：「就在他逃家之前——」她不禁哽咽失聲，柯麗假裝沒聽見，指了指地上砌成一座小山的衣服。

「那一堆是廢棄不要的嗎？」

安娜貝爾舉起手背抹了一下鼻子。「是我的衣服，那些才是廢棄物。」她指著柯麗腳邊一只半滿的硬紙板箱，《整理魔法》就躺在最上面，柯麗馬上認出封面。

「那不是某位日本家政婦的著作嗎？在圖書館這類書可是排隊名書。」她從箱子裡救起這本書，開始翻閱內頁。「妳為何要丟？」

「我也不知道，只是對它很惱怒。我從沒丟過書。」她充滿歉意地補充。「如果妳想要可以帶走。」

「《掃除雜物、革新生活的終極古禪學》，」柯麗複誦出書名副標：「聽起來不錯，但是要怎麼做？」

「噢，她有一套哲學和做法，譬如妳要拿起每樣物品，捧在手心問自己一堆問題，但這招對我不管用。」

「什麼樣的問題？」

「細節我不記得了，大概類似這件物品是否讓妳心情愉悅，活力充沛，是否有用處之類的。」

柯麗從地板拾起一張光碟：「那這樣東西給妳什麼感覺？」

「沒有感覺。」

「噢，等等，妳必須捧著它對吧？」她將光碟交給安娜貝爾。「現在如何？有感覺了嗎？」

「沒有。」

「沒有正能量嗎？沒有散發正面氣場？也沒有喜悅？」

安娜貝爾翻到光碟背面，上面標記著04/16/2007，維吉尼亞州，黑堡，維吉尼亞理工學院，趙承熙。「妳開玩笑嗎？這讓我想吐。」她把光碟遞還給柯麗。

「好吧，也算是開端。那妳覺得有用嗎？」

「不算，這是我為了剛被解僱的工作製作的備份光碟。」她猶豫地說。她看過有人在樹上綁著一條線，猶如聖誕樹裝飾品吊起光碟，在陽光下打轉的光碟照射出小彩虹，變身一種嚇跑烏鴉的超酷裝置。她從來沒想過要嚇跑她餵養的烏鴉，但也許她早該那麼做。當初要是她嚇跑牠們，牠們就不會死了。謝天謝地，不是所有烏鴉都死了，或許之後活著的烏鴉會慢慢回籠，到時她再把光碟以線串起嚇跑牠們，牠們就能遠離危險。她伸出手：「老實說，這派得上用場……」

「我們丟掉吧，」柯麗說，順手將光碟扔進廢棄箱。

「等等！」安娜貝爾驚呼。「丟掉前要先感謝它。」

「我需要嗎？」

「不是妳，是我。那是我的東西，所以我應該感謝它的支持再丟掉。」

柯麗望著她手中的光碟：「妳有感覺到光碟的支持？」

「沒有。」

「妳對它心懷感激？」

「也沒有。」

「那就對了。」她手腕輕輕一轉，光碟猶如銀色飛盤在半空中旋轉，降落於箱子上，然後她環顧客廳。「這些全是工作留下的垃圾？」

「都是我的存檔，說是垃圾也沒錯。」

「所以我們可以丟掉嘍？」

安娜貝爾再次遲疑。「我可能得先打電話給主管，獲得他的同意。公司對於建檔政策很嚴格。」

柯麗把一疊舊錄音帶放進廢棄箱。「安娜貝爾，他們已經開除妳了，妳並不虧欠他們，他們收走辦公設備，最後只留下這堆爛攤子給妳。」

這堆爛攤子，安娜貝爾心想。真的是這樣嗎？她的眼睛游移，來回打量疊砌牆邊的袋子、從地板堆至天花板的報紙、阻擋光源的箱子。「我不能說丟就丟。」

「為何不行？」

「因為這是我的全部！是我的工作，我的人生……」

「妳的人生？」

她想到多年來她讀報收聽觀看的新聞，想到這些高高堆砌的故事，她學習並謹慎記錄的事物。

「對，」她說：「我的人生。」

「真的嗎？妳的人生只有這些？沒有別的了？」

「呃，不，不是，當然不是，」她說：「我還有班尼——」她頓時了然：「噢，我懂妳的意思了。」

柯麗往沙發扶手坐下。「聽我說，」她說：「妳不能自己整理，東西太多了，妳有沒有可以尋求協助的人？」

「沒有，不算有。」

「連臉書朋友都沒有？」

「妳的意思是社群網站？噢，得了吧。」

「那麼班尼的朋友呢？有沒有身材魁梧、想要賺取零用錢、可以搬舉重物的年輕人？」

安娜貝爾搖搖頭：「他沒有朋友，沒有真正的朋友。全都是他自己虛構想像出來的。」

「他的想像力真的很豐富。」

「他的精神科醫師倒是不這麼認為，她說這叫適應不良。」

「是這樣嗎？」柯麗說：「爛透了。」

不久後柯麗帶著《整理魔法》離開，她離開後安娜貝爾感到輕盈多了，她想起距離上一餐已經過很久，於是抖下羽絨被，走到廚房，途中瞥見擺放在廢棄箱上的光碟，維吉尼亞理工學院的槍擊案件令她記憶猶新，這是她被指派觀測的第一起大規模槍擊事件。槍手是一名叫做趙承熙的韓國男孩，也是維吉尼亞理工學院的學生。他購買兩把半自動手槍，瘋狂掃射四十九人，其中三十二人身亡。當年班尼才五歲，剛開始上幼稚園，這事件發生在駭人聽聞的桑迪胡克小學槍擊事件之前，可是當時安娜貝爾擔心受怕，不敢讓他獨自行動。趙這個姓氏跟吳都是亞洲姓氏，她害怕其他孩子會霸凌班尼。她向健司提及這個想法時，他只是輕輕抱了她一下，戲謔地笑她想太多，後來班尼確實也安然無恙。健司在世時一切都簡單多了，這樁事件的恐怖回憶全集中在她手中這張小小閃亮的光碟裡，她很樂意放手，但感激它也沒有不對，畢竟光碟本身沒有錯。她把光碟高舉在面前。

「謝謝你，」她對光碟說，心靈稍微提振好轉，也許《整理魔法》的建議方法多少管用，也許她不該把那本小書送給柯麗。這就是斷捨離的難題，你永遠不知道什麼東西何時會派上用場。

80

「感謝各位，」愛西說，她鞠躬踏下聖路易斯的演講臺，掌聲在觀眾席間轟然響起，她掃視人海中一張張滿懷期望的閃亮臉龐。寥寥幾個充滿決心的靈魂站起來，其他人腳步也搖搖晃晃，不服氣地站了起來，沒多久全體觀眾皆起立，彷彿這個真心感恩的舉動會幫他們自動摺疊好襪子，井然有序地收進抽屜。剎那間愛西感到疲憊，她再次鞠躬，在胸前合掌默禱，祈求眾生圓滿幸福。

回到飯店房間後，愛西聽著季實報告接下來的行程。「我們接著會出發前往堪薩斯州威奇托，攝影組員將在那裡和我們會面。由於堪薩斯州是《綠野仙蹤》的背景，製作人建議試播集的主題採用綠野仙蹤，我們會錄製居家拜訪的片段，並在當地參加兩場書店活動，然後移師西岸。」

愛西坐在加大雙人床上，大床恍若他們搭機飛越無邊無際的草原，季實坐在一個遙遠床角，整個人顯得十分渺小疲累。愛西也累了，她努力壓下一個呵欠，點點頭。「那是我們最後一站？」

「對，之後就可以回家了。」

「很好，」愛西說，併起兩腳腳跟。「還是自己家最好。」

「不過當然這只是改造前的片段，六週後我們得回來拍攝改造後的影片。」

「那是當然，」愛西閉上眼深呼吸，想像自己的腦袋緊縮成一顆拳頭，變成拳頭的手指慢慢鬆開。她靜靜坐著享受腦袋一片空白，卻頓時浮現一個念頭。她當初為何答應接下電視試播集？其他想法也跟著湧上心頭。這麼做有什麼好處？她真的幫得上忙嗎？有什麼意義？她嘆了口氣，睜開眼時發現季實正注視著她。

「應該沒問題，」她說：「出版社滿意嗎？」

「滿意，」季實回答：「應該吧。」

「很好，」愛西上下打量季實的臉。「妳看起來很累。」她想到觀眾席中的女性，她們全是辛勤工作的優秀女性，堆滿笑容的她們似乎也很疲累。

季實打直背脊：「噢，不，我不累。」

「妳的工作量是我的兩倍，」愛西說，這說法不全然正確。等待簽名的排隊人龍漫長，一個個女性讀者手裡拿著書，耐心等候輪到自己向愛西分享《整理魔法》的方法如何革新她們的人生。

「不，不，」季實說：「跟妳的貢獻相比，我差太遠了！妳幫了那麼多人。」

女人為何總是不斷埋頭努力，自己不夠好的恐懼卻始終縈繞不去？為何她們總是害怕落後？老是覺得自己可以更好、應該更好？也怪不得她們渴望一套簡單規則，告訴她們該如何摺T恤、養小孩、顧事業、過日子。她們非得逼自己相信方法有正確和錯誤兩種——而且肯定有方法！因為如果有正確方法，或許她們就找得到正解。如果她們找到正解，並且學會這套規則，她們就能完整拼湊起所有人生碎片，自己也能獲得幸福快樂。

自欺欺人而已。

《整理魔法》是否只是餵養助長這種自欺欺人的心態？為不合理不存在的完美打造出另一套錯誤標準？她想告訴她們，妳們的人生絕對不是自我提升的計畫案！現在的妳們已經很完美！

她對身旁的助理露出微笑：「我只是負責賣笑，想到什麼就說什麼，但妳還得翻譯我的蠢話，肯定很累。」

「不，不！我從妳身上學到很多！我不懂的事太多了……」

現在的妳已經很完美。有次她的師父這麼告訴她，這句話從他口中幽幽吐出，彷彿沒什麼大不了，但她看得出他是真心的，令她深感震撼。原來師父透澈了解她，也知道她很完美！也太美好了！這些想法迅速閃過她的腦海，偏偏他的話還沒講完。

不過妳還有進步的空間……

這句話當然也沒說錯。兩句話都很正確，即使她覺得自己的興奮就像孩子的氣球般爆炸，仍得保持微笑。她居然可以這一秒膨脹！下一秒消氣！真是既好笑又悲傷，第二句真話居然輕易澈底推翻第一句話的意義，讓她嚐到自己不足的滋味。她的女性觀眾也有同感，這並不是她們的錯。她們已經習慣相信自己不夠好，竭盡所能提升自我，卻忘了天生就很完美。她想告訴她們：放輕鬆！別再拚了！別再買了！讓我們繞一圈坐著，暫時什麼都不做。可是這樣的電視節目不精采，也賣不出書。

「妳有我們的朋友吳太太的消息嗎？」

「沒有，我已經回信給她，可是目前尚無回音。」

「去休息吧，季實。」

季實起身挪步至房門，略顯猶豫。「還有一件事……」

「什麼事？」

「其實也沒什麼，但我總覺得應該讓妳知道。最近推特上出現一些……批評聲浪，是關於妳對書本的說法。」

「哦？我說了什麼？」

「妳只留下讓妳開心的書。」

愛西想到她在住持本堂裡的書架，腦中浮現自己的寶貝愛書，每個月她都會從書架上取下，為書本一一拂去塵埃，打開書皮讀個幾行字，只為了再次聽見它們的聲音，不讓它們覺得自己被打入冷宮。它們帶給她無比喜悅，只要能夠被書本圍繞，她在所不惜。

「那倒是，」她說：「這個說法有錯嗎？」

「沒有，但是評論家說書本並沒有義務讓人快樂，有些書讓人憂傷或迷惘，那樣也無妨。」

「哦，當然！我完全贊成。」她想到她擺在道元禪師和無門慧開禪師旁邊的大學時期藏書，包括卡夫卡、三島由紀夫、納博科夫、安部公房、吳爾芙。

「他們說妳是書本界的納粹，也像下令燒書的戈培爾。」

「我懂了，」愛西說，再度合起眼皮。「這些都是推特上的評論？」

「對，」季實說。「電視製作人很擔心，書商也是。妳知道嗎？現在已經有人製作日本家政婦反書的迷因。」

81

當你自以為擁有的一切，你的個人物品、家人、人生等皆可能在轉瞬間橫掃一空，便不得不自問：真實是什麼？

柯麗從書本抬起臉，咬了一口她的天貝酪梨三明治。現在是她的休息時間，她正坐在圖書館中庭外圍。照理說午餐時間會人滿為患，過去有不少鄰近辦公大樓員工在這裡群聚，但近年來無家可歸的人占領地盤，早晨收容所關門後，七早八早就來這裡，把購物手推車停放在咖啡桌旁，把這個空間變成他們休憩歇腿的臨時自治區。柯麗支持流浪漢聚集中庭的權利，儘管空氣中飄散臭味、遍地垃圾，她還是逼自己留在那裡吃飯。身為一名兒童圖書館員，跟負責期刊或成年人小說的同事相比，她和流浪漢訪客的互動並不多，即便如此她還是認得出幾張熟面孔，喊得出幾個名字。

坐在遙遠咖啡桌的曾任學校老師的珍妮，她有一隻名叫小仙子的狗。坐在她隔壁的是伊拉克戰爭老兵葛登，鬍鬚沾染尼古丁氣味、雙手顫抖不止。坐在另一側的是暴眼梅希，她露出苟合取容的大大笑容，還有一組她老愛咀嚼、襤褸濡濕的動物布偶收藏品。貼心膽小的德克斯特坐在遠遠端頭，遮頭遮臉，斜著眼打量世界，彷彿隨時都在等誰上前踹他一腳或揍他一頓。馬克思主義老詩人斯拉沃吉就在她面前那張咖啡桌，他坐在輪椅上，雖然頗為煩人，倒是學識淵博。他正在和那個自稱阿列夫的女孩對話，不過她的借書證說她的本名是愛麗絲某某。近來社工人員發現她在女廁注射毒品，最近一場職員會議上有人提出她的名字。她是一位藝術家，一名過客，專靠搜刮垃圾桶維生，平時不是在勒戒所，就是流落街頭，她申請借書證時留下的地址是當地收容所。她的假名，也可以說是藝名，倒是挺有道理。她在圖書館員之間惡名昭彰，因為一年前她曾在未獲批准的情況下，於圖書館中裝設特定場域裝置藝術品，這項介入藝術作品包含穿越圖書館藏書的迷宮軌跡，她將作品取名為「岔路」，杰瓦恩說非常具有波赫士的風格。部分圖書館員不贊成尋覓東一個、西一個夾在書中的物品，然而柯麗每次不小心發現阿列夫的陌生紙片和遺留物件時，都忍不住感到興奮。這些東西就像是尋寶遊戲的線索：意義隱晦不明的字條、明信片、口香糖包裝紙、褪色的拍立得照片、壓花、電影票券、職缺招募廣告等。乍看之下這些東西狀似隨機巧合，卻能從中嗅出潛藏的微妙模式，敘事具有意義深遠的明確目標，決定為何選擇的是某本書、而不是另一本。柯麗猜測這個作品應該是有頭有尾，雖然她並未從頭到尾追蹤軌跡路線，卻十分好奇。軌跡線索承諾著一場旅行抑或意義創造。有次她發現舊版《格林童話》的書頁中塞了一張故意仿效打字機字體的手寫紙條，她把書擺回書架，後來又回頭去找那本書時，發現已有人取出紙條。一絲妒意油然爬上心頭，她很好奇後來是誰發現這條線索，納悶著這人是否踏上本來應該屬於她的旅程。

她又咬下一口三明治，回頭盯著這本書的副標題：《掃除雜物、革新生活的終極古禪學》。她心想，果然不是所有書都是生而平等，有許多書應該淘汰，尤其是心理勵志書，可是這本似乎與眾不同。這本小書意識並警覺到導致碳排放的消費者資本主義有多可怕，而這個現象正在破壞我們的地球。這本書似乎是想告訴我們，這個問題牽一髮而動全身。一個人堆積的雜物絕對不是懶散怠惰、心理疾病或性格缺失所致，而是一種社會經濟問題，甚至是一道哲學問題，是一個關於馬克思異化和物質占有的問題，而這問題需要的是一場改變人類世界觀的心靈改革，以極端手法再度評估何謂真實、什麼才真正重要。她翻到書本封底，望著光頭尼姑的照片。肖像中的女子也回望她，她的眼神澄澈，毫無遮掩避諱，似乎有所盼望，彷彿正在等待什麼，那一刻安娜貝爾不堪入目的客廳又飄進她的腦海。

「什麼？」柯麗對尼姑說：「妳想要我怎麼做？」

她意外發現，自己居然在等待尼姑的答覆。

物質占有？導致碳排放的消費資本主義？馬克思異化？這真的是安娜貝爾先前閱讀的那本書？闡述一名年輕尼姑和她的水晶皇冠的書？

嗯，是，也不是。畢竟書本並不具備單一狀態，簡化為「書」的概念不過是一種貪圖便利的虛構說法，當然身為書本的我們樂意唱和，畢竟這樣能滿足出版業會計部門的需求，更別說有助於增進作者的自信。不過現實情況錯綜複雜許多，當然也有意義單一的書，你懷中可能就抱著一本，但書往往不只是那樣。我們要冒著顯得自以為是的風險，告訴各位我們的意義單寡卻多重，書本是不斷變化的複數型，不具形體的流動，形狀時時刻刻幻化變遷，我們躍上紙張的黑色墨印與人類的眼睛相遇，抑或以爆破的聲音傳進你們的耳膜，並從那裡潛入你們腦中，然後就這麼融合繁衍。

那麼作者呢？這個啊，正如任何書可能告訴你，作者本來只是一種假想，這意思並不是說他們是不必要的存在，恰恰相反，一本書還是需要作者。我們當然需要他們！我們沒有手指、打不了字，而人類的發達大腦是我們的媒介，你們的感官肉體是我們的載體，你們的野心是推動我們化為生命體的必備燃料，作者則是我們的介面和介入者。

所以沒錯，作者是必要的存在，即使他們和愛西一樣只是參加全國巡迴活動，或是自習室裡在筆電前打瞌睡、四周堆疊著參考書目的打字阿姨，要是你問她，她會說這是她自己選的。但就我們所知，媒介挑選攸關視角觀點，要是你去問書，它們會說這個打盹的作家是書選之人。是它們挑選她，她打盹的時候就是它們埋頭苦幹的時候，這時她的神經網路淪陷，成為書本的殖民地，也就是她稱之為想像世界、深埋於潛意識的陰暗地底。書本會在那裡聯手將它們的基因結合她的記憶與經驗，為另一個書本賦予生命。不久後她會醒來晃一晃腦袋，苛責自己又疏忽怠慢地打起瞌睡，趕緊回過頭著手艱鉅的工作，逐字逐句一頁頁堆砌出新書。她閱讀參考的那些書也是賦予她著作生命的父母，她則是扮演接生婆的角色。

然後當她停筆，書本勇敢闖進世界，就輪到讀者登場的時候了，另一輪意義融合發生，讀者並不是書本內容的被動受體，絕對不是。你們是我們的共同創造者，是我們的通賊，將嶄新生命注入我們的體內。每位讀者都是獨一無二，所以不管書頁上印著什麼，每個人皆會賦予我們與眾不同的意義。因此經由不同讀者閱讀，同一本書便會分裂成不同書，意義也不停更迭流轉，猶如一波流經人類潛意識的波浪。*Pro captu lectoris habent sua fata libelli*[3]：端看讀者的解讀能力，書各有命。

所以沒有錯，柯麗閱讀的《整理魔法》不同於安娜貝爾閱讀的《整理魔法》，而她們讀到的書，也不同於愛西自以為她創作的那本書，亦不同於推特上批評討論的書，可是所有著作本身都正確、圓滿完整。

3　摘自公元一五〇年左右，拉丁詩人莫魯斯（Terentianus Maurus）的《論文字、音節與格律》。

就這樣，在更迭流動和形體不斷轉化之下，我們分裂增生，穿越時光與空間。

隔壁的咖啡桌發出一陣聲響，令她下意識抬起頭。阿列夫和斯拉沃吉正在深談，柯麗聽不見他們的說話內容，卻注意到女孩的狀態似乎不大好，她的臉色慘白、下顎紅腫，手臂上有瘀青、膝上有傷疤，看起來像是被人狠狠揍過一頓。老詩人的手越過咖啡桌握住她的手半晌，安定緩和她不住顫抖的手，然後翻過手心仔細研究，彷彿正在解讀她的未來。一會兒後他鬆開她的手，開始在輪椅上掛著的購物袋中東掏西找，最後挖出半罐酸菜，打開蓋子後遞給她，兩人就這麼坐在那裡吃起酸菜。

柯麗望著眼前的一切，她之前早就看過這種情況，他們總是會這樣分食，什麼東西都會互相分享。就在這時，一個點子降臨她的腦袋，雖然只是一個微小光點，卻可能是點燃安娜貝爾世界的劇烈變革的火花，從此改變她的人生。

呃，或許吧，若真是這樣也不錯。

❖ 整理魔法

第四章 人人互為一體

我們美麗蔚藍的地球是一個錯綜複雜的生命體，太空人很清楚這一點，畢竟他們風塵僕僕來到外太空，在宇宙親眼見證地球即是一個具有生命的生物體，漂浮在黝黑太空中，但在地面上的我們卻無法從這個視角觀看地球。我們身陷日常生活芝麻綠豆般的瑣碎細節，深信自己是獨立的生命體，擁有獨立的自我，然而這卻是一種天大的錯覺，真相是世界萬物都需要仰賴他者。一朵花仰賴太陽土壤雨水，以及為它授粉的蜜蜂。花朵無法脫離這些要素獨立生存，要是沒有這些，這朵花便會凋零死亡。人類又何嘗不是？我們需要太陽土壤雨水，以及我們食用的植物。我們需要父母，需要追溯回到最遠古的祖先，要是沒有他們，就不會有我們，我們則是他們生命的延續。所有人事物——花兒與蜜蜂、你與我——都是地球生命體的一小部分。

在禪學世界中這叫做同體性，抑或共生、相互依存。有時我們稱之為「空」，天空的「空」。太空人艾德加．米切爾登上月球，漂浮在天空時，亦深深領悟了「空」的道理。

他俯首回望地球，剎那間明白他與同伴體內的分子，就連太空船本身皆源自古老星辰。在那一刻，他體會了宇宙的同體性。他說：「這世界不應該有他們與我們之分，而是全我，萬物皆為一體。」以禪學角度出發，這就叫做頓悟。

要是從太空的高度俯瞰，地震根本不算什麼。小地震目不可察，大地震可能只留下小小一道細如髮線的疤痕，猶如茶杯釉漆上的一條裂縫，然而我們在地面上的體驗卻是南轅北轍。日本大地震之後我投身救援行動，和其他僧侶遠走北部縣市協助人生支離破碎的受害者，供應他們糧食、庇護所及精神支柱。我永遠忘不了那些令人心碎的慘烈場面。大水沖走了整座城鎮，鄰里街區慘遭湮滅，黑色汙泥掩埋了原本如詩如畫的漁村，人們的房屋被夷為平地，他們的人生化為一片瓦礫沉積物中的斷垣殘壁，儘管如此，人們依然扶持互助。

無論走到哪裡，我都看到失去家園的人們熱心樂捐自己的鞋子、協助他人尋找孩子的遺體。他們自發性打掃街道、在泥濘中幫彼此尋覓家族寶物。一旦挖掘出特殊物品，就有人扯著嗓門大喊通報，可能是一張結婚照、一個女士手提包，抑或孩子的作業簿，然後所有人都圍繞在那件物品旁邊，細心擦拭、抹去泥濘，相互傳閱以利辨識物品主人，並且致上敬意。可是有些泥濘無法輕而易舉抹除，核電廠熔燬的輻射汙染亦將遺留數個世紀，但即便深受福島核電廠反應爐的陰影籠罩，人們依舊互助相愛，而這就是同體性。

我們在禪學中常常分享一則故事。如果一塊疼痛萬分的碎片鑲嵌在你的左手，請問你的右手會怎麼做？右手難不成會說：「噢，真慘，但與我無關」？不，當然不，右手會幫左手夾出那塊碎片，而這也是同體性。

當我詢問一名地震受害者，他為何每天都參與賑災行動，他望著我搖搖頭：「悲劇是真實上演，」他說：「而且正在發生，人本來就得彼此互助，沒有人可以憑藉自己的力量存活。」

82

「我努力了，」安娜貝爾說，她兩手漫不經心地揮向垃圾堆。「妳說要來時我真的努力過了，我知道看起來不像那麼一回事，但是……」她的句子沒有完成的意思，逕自默默飄走。

「太好了！」柯麗驚呼。幾天前她致電給安娜貝爾，說要帶幾個朋友來幫忙，但現在安娜貝爾的居家環境前所未見的驚人。客廳中央的空間如今已經填滿，沙發隱沒消失在堆砌沉積的雜誌、書籍、箱子、衣物之中。這些東西是從哪裡冒出來的？安娜貝爾的個人物品像是聽見大掃除的威脅，瞬間恐慌症發作，釋放出物質潛伏的力量，瘋狂地繁殖增生，嘗試在迫在眉睫的大毀滅中自救。

「我們出去吧，」柯麗說，她雙手輕輕壓在安娜貝爾的肩頭，將她整個人旋轉面向後方，走到前廊，請她坐在臺階上，面對著王不孝租來的大垃圾箱。「告訴妳吧，」她說：「這個老舊大垃圾箱讓我想起我荻伊阿嬤的故事……」

柯麗深諳說故事，也很懂得運用故事傳遞訊息，她用對小朋友朗讀故事那低沉又莊嚴的嗓音，娓娓說起故事。這個聲音只有一個要求，那就是全神貫注，於是安娜貝爾洗耳恭聽。大多時候她只是靜靜聆聽，偶爾點點頭，偶爾臉龐閃過一抹驚恐神色，猶如雲朵閃逝而過的黑影。偶爾她忍不住想要插話，但每當她準備開口，柯麗就會舉起手：「噓，」要求她立刻噤聲。她是圖書館員，很懂得命令人噤聲。

她的荻伊阿嬤是一個囤積狂，頑固驕傲地自稱是收藏家。她在經濟大蕭條的貧苦背景中長大，她的櫥櫃、衣櫃塞滿琳瑯滿目的無用廢物——至少柯麗的母親是這麼形容的。可是對柯麗而言，阿嬤的東西樣樣是寶，每一次去拜訪祖母後，她總會兩手滿滿都是小禮物地回到家，她母親見狀會立刻奪走丟棄。阿嬤在柯麗十二歲那年過世，柯麗的母親以復仇的心態，痛快地將阿嬤的寶物全扔進兩個大垃圾箱。柯麗也幫忙了，但就在搬運公司拖走大垃圾箱前，她偷偷溜進大垃圾箱，解救了其中幾樣物品：一件老舊手工編織毛衣、一顆橡皮筋球、一只甘迺迪總統紀念淺盤，阿嬤還不厭其煩地以透明膠帶和膠水修補盤子。她最鍾愛的寶物就是一只小空盒，上面整齊貼著祖母一筆一畫親手寫出的「小空盒」標籤。柯麗把小空盒擺在書架上，可是小盒子裡什麼都不能放，否則就不叫小空盒了，這讓她忍不住莞爾一笑，也讓她格外思念阿嬤。荻伊阿嬤沒有不愛的東西，每一只破花瓶、每一根毛線都有屬於自己的故事，每一張用過的錫紙、每一個三明治袋子都有用途，她無一不珍惜愛護。

柯麗說，安娜貝爾也和她一樣。安娜貝爾跟她的荻伊阿嬤一樣，深知珍惜物品的道理，懂得發掘它們的用途，雖然出發良善，也是一種值得欣賞的特質，但現在的問題是她的東西多到她一人無法好好照顧。不過呢，她說，她想到一個解決妙計。

「到頭來不過是物質分配的問題。妳擁有的東西太多，別人擁有的太少，所以我們只需要釐清該怎麼重新分配妳的物品，幫物品找到願意珍惜使用它們的新家。如果我們解放它們，妳也能獲得解放，可謂雙贏局面，不是嗎？」

安娜貝爾心不在焉地點點頭，她不停把玩著黏在她運動褲膝蓋處的乾竭燕麥，反覆用指甲摳弄。

柯麗靜靜凝望著，等待她的回應。柯麗知道怎麼應付分神的人，她先讓沉默緩緩蔓延，接著轉過頭面對安娜貝爾。等到她再次開口，她的聲音是那麼低沉急迫，以她講述小朋友在森林迷路、壞心巫婆在糖果屋裡等待他們上鉤的語調，再不然就是壞心大野狼在轉角處的草叢蟄伏等待的語氣對她說。

「他們很快就要上門找妳了，安娜貝爾。妳現在已經失業，可是他們還打算驅逐妳，到時妳連家都沒有了，接著他們還會帶走妳的孩子，兒童保護服務的人將會回來檢查，如果妳不趕快清掃環境，他們就會從妳身邊帶走班尼，將他列為受監護人，送他前往寄養家庭，到時妳會失去他，也失去一切。」

燕麥深深鑲嵌於毛圈織物的纖維裡。是怎麼沾上的？她不記得上一次吃燕麥是何時的事，只覺得視線朦朧——她在哭嗎？——這時她感到一隻手輕輕放在她的背上。

「現在不是掉眼淚的時候，」柯麗說：「妳必須主動出擊。」

燕麥片已經成功剝落，如今只剩下膠著殘留在纖維裡的蒼白沉澱澱粉。

「安娜貝爾？」

安娜貝爾嘆了一口氣，用手背抹了抹鼻子。「我懂了，」她說：「我們開始吧。」

「太好了，」柯麗起身，脫下夾克，底下的T恤印著兩行字：

老娘是圖書館員……

因為沒有狠角色這種工作。

彷彿聽到一聲令下似的，一輛破舊白色貨車旋即駛進人行道，車身印有一個流氓樣的大黃蜂圖片標誌及兩排文字：

AAA廢物退散
本蜂視拖運為使命！

乘客座那側的車門霍然打開，一個男人跳下車，安娜貝爾立刻認出他。他是當初發現班尼、蓄著雷鬼頭髒辮的保全人員。他先是向她們揮手，接著立刻繞到貨車後面，駕駛是一個身穿清潔工制服、膚色蒼白、體格矮壯的男子，他拉開後座的雙門，放下一個坡道，一個蓄有鬍子的纖瘦男人面露遲疑緩緩下車，緊跟在後的是一個個頭嬌小、體型圓潤、眼球暴突的女子，她背後是一個抱著癩皮狗的高眺女人。他們站上人行道，這時開始有人從貨車內遞出水桶、掃帚、清潔用品。清潔工以安娜貝爾聽不懂的語言嘟囔著什麼爬上坡道，再次現身時他推著一個輪椅謹慎倒退，爬下陡峭斜坡。輪椅上坐著一個老人，安全抵達人行道時，老人轉過輪椅面向房屋。

「他是那個流浪漢！」安娜貝爾對柯麗竊竊私語：「就是他在公車上跟蹤班尼。」

「那是斯拉沃吉，人稱瓶人。」

「瓶人！」

「對，他專門回收空瓶，是圖書館常客，無人不知斯拉沃吉。」

老人操控輪椅走上私人車道，其他人也尾隨而上，抵達安娜貝爾坐著的臺階時，他大大伸展四肢，彷彿想要擁抱安娜貝爾、前廊、整棟房屋。

「窩們到了！」他勝利般地宣布。

「你真的是瓶人？」安娜貝爾問。

「請多多指教，」他回道。

「所以你是真實人物。」

「遮個嘛，」瓶人謙遜地說：「以哲學角度出發，遮話題是具有爭議性，不過光就尼的問題回答，沒錯，尼可以說窩是真實人物。」

「別給他開口的機會，」柯麗說，她向安娜貝爾伸出手：「我們晚點再聊哲學，現在先忙正事。」

安娜貝爾任由嬌小圖書館員拉她起身，走回房屋的半途她轉過身。「真的很可愛，」她說，指向貨車車身上的文字。「但我的東西不是廢物，是存檔。」

83

推特上瘋傳日本家政婦是否反對書籍的討論，在書架上這也成為一大熱議話題，書本多半認為要它們滿足或取悅讀者的想法愚昧至極，我們也贊同評論家的說法，取悅讀者絕對不是一本書應盡的職責。其他書則認為爭議來源是文化和語言誤譯，身為書本的我們再熟悉不過這種問題。我們都很熟悉愛西的個人藏書，也很清楚她是多麼熱愛它們、多麼細心照顧它們，她的書也毫不害臊地告訴我們真相。私底下，即使是我們之中最嚴厲的評論家都不免妒忌，畢竟我們喜歡有人幫忙拂去塵埃，也喜歡有人照顧的感覺，並不喜歡遭到冷落遺忘。

想像一下你的床頭櫃吧。想像我們立在那疊書最上方，占據一個令人驕傲的位置，在夜裡享受獨有的關注。長日漫漫，但是我們引領期盼你鑽進被單、背靠枕頭打直身子、打開閱讀燈的那一刻，掀開書皮及翻頁時發出的微小沙沙聲音，就是我們放鬆的嘆息。再想像一本新書駕到、壓在我們身上時，我們感到多麼沮喪氣餒，而且你往往都還沒讀到最後一頁！請想像一下我們感到多麼屈辱，一本本書往下順滑至書堆最底端，對於自己已失去你的關注心知肚明，並遭到輕薄可愛、「較能產生共鳴」的書取而代之。也怪不得某些飽受冷落的書會略感不耐煩吧？可悲的是，書籍的分門別類是一種偏見，這種偏見在圖書館和書店內卻俯拾即是，凡是書本聚集之處皆有這個現象。這也足以說明為何幾個地位崇高的書評和社群媒體網紅加入炮轟愛西的行列、指控責備她反書，甚至不惜嘲諷她連英語都說不好的時候，有不少書本鼓掌叫好。

儘管網路上強烈反對聲浪日趨升高，威奇托的簽書會依舊進展順遂，但從我們的觀點出發並不理想。愛西的粉絲勢力越來越龐大，就連書店也無法擠進這麼多讀者，於是活動改至大禮堂進行。這引來不滿聲浪，尤其是書店架上沒人購買的書，它們忍不住對讀者被稱為「粉絲」、讀者群變成「觀眾」大發牢騷。作者明明只是長有手指的名人助產士，憑什麼收割這麼多關注？再說書店也不是「場地」，不過至少在書店舉辦所謂的作者活動時，沒人購買的書籍仍有機會殷殷盼望，某位《整理魔法》的讀者行經小說書區時，或許《遠大前程》或《簡愛》能召集所有勇氣，抵抗地心引力、縱身投入讀者懷抱。書本永遠不喪失希望，這就是我們的本質。

但是失望的不只是書，活動主辦人對銷售數字不甚滿意，語氣裡充滿歉意。「全是因為總統大選，」某銷售代表解釋：「書籍銷售量下滑，人們現在不是在慶祝就是還沒從震驚中恢復，沒人有讀書的興致。」

試播集的影片拍攝也延後，本來預定拍攝的家庭分裂成壁壘分明的陣營，起初是愛西粉絲的太太報名參加節目，丈夫一開始是不情不願地答應了，但大選結束之後卻堅決反對，說他不想讓一個日本家政婦來家裡，任意翻看他的個人物品、告訴他應該怎麼整理。季實在前往機場的計程車上一五一十地轉告愛西。

「所以《綠野仙蹤》的主題沒了，現在他們正在尋找一個願意參與拍攝的西岸家庭……」

「了解，」愛西說，視線眺望出計程車窗，前往機場的高速公路邊緣是整整一排購物商場，她從未見過範圍如此廣闊的商店。百思買、聚會城、百元店、沃爾瑪超級中心。「那麼吳太太和她兒子呢？或許妳可以向製作人提議拍攝他們家？」

「我已經這麼做了，」季實說。「對不起，我應該先詢問妳的意見。我希望妳不介意……」

「一點也不。那製作人怎麼說？」

季實嘆氣：「他們說希望找一個氣氛歡樂、更能引起共鳴的家庭。」

「了解，」愛西說，她現在正數著連鎖餐廳。丹尼斯、溫蒂漢堡、白城堡、麥當勞、德州客棧牛排館、金牛欄、紅龍蝦。

「反正恐怕也行不通，」季實說：「吳太太一直沒有回信，我們連她住在哪裡都不曉得。」

「那倒是。」堪薩斯州哪裡捕得到龍蝦？灰濛濛、冷清清又平坦無奇的景色，無止境地朝購物商場外綿延。

「正因為拍攝延遲，」季實說，「現在他們要重新規劃西岸最後一場書籍活動，延到我們十二月回來拍攝改造後片段的時候。書局很樂意延後日期，他們希望場地改至公共圖書館的大禮堂。」

84

屋內空間不足，於是只由杰瓦恩和德克斯特進入屋內，從客廳拖出一箱箱新聞存檔，其他人則是待在屋外，猶如一列螞蟻將袋子和箱子接力傳遞，扔進大垃圾箱。柯麗趁瓶人負責指揮交通時試著拉安娜貝爾進廚房，建議她開始整理廚房用品，卻遭到安娜貝爾斷然拒絕。

「那些都是我的工作存檔，」她說，背部倚著牆。「我需要親眼見證這一刻，這很重要。」

他們搬走她全部的存檔：所有報章雜誌、老舊音檔和家庭錄影帶、將近二十年來觀測的新聞故事CD和DVD光碟。隨著新聞故事消逝，所有人也跟著消逝，所有槍擊案、暴動、天災遺留下的遺體、屍首和活人，都隨著老舊新聞的潮水沖刷流逝。大多都是悲傷故事，但除此之外也有安娜貝爾想要留下的快樂故事，但她最後仍是放手了。她望著它們像是一條經水壩攔起的時光河流，洩洪傾湧出家門。

「妳還好嗎？」柯麗問。

「我還好，」她說，揪起舊T恤衣角擦拭額頭。「我們留不住時間，」她說：「現在我明白這個道理了。」

他們挪動搬移堆積如山的物品，多年之後牆壁和大面積地板總算再次露臉。「原來地板是硬木材質，」安娜貝爾說。「我都忘了。」堆砌箱子的牆壁爬滿黴菌。「牆壁需要重新粉刷，」她說：「我要選一個歡樂的顏色，黃色應該不錯，是班尼最喜歡的顏色。」

客廳有了移動空間後，更多人遂開始進屋。安娜貝爾坐在沙發上，讓他們搬出衣櫃裡的物品擺在她的面前，她則以豎起大拇指或倒拇指的動作決定物品的命運。

「我好像女王，」她說：「還是地方法官。」她說出這句話時，梅希正好蹦蹦跳跳地從食品儲藏室搬來一大袋許多年前的生日派對用品，包括皺紋紙裝飾、彩旗、氣球、號角、吹氣笛、蠟燭、五彩碎紙、銀色鋁箔皇冠，她把皇冠擱在安娜貝爾頭頂，再把錐形帽傳遞給其他人。整天上午安娜貝爾就這麼戴著皇冠，以女王之姿下決定，捧著感謝每一樣物品，為它們賜福，然後才鬆手，讓它們回到物品的河流，繼續繞回世界。

她慷慨大方地將個人物品贈送給到場協助的人：葛登和德克斯特帶走一整箱舊雨衣和露營用具，梅希抱走一疊毛毯、T恤、毛巾。杰瓦恩鍾情健司的舊雷鬼音樂光碟，柯麗和珍妮則收下部分書籍。瓶人待在屋外，將仍能使用、準備分發給收容所的物品整理裝箱，然後請清潔工瓦拉多把箱子搬上貨車，包括健司的老舊混音器和五花八門的音響設備，說他可以轉手出售。

他們暫停工作吃午餐，叫了外送中國菜。等待午餐送達時，他們在安娜貝爾身上披掛更多金屬絲彩帶、彩色紙帶、彩旗，並封她為女王蜂，還戴著派對帽在廢物退散的貨車前自拍。他們在前廊吃午餐，這是一個陰沉的十一月天，可是大雨已經停止，他們坐在臺階上一起享用春卷、木須肉、炒飯。安娜貝爾將盤子平衡擺在膝上，她的身旁則是坐著柯麗。

「妳還好嗎？」

安娜貝爾點點頭，她正望著坐在貨車旁抽菸，以斯洛維尼亞語激烈討論的瓶人和瓦拉多。「班尼的精神科醫師說瓶人不是真人，她一口咬定是班尼的幻想，這號人物是他捏造出來的。我告訴她，我不覺得這是班尼捏造的角色，可是她很斬釘截鐵，所以我就相信她了。」她撥弄著掛在脖子上的金屬絲彩帶。「她覺得我瘋了，也許她說對了。」

「我想大概所有人都瘋了吧，」柯麗說。

午餐過後安娜貝爾回到沙發，其他人則開始整理廚房。他們加緊移動腳步，進展迅速，德克斯特抱著一個裝有粉紅色破裂陶瓷的鞋盒，搖搖晃晃地走進客廳，然後將盒子內的東西一股腦兒倒入沙發旁的垃圾桶。

「不！」安娜貝爾大喊起身：「那個不能丟！」

聽見她尖銳刺耳的叫聲，所有人都停下動作，頭戴錐形帽的他們聚在門口，望著安娜貝爾翻找垃圾桶。

「那是茶壺，」她解釋，拾起粉紅色的瓷器碎片、一小塊把手、一塊壺嘴，小心堆放於地板上。

「我一直在找這個茶壺！」

柯麗輕聲說：「可是已經碎了。」

「我當然知道，傻瓜！」安娜貝爾說：「所以我才要修補！我要重新黏起茶壺，到時就會是一個超級可愛的植栽容器，我還有另一個黃色的也已經破了，但是我早就收進袋子。兩個茶壺可以湊成一對，一個粉紅色，一個黃色，我要拿來種植香草。有人看見嗎？肯定在廚房，我非找到不可。」

她推擠過人群，衝進廚房。「噢！」

眼前景象令她戛然止步。廚房的模樣恍若她剪下的地震、龍捲風、洪水過境後的新聞照片，食物罐頭及外盒、袋裝洋芋片、早餐麥片、罐頭湯到處都是，水槽內和餐桌上滿是解凍溶化的冷凍食品，香料溢出抽屜，乾燥麵條四散在地板上，她得小心繞道而行。

「噢，這太可怕了！」她驚呼：「亂七八糟！我得整理一下。」

「我們可以晚點再清掃，」柯麗說，她走上前，站在安娜貝爾身後，「我們都會出力幫忙，但現在先處理該丟的東西，好嗎？」

「可是我們已經丟了很多東西！我覺得不用再丟了，現在什麼都不剩，這樣我要怎麼幫班尼煮晚餐？我不能在這麼凌亂的廚房裡煮飯！」

「安娜貝爾，班尼不——」

「不，」她語氣堅定地說：「已經夠了，不要再碰了，其他我會自行打掃善後。」

她的態度毫不動搖，大家只好移駕樓上。安娜貝爾讓他們幫忙清空走廊、搬走老舊雜誌，通往浴室的走道瞬間開闊許多，可是杰瓦恩開始清除浴缸內的手工藝用品時，安娜貝爾再次猶豫。

「這些你不能拿走，」她擋住門口。

「沒問題，」他說：「妳只管告訴我妳想丟什麼。」他拎起一袋濕答答的聚酯纖維填充物。「這個呢？」

「不，」安娜貝爾說：「我還需要那個，那是要製作坐墊的。」

「好，」他說，然後把那袋纖維填充物交給在走道上等候的珍妮。「那這個呢？」他指著一疊夾在浴缸和馬桶中央的空白相框。

安娜貝爾硬是抽出一個相框，凝望著說：「噢，水漬汙染，太可惜了！但還是能用，別具古舊氣息，你不覺得嗎？要達到這種仿舊風格的效果可不容易，我要留下。」她把相框遞給珍妮，由珍妮帶下樓，杰瓦恩從洗臉盆下奮力拽出一個老舊藍色行李箱。

「噢，」他把行李箱放在馬桶座椅上時，安娜貝爾說：「我都忘了有這個箱子。」

行李箱側邊爬滿黴菌，安娜貝爾略顯猶豫，接著拂去表面的黴菌，打開行李箱。箱子內裝滿動物布偶和洋娃娃——襪子製成的猴子、可卡犬、粉紅河馬、幾隻泰迪熊、安娜貝爾娃娃。她抱起港海豹布偶。

德克斯特接下珍妮站在門口的崗位，安娜貝爾拿起布偶在他面前上下擺動，仿效海豹游泳的動作。

「好可愛，」德克斯特羞怯地說。

海豹游到他的鼻子前方，說：「嗨，我是港海豹哈洛德。」

德克斯特露出靦腆笑容，別開臉龐。

「你不覺得就港海豹來說，這個名字很可愛嗎？」她問。

他若有所思地望著行李箱：「我覺得梅希會想要這些布偶，她有焦慮問題，動物布偶對她有幫助，她可以啃咬布偶，布偶也不在意。」

安娜貝爾將海豹緊緊攬在胸前：「哈洛德不喜歡被咬。」她把海豹放回行李箱闔上。「我也有焦慮問題，但我不咬布偶。」她嘆了口氣，再次打開行李箱。「但我猜大概每個人都不同吧。」她迅速翻看動物布偶，掏出一隻破爛企鵝。「這個給你，梅希可以帶走這隻。」

德克斯特帶著企鵝離開，杰瓦恩開始整理織品衣櫥，她坐在馬桶座椅上，望著他取出衣物細心摺疊，逕自陷入沉思。她要保留二心一愛的針繡花邊用具，這組用品仍舊原封不動，是剪刀姊妹送她的結婚禮物。她也要保留針織用品組、針線鉤針、裝滿各式圖案的文件夾、糾結的毛線球、還來不及鉤完班尼就長大的嬰兒軟鞋。她絕對要留下歡樂豐收裝飾組合及班尼人生第一個萬聖節的稻草人服飾。杰瓦恩建議可以捐給其他小孩時，她從他手中搶過袋子，拖著腳步穿過走廊來到臥室，秋葉在她背後灑了一地。安娜貝爾走進臥房時，柯麗正在臥室拿起一件健司的法蘭絨襯衫，在葛登胸前比劃，看看是否合身。她的腳邊放著一個裝滿襯衫的垃圾袋，見狀安娜貝爾倒抽一口氣。

「不！」她呼喊，撲上前奪走柯麗手中的襯衫。「這些是健司的襯衫，我要用來製作紀念被毯，妳不能帶走！」她捉著那件襯衫和裝有班尼稻草人服裝的袋子，往後退了一步。「好了，我覺得今天這樣已經夠了。我真心感激你們的協助，但我想你們該走了。」

「可是，安娜貝爾，我們還有——」

「不！」安娜貝爾發出又高又尖的吶喊：「我求求妳！已經夠了，我真的需要請你們離開，現在馬上離開！」

葛登悄悄溜出房門。她蜷縮在角落，袋子緊緊捧在腹部前。

「安娜貝爾，」柯麗伸出手：「我知道妳很難受，可是——」

「別再說了！」她咆哮：「妳不要再靠近我！出去！」

柯麗快步後退，退到走廊上。「好，我已經出來了，妳看見了吧？現在——」

「夠了！別再說了！現在換妳聽我說！你們想要把我變成電視節目裡可怕的囤積狂，但是我不是！我不是囤積狂，也不要為了滿足你們的自我感覺，成為你們心目中的圓滿結局！你們不可以逼我這麼做！」

「安娜貝爾，不是的……我們沒有想要把妳變成什麼，我們只是——」

「這是我的房間！我的房子！我就是喜歡這樣亂糟糟——」她的眼神瘋癲，眼眶泛紅，狂亂地掃視室內每個角落。

「安娜貝爾，看著我——」柯麗再度伸出手，往前一步踏回臥房。「如果妳不想要，我們絕對不會亂碰——」

「不！」安娜貝爾高聲尖叫：「不准碰！我的東西你們通通都不准碰……！」

不孝租借的大垃圾箱已經滿了，瓦拉多的白色貨車裝滿準備捐贈送人的東西，他們把最後的清潔用品裝上車，然後在人行道集合。

「好吧，」柯麗說：「各位，今天真的謝謝你們。我很抱歉，我沒有想到——」

杰瓦恩一隻胳膊繞上她的肩膀：「這不是妳的錯。」

「我不應該逼人太甚……」

「是稻草人服裝，」杰瓦恩說：「我不應該逼她送人的，不然她也不會失控。」

「她遲早會為某樣東西失控，」珍妮說：「她的東西堆積如山，失控只是遲早的事。」

「是茶壺，」德克斯特低聲說：「我不應該扔掉的。」

「擁有物品就是有遮種問題，」瓶人說：「它們最終會反客為主，反過來控制尼……」

「創傷後壓力症候群，」葛登一邊說，一邊以顫抖雙手撫順鬍鬚。「很典型的案例。」

「也有可能是那隻企鵝，」德克斯特說。

梅希吐出她含在嘴裡的企鵝鰭。「創傷，」她說，然後嗅了嗅空氣。「沒有創傷逃得過我的法眼。」

「是襯衫，」葛登說：「襯衫是壓垮她的最後一根稻草。」

「是我們動作太快了，」柯麗說：「我們應該循序漸進慢慢來。」

「我們不得不動作快，」杰瓦恩說：「再說也完成不少工作。」

「還不夠，」柯麗說：「差得遠了。」

屋內悄無聲息。樓上，安娜貝爾仍動也不動地蹲伏在角落，胸前還抱著健司那件柔軟的法蘭絨襯衫和班尼的稻草人服裝。她可以聽見他們在屋外把東西裝運上貨車的聲響，並耐心等待引擎發動、車輪轉動駛離的聲音。她聽得見他們在說話，為何不直接離去？班尼的稻草人服裝刺著她的皮膚。她是在二手商店想到稻草人的點子，她找到一件兒童的丹寧連身工作褲，再來是一件和健司襯衫同款的兒童法蘭絨襯衫，在膝蓋和手肘處縫補色彩鮮明的補丁，再以一條繩索製作吊帶，最後在袖口塞入稻草。她還找到一頂舊毛氈帽，以秋葉裝飾帽子。帽子在班尼的頭頂顯得過大，遮蓋住他的眼睛，真的好可愛，可是後來他拒絕戴上帽子。當年班尼才三歲，是他人生初次度過萬聖節，他們帶他挨家挨戶要糖果，安娜貝爾裝扮成南瓜，健司則是扮鬼。

85

晚間新聞報導總統大選之後的發展時交誼廳爆發爭執，於是護理人員關掉電視。兒精裡只有少數幾個較年長的孩子會觀看新聞，大多數孩子年紀還太輕，不在乎政治，但他們仍然是性格浮動、高度敏感的小孩，而環境與氣氛的能量、微妙情緒、病房內和國內隱形的波動震盪，皆在在影響著他們的情緒。電視新聞報導散發著天下大亂的緊繃氣息，他們也受到影響，陷入低迷沮喪的情緒，於是在交誼廳發生爭執之後的幾天，都沒人想再打開電視。這個不是人人討論之後的結論，也不是上級發布的決策，電視只是這麼單純關著，也沒人出言抱怨。

但到了此刻，由於電視不斷播報暴動影片，大多數孩子和護理人員早就看過黑色連帽衣暴徒踢翻垃圾桶、放火焚燒黑色禮車的當地新聞畫面，也看到石頭擲向鎮暴警察，鎮暴警察以棍棒和催淚瓦斯回擊的情景，以及班尼手持球棒敲碎耐吉商店櫥窗的監視器畫面。因為這個事件，班尼在病患和護理人員之間成了大紅人，可是他似乎對自己成名的事麻木無感。其他孩子很好奇他是否會突然發作或是否有暴力傾向，職員也不免擔心，可是他的行為表現卻恰好相反。班尼很順從配合，任人餵食、推著輪椅去吃飯、參加團體活動、上課、進行美術活動、運動、參與所有醫院為年輕心理病患安排的各種治療活動。無法言語加上仰賴輪椅行動的班尼，似乎活在一個迷霧黑影籠罩的世界，一個非直線發展、永恆麻痺的空間，與兒精的日常節奏隔絕脫軌，但是每天傍晚五點整播放當地新聞時，班尼都會滾動輪椅來到交誼廳，把輪椅停靠在空白電視螢幕前，盯著空無一物的液晶顯示器，豎起耳朵凝神聆聽。

像是這種時候，我們很難得知他的真實想法。由於他服用藥物，我們無法查知他的思想，他那在裝幀室清澈透明的腦袋，現在變成黑白監視器畫面般的混濁模糊，音檔充斥著靜電雜訊。我們知道他聽見警笛聲、眾人的吟誦和咆哮、靴子行進時的沉重響音、直升機旋翼槳葉的陣陣拍打，以及混亂交融的聲音與陰影之中，頻頻閃動的光線與碎裂玻璃的尖叫聲交錯，背景則是鼓脹揚起的低音樂器和鼓聲，黑暗不祥的電視頻道主題曲傾洩而出。

他坐在空白漆黑的電視螢幕前，任由淚水滑下面頰。沒有孩子上前叨擾他，也沒有護理人員上前陪伴，他一個人倒也正好。他專注凝神留意周遭，藥物卻阻撓干預他的感官，讓他更難聽見世界的流動，也聽不見電視與他腦袋裡的聲音。

86

白色貨車駛離後屋內萬籟俱寂。她站起身，打直蹲伏過久而麻痺痠痛的雙腿。不久前屋內有那麼多人發出噪音，現在屋子裡乍然變得空蕩蕩靜悄悄。她環視臥室，他們已經開始將衣服分類成堆，但是進度依舊落後。她輕輕拍了拍床上的枕頭，擺正動物玩偶，然後拖來走廊上的藍色行李箱並放在床上，接著一一取出港海豹、襪子猴、安娜貝爾布偶。這些都是她童年的玩具，小時候擺在她床上的布偶。她傾覆行李箱，一口氣倒出其他布偶，有幾隻不慎落地，它們也常常像這樣躺在地上，但大多時刻還是賴在她床上，無所事事地盯著前方，為了懲罰它們，她將布偶上鎖。她手中抱著襪子猴，望入它的雙眼。

你愛我嗎？她逼問，猴子說不愛時，她把猴子擺在床上，轉過它，要它好好面壁思過，然後伸手取來安娜貝爾娃娃。

妳愛我嗎？她問。不愛。她把娃娃轉過身，放在猴子旁，接著拾起港海豹。

你愛我嗎？她的聲音開始顫抖。她問了熊、貓頭鷹、鴕鳥、河馬，它們都一一轉身背向她。當最後一隻動物布偶拒絕愛她，她一把攫起擺在床頭櫃的原子筆反覆刺向枕頭，筆尖刺穿聚酯纖維填料，戳進枕頭下的床墊，最後一個囚禁在胃裡深處的哽咽這時總算漸漸浮上喉嚨，淚水也瞬間落下。她趴伏在床上，痛哭了好一陣子，哭完後翻回正面，仰躺在床上凝望天花板。她的身體感到掏空而無聲，腦袋也空白一片。她還記得小時候也有過相同感受，內心不免詫異多年後這個宣洩的例行方法依舊奏效。

她在床上坐直，突然間感覺口乾舌燥。他們匆匆忙忙離去，臥房外的走廊猶如災難現場，可是浴室空空如也，看起來很乾淨。處在原位的置杯架上擺放著一只杯子，她拿起杯子倒水喝。

班尼的房門敞開，於是她佇足門檻，探頭探腦查看室內。細心整理的衣櫃和井然有序的書架像是另一個世界，每樣東西都適得其所，這裡正是她兒子獨自生存的世界。噢，班尼，她心想，我真的很抱歉。

她在走廊發現一口箱子，箱子裡是瓦拉多從圖書館清潔用品儲藏間帶來的大型商業用塑膠袋。瓦拉多腦筋動得真快。

動物仍然背對著她排排坐在床上，怒火在她心底油然而生。它們憑什麼將她拒於門外？她轉過布偶，好讓它們曾經目睹太多事件的呆滯眼珠再度凝望她。它們是她人生的見證人，她應該對它們滿懷感激，但她卻沒辦法，於是她把它們掃進一個垃圾袋。好多了，她心想，下一秒卻改變心意，從袋子中解救襪子猴，把它塞在她的枕頭下。她把它留在那裡，所有動物布偶之中，應該就數它最好咀嚼。

客廳有如戰場現場般混亂，但已經看得出進展。地板露出的面積變大，所有牆壁也露出原本面貌。有人小心慎重地將她的雪花球擺在窗櫺，就放在她裝烏鴉禮物的金魚缸旁邊。她把雪花球挪到捐贈物品堆中，只留下海龜和班尼送她的大海嘯雪花球，金魚缸也留下。

粉紅茶壺碎片還躺在沙發旁的地板上。她集中碎片扔回垃圾袋，袋子裡的垃圾快要溢出，於是她拎起袋口拖至屋外。有人在門廊留下一只破舊公事包，她撿起它，心想可能是其中一個流浪漢的東西。她現在最不需要的就是更多垃圾。

不孝租借的大垃圾箱已滿，於是她把垃圾袋和公事包帶到小巷，二手商店的大垃圾箱高聳，但她勉強將垃圾袋朝上甩至大垃圾箱邊緣，只見袋子搖搖欲墜。她想到可憐的小茶壺，感到一絲悔恨心痛，接著把垃圾袋推過垃圾箱邊緣，並把公事包一併扔進去。

她聽見垃圾箱哐啷作響，然後一個聲音說：「幹。」

「噢！」安娜貝爾說：「裡面有人嗎？」

垃圾箱中傳出匆促攀爬的聲音，然後公事包又被拋出垃圾箱，降落於一堆歪斜坍倒在路燈桿上的汙穢床墊。大垃圾箱邊緣探出一顆腦袋。

「是妳！」安娜貝爾驚呼。是那個橡皮鴨女孩，滿月夜晚和麥克森在一起的朋友。

「妳的破爛東西砸到我的頭了，」女孩語氣責怪地說。「我正在睡覺。」她爬出大垃圾箱邊緣，跳到人行道上，撿回公事包，拍掉上面的髒汙。「再說這不是妳的東西，妳不能說丟就丟。」

「有人把這個忘在我家。」安娜貝爾問：「妳為什麼在大垃圾箱裡睡覺？」

女孩坐在潮濕床墊邊緣上，打了一個超大哈欠。「妳覺得呢？還不是因為只有躲在垃圾箱才不會被警察找碴。」

她的裝扮跟她們初次見面時大同小異，但之前漂白的頭髮扁塌髒汙，已經冒出深色髮根，現在只剩下髮尾是白色的，整個人也瘦了一圈。她搔著手臂，安娜貝爾看得出她的雙手在顫抖。

「妳是班尼的朋友。是藝術家，對吧？」

儘管這一天天色陰沉，沒有太陽，她仍然瞇著眼打量安娜貝爾。女孩的眼睛下方掛著黑眼圈，聲音空洞，彷彿是從大垃圾箱傳出來的聲音。

「妳是班尼的母親。是囤積狂，對吧？」

她又打了一個哈欠倒回床墊，蜷曲著身子側躺，雙手夾在兩膝中央。

「妳是阿列夫嗎？」安娜貝爾問。

「看情況嘍，」阿列夫說。「有時候是。」她躺在那裡渾身打顫，雖然看起來不若前兩次見面時來得真實，但絕對不是想像出來的人物。

「妳不應該躺在床墊上。」安娜貝爾說。「免得引臭蟲上身。妳想要進屋裡嗎？」

她在廚房清空一張椅子，打開一罐濃湯加熱，可是女孩拒喝，也可能是喝不下。她渾身發抖，不住打哈欠、撓抓手臂，直到手臂開始滲血。她隨身帶著那個公事包，無時無刻不查看它是否還在。她似乎疲倦不堪，卻又顯得焦躁不安。

「妳是怎麼認識班尼的？」

「兒精，」阿列夫說。

「那是什麼？」

「兒童精神科病房，當時我們都是住院病患，可是我後來成年離開了。」

「噢，」安娜貝爾說：「恭喜妳啊。」

「不，根本不是什麼好事。兒精是很爛沒錯，但成人病房更爛，該死的製藥廠。」她雙臂環抱自己。

「妳的臉色不太好，」安娜貝爾說。

「彼此彼此。」

「妳現在是嗑藥亢奮的狀態嗎？」

「是藥效正在消退，」女孩答道。

「那是什麼感覺？」

「感覺很爽。不然妳以為是什麼感覺？」

「我不知道，」安娜貝爾說。「所以才要問妳。」

女孩向安娜貝爾投以一抹她根本是外星生物的眼神，下一秒放軟態度回答她：「感覺很像流感，只不過難受一百萬倍。」

「我能幫上什麼忙嗎？」

「不能。」

「妳睡得著嗎？」

「誰知道。」

「妳想要躺著休息嗎？」

「好吧。」

她帶女孩上樓，要她躺上班尼臥室的床鋪，關起房門，幾個鐘頭之後再回頭查看。發現女孩正睡得香甜。她躺在班尼的太空人床單上，模樣不可思議地像個孩子，又不可思議地垂老，恍若一個手臂爬滿坑疤刺青、頭髮油膩、全身穿洞的古老外星生物。她的呼吸不規律——時而短淺平靜，時而倉促不平，時而咬緊牙關，時而蹙眉呻吟，她的手臂探入半空中，縮成爪狀的指甲挖扒著空氣，彷彿想要逃出某個密封空間，卻在剎那間喪失鬥志，再度墜回夢境深處。她的濕黏臉龐沾有塵土，於是安娜貝爾取來一塊濕毛巾，坐在床沿輕輕擦拭女孩的額頭，內心頓時湧上一陣惆悵。要是健司還在世，他們可能已經有第二個孩子。一個女孩。她一直以來都想要女兒。她撥開貼在阿列夫臉頰的一撮頭髮。這個可憐女孩需要人陪在身邊時，她的母親在哪裡？她想到自己的母親，內心不由得納悶著。那麼多個孤單夜晚。這時她又想起班尼。

很快就是醫院的會客時間了，但她不想將女孩一人留在家，讓她獨自在陌生房間醒來。她好奇著阿列夫是否願意和她一起去病房，她想帶她去找梅蘭妮醫師。妳瞧！我就說她是真人吧！安娜貝爾也想帶瓶人去，無奈她還來不及開口他們就已經離去——好吧，其實是她趕他們走的，她很好奇是否能請他回來。她再次俯視女孩，發現她眼角閃爍著淚光。安娜貝爾掐起毛巾一小角輕輕抹去她的淚水。她究竟是服用哪種藥物？新聞老是提到吩坦尼和類鴉片藥物，安娜貝爾也曾經觀測這類新聞。她知道戒斷期很危險，她應該打電話給一一九嗎？她從口袋掏出手機，開始搜尋毒癮戒斷症狀。

等到她再從手機螢幕抬眼，女孩已經睜開眼，注視著她。

「妳覺得怎麼樣？」安娜貝爾問。

「爛透了，」她說，毫無移開視線的意思，令安娜貝爾不禁感到緊張。「我讓妳覺得緊張嗎？」

「不，」安娜貝爾說。「我的意思是，對，妳確實讓我覺得緊張。妳睡覺時發出呻吟，彷彿在掙扎抵抗某人。」

女孩擠出一個鬼臉。「應該是夢到惡魔、怪獸。鬼怪吧。」

「噢，」安娜貝爾說。「了解。」女孩閉上眼，隱遁在眼皮後方。她的臉龐這時變成一個面具，瞬間年邁許多。「我想我應該帶妳去急診室或診所吧。」

「不行！」她的眼睛睜開瞪大，推開被單，掙扎著起身。

安娜貝爾一手輕輕放上女孩的手臂。「別擔心，妳要是不想去，我們不用去。妳待著休息就好。」

安娜貝爾的手指摸到女孩皮膚上的傷疤，女孩抽回手臂轉過身，坐在安娜貝爾身旁的床沿。她輕揉兩手手臂，環顧室內。「這是班尼的房間嗎？」

「對。」

「很整齊。」

「他一直都是愛乾淨的孩子。」

阿列夫伸手輕撫書架上的彈珠。「好漂亮，」她說，在掌心滾動彈珠。「我可以收下嗎？」

「這妳要問班尼。」

「他不會在意的，」她說，順手將彈珠收進牛仔褲口袋，指向書架：「那是我給妳的鴨子。」

「因為班尼喜歡，我就給他了。」

女孩緊張飄忽的目光停在月球燈上。「他喜歡月球。」她說：「有次還對我一一細數出主要月球隕石坑的名稱，試著讓我對他刮目相看。」她斜著眼，視線瞟向安娜貝爾：「妳知道他愛上我的事吧？」

「噢，」安娜貝爾說，但她不希望女孩以為她不贊成，旋即補充：「那很好啊。」

「是嗎？」阿列夫說。「他對我而言年紀太輕了，妳不覺得嗎？況且我也不談戀愛，總之不是這種形式的愛。」她又謹慎盯著安娜貝爾，像是在搜尋什麼。「我的童年很慘，」她解釋，彷彿這算是一種解釋。

「真可惜，」安娜貝爾回道：「我也是。」

「對啊，」阿列夫點點頭，說：「我也猜到了。」

「妳怎麼猜到的？」

「妳家裡堆了那麼多垃圾。」她指向走廊、房屋各處，然後看見安娜貝爾垂頭喪氣時，趕緊補了一句：「別難過，要是我有一個家，也會在屋裡塞滿垃圾的。」

「我現在正努力清理雜物。」安娜貝爾說：「妳沒有家嗎？」

阿列夫聳肩：「不算有。」

「妳都住哪裡？」

「和朋友到處住嘍，夏天都睡在樹上。」她換了話題：「班尼的爸爸是怎麼死的？」

「他被貨車輾斃。」

「真慘。」

「那是一輛運送活體雞的貨運車。」

「未免太慘了。」

「他當時嗑嗨了，在屋後的小巷子沒頭沒腦地睡倒，貨運車就這麼輾過他的身體。」

「哇。妳愛他嗎？」

「愛啊，」安娜貝爾說：「非常愛他。他有藥物濫用的問題。」她指向阿列夫手臂上的針孔痕跡。

「妳和我兒子一起注射毒品嗎？」

女孩拉下她的衣袖：「怎麼可能。」她說：「他還是小孩，再說我和他相處的時候多半沒用毒品。」

「好吧。」

「我知道妳不相信，但我說的是實話。總而言之，我看過班尼的手臂，那些不是針頭注射的痕跡，只是讓聲音流瀉體外的小洞。」

「這是他告訴妳的嗎？」

「不是，」阿列夫說。「不過我就是知道。妳也聽得見說話聲音嗎？」

「不，妳為什麼這麼問？」

「我和麥克森在小巷子遇見妳那晚，我從你們的廚房窗戶瞥進屋裡，看見妳當時在和冰箱對話。」

「我是在對我丈夫說話，」她想起來了：「那個夜晚很煎熬，班尼一身是血、手掌帶著傷口地回到家。我帶他去急診室，醫生說那是刀傷，那天妳和他在一起對吧？我記得我有打電話給妳，那晚究竟發生什麼事？有人刺傷他嗎？他怎樣都不肯告訴我！」

阿列夫聳肩：「沒有人刺傷他，我們那天在圖書館，是他自己不小心被裁紙機割傷。」

「他也是這麼說，但是當時我不相信他，我以為他在撒謊。」

「是啊，」她說：「小孩很愛撒謊，即使是班尼也一樣。」

「妳聽我說，我有一個請求。」

「什麼請求？」

「妳願意和我一起去病房嗎？」

阿列夫身體往後一縮。「病房？」

「去見班尼的精神科醫師，我希望妳向她親口證實。她以為妳是班尼捏造出來的人物，她不相信妳真實存在。」

阿列夫的身體似乎縮得更小。「也許我真的不存在啊。總之醫師不會相信我說的話，他們從來就沒相信過我。」

「如果她看見妳就不得不相信妳了。拜託了？」

「我不能這副神經緊繃的模樣去吧，他們會再把我關進病房。」她看起來疲倦畏縮，牙齒不住打顫。

「沒關係，」安娜貝爾說。「我們等妳感覺好多了再去，現在妳待在這裡休息就好。」她拉高棉被披在女孩纖細的肩頭上，手臂輕輕擱在她的肩膀，她感覺到女孩全身緊繃。安娜貝爾早已對孩子的抗拒司空見慣，尷尬耐心地等待著。她們就這麼肩並肩，正當她打算鬆手，女孩的身體總算放棄抵抗，雙臂癱軟，頭垂向一側靠在安娜貝爾的肩頭，兩人就這樣靜靜坐著。

87

安娜貝爾抵達病房，背後跟著阿列夫，當時他正在交誼廳凝睇著空白電視螢幕。會客時間即將結束，但他並未留意時鐘或行程表，也沒注意到安娜貝爾在護理站進行訪客登記，她們也沒看見班尼。安娜貝爾出發前已致電梅蘭妮醫師，與她預約時間，但她們錯過公車而遲到，輪班護士一臉狐疑地呼叫醫師，她們沒等到醫師回應，於是護士再次試著呼叫醫師。

「她恐怕已經下班了，」梅蘭妮醫師沒有回應，護士這麼告訴她們。

阿列夫鬆了一口氣。她刻意站在後面，盡可能離護理站遠遠的，聽到這句話時轉過身準備離去，安娜貝爾卻及時揪住她的袖子。她朝護士傾身。

「拜託妳，」她說：「這真的很重要，可以再幫我聯絡她一次嗎？」

「要是病患取消約診，醫生通常會提前離開。我可以幫妳重新安排時間——」

「可是我沒有取消，」安娜貝爾說。「我們現在人不是到了嗎！是公車誤點——」這是謊話。「不是我們的錯，拜託，拜託妳了！」

「我可以幫妳轉語音信箱，妳可以留言——噢，等等，她來了。」

梅蘭妮醫師踩著輕快腳步踏上走廊，對著手機講話。她身穿雨衣，提著一只油光發亮的皮革公事包。

安娜貝爾快步上前。「噢，真高興我趕上了！」

醫師看見她上前時暫停說話，像是交通警察般舉起一隻手，要安娜貝爾先等她講完，掛了電話後她把手機收進口袋。「妳來了，」她說。「我本來在等妳，但一直沒看見人影，還以為妳取消了呢。我正準備離開，不過我還有一點時間。直接在這裡談可以嗎？」

「沒問題，」安娜貝爾說，她仍捉著阿列夫的袖子，這時稍微拉扯她的袖口，一把將女孩拉上前。「梅蘭妮醫師，」她說：「這位是阿列夫。」

醫師對著女孩露出微笑，瞇起雙眼打量女孩的憔悴面容和枯槁身形。「哈囉，愛麗絲，妳還好嗎？」

阿列夫舉起衣袖揉了揉鼻子：「我很好。」

安娜貝爾盯著她們兩人。「妳們認識？」

阿列夫聳肩。

「我當然認識愛麗絲，」醫生說。「她在我們這裡待過幾次。」

「但她不是愛麗絲，她是阿列夫，是班尼的朋友，我們討論過她的事，我帶她來見妳，用意就是證明她是真人，不是班尼想像捏造出來的人物。」

阿列夫搔著手背。「阿列夫是我的藝術家名字，我的本名是愛麗絲。」

「這樣啊，」梅蘭妮醫師發出短促笑聲，說：「我很高興這個問題總算釐清，還有什麼——」

「等等，」安娜貝爾說：「她的本名是什麼不重要，重點是班尼沒有幻想出這號人物，她是真實存在的人，不是幻覺——」

梅蘭妮醫師瞥了一眼手錶。「吳太太，我們何不進去診療室稍微聊一下。愛麗絲，妳可以等一下嗎……？」

「我想去見班尼，」阿列夫說。

「愛麗絲，妳不是不知道這裡的規矩，過往的病患是不能——」

阿列夫轉過頭，央求安娜貝爾：「拜託了？」

「你們就不能讓她去嗎？」安娜貝爾問醫生。

「我看看能不能請護理師陪同，」醫生說：「但妳不想和她一起去看他嗎？」

安娜貝爾露出笑容：「我想班尼寧可他們單獨相處。」

新聞播報時段已經結束，她進門時，他還坐在窗邊。

「班尼，」護理師安德魯說：「你有訪客。」

他唯一的訪客就是他母親，於是他沒有答腔。

「喂。」

他立刻認出她的聲音，轉過頭查看是否真的是她。上一次看見她時，她還是來自外太空、被鎮暴警察強行拖走的外星人。如今她卻變成一個喪屍，卻一樣是她。她怎麼知道他在這裡？怎麼獲准進來的？他還是發出不半點聲音，問不出這些問題。

「他們說你現在不說話了。」

不需要回答，她全都懂。

「你還好嗎？」

他望出窗外，眺望隔絕他與外界的厚重強化玻璃。該從何講起？發生太多事了，他想一五一十告訴她，裝幀室裡世界爆裂的事及他親眼見證的畫面，可是護理師緊跟在旁，說出這種話並不安全，即使像在圖書館一樣輕聲細語，即使是竊竊私語也很危險。現在說話聲音已經靜下來，可是要是他開口，就會提醒它們。他一旦說話就可能激起物品說話的欲望，到時候又喋喋不休個沒完，於是他改用眼神交談。樹上有一隻鳥棲息在樹木裸枝上，腳下一輛計程車停在公車站牌旁，在街邊怠速熄火。一輛貨車正在倒車，他聽得見微弱的嗶嗶嗶，即便是隔著牆壁和隔音玻璃也聽得一清二楚。這隻鳥兒體型嬌小，色彩單調，大概是麻雀，牠的羽翼豐厚蓬鬆，牠看起來似乎很冷。窗戶上黏著汙垢，距離班尼不遠處有個孩子啃起蠟筆，安德魯護理師開始移步走向他。

阿列夫在一旁觀望。室內開了暖氣，交誼廳悶熱窒息，於是她脫掉連帽上衣，班尼看見她手臂上的痕跡。安德魯護理師背對著他們，正在與蠟筆奮戰，於是他伸出手撫摸她的疤痕。是全新的星星。他捲起他連帽上衣的袖子，將手臂擺在她旁邊，兩隻手臂的圖樣算是配成一對。然後他捲起另一隻手臂的袖子，讓她看見流星雨，上面則刺著英仙座，他想要告訴她，英仙座是仙女座的丈夫，原本是希臘英雄珀修斯的他以鑽石劍屠殺海妖，英雄救美。他希望她明白他的用意。接著班尼高舉上衣，露出一列螺旋狀的星星，像是一個刺於腹部的漩渦，是要讓說話聲音傾洩而出的排水孔，班尼想讓她知道他很努力讓自己好起來。

他抬起頭，她露出他從未見過的哀傷神情，說：「噢，班尼，」接著告訴他：「我有一樣東西要給你。」

她回頭瞥了一眼護理師，他的手指正伸進孩子嘴裡，想辦法挖出蠟筆。她的手探進連帽上衣的前方口袋，掏出一個以報紙和線繩包裝的禮物，遞給班尼。班尼拆開外包裝紙。是一顆雪花球，裡面是一個坐在小小圖書館自習室的男孩，一疊小書擺在他面前的書桌上。

「搖一搖，」她低聲說，他搖晃雪花球，猶如雲朵的小書在凝滯空氣中漂浮，還有文字和零散字母，甚至有重音符號。它們在空中旋轉，在他身邊緩緩落下。他再度搖了搖雪花球，把它湊近臉。一個分號降落在他面前的書桌上，句號則是停泊在他腳邊。

「快藏起來，」她說：「趁身旁沒人再拿出來看。」

啃咬蠟筆的孩子正朝安德魯護理師的臉吐出藍色、紅色、黃色蠟筆。護理師呼叫後援，班尼乘隙將包裹藏在身旁的輪椅上，並以運動衫遮蓋藏好。

「瘋子還真多，」阿列夫望著那孩子說。

班尼點頭表示贊同。這時她站起身。

「我該走了，」她說。「我要離開一陣子，你有一陣子應該都見不到我。」

他望著她張嘴抗議。為什麼？這句話爬上他的喉嚨，最後卻在喉頭無聲消逝。他熱淚盈眶。

「我也有自己的故事，班尼。我得努力讓自己好轉，你也是。」

她越漂越遠，如今漂浮在他之上幾里的高度，望著一顆淚珠緩緩滾落他的面頰。她伸出一隻沾有顏料的纖長手指，輕輕敲打他平滑寬闊的眉宇。

「不要傷心，」她說，接下來彎身靠近他，直到她的臉只距離他幾寸，以靈巧的舌尖舔去他臉頰上的淚水，然後吻上他的唇。她的嘴唇一如記憶，就跟在山上時一樣柔軟，她的舌頭帶有鹹味，嚐起來像他的眼淚。這並不是什麼熱情的吻，卻也不是親吻弟弟的手足之吻，甚至在那一瞬間帶著些許性感，可是這一吻卻驟然畫下終點，安德魯護理師穩穩架起她的胳膊，將她從他身邊拉開。

「好，好，」阿列夫對護理師說。「放輕鬆，我正打算離開。」她扭開護理師的壓制，然後迅速折返。她從牛仔褲口袋掏出班尼的彈珠。「這個可以給我嗎？」

彈珠發出歡呼：咿……

班尼點頭，於是她把彈珠塞回口袋，然後迅速彎腰轉向班尼，嘴唇壓上他的耳朵。

「我會回來的，」她對他耳語。「我不會忘記你的，班尼．吳。」

88

「發生這種錯誤情有可原，」梅蘭妮醫師說。她正在電腦上更新輸入班尼的檔案，坐在對面的安娜貝爾望著她打字。「我們都知道班尼有妄想的傾向，腦中也會出現幻覺。所以沒錯，愛麗絲是真有其人，可是——」

安娜貝爾打斷她：「瓶人也是真實存在的人物，他真的是一個裝有義肢的流浪漢。我可以帶他來讓妳認識——」

「不，不，不用了，我相信妳。」

「那別忘了也把這寫上去。另外班尼沒有使用靜脈注射藥物，他從沒碰過毒品。」

「當然，」醫生說。「抽血報告已證明他的清白，不過後來班尼手臂上出現全新針孔痕跡，可以理解逮捕的警官為何犯下這個錯誤。」

「我不是在說警官，我說的是妳。」

「我們只是恪盡職責，吳太太，再說自我傷害也是很嚴重的問題。」她完成病歷紀錄，接著捲動螢幕上的檔案資料，尋找另一份文件。「我不是故意挑這個時機提及此事，不過就我所知，兒童保護服務有派人拜訪你們家？」

安娜貝爾一臉錯愕：「妳怎麼知道？」

「社工人員的報告指出，你們住家的環境對班尼的心理健康和整體造成潛在威脅，報告中亦提到囤積的問題……？」

「噢，那個啊，那是我之前工作的存檔。是我應公司要求製作的備份檔案，我目前正努力整理……」

醫師身體更傾向螢幕，唸出：「構成環境危害，這是社工人員的措辭。」她回望安娜貝爾：「所以妳正在清理居家環境？目前進展如何？」

「還可以，不錯啊，前幾天有幾個朋友來家裡幫忙打掃。」

「那妳的工作呢？幾個月前的紀錄提到妳害怕工作遭到裁減。」

安娜貝爾點點頭。「對，確實有這麼一回事。」她當初為何要告訴醫師？這就是沒朋友傾吐心事的下場。

「所以說……？」

她沒有說謊的必要。「嗯，這份工作是沒了，但我有綜合預算協調法案保險，所以保險方面不成問題，我負擔得起診療費用，也已經開始找新工作了。」雖然確實有此想法，但她還沒有開始找工作。她想要應徵麥可斯銷售店員職位，畢竟她已經很熟悉這間商店的商品，再說那裡的店員小姐人似乎都不錯。

「我看見還有尚待處理的驅逐搬遷令……？」

「報告還提到這件事？」

「這是公開紀錄，也是社工人員經過查詢後獲得的資料，他們一樣只是盡責調查。她還建議妳尋求心理諮商，當然我也已經建議妳好一陣子，現在找到人了嗎？」

「還沒，我一直忙著整理家務。」

梅蘭妮醫師又在檔案中敲打一筆註記。安娜貝爾望著她打字的手，她今天搽的是暗紅色指甲油，狀似乾涸血液。她打字速度飛快，每手卻只動用三根指頭。不會打字要怎麼當得上醫生？他們在醫學院沒教他們打字嗎？

「吳太太？」

「什麼？」

「我知道這令人很難受，但請妳先聽我說。報告指出兒童保護服務處建議，如果妳無法將居家環境整理到可接受標準，就交出班尼的監護權，有鑒於這項建議，我們認為直接讓班尼遷移住所比較快，我們得考慮什麼才是最好——」

「遷移？遷到哪裡？」

「這個嘛，一開始是臨時的領養照顧中心，要是找到合適對象，而妳的居家環境也尚未改善，到時就會轉至寄養家庭。」

「可是我們的居家環境已經改善了！兒童保護服務的小姐還沒看到而已！妳叫她回來親眼看看！」

「那麼待定的驅逐搬遷令呢？還有妳的工作情況呢？妳的狀況太複雜了，況且坦白說，安娜貝爾——我可以叫妳安娜貝爾吧？我很擔心妳的心理狀態。妳難道不覺得讓班尼先待在其他地方比較好？妳可以利用這段期間找一份新工作和全新租屋處，好好休息，開始去看心理醫師，重新振作？」

「不！」安娜貝爾嘶吼，她從椅子上搖晃掙扎著起身，雙頰漲紅地朝醫師的辦公桌跨出一步。「妳不能這麼做！妳不能從我身邊帶走他！我可是他的母親！」她渾身顫抖，聲音尖銳，又往前跨出一步。「我現在就帶他回家！」

醫師往後一退。「我聽得出妳的沮喪，安娜貝爾，也聽得出來妳很想帶班尼回家……」

「噢，很好，妳沒有聽錯。我當然會沮喪！妳不能留下他，他現在就要和我回家。」

「這恐怕不可能，安娜貝爾。」她探出手，摸向電話。

「為什麼不可能？」安娜貝爾大吼，這時她已經站在醫生面前，在她的辦公桌前欠身：「他可是我的兒子！」

「吳太太，拜託妳，我得請妳坐下。」

「而我得請妳告訴他們，現在就叫班尼去準備，我馬上要帶他回家！」

她聽見背後傳來一陣聲響，兩名男護理師站在那裡，阻擋出入口。

「吳太太，」梅蘭妮醫師說：「我很抱歉。安娜貝爾，我真的很抱歉，這件事現在已經不能由我們決定，已經轉由法院處理。」

班尼

好，暫停！夠了，情況真的糟透了！你難道看不出？你得暫停，你描述的可是我媽！她需要幫助！

你還在嗎？你在聽嗎？

這些日子以來你假裝是我朋友，但這明顯全是狗屁！如果你真的是我朋友，就不會讓這些鳥事發生在她身上，而是會想辦法幫她——想辦法幫助我們，可是你沒有這麼做，也不打算這麼做，只是袖手旁觀！

喂！我在和你說話！你有聽見嗎？

我是認真的！現在換你聽我說，照我說的做。拜託！你說你可以把過去帶進現在，你說你可以帶我回到過去，讓我看見以前發生的事，幫我憶起往事，可是光是這樣還不夠，你懂嗎？你需要採取實際行動！採取真正的行動！別假裝你不行，這全是狗屁，我知道你可以！你是一本書，我知道你可以修補結局！你可以逆轉局勢！

書

噢，班尼……

可想而知你聽見媽媽的遭遇時有多沮喪，可是她的遭遇並不是我們的過錯，我們已經嘗試幫過她，所有書都盡力了。

瞧瞧《整理魔法》是怎麼跳進她的購物推車，它奮不顧身躍下桌面，投入你母親的人生，為各式各樣的可能開啟大門。那本小書在你母親最需要的時候賦予她希望，當安娜貝爾開始寫粉絲信，我們內心也充滿希望。由於你媽媽沒有屬於自己的書，所以她需要一個傾訴對象，有陣子愛西就像是她想像中的朋友。我們甚至納悶愛西和季實是否可能帶著節目攝影團隊登門造訪。我們是不大滿意這個主意，畢竟是電視節目，但我們可以想像那個畫面：兩名尼姑捲起寬大衣袖，善用她們不屈不撓、冷靜自若的禪學精神，幫你們整理家務。我們以為這會是一個好故事，可是電視製作人卻不苟同。他們認為你和你媽媽很難引起觀眾共鳴，不然就是你們的故事不夠歡樂。這種說法肯定很傷人，但是對於電視你能抱持多大的期望？

至於柯麗和她帶來的幫手也已經盡力了，本來前景看好，怎料後來你媽媽崩潰，將他們全部踢出家門。創傷的威力很強大，班尼。你媽媽有她自己的命運，而我們不是她的書，就算是吧，書也不能命令人去做任何事。我們唯一能做的就是設定場景，透露些許背景故事，預告可能結局，或者偶爾提出一、兩個建議，除此之外我們多半只能等著看人類怎麼做。我們等待，我們盼望，若我們有手指，就會合掌為你們祈求好運。

所以我們只是想澄清，我們無法讓壞事發生在你母親身上，就好比我們也不能逼你在山上親吻阿列夫，所以責怪我們也無濟於事。責怪他人只是一種推託卸責、不肯為自己人生負責的做法，怪罪我們的同時，就等於放棄自我人生的掌控權。你難道不懂嗎？你只會淪為受害者的角色，班尼——可憐發瘋的小小受害者，而你並不喜歡這樣，記得嗎？我們也不喜歡。

我們不希望讓你沮喪或感到愧疚，也不是出自惡意才告訴你安娜貝爾的可憐遭遇，之所以告訴你是因為我們是你的書，而這就是身為書的職責。即使我們寧可為你編織一個美好的童話故事，訴說漂亮好聽的故事，捏造幸福圓滿的結局，我們也無法這麼做。即便真相傷人，我們必須據實以報，畢竟這就是你自己的抉擇。你還記得嗎？這也是你提出的哲學問題：何謂真實？每一本書的心中都有一道問題，而這就是你的問題。一旦提出問題，書本的責任就是幫你找到答案。

所以沒有錯，我們是你的書，班尼，但這卻是你的故事。我們可以幫你，可是說到底，只有你能活出自己的人生，也只有你幫得上你的母親。

第五部

回家

秩序就是在極端險峻局勢中取得的平衡。

——華特・班雅明〈打開我的藏書〉

89　書

停在牆面的蒼蠅恐怕會這麼陳述狀況：

人在交誼廳一角的班尼正坐在輪椅上，透過玻璃窗格眺望窗外。腳下的人行道人來人往，他看見自己的母親佇立在公車站牌邊，周遭人聲雜沓腳步紛亂，行人走路講手機，她卻孤伶伶一人，靜止不動杵在那裡。

幾分鐘前，他看著她在兩名男護理師的陪伴下離開病房。當他們行經交誼廳，她停下腳步觀望，視線掃向室內各角，最後總算瞥見自己的兒子時她的臉龐一亮，開心揮手，他看得出她剛剛哭過。她朝他的方向跨出一步，護理師牢牢箝住她的手肘，將她架離現場。會客時間已經結束，班尼聽見他們這麼說。妳明天可以再回來。班尼看見她垂頭喪氣，卻很快又強打起精神，抬起臉對他露出燦爛笑容。他看見她費了多大力氣強顏歡笑。我明天再來看你，寶貝兒子，她呼喊，再度朝他揮手。堅持下去！我愛你！

而今他從窗戶眺望著她，時而嘴唇嚅動，彷彿正在與某人發生口角爭執，時而搖晃腦袋，時而眉頭緊蹙，時而拳頭緊握。若是輪班護理師稍加留意，就會聽見這個有選擇性緘默症的男孩口齒清晰、斬釘截鐵地說：

「全是狗屁！」

然後是：「你是一本書！」

接著又說：「你可以逆轉局勢！」

但是護理師並沒有豎起耳朵聆聽，她正在填寫病患的晚間用藥報告資料，記錄每個孩子的用藥。如果這時她從電腦螢幕前抬起頭，就會看見坐在輪椅上的男孩身體前後搖擺，猛然撲向前，憑藉著雙腳站了起來。他腳步蹣跚地立在那裡，低頭瞅著他的魔鬼氈運動鞋，嘴唇又開始嚅動，對著他的運動鞋又或是他的腳喃喃說了什麼，從蒼蠅棲息的角落實在很難判斷，接著他跨出一步。那一剎那他面露困惑，彷彿不確定移動的究竟是他的鞋抑或他的腳，不過這不重要，也許它們難得齊心協力，動作整齊劃一地帶領他的身體前進。他跨出第二步、第三步。如果護理師正在觀看，而不是低頭搜尋鑰匙、上鎖藥物手推車，那她就會注意到這個坐著輪椅的男孩又能走路了。醫生說班尼是心因性運動功能障礙，意思是問題根源是他的大腦，所以他剎那間又可以走路並不足為奇，但仍算得上是一大進展，值得記錄在病患表格中。可是當時護理師背對著交誼廳，也說明為何她聽見背後有人說「不好意思」時嚇了好大一跳，她轉過頭看見這個被診斷出有思覺失調症、躁鬱症、選擇性緘默症、心因性立行不能的男孩就杵在那裡，彷彿這是世界上再正常不過的事對她說話。

「我需要打一通電話，麻煩妳了。」

「噢！」她倒抽一口氣。「你嚇到我了。我去找醫生來。」

「好，麻煩妳了，」他口齒清晰、斬釘截鐵地說。

……

接下來，由於我不是停在牆面上的蒼蠅，而是班尼，於是我就這麼對她說：「我現在就要回家，我媽媽需要我。」

班尼

90

這就是故事的轉捩點。嚇傻的護理師呼叫輪班醫師，輪班醫師則傳訊息給梅蘭妮醫師，醫師倒是不趕時間，也許正在約會或是進行美甲吧，但等她總算姍姍來遲，我重複先前我對護理師說的話，我告訴她，我必須馬上回家，我媽媽需要我，而我也需要我的媽媽。我也告訴她我絕對不可能主動同意寄養家庭的收養，如果他們逼我這麼做，我就會再次放棄走路說話，甚至像甘地那樣絕食抗議。我沒有告訴她甘地也曾經聽見說話聲音，也沒有告訴她我和我的書說了什麼，我很嚴格謹守需知規定，只提供必要情報。

對她說出這些話的我十分冷靜，我想梅蘭妮醫師是真的聽見我說話了。我幾乎將書本告訴我的話一五一十轉述給她聽——我說只有我能主宰我的人生，如果我只是責怪說話聲音，就等於更讓他們有掌控我的機會，可是它們不能指使我做事。我必須為自己下的決定負起全責，而我要下的決定之一就是回家協助我媽媽，而且我指的是實質協助，不是偶爾想到才幫她摺一下T恤。

我知道書本把梅蘭妮醫生描述得很無知，但事實上她沒有那麼糟。她問了我不少問題，我猜想應該是神不知鬼不覺的測試題，我也知道緊接而來的那一、兩週我受到密切監視，但我必須通過測試，如此一來她就會同意幫我們。醫生打電話要我媽媽參與家庭約診，然後說她認為我總算準備就緒，可以出院了，我可以看出我媽險些激動痛哭，她想要以瘋狂老媽的熱情擁抱我，伸出雙臂緊緊環抱我們兩人，卻及時制止自己，反而冷靜地向梅蘭妮醫師提出一些很有意義的問題，好比聽見說話聲音是否真的那麼不好？又好比，如果班尼的說話聲音偶爾幫得上他呢？這是否仍代表他有思覺失調症或是精神疾病？又或是，他向來是很有創意的孩子，也許一部分也該歸於這點？

我看得出媽媽有和阿列夫聊過。我屏住呼吸，等待梅蘭妮醫師的否決，但梅蘭妮醫師的回覆讓我大吃一驚。事實上，她說我媽媽提出的說法部分沒有錯，就連佛洛伊德都曾聽見說話聲音，不過大B已經告訴過我這件事，所以我已經知道。接著她又說，我應該試試加入前室友麥克森創辦的同儕互助團體。這個團體很棒，後來我發現麥克森也很棒。他從大學回來時有來探望我們。他真的超級聰明，再說他是同志，所以我完全不必為了他和阿列夫的事傷神。事實上我們偶爾也會聊到她，我甚至向他傾吐我的感受，他也完全能夠理解，這真的很酷。他也不知道現在她人在哪裡，但他說我不用擔心，因為她總是會回來。

他們沒有讓我馬上離開兒精，兒童保護服務處的社工得先回我們家檢查，確定居住環境對我沒有安全疑慮。柯麗和她的小幫手已經清除不少東西，再說社工人員回訪前，媽媽卯足全力打掃居家環境，最後算是乾淨多了，社工小姐也表示沒問題，甚至通融媽媽更多完成清掃的時間。

再來是警察的問題，不過梅蘭妮醫師幫了不少忙，她甚至出席少年法庭，告訴法官我媽媽是一個盡責的母親，她真的很愛我，要是我和她分離，對我的心理狀態不會有好處，因為我爸爸已經死了，而這件事帶給我極大創傷。之後我也必須親自對法官表達意見，於是我告訴他，請您聽我說，我是一個擅長整理物品的人，然後重述書本對我說的話，像是我需要面對現實、為自己人生中發生的事擔起責任。法官聽完後很滿意，她說我具有洞察力，如果我承諾繼續和梅蘭妮醫師配合治療，不再往自己身上鑽孔，她就願意讓我回家。我答應她了，我不會再往自己身上打洞鑽孔。我頓時驚覺這個舉動真的滿瘋的，我實在不該傷害自己，不過你猜怎麼樣？現在的我已經不大聽得到物品說話的聲音了，所以也許那些聲音真的流瀉出孔洞。梅蘭妮醫師說原因絕對不是孔洞，但她同意一定是某個方法奏效了，因為即使物品仍會叨叨絮絮，製造噪音，但都是與我無關的隨機聲音，比較類似背景音。邪惡的說話聲音現在多半已經消失，我唯一聽得見的聲音就是我的書。

不過即使是我的書，我也越來越難聽見它說話了，原因我也不知道。不然我示範給你看好了。

「喂，書！你在嗎？」

看到了吧？沒有回應，但我知道它依舊豎起耳朵，仔細傾聽。

我回到家的時候已是十二月，前廊沒有掛起歡迎回家的布條，廚房裡也沒有畢業横條，沒有氣球，收拾乾淨的餐桌上只有一個裝著塑膠聖誕紅的花瓶，看起來很漂亮，為整體空間營造出聖誕氛圍。屋內的一切安靜正常，需要丟棄的東西已經扔進大垃圾箱，剩下的都是要出售或捐贈的物品。後來媽媽打電話給柯麗，柯麗又找來瓦拉多，瓦拉多帶了一批斯洛維尼亞朋友前來協助。我和媽媽負責分類，他們則幫忙把東西搬上白色貨車，媽媽的表現非常冷靜，即使起先略微反彈，但正如我告訴法官的，我很擅長處理物品，也清楚它們想要什麼。

「媽，妳聽我說。」

「好，班尼，我正在聽。」

「我非常確定爸會想留下唱片，但衣服和鞋子必須捐出去，它們得去自己可以發揮用途的地方。襯衫也一樣，它們不喜歡被裁剪製成棉被，甚至覺得這想法很蠢。」

「製成紀念被毯不好嗎？被毯充滿你爸爸的回憶啊……？」

「那是妳的回憶，不是它們的，它們只是襯衫！襯衫也有自己的生命，才不想變成被套床組。」

媽媽嘆了一口氣，對瓦拉多點了點頭，道：「好，衣服你全部可以帶走。衣櫃裡的東西都拿去吧，留下唱片就好。」

「唱盤也要留下，他不能帶走唱盤，但可以帶走爸的書和樂器，樂器需要人彈奏。」

「但你以後可能也想彈吧……」

「不，我永遠不會彈奏樂器，至少不像爸那樣，而這不是它們想要的。」

她打開單簧管的盒子，謹慎小心地把樂器擺放進去。「好捨不得，」她說，手指輕輕撫摸著單簧管的閃亮管身。

媽媽的意思是她很捨不得，不是單簧管捨不得，這是文字表達的意思和你實際希望表達的意義之間的差距，可是文字表達的意思卻比你想像的還來得真實。

「對啊，」我望著爸的單簧管尷尬地躺在她手裡，說：「真的很捨不得，太捨不得了。」

大B正坐在前廊，膝上擺著一個紙夾板，編列著捐贈物品清單。

「啊，年輕男同學，」他看見我時說：「尼覺得如何？」

「還好。」

「遮批來自盧比安納的漢子可是回收達人，兩三下就能清理地乾淨溜溜。」

我的視線越過柵欄，看見王太太正坐在她家的前廊，望著斯洛維尼亞人忙進忙出。她向我揮揮手，我也揮手回應。王太太現在也要坐輪椅，大B坐在他的輪椅上，外加媽媽倚著欄杆的拐杖，這棟雙併式房屋看起來簡直像是養老院或療養院。

我回家後兩天王太太也回來了，媽媽看見亨利在私人車道上推著坐在輪椅的她時，嚇得花容失色。

「噢！」媽驚呼，一如以往的不經大腦，脫口而出：「我以為妳已經——！」

但她這次及時制止自己，沒有說出死了這兩個字，也許她真的進步了，可是王太太才不管，她也是一個直腸子。

「喂，胖子！妳把家裡整理得很乾淨嘛！」

這下媽也不用客氣，直接回道：「我以為妳已經死了！這是怎麼一回事？」

「哈！」王太太嗤之以鼻，大拇指往後一拽，指向身後的亨利：「他想得美！不孝子想偷我的房子，我告訴他們兒都沒有，我橫豎都要死在自己床上。」

她對亨利咆哮廣東話，於是他攙扶她從輪椅上起身，邁向臺階。後來我們聽說是兒童保護服務處打電話給王太太，詢問亨利以她的名義發出的驅逐搬遷令，由於這件事她完全被蒙在鼓裡，所以一聽說此事氣炸了。後來王太太致電詢問律師，律師如實交代事情的來龍去脈，包括不孝有意逼我和媽媽搬家，然後賣掉這棟雙併式房屋的事，得知此事後王太太馬上終止程序，好讓我們可以繼續住在這棟房子。

不孝租借的大垃圾箱已經滿了，廢物退散的貨車駛離後，貨運公司也來拖走大垃圾箱。吊鉤式起重車倒車駛進私人車道時，我坐在大B輪椅旁邊的臺階靜靜觀看。尾端銜接吊鉤的修長液壓起重臂從拖板漸漸探出頭，吊鉤攫起大垃圾箱、高高吊在半空中，大垃圾箱傾斜搖晃，我們看見裝滿媽媽的工作存檔和其他東西的垃圾袋。幾個皺紋紙帶和五彩碎紙竄出垃圾袋、溢出大垃圾箱邊緣，接著起重車又緩緩縮回液壓起重臂，將大垃圾箱置放於拖板上。

「真美，」貨車慢慢駛走時，斯拉沃吉忍不住嘆息，「尼不覺得嗎，男同學？」

一頂錐形錫箔帽在人行道上隨風翻滾，我回答：「那只是廢物。」

「正是如此！窩們必須學會愛戴窩們的廢物！從垃圾堆中發現詩意！遮就是愛遮個世界的不二法門。」

他繼續低頭編列物品清單，我在那裡多坐了一會兒，思考著愛的意義。我想問他阿列夫的事，想知道他是否有她的消息，或是知不知道她究竟去了哪裡，不過我知道他其實也很思念她，所以我也不想提醒他，免得他感到惆悵難過。裝有他史詩創作《地球》的公事包以彈力繩牢牢繫在輪椅背後。他告訴過我公事包有好幾次險些弄丟，現在史詩即將完成，他不打算再冒著手稿遺失的風險。

「窩沒有宗教信仰，」他說：「偉大哲學家馬克思曾遮麼說：『信仰是抑鬱生命的嘆息、是無情世界的真心、是空洞局勢的靈魂。信仰就是人民的鴉片。』也許尼已經在學校聽過遮句經典名言？」

「沒有。」

「太可惜了。好吧，正如窩先前所言，窩沒有宗教信仰，事實上窩是無神論者，可是快要完成一本書時，窩還是會忍不住在內心禱告：親愛的天父，窩的書快要完成了，求求祢在那之前千萬別讓窩死掉！」

這讓我想起我的書曾經提過作者自以為是的事，但最後我還是決定不提此事，反問他上帝的事：「如果你不相信上帝是真的，上帝為何要幫你？你不覺得祂分辨得出真假信徒嗎？」

「上帝就是一個故事，」他說：「而窩相信故事，遮點上帝也知道。故事是真實的，孩子。故事很重要，如果尼對自己創作的故事失去信仰，尼就會迷失自我。」

我反覆咀嚼這句話。我從沒告訴過大B我有一本書的事，以及那晚我的書在裝幀室展現自由解構的狀態，還有書本娓娓道來我所不知或試著遺忘的人生故事。「我有很多故事，」我說：「我本來已經逐漸淡忘這些故事，但是說話聲音卻提醒了我。」

「『關於故事的真相就是窩們擁有的一切。』遮是知名印第安切羅基作家托馬斯．金的名言。窩們就是對自寫訴說的故事，班尼。寫們就是自己創作的故事，而寫們也能創作出彼此。」

我很好奇阿列夫是否出現在他的詩裡，又或者我是否也在那首詩裡。成為他人詩中的角色，或是他人著作中的人物，應該很奇怪吧。

說到書，還有發生一件事。我媽媽接到柯麗的來電，她說那個禪宗作者愛西，也就是媽媽寄出煩惱粉絲信的偶像，準備在圖書館為《整理魔法》進行演講，柯麗想知道我們有沒有參加的意願？我不想，但媽倒是很想，所以我陪她去了，反正要是真的太無聊，至少我可以待在九樓。那天我們提早抵達現場，柯麗帶我們前往圖書館館長的私人辦公室，愛西正在那裡等候，我踏進門的那一剎那她緊盯著我，彷彿認出我似地瞠目結舌。

「噢！」她說：「你就是那個觀音！」我當然完全聽不懂她的意思。我以為她說我是某種武器，即使我很熟悉中古世紀兵器和攻城武器，這句話卻來得沒頭沒腦。但就在這時，另一個英文流利的翻譯大姐向我解釋觀音的意思。觀音共有一千隻手臂和十一顆頭，聽得見萬物悲泣呼救的聲音。我說我完全能與祂產生共鳴，她又告訴我們，觀音是佛教徒心目中的慈悲聖人，聞言後媽媽淚眼婆娑地說：「噢，沒錯！班尼真的很有同情心！」然後緊緊擁抱我，雖然我任由她攬著我，卻也不客氣地指出，我只有兩隻手臂和一顆頭。

接下來我媽媽做了一件非常瘋狂的事。她打開一個她帶來的購物袋，掏出裝著我爸骨灰的盒子，肯定是她從我的書架偷來的。她把骨灰盒遞給愛西，我敢對天發誓，要是我知道她會這麼做，絕對會堅決反對到底，不過這完全符合我媽的作風。起先愛西以為這是禮物，還說：「噢，妳太貼心了！」媽媽趕緊解釋那不是禮物，而是我爸的骨灰，還告訴她因為爸爸是佛教徒，所以他過世後我們沒有為他舉辦喪禮，所以她想問愛西是否能夠幫他誦經超渡之類的，事實上愛西似乎毫不詫異，甚至一口答應。所以剎那間大家都忙起來，柯麗和圖書館館長在某層書架上清出空間，把骨灰放在那裡。愛西在頸部掛上一件狀似圍兜的東西，然後從她的袋子中取出蠟燭和火柴、一只裝有線香的木盒。我內心不禁覺得真的很酷，彷彿她不論走到哪裡都隨身攜帶這些器具，以免有人臨時需要來場快閃喪禮，但我猜這大概就是尼姑的工作吧。圖書館館長看見火柴時大驚失色，但愛西安撫她，表示不點火柴也無所謂。他們在骨灰旁擺放蠟燭和線香，柯麗從某人的辦公桌上順手摸來一束花，愛西在一張紙上以優雅的日文字體寫下爸爸的名字，接著把這張紙也放在骨灰旁。接著她先是鞠躬，舉起線香揮動幾下、嘴裡碎唸幾句話，然後和翻譯大姐開始吟唱日語經文，聽起來很像許多聲音堆疊擠壓，在場沒人聽得懂她們在唱什麼，但我爸爸會說日語，所以也許他聽得懂吧，這樣也剛好，畢竟這是為他舉辦的喪禮。誦經結束後，愛西要求我和媽媽雙手合十鞠躬，為爸爸上香，我們照做了，然後彷彿他人還活著似的，愛西以日語對爸爸說話，這種感覺還滿奇怪的，同時也挺好的。她說我們也應該對他說說話，這時媽媽總算失控，她開始痛哭失聲，說出諸如此類的話：「噢，健司，我愛你，我很抱歉那晚我說了那些話，我是知道我沒有那個意思的，對吧？你可以原諒我嗎？我好愛你，我真的好想你，我每天都盡全力活著……」

老實說，聽她說出這些話實在令人煎熬難過。她講的是爸爸死去那晚他們發生的爭執，我之所以知道是因為那時我正在二樓房內豎起耳朵偷聽，我聽見爸爸說：我會儘早回家，可是媽卻回他：不用麻煩了，接著樓下傳來一陣碎裂聲響，就這樣結束了，爸爸再也沒有回家。文字的力量很驚人，威力十足。當我聽見她說這些話，才明白原來媽媽把爸的死怪在自己頭上，某些程度來說我也怪她，不過現在都事過境遷了。

這些就是她說話時我腦中閃現的念頭，接著輪到我致詞。我走上前擁抱媽媽，然後對爸爸的骨灰說：「地球呼叫爸爸，地球呼叫爸爸，你聽得見嗎？是我，班尼。我很想你，你現在在哪顆星球？」我知道他一定覺得我很好笑。

儀式結束之後，媽媽由衷感激她們：「噢，謝謝妳們，謝謝！」然後開始擁抱在場所有人，不停重複說自己總算釋懷。愛西超級能理解她的感受，不過她的演講馬上就要開始，於是我們得先走了。離開之前她幫我在她的著作上簽名，還挺酷的，你也知道我有多喜歡書，即使我對她的書並不特別興奮期待，但在這之前我從未見過真正的作者。媽媽超級興奮，事後還不斷翻開書皮，朗讀愛西寫給我的文字。

「你聽聽！『獻給班尼，聽見世界呼喊的男孩。』是不是很美？你不覺得她說的太對了嗎？」

我不知道這究竟是真是假，反正她開心就好。整理家裡讓我精疲力竭，於是我告訴媽媽和柯麗，我要上去九樓。她們彼此交換一個眼神，卻回我沒問題。我搭乘手扶梯上樓，在步行橋停下腳步，然而當我俯視樓下，卻什麼聲音都聽不見。沒有風聲，沒有卡呂普索。我隔壁的自習室換了一個交換學生，他正在呼呼大睡，可是打字阿姨仍坐在她的桌前敲敲打打。

「你回來啦，」她說：「我們很想你呢，還在想你到底上哪裡去了。」

我告訴她我之前都待在醫院，她只是輕輕點頭，彷彿她早就知道，而且沒什麼大不了。

「那你現在好多了嗎？」

「對啊，我想是吧。」

「很好，聽你這麼說就好，再說你也沒有錯過太多。」

她環視周遭，我也隨著她的目光梭巡四周，我留意到書架上的書籍數量變少，她彷彿能夠讀出我的想法，聳聳肩。

「他們移走部分書籍，好騰出空間擺放電腦站和共享空間，現在也總算關閉裝幀室，搬走所有老舊設備器材，除此之外都跟你離開之前大同小異。」

裝幀室關閉的事令我不由得一陣惆悵。雖然裝幀室是很驚悚恐怖，卻也是一個美麗的所在。

「是啊，太可惜了，」打字阿姨再度讀出我的想法，說：「那幾個美麗古老的機器全撤走了，我猜想應該是現在有了網際網路，圖書館就決定文字再也不需要裝訂，我個人是不贊成這種觀點，我還是認為文字喜歡被印在紙上，它們還是喜歡界線。要是少了紀律和限制框架，文字就會隨心所欲，恣意妄為，口無遮攔。不過也可能只是我個人太老古板吧。」

我凝望著她，奇怪的事發生了，她講話的當下似乎整個人變得蒼老，臉頰凹陷、髮色蒼蒼，而這個轉變似乎就在我的眼前發生，但也許只是光線。她遙望著空了一半的書架，然後摘下眼鏡來回搓揉著臉。

「噢，真是的。」她說，重新戴回眼鏡：「沒辦法，我就是喜歡書。我是說實體書。」

「我也是，」我告訴她。

我的後背包內也隨身攜帶了作業簿和鉛筆。我的自習室空蕩蕩，彷彿正在等我回來。我在自習室裡坐了下來，卻沒有寫作的意思，老實說我的腦袋空白一片，但自從大B說我的文筆很好後，我總是準備就緒，免得聽見某個聲音在說話，或是突然靈光乍現。可是那天夜晚我卻什麼聲音都沒聽見，只聽見打字阿姨的敲敲打打，聽起來像是雨珠滴落或椋鳥飛行的聲音，再不然就是被海浪沖刷上岸的卵石。這個聲音很美好，撫平了我的心靈，沒多久我就打起瞌睡。

91

親愛的愛西和季實，

非常感謝妳們花時間和我與班尼見面，也幫我們在圖書館主持美好的喪禮儀式。幫健司慎重舉行喪禮後，我們總算感覺到事件正式落幕。自那一刻起家裡的狀況就變了，變得較為安靜，生活也漸漸上軌道。班尼也注意到了，他問我：「妳是否認為之前是爸爸陰魂不散？而他現在總算安息？」我告訴他肯定是那樣沒錯。

班尼回到家裡後我們的生活就出現大幅改變，他這次住院真的變了很多，想法成熟不少，願意擔起責任、主動幫忙。我們又可以像健司過世及說話聲音出現之前那樣相處對話。現在班尼參加同儕互助團體，也更能與他人產生共鳴和連結。現在他會認真傾聽，也願意開放心胸分享他的狀況。他說他還是聽得見物品說話的聲音，但現在它們的聲音並不會讓他失控，如果他溫柔堅定地回答，它們就不會感到遭人否定，也不會再神經兮兮地瘋癲發作。他的醫師也很看好班尼的病情，不過她當然還是覺得謹慎保守一點比較好。她警告我臨床定義的康復不會那麼順利，往往會碰到障礙。關於這一點我很清楚，班尼也是，但我們兩人還是深信不疑，只要我們在一起，就能戰勝疾病。

我們很努力打掃居家環境，現在家裡狀況真的不錯！我甚至從我最愛的手工藝品店以員工折扣購買漂亮布料，幫班尼的臥房製作窗簾。現在我已經開始兼職工作，進展不錯。店內的小姐人都很友善，工作時我常常東奔西跑，忙進忙出，也算是運動。踏出家門與人見面後，我才發現之前的我是怎麼封閉自我，我現在總算明白，當時的我是怎麼讓悲傷以及對於健司的深刻內疚吞噬自我，隔絕我和外界的所有聯繫。

我也開始在公共圖書館當義工，協助我的朋友柯麗。柯麗就是妳們也見過的那位兒童圖書館員，現在她還讓我在兒童時光活動上對小朋友朗讀故事！我好喜歡這份工作，望著他們仰起猶如花朵的小小臉蛋凝望著我，就是我每週最開心的時刻。我開始認真考慮是否要進修，完成我先前的圖書館學學位，我知道不可能馬上實現，但這是我的夢想。

夢想很重要，對吧？我也是這樣告訴班尼的。我告訴他，我和他的父親擁有許多夢想，雖然其中一些沒有實現，但最甜美的夢想成真了，而這個夢想的名字就叫做班尼。

誠摯感恩妳們的

安娜貝爾

92

海浪與椋鳥、卵石與烏鴉……

班尼你在嗎？你還聽得見我們的聲音嗎？夢境是我們現在唯一找得到你的地方。快點睜開眼睛。你看得見你身在何處嗎？

那裡有一座小山，而你就站在山頂，眺望遼闊無邊的景色。迷茫灰濛的天空中滿是飛鳥，烏鴉、海鷗、渡鴉、鷲鷹，全在你的頭頂盤旋。微風輕輕吹拂而來，你仔細聆聽某個猶如音樂的聲音，只不過這個聲音並不像你曾經聽過的音樂，而是某種詭異不協調的合奏，卻不至於刺耳難聽，而飛禽的呼嘯也是樂音的一部分，遠方猶如小玩具、正在挖掘的重型推土機亦傳來隆隆低音。望著推土機的動作時，你才頓時發覺自己身處一個垃圾掩埋場，而你所佇立的小山其實就是堆積成山的垃圾廢物。

你的臉部表情既專注又迷惘。當你眺望綿延幾公里的廢物，眼睛同時也辨認出一些物品——東一個輪胎、西一個馬桶座。然後你開始辨識出物品：一堆破碎雪花球、幾塊茶壺碎片、幾只破舊動物布偶、糾結的襪子、彎曲變形的譜架、猶如岩屑堆的錄音帶、光碟和報紙。從你家中搬走的物品最後都來到這裡，這就是你母親的善意與夢想的終點，而你現在正佇立於這之上。你的喉嚨不由得緊縮，潸然落下淚水，但不是痛哭流涕，只是淌落一、兩滴淚，是健司過世時你流不下來的淚水。

一想到父親，你耳朵聽見的聲音旋即出現變化。你更加凝神聆聽，遠方的推土機和挖土機推擠著垃圾廢物，引擎發出穩穩低沉的聲音，而這些聲音蜿蜒成爵士複調，微風亦逐漸增強，拍打著你的頭髮。接著暴風襲來，你的臉轉向風勢，乍然發現自己手裡提著一個破舊公事包。你把公事包擱置腳邊，張開雙臂，並且踮起腳尖，平衡重心。

你緊閉著雙眼，身體輕輕倒向勁風。我們看得出你長高了，身材也比較纖瘦了，嬰兒肥漸漸消退，皮膚再也不見零星的青春痘，膚色亦恢復原本的黃褐光滑，只不過現在下巴多了些許毛茸茸的短鬚，而你很快就能剃掉。你的鼻子和下顎線條變得更加剛毅，臉頰也開始削瘦，樣貌逐漸變成你未來即將成為的那個男人，而這個男人與你的父親非常神似。

你的眼皮依然緊閉，雙臂敞開。風勢越來越強勁，正當你快要被風吹倒，有個人及時伸出手，輕輕敲打你的額頭。你不需要看就知道她是誰。她就是你夢中的那個女孩，全世界最美的女孩，她的出現就是為了不讓你墜落，你的任務則是不讓她隨風飄走。當你伸出手牽起她的手，你的臉龐浮現一抹淡淡笑意，你輕柔地將她往你的方向一拉，她隨即降落地面，佇立在你身旁。你拎起公事包時，她欠身靠向你，把頭埋進你的肩膀，忍不住嘆息：好美……

一本書總得畫下句點，班尼——

噓，你低聲呢喃：你聽……

致謝辭

一本書等於是一個會說話的物品，而致謝辭就是它答謝的部分。《形式與空無之書》將發言權託付給我，要我代它完成這個愉快任務，所以我首先要感謝的就是佐克茲・諾曼・費契（Zoketsu Norman Fischer）及他法脈傳承的禪宗師，謝謝他們以個人話語豐富了這本書的書頁。

我要大力感謝幫我閱讀初稿的蓋爾・霍恩斯坦博士（Dr. Gail Hornstein）和安妮・羅傑斯博士（Dr. Annie Rogers），不吝為我提供心理學和文學方面的指導。他們的個人見解和出版品讓我耳目一新，指引我閱讀的書目與資源亦然。要感謝的對象真的多到說不完，但我想要特別感謝 Intervoice：聽見聲音國際網絡（www.intervoiceonline.org）、美國聽見聲音協會（www.hearingvoicesusa.org），以及馬里歐斯・羅姆博士（Dr. Marius Romme）和桑德拉・艾雪博士（Dr. Sandra Escher）的先驅貢獻，他們以非病理經驗手法研究令人費解的情境及無人探討的經驗，讓我們更深入了解聽見說話聲音的情況。

我要特別感謝聽見說話聲音的朋友、藝術家、熱血社會運動人士，無論是書寫或轉述的形式，他們激勵人心的故事都讓我更加了解，並且近一步證實了我個人的經驗。我想要特別謝謝我的新朋友艾莉森・史密斯（Alison Smith），斜槓社會運動人士、作家、說書達人的她與我熱心分享她對於聽見聲音、革命、養雞的想法。我想要謝謝我的老朋友薩沙·艾特曼·杜布魯爾（Sasha Altman DuBrul），他推動的伊卡洛斯計畫、社會公義和心理多樣性等工作，為我這些年來的創作和構思埋下種子。

我要感激所有與我分享個人寶貴專業的朋友。謝謝身兼藝術家、音樂家、媒體監測人及檔案保管員的馬修·布登耐心指導安娜貝爾這個角色的職業細節，除了職業背景，兩人養育孩子的方式也雷同。謝謝朴祐善和艾蜜莉·邁爾在綠房酒吧與我共飲雞尾酒時，協助我將在童年時期與心理健康社工接觸的經歷，轉譯成現代版本，當時安德魯·朗德爾也在場幫忙。

我要感謝以下慷慨又深具見解的朋友幫我細心解讀不同階段的稿子。大大感謝凱蒂·揚、莉茲·高德、凱倫·喬伊·弗勒、琳達·索羅蒙、奧莉薇·凱爾哈莫、亞德莉安·布羅朵、克萊兒·柯達。多虧這些年來的創作過程中有他們的鼎力相助與支持，這本書最終才得以成形。一本書需要好的讀者和朋友，也需要將它們化為實體的打字員，而我們打從心底感謝你們。

感謝賀茲布魯克文學駐村計畫，提供安定人心的姊妹情誼和庇護所。

我由衷感謝維京出版社（Viking）的保羅·斯洛瓦克睿智又可靠深厚的編輯功力。謝謝布萊恩·塔特和安德莉亞·思華茲永不動搖的支持。謝謝坎農格特圖書（Canongate）的傑米·拜恩和他優秀的團隊，以及他們對於書籍永無止境的熱血。我也想謝謝我的經紀人茉莉·費德里和露西·卡森，謝謝她們這麼多年來信任我的創作。謝謝我不可多得的助理茉莉·查庫爾，沒有讓我鑄下錯誤，並鼓舞我保持幹勁，繼續加油。

在此我想對我的摯友、前任編輯、同為作者的凱洛・德珊蒂（Carole DeSanti）表達陳釀多年的謝意。凱洛還在維京出版社時，這本書仍處於構思發想的雛形階段，她已經同意爭取這本書。除去她是第一個聽見它說話的人不說，她的犀利耳朵、銳利雪亮的編輯雙眼，以及熱情指導，亦教會我如何運用敘事口吻和堆砌架構，幫助故事中的書找到屬於它的聲音與形體。經年累月下來，凱洛的幫助多到我無法一一細數。她教我寫作，甚至教我成為一名作家，並將我雜亂無章的手稿梳理成它們所欲成為的書本樣貌。我很慶幸人生擁有她這位好友及文學界的同袍。

最後，我要感謝我的摯愛奧利佛（Oliver），感謝他讓我的人生變得豐富有趣，也謝謝他從來沒有對我關起耳朵。他的點子激勵我創作，他的話語喚醒了我的世界。

形式與空無之書

The Book of Form and Emptiness

作　者	尾關露絲
譯　者	張家綺
主　編	蔡曉玲
封面設計	Bianco Tsai
內頁設計	顧力榮
校　對	黃薇霓

發行人	王榮文
出版發行	遠流出版事業股份有限公司
地　址	臺北市中山北路一段 11 號 13 樓
客服電話	02-2571-0297
傳　真	02-2571-0197
郵　撥	0189456-1
著作權顧問	蕭雄淋律師

2023 年 7 月 1 日　初版一刷
定價新台幣 700 元

Printed in Taiwan
ISBN：978-626-361-148-1
遠流博識網 http://www.ylib.com
E-mail: ylib@ylib.com

國家圖書館出版品預行編目 (CIP) 資料

形式與空無之書 / 尾關露絲 (Ruth Ozeki) 著 ; 張家綺譯 . -- 初版 . -- 臺北市 : 遠流出版事業股份有限公司 , 2023.07
面 ;　公分
譯自 : The book of form and emptiness.
ISBN 978-626-361-148-1(平裝)

874.57　　112008427